CÉDRIC ASIMUS

Pour Jean-Paul, je te souhaite un joyeux anniversaire et j'espère que tu passeras un agréable moment avec les personnages de la ville-continent d'Antar.

Bonne lecture !

Asimus

LES CHRONIQUES ANTARIENNES

LIVRE I : PROJET DESTINY

FABIEN MORALDO

ISBN : 978-2-9577997-0-1

Illustration de la couverture par Jonathan Fievet
Carte d'Antar par Margot Blanc

Courriel : contact@sephrian.fr
Site internet : https://www.sephrian.fr

Dépôt légal : Décembre 2022

Remerciements

Un énorme merci à nos familles et nos amis qui nous ont soutenus pendant ces longues années à écrire cette œuvre. Merci à Manon pour sa patience infinie à supporter son mari. Merci à Élise, Arthur et Julie pour être des enfants presque sages. Un merci tout particulier aux personnes qui nous ont aidé tout au long du processus d'écriture, de relecture et de bêta lecture. Merci Max et Roland d'être nos premiers fans, votre attitude positive a été une grande source de motivation. Merci Jef pour tes critiques très constructives. Merci Charley et Sam pour votre enthousiasme sur ce projet. Et enfin, nous ne pourrons jamais assez remercier Cédric T, pour ses relectures, ses critiques, ses avis et, surtout, pour le super site internet grâce auquel nous avons réalisé l'intégralité de la précommande.

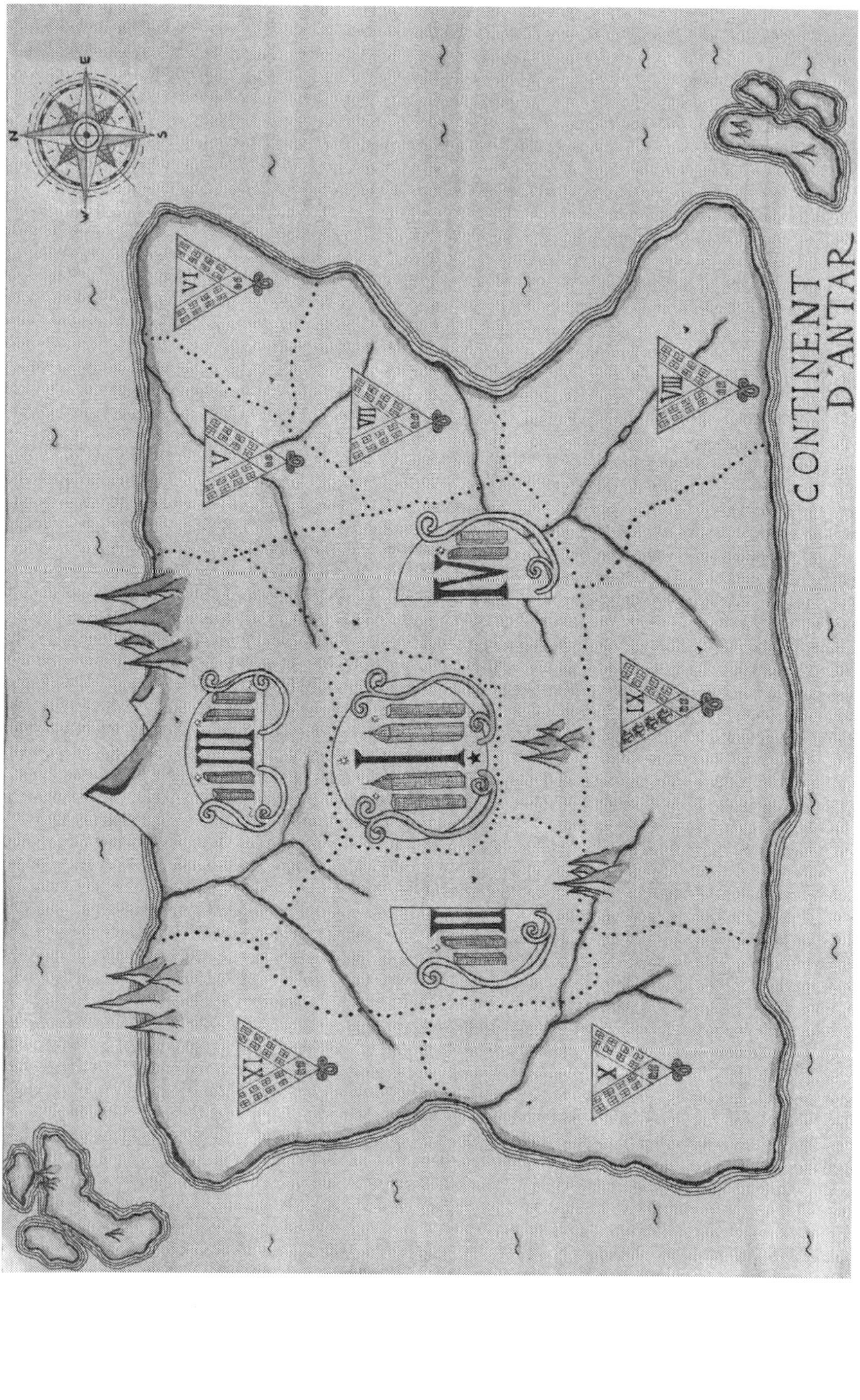
CONTINENT
D'ANTAR

« Depuis que le monde est monde, les hommes naissent avec des pouvoirs, certains n'en possèdent qu'un seul, d'autres plusieurs. Si les dieux nous ont créés inégaux, pourquoi devrions-nous nous considérer égaux les uns les autres ? »

Philosophe Antarien, Gregor Sephrian

Chapitre I - Équipe Alpha

Jour 45 de l'an 246 : 6h45

Une jeune femme de vingt-six ans à la silhouette élancée courait dans les égouts de la ville à une vitesse surhumaine. Sa faculté l'obligeant à être invisible aux yeux de toute personne se trouvant à plus de trois mètres d'elle présentait des avantages, mais, pour Shield qui l'accompagnait, cela se révélait fort contraignant.

S'arrêtant à un croisement, Shield prit le temps de détailler sa partenaire en reprenant son souffle. Ghost était habillée de la tenue de combat en polymère réglementaire pour les opérations de ce genre et portait à ses flancs deux pistolets semi-automatiques à plasma. Son joli visage fin, ses yeux noirs en amande et ses cheveux courts couleur de jais ne laissaient en rien présager sa dangerosité. Elle mit la main à son oreillette :

— Sniper, tu me reçois ?

— Affirmatif.

— À ce carrefour, je vais à droite ou à gauche ?

— Va à droite, tu verras un changement de couleur des pavés au moment où tu devras t'arrêter. Ralentis un peu par contre, mon frère peine à te suivre.

— Quand est-ce que le grand manitou arrive ? Il est en retard…

Une voix familière interrompit alors les communications :

— Je suis en route, Ghost. Sniper m'a mis au courant de votre progression. Continuez, cette fois il ne nous échappera pas.

Cette nuit, comme souvent, Enri Telvir, nom de code « Loki », avait été réveillé par son communicateur. Cela faisait trois mois que la guerre ouverte entre les gangs de rue et la police avait été déclarée, et pas une nuit n'avait été épargnée depuis. Comme à chaque réveil, son communicateur lui avait indiqué le lieu et l'identité des individus potentiellement impliqués. Un peu acerbe, il avait alors lancé :

— Bordel, ils vont pas me laisser finir une nuit de sommeil ce mois-ci…

Vingt minutes seulement s'étaient écoulées depuis ce réveil brutal et les ordres qu'il avait donnés à son équipe durant le trajet avaient été respectés à la lettre. La cible, Morph, un métamorphe spécialiste du braquage de banque musclé, était en train de commettre son braquage de trop. Ses hommes et lui-même n'avaient pas correctement désactivé le système de sécurité et les mailles du filet que tissait Loki allaient se refermer sur le malfrat.

Assis en tailleur au troisième étage d'un bâtiment à l'écart de l'action, Sniper, le jeunot de l'équipe, paraissait flotter dans son uniforme. Ses grands yeux bleus encadrés par une masse de cheveux bruns en bataille étaient inertes, comme perdus dans le vague. Entièrement concentré sur son don de « vue parfaite » qui lui permettait de tout percevoir dans un rayon d'un kilomètre, il guidait Ghost et Shield dans leur course à travers les égouts.

Dans le même temps, Vesta, la grande et plantureuse rouquine aux yeux verts, se tenait sur le toit de la banque, prête à s'envoler d'un bond et à déchaîner le feu et les flammes sur quiconque sortirait du périmètre sans y être invité.

À quelques centaines de mètres de là, l'hoverbike d'Enri filait entre les gratte-ciel d'acier et de verre de la ville. Sa monture de métal volait à plusieurs dizaines de mètres du sol, se reflétant dans les immeubles. Les deux turbines à plasma de cinquante centimètres de diamètre situées à l'avant et à l'arrière ainsi que les deux réacteurs sur les côtés le propulsaient à une vitesse vertigineuse.

Dans les fenêtres des habitations, il voyait se refléter la forme effilée de l'engin noir qui, dans la nuit, aurait presque pu passer inaperçu si ce n'était le boucan de tous les diables qu'il produisait. Loki voyait défiler au-dessous de lui les larges avenues encore peu fréquentées à cette heure et observait les premières lueurs de l'aube dessiner les contours de la ville à l'horizon.

Il arriva enfin au barrage que constituaient une dizaine de voitures de police autour de la banque. À peine posé, et le guidon de son hoverbike lâché, il enleva son casque, révélant son visage à la mâchoire carrée et ses cheveux noirs rasés façon militaire, et progressa entre les agents de la police locale. Sa grande taille et sa carrure imposante ne passaient pas inaperçues, c'était un membre d'élite des forces spéciales, et tout en lui le rappelait. Loki s'avança à la rencontre du dernier membre de son équipe.

Dans une combinaison de combat qui peinait à contenir son épaisse musculature, Mastoc, un homme d'âge mûr bâti comme un ours, mit un terme à sa conversation avec le capitaine des forces de police et vint saluer son chef d'équipe avec un sourire qui échouait à embellir son visage carré disharmonieux :

— Salut patron. Ghost va encore nous chier une pendule que tu sois arrivé cinq minutes après elle, je pense qu'elle est encore jalouse de ton trois pièces dans les hauteurs.

— À une époque, il ne tenait qu'à elle d'y habiter avec moi… chuchota Enri pour lui-même avant de reprendre à voix haute. Non, je pense que sa mauvaise humeur est due aux égouts. Quelle est la situation ? Les otages ?

— C'est vrai qu'elle a toujours détesté les égouts, dit Mastoc en ricanant, puis, retrouvant son sérieux, il ajouta le regard grave, on a quatre vigiles qui finissaient leur service de nuit qui sont retenus.

— Et les assaillants ? On a plus d'informations sur les complices de Morph ? enchaîna Loki.

— Non, patron, la description qu'a donnée Sniper ne permet pas de les trouver dans les fichiers. Avec une photo ça se ferait tout seul, on peut attendre qu'ils aient fini d'extraire les vidéos des caméras de sécurité.

— Non pas le temps, il y a des vies civiles en jeu.

Loki passa sa main sur sa barbe de trois jours. Se rappelant le stratagème utilisé par Morph pour s'échapper lors de leur précédente rencontre, il dit dans son oreillette :

— Ghost, une fois dans la banque, ta priorité est toujours de libérer les otages, mais fais attention, on ne sait pas encore si cet enfoiré n'a pas pris l'apparence de l'un d'entre eux, je demande à Sniper de vérifier ça.

Sur un ton sarcastique dont elle seule avait le secret, elle répondit :

— Oui, Chef ! Tout de suite, Chef !

Parlant tout bas, elle ajouta ensuite :

— Je m'apprête à entrer, silence radio dans T moins quinze secondes…

Dans une coursive montante des égouts aux plafonds bas qui, malgré sa petite taille, la contraignait à se courber pour avancer, Ghost posa ses mains sur le plafond de pierre. Jetant un regard à son acolyte, elle se concentra sur la paume de ses mains. Une lueur commença à en émaner. Au même moment, Shield se concentra à son tour.

À trois mètres au-dessus d'eux, un bouclier quasiment invisible se forma autour du plancher et un instant après, le sol de l'étage supérieur s'écroula sur lui-même sans un bruit. L'explosion provoquée par Ghost aurait réveillé la moitié du quartier si elle n'avait pas été étouffée par le bouclier de Shield, après plus de soixante-dix missions ensemble, ils avaient maintenant l'habitude de ce genre de manœuvre. La jeune femme filiforme se contorsionna pour atteindre le bout du tunnel qu'elle venait de creuser tout en se remémorant la configuration des lieux que lui avait décrite Sniper.

Elle allait apparaître dans les toilettes des employés et devrait progresser dans un couloir longeant la salle des coffres avant d'arriver à l'escalier qui la conduirait aux otages. Une fois infiltrée dans les lieux, elle n'aurait peut-être pas beaucoup de temps avant que les choses sérieuses ne commencent et elle imaginait les policiers à l'extérieur devenir de plus en plus nerveux. Néanmoins, elle avait confiance en ses coéquipiers, spécialement en son chef qui saurait lui donner le temps dont elle aurait besoin pour réaliser sa mission.

Enfin hors du tunnel, elle ajusta ses lunettes de vision nocturne pour qu'elles acceptent les variations de lumière dues aux alarmes lumineuses déclenchées par les braqueurs. Elle sortit ensuite des toilettes en ouvrant délicatement la porte, puis se glissa dans le large couloir qui la mènerait jusqu'aux otages. Elle progressait avec prudence au milieu des ombres menaçantes qui couraient le long des murs, n'entendant que le battement de son propre cœur, et sursauta presque lorsque Sniper la contacta :

— On a un souci, j'ai repéré le cadavre d'un des otages présumés dans un conduit d'aération. Morph a pris sa place avec les autres otages, il semble que tu sois attendue.

Loki réagit immédiatement à la communication :

— Sniper, donne sa description à Ghost, je vais essayer de lancer des pseudo-négociations avec eux pour les séparer. Ghost, tu agis dès qu'ils se séparent.

Sniper enchaîna :

— Ghost, c'est un homme, la trentaine, blond aux cheveux courts. Il se trouve derrière la porte en haut du couloir, avec trois vrais otages et trois ravisseurs. Les otages sont assis contre une table renversée en face de la porte par laquelle tu entreras. Le changeur de forme sera le deuxième otage en partant de la droite. Les autres ravisseurs sont actuellement debout de l'autre côté de la table, proche de la porte qui donne vers le grand hall et les guichets.

La jeune femme continua de progresser dans le couloir. Elle passa devant la massive porte en acier de la salle des coffres qui avait été percée pour en extraire le contenu, puis grimpa prudemment les escaliers jusqu'à atteindre la porte derrière laquelle se trouvaient les employés captifs. Des voix résonnèrent en provenance de l'intérieur, elle s'approcha un peu plus afin de mieux les écouter. Les braqueurs s'entretenaient vivement. L'un d'eux, au bord de la panique, invectiva l'un de ses partenaires :

— Bordel Morph, tu m'avais dit que tu t'étais occupé du système d'alarme, que c'était du tout cuit ! C'est pas du tout ce qui était prévu ! On est dedans jusqu'au cou, en plus j'ai cru apercevoir l'équipe Alpha du GUT, on va se faire griller ! C'est mort ! Mais pourquoi y'a l'équipe Alpha !?

Essayant de le contenir, un deuxième lui répondit bien plus sereinement :

— Les informations qu'on m'avait données sur le système d'alarme devaient être fausses. On s'est fait piéger, mec. Quand on s'en sortira, crois-moi ça va saigner pour les salauds qui nous ont mal rencardés… Quant à l'équipe Alpha, c'est peut-être juste un coup de chance ! J'ai déjà réussi à leur échapper !

Soudain, un troisième, qui était jusque-là resté en retrait de la conversation, demanda :

— Vous avez entendu ça ?

Ghost se raidit, retenant sa respiration, prête à dégainer au premier signe de problème les deux calibres trente à plasma qui pendaient sur ses hanches.

— Ils utilisent un porte-voix pour parlementer à l'extérieur, je vais voir ce qu'ils veulent.

Un autre lui emboîta le pas en ajoutant :

— Je viens avec toi, on sait jamais. Morph, tu restes ici avec Helios ?

L'homme qui s'était voulu rassurant répondit alors en ricanant :

— Oui, on sait jamais héhé.

Alors qu'elle entendait la porte de l'autre côté de la pièce s'ouvrir, un bouclier se forma tout autour de son corps. Son oreillette s'activa à ce moment-là.

— Ghost, deux ravisseurs quittent la pièce, Shield est à quelques mètres au-dessous de toi, dans les égouts, il te protège. Bonne chance !

La jeune femme invisible ferma les yeux, dégaina les deux pistolets à ses hanches et commença à compter dans sa tête pour laisser aux deux complices le temps de s'éloigner.

1... 2... 3...

28... 29...

30 !

D'un seul coup de pied, la porte vola en éclat. Armes aux poings, Ghost entra d'un pas, et, d'une vitesse surhumaine, roula sur le côté pour éviter les tirs éventuels, invisible aux yeux de ses ennemis. Le preneur d'otage encore présent se trouvait à l'autre bout de la pièce et Morph, qui avait emprunté l'apparence de l'un des vigiles de nuit, était assis par terre avec les trois véritables otages. Le bouclier de Shield s'effrita à peine quand le premier ravisseur déchargea son fusil a l'aveugle, mais ce dernier n'eut pas le temps de faire feu une seconde fois, s'écroulant sous une double rafale de plasma tirée par Ghost. Le visage du braqueur était en train de se liquéfier pendant que son corps sans vie glissait doucement au sol. La jeune tueuse lança un regard autour d'elle.

Morph n'avait pas bougé, toujours parmi les victimes, il jouait le rôle de l'otage apeuré à la perfection. Mais, lorsqu'elle le mit en joue avec ses deux armes, Morph avait déjà écarté ses mains, produisant une explosion qui fit voler en éclat le bouclier de Shield. Un peu sonnée après avoir été projetée contre le mur par la déflagration, Ghost se releva et s'aperçut que Morph venait de fuir par la porte menant à l'entrée principale. Sa mission en tête, la jeune femme réunit les vigiles qu'elle venait de libérer et les mena vers la sortie improvisée conduisant aux égouts avant d'annoncer dans son communicateur :

— Les otages sont en route. Un ravisseur à terre, le métamorphe se dirige vers l'entrée principale. Je sécurise les otages avec Shield et je vous rejoins à l'entrée.

À l'extérieur, les échos des détonations provoquées par les tirs d'armes à plasma précipitèrent les événements, mettant un terme définitif aux négociations. Le temps semblait s'être arrêté, les policiers derrière leurs voitures gardaient dans leur viseur les trois assaillants qui se trouvaient devant la grande entrée vitrée de la banque, juste au-dessous du sigle de cette dernière. Morph, qui empruntait toujours l'apparence d'un garde, s'accroupit. À sa droite, un de ses acolytes, un grand homme fin aux cheveux blancs, croisa ses mains contre son torse. Ses yeux s'illuminèrent d'une lueur violette menaçante et, ouvrant ses bras vers le barrage de police devant lui, il invoqua une tornade parcourue d'éclairs qui fit s'envoler les véhicules des forces de l'ordre à plusieurs mètres.

Placide, Loki leva les mains, paume vers le ciel, et dressa de grands murs de pierre afin d'intercepter les voitures projetées sur eux. La troisième cible avait quant à elle disparu. Loki regarda autour de lui à la recherche du braqueur manquant. Dans le même temps, Vesta s'était envolée pour tenter de le repérer :

— Sniper, j'ai immédiatement perdu de vue le troisième après la tornade.

L'intéressé lui répondit d'un ton enjoué :

— Il a pris la fuite, s'il continue dans cette direction, je devrais avoir une fenêtre de tir dans quelques secondes.

Sniper, qui voyait à travers les murs, les portes et tout ce qui le séparait de sa cible, avait malgré tout une conscience aiguë de tous les obstacles. Cette conscience se révélait indispensable pour profiter du plein potentiel de son second et dernier pouvoir.

Lorsque le fugitif entra dans sa ligne de mire, il tendit son bras. En une microseconde, un éclair jaillit de sa main, traversa une fenêtre entrouverte, frappa un lampadaire pour courber sa course et foudroya le fuyard qui passait dessous, ne laissant au sol qu'un cadavre fumant.

D'un geste de la tête, Loki indiqua à son coéquipier Mastoc que c'était à son tour. Déjà plutôt bien bâti en temps normal, ce dernier vit les muscles de son dos, de son torse et surtout de ses bras grossir à vue d'œil. Il s'élança sur le lanceur de tornade qui fut surpris par la vitesse de cet imposant mastodonte et n'eut pas le temps de réagir : le poing du colosse s'écrasa sur son adversaire avec une telle force que la tête de celui-ci explosa dans une gerbe de sang. Mais, alors que Mastoc finissait sa course après son coup d'éclat, une douleur lui parcourut l'échine et, avant qu'il ne puisse comprendre ce qu'il se passait, il se retrouva projeté une dizaine de mètres plus loin. Avec une agilité féline surprenante, il se retourna en vol et se réceptionna sur ses jambes, à quelques pas de Loki.

C'est à ce moment-là que lui apparut l'énormité de la situation : le métamorphe venait de se changer en un monstre reptilien gigantesque, de grandes et épaisses écailles recouvraient son corps tandis que deux rangées de crocs d'un pied de long chacun ornaient sa mâchoire.

Alors que Morph déployait une paire d'ailes démesurées qui prenaient naissance sur son dos, les membres de l'équipe Alpha entendirent Sniper soupirer dans leurs oreillettes :

— Un dragon… Quel manque d'originalité flagrant.

Loki marcha au-devant de l'immense créature et, malgré le fait que celle-ci le dominait d'une taille au moins six fois supérieure à la sienne, il la toisa et déclara avec calme :

— Morph, vous êtes en état d'arrestation pour meurtre, prise d'otage, association de malfaiteurs, et une quinzaine d'autres chefs d'accusation… Veuillez vous rendre sur le champ.

— Je ne pense pas qu'on ait le modèle de menottes qu'il faut pour ça, ironisa Mastoc.

— Au moins, je lui aurais laissé le choix… souffla Loki d'un ton las.

Tout se passa alors très vite. Le dragon leva une patte gigantesque et l'abattit en direction de Loki, mais elle ne toucha jamais sa cible. Mastoc avait déjà parcouru la distance qui le séparait de l'imposante créature et lui envoya un direct du droit en pleine mâchoire, la repoussant de trois bons pas. Apercevant Vesta plonger en piqué, Mastoc roula sur le côté tandis qu'une immense colonne de flamme enveloppait la bête en crépitant et tourbillonnant autour du reptile, faisant roussir ses écailles au point que certaines commencèrent à fondre.

Loki, immobile jusqu'ici, s'accroupit et posa une main sur le sol. De grandes entraves de pierres vinrent s'enrouler autour de chacun des membres du dragon afin de l'empêcher de se mouvoir. Le capitaine de l'équipe serra son poing. La pierre qui emprisonnait les pattes de la créature se fissura légèrement sous la pression qu'il exerçait sur elle, brisant ses os et la faisant hurler de douleur. De sa main libre, Loki projeta une boule de feu qui finit sa course dans la gueule du monstre et stoppa net le hurlement. Le géant s'écrasa au sol dans un fracas qui fit trembler les immeubles alentour. Le rire cristallin de Vesta retentit dans les communicateurs :

— C'est ça que t'appelles une boule de feu, patron ? Tu l'as à peine assommé !

En effet, le bandit récupéra sa forme humaine, toujours inconscient, mais bien en vie.

— C'est donc ça sa vraie forme, commenta Sniper, le mec a vu plus d'hivers que Vesta… et c'est pas peu dire.

— Sale con ! Je vais avoir vingt-neuf ans cette année !

— Tu nous as pas d'jà dit ça l'an dernier ? lâcha Mastoc.

— Du calme les enfants, enchaîna Loki. Pour ta gouverne, Vesta, j'ai volontairement modéré la puissance de mon attaque afin de le laisser en vie.

— Vieux prétentieux… souffla-t-elle avant de se poser au sol à côté de ses coéquipiers.

— Désolé d'interrompre vos enfantillages, coupa Sniper, Shield et Ghost ont mis les otages en sécurité et leur ont administré les soins nécessaires.

Alors qu'il regardait le soleil finir de se lever, Loki passa sa main sur sa barbe de trois jours et déclara solennellement :

— Mission accomplie, on rentre au bercail.

« Je m'interroge souvent sur les desseins des dieux, par exemple sur les différentes capacités qui nous sont confiées à notre naissance. Une fois, je suis tombé sur quelqu'un dont le seul et unique potentiel actif consistait à faire roussir des oignons… »

Philosophe Antarien, Gregor Sephrian

Chapitre II - L'homme et la machine

Jour 45 de l'an 246 : 6h46

Le cent-vingt-septième niveau du bâtiment Howlway du Secteur 4 était communément connu pour abriter un simple espace administratif des forces armées. D'immenses allées d'étagères emplies de dossiers et de boîtes occupaient la pénombre des quatre-cent-cinquante mètres carrés de cet étage dans lequel des terminaux informatiques placés à intervalles réguliers au milieu des rangées émettaient une lumière diffuse. Toutefois, les apparences pouvaient s'avérer trompeuses. Ce niveau était en fait l'un des plus importants centres d'archives concernant les projets secrets classés ou mis en attente.

Devant l'un des écrans, assis en tailleur sur une chaise, un archiviste en robe de travail grise ornée d'un petit écusson argenté sur le torse s'affairait à sa tâche. Son visage concentré paraissait jeune pour un fonctionnaire des archives et seule une calvitie naissante dans sa tignasse brune trahissait ses vingt-neuf ans. Hector Delcours était arrivé très tôt avant le lever du soleil ce matin afin de s'avancer dans son travail. Sa mission consistait à trier et classer toutes les bases de données informatiques et de cataloguer et numériser toutes les notes et fiches contenues dans les rayons. Il adorait la sérénité des lieux, le fait d'ordonner et de ranger.

L'armée n'avait jamais affecté un budget très important à ce genre de tâche, si bien qu'Hector était seul à occuper le site tout au long de ses journées, mais cela ne le contrariait en aucune manière, il avait toujours été un solitaire. Ses parents pensaient que son asociabilité était liée à son potentiel actif puisque depuis l'éclosion de celui-ci, il avait commencé à s'entourer plus souvent d'ordinateurs, préférant communiquer avec des machines plutôt qu'avec des humains. Pourtant c'est sa technopathie qui lui avait finalement permis de décrocher ce poste pour lequel il abattait dix fois plus de travail que n'importe quel archiviste en un temps égal. Son pouvoir, logiquement très prisé dans les domaines de l'informatique, lui permettait de manipuler les machines proches de lui par la pensée. Il avait développé sa capacité au point de pouvoir interagir avec plusieurs ordinateurs en même temps par la seule force de son esprit, un niveau de maîtrise inaccessible pour une grande majorité des personnes qui partageaient son don.

Cette journée avait commencé comme les autres, il avait pris un moment pour vérifier les dernières entrées manuelles dans la base de données, voyant les différentes informations dans sa tête et les faisant virevolter pour les remettre à leur place tout en effectuant un état statistique des erreurs pour son prochain rapport au commandement.

Toujours connecté à son poste de travail, il ressentit un malaise singulier. Quelqu'un essayait de pénétrer sans autorisation dans les dossiers des archives, un pirate particulièrement doué qu'il balaya d'une pensée, lui bloquant irrémédiablement tous les accès. Le jeune homme remonta la source de la tentative d'intrusion et fut effrayé par ce qu'il découvrit. Il s'efforça malgré tout de garder son calme et se murmura à lui-même :

— Impossible… Il est dans le bâtiment…

Prononcer ces mots le fit prendre conscience de la gravité de la situation. L'instant d'après, il déclenchait l'alerte. Des plaques d'aciers de plusieurs centimètres d'épaisseur vinrent obstruer les fenêtres qui commençaient à peine à laisser entrevoir les premières lueurs de l'aube. Une épaisse porte blindée scella la seule issue et, du sol derrière elle, jaillirent deux imposantes mitrailleuses automatisées. Alors qu'elle aurait dû le rassurer, toute cette mise en scène eut pour effet de le rendre encore plus nerveux. Un lourd silence régnait dans la salle principale des archives, quand une sonnerie fit sursauter l'archiviste.

— Oh putain, mon communicateur ! éructa-t-il avant de répondre à l'appel. Oui, qui est à l'appareil ?

— Ici Bumper, chef de l'équipe Eagle du GUT. Nous sommes en train d'arriver. Il semble que plusieurs individus essayent de pénétrer dans le complexe des archives, vous avez bien fait de sceller les lieux. Néanmoins, je ne suis pas sûr que nous arrivions à temps, nous ne savons pas encore de quels moyens ils disposent pour percer une ouverture. Si vous pouvez gagner du temps et les retenir sans vous exposer, faites-le, sinon, cachez-vous le plus longtemps possible, nous serons là dans trois minutes.

Les retenir ? Mais comment voulez-vous que je fasse ça ? se demanda Hector.

Le jeune archiviste était terrifié, mais il essaya de se calmer et de se concentrer. Quelques secondes plus tard, il se précipitait vers un terminal informatique.

La température grimpait de façon anormale dans les archives. Il chercha l'origine de cette chaleur soudaine et constata avec effroi que la porte blindée était en train de fondre. Le centre de celle-ci était orné d'une tache rougeoyante dont le diamètre s'élargissait à vue d'œil. Dès qu'une ouverture apparut au milieu de l'épaisse barrière en acier, les deux tourelles automatiques se mirent en route à l'unisson dans un fracas de tous les diables, déversant un déluge de feu sur les assaillants qui se trouvaient sans doute derrière. Une lumière intense provenant de l'extérieur inonda soudainement la pièce, rendant les mitrailleuses aveugles. L'instant d'après, ces dernières basculaient sur le côté, inertes.

Une douzaine d'hommes en combinaisons et casques noirs entrèrent par l'ouverture opérée dans la porte blindée et tombèrent nez à nez avec l'archiviste qui se tenait debout au milieu des deux tourelles hors service et qui leur annonça de but en blanc :

— Bonjour, messieurs. Je pense qu'il doit y avoir un malentendu, les séances prénatales pour futurs jeunes parents sont au troisième étage.

Peu enclin à rire, l'un des intrus matérialisa dans sa main gantée de cuir noir un pieu de glace qu'il propulsa d'un geste sur Hector. Mais au lieu de se planter dans l'épaule de ce dernier, le projectile continua sa course pour s'écraser sur une étagère derrière sa cible. L'archiviste venait de se dématérialiser et se rematérialiser quelques mètres plus loin en déclarant :

— Ah, vous n'êtes donc pas de jeunes parents… Je disais, au premier étage il y a l'accueil, ensuite, des bureaux assez ennuyeux avec un très mauvais café, au troisième…

Cette fois, franchement agacé, l'un d'eux se jeta sur lui et le traversa sans le toucher. Se réceptionnant tant bien que mal après avoir été emporté par son élan, il murmura pour lui-même :

— C'est pas possible, personne n'aurait dû être capable d'esquiver ça…

À voix haute, il reprit ensuite :

— Logoss, connecte-toi à leurs terminaux maintenant, à tous les coups c'est une saloperie de projection holographique.

— Pas besoin, cet idiot était caché juste derrière la quatrième rangée à côté d'un terminal.

Logoss, un géant à la carrure impressionnante, revint parmi ses coéquipiers en agrippant l'archiviste par le col. Celui qui tenait apparemment le rôle de chef repris :

— Bon, l'ami, tu as verrouillé tous les accès informatiques aux archives, ça nous ferait gagner beaucoup de temps si tu débloquais tout ça…

Logoss donna une gifle magistrale au pauvre Hector afin d'appuyer les propos de son chef et demanda :

— T'as entendu le monsieur ? Maintenant tu vas faire ce qu'on te dit, sinon ça va très mal se passer pour toi !

Le leader du groupe le reprit en serrant les dents :

— Logoss… ne l'abîme pas… on a besoin qu'il soit en mesure de coopérer.

Le jeune homme pris en otage était tétanisé par la peur. Ses capacités de réflexions réduites à néant, il se souvenait à peine de son prénom et était sur le point de souiller son pantalon. Toujours agrippé par le grand Logoss, il n'eut pas le temps de reprendre ses esprits que la porte blindée à moitié fondue s'ouvrit sur l'équipe Eagle. Celle-ci entra dans les archives en formation de combat défensive, trois agents en pointe, un quatrième au centre concentré sur le bouclier vermeil qui les entourait tous et les deux derniers sur son flanc pour le protéger. Leurs armures en polymères impeccables et leur coordination parfaite juraient avec le groupe d'assaut indiscipliné qu'ils avaient en face d'eux. Bumper, l'officier supérieur en pointe de formation, annonça solennellement :

— Vous êtes en violation d'une demi-douzaine de lois, tentative de vol en bande organisée avec effraction, prise d'otage et j'en passe. Libérez l'otage, livrez-vous, et vous serez jugés équitablement.

∴

Les agresseurs se regardèrent les uns les autres. Une tension presque palpable emplissait l'entrée de la salle des archives. Par la pensée, Bumper s'adressa à son équipe :

— Nous sommes les premiers sur les lieux, les renforts sont censés arriver dans plusieurs minutes, les informations stockées ici doivent être protégées à tout prix et, si possible, la vie de l'archiviste sauvegardée. Nous sommes en infériorité numérique et nos cibles ont des pouvoirs destructeurs, je préconise une attaque éclair. Dans trois secondes on ouvre le bouclier et je vais envoyer une onde de choc pour prendre l'avantage. Si les choses tournent mal, Disrupt, tu mets l'archiviste en sécurité dans la salle des serveurs pour qu'il rende les fichiers définitivement hors de portée de ces salauds.

Bumper écarta alors ses bras et frappa dans ses mains, émettant une puissante onde de choc qui projeta les braqueurs et leur otage en arrière sur plusieurs mètres.

∴

Hector se réceptionna tant bien que mal au milieu des fournitures de bureau éparpillées au sol. Encore sonné, il rampa comme il put sous les étagères renversées. Des rugissements et des cris résonnaient dans la salle, le mobilier volait à travers la pièce, des explosions étaient suivies d'ondes de chocs et de flash lumineux d'une rare intensité.

Quelques secondes s'écoulèrent, le jeune homme rampait toujours pour son salut quand il sentit quelqu'un derrière lui l'agripper par l'arrière du col de sa robe. Paniqué, il saisit le premier objet à sa portée pour tenter d'assommer son agresseur, mais, alors qu'il se retournait et tombait nez à nez avec un des criminels, il vit une paire de mains se placer des deux côtés de la tête de ce dernier.

D'un mouvement brusque, Disrupt, membre de l'équipe Eagle, brisa la nuque de son assaillant. Le bruit répugnant de son cou éclatant entre les mains de l'agent retourna l'estomac d'Hector qui lâcha le clavier d'ordinateur qu'il avait ramassé par terre en dernier recours. Le soulevant du sol comme une vulgaire brindille pour le remettre debout, Disrupt ordonna d'un ton qui ne sous-entendait aucune discussion :

— Suis-moi, je vais te protéger !

Soulagé, le jeune archiviste se laissa guider. Ils avançaient discrètement au milieu du tumulte afin de ne pas se faire remarquer. Cependant, quelques rangées d'étagères plus loin, ils furent tout de même découverts par l'un de leurs ennemis. Les yeux de l'agent du GUT devinrent alors complètement noirs et une masse d'ombres mouvantes se referma autour de leur poursuivant. Ce dernier tituba, agitant ses mains devant lui tout en criant :

— Je vois plus rien ! Qu'est-ce que c'est que…

Hector et Disrupt continuèrent leur progression l'un derrière l'autre jusqu'à atteindre une porte au fond de la salle des archives. Ils l'entrebâillèrent et se glissèrent à l'intérieur de la pièce qu'elle dissimulait. Les murs étaient ornés d'armoires réfrigérées remplies de serveurs informatiques et au fond de la salle trônait l'ordinateur central des archives. Encore désorienté, Hector reconnut l'endroit où ils avaient atterri. C'était un cul-de-sac, cette pièce était pourvue d'une seule porte, qu'ils venaient d'emprunter, et ne comportait aucune autre issue. Perdant son sang-froid, Hector s'en prit à l'homme qui l'avait emmené jusqu'ici.

— Mais qu'est-ce qu'on fout là ?! C'est la salle des serveurs, on est pris au piège !

— Écoutez, grand archiviste, derrière cette porte, l'issue du combat est plus qu'incertaine. Si je vous ai extrait du combat, c'est même qu'on est en train de se prendre une raclée de première. Vous êtes le seul à pouvoir mettre hors de portée de nos assaillants les informations des archives, certaines de ces données ne doivent absolument pas tomber entre leurs mains. Vous seul avez les codes pour verrouiller l'intégralité des secrets militaires.

— Grand archiviste ? Il n'y a plus de grand archiviste dans cette section depuis des années ! Je suis un junior moi ! Ça fait trois mois que je suis ici ! Ils ne m'ont jamais donné aucun code de verrouillage d'urgence !

Dans la pièce principale, les bruits de combat s'étaient tus. Aucune certitude n'était établie à propos de l'équipe qui l'avait emporté jusqu'à ce que de grands coups soient donnés à la porte blindée ; des gens tentaient de pénétrer de force dans la salle des serveurs, répondant à la question concernant le camp victorieux. Disrupt annonça à l'archiviste :

— Je vais essayer de les retenir le plus longtemps possible, faites de votre mieux. Désolé que vous ayez été entraîné là-dedans...

Hector Delcours, archiviste junior et technopathe très doué, n'avait jamais imaginé que son existence puisse se terminer de cette façon. Il avait toujours eu de l'attirance pour le calme et les situations binaires, simples.

Et alors que l'homme qui l'avait amené jusqu'à ce traquenard concentrait toutes ses forces pour bloquer la porte, le jeune archiviste se rappela un dossier qu'il avait lu quelques mois plus tôt. Il parlait d'un scientifique, lui aussi technopathe, qui avait repoussé les limites de son potentiel actif. Ce génie avait trouvé la clef de ce qu'il nommait la technotranscendance et avait réussi dans une ultime tentative à se dématérialiser complètement et faire pénétrer son essence dans un ordinateur.

Hector avait été passionné par cet évènement et s'était renseigné des semaines durant sur ce phénomène particulièrement hasardeux, pour finalement abandonner à cause des fortes probabilités de mourir au cours du processus.

Le technopathe comprit alors que sa seule chance de s'en sortir consistait à risquer la périlleuse expérience, il s'assit en tailleur devant l'ordinateur central relié au réseau interne des armées. Peinant à se concentrer en raison des coups et divers impacts que subissait la porte, il finit par réussir, après plusieurs essais, à entrer dans un état de conscience secondaire. Il ne voyait plus par ses yeux, il n'entendait plus par ses oreilles, le monde autour de lui se résumait à des interférences et des courants électriques, des ondes et des projections de photon. Son esprit fusionna avec le serveur central. Il exécuta l'ordre reçu plus tôt et supprima des disques durs toutes les occurrences et dossiers secrets qu'il trouva. Puis, il comprit qu'il devrait fuir par le réseau quand la porte céda et que son protecteur mourut sous la poigne des membres du gang qui les avaient attaqués.

Il capta vaguement les jurons et les éclats de voix énervés de ceux qui étaient ses assaillants il y a encore quelques instants. Le monde tangible perdait tout sens pour lui, devenant de plus en plus distant pour ses perceptions…

Parcourant les ondes électriques des réseaux, ses pensées se tournèrent vers ses proches, se demandant combien de temps il devrait errer avant de pouvoir les retrouver…

« Le pouvoir d'invisibilité ne sert à rien lorsque vous affrontez un aveugle. »
Philosophe Antarien, Gregor Sephrian

Chapitre III - Connaissances et pouvoirs

Jour 45 de l'an 246 : 7h30

Comme tous les matins de la semaine, la mère de Kévin l'emmenait en voiture jusqu'à son école. Il était 7h30 et la circulation était particulièrement saturée. Les barrages et les contrôles routiers, qui avaient l'air d'avoir été doublés par rapport aux autres jours, laissaient penser que les services de police avaient passé une nuit laborieuse.

À la radio, la présentatrice des informations énumérait les actes de vandalisme des dernières heures. Pour Kévin, petit garçon de huit ans, ces informations ne voulaient pas dire grand-chose. Depuis quelque temps, les braquages étaient devenus monnaie courante et il y prêtait à peine attention, mais il ressentait les inquiétudes de sa mère.

Malgré cela, toutes les pensées de Kévin se focalisaient sur sa hâte de retrouver l'école, ses camarades de classe et le professeur Doakins. C'est pourquoi il sortit en trombe de la voiture dès que celle-ci fut arrêtée devant le portail de son école et répondit distraitement à sa mère quand elle lui souhaita une bonne journée et lui envoya un baiser. En courant vers l'entrée, il manqua de percuter une femme en pantalon droit et veste de tailleur qui venait d'atterrir avec sa fille sanglée à elle. Il la regarda s'accroupir pour retirer le harnais de son enfant, l'embrasser sur le front puis s'envoler vers le ciel d'un bond majestueux, de splendides ailes de lumières se déployant dans son dos. Il pensa :

Waaaah, comme IceAngel ! J'adorerais avoir ce pouvoir quand je serai grand…

Puis, il continua jusqu'au premier contrôle de sécurité constitué de deux gardes armés au portail appartenant au GPI, le Groupe de Protection des Institutions.

L'un des deux agents scanna son identifiant et Kévin se retourna pour saluer sa mère qui remettait en route son véhicule, le visage plus serein de savoir son enfant en sécurité.

Comme tous les matins, il entra dans le bâtiment, passa sous le détecteur de métaux, tourna à droite après la salle des fouilles corporelles et présenta son sac ouvert devant le grand monsieur qui pouvait déceler les explosifs. Puis il monta au deuxième étage, où les autres élèves de sa classe l'attendaient déjà.

Une dizaine de minutes s'écoulèrent, durant lesquelles ils se racontèrent leurs occupations de la veille au soir et parlèrent de leurs jeux vidéo favoris ou des dessins animés du matin jusqu'à ce que le professeur arrive enfin. C'était un grand bonhomme à l'air jovial qui arborait au sommet de son crâne une calvitie avancée. Il les invita à entrer dans la salle de classe alors que la sonnerie retentissait. Le temps que les élèves rejoignent leurs places et que leur instituteur pose son porte-document sur le bureau, ce dernier annonça :

— Aujourd'hui les enfants, nous allons parler des potentiels actifs qu'on appelle plus communément… les pouvoirs !

Kévin, bien installé à son pupitre, s'exclama alors à l'unisson avec ses camarades :

— Ouiii !

Ravi de cet accueil, le professeur Doakins enchaîna :

— Pour commencer, beaucoup d'entre vous ont dû entendre parler du rang de certaines personnes, savez-vous ce que cela veut dire ?

Plusieurs enfants levèrent la main pour s'exprimer et l'instituteur choisit de donner la parole au petit Wilhelm :

— Plus on a un gros rang plus ça veut dire qu'on est fort !

À cela, le professeur répondit :

— Hmm, non, quelqu'un d'autre ?

Cette fois, il invita la petite Émilie à s'exprimer.

— Ça dépend du nombre de pouvoirs qu'on a ? suggéra cette dernière, peu sûre d'elle.

— Tout à fait Émilie ! On dit d'une personne qui n'a qu'un seul pouvoir qu'elle est de rang un, d'une personne qui a deux pouvoirs qu'elle est de rang deux et ainsi de suite.

Grommelant, le petit Wilhelm ajouta :

— Bah plus on a de pouvoirs et plus on est fort, pfff…

— En fait pas vraiment, jeune homme. Une personne de rang trois peut très bien être moins puissante ou moins utile à la société qu'une personne de rang deux, en fonction de ses pouvoirs et de la maîtrise qu'il a de ceux-ci. Je ne citerai pas un grand philosophe à des enfants de votre âge, mais certains pouvoirs peuvent se révéler vraiment inutiles ! Pour vous donner un exemple, sachez que seulement une personne sur dix possède un pouvoir applicable en situation de combat puisque c'est de cela que tu veux parler, Wilhelm. Maintenant est-ce que l'un de vous peut me dire combien de pouvoirs au maximum peut avoir une personne ?

Le jeune Kévin leva immédiatement la main.

— Oui, Kévin ?

Kévin s'éclaircit alors la voix et dit :

— Ma maman m'a dit qu'on peut en avoir cinq au maximum, mais que c'est très rare.

Se frottant le menton, Doakins répondit :

— Hmm… Vrai… et faux en même temps… En fait, depuis que le recensement des pouvoirs a été établi, aucune personne avec plus de cinq pouvoirs n'a été recensée, mais rien ne prouve qu'il soit impossible d'en avoir plus. L'histoire nous a appris que ces chiffres vont en augmentant. Il y a quatre-cents ans, personne avec plus de trois pouvoirs ne s'était fait connaître et il y a encore peu de temps, personne avec plus de quatre pouvoirs n'avait été recensé. Ce n'est que lors de la précédente génération que les trois premiers rangs cinq sont apparus et il n'y en a pas eu d'autres depuis. Ces derniers sont extrêmement rares comme ta mère a pu te le dire. L'un d'eux est en prison, quant aux deux autres vous les connaissez certainement.

Les enfants écoutaient les paroles de leur précepteur avec beaucoup d'enthousiasme et tous hochèrent la tête à cette affirmation. Le professeur Doakins enchaîna donc :

— Et est-ce que vous saviez que c'est à partir de votre âge, habituellement entre huit et quinze ans, que commencent à se manifester les premiers pouvoirs ? C'est ce qu'on appelle l'éclosion.

Un petit garçon avec des lunettes leva alors énergiquement la main.

— Oui, Martin ?

— Mais moi j'ai déjà eu un de mes pouvoirs quand j'avais que quatre ans, comment ça se fait ?

— Oui, c'est pour cela que j'ai dit habituellement vers votre âge. Il peut effectivement y avoir des cas où une éclosion se produit plus tôt, parfois même dès la naissance ! Dis-moi, c'est quoi ce pouvoir qui a éclos chez toi aussi tôt ?

Le jeune garçon baissa son regard sur son pupitre en rougissant avant de répondre d'une voix hésitante :

— Je fais pousser les plantes…

Ses camarades de classe se mirent alors à rire du petit Martin tandis qu'il se recroquevillait sur son siège. Le professeur mit rapidement fin aux moqueries en tapant bruyamment sur son bureau avec le plat de sa main.

— Les enfants ! Un peu de calme, je vous prie… Je vous ai déjà dit de ne pas vous moquer les uns des autres ! Surtout que là, il n'y a vraiment aucune raison de se moquer. Saviez-vous que c'est grâce aux personnes qui possèdent ce type de don, que tout notre pays peut subsister ? Et oui, toutes nos cultures, nos plantations, parviennent à nous nourrir grâce aux personnes qui travaillent et utilisent leurs pouvoirs à cette fin ! D'ailleurs, c'est très souvent les pouvoirs des gens qui finissent par déterminer leur métier. Par exemple que font vos parents et quels sont les pouvoirs qu'ils possèdent en rapport ?

— Marlène ?

— Mon papa maîtrise le feu et le métal, il travaille dans la métallurgie.

— Martin ?

— Mon papa est super fort ! Il travaille dans le bâtiment !

— Henri ?

— Ma maman fait pousser les cheveux, elle est coiffeuse !

— Wilhelm ?

— Héhé, mon papa, il est super rapide, il est télépathe, et il peut lancer des ondes de choc avec ses mains, c'est le chef de l'équipe Eagle du GUT !

— Eh bien, Wilhelm, il est sacrément fort ton papa !

Kévin ressentit une pointe de jalousie. N'ayant pas connu son père, il aurait rêvé que ce dernier fasse partie de l'une des prestigieuses équipes d'élite du GUT. Il leva alors la main et eut la permission de parler.

— Moi quand je serai grand je ferai aussi partie des équipes d'élite du GUT !

Les autres enfants de la classe se mirent à rire de plus belle et le professeur dut les calmer à nouveau avant d'annoncer :

— Il est encore trop tôt pour parler de tout ça, les questions d'orientations professionnelles ne se posent qu'à partir de quinze ans. Vous avez des questions, les enfants ? Oui Mathilda ?

— Ma maman m'a dit que quand elle a eu son troisième pouvoir, elle avait coupé l'électricité de tout un quartier de la ville. Ça va m'arriver aussi ? demanda la jeune fille d'un air inquiet.

— Non, ce que l'on appelle les « surcharges éclosives » ou plus communément les « surcharges » sont assez rares, même s'il est vrai que cela arrive. Une surcharge éclosive, c'est quand un pouvoir se manifeste pour la première fois, mais qu'il le fait de façon exacerbée... de façon bien plus puissante l'espace de quelques secondes. Par contre, il ne faut pas vous inquiéter pour ça, c'est vraiment très rare et pour vous c'est encore loin ! répondit le professeur Doakins en se voulant rassurant.

Wilhelm leva alors la main et demanda :

— Mon papa m'a dit que les méchants qu'il enferme, on leur enlève leurs pouvoirs, comment ça marche ?

— En fait, on ne leur enlève pas vraiment leurs pouvoirs, on leur injecte dans la nuque un métal très rare qui neutralise les pouvoirs, ce métal s'appelle le négatron !

L'enseignant allait enchaîner lorsqu'on frappa à la porte.

— Entrez, répondit ce dernier, surpris par l'interruption.

Une jeune femme en uniforme du GUT entra et parla à l'oreille du professeur Doakins. Kévin, au premier rang, réussit à entendre :

— Il est arrivé malheur au père du petit Wilhelm, nous sommes là pour le ramener chez lui...

L'instituteur annonça alors en essayant de cacher sa peine :

— Willy, la dame va te ramener chez toi, un de tes camarades t'apportera tes devoirs...

Kévin vit son ami se lever, prendre ses affaires et suivre l'agent.

« Certains affirment que l'apparition des potentiels actifs sur notre continent serait liée à la rareté du négatron dans nos sols. Mais ce pourrait tout à fait être le contraire. »

Philosophe Antarien, Gregor Sephrian

Chapitre IV - Général Johnson

Jour 45 de l'an 246 : 11h58

Un héliporteur militaire de catégorie Cobra traversait le ciel du Secteur Premier de la ville-continent d'Antar. Il était plutôt rare que ces énormes transporteurs blindés et équipés pour la guerre se déplacent dans cette partie de la ville. Toutefois, les événements qui s'étaient déroulés dans la nuit et la matinée avaient forcé ces dispositions, car la sécurité du général Johnson, premier général des armées, ne devait en aucun cas être mise en péril.

L'aéronef volait à basse altitude sous le zénith du soleil, passant parfois à seulement quelques dizaines de mètres des gratte-ciel étincelants de cette zone.

L'héliporteur se posa enfin sur le toit du centre de commandement du GUT. Les trente-cinq membres de la garde rapprochée quittèrent l'appareil et se mirent en position autour de l'héliport. Celui qui semblait le plus gradé d'entre eux parla dans un talkie-walkie et le général sortit alors à son tour. C'était un homme solide à l'air sévère. Avec ses larges épaules et son regard perçant, seules quelques rides aux coins des yeux et des cheveux grisonnants trahissaient ses soixante-cinq ans chargés de responsabilités. Il avança, accompagné de deux de ses gardes, vers le comité d'accueil composé de trois individus postés devant l'ascenseur du bâtiment. Arrivé à leur portée, il se détendit à la vue de son homologue au sein du GUT : le directeur Gil Lockhead.

Les deux hommes se connaissaient de longue date, c'était même le général en personne qui avait appuyé la nomination de Gil à la direction du GUT. Gil Lockhead, qui dépassait le chef des armées d'une demi-tête avec son physique élancé, avait fière allure dans son uniforme bleu clair. Une fois tous deux face à face, le directeur du GUT serra la main du militaire, et le salua en souriant :

— Bonjour, Mon Général, un an tout pile à la minute près depuis la première mission de l'équipe Alpha.

— Bonjour à vous, directeur. Je n'étais pas présent pour sa création, mais je n'aurais raté pour rien au monde l'anniversaire de notre fière équipe Alpha ! J'ai entendu dire que la nuit a été longue, allons faire cette revue des troupes rapidement.

Ils entrèrent dans l'ascenseur de service, accompagnés de deux gardes chacun, et le directeur du GUT reprit la parole :

— Mon Général, quelles sont les nouvelles de la guerre extérieure ?

— Mieux que ce que j'espérais, mais moins bien que les membres du Sénat n'attendaient… Il est toujours compliqué de faire comprendre aux huiles qu'une guerre se gagne petite victoire par petite victoire…

Le conflit entre Antar et le continent voisin mettait les aptitudes, tant militaires que diplomatiques, du général à rude épreuve, mais se retrouver avec son ami, hors du contexte purement martial, lui permettait d'agir de manière plus informelle et de ne pas avoir à mesurer la portée de chacune de ses paroles.

L'ascenseur arrivé à sa destination, ils s'engagèrent ensemble dans le grand hall et le directeur montra au chef des armées le chemin à suivre pour accéder à la salle d'audition.

— Général, je vais faire venir les membres de l'équipe quand vous serez prêt, annonça le directeur Lockhead

Le vieux militaire s'engagea dans la salle et lui répondit :

— Vous pouvez commencer, envoyez-moi le premier…

Il referma la porte derrière lui et s'avança dans la pièce aux allures épurées où trônait une petite table ainsi que deux chaises en métal éclairées par un plafond lumineux. Sur la table, une pile de dossiers était proprement disposée.

Le général s'installa précautionneusement sur la chaise faisant face à la porte et se concentra sur la tâche à venir. Malgré sa supervision par l'armée, le Groupement d'Unités Tactiques, souvent désigné par son acronyme GUT, restait un organisme civil. Ses agents ne se trouvant pas sous les ordres directs des militaires, Charles Johnson n'avait pas à s'attarder sur le respect de l'étiquette ou autre espèce de cérémonial d'ordinaire imposés dans l'armée. Sa présence ne se justifiait que pour des raisons d'inspection et de contrôle, ce qui le privait d'une bonne partie de l'autorité à laquelle il était habitué. Il se remémora brièvement les principaux objectifs de sa visite, souffla un grand coup et prit le premier dossier de la pile.

Frank Barret

Nom de code « Sniper », 23 ans, dernier arrivé dans l'équipe, 3 mois plus tôt.

Rang 2 : omniscience visuelle dans un rayon de 1 km, maîtrise de l'électricité.

Le général se souvenait très bien avoir eu vent de cette incorporation. Cette dernière s'était révélée problématique à cause de notes à peine suffisantes à l'académie et de l'absence du potentiel actif de vitesse vivement souhaité à l'intégration d'une équipe d'intervention. Pourtant, l'appui de son frère Shield et sa maîtrise du pouvoir inédit d'omniscience visuelle avaient finalement fait pencher la balance de son côté.

On tapa à la porte.

— Entrez, répondit le général.

Le jeune Frank Barret pénétra dans la pièce. Il savait sûrement déjà à quoi s'attendre grâce à son potentiel actif, mais il sembla tout de même intimidé lorsque son regard croisa celui du militaire.

— Assieds-toi, jeune homme. Ça ne va pas être très long, j'ai juste quelques questions à te poser.

Sniper s'installa et tenta de trouver une position confortable sur sa chaise tout en restant le dos bien droit tandis que son interlocuteur prenait la parole :

— Pour commencer, j'aurais voulu savoir comment tu te sens dans l'équipe, et quelle place tu as l'impression d'y avoir en son sein, débuta le général.

— Eh bien… j'y suis plutôt bien. Je suis toujours un peu le nouveau, chacun essaye de m'apprendre les ficelles du métier et essaye de me préserver en même temps, chaque mission apporte son lot de nouveautés, c'est assez exaltant !

— C'est très bien ça. Sinon, si tu devais parler d'une seule mission dans laquelle tu t'es senti en difficulté, ce serait laquelle ?

— Hmm, souffla Frank en réfléchissant. Je crois que c'était lors d'une de mes premières missions avec l'équipe, on pourchassait un métamorphe qui avait pris la forme d'un moustique pour s'enfuir. Le suivre avait été quasiment impossible, et j'avais manqué tous mes tirs de foudre…

— Effectivement, ça avait l'air particulièrement difficile…

— Mais on a fini par l'avoir ce matin finalement !

— Eh bien, toutes mes félicitations. J'ai devant mes yeux ton dossier, donc, comme tu l'imagines, je ne vais pas te poser de question sur les vingt-sept missions effectuées, toutes avec succès, les chiffres parlent d'eux-mêmes. Par contre, je me demandais où en étaient tes motivations.

— Mes motivations, Monsieur ?

— Oui, tes notes moyennes à l'académie montraient clairement un niveau de motivation très bas, surtout au vu de tes capacités réelles.

Je me suis toujours demandé si tu avais ce qu'il fallait pour faire partie de cette équipe d'élite…

— À dire vrai, Monsieur, au début c'est mon frère Shield qui m'a poussé à intégrer le GUT et cette équipe. Il ne tarissait pas d'éloges sur ses équipiers et il disait, en plaisantant, que leurs capacités associées à mon pouvoir leur permettraient de sauver le monde. J'ai suivi ses conseils parce que c'est mon grand frère, mais aujourd'hui je comprends que, malgré ce trait d'humour, il avait raison. Je suis le dernier arrivé d'une équipe d'élite dont chaque autre membre est considéré comme l'un des meilleurs agents du GUT et pourtant je ne me sens pas inutile… au contraire.

— Vous pensez avoir réussi à sauver le monde ? ironisa le général en paraphrasant son interlocuteur.

— Je ne sais pas si nous avons réussi à le sauver, Monsieur, mais en tout cas nous avons fait beaucoup de bien, ça c'est sûr.

— Hmm… répondit le général d'un air pensif avant de continuer. Une dernière question, serais-tu intéressé par une évolution au sein du GUT à court ou moyen terme ?

— Comment ça ? lui répondit le jeune homme intrigué.

— Eh bien, changer ou prendre le commandement d'une équipe ? Je sais pour sûr que l'équipe Turtle a déjà demandé plusieurs fois à ton directeur une chance de te convaincre de les rejoindre.

— Ah ?! répondit Sniper, flatté et surpris. Non, clairement pas, l'équipe Alpha est en quelque sorte devenue ma deuxième famille.

— Très bien, merci, tu peux appeler le prochain.

L'air surpris de Sniper laissa place à un soulagement non dissimulé lorsqu'il passa la porte pour prévenir son collègue. Le général, pensif, posa ce premier dossier sur sa gauche et retira le suivant de la pile.

Kelly Wright

Nom de code « Vesta », 28 ans, membre du GUT depuis 3 ans, membre de l'équipe alpha depuis sa création.

Rang 2 : maîtrise du feu, vol sans matérialisation d'ailes.

Maîtrise du feu ? C'est un doux euphémisme. Cette agent est une experte dans ce domaine… pensa-t-il.

La jeune femme rousse aux formes généreuses entra sans frapper. Levant les yeux de son dossier, le militaire remarqua qu'elle devait mesurer quelques centimètres de plus que lui. Kelly s'installa sur sa chaise, ses grands yeux verts illuminant son visage, et attendit que le militaire prenne la parole, ce qui ne tarda pas :

— Bonjour, mademoiselle.

— Bonjour, Général, répondit-elle en bombant le torse et en se tenant bien droite.

— Entrons dans le vif du sujet directement si ça ne vous dérange pas. Comment vous sentez-vous dans l'équipe, quelle est votre place ?

— Je me sens bien dans cette équipe, les garçons sont parfois un peu taquins, mais je donne bien le change. Lors de nos missions, je m'occupe principalement de sécuriser le périmètre, je circonscris les zones d'affrontement.

— Quel a été le moment le plus complexe ou le plus difficile que vous ayez eu à affronter depuis que vous êtes dans l'équipe Alpha ?

Kelly s'octroya quelques instants pour réfléchir à la question en se tenant le menton d'un air boudeur facilement induit par ses lèvres pulpeuses et répondit :

— Je pense que c'était lors d'une mission avant que Sniper n'arrive, l'équipe avait été prise par surprise par un groupe assez vicieux qui utilisait des canons soniques, j'avais fait une chute de quinze mètres à cause de la désorientation, sauvée in extremis par Enri… euh… le capitaine Telvir. L'affrontement qui a suivi avait été particulièrement dur malgré l'adaptation ingénieuse des boucliers de Shield qui nous avait permis de résister aux ondes de leurs armes.

— Je comprends, souffla le général, puis, feuilletant le dossier, il rajouta, je lis ici que vous avez été suivie par un psychologue dans le civil pendant cinq ans après avoir incendié votre école quand vous en aviez quinze, c'est exact ?

— Ou… oui, acquiesça la jeune femme, visiblement troublée.

Faisant mine de ne pas voir sa gêne, il enchaîna :

— Est-ce suite à cette thérapie que vous avez décidé de rentrer au GUT ?

Un sourire en coin apparut sur le joli visage de Vesta quand elle annonça :

— À dire vrai, j'ai été repérée alors que j'utilisais mon pouvoir, ce n'est pas dans mon dossier ?

Le général feuilleta plus attentivement les documents à sa disposition avant de répondre :

— Non, ce n'est pas dans le dossier, que s'est-il passé ?

Les yeux pétillants de fierté, elle entreprit de raconter l'anecdote :

— Un voleur, pris la main dans le sac, menaçait d'égorger une mère de famille devant moi. Je l'ai réduit en cendre sans même causer une bouffée de chaleur à sa victime. Un cadre du GUT passait par là et m'a dit que je pourrais développer mon don pour contribuer à un avenir meilleur. J'ai arrêté d'écouter après qu'il m'ait dit qu'on m'aiderait à développer mon don et je ne suis pas déçue aujourd'hui !

L'esprit un peu ailleurs, le général répondit :

— Très bien très bien… et que pensez-vous des missions que vous avez effectuées avec l'équipe Alpha ?

— L'équipe a mis quelques missions à trouver son rythme de croisière, mais notre taux de réussite est allé croissant et, même si ça me fait mal de l'admettre, l'arrivée de Sniper a comblé nos dernières lacunes. Depuis qu'il est là, nous n'avons plus connu aucune défaite.

— Une dernière question avant d'en avoir terminé ensemble : est-ce que vous auriez l'ambition d'évoluer au sein du GUT ? De vous engager dans une autre équipe ? De diriger une équipe ?

— Pas vraiment, je ne suis pas intéressée par le commandement, et j'ai fait partie de cinq formations différentes en deux ans avant d'entrer dans l'équipe Alpha, je crois que j'ai trouvé ma place.
— Eh bien merci beaucoup pour ces réponses, vous pouvez à présent disposer, appelez-moi le prochain s'il vous plaît.

Vesta se leva de sa chaise promptement et sortit. Un autre dossier changea de pile et le général ouvrit le suivant.

Évangéline Wallas

Nom de code « Ghost », 26 ans, membre du GUT depuis 4 ans, membre de l'équipe alpha depuis sa création.

Rang 3 : invisibilité totale à 3 mètres, toucher explosif, vitesse.

Voilà un cas qui l'intéressait tout particulièrement. Du pouvoir très rare d'invisibilité aux raisons qui avaient poussé la jeune femme à entrer au GUT, les mystères autour de cette recrue étaient légion.

Quand la porte s'ouvrit enfin, Ghost apparut à lui petit à petit, fine et élancée, le visage fermé et ses cheveux noirs coupés courts, comme sortant d'une brume invisible. Le général n'avait jamais vu cela, il concentra tous ses sens sur cette apparition afin d'en trouver le fonctionnement pour finalement s'avouer vaincu. Il ne put s'empêcher de s'exclamer :

— C'est tout bonnement extraordinaire !

Encore debout sur le pas de la porte, Évangéline surprise par cette remarque demanda avec curiosité :

— Monsieur ?
— Oui, excusez-moi, agent Wallas, votre capacité d'invisibilité est stupéfiante, j'ai vu nombre de capacités extraordinaires tout au long de mon existence, mais celle que vous possédez me fascine.

Ghost semblait désarçonnée. Le général se montrait plus sous le jour d'un jeune étudiant que sous celui de l'un des hommes les plus puissants du continent. Il reprit avec le sourire :

— Venez, déplacez cette chaise et mettez-vous à côté de moi, que mes vieux yeux puissent vous voir clairement.

Ghost se saisit de la chaise et la déplaça au coin de la table, à côté du militaire, avant de s'y asseoir. Le général savait que l'histoire autour de Ghost était compliquée, que cette dernière dissimulait des faits au GUT, mais les décisions qui allaient découler de ces entretiens s'avéraient trop cruciales pour qu'on lui cache quoi que ce soit. Il devait connaître cette équipe sur le bout des doigts, pour pouvoir défendre leurs intérêts, pour pouvoir continuer efficacement à lutter contre les maux intérieurs de leur nation.

Le général était renommé pour ses dons stratégiques naturels et son intellect d'une rare finesse, mais ce que les gens connaissaient moins, c'était sa compétence de télépathe. Il plongea alors son regard dans celui d'Évangéline et, tout en lui prenant la main, chuchotta :

— Je suis désolé, mais je dois savoir…

À ce moment-là, Ghost ressentit un picotement dans sa main et d'un seul coup des souvenirs affluèrent par vague devant ses yeux.

Sa vie seule avec sa mère lorsqu'elle était enfant, la façon dont elle avait utilisé son pouvoir pour voler les étals des magasins, le moment où elle avait finalement été prise la main dans le sac par Loki et où celui-ci avait décidé de prendre soin d'elle et de l'orienter vers le GUT, leur liaison qui dura deux ans, les fréquentes visites d'Évangéline à sa mère pour lui donner la majeure partie de sa solde.

Une larme roula sur la joue de Ghost quand le général lui lâcha enfin la main. Ce dernier, les yeux humides à cause du contact télépathique intense qu'ils venaient de vivre, reprit la parole, la voix rauque :

— Vraiment désolé, il fallait que je sache. Trop de choses sont en jeu et je ne veux pas que ce genre d'histoire puisse nous desservir… Vous pouvez y aller, envoyez-moi le prochain dans cinq minutes.

Elle retira sa main pour la porter à sa poitrine et appuya l'autre sur la table afin de se relever, comme si le poids du monde se retrouvait sur ses épaules. Elle marcha doucement jusqu'à l'extérieur de la pièce en disparaissant petit à petit, puis la porte se ferma.

De son côté, le général se leva et étira les bras au-dessus de sa tête. Il n'avait jamais aimé utiliser ce pouvoir. Il replaça de l'autre côté de la table la chaise que son interlocutrice avait quittée un instant plus tôt, se réinstalla sur son siège et prépara le prochain dossier tout en réorganisant ses pensées.

Ronald Aldrick

Nom de code « Mastoc », 36 ans, membre du GUT depuis 8 ans, membre de l'équipe alpha depuis sa création.

Rang 3 : croissance / décroissance musculaire, vitesse, maîtrise de la terre.

Voilà un entretien qui promettait d'être rapide. Cet homme avait toujours été comme un livre ouvert pour ses camarades et superviseurs.

Alors que le général feuilletait distraitement le dossier, la porte s'ouvrit et Mastoc fit son entrée. L'officier songea que l'individu en face de lui était dépourvu de toute grâce ou d'élégance. Plutôt grand, Ronald Aldrick affichait une carrure impressionnante et son visage carré lui donnait un air presque grotesque.

Après avoir fermé maladroitement la porte derrière lui, le colosse se fendit d'un large sourire qui, dans d'autres circonstances, aurait pu en effrayer plus d'un et présenta ses hommages au général sous la forme très concise d'un :

— M'sieur.

— Asseyez-vous.

Mastoc prit alors place sur sa chaise, cette dernière disparaissant complètement derrière cet imposant mastodonte. Le général reprit :

— Pour commencer, j'aurais aimé savoir comment vous vous sentez dans l'équipe, et comprendre la place que vous y tenez.

— Bah, ça se passe pas mal. J'suis un peu le pilier de l'équipe, je mets la bonne ambiance et je leur fais garder les pieds sur terre, enfin… à part Vesta, haha ! Mais vous voyez ce que je veux dire…

Le général préféra ne pas réagir au trait d'humour de son interlocuteur et enchaîna :

— Je lis dans votre dossier que vous êtes un des plus anciens éléments du GUT.

— Un peu que j'suis l'un des plus anciens, j'l'ai construit ce bâtiment !

— Vous l'avez construit ? répondit le général surpris.

— Bah ouais, à l'époque le GUT existait pas encore, je bossais dans les travaux publics, on a monté ce bâtiment moi et mes gars.

— Ça pour une surprise ! Et qu'est-ce qui vous a fait changer d'orientation ? Pourquoi être entré au GUT ?

— Ça payait carrément mieux !

Un peu désarçonné par la franchise de son interlocuteur, le général réussit tout de même à enchaîner :

— Ok… Et donc, comment se passent les missions, quel est votre sentiment sur l'équipe ?

— Bah, tout baigne, écoutez, on fait l'ménage dans les rues, on met les raclures en taule… Les gars de notre équipe s'en sortent bien, même le p'tit jeune Il a bien progressé depuis son arrivée, le patron l'a bien pris en main, comme nous tous d'ailleurs.

— Est-ce que vous avez en tête une mission qui aurait été bien plus difficile que les autres ?

— Ouais, comme j'disais, avant l'arrivée du p'tit, on s'est mis une ou deux fois dans des positions assez difficiles, une fois on s'était fait prendre par surprise…

— Par une équipe avec des canons soniques, le coupa le général pensant déjà avoir entendu cette histoire.

— Nan ! Celle avec les canons soniques était plutôt sympa, il pleuvait des rouquines ! déclama Mastoc en riant avant de continuer un large sourire toujours peint sur son visage. Non, on pénétrait dans une planque par les égouts, tout le groupe sauf Kelly qui restait en vol pas trop loin. Et les salopards ont dû nous repérer et ont fait s'effondrer les égouts sur nous, on a failli se noyer là-d'dans, vous imaginez ? Je crois que c'est depuis ce moment que Évangéline ne peut plus supporter les égouts d'ailleurs, héhé !

— Et comment vous en êtes-vous sortis ?

— Un effort collectif m'sieur, on s'est sortis des gravats à grands coups de poing et de télékinésie et on est allés attraper ceux qu'on était v'nus chercher.

— Une sacrée anecdote… Et sinon, dans un futur proche, vous auriez envie de prendre le commandement d'une équipe ?

— Pas pour le moment, ça, c'est sûr, mais dans le futur pourquoi pas… Prendre en main une bande de p'tits jeunes, enfin, si la paye suit, bien entendu !

Le général lança un regard désabusé à son interlocuteur en hochant la tête et continua à feuilleter le dossier avant de demander :

— Je lis ici que vous avez une légère tendance à l'alcoolisme ?

— Faut bien qu'on fête nos victoires ! C'est pas de ma faute si on gagne à tous les coups héhé !

Pas bien sûr de savoir comment prendre cette dernière réflexion, le chef des armées décida de clore l'entrevue.

— Eh bien merci, vous pouvez faire entrer votre prochain collègue ?

— Pas de soucis, Mon Général.

Mastoc se leva de son siège, le faisant grincer au passage, et sortit. Un autre dossier changea de pile, il n'en restait plus que deux. Il connaissait bien le suivant, mais l'ouvrit tout de même.

John Barret

Nom de code « Shield », 34 ans, membre du GUT depuis 8 ans, membre de l'équipe alpha depuis sa création.

Rang 4 : télékinésie, bouclier, vitesse, soin.

L'histoire de ce dernier était connue dans tout le bâtiment, l'un des éléments les plus prometteurs du GUT, chef de la toute première équipe d'intervention. Son équipe entière avait été complètement décimée pendant la défense d'une centrale électrique face à des maraudeurs. Pourtant en sous-nombre et sous-informés sur la menace qu'ils affrontaient, ils avaient réussi à repousser leurs assauts jusqu'à l'arrivée des renforts, qui ne trouvèrent plus personne à secourir à part Shield. Depuis, sa culpabilité l'avait poussé à refuser d'entrer à nouveau dans la chaîne de commandement d'une équipe, jusqu'à ce qu'il devienne le second de l'équipe Alpha, à la demande de Loki.

Le général avait déjà croisé plusieurs fois Shield, que ce soit sur le terrain ou lors de précédentes entrevues et il avait beaucoup d'affection pour cette recrue.

Shield entra enfin dans la salle d'interview. Son mètre quatre-vingt-cinq et ses larges épaules lui donnaient l'air d'un conquérant, mais son visage clos et l'épaisse cicatrice qui partait de son oreille jusqu'à son œil droit laissaient transparaître les blessures tant physiques que psychologiques que cet homme avait pu subir. Fermant la porte derrière lui, il se tint droit devant le général et annonça :

— Mon général.

Le chef des armées se leva et alla lui serrer la main.

— Pas de cérémonie entre nous, asseyez-vous, comment allez-vous ?

Les épaules de Shield se détendirent et il prit place sur son siège tandis que son interlocuteur faisait de même.

— Je vais plutôt bien, Monsieur.

— Très bien ! Comment ça se passe avec votre équipe ? Vous y êtes à l'aise ?

— Oui oui, tout va bien, c'est une très bonne équipe, la meilleure, et vous le savez. Pour être honnête, cela faisait longtemps que je ne m'étais pas senti aussi à l'aise dans mes missions.

— Votre poste de capitaine en second vous convient-il ? Vous savez, vous pourriez retourner à un poste de leader, il vous suffirait de le demander.

— Mon poste me convient très bien, et je pense que j'aurais du mal à laisser tomber mon équipe maintenant, ils comptent sur moi, je ne veux pas les décevoir.

— Mission accomplie alors, vos évaluations sont impressionnantes, et celles de votre équipe aussi.

— Alors, si je puis me permettre, pourquoi cette revue, Mon Général ? Je sais que c'est la procédure standard que les équipes soient auditionnées tous les ans pendant les 5 premières années puis tous les 2 ans ensuite, mais, de mémoire, je n'ai pas souvenir qu'un général, ou le premier général, ne se soit jamais déplacé pour une audition…

— Vous avez raison, je pense que vous savez que votre équipe est un peu particulière, mise en première ligne médiatiquement suite à la montée du crime dans notre pays, tout ce qui touche à l'équipe Alpha devient politique à un moment ou un autre…

— Vont-ils démanteler notre équipe ?

— Grand dieu, non ! Enfin, ce n'est pas à l'ordre du jour… Mais d'autres décisions plus importantes vont être prises et nous aurons besoin d'un regard éclairé sur votre équipe pour pouvoir mieux appréhender la suite… À dire vrai, c'est surtout à votre chef que j'ai besoin de parler, les autres entretiens n'étaient qu'à des fins de respect de procédure… Mais, vous concernant, j'avais surtout besoin de vous voir pour vous féliciter. Ce que vous avez vécu, je ne connais aucun soldat qui aurait pu y survivre et s'en remettre comme vous l'avez fait, tant au niveau physique que mental, vous êtes un exemple pour nous tous, j'espère que vous en avez conscience.

L'air surpris, Shield resta coi face aux compliments appuyés de son interlocuteur. Le général reprit alors :

— Allez, mon garçon, finissons-en, amenez-le-moi.

Shield parut troublé l'espace d'un instant, puis ferma à nouveau son visage à toute émotion et quitta la pièce. Le militaire déposa délicatement le dossier de Shield sur la pile et se saisit du dernier.

Enri Telvir

Nom de code « Loki », 36 ans, membre du GUT depuis 4 ans, membre de l'équipe alpha depuis sa création.

Rang 5 : télékinésie, maîtrise du feu, vitesse, maîtrise de la terre, télépathie par contact.

Troisième rang 5 de toute l'histoire du continent, il y avait eu beaucoup d'attentes autour de cet homme et il ne les avait pas déçues.

Diplômé de l'université de sciences militaires avec mention excellence à l'âge de vingt-cinq ans, ses performances lors des différentes formations de l'armée lui avaient ouvert les portes des forces spéciales où il avait mené à bien chacune des missions qui lui avaient été confiées. Après sept ans de services, il avait décidé de postuler au GUT et avait obtenu les meilleures notes jamais enregistrées et, jusqu'à aujourd'hui, toujours inégalées.

Durant sa première patrouille, il avait sauvé son équipe d'un guet-apens. Deux ans plus tard, dans une autre formation, il était parvenu à délivrer son chef capturé au cours d'une mission.

La légende était née.

Loki entra. Il avait une stature très proche de Shield, son second : grand et large d'épaules, mais sans le poids des échecs qu'avait subis son camarade. Il rayonnait d'assurance et de fierté, gonflé à bloc par les multiples victoires de son équipe. Mais le général n'eut pas besoin de faire appel à son don de télépathie pour comprendre que quelque chose n'allait pas. Le regard sombre, Loki semblait tendu, irrité. Le chef des armées brisa la glace directement :

— Bonjour, Capitaine Telvir, prenez place.

— Général, je préfère rester debout si ça ne vous dérange pas.

— À votre aise, que se passe-t-il ?

— Puis-je parler librement ?

— Bien sûr, c'est l'objet de ma visite.

Les politesses effectuées, Loki put donner libre cours à sa colère :

— Monsieur, à quoi est-ce que tout cela rime ? Les entretiens que vous avez fait passer à mon équipe ont été, au mieux, bâclés. Et, à propos de Ghost, je ne suis même pas sûr que ce que vous avez fait soit légal… c'est quoi l'idée ? Enterrer mon équipe sans jugement ?

Le général se leva calmement, faisant face à Loki, le fixant de ses yeux bleus. Un silence gênant s'était installé.

— Vous n'avez aucune idée de ce qui est vraiment en jeu n'est-ce pas ? Vous ne voyez cette histoire que par le petit bout de la lorgnette. Je suis sûr que vous avez remarqué l'intensification des raids et des braquages à travers tout le pays. Mais avez-vous la moindre idée de ce qu'il s'est passé cette nuit ?

— On m'a dit qu'il y a eu plusieurs attaques simultanées dans plusieurs Secteurs.

— Dix-sept attaques dans quatre Secteurs différents. Il y a eu dix-sept attaques qui ont commencé chacune à quelques minutes d'intervalle. Ce dont nous sommes sûrs, c'est qu'au moins une dizaine de ces attaques étaient des diversions. Ils se sont organisés à un point que nous n'imaginions même pas et à l'heure actuelle nous ne sommes toujours pas sûrs de la véritable cible… Nous venons d'entrer en guerre, une guerre à laquelle nous ne sommes pas préparés, une guerre sur notre propre territoire et, dans les heures qui viennent, je vais devoir prendre des décisions qui impacteront l'ensemble de nos existences, alors ne me parlez pas de légalité. Votre équipe est en première ligne, elle sera la première à être mise en cause, et je ne veux pas me retrouver devant le Sénat et tomber des nues quand on me parlera de votre coéquipier alcoolique ou de la liaison que vous avez entretenue pendant deux ans avec une de vos subordonnées.

— Donc tout ça n'est que politique finalement ? s'indigna Loki

— Je suis un soldat, pas un politicien, mais la politique a toujours une place importante dès lors que le Sénat est impliqué. Je ne veux pas me laisser surprendre par des informations que je n'aurais pas eues. Je pense que cette équipe est une bonne équipe et je veux pouvoir la défendre face à la vindicte populaire et au Sénat qui cherchera des coupables à notre échec…

— Notre échec ?! Pratiquement toutes nos missions sont un succès ! Comment pouvez-vous parler d'échec !

— Je n'ai pas dit que vos missions étaient des échecs, mais il faut se rendre à l'évidence, toutes nos équipes et tous les moyens mis en œuvre pour contrer notre ennemi n'ont pas suffi à le juguler, ou même à le perturber. À chaque nouvelle tentative de notre part pour les contrecarrer, ils trouvent une nouvelle parade. Nous manquons cruellement de moyens pour les mettre à mal et c'est de cela qu'il sera question, de moyens. Nos scientifiques ont plusieurs projets de recherche en cours et je pense qu'il est temps de passer à l'application. Demain, je vais soumettre au Sénat le Projet Destiny.

« Le pouvoir des mots est le plus puissant des dons. Enfin… la plupart du temps. »

Philosophe Antarien, Gregor Sephrian dans son lit d'hôpital, après une bagarre dans un débit de boisson.

Chapitre V - Anathema

Jour 46 de l'an 246 : 8h12

Le capitaine Telvir descendit de son hoverbike. Il était tôt le matin et le froid mordant de l'hiver parvenait à pénétrer sa combinaison. Un petit nuage de condensation se forma alors qu'il expirait de l'air par la bouche. Il se frotta les mains pour les réchauffer et contempla l'édifice gigantesque qui se dressait devant lui.

Ses inquiétudes concernant la visite d'aujourd'hui avaient fortement troublé son sommeil la nuit passée et se trouver devant Anathema, la prison la plus sécurisée du pays, ne l'enchantait pas plus que ça. Ces grandes murailles grises ornées de tourelles automatiques, de miradors et toutes ces caméras de surveillance le mettaient mal à l'aise.

Ce qui doit être fait doit être fait, pensa-t-il pour se redonner contenance.

Il n'eut pas à attendre longtemps devant l'entrée de la prison avant d'enfin voir arriver la voiture de Shield. Il se doutait que le vice-capitaine accompagnerait son jeune frère, tentant jusqu'au dernier moment de le dissuader de venir. Et c'est sans surprise qu'il les vit sortir tous les deux, discutant sur un ton à la limite de la dispute. Quelques bribes de la conversation parvinrent jusqu'à Enri :

— Tu ne devrais pas faire ça, frangin, dit Shield.

— Arrête d'être rabat-joie comme ça, je ne sais pas pourquoi tu veux m'empêcher d'y aller... pour une fois que le chef m'emmène pour un truc important en dehors des missions.

— Tu es borné, répliqua son frère, pourquoi tu ne me fais pas confiance ?

La conversation tourna court quand ils arrivèrent à côté de Loki. Faisant mine de ne pas les avoir entendus, il les salua :

— Salut, tout va bien ? Je ne savais pas que tu viendrais aussi, dit-il en regardant son second, je n'ai d'accréditation que pour ton frère et moi, elles ont d'ailleurs été assez difficiles à obtenir...

— Salut, ouais ça va. J'accompagnais mon frangin, sa voiture est toujours en réparation. Et tu sais ce que j'en pense.

— Sniper, coupa Loki, attends-moi devant l'entrée... c'est un ordre, ajouta-t-il quand il vit que celui-ci n'avait pas immédiatement bougé.

Quand le jeune homme fut assez loin Shield s'approcha de Loki et lui dit :

— Tu ne peux pas le forcer à faire ça, ce n'est encore qu'un gamin !

— Un gamin qui fait partie de la meilleure équipe d'intervention du continent, tu veux le protéger toute sa vie ? Il doit voir la réalité telle qu'elle est.

— Pas de cette façon ! s'insurgea le bras droit de Loki.

— J'ai besoin de lui pour ça, personne d'autre ne sera aussi efficace et tu le sais, on a déjà parlé du potentiel de ses pouvoirs combinés et j'ai l'intuition qu'on risque de passer à côté de quelque chose d'énorme.

— Je t'ai suivi dans bien des galères, mais là tu impliques mon frère, ma seule famille. Ce que tu t'apprêtes à lui faire faire va le changer irrémédiablement... c'est ce que tu veux ? Moi pas !

— Je ne l'obligerai à rien, il agira tel qu'il l'entendra.

— Non bien sûr tu ne l'obligeras pas, mais tu sais comme moi que le gamin t'admire et qu'il fera tout pour ne pas te décevoir.

— Le sujet est clos, ce n'est pas à toi de prendre cette décision de toute façon. Pas besoin de l'attendre, je le déposerai chez vous au retour. Je te souhaite une bonne journée.

Sur ces paroles le chef de l'équipe Alpha tourna les talons et marcha en direction de l'entrée de la prison où patientait son subordonné. Tous deux avancèrent ensuite dans la large entrée, scrutés par les caméras au plafond. Sur leur droite, un jeune homme en uniforme gris portant un badge de la prison sur son torse se tenait debout derrière une vitre blindée épaisse d'au moins dix centimètres. À leur arrivée, ce dernier leur demanda sèchement :

— Accréditations.

Loki apposa son bracelet d'identification sur la plaque noire sous la vitre. Le gardien tapota alors sur son ordinateur et siffla entre ses dents :

— Ah, d'accord, accréditations complètes…

Sniper fit de même. Les lourdes portes d'entrée s'ouvrirent devant eux dans un fracas d'acier, menant vers une pièce éclairée par des halogènes et ornée uniquement d'un portique de détection des métaux. Placées de chaque côté de celui ci, deux tourelles automatisées pivotaient pour suivre leurs mouvements. Sniper murmura pour lui-même :

— Quel accueil…

Loki, qui l'avait entendu, s'abstint de tout commentaire, passa sous le portique et présenta son accréditation devant la porte suivante. Sniper fit de même, puis ils avancèrent tous les deux dans un long couloir qui semblait s'enfoncer plus profondément sous terre. Durant la descente, ils furent scannés par de nombreux faisceaux lumineux aux couleurs diverses, rouge, bleu et violet, chacun possédant certainement sa fonction propre. Arrivés au bout, la porte s'ouvrit et une voix synthétique les salua.

— Bienvenue, Capitaine Enri Telvir. Bienvenue, agent Frank Barret. Vous avez accès à toutes les pièces et zones de sécurité. Attention, ni Anathema, ni son personnel ne pourront être tenus pour responsables de ce qui pourrait survenir durant votre visite.

La porte s'ouvrit alors sur un sas avec une porte au fond encadrée de deux gardes en exosquelette blindé armés de mitrailleuses lourdes qui effectuèrent un salut militaire tandis que Loki et Sniper pénétraient finalement dans Anathema.

Dans cette première partie de la prison, moins sécurisée, on pouvait apercevoir les « résidents » dans leurs cellules vaquer à leurs occupations. Après avoir parcouru plusieurs kilomètres, et passé une énième porte de sécurité gardée ainsi qu'un autre sas, ils arrivèrent dans la section de l'établissement pénitentiaire pour laquelle ils avaient fait le déplacement.

Les parois de cette zone étaient composées intégralement de métal, contrairement au reste de l'édifice, construit en béton. L'ambiance frisait le surréalisme : les murs, le plafond et le sol étaient étincelants, tandis que le son des bottes des deux membres du GUT résonnait de façon étrange.

Sniper se sentait particulièrement oppressé dans cette partie de la prison, tandis que Loki ne laissait rien transparaître. Le capitaine de l'équipe Alpha avait l'air concentré sur son but, les sourcils froncés, imperturbable. Toutefois, il ne resta pas dans cet état très longtemps. Au détour d'un couloir, alors qu'un détenu était escorté par trois gardes, Loki changea complètement de comportement. Il se précipita vers le groupe en les interpellant :

— Attendez !

Comme ces derniers ne réagissaient pas, Loki augmenta sa vitesse jusqu'à ce que ses contours deviennent flous pour surgir devant les gardes et articula d'une voix grave et autoritaire :

— J'ai dit, attendez !

À la vue du capitaine du GUT, les deux surveillants qui encadraient le prisonnier le mirent à genoux. Ce geste parut exagéré aux yeux de Sniper tant le détenu était solidement assujetti : deux bracelets attachés à des barres en métal tenues fermement par deux gardes entravaient ses poignets, tandis qu'une chaîne en acier reliait ses deux chevilles, l'empêchant de se mouvoir correctement. Le troisième homme, quant à lui, ouvrait la marche.

Du point de vue de Sniper, l'individu enchaîné possédait tous les attributs du prisonnier dangereux, de sa mine patibulaire à la longue balafre qu'il portait sur son front, et même ses yeux sombres lui donnaient un air menaçant. Cependant, lorsqu'il leva la tête et reconnut Loki, son visage changea complètement d'expression : un sourire se forma sur ses lèvres et son regard s'éclaircit.

— Enri, mon vieil ami, souffla-t-il alors.

Loki s'accroupit à sa hauteur et lui répondit :

— Jake, mon ami… que se passe-t-il ? Pourquoi ces gardes te déplacent-ils ?

— J'ai dû gagner à la loterie, ils m'ont dit que j'étais déplacé vers une prison de sécurité moins importante, ma femme et mes enfants vont pouvoir me rendre visite, après tout ce temps…

Une larme roula sur la joue de Jake Helnir, alors qu'il baissait les yeux vers le sol. Un des gardes se racla la gorge. Loki se releva et invectiva le surveillant qui les avait interrompus :

— Où l'emmène-t-on ?

Ce dernier lui répondit d'un ton sec :

— Cette information ne m'a pas été révélée, demandez à l'administration pénitentiaire.

Exaspéré, Loki s'écarta de leur chemin, vint rejoindre son coéquipier et tous deux reprirent leur route. Après avoir rencontré une énième patrouille au détour d'un couloir, Sniper se questionna :

Grand dieu, ils n'y vont pas un peu fort avec la sécurité ?

Désormais proche de leur destination, Loki parcourait attentivement chaque cellule des yeux. Bien entendu, sachant déjà vers où ils se dirigeaient, Sniper avança directement jusqu'à leur objectif. Le détenu, prisonnier de son corps de vieillard à cause de l'éclat de négatron inséré dans sa nuque, était couché sur un matelas usé, déposé à même le sol, dans une petite cellule constituée d'épais barreaux en métal et regardait le plafond. Enri se posta à côté de son subordonné. Morph, qui les avait entendus arriver, les railla :

— Tiens, c'est déjà l'heure de ma visite conjugale ? Normalement je n'aime pas le sexe avec les poulets, mais je suis prêt à faire une exception pour…

— Ta gueule, Morph, l'interrompit Loki, on n'est pas là pour échanger des politesses.

— Haha, vous devez être bien désespérés pour venir m'emmerder jusqu'ici ! Ça me fait bien marrer !

— T'as pas complètement tort… On veut savoir pourquoi tu nous as affrontés… tu as toujours préféré fuir, te transformant en putain de rat ou en moustique plutôt que de te battre…

— Vous avez aimé le Dragon ? C'est classe hein ? J'ai galéré pour trouver un endroit pour m'entraîner, mais ça valait le coup nan ?

— On a trouvé ça un peu cliché… répondit Sniper

— Roh ! Vous êtes tellement blasés !

Reprenant le contrôle de la conversation, Loki le coupa et enchaîna :

— On sait que tu as fait ça pour gagner du temps, mais on veut savoir ce qu'était la véritable cible et qui est le commanditaire.

Le criminel s'assit sur son matelas, le dos courbé en avant, et cracha au sol en signe de défi. Le braqueur, pour une fois, restait coi.

— Alors ? Papy fait de la résistance ? ironisa Loki avant de désigner Sniper d'un signe de tête et de continuer. Tu vois ce mec ? Il est capable de voir à travers ton corps et de cibler avec une précision effarante les nerfs les plus sensibles de ta sale carcasse afin de créer une douleur au-delà de tout ce que tu peux imaginer. Et il peut faire durer ça pendant des heures…

Sniper comprit alors pourquoi son frère ne voulait pas qu'il accompagne Loki. Son capitaine ne l'avait pas amené ici uniquement dans le but de lui apprendre le métier, mais pour torturer un prisonnier.

Un peu perdu dans ses pensées, Sniper mit un moment avant de remarquer que son supérieur l'avait apostrophé. Loki répéta alors ses dernières paroles, il s'était tourné dos à la cellule pour que Morph ne l'entende pas et tint Sniper par les épaules :

— Tu es prêt à le faire, Frank ? Tu comprends pourquoi il faut que nous ayons ces réponses n'est-ce pas ? C'est un enjeu bien plus grand que nos états d'âme…

Confus, Sniper ne savait pas quoi penser de tout cela. Il avait déjà tué ou blessé grièvement certains de leurs opposants, mais c'était différent : ils constituaient des menaces, il sauvait des vies. Cette fois, le prisonnier était désarmé et ses pouvoirs inhibés, il ne représentait aucun danger.

Il regarda à nouveau le visage de son leader, il paraissait sûr de lui, convaincu que c'était la seule solution. Il ne devait pas avoir tort, même les télépathes les plus puissants n'arrivaient pas à pénétrer ce genre de secrets sans que cela ne prenne des mois, surtout avec un métamorphe chez qui la physionomie du cerveau était fréquemment modifiée. Ce type d'éléments n'était pas aussi fort que des souvenirs d'enfance ou des évènements bouleversants et ils se retrouvaient souvent masqués par des dizaines d'autres réminiscences.

Il jeta un dernier coup d'œil à son mentor et lut dans ses yeux la confiance qu'il lui portait. Cette personne représentait pour lui plus qu'un simple capitaine. C'était une légende, un homme respecté de tous qui avait fait ses preuves à plusieurs reprises. Frank ressentait une certaine admiration pour lui et il savait qu'en suivant ses traces, il pourrait avoir un réel impact sur le monde. C'est pourquoi il était prêt à tout pour ne pas le décevoir. Sniper hocha distraitement de la tête, se mit en face de Morph et posa sa main droite sur un des barreaux de la cellule.

— Dernière chance, sale pourriture, tu as quelque chose à nous dire ? demanda Loki.

— Crève, espèce de…

— Vas-y, l'interrompit Loki.

Un bourdonnement étrange se mit à résonner dans le couloir tandis que l'air se chargeait en électricité statique. Une seconde plus tard, des arcs électriques jaillirent autour du barreau que tenait Sniper et parcoururent les murs de la cellule de Morph jusqu'à atteindre son dos, frappant sa colonne vertébrale de plein fouet. Le vieux détenu écarta les bras subitement, tétanisé par la décharge, et resta dans cette position pendant de longues secondes.

Sniper s'arrêta et détourna le regard pour ne pas voir le pauvre homme.

Le prisonnier avait souillé son pantalon et l'urine commençait à empester. Il avait glissé de son matelas et se tenait à genou, une main sur le sol, il pleurait :

— Laissez-moi tranquille…

— Sniper, vise le centre nerveux dans le cortex somato-sensoriel.

Sniper reprit sa place, tête baissée, refusant de regarder sa victime dans les yeux, il renvoya une décharge électrique. Cette fois-ci, Morph eut le temps de pousser un cri de douleur déchirant avant que ses mâchoires ne soient complètement tétanisées et qu'il ne convulse dans sa propre urine.

Puis le courant cessa. Sur le sol, en position fœtale, Morph sanglotait :

— Vous n'avez aucune idée de ce qui se passe…

— Je pense qu'il n'en a pas eu assez… Sniper ?

— NON ! l'interrompit Morph.

— Ah ? Tu as quelque chose à nous dire ?

— J'ai eu ce job par un gars qui s'appelle Victor, il refile des tafs quand le métier est un peu au point mort. D'habitude il a tendance à demander des pourcentages hallucinants, mais ce coup-ci, la demande était spéciale… et le paiement était énorme. Alors j'ai essayé de me renseigner pour savoir dans quoi je m'embarquais et le seul boulot de cette journée qui n'a pas été proposé par un des informateurs habituels visait un centre d'archive militaire… Mais je sais pas ce qu'ils voulaient y trouver, je vous le jure… Pitié…

— Victor ? Qu'on surnomme Victor l'Intermédiaire ? Ce mec ne travaille pas seul, qui l'a commandité lui ?

— J'en sais rien…

— Sniper ?

— NAN ! Je vous jure ! J'en sais rien, répondit Morph en parlant vite, comme si la foudre pouvait à nouveau le frapper à tout instant.

— Un dernier truc me chiffonne… Pourquoi tu t'es laissé prendre ? Je veux dire, j'ai compris qu'on te l'avait demandé, mais, pourquoi tu as accepté ?

— Pour ma fille, elle a un cancer, j'avais besoin de la thune pour la soigner, on m'a assuré qu'elle serait mise à l'abri du besoin et qu'on s'occuperait d'elle si je faisais ce taf, le dernier…

— Hmm, répondit Loki pensivement.

Il se retourna et dit à voix basse pour Sniper :

— Morph n'a jamais eu de fille… J'ai déjà vu ce cas dans une enquête précédant ton arrivée, le brave homme était persuadé d'avoir une fille se prénommant Hélène de six ans, qui était née à la clinique centrale du Secteur 4.

Loki revint en face de Morph et lui demanda :

— Comment s'appelle-t-elle ?

— Hélène.

— Quel âge a-t-elle ?

— Six ans.

— Où est-elle née ?

— À la clinique centrale du Secteur 4.

Loki marmonna alors dans sa barbe :

— Merde…

Puis, à voix haute :

— On en a fini ici. Allons-nous-en…

Alors qu'ils commençaient à partir, une voix calme et grave les interpella :

— Vous l'avez pas raté celui-là… L'état dans lequel vous l'aviez envoyé ici ne vous suffisait pas ?

Se tournant vers la cellule d'en face, Loki vit un jeune homme de taille moyenne avec de longs cheveux bruns cascadant sur ses épaules assis sur une chaise en bois, devant une table faite du même matériau, occupé à lire un livre.

Son mobilier se distinguait des autres par son lit, qui remplaçait le simple matelas posé à même le sol, et ses étagères débordantes d'ouvrages de littérature et de philosophie ainsi que de magazines et de journaux. De plus, en lieu et place des barreaux, sa cellule était sécurisée par une grande façade en plastique transparent d'une épaisseur de plus de trente-cinq centimètres. L'homme avait l'air calme, il posa son livre délicatement sur la table non sans avoir pris le temps d'y placer un marque-page et se leva pour se positionner en face de Loki. Il le regarda fixement en penchant sa tête sur le côté et dit :

— Ce monsieur m'avait fait un portrait parlé de toi assez imparfait. À l'écouter tu étais un géant de trois mètres qui mangeait des enfants, tu es beaucoup plus petit que ça.

— J'imagine que tu dois être un saint pour te retrouver ici… D'ailleurs, qui es-tu ? Ce n'est pas moi qui t'ai envoyé ici, et c'est pourtant moi qui l'ai fait pour une bonne partie de tes petits camarades.

— Ma mère ne m'a jamais donné de nom, dans le coin on m'appelle « le Prisonnier »… Et je suis ici… Sans raison.

— Alors c'est toi le Prisonnier ? On m'avait aussi parlé de toi, le portrait était également imparfait… Mais tu n'es pas ici sans raison… Parfois, pour le bien du plus grand nombre, certaines personnes doivent disparaître, répondit Loki d'un ton grave.

Le capitaine de l'équipe Alpha se retourna vers Sniper et lui annonça :

— On y va.

Et ils marchèrent ensemble dans le couloir, pendant que le Prisonnier les regardait partir tranquillement, et que Morph venait de perdre conscience dans sa flaque d'urine. Sniper demanda alors :

— Pourquoi est-il ici ?

— Il a détruit une maternité

— Mais c'est horrible ! Quand était-ce ? Je n'ai jamais entendu parler de ça.

— C'était le jour de sa naissance, une surcharge éclosive précoce de son potentiel actif d'une puissance sans précédent. C'est suite à cet incident que cette prison a eu une aile de sécurité d'un tel niveau, le Prisonnier a forcé le système à adopter de nouvelles normes…

— Mais, il n'était pas conscient de ce qu'il faisait quand il est né… c'était un nourrisson.

— Tu préférerais peut-être le voir dans la rue, avec un pouvoir incontrôlable ?

— J'ai déjà vu des cas rares de pouvoirs qui étaient incontrôlables. Il suffirait de lui implanter du négatron.

— Son pouvoir est d'une telle intensité, qu'il consume le négatron en quelques semaines, il a besoin d'implantations fréquentes, c'est un cas unique.

Les deux membres de l'équipe Alpha continuèrent leur progression vers le parking à la sortie de la prison. Une fois à l'extérieur, Sniper demanda à Loki :

— Alors, c'est quoi la suite des évènements maintenant ?

— Là, je te ramène chez toi et tu profites de ta journée d'astreinte. Moi je vais au QG faire de la paperasse et, demain, on ira au centre d'archive, puis on ira trouver ce « Victor l'Intermédiaire ». Si ce que Morph dit est vrai et que quelque chose de plus gros se trame, on aura besoin d'être préparés. J'espère que le projet dont le général m'a parlé sera efficace. Et comme toujours, on obéira aux ordres, luttant pour briser les vagues de criminalité qui déferlent sur la ville…

Le ton mélancolique de Loki ne laissa pas Sniper indifférent, et voir son idole de cette façon renforça encore plus sa conviction, cet homme n'était pas un tortionnaire, il luttait pour protéger les autres.

Sniper grimpa à l'arrière de l'hoverbike. Le ronflement des propulseurs les envoya loin dans les airs, puis l'engin fila à travers le ciel de la ville pour le ramener chez lui. Une pensée traversa l'esprit de Sniper :

Il m'en faut absolument un comme ça !

« Un jour, me rejoignant dans un débit de boisson bien connu, un ami m'a demandé si l'alcool m'aidait dans mes réflexions philosophiques. Je ne me rappelle plus du tout ce que je lui ai répondu. »

Philosophe Antarien, Gregor Sephrian

Chapitre VI - Loki

Jour 46 de l'an 246 : 20h00

Enri Telvir passa le seuil de son appartement, il était déjà 20h00 et sa journée de travail administratif l'avait autant épuisé qu'une dizaine de combats contre les gangs. Il faisait nuit dehors, mais il n'alluma pas les lumières, préférant la pénombre reposante des lieux. Il portait encore son armure en polymère. Très légère et capable d'encaisser bon nombre de dégâts, elle commençait malgré tout à accuser les nombreux affrontements de ces dernières semaines et il devrait bientôt la faire réviser, mais pas ce soir.

Il déposa son bracelet d'identification dans l'entrée et se dirigea vers sa chambre en traversant son salon. Passant devant sa salle de bain entrouverte, il aperçut son reflet dans un miroir, grand et fier soldat d'élite. Il avait eu trente-six ans il y a quelques mois, mais en paraissait dix de plus.

Je commence même à avoir des cheveux gris sur les tempes, pensa-t-il.

Dans le couloir, épinglées sur la glace d'une vitrine, des photos d'anciens camarades de l'armée lui rappelèrent ses classes, une quinzaine d'années plus tôt. Sur ces étagères, on pouvait distinguer ses diverses récompenses, tel que son diplôme de l'académie militaire avec mention ou sa croix du courage civile, décernée pour l'une de ses missions au GUT. Au-dessous de ces reliques, une photo de ses deux grands frères et lui était encadrée et lui rappelait une époque plus simple. Depuis la mort de sa mère d'une terrible maladie du cœur, quelques années plus tôt, et le décès plus récent de son père au champ d'honneur, les relations entre les trois membres de la fratrie, déjà tendues à la base, avaient empiré. De sordides questions d'héritage entremêlées de problèmes bien plus anciens avaient conduit les deux frères d'Enri à s'entredéchirer. Face à ce drame familial, le capitaine de l'équipe Alpha avait pris ses distances et ils ne communiquaient plus que par messages lors de rares occasions telles que les anniversaires et autres fêtes du même acabit.

Il sortit de ses tristes rêveries et continua son chemin. Une fois dans sa chambre, il troqua sa combinaison et ses bottes de combat pour une tenue plus confortable et retourna dans son salon pour allumer la télévision.

Son imposant torse musclé arborait encore les traces de ses derniers affrontements et de larges hématomes parsemaient ses côtes et ses pectoraux, mais il portait également des cicatrices plus anciennes, qu'elles soient visibles ou non.

Enri marcha jusqu'à son réfrigérateur, attrapa une bière qu'il décapsula avec son pouce et en but une gorgée en s'appuyant sur son plan de travail. Puis, il sortit un plat préparé de son congélateur pour le mettre dans son four à micro-ondes.

C'est fou que les principes de cet appareil n'aient été découverts qu'il y a une dizaine d'années, avec toutes les technologies et capacités que nous avons, songea-t-il.

Pendant que le four ronronnait doucement, Loki repensa à sa rencontre avec Jake plus tôt dans la journée. Son ami d'enfance, deuxième rang 5 du continent, avait pris une route bien différente de la sienne. Enri culpabilisait encore parfois d'avoir échoué à le détourner du chemin de la délinquance durant leur adolescence, comme si cet échec avait démarré la chaîne d'événements qui s'était ensuivie et qui avait fini par le faire commettre l'irréparable cinq ans plus tôt. Il le considérait toutefois toujours comme un ami et comptait bien participer activement à sa réinsertion. En attendant ce jour, Loki faisait de son mieux pour rester en contact avec la famille de Jake, s'assurant que celle-ci ne manquait de rien. Il se souvint justement qu'il n'avait pas pris de nouvelles de Marlène, la femme de son ami, depuis un moment et le sentiment de culpabilité qu'il ressentit alors le poussa à l'appeler. Il sélectionna son nom sur son communicateur et quelques battements de cœur plus tard, la voix mélodieuse de son amie de longue date lui répondit :

— Allo oui ?

— Salut, Marlène, c'est Enri, je t'appelle pour prendre des nouvelles.

— Oh ! Enri ! Quel plaisir ! Je pensais à toi justement !

— Ah !? Comment ça se fait ? demanda-t-il d'un ton surpris.

— Tu ne vas pas aimer, annonça-t-elle un air malicieux dans la voix.

— Non, ne me dis pas que tu t'es remise à lire ces revues à scandales…

— Siiii ! Ils disent que tu es sorti avec une de tes subordonnées pendant des années ! La mystérieuse Ghost !

— Oh non… répondit Loki en se demandant comment l'histoire avait fini par fuiter.

— Quoi ?! C'est vrai alors ? Et tu ne m'as rien dit ?

— Elle voulait qu'on garde ça entre nous et c'était mieux ainsi… essaya-t-il de se convaincre.

— Les petits cachottiers ! répondit Marlène en rigolant franchement.

— Ça se passe toujours bien au travail ? demanda Enri en changeant de sujet.

— Oh, oui oui, mon patron est toujours un con, mais j'imagine que c'est le lot de beaucoup de monde !

— On peut pas aimer toutes les personnes avec qui on travaille, on est bien d'accord.

— Et toi ? C'est pas une période facile, hein ?

— Non, c'est clair, mais j'ai vraiment une équipe géniale.

— Ça je n'en doute pas ! Surtout avec la jolie Ghost ! Ouhouuu ! railla-t-elle.

— Tu es incorrigible ! riposta Loki sur le ton de la rigolade avant de demander. Sinon, les deux monstres vont bien ?

— Ils vont bien, ils vont bientôt entrer dans les classes collégiales, tu te rends compte ? Anna cette année et son petit frère l'an prochain… répondit-elle pensive.

— Déjà…

— Oui… confirma-t-elle d'une voix triste.

Enri savait qu'elle s'inquiétait du fait que Jake ne les avait pas vus depuis des années. Il n'avait pas le cœur à la replonger dans ce contexte et préféra garder pour lui leur rencontre. Après tout, l'administration pénitentiaire la tiendrait informée bien assez tôt quant à l'évolution de la situation de son mari. Il changea alors de sujet et tous deux discutèrent ainsi de tout et de rien. Quelques minutes plus tard, le tintement caractéristique du four à micro-ondes annonça la fin de la cuisson de son plat et il ne coupa court à la conversation qu'à contrecœur :

— Bon, mon repas est presque prêt, je vais te laisser.

— Pas de problème, je vais aussi devoir servir le dîner à mes deux garnements.

— Ok, embrasse-les pour moi.

— Ce sera fait. Ça leur ferait plaisir que tu passes nous voir un de ces quatre…

— C'est un peu la folie en ce moment, je…

— Je sais, le coupa-t-elle. Je comprends, ne t'inquiète pas.

— Bonne soirée, Marlène.

— Bonne soirée, Enri, et fais bien attention à toi.

— Merci…

Le communicateur coupé, Loki récupéra son plat, prit des baguettes propres dans un tiroir de sa cuisine, et s'installa dans son canapé. Il se saisit de la télécommande qui traînait sur la table basse et augmenta le son du téléviseur. Ce soir passait une de ses émissions favorites, du genre complètement idiote, qui avait le don de lui vider la tête et lui faire oublier ses soucis. Mais pour le moment, c'était le journal du soir, il commençait seulement à manger quand une voix familière lui fit lever la tête. Il s'agissait du général Johnson qui donnait une conférence de presse.

— Tout d'abord, sachez que j'apporte avec moi de bonnes nouvelles du front. La guerre contre nos ennemis de l'autre côté du grand océan avance bien, nos valeureux soldats remportent victoire après victoire. Et c'est leurs inquiétudes, ainsi que celles du Sénat qui m'ont fait revenir ici. Nous avons pleinement conscience que la situation du pays est préoccupante, nous allons faire tout ce qui est en notre pouvoir pour protéger la population. Un projet très spécial de sécurité nationale vient d'ailleurs d'être approuvé par le Sénat, le projet « Destiny », nous vous tiendrons informé de la progression de ce dernier, soyez-en sûrs.

Des flashs d'appareils photo retentirent et les journalistes se bousculaient pour poser des questions. Le général en pointa un pour qu'il s'exprime.

— Nous aurions voulu savoir en quoi consiste ce programme, rien n'est très clair dans vos déclarations, fit remarquer un jeune reporter au front dégarni.

— Comprenez bien que j'adorerais pouvoir vous en dire plus à propos de ce programme, mais comprenez aussi que nous luttons aujourd'hui contre des ennemis organisés et que l'une de nos meilleures armes sera l'effet de surprise, je ne peux donc rien dire de plus. Merci à tous, conclut le général avant de quitter son pupitre sous les flashs des photographes.

La présentatrice du journal télé, une femme accusant la quarantaine avec un sourire enjôleur repris à la suite des images du chef des armées :

— Nous n'avons donc pas plus d'informations sur ce prétendu « Projet Destiny » censé nous sauver des vagues de violences qui ont fait rage à travers le pays. Espérons qu'il ne sera pas aussi inefficace que le reste des mesures qui ont été prises…

Grosse dinde, pensa alors Loki, énervé, tant par le jugement facile que portait la présentatrice que par sa propre frustration face à la situation.

L'instant d'après, une voix off annonçait la suite des programmes audiovisuels :

— Dans quelques instants, retrouvez votre émission favorite ! Vous découvrirez des pouvoirs à hurler de rire ! Comme cet homme qui court à une vitesse effarante, mais uniquement dans les descentes ! Ou cette femme qui ne peut pas attraper froid, sauf en hiver ! C'est tout de suite après la pub !

Et merde, la publicité… Son communicateur sonna. *Ah, sauvé de la pub !* Il vit qu'il s'agissait de Mastoc et accepta l'appel.

— Hey, patron ! On va se retrouver au bar avec la fine équipe, tu nous rejoins ?

— Hmm…

— Allez ! Kelly a dit qu'elle avait envie de se mettre une mine ! Hahaha !

— La dernière fois ça a mal fini cette histoire, mais c'est vrai qu'on avait bien rigolé… Allez, ça me détendra un peu de boire un verre !

— Ahah, super ! À de suite, chef !

— À tout de suite, Ronald.

Tant pis, je vais enregistrer mon émission, pensa-t-il, puis, il finit son plat tranquillement, enfila une tenue civile et sortit de son appartement.

Il grimpa les deux étages qui le séparaient du toit du gratte-ciel aménagé en station d'atterrissage pour son hoverbike. Enfourchant sa monture, il prit un instant pour ressentir le souffle du vent frais. Il contempla le ciel étoilé et les deux lunes qui gravitaient autour de leur planète : ce soir-là l'une d'entre elles était pleine tandis que la plus petite formait un croissant très fin.

L'apparence du capitaine de l'équipe Alpha contrastait énormément avec celle qu'il renvoyait lorsqu'il était équipé de son armure de combat habituelle : il portait des bottes de motard, un jean déchiré, un t-shirt d'un groupe de musique qu'il adorait adolescent et un blouson en cuir noir.

Il mit ses lunettes de soleil et les ajusta pour obtenir une vision nocturne parfaite ainsi que les informations de vitesse et d'altitude. Il empoigna le guidon et, dans un hurlement produit par les moteurs de sa machine, décolla pour rejoindre ses amis.

Après une dizaine de minutes de vol, il atterrit devant le pub, soulevant un nuage de poussière dans un boucan de tous les diables. Sur la façade ainsi que l'enseigne de l'établissement qui se balançait au gré du vent, tous deux en bois, on pouvait lire les mots « Le Cheval Fringant » écrits à la peinture rouge. Des silhouettes et un brouhaha reconnaissable entre tous filtraient à travers les fenêtres du pub. Loki descendit de son aéronef et se dirigea vers la porte. En la poussant, le brouhaha distant qu'il avait perçu à l'extérieur prit forme, les conversations d'une vingtaine de tables, des gens discutant fort autour d'un jeu de fléchette et la musique pop emplirent ses oreilles pour son plus grand plaisir.

Ce lieu n'avait pas changé depuis qu'il le connaissait, il portait toujours les bannières des anciens clans aux murs, le bar en chêne massif possédait encore la même patine et le parfum de la bière brassée et du bon whisky flottait toujours dans l'air. Sur sa droite dans l'entrée, le billard et les fléchettes occupaient les plus joueurs et l'argent changeait de main aussi rapidement que les boissons étaient vidées. Le pub continuait en longueur, avec d'un côté le long bar où le tenancier et les trois barmans s'affairaient à remplir verres, chopes et shooters à la demande, et en face, les tables en bois encadrées chacune par une confortable banquette en cuir vert en forme de U se succédaient jusqu'au mur du fond. Il ne chercha pas longtemps sa troupe d'amis, les apercevant à leur place habituelle, réservée de façon quasi permanente à leur usage par le propriétaire du bar.

Sur le bord de la banquette de leur table se trouvait Mastoc. Ce dernier, croisant son regard, se leva de façon maladroite en écartant ses deux bras, tant pour garder son équilibre que pour aller étreindre son capitaine préféré.

— Patron ! Te voilà enfin ! s'exclama le mastodonte en tenant son chef par les épaules avec poigne.

— Salut, mon grand, vous m'avez pas attendu pour commencer j'espère ! répondit Loki à cet accueil chaleureux.

— Heureusement qu'on t'a pas attendu, lui asséna Ghost qui était apparue sur la banquette en face de Mastoc.

Et merde, moi qui pensais arriver avant elle cette fois ! songea Loki.

— D'ailleurs, c'est fou qu'avec l'usine à bruit que tu conduis tu réussisses encore à arriver après tout le monde, enchaîna Ghost.

— Content de te voir moi aussi, Éva ! lui répondit-il en arborant son sourire le plus charmeur

— Évangéline, pas « Éva », grommela Ghost.

Balayant du regard les personnes assises autour de la table, Loki vit qu'ils étaient installés dans le même ordre qu'à leur habitude, Ghost, Sniper, Vesta, Shield puis Mastoc qui venait de retourner à sa place. Certaines des chopes de bière étaient déjà bien entamées, il demanda :

— Qui en veut une autre, je paye la prochaine tournée pour me faire pardonner de mon retard.

Ghost leva la main, ainsi que Shield et Mastoc. Décrochant un clin d'œil en direction de Loki, Mastoc dit :

— Allez, Vesta, t'es sûre que t'en veux pas une deuxième ? Tu as pensé aux risques de déshydratation !

— Je suis même pas à la moitié de ma première, tu serais pas entrain d'essayer de me saouler toi ? répondit Vesta en le pointant du doigt de façon accusatrice.

Se retournant pour aller chercher à boire, Loki n'entendit pas la suite de ces chamailleries amicales. Aidé par sa carrure imposante, il n'eut pas beaucoup de difficultés à se frayer un chemin jusqu'au bar. Il se remémora les goûts de ses acolytes et commanda auprès du taulier.

La monnaie qu'il venait de placer sur le comptoir fut ramassée en un tournemain par Ernest. Le vieux bonhomme revint quelques instants plus tard en apportant les précieux breuvages que Loki s'empressa de ramener. Il les posa sur la table et s'adressa à Mastoc :

— Tu me fais un peu de place ?

L'apparence de Ronald se mit alors à changer : ses muscles, ses épaules et même son visage s'affinèrent jusqu'à ce qu'il ait une carrure proche de celle de Sniper. Vesta, qui sirotait son houblon, lui jeta un regard en coin et déclara :

— Tu serais presque potable comme ça… Enfin, te regarder me brûle un peu moins les yeux en tout cas. Pourquoi tu restes pas comme ça déjà ?

— J'suis obligé de m'concentrer pour rester comme ça, à la longue c'est pas marrant !

— T'inquiète pas, Mastoc, dès que le bar se sera vidé un peu, je prendrai un tabouret pour que tu puisses te remettre à ton aise, lui répondit Loki.

— Merci, boss, termina Mastoc en lui adressant un clin d'œil avant de reprendre à l'attention de Vesta. Alors comme ça tu me trouves pas mal hein ?

L'intéressée piqua un fard dont elle seule avait le secret, puis balbutia quelques mots pour tenter de se sortir de cette situation dont elle savait qu'elle allait entendre parler pendant les prochaines semaines. Elle finit par baisser la tête et concentrer son attention sur son breuvage.

Loki s'était installé confortablement, il restait pensif en écoutant les conversations énergiques de ses coéquipiers à propos de la guerre extérieure, des derniers résultats sportifs, des derniers films ou émissions qu'ils avaient vus ou même, plus simplement, du temps qu'il faisait cet hiver.

Assis face à Ghost, Loki hochait la tête et répondait aux rires de ses camarades tout en jetant distraitement des coups d'œil à la jeune femme en face de lui. Il avait toujours été sensible au charme de cette dernière, et la revoir ainsi exposée à sa vue lui rappelait toujours un peu leur séparation. Croisant son regard, Loki détourna les yeux et fit mine de se réintéresser à la conversation.

— Et il apparaîtrait qu'ils n'ont même pas retrouvé le corps de l'archiviste, ils ne savent pas s'il était de mèche, s'il a été enlevé ou tout simplement vaporisé, finissait Shield.

— Je connaissais bien Bumper, enchaîna Mastoc. J'ai fait partie d'une équipe avec lui il y a quatre ans, c'était un chic type, et il avait une femme et un gosse…

Un silence pesant s'installa alors, chacun regardant le fond de son verre en pensant à sa propre condition. Loki se rendit compte que le bar s'était bien vidé et que les heures avaient dû passer pendant ses rêveries. Le silence fut rompu par le tenancier qui était venu apporter un tabouret pour que Ronald puisse reprendre sa carrure de colosse habituelle.

— Tiens, Loki, avec tout ce que Mastoc a bu, tu risques à tout moment de te faire éjecter de la banquette.

— Merci, Ernest, répondit Loki en se saisissant du tabouret pour s'installer en bout de table.

— Aaaah, merci, patron, dit Mastoc en retrouvant son physique normal, tu me sauves la vie !

— Et revoilà le monstre ! annonça Vesta en affichant une moue déçue sur son visage.

Pour seule réponse, Mastoc s'affala dans la banquette, et rota bruyamment.

— Merde t'es dégueu ! l'apostropha Sniper en rigolant.

— Héhé, c'est mieux en dehors qu'en dedans, réagit Ernest qui était resté debout à côté de Loki. Je ne voudrais pas m'imposer, mais, j'ai vu les infos, et je sais que ça a été une sale semaine pour vous tous… Je vous ai apporté l'assommoir, continua-t-il pendant qu'il disposait de minuscules verres sur la table et les remplissait d'un liquide transparent et fumant.

En voyant le liquide reposer dans son petit récipient, et se rappelant de ses dernières expériences avec cette mixture, Sniper sentit les muscles de son visage se crisper d'eux-mêmes et, levant son regard sur ses collègues, il se rendit compte que tous, excepté Mastoc, affichaient la même grimace.

Ernest leva son verre avec ses clients préférés et clama haut et fort :

— Que ceux qui sont tombés ne soient pas oubliés !

Et tous reprirent avec lui avant de vider l'infâme breuvage d'un trait.

Le secret de fabrication de cet alcool très fort était jalousement gardé. Certains le disaient distillé à l'aide de pouvoirs très spéciaux, mais le résultat, lui, restait le même. Et pour une fois, Mastoc fut le plus éloquent en déclarant à ce sujet :

— C'est comme se prendre une grande tarte dans la gueule, ouf !

Certains frappaient du poing sur la table, d'autres se tenaient le torse tandis que Ronald tendait son verre dans l'espoir d'obtenir une deuxième tournée. N'y prêtant pas attention, le vieil Ernest repartit derrière son comptoir avec sa bouteille, laissant Mastoc déçu.

Ils reprirent leurs esprits et pensèrent à leurs camarades. Tous ne les avaient pas connus de la même façon. Certains avaient travaillé dans la même équipe, plusieurs d'entre eux avaient déjà participé avec ces agents à des missions complexes incluant plusieurs escouades, et d'autres, comme Sniper, ne les avaient croisés qu'au détour d'un couloir ou à la machine à café, mais tous sans exception ressentaient ce même sentiment de révolte. Ce fut Shield qui parla le premier :

— Comment est-ce possible qu'ils n'aient pas eu plus de support ? Ils étaient à deux contre un…

— Ils étaient la première équipe sur les lieux, ils auraient pu attendre avant d'engager… continua Sniper.

— Le problème n'est pas qu'ils n'ont pas attendu, c'est qu'aucune autre équipe du GUT n'était disponible. Nous étions submergés. La police était en route, mais leur délai d'intervention était beaucoup trop long pour l'armée. L'ordre d'intervenir venait de l'état-major, les informations que contenait ce centre d'archive étaient apparemment trop importantes… répondit Loki.

— Mais, si ce centre était tellement précieux, pourquoi n'était-il pas mieux protégé alors ?! intervint Vesta.

Shield prit à nouveau la parole :

— C'est une technique militaire classique : on maquille les pistes, on fait croire qu'un local n'est pas important alors qu'il est en fait un centre critique. Souvent, le secret est la meilleure des défenses. Ceux qui s'en sont pris à ce local étaient trop bien informés…

— Clairement, commenta Loki, pour une personne non informée, cet étage ressemblait à un centre d'archive de sécurité minimum habituel, renfermant des données sur les pensions des vétérans et d'autres informations peu sensibles… mais il n'était pas sans protection, il nous avait nous. Son système d'alarme était directement relié au GUT, et le contrat qui nous liait à l'armée faisait de ce lieu une priorité absolue pour nous. Ce qui explique pourquoi l'équipe Eagle a engagé directement.

— Une putain d'histoire, pauvre petit Wilhelm… termina Mastoc.

Un silence gêné suivit cette déclaration. Silence brisé par Sniper qui demanda à Loki :

— Et sinon, c'est quoi ce fameux projet que le général a lancé ? Et pourquoi la revue d'équipe a-t-elle été expédiée si rapidement ?

— De quoi on parle là ? intervint Ghost.

— Le machin Destitruc, tu écoutes jamais les infos, gamine ? lança Mastoc.

— Oui, Destiny, ils en ont parlé à la radio, je l'ai entendu en venant, ajouta Shield.

— Ah bon ? Interrogea Sniper, c'est le même projet dont tu m'as parlé, chef ?

— Je n'en sais pas beaucoup plus que vous, les seuls éléments que le général a bien voulu partager sont qu'ils vont déployer un moyen radical de lutte contre les factions criminelles et que nous faisons partie intégrante de ce projet en tant qu'équipe de support, expliqua leur leader

— L'équipe Alpha en support ? Prochaine étape, on va servir les cafés ? s'offusqua Ghost

— Le général m'a assuré que, vu les mesures proposées, seule notre équipe avait le niveau d'efficacité requis pour appuyer un projet de cette envergure auprès du Sénat. D'où la revue un peu agressive que nous avons eu à subir…

— Ouais, où il a vu que j'ai un problème avec l'alcool, ce vieux con ! ironisa Mastoc en finissant sa chope une énième fois.

— Ouais, va savoir… constata Ghost.

L'heure de la fermeture approchant, le propriétaire de l'établissement leur fit remarquer :

— Ne le prenez pas mal, les enfants, mais le vieux Ernest a aussi une vie de famille, puis parlant plus bas il ajouta, ma femme m'a bien remonté les bretelles la dernière fois que vous êtes restés plus tard que de raison.

C'est donc résignée que l'équipe d'élite s'extirpât du confort des banquettes en cuir et se dirigeât de façon désordonnée vers la sortie, n'oubliant pas de saluer le bon Ernest au passage.

Alors que le groupe se séparait dans le froid de la nuit pour rentrer chez eux, Ghost accosta Loki en chemin vers son hoverbike.

— Avant que tu n'arrives, Sniper a mentionné en passant ta rencontre avec Jake à la prison… Quand on était ensemble, je me rappelle qu'à chaque fois qu'on te parlait de lui ou que tu avais de ses nouvelles, ça t'affectait particulièrement, du coup… je voulais savoir… ça va ?

— Oui, ça va… Merci, Éva…

— Évangéline, pas « Éva », marmonna Ghost.

Loki enfourcha son hoverbike, jeta un dernier regard à la jeune femme, et, dans un vrombissement, s'envola.

« Quand la réalité imite la fiction, on peut très souvent en voir les conséquences dans les faits divers. »

Philosophe Antarien, Gregor Sephrian

Chapitre VII - À perte de vue

Jour 47 de l'an 246 : 14h15

Qu'est-ce que j'fous là ? Pourquoi j'ai accepté ?

Pour la toute première fois depuis son entrée dans le GUT, Frank, alias Sniper, se trouvait en première ligne alors qu'il était habituellement « celui qui reste à l'écart » de l'action. Pourtant, le plan se déroulait comme prévu. Dans une usine désaffectée, la dernière recrue de l'équipe Alpha attendait un homme censé pouvoir lui faire rencontrer le fameux « Victor l'Intermédiaire ». Mais la journée n'avait pas aussi bien commencé que ça.

Après s'être levé avec une gueule de bois terrible. Il s'était traîné hors de sa chambre pour découvrir son frère, tout fringant et déjà en armure avec une tasse fumante à la main.

— Salut, frérot ! Bien dormi ? Houla, t'as pas l'air frais toi ! Il reste du café, mais j'ai fini les beignets !

Répondant d'un grognement, Sniper dépassa Shield pour aller se servir.

De toute façon je n'aurais rien pu avaler de solide… Je ne comprendrai jamais comment font les vieux pour tenir aussi bien l'alcool.

Le reste de la matinée s'était ensuite enchaînée. Son café ingurgité et après avoir laborieusement équipé son armure, il prit la voiture avec son frère pour rejoindre l'équipe au centre des archives militaire qui avait été exposé.

Une fois arrivé en bas du bâtiment, le don de vision de Frank lui permit d'identifier l'étage où se trouvait déjà une partie de son équipe ainsi que plusieurs officiers scientifiques. En suivant son frère jusqu'à l'ascenseur pour les rejoindre, il prit note des dégâts qui avaient été infligés à la salle. C'était une véritable zone de guerre, et la porte à moitié fondue qui l'accueillit au sortir de l'ascenseur ne fit que confirmer cette sensation désagréable. Il suivit Shield jusqu'à Mastoc qui se tenait derrière l'entrée. Le saluant distraitement, il s'avança plus loin à l'intérieur de la pièce. Il s'était déjà figuré de ce qui l'attendait, mais l'odeur de sang et de brûlé qui régnait donnait une tout autre dimension à la scène, et à ses tourments digestifs.

Son arrivée récente au sein du GUT ainsi que son rôle dans l'équipe qui le tenait très souvent éloigné des combats ne lui avaient pas permis de s'habituer à ce genre de désagrément et il ne savait pas s'il pourrait s'y accoutumer un jour.

Il jeta un œil à Vesta et Ghost qui discutaient entre elles, reconstituant sûrement la scène qui s'était déroulée ici, et s'interrogea :

Comment font-elles pour ne pas être incommodées par tout ça ?

Les officiers scientifiques finissaient de ranger les dernières preuves et dossiers sensibles dans des cartons de transport quand il vit l'hoverbike de Loki arriver à proximité puis se poser sur le toit de l'immeuble.

Pile à l'heure, comme toujours… mais Évangéline ne sera pas de cet avis.

Alors que de jeunes soldats venaient chercher les cartons pour les emmener sur un autre site, Loki pénétra dans la pièce. Il salua ses compagnons d'un signe de tête et se dirigea directement vers l'officier scientifique supérieur pour s'entretenir avec lui. En passant à côté d'eux, il invita ses camarades à se joindre au débriefing d'un geste de la main. L'homme grisonnant qui arborait l'uniforme blanc réglementaire de la police scientifique militaire annonça d'un ton monotone :

— Les faits sont finalement assez simples. À 6h48 un pirate très doué a pénétré dans le système informatique des défenses de la salle à partir d'un terminal du rez-de-chaussée. Il a désactivé la vidéo surveillance, mais, ce faisant, il a activé l'alarme. Quelques secondes après, ses droits ont été révoqués par l'archiviste Delcours. À 6h50, une escouade de douze personnes s'est introduite dans l'enceinte en faisant fondre la porte à une température d'approximativement mille-huit-cents degrés et a mis hors service les deux tourelles automatisées. Peu de temps après, l'équipe Eagle est arrivée sur les lieux. Durant l'affrontement, trois hostiles ont été blessés ou tués, mais ils ont été emportés, rendant impossible des conclusions plus précises concernant leur état. Cinq membres de l'équipe Eagle ont perdu la vie dans cette pièce, le dernier dans la salle des serveurs au fond.

— Et concernant les données ? demanda Loki placide.

— L'analyse des serveurs n'est pas concluante, nous allons la continuer dans nos laboratoires. Pour le moment nous savons juste que plus de quatre-vingt-dix pour cent des données sont manquantes. Nous en apprendrons plus sur les opérations qui ont été effectuées et sur le pourquoi du comment dans les jours à venir. Il y a aussi eu…

— Oui ? demanda Loki intrigué.

— Durant trois secondes, à 7h01, le réseau interne des armées a subi une sorte de… surcharge dont le point d'origine a été retracé ici. Nos meilleurs analystes sont dessus, mais ce n'était ni une attaque ni un transfert de données, aucun système de sécurité interne n'a été inquiété.

— Très bien, et concernant les hostiles, avons-nous réussi à les identifier ? continua Loki

— Plusieurs empreintes génétiques ont pu être analysées et des mandats de recherche ont été lancés à travers le continent. J'ai déjà transmis leurs identités à votre hiérarchie, termina l'officier scientifique.

— Comme d'habitude, j'imagine qu'ils n'ont aucune adresse connue et que leurs proches n'ont pas de nouvelles d'eux, ironisa Ghost.

— Et… l'archiviste ? s'aventura Sniper.

— L'archiviste Delcours est manquant, nous n'avons retrouvé aucune preuve qu'il ait été blessé. Nous concernant, il a été pris et est officiellement perdu, ajouta l'officier.

— Et vous êtes sûr que l'archiviste n'était pas dans le coup ? demanda Ghost.

— Les enregistrements de sa conversation avec l'équipe Eagle et les autres observations que nous avons effectuées nous portent à croire que notre homme a tout fait pour mettre les données en sécurité et empêcher les hostiles de pénétrer dans l'enceinte. Du point de vue de l'armée, l'archiviste Hector Delcours est mort au champ d'honneur, au même titre que chacun des membres de l'équipe Eagle, ajouta l'officier scientifique.

Le rappel du décès de ses collègues mit Sniper mal à l'aise. Loki annonça aux autres qu'ils allaient rencontrer un indic vers qui un ami des forces de police l'avait orienté afin de trouver, appréhender et interroger Victor.

Le temps paraissait bien long à Frank, pendant qu'il attendait dans l'usine désaffectée. Anxieux, il demanda à voix basse dans son communicateur :

— Euh, rappelez-moi déjà pourquoi c'est moi qui y vais ?

— Parce que t'es personne, gamin, on peut pas envoyer une des superstars de l'équipe Alpha en mission d'infiltration, on se ferait capter direct ! répondit Mastoc dans son communicateur.

— Concentre-toi Sniper, ils ne devraient plus tarder, annonça Loki.

— Oui, trois personnes approchent par l'entrée arrière, confirma Sniper.

Il avait beau se trouver en première ligne, Sniper avait toujours une vision d'ensemble très précise grâce à son potentiel actif. Il savait qu'à l'extérieur de l'usine, dans un van banalisé, Shield, Mastoc et Loki attendaient pour se mettre en action en cas de problème. Il voyait aussi Vesta sur le toit de l'immeuble, prête à s'envoler, et surtout, il voyait son assurance vie, Ghost, qui, invisible aux yeux de tous excepté ceux de Sniper, se tenait à une quinzaine de pas de lui, équipée d'une micro caméra pour que ses coéquipiers aient une vue sur l'action et puissent réagir au plus vite. Se concentrant et s'immergeant dans son rôle, Sniper apostropha les trois hommes au physique imposant et à la mine patibulaire qui étaient maintenant entrés dans son champ de vision « naturel » :

— Salut les gars, c'est sympa comme coin pour se rencontrer, pour la prochaine fois laissez-moi choisir, je connais un bar sympa avec des serveuses…

— Ta gueule, le coupa le malfrat du milieu, c'est très bien ici, c'est tranquille ici, personne vient chercher de cadavres de flics ici…

Franchement pas rassuré, Frank entendit Loki dans son oreillette :

— Tu t'en sors bien gamin…

L'homme au milieu, qui semblait être le meneur, continua :

— C'est quoi ton nom ?

— Dans le milieu, on m'appelle Lightning shot.

— D'où tu sors ?

— Du Secteur 7, j'ai fait quelques boulots avec…

— Ta gueule. Me raconte pas ta vie… le coupa son interlocuteur. Qu'est-ce que tu cherches ?

— Je suis grillé dans mon Secteur, je viens trouver un nouveau départ, j'ai besoin d'un job ou deux pour me remettre en course…

— Très bien, puis à ses deux acolytes il ajouta, fouillez-le, menottez-le, et on y va.

Les deux individus encadrant le meneur s'approchèrent de Sniper, le premier lui fit écarter les bras, le fouilla, lui prit le pistolet qu'il avait dans son holster et le relais de son communicateur pour les ranger dans un sac à dos.

— T'inquiète pas, tu pourras rappeler ta mère après notre rendez-vous, mon chou. Puis, s'adressant à son partenaire, il ajouta, c'est bon, tu peux le menotter, il n'a rien d'autre sur lui.

Le dernier des trois hommes sortit une paire de menottes reliées par une barre en métal et les serra autour des poignets que Sniper avait tendus devant lui.

Frank ressentit une piqûre intense au niveau de son poignet droit quand le bracelet se referma dessus et le monde entier autour de lui s'effaça, occulté par un épais voile de cendre. Il se retrouva emmuré dans son propre corps, limité au champ de vision de ses seuls yeux.

Perdant peu à peu ses moyens, Sniper se concentra sur la formation qu'il avait reçue à l'académie du GUT et ses précédentes expositions à l'inhibiteur de potentiels actifs.

— Du négatron ? demanda Frank, surpris.

— Une précaution parmi d'autres, railla l'homme qui venait de le menotter.

Encadré par deux de ses geôliers, Sniper accompagna les trois individus jusqu'à l'arrière du bâtiment. Il jeta un rapide coup d'œil derrière lui et observa l'endroit, désormais vide à ses yeux, où se tenait Ghost.

J'aurais aimé que tu m'accompagnes… regretta-t-il.

Il monta à l'arrière de la voiture avec un des hommes de main de Victor. Le voyage se déroula dans le silence, le meneur des trois lascars installé sur le siège passager donnant çà et là des indications au conducteur pour retrouver leur chemin. Pendant tout le trajet, Sniper se concentra pour lutter contre le mal de tête que provoquait la neutralisation de son pouvoir de vision et, malgré sa position difficile, il savait que ses équipiers veillaient sur lui, prêts à intervenir en cas de besoin.

Le van banalisé de plombier conduit par Mastoc devait suivre de loin leur voiture pendant que Vesta, en vol à moyenne altitude, devait renseigner l'équipe sur les déplacements de Sniper afin qu'ils puissent rester hors de vue de leurs cibles.

En tout cas, c'était ce qu'il espérait. Coupé de son don, il demeurait pour la première fois étranger au déroulement des opérations.

Pourquoi j'ai accepté ?

La voiture se gara enfin. Ouvrant les yeux, il remarqua au coin de la rue un temple de Dorm, l'antique divinité de l'eau. De nombreux petits commerces étaient installés aux rez-de-chaussée de vieux immeubles décrépis et c'est vers une laverie au milieu de ceux-ci que les trois hommes le conduisirent. Arrivé devant, Sniper essaya de gagner du temps pour permettre à ses coéquipiers de se rapprocher.

— C'est jour de lessive aujourd'hui ? Vous m'auriez prévenu, j'aurais pris mon sac de linge sale !

— Avance !

L'un des malfrats qui l'accompagnaient le poussa alors dans le dos pour le faire pénétrer dans ladite laverie. Les trois hommes ne se donnèrent pas la peine de saluer la jeune femme à l'accueil et emmenèrent Sniper directement vers l'arrière-boutique. En continuant d'avancer, Sniper entendit la porte d'entrée s'ouvrir à nouveau et la jeune femme de l'accueil marmonner :

— Purée de courant d'air, il n'y a vraiment plus de saisons…

Ghost ! Elle est là !

Après plusieurs rangées de machines à laver et divers autres équipements, le petit groupe arriva à une porte donnant sur l'arrière-boutique. Le chef de la bande toqua d'une façon très spécifique : deux fois vite, puis deux autres fois plus espacées et enfin trois fois rapidement. À la suite de quoi, ils entrèrent dans une sorte de débarras aménagé en cabinet de travail. Les trois hommes qui accompagnaient Sniper pénétrèrent avec lui dans la petite pièce en dépassant la quadragénaire aux cheveux courts blonds qui venait de leur ouvrir.

Sniper essaya immédiatement de prendre ses repaires dans la salle. Le seul luminaire au plafond irradiait la scène d'une lueur jaunâtre. Dans le coin à droite, un cinquantenaire grisonnant était assis sur une chaise et lisait calmement un livre sur l'histoire du continent. Au fond de la pièce, un homme d'âge moyen aux traits tirés se tenait au garde à vous derrière une personne dont les caractéristiques correspondaient aux descriptions que Frank avait lues sur leur cible.

Le fameux Victor était installé derrière un bureau et pianotait sur le clavier d'un vieil ordinateur. À portée de main, juste à côté de la souris, un pistolet-mitrailleur qui avait l'air d'avoir servi plus d'une fois gisait sur une liasse de papiers griffonnés. Sniper réalisa un compte-rendu rapide de la situation pour lui-même :

Victor et son garde du corps, les trois molosses, le vieux et la blonde à l'entrée, qui font sept. Probablement tous armés et avec des potentiels actifs dévastateurs. Moi, je suis seul, mes pouvoirs sont neutralisés et je n'ai aucune idée précise d'où sont mes coéquipiers… Super !

Sniper fut amené au centre de la pièce, toujours encadré des trois hommes qui l'avaient mené jusqu'ici. Victor se leva de sa chaise et s'assit sur un coin du bureau, face à Frank. Sniper détailla l'individu qui se trouvait en face de lui : grand, sec, au visage osseux avec de grands yeux bleus très clairs et aux cheveux blonds en brosse.

— Donc vous cherchez du travail dans ce Secteur, mon ami ? Ça tombe bien, nous sommes en recrutement permanent, les affaires se portent à merveille dans le coin ! commença Victor.

— Vous m'en voyez ravi, répliqua Sniper sur un ton frôlant l'insolence.

— Donc vous prétendez être Lightning Shot, vous auriez développé votre maîtrise de l'électricité de façon impressionnante…
— Enlevez-moi ces menottes, et je me ferais un plaisir de vous en faire la démonstration, répondit Sniper dans l'espoir de retrouver ses capacités.

Victor ne fit pas attention à la remarque de Sniper et enchaîna directement :
— Selon les rapports de police, vous seriez soupçonné, avec quatre de vos complices, d'avoir cambriolé deux banques, trois bijouteries de luxe ainsi que d'avoir tenu en échec plusieurs fois l'équipe Delta et l'équipe Falcon du GUT. Mais c'est récemment, lors d'une rencontre avec l'équipe Falcon que vos coéquipiers auraient été tués.
— Vous avez bien fait vos devoirs…

Et le GUT a bien fait les siens en créant cette identité…
— Comme vous l'imaginez, nous n'allons pas vous croire sur parole, Malcolm va s'assurer que vous êtes bien qui vous prétendez être…

Merde… un télépathe ! J'espère que les autres sont bien en place, ça va pas tarder à partir en vrille…

L'homme qui était jusque-là resté assis, absorbé dans sa lecture, glissa un marque-page dans son livre et se leva. Il posa l'ouvrage sur la chaise qu'il venait de quitter et s'approcha du jeune membre de l'équipe Alpha. Sniper tourna la tête vers le télépathe tandis que ce dernier lui prenait la main. Se rappelant ses entraînements, il essaya de se concentrer sur une image ou un souvenir neutre, mais rien ne lui venait à l'esprit. Perdant ses moyens, il se répéta à lui-même :

Je t'emmerde ! Je t'emmerde ! Je t'emmerde ! Je t'emmerde ! Je t'emmerde !

Le prénommé Malcolm sembla troublé un instant, le message avait dû passer. Mais la ruse ne fonctionna pas bien longtemps et Frank sentit le télépathe réussir à pénétrer dans sa mémoire. Soudain, le visage jusque-là fermé de l'homme qui fouillait les pensées du jeune agent s'éclaira et, ouvrant les yeux, il s'écria :

— C'est un impost…

Un violent coup de pied au plexus porté par Sniper l'empêcha de finir sa phrase. Au même moment, la porte d'entrée explosa, propulsant contre le mur la femme qui était postée derrière.

Frank, toujours encadré par les trois gros bras, se jeta en arrière pour projeter l'un d'entre eux contre le mur.

Victor saisit alors son arme et ouvrit le feu sur Sniper qui eut à peine le temps de se jeter à plat ventre sur sa gauche pour voir le deuxième gros bras encaisser à sa place les balles qui lui étaient destinées. Les tirs de blaster de Ghost retentirent dans la pièce et Victor cria :

— On décolle ! Sors-nous d'ici !

Son garde du corps, qui n'avait pas attendu pour réagir, l'avait déjà rejoint. Il avait posé sa main sur Victor et fermé les yeux. Une étrange bulle de lumière opalescente les enveloppa et Sniper, qui reconnut les prémices d'une téléportation, tenta d'en aviser sa partenaire :

— Ghost ! Le téléporteur !

La jeune femme réagit instantanément et envoya une salve de tirs sur le garde du corps. Les projectiles de plasma touchèrent au but, déchirant le flanc de la cible, mais la bulle se referma et Victor et son protecteur se volatilisèrent. Avançant nonchalamment vers Sniper et le télépathe, Ghost tira sur les deux gros bras restant avec le pistolet à plasma qu'elle tenait dans sa main gauche tout en annonçant dans son communicateur :

— Victor s'est échappé avec un téléporteur, mais je doute que dans son état il soit capable de faire un autre saut. Ils n'ont pas dû aller bien loin.

Et ce fut Vesta qui répondit :

— Je les ai en visuel.

Vesta était restée en vol stationnaire au-dessus du petit immeuble alors que Shield, Mastoc et Loki s'étaient postés tout autour. Ils se doutaient que Victor choisirait la fuite plutôt que l'affrontement et que la configuration des lieux ne permettrait pas beaucoup d'issues en dehors de l'utilisation d'un potentiel actif de ce genre.

∴

La sortie du tunnel quantique était apparue dans une ruelle voisine quelques secondes plus tôt et Vesta fonça directement dessus en prévenant ses collègues :

— Ils sont dans la ruelle derrière, j'essaie de les ralentir.

Deux hommes émergèrent de la bulle de lumière. L'un des deux s'effondra instantanément au sol, ses organes internes s'échappant de son flanc, le deuxième prit ses jambes à son cou, immédiatement pris en chasse par Vesta. Elle invoqua un mur de flamme pour bloquer la ruelle devant lui, mais ce dernier sauta au travers au mépris du danger. Kelly remarqua que, pendant sa course, il avait mis la main à son oreille, sûrement pour appeler des renforts. Ceux-ci ne tardèrent pas à réagir, car déjà deux hommes surgissaient du coin de la ruelle suivante pour couvrir leur patron.

Le premier portait un fusil mitrailleur à balle conventionnelle qu'il mit immédiatement à profit en ouvrant le feu sur la pyrokinésiste de l'équipe Alpha. Vesta réussit à esquiver les premières rafales en prenant de l'altitude, mais un projectile finit par trouver sa cible. Elle ressentit une vive douleur à l'épaule. Son armure avait encaissé le tir, mais la désorientation due au choc la fit tomber en chute libre. Alors qu'elle tentait de reprendre ses esprits, elle vit un éclair invoqué par le deuxième homme frapper l'espace qu'elle occupait une demi-seconde plus tôt.

Récupérant ses moyens, Kelly inclina sa trajectoire pour fondre en vrille et déchaîner une pluie de boule de feu sur ses deux opposants. Enfin, elle atterrit à quelques pas des deux hommes transformés en torches vivantes qui couraient de façon désordonnée en hurlant. Massant son épaule douloureuse en profitant du spectacle, elle avisa ses coéquipiers de la situation :

— Il a pris à droite dans la ruelle, il se dirige vers la grande place, s'il atteint la foule, on aura besoin de Sniper pour le retrouver.

Et ce fut Loki qui répondit :

— Je me dirige vers la place pour lui couper la route. Ghost, quelle est la situation de ton côté ?

∴

Pendant ce temps, Ghost avait assommé et entravé le télépathe et venait de libérer Sniper de ses menottes incapacitantes. Cependant, les effets du négatron mettaient du temps à se dissiper et les pouvoirs du jeune homme ne se rétablissaient que progressivement. Il en profita pour récupérer les affaires qui lui avaient été confisquées et reconnecta son communicateur.

— Alors les gars, je vous ai manqué ? Et ben, vous avez une sacrée confiance en moi pour n'avoir envoyé que Ghost venir me chercher ! annonça Sniper content de retrouver le contact avec ses équipiers.

— En fait, gamin, on avait surtout confiance en Ghost ! lui répondit Mastoc du tac au tac en ricanant.

— On va avoir besoin de ton œil averti, Sniper, concentre-toi, lui intima Loki.

Toujours agenouillé à côté de l'homme de main dans le sac duquel il avait récupéré ses affaires, Sniper sentit une piqûre dans son cou. Ghost qui se tenait au-dessus de lui avec un injecteur hypodermique à air comprimé lui dit avec un clin d'œil :

— Un petit cocktail qui devrait t'aider à récupérer plus rapidement.

La douleur lui fit jeter à Ghost un regard noir qu'il regretta aussitôt. Conscient de l'urgence de la situation, il s'assit en tailleur au milieu de la zone de carnage et se concentra sur son don.

Le négatron faisait toujours effet et le voile de cendres qui l'entourait persistait, mais il sentit comme une faiblesse dans ce dernier. Les ténèbres se dissipèrent peu à peu et sa vision commença à s'étendre. Très vite, il put voir la pièce dans laquelle il se trouvait sans avoir besoin d'ouvrir les yeux et, même si la scène restait floue, il savait que cela ne durerait pas.

Il se focalisa sur son potentiel actif et continua d'élargir le périmètre de son champ de vision. Au terme d'efforts intenses, il arriva à observer la place ainsi que le reste de l'équipe Alpha éparpillée à chacune des issues dans le but d'empêcher Victor de battre en retraite. Sniper détaillait chaque personne pour essayer de retrouver le fuyard. Sans succès.

— Je ne le vois pas, il n'est plus sur la place, leur dit Sniper.

— C'est impossible, nous avons bouclé les lieux, impossible qu'il se soit échappé, lui répondit Loki, refais un passage.

Sniper scruta à nouveau chacun des visages sur la place et dans les bâtiments alentour. L'effort requis pour se concentrer sur son don encore vacillant faisait perler des gouttes de transpiration à la surface de son front, mais après avoir tout vérifié une nouvelle fois, il ne remarqua aucun signe de sa cible ni aucun déplacement suspect.

— Négatif, chef, je ne le vois pas…

— Et merde ! Ghost, récupère tout ce que tu peux sur les lieux et escorte les éventuels prisonniers jusqu'au GUT avec Mastoc. Shield, raccompagne Sniper. Vesta et moi on reste jusqu'à ce que la police vienne nettoyer la zone, ordonna Loki.

— Je suis désolé, chef… s'excusa Sniper d'un ton déçu.

— Tu as été parfait, gamin, cette fois c'est nous qui n'avons pas été à la hauteur. Équipe Alpha, exécution.

« Je ne crois pas dans la destinée, c'est pour moi un concept permettant aux fainéants de justifier leurs échecs. Et puis… j'ai du mal à croire que ma réussite soit due à quelque chose d'autre que mon excellent travail. »

Philosophe Antarien, Gregor Sephrian

Chapitre VIII - Destiny

Jour 47 de l'an 246 : 19h01

Après leur affrontement avec Victor, Loki et Vesta avaient passé presque une heure à assister les forces de police dans leur recherche de preuves et leur enquête de proximité avant de reprendre la route deux heures durant pour rentrer jusqu'à leur quartier général.

La nuit était tombée quand les deux agents sortirent de la voiture de patrouille qui les avait ramenés. Le capitaine de l'équipe Alpha remercia l'officier de police qui avait eu la gentillesse de les raccompagner et s'avança vers l'entrée des locaux du Groupement d'Unités Tactiques. Derrière lui, il entendit Vesta prendre son envol pour accéder directement à l'étage de leurs bureaux et, pendant un instant, il espéra malicieusement que leurs collègues refuseraient de lui ouvrir la fenêtre.

Haha, pour une fois ça la forcerait à suivre les consignes de sécurité du bâtiment.

Enri pénétra dans le quartier général du GUT, passa les contrôles de sécurité standards et se dirigea vers l'ascenseur. Il fit une halte au troisième étage pour récupérer au service administratif un certain nombre de formulaires nécessaires à la coordination de leur enquête avec celle de la police. Ne s'attardant pas, le capitaine de l'équipe Alpha remonta dans l'ascenseur.

Il sortit finalement au quarante-quatrième niveau, passa devant la salle de pause et parcourut les longs couloirs qui le séparaient de la zone des bureaux pour retrouver ses collègues. Dans cette partie de l'étage, Loki et ses hommes partageaient un grand espace ouvert avec les formations Bêta et Gamma ainsi qu'un groupe d'experts scientifiques du GUT.

Le capitaine Telvir se rendit dans la zone affectée à l'équipe Alpha. Excepté Shield et Sniper, chacun de ses agents se trouvait à son poste de travail. Il était toujours surprenant de les voir ainsi studieux, absorbés par la rédaction des rapports de leur dernière opération. Loki passa au milieu des bureaux de Mastoc et Ghost qui faisaient face à ceux de Shield, Vesta et Sniper pour rejoindre le sien au fond de la pièce. Il s'assit sur sa chaise, laissa tomber sa pile de formulaires à côté de son clavier et observa ses agents.

Sur sa gauche, Vesta, qui avait visiblement réussi à entrer par une fenêtre, pianotait sur son terminal en levant de temps à autre ses yeux vers le plafond tout en posant son index sur son menton, signe qu'elle fouillait dans ses souvenirs pour n'omettre aucun détail de l'opération. Loki savait qu'elle n'accordait que peu d'intérêt à la forme de ses rapports, mais leur contenu était d'une grande précision.

Sur sa droite, Ghost était occupée à répertorier et sceller les divers éléments retrouvés sur les lieux avant de les placer dans un carton rempli de sacs plastiques transparents. Le capitaine savait qu'il aurait sûrement à reprendre un certain nombre d'erreurs dans les entrées d'Évangéline, mais il pardonnait aisément les faiblesses administratives de la jeune femme tant elles étaient compensées par son efficacité sur le terrain.

Il se tourna enfin vers Mastoc et vit ce dernier profondément enfoncé dans son imposant fauteuil, les pieds sur son bureau, qui le regardait en retour avec un large sourire. Le grand gaillard dit alors à Loki :

— Avoue que t'as fait de la paperasse pour pouvoir parler avec les filles du service administratif ! La petite brunette du troisième étage, je…

Enri l'interrompit :

— Oui, on sait…

Et le reste de l'équipe reprit en cœur avec son capitaine :

— … tu te la dégusterais bien en salade après l'avoir enduite d'huile d'olive !

Puis plus bas, à l'attention de Mastoc, Loki continua :

— Tu sais, tu devrais aller lui parler, j'ai entendu dire qu'elle était célibataire…

— J'sais pas trop… avec la gueule que j'ai, j'me dis que…

— Arrête avec ça, t'es un gars super, et si ça lui suffit pas, t'es l'une des superstars de l'équipe Alpha ! lui adressant un clin d'œil amical, il rajouta, fonce, tu me remercieras plus tard.

Enri se renfonça alors dans son siège, et continua sur des sujets plus sérieux :

— Mastoc, est-ce qu'on a eu des nouvelles de Shield et Sniper ?

— Oui, chef, Shield a appelé y'a une heure, il va rester avec son frère ce soir, le gamin est un peu secoué.

— Tu m'étonnes… dit Loki d'un ton pensif. C'était plutôt intense là-dedans à ce que j'ai compris. Rajoute à ça l'exposition prolongée au négatron et l'injection du cocktail énergisant que Ghost lui a administré, le petit doit être KO…

— Ouais, mais le p'tiot a assuré comme un chef ! Si les p'tit gloutons le mangent pas on pourra p'têtre en faire queque'chose !

Loki demanda pour changer de sujet :

— J'imagine que le partage des tâches a dû être encore bien équitable. Tu as laissé Ghost s'occuper de toute la paperasse et tu es allé « préparer notre invité » ?

Ghost, qui écoutait la discussion d'une oreille distraite, intervint d'un air maussade :

— Ouais, comme d'habitude… De toute façon, n'ayant toujours pas eu la preuve irréfutable que le gros lourdaud sache écrire, j'ai préféré me charger du référencement des pièces récupérées.

— Tu as bien fait, lui répondit Loki.

— Hey ! J'suis pas gros ! C'est que du muscle ! l'interpella Mastoc en faisant gonfler les biceps d'un de ses bras massifs à l'aide de son potentiel actif.

— Mastoc ? l'interrompit Loki. Depuis combien de temps as-tu mis le télépathe en cellule ?

— Ça va faire une demi-heure, je l'ai d'abord enregistré, puis je lui ai pris un échantillon d'ADN et tout le tintouin.

— Bon, il doit être à point. Allons-y, Mastoc.

Loki se leva et, suivi par Ronald, se dirigea vers l'aile la plus sécurisée de l'étage. Dans cette partie se trouvaient des copies d'archives et de dossiers ainsi que plusieurs cellules de confinement adaptées aux interrogatoires.

Les deux membres de l'équipe d'élite entrèrent dans la cellule où Mastoc avait installé le télépathe. La pièce était séparée en deux par une épaisse vitre blindée. Derrière cette vitre se trouvait une chambre avec un petit bureau, une chaise et un lit sur lequel était assis le criminel, toujours habillé de la même façon à l'exception de la paire de menottes incapacitantes qu'il portait aux poignets.

De l'autre côté de la salle, Mastoc et Loki se tenaient derrière le miroir sans tain, des caméras dans chaque angle permettant de garder toute trace des interrogatoires et garantissant la sécurité du prisonnier. Mastoc récapitula brièvement ce qu'il savait de l'homme en question :

— Donc, nous avons ici un certain Franck Ditrava, quarante-cinq ans. Le mec est contrôleur des impôts, j'te raconte pas la raclure… C'est un rang 2, télépathe par contact et… une mémoire photographique parfaite.

— Un contrôleur des impôts ? Qu'est-ce qu'il faisait avec Victor ?

— Pffff, va savoir !

Loki activa l'interphone sur le mur à sa droite et commença :

— Bonjour, Franck, je suis le capitaine Telvir, et je me trouve avec Ronald Aldrick, nous sommes des agents de l'équipe Alpha du GUT.

— Euh, bonjour, répondit le prisonnier, hésitant.

— Vous êtes ici devant nous aujourd'hui parce que vous avez de sérieux problèmes. Vous avez été arrêté pour association de malfaiteurs et usage illégal de vos pouvoirs de télépathie, qui plus est, sur un membre du GUT, qui, je dois vous le rappeler, est un organisme civil de maintien de l'ordre mandaté par le premier général des armées et le Sénat.

En retrait, Mastoc prenait un plaisir non dissimulé à voir le criminel se décomposer suite à l'énoncé des chefs d'accusations qui pesaient contre lui. Loki continua :

— Vous devez savoir que depuis la loi contre l'intensification de la criminalité, ce type de crime est passible de vingt à quarante-cinq ans de prison en centre sécurisé…

Loki laissa Franck digérer l'information un court instant avant d'ajouter :

— Vous pourriez réduire cette peine si vous nous aidiez à nous rapprocher des personnes pour qui vous travaillez, j'imagine que vous devez bien avoir quelqu'un qui compte pour vous et qui apprécierait de vous voir un jour sortir de prison…

— Un fils de douze ans, Lauris, et sa femme, Anna, précisa Mastoc en aparté à son capitaine.

— Commencez d'abord par nous dire comment vous avez été amené à travailler avec Victor et votre niveau d'implication dans son organisation.

Franck prit alors la parole, les yeux embués de larmes :

— Ok... Ça a commencé parce que j'ai un gros problème d'addiction aux jeux. Au début, j'arrivais à absorber mes pertes, mais un jour c'est devenu incontrôlable et j'ai commencé à devoir pas mal d'argent à pas mal de monde. J'ai cherché un moyen de rembourser mes dettes, puis j'ai rencontré ce gars qui me disait qu'il paierait un sacré pactole pour obtenir les services d'un télépathe de haut niveau de manière ponctuelle.

Le prévenu prit une pause, tentant sûrement de réorganiser sa mémoire troublée par le négatron.

— Je recevais un message qui me donnait un lieu et une heure de rendez-vous à laquelle je devais me présenter, et on me faisait poireauter dans un coin. De temps en temps, on m'amenait une personne à qui je devais lire l'esprit, et je rentrais chez moi sans savoir ce qu'il se passait ensuite. Les gens avec qui je me trouvais parlaient rarement et je ne connaissais les noms de personne. Mais je pourrais vous donner les adresses des endroits où j'ai été envoyé et les noms des personnes dont j'ai lu l'esprit si vous voulez, je me souviens de certains d'entre eux... Je ferai tout ce que vous voudrez, mais, je vous en prie, ne m'envoyez pas en prison...

Loki prit un instant pour réfléchir avant de répondre :

— Très bien, nous allons noter tout ça, et je vais voir ce que je peux faire pour faire réduire votre peine, à condition que les informations que vous nous fournirez en vaillent la peine.

Alors qu'il se retournait pour aller chercher le calepin et le stylo posés sur une chaise dans l'entrée, toutes les lumières de la pièce s'éteignirent. Sans perdre une seconde, Loki activa un éclairage à son poignet et s'adressa à Mastoc :

— Garde un œil sur le prisonnier, personne n'entre ici, personne ne sort.

Enri courut aussitôt hors de la pièce, sans même attendre l'acquiescement de son compagnon, et se précipita jusqu'à leur espace de travail où il trouva Ghost et Vesta debout derrière leurs bureaux respectifs, à l'affût, avec leurs éclairages de secours allumés aux poignets. Une seconde plus tard, les lumières se rallumèrent à l'étage, accompagnées de signaux lumineux orange clignotants. Vesta annonça :

— Coupure de courant du bâtiment, on est sur générateur de secours.

Ghost, s'approcha de la fenêtre et ajouta d'une voix légèrement teintée de stupéfaction :

— Non, pas juste du bâtiment… Au moins deux Secteurs sont plongés dans l'ombre…

Loki rejoignit sa coéquipière à la fenêtre. La nuit noire à l'extérieur n'était plus troublée que par les éclairages des voitures paralysées dans les rues suite aux accidents liés à l'absence de signalisation et par les lumières émises grâce aux générateurs de secours des quelques hôpitaux du quartier. Il savait que cela annonçait une nuit difficile. D'un air sombre, Loki ordonna à Ghost :

— Appelle Shield, dis-lui qu'on a besoin de lui ici, s'il le faut j'irai le chercher en hoverbike…

∴

Quelques instants plus tôt sur le réseau interne des armées au milieu des térabits de données qui circulaient, les fragments incomplets d'une conscience s'interrogeaient.

Où suis-je ? Depuis combien de temps suis-je ici ? Le temps a-t-il un sens ici ?

Cet être d'un nouveau genre errait sur le réseau depuis plusieurs jours, se morcelant au fil des pérégrinations, chaque partie de lui-même emportée par des flots de données étrangers. Il luttait de toutes ses forces pour rester lui-même, pour rester entier, en vain. Depuis ce qui lui semblait être des années, il avait ressenti des données le traverser en masse. Pénétré par cette quantité astronomique d'informations, une suite de lettres revenait de façon répétée :

D.E.S.T.I.N.Y.

Comme attiré par cette singularité, il se mit à suivre un flot d'informations. À travers les fibres optiques et les paires de cuivre, il se nourrit de ces données, se les appropria et se raccrocha à elles pour augmenter sa force et sa résolution, trouvant dans ces dernières ce qui lui manquait pour survivre dans cette obscurité. Galvanisé par un nouveau but dans ce monde étrange dans lequel il était plongé depuis une éternité, il suivit les traces de la singularité, jusqu'à ce que celle-ci le laisse à nouveau seul dans un tourbillon d'informations anonymes, bloqué à l'entrée d'une porte qui lui était fermée, infranchissable barrière faite d'acier et de cuivre.

Dans sa détresse, il tenta de se frayer un passage à travers cette muraille, se mêlant au torrent de données qu'il détestait tant, en vain. Puis, une anomalie survint. L'activité quasi continue qui régnait depuis toujours venait de cesser, l'énergie qui alimentait le réseau s'était éteinte.

Quelque chose se passait.

La singularité aurait-elle trouvé un moyen pour que nous nous retrouvions enfin ?

Puis, réalisant soudain que l'absence de courant avait provoqué la mort de toutes les données qui circulaient sur le réseau, la panique commença à l'envahir.

Oh non, je vais mourir moi aussi…

L'espace d'un instant, il crut vraiment à sa fin. Mais il se rappela ce qu'il avait depuis longtemps oublié.

Je ne suis pas une simple donnée… j'ai mon énergie propre… je suis une personne… je suis… Hector Delcours…

Il lutta pour assembler chaque partie de lui-même éparpillée à travers le réseau et traversa tous les routeurs éteints du complexe militaire aux portes duquel il avait été refoulé il y a peu jusqu'à trouver une unité centrale familière. Il était arrivé ici par un ordinateur de ce genre et il devait maintenant essayer d'en sortir.

L'entité concentra toutes ses forces et, alors que le courant affluait à nouveau dans les systèmes informatiques, projeta sa conscience dans le monde qui autrefois était le sien.

Un arc électrique traversa la pièce alors que les lumières se rallumaient dans la salle des serveurs de ce complexe militaire de haute sécurité, suivi d'un deuxième, plus puissant, qui fit griller au passage une demi-douzaine d'unités centrales.

Soudain, les décharges d'énergie s'intensifièrent, projetant régulièrement d'impressionnantes gerbes d'étincelles lorsqu'elles frappaient le sol. Au milieu de ce déchaînement de puissance, une silhouette se dessina sur le béton brûlé. Un hologramme prit forme au centre de la pièce, mimant les contours d'un être vivant. Alors que celui-ci se matérialisait lentement, un flash aveuglant emplit les lieux.

Allongé nu sur un sol glacé, Hector Delcours venait de revenir à la vie. Ses pensées formaient un maelstrom et tout lui semblait flou et distant. Il se souvenait de son nom, de ses proches… et de DESTINY.

« Le combat qu'un homme mène pour sa famille ne renferme aucune violence. »
Philosophe Antarien, Gregor Sephrian

Chapitre IX - Craig Annoye

Jour 48 de l'an 246 : 07h30

Le réveil sonna.

Encore une journée comme les autres, pensa Craig Annoye en ouvrant les yeux.

Il tourna la tête sur la gauche et vit le visage de sa femme, les yeux grands ouverts, qui l'observait :

— Ne me dis pas que tu as récidivé, lâcha-t-il d'un air désabusé.

— Tu sais bien que j'aime te regarder quand tu dors, c'est le seul moment où tu n'as pas l'air pressé par le temps et où tu ne penses pas au boulot, répondit-elle d'une voix moqueuse.

— En parlant de boulot, je ne vais pas trop tarder parce qu'il me reste des dossiers à régler au bureau…

Craig n'eut pas le temps d'esquisser un mouvement que sa femme s'était déjà mise à califourchon sur lui.

Maudit potentiel actif de vitesse, songea-t-il, *je me fais avoir à chaque fois.*

— On dirait bien que j'ai encore gagné, souffla-t-elle à son oreille, tu vas devoir m'accorder un peu de ton temps.

C'est alors que des bruits de pas rapides retentirent dans le couloir et la porte de la chambre s'ouvrit à la volée.

— Maman ! Papa !

— On dirait bien que tu n'auras pas ta récompense tout de suite, se moqua-t-il.

Craig sentit sa fille sauter dans le lit. Il tourna la tête sur la droite juste à temps pour la voir se précipiter pour lui déposer un baiser rapide sur le front.

— J'ai gagné aujourd'hui, papa.

Telle mère, telle fille…

Le père de famille passa alors son bras gauche autour de sa femme et attrapa sa fille avec le droit puis bascula rapidement sur le côté pour retourner la situation.

— Et c'est qui qui a gagné maintenant ?

La bataille dura une dizaine de minutes, mais Craig dû s'avouer vaincu lorsqu'il vit l'heure qu'il était. Il se leva malgré les protestations de son épouse et partit sous la douche. Après s'être préparé, il avala rapidement le petit-déjeuner que sa femme et sa fille lui avaient cuisiné pendant qu'il se lavait et quitta leur appartement, sans oublier d'embrasser tendrement les deux femmes de sa vie. Comme à son habitude, depuis le jour où il s'était retrouvé coincé dans l'ascenseur durant plus de deux heures, il descendit les neuf étages par les escaliers. En traversant la cour de l'immeuble, il se retourna et vit à la fenêtre sa femme et sa fille agiter leurs bras dans de grands gestes pour lui souhaiter une bonne journée. Il ne put s'empêcher de sourire et répondit par un salut de la main.

Encore une journée comme les autres, pensa à nouveau Craig Annoye, *encore une bonne journée.*

Habillé d'un jogging moulant blanc, une petite veste à capuche rouge et tenant à la main un sac de sport aux dimensions assez impressionnantes, personne n'aurait pu se douter que cet homme était un officier de police en route pour son travail.

Il ajusta avec précaution son casque audio sur ses oreilles. N'étant pas très doué pour les nouvelles technologies, il avait fallu du temps pour que Craig s'habitue à l'absence de fil, mais, au final, c'était beaucoup plus pratique pour courir. Il se remémora la manipulation nécessaire pour connecter son communicateur au casque et sélectionna un album de rock qu'un collègue lui conseillait depuis plusieurs mois. Enfin, il mit son communicateur dans sa poche et commença à courir à grandes enjambées, la musique à fond dans ses oreilles.

Ce casque est définitivement le cadeau le plus utile que m'ait jamais fait ma femme !

Durant sa course, il prenait plaisir à observer les rues qu'il traversait. Jamais il n'aurait pensé il y a quelques années encore qu'il aurait la chance d'habiter dans le Secteur 2. À l'époque, alors que lui et sa famille résidaient dans le Secteur 11, la perspective de vivre dans l'un des trois Secteurs entourant le Secteur Premier n'existait que dans ses fantasmes de faire étudier sa fille dans les meilleures écoles. Mais, grâce à une mutation de sa femme, ce rêve était pour lui devenu réalité.

Évidemment, malgré le fait que ce changement de poste impliquait une hausse de salaire et une aide au logement plus importante, les frais pour résider dans ces zones étaient terriblement élevés, si bien qu'ils avaient dû se séparer de leurs deux voitures et habiter dans un appartement possédant une surface moins importante. Cependant, quitter les quartiers malfamés d'un Secteur difficile et voir sa fille grandir dans les meilleures conditions valaient bien les quelques dizaines de kilomètres qu'il devait parcourir pour se rendre à son travail.

Son potentiel actif d'infatigabilité lui permettait de sprinter dans les rues depuis près de deux heures sans qu'une seule goutte de sueur ne perle sur son front. À l'extrême, il aurait même pu traverser le continent entier d'une seule traite à sa vitesse de pointe sans souffrir de la moindre douleur musculaire et sans ressentir le besoin de se reposer, de reprendre son souffle ou même de dormir. À sa grande satisfaction, ce pouvoir lui permettait d'éviter les transports en commun dont il avait horreur.

Arrivé devant le commissariat Est du Secteur 11, Craig coupa la musique tout en se promettant de ne plus jamais faire confiance aux goûts musicaux de Trévis. Une fois son casque rangé dans son sac, il marcha jusqu'à l'accès piéton du personnel qui se trouvait sur la droite du bâtiment. Il passa son bracelet d'identification devant le lecteur magnétique de la grille d'accès et progressa nonchalamment le long de l'étroit chemin de terre qui menait à l'hôtel de police.

Il présenta à nouveau son bracelet à l'entrée de l'édifice, poussa la porte et se retrouva dans le sas de vérification des entrées qui ne comportait qu'une seule autre issue en plus de celle qu'il venait de franchir. Lorsqu'il entendit la porte derrière lui se verrouiller, la lumière s'éteignit et une voix féminine résonna dans la pièce :

— Veuillez poser vos sacs et bagages sur le sol et écarter les bras.

Craig s'exécuta et, coutumier de la procédure, observa le mince filet de lumière rouge remonter le long de son corps. Puis l'éclairage normal se réactiva et la voix reprit :

— Bienvenue, inspecteur Annoye, vous pouvez entrer.

— J'espère bien ! lança-t-il avant d'ouvrir la porte dont il venait d'entendre le déverrouillage.

Il pénétra alors dans un couloir familier et emprunta le chemin qu'il prenait depuis maintenant près de treize ans. Au bout du couloir à gauche, première intersection à droite puis troisième porte à droite. Pénétrant dans les vestiaires, il se rendit compte qu'il avait interrompu une conversation entre quatre de ses collègues sous-officiers. Assis sur des bancs au milieu des casiers et déjà en uniforme, ces derniers devaient sûrement commencer leur service bientôt.

— Tiens, salut, inspecteur piéton, lança l'un d'eux.

— Salut, les comiques, répondit-il du tac au tac. Wouah ! L'équipe de Stan au grand complet, c'est rare. Aucun d'entre vous n'est en

« arrêt maladie » cette semaine ? rétorqua Craig en mimant les guillemets avec ses mains.

Deux d'entre eux pouffèrent de rire tandis qu'un autre reprenait :

— Arrêtez de vous marrer, les gars, il risquerait de vous demander comme binôme !

Marchant au milieu de l'hilarité déclenchée par cette remarque, Craig se plaça devant son casier et posa son sac sur le banc. Il commença à se changer et salua ses collègues qui partaient en patrouille. Il était bien content d'avoir rapidement passé le concours d'inspecteur, car il ne se sentait pas à l'aise dans une tenue aussi voyante que celle des équipes en uniforme ; cela lui donnait l'impression qu'une cible était peinte sur lui.

Après avoir enfilé un jean, une paire de chaussures hautes, un tee-shirt foncé et une veste assortie, il enferma son sac dans son casier et quitta le vestiaire. Il reprit le couloir en sens inverse, poussa une porte coupe-feu et emprunta les escaliers pour aller au deuxième étage, celui des bureaux. Il marqua une petite pause avant d'entrer dans le vaste espace ouvert où de nombreux collègues travaillaient sur des dossiers, prenaient des plaintes ou encore faisaient semblant d'être absorbés par une tâche particulièrement difficile.

Bon allez, je marche d'un trait vers mon bureau, j'imprime les nouveaux dossiers en cours puis je file.

Il prit une grande inspiration et se lança d'un pas nonchalant, dans une tentative pour passer inaperçu en avançant entre les bureaux et en évitant de bousculer qui que ce soit. Il arriva à son poste de travail, alluma l'écran de son ordinateur encore sous tension malgré la coupure de courant de la veille et lança l'impression de toutes les nouvelles affaires ainsi que les modifications ou ajouts apportés aux dossiers qu'il avait déjà pris en charge. L'imprimante commença son travail.

Allez, cinq minutes et je suis sauvé.

— Inspecteur Annoye ! résonna la voix bien connue du commissaire depuis l'autre bout de la pièce.

Et merde !

— Dans mon bureau ! Immédiatement ! enchaîna-t-il.

Bon tant pis pour le reste des documents, je prends ce qui a déjà été imprimé, ça me suffira pour aujourd'hui, pensa Craig en attrapant les feuilles à la sortie de l'imprimante.

Par automatisme, il posa ses yeux sur la première page et put lire en majuscule et caractère gras :

J'AI DIT DANS MON BUREAU !

Ho le salaud ! Et toutes les pages sont comme ça ! remarqua-t-il.

Résigné, l'inspecteur Annoye jeta le paquet de feuilles dans la poubelle de son collègue le plus proche, qui râla au passage, et se dirigea vers le bureau de son chef sous les regards amusés des autres policiers.

Il entra par la baie vitrée séparant le bureau du commissaire du reste de la salle et referma lentement la porte derrière lui en sachant que de l'autre côté, tous les regards étaient posés sur eux.

Cette pièce, Craig la connaissait par cœur à force d'y être convoqué à minima une fois par semaine. L'étagère de droite contenait tous les romans policiers lus par son supérieur hiérarchique, « un bon paquet ». Celle de gauche présentait les enquêtes résolues par le commissaire en personne, étagère bien moins remplie que la première. Quant à son bureau, il ne servait qu'à soutenir un modèle de communicateur sans fil très ancien, un stylo et une feuille blanche, car le dernier ordinateur avait eu le malheur d'exécuter une mise à jour au mauvais moment. La baie vitrée s'en était d'ailleurs souvenue durant plusieurs semaines. Cependant, la vraie fierté de son supérieur hiérarchique se trouvait placardée au mur dans son dos et tenait sur trois morceaux de papier : son doctorat en droit, son agrégation au grade de commissaire et sa première place, deux ans plus tôt, au concours antarien du plus grand mangeur de hot-dogs.

L'homme assis derrière son bureau arborait un visage rond en partie caché par une barbe fournie et bien taillée ainsi qu'une moustache en croc. Plutôt grand, il ne faisait vraiment pas ses cinquante-six ans, même si son embonpoint prononcé cachait les muscles qu'il se targuait d'avoir eus jadis. Malgré toutes ces années à le côtoyer, il restait tout de même une énigme pour Craig qui n'avait jamais pu déterminer s'il l'appréciait ou le détestait.

— Mes respects, Commissaire, annonça Craig en effectuant un salut approximatif.

— Te fous pas de moi, coupa son interlocuteur avec son franc-parler habituel, tu crois que j'ai pas capté ton petit manège ?

— Mais de quoi parlez-vous ? répondit-il en feignant un air surpris.

— Tu passes à ton bureau pour imprimer tes dossiers en vitesse, tu décampes et ensuite tu attends que je sois parti pour revenir taper ton rapport… alors que tu sais que je dois te parler ! Tu te rends compte que j'ai dû demander à Elric de pirater ton imprimante pour qu'elle envoie un signal sur mon communicateur au moment où elle se met en route et pour qu'elle n'imprime pas tes dossiers ?!

Rha le traître ! C'est pour ça que mon PC était allumé.

Craig se retourna et croisa brièvement le regard du coupable qui fit mine d'être absorbé par son écran afin de se cacher derrière.

— Je te parle bon sang ! Tu m'entends ? s'emporta le commissaire.

— Je pense que même les ouvriers du Secteur 8 vous entendent, commissaire, répondit Craig en faisant à nouveau face à son supérieur, si vous me disiez pourquoi je suis là ça pourrait faire avancer les choses. Je vous rappelle que j'ai un métier et mon patron est une personne prompte à l'énervement.

Son interlocuteur manqua de s'étouffer suite à cette remarque. Puis, se forçant à paraître calme, il reprit :

— Tu sais très bien pourquoi je t'ai fait venir.

— Et vous connaissez par cœur ma réponse depuis le temps, je ne pense pas que la mémoire vous fasse déjà défaut. Bien que vous arriviez tout doucement à cet âge où…

— Silence ! le coupa le commissaire, la direction préconise que les inspecteurs travaillent en binôme. C'est une question de sécurité et j'ai toujours œuvré pour que mes hommes respectent les recommandations lorsqu'elles traitent de leur sécurité.

— Une question de sécurité ? s'étonna Craig, demandez à mes précédents partenaires s'ils se sont sentis en sécurité.

— Ce n'est pas le sujet, la commission a statué sur chacune de ces quatre affaires et dans chacune d'entre elles tu as été reconnu comme non responsable du décès en service de ton collègue et ils ont estimé que tes agissements n'ont pas mis en danger tes partenaires et que tu as fait tout ce qui était en ton pouvoir pour les sauver. Aux yeux de la loi et de la haute hiérarchie, tu es un bon inspecteur dont les équipiers ont été victimes des risques du métier.

— C'est joliment dit ça, Monsieur le Commissaire, ironisa Craig avant de reprendre sur un ton plus sérieux, vous savez comment c'est là-dehors. Vous commencez à me connaître depuis le temps, vous savez que je bosse mieux en solo, et ça tombe bien, personne ne veut faire équipe avec moi. J'imagine que vous êtes au courant du surnom qui m'a été donné, je vous mets au défi de trouver un seul inspecteur ici qui accepterait de bosser avec moi ne serait-ce qu'une journée.

Il marqua une légère pause puis continua avant que son supérieur ne puisse répondre :

— Tenez, on va même essayer tout de suite.

L'inspecteur fit volte-face, ouvrit la porte de la baie vitrée sans écouter les grognements de la personne à qui il venait de tourner le dos. Il prit une grande inspiration et donna de la voix :

— S'il vous plaît ! Votre attention.

Puis une fois que tous les regards furent posés sur lui il enchaîna :

— J'ai besoin d'un nouveau partenaire, y a-t-il un volontaire ?

Un silence de mort suivit cette question. Après cinq secondes aussi pesantes que cinq heures, une voix se fit entendre :

— Je t'aime bien, Craig, mais j'ai une famille, tu sais.

— Moi je viens tout juste de finir de refaire mon salon, c'est pas pour crever dans un mois, surenchérit un autre.

— Même si on doublait ma paye je ne bosserais pas avec Craig la Poisse, j'ai personne pour s'occuper de mon chien après ma mort, fit remarquer un troisième.

Après cette réaction attendue par Craig, celui-ci se tourna vers le commissaire, haussa les épaules et déclara :

— Si vous n'avez aucun autre sujet que vous voulez aborder, j'aimerais retourner faire mon travail.

Son chef, qui devenait écarlate et serrait les dents, lui fit signe de disposer. Craig Annoye sortit du bureau de son supérieur et se dirigea vers le poste de travail d'Elric qui se faisait tout petit sur sa chaise. Sans dire un mot, il l'attrapa par l'arrière du col, le tirant de sa chaise, et l'emmena jusqu'à son imprimante sans que son collègue ne proteste. Une fois devant la machine, l'inspecteur déclara sur un ton ironique :

— J'ai un petit souci avec mon imprimante, elle ne sort pas les bons dossiers, et comme il paraît que tu aimes bien rendre service…

Sans lever la tête, Elric s'approcha de l'ordinateur de Craig et posa la main sur l'unité centrale tout en fermant les yeux. Dix secondes plus tard, il les rouvrit et murmura un timide :

— C'est bon, c'est fait.

Il relâcha son collègue sous les railleries des autres policiers, imprima enfin les documents souhaités, effectua quelques manipulations sur son ordinateur et s'en alla en lâchant à l'attention de tous :

— Bonne journée, tout le monde ! Et merci, patron, pour cette discussion, ma foi, très enrichissante.

— Dégage, ordure ! reçu-t-il pour seule réponse de la part de son commissaire tandis que les autres riaient ou lui souhaitaient également une bonne journée.

C'est donc le sourire aux lèvres que Craig sortit des bureaux. Il marcha lentement dans le couloir tout en triant les dossiers qu'il avait en main pour les mettre par ordre de priorité.

L'une des affaires en particulier attira son attention : quelques jours plus tôt, un grand nombre d'attaques avait eu lieu simultanément dans plusieurs Secteurs. L'un de ces méfaits avait été perpétré dans une épicerie de luxe du Secteur 2. Grâce à un programme informatique de pointe, les équipes chargées de la vidéosurveillance avaient comparé les morphologies et les parties visibles du visage des criminels impliqués avec les bases de données des forces de l'ordre. Selon ces agents, l'un des quatre auteurs se trouvait être Maxime Neltor, alias Le Fondeur, une petite frappe du Secteur 11 connu pour sa capacité d'amener n'importe quel métal à l'état liquide en quelques minutes sans dégager aucune chaleur.

Ils en ont mis du temps à nous faire parvenir ce dossier, je suis sûr qu'ils ont cette information depuis un moment déjà, s'offusqua Craig intérieurement.

Comme à son habitude, il garda trois feuilles dans les mains et, ne pouvant traiter toutes les affaires le même jour, jeta les autres dans la première poubelle venue. Arrivé devant l'armurerie, il passa son bracelet devant le lecteur, appuya son pouce sur le vérificateur d'empreinte qui venait de s'allumer et prononça à voix haute son nom et son matricule. La porte blindée se déverrouilla. Il la poussa et se dirigea machinalement vers son coffre-fort personnel qu'il ouvrit à l'aide de sa clef et d'une combinaison à cinq chiffres.

Craig accrocha son holster à sa ceinture, chargea son arme en prenant soin de chambrer une cartouche, prit ses menottes et referma son coffre en y laissant, comme toujours, sa matraque télescopique et son gilet pare-balle. En se rendant au sous-sol il croisa deux autres inspecteurs qui rentraient visiblement d'une nuit fatigante.

— Salut, Carl. Salut, Konrad.

— Salut, Craig, répondirent-ils d'une même voix.

— Je crois que le commissaire cherche à te parler depuis plus d'une semaine, enchaîna Konrad, il est particulièrement ronchon en ce moment.

— C'est bon, je sors tout juste de son bureau.

— Tu déconnes ? lâcha Carl, on a rendez-vous avec lui dans cinq minutes. Dis-moi que tu ne nous l'as pas mis de mauvaise humeur.

Craig esquissa un sourire et continua son chemin.

— Bonne journée, les gars.

— Putain tu fais chier, Craig ! cria l'un d'eux.

L'inspecteur Annoye descendit par les escaliers les deux étages qui le séparaient du sous-sol et poussa la petite porte en métal menant au parking de service du commissariat. Il salua l'agent en poste à la guérite, signa un papier et se vit remettre la clé d'une des voitures banalisées.

Merde, encore la BR 815, pesta-t-il intérieurement en se rappelant la dernière course poursuite à laquelle il avait participé dans ce véhicule.

Une fois dans le vieil engin, Craig mit le contact, déclencha l'ouverture du garage avec le bip présent dans la boîte à gant et sortit du parking.

Enfin, se dit-il à lui-même.

Il mit près d'une heure à se rendre à sa destination à cause des bouchons et envia l'espace d'un instant la silhouette passant au-dessus de lui sur un hoverbike. Craig avait toujours voulu ce genre de moyen de transport, un rêve qu'il avait depuis son enfance, mais il était extrêmement difficile d'obtenir une autorisation pour les véhicules volants. Soi-disant qu'il ne fallait réserver l'utilisation du ciel que pour les cas urgents et que, au vu de l'absence de code de la route dans les airs, un nombre trop grand d'aéromoteurs allait créer des accidents.

Il arriva enfin à destination et, ne trouvant pas de place où se garer, laissa sa voiture en plein milieu du trottoir tout en prenant soin de glisser un mot sous les essuie-glaces indiquant : « Si ma voiture vous gêne, merci de casser un carreau ou un rétroviseur ».

Avec ça ils vont peut-être enfin nous filer une meilleure bagnole, espéra-t-il.

L'inspecteur poussa la porte du « Palais du Tacos » et se dirigea directement vers sa place habituelle en passant au milieu des tables encore vides à cette heure-ci. Lorsque Charles, un jeune homme de près de vingt-cinq ans à la mine patibulaire, vint prendre sa commande, Craig lâcha simplement :

— Comme d'habitude, mais avec un supplément fromage cette fois.

— Dans ce cas je vais vous encaisser tout de suite, ça fera vingt-huit crédits, rétorqua le serveur.

— Les prix augmentent encore, remarqua le policier en donnant trois billets de dix crédits à son interlocuteur entre lesquels il avait pris soin au préalable de coincer un petit papier, mais n'oublie pas la monnaie cette fois.

Le jeune homme fit volte-face sans répondre et cria à l'attention de la cuisine :

— Un double tacos avec supplément fromage et des frites !

Puis il disparut derrière une porte battante. Il fut de retour cinq minutes plus tard tenant un plateau avec la commande et donna le ticket de caisse en main propre à Craig tout en parlant à voix basse :

— Plus que deux et j'ai rempli ma part, j'espère que tu te souviens de ta promesse.

L'inspecteur acquiesça et le serveur fit demi-tour. Sa promesse il s'en souvenait fort bien et il comptait bien la tenir.

Charles avait vécu dans des quartiers difficiles depuis sa naissance et possédait un casier judiciaire aussi long que la liste des mensonges d'un politicien. Mais, au milieu des vols, dégradations et autres larcins, il n'avait jamais commis la moindre violence ou utilisé une arme pour menacer quelqu'un ; c'est pourquoi Craig avait estimé qu'il pouvait se repentir.

Lorsqu'il fut interpellé par l'inspecteur Annoye, Charles venait de stopper ses activités illégales, selon ses dires, depuis presque un mois en raison de la grossesse de sa petite amie. Il avait décidé de se ranger et tout le monde le savait dans ses anciens collègues malfrats. Mais, même si le jeune homme n'avait plus de contact avec ses vieilles fréquentations, il avait un potentiel actif qui le rendait tout de même fort utile. En effet, il possédait deux pouvoirs : le premier était celui de changer sa peau de couleur, pas très utile, toutefois le deuxième était celui de savoir en temps réel l'endroit approximatif où se trouve chaque personne avec qui il avait eu un contact physique, même une simple poignée de main. Et ce qui rendait cet indic encore plus intéressant était le fait qu'il n'avait jamais parlé de ce don à personne, seul le recensement des pouvoirs, une archive très protégée, connaissait l'existence de ce deuxième potentiel actif.

Au début, Craig était étonné qu'une personne ait pu choisir de cacher l'un de ses pouvoirs durant son enfance alors que généralement les enfants aimaient se vanter de leurs capacités, mais Charles lui avait expliqué qu'ainsi il n'était pas banni des parties de « cache-cache » avec ses camarades de classe et que cela lui permettait de gagner à tous les coups. Puis vers treize ans, quand il avait été embrigadé dans le commerce de substances illégales et les larcins mineurs par les caïds de son quartier, il avait déjà compris que si ces criminels apprenaient l'existence de ce potentiel actif, cela ne lui vaudrait que des ennuis.

Au moment de son arrestation par Craig, le jeune homme venait tout juste de trouver ce travail de serveur et l'inspecteur ne se sentait pas l'envie de gâcher la vie d'un futur père de famille en pleine repentance. Il avait donc négocié un arrangement auprès de la justice : le garçon allait fournir des informations sur l'emplacement de ses anciens complices et en échange, après avoir satisfait vingt demandes venant du commissariat Est du Secteur 11, le casier judiciaire de celui-ci serait complètement effacé et il pourrait vivre avec sa famille sans avoir peur d'être rattrapé par son passé.

Aujourd'hui, le petit garçon de Charles devait avoir près de deux ans et Craig soumettait à son indic son antépénultième demande. Tout en mangeant son repas, il retourna le ticket de caisse et vit une adresse notée au dos. Sans prendre le temps de la lire, il logea le bout de papier dans sa poche et finit son déjeuner.

Après avoir quitté l'enseigne de restauration rapide, il regagna sa voiture, toujours intacte.

C'est pas pour aujourd'hui, pcnsa-t-il.

Il mit le contact et s'en alla sans perdre de temps. Il effectua un petit parcours dans les rues du quartier et tourna plusieurs fois autour de certains ronds-points afin de s'assurer qu'il n'avait pas été suivi, pas tant pour sa propre sécurité que pour celle de Charles. Personne ne devait savoir.

Il stoppa finalement sa voiture en double file dans une rue peu fréquentée, activa son communicateur et composa le numéro du poste de commandement. Il entendit quelqu'un décrocher et déclara directement :

— Matricule 75BH42C, pouvez-vous me transférer au service des archives s'il vous plaît ?

— Bonjour, inspecteur Annoye, répondit la voix féminine bien connue d'une des standardistes, puis-je avoir votre code d'accès ?

— C'est une phrase, je vais vous la dicter, dites-moi quand vous êtes prête.

— Je le suis, lâcha-t-elle du tac au tac.

— Est-ce seize chaises sèches ou seize sèches chaises.

— Original, inspecteur.

— Merci, j'étais particulièrement inspiré ce jour-là.

Il attendit alors quelques secondes et une voix, masculine cette fois, se fit entendre :

— Archives du quartier général, je vous écoute, inspecteur, en quoi puis-je vous aider ?

— Bonjour, j'ai reçu un tuyau et j'aurai besoin de recouper certaines informations. Un homme recherché se trouve dans une des deux rues que je vais vous citer, j'aurai juste besoin que vous me disiez si un des appartements de ces rues appartient à une connaissance ou un ancien complice de notre homme.

— Bien sûr, allez-y pour les rues et le nom de la personne.

— Secteur 11, rue de l'Armada et impasse Bellecour. Pour le nom, c'est Maxime Neltor, surnommé le Fondeur.

— Je lance la recherche, je vous mets en attente, inspecteur.

Craig attendit patiemment tout en repensant au dossier.

Qu'est-ce que ce mec foutait au Secteur 2 ? D'habitude, il agit dans les Secteurs les plus pauvres où il y a moins de flics. Et en plus, depuis qu'il s'est fait chopper il avait l'air de ne plus prendre de gros risques. C'est pas clair.

Il fut interrompu dans ses pensées par son collègue des archives :

— Inspecteur, vous êtes là ?

— Oui, répondit Craig.

— J'ai recoupé les informations que vous m'avez données et j'ai trois adresses potentielles où votre homme peut se cacher. L'une d'entre elles est celle d'un ancien complice, mais le commissariat général a déjà envoyé une équipe là-bas sans succès, votre homme ne se trouvait pas là-bas.

Ah ! C'est donc pour ça que le dossier a mis du temps à arriver chez nous, se fit remarquer Craig.

— La deuxième, continua son interlocuteur, est celle d'un de ses anciens camarades de classe. Une équipe a aussi été envoyée, mais le propriétaire de l'appartement a refusé d'ouvrir sans requête du juge, une procédure est en cours depuis hier pour pouvoir fouiller l'endroit.

— Et la troisième adresse ? demanda Craig légèrement agacé.

— Les parents du Fondeur, eux aussi ont refusé l'accès à nos hommes et une demande a été déposée au juge hier également.

— Mais ça veut dire que son ancien complice a ouvert de son plein gré ? s'étonna l'inspecteur.

— Non, il est toujours sous le coup de la loi Sobert. Toute personne interpellée pour un délit ou un crime peut voir…

— … son domicile perquisitionné à toute heure dans les deux ans suivant la date d'admission de sa culpabilité, finit Craig. Jusqu'à quand court le délai Sobert de ce mec ?

— Encore quatre mois, répliqua son collègue.

— Et les autorisations de fouille des deux autres appartements arriveront quand ?

— Aucune idée, ça peut être dans une heure comme dans une semaine. Comme d'habitude quoi.

L'inspecteur prit un instant pour réfléchir :

Et si le Fondeur s'était caché chez ses parents le temps qu'on perquisitionne chez son vieux complice et qu'il ait ensuite changé de planque avant que les mandats ne soient délivrés ? Ça vaut le coup d'essayer !

— Merci de votre aide, bon courage, répondit-il après quelques secondes.

— Vous ne voulez pas les adresses ? s'étonna l'homme au bout du fil.

— Non ça ira, je sais exactement où je vais.

— D'accord, bonne journée, inspecteur.

Craig mit fin à la communication et enclencha la première vitesse.

Arrivé dans le quartier, il gara son véhicule à trois rues de sa destination et se dirigea à pied dans l'impasse Bellecour, une rue sans issue que l'inspecteur connaissait bien. Elle n'avait pas changé depuis ce jour où il avait interpellé le complice en question vingt mois plus tôt : toujours aussi sombre à cause de la hauteur des immeubles la bordant et du fait que les petits malins du coin avaient brisé les lampadaires pour effectuer leur business plus discrètement.

Ce n'était que le début d'après-midi et il était encore trop tôt pour ce genre d'affaires, il ne fut donc pas étonné de trouver vide le hall de l'immeuble où il venait d'entrer. Il monta au troisième étage, prit quelques secondes pour se préparer mentalement et frappa à la porte de l'appartement numéro trois-cent-cinq. Il entendit des pas derrière celle-ci, puis une voix :

— Ouais, c'est qui ?

— Inspecteur Annoye, police du Secteur 11, veuillez ouvrir.

Il obtint pour seules réponses des bruits de pas précipités qui s'éloignaient ainsi qu'un chuchotement peu discret :

— C'est les flics, dépêche, sors !

Il n'en fallut pas plus à Craig pour décider d'agir. Aidé par la soudaine montée d'adrénaline, il enfonça la porte d'un coup de pied bien placé en faisant sauter le fragile verrou et entra dans le logement l'arme au poing. Ayant lui-même effectué l'interpellation du propriétaire de l'appartement presque deux ans plus tôt, Craig connaissait l'endroit et n'eut aucun mal à suivre la voix qui disait :

— Mais qu'est-ce que tu fous, ils sont là !

L'inspecteur tourna à gauche dans le hall d'entrée et vit l'occupant de l'appartement tambouriner à la porte de la salle de bain.

— Au sol ! cria Craig en le pointant avec son arme, allonge-toi sur le sol !

L'individu s'exécuta, le policier s'avança vers lui et le mit KO avec un violent coup de crosse à la tête.

Comme ça tu risques pas de me faire chier.

Alerté par le grincement provoqué par l'ouverture d'une fenêtre dans la salle d'eau, il entreprit de défoncer la porte, mais l'étroitesse du couloir et le manque d'élan rendait la tâche plus difficile que pour celle de l'entrée. Malgré cela, il ne lui fallut qu'un instant pour entrer dans la pièce, juste à temps pour voir un homme torse nu avec les cheveux mouillés sur le rebord extérieur de la fenêtre.

Aucun doute, il ressemble en tous points à la description du Fondeur, pensa Craig.

L'individu, de corpulence normale à l'exception d'un embonpoint visible uniquement au niveau du ventre, ne correspondait en rien aux stéréotypes du milieu dans lequel il opérait : une tête de premier de la classe et aucun muscle apparent. Seuls les tatouages qu'il arborait sur toute la longueur de ses avant-bras témoignaient de son appartenance au monde du crime. Il n'avait visiblement pas eu le temps d'enfiler plus dc vêtements qu'un jogging noir qui laissait entrevoir un boxer de la même couleur. En voyant l'inspecteur, l'homme se jeta dans le vide.

Mais il est fou !

Heureusement pour Craig, la salle de bain, à l'image de l'appartement, était particulièrement petite ; il put réagir à temps et attraper la cheville droite du criminel. Un sourire se dessina sur les lèvres du policier lorsqu'il entendit la tête du fuyard se cogner contre la paroi de l'immeuble à cause du balancement. Mais l'homme commençait à s'agiter et, avant qu'il n'ait pu s'aider de sa deuxième main, Craig avait perdu sa prise.

Le regardant tomber, il remarqua une benne à ordure remplie de matelas placée pile à l'endroit de sa chute.

Putain, il avait préparé son coup.

Sans réfléchir il sauta à son tour et vit, sous lui, le Fondeur avoir tout juste le temps de s'extirper en hâte du conteneur pour éviter que son poursuivant ne lui tombe dessus. Mais Craig n'atteignit jamais les matelas, il avait sauté trop loin. Toutefois, sa chute se stoppa progressivement grâce à son deuxième potentiel actif qui lui permettait de modifier l'effet de la gravité sur son corps. Il regagna le sol en douceur et commença à courir après sa cible qui avait pris une bonne longueur d'avance. Tout en sprintant, il sortit sa radio et, ne pouvant être essoufflé, parla d'une voix claire :

— Inspecteur Annoye pour toute patrouille de police ou Vigilant se trouvant à proximité de l'impasse Bellecour. Je poursuis actuellement un individu recherché pour braquage à main armée, il va en direction du quartier Bagston.

Le policier remarqua qu'il gagnait peu à peu du terrain, l'autre devait commencer à haleter tandis que lui pouvait garder sa vitesse à son maximum sans se fatiguer ; un véritable avantage lors d'une course-poursuite. Malheureusement, le Fondeur avait vraiment beaucoup d'avance et il se dirigeait vers une zone de quasi-non-droit dont Craig ne connaissait pas la configuration des lieux. Une voix répondit enfin à la radio :

— Ici Doug Frazière des Vigilants du Secteur 11, je me trouve actuellement non loin du quartier Bagston, je m'y rends au plus vite pour vous épauler.

— Bien reçu, répondit Craig tout en maintenant son allure, je me mets sur le canal quatre.

L'inspecteur aimait bien travailler avec les Vigilants, il les estimait compétents pour la plupart. Cette branche de la police avait été créée par Gabriel Hunter, surnommé IceAngel par la presse, actuel chef de la police d'Antar, l'un des trois rangs 5 du continent et sûrement l'un des hommes les plus appréciés par la population. La particularité des Vigilants résidait dans le fait que seuls des agents ayant à minima cinq ans de terrain et possédant un pouvoir permettant de voler pouvaient espérer y entrer.

Maintenant à une dizaine de mètres du fuyard qui semblait hors d'haleine, Craig réalisa qu'il se trouvait en plein milieu du quartier Bagston, l'un des plus difficiles du Secteur. Heureusement pour lui, en ce début d'après-midi, peu propice au « business », l'endroit était quasiment désert.

Le Fondeur avait presque atteint l'entrée d'une ruelle particulièrement étroite lorsque Craig sauta vers lui. Il attrapa les jambes du criminel au passage et, se faisant, le plaqua violemment au sol.

L'individu, surpris, n'eut pas le temps de placer ses mains pour amortir sa chute et tomba inconscient lorsque sa tête heurta le bitume. Le policier en profita pour le menotter, mains dans le dos. En levant les yeux vers la ruelle, il remarqua qu'elle se terminait en cul-de-sac vingt mètres plus loin.

Si j'étais entré là-dedans, je n'en serais peut-être plus jamais sorti.

Fier de sa prise, il se releva, mais, en se tournant, il vit deux individus avec des armes de poing pointées dans sa direction.

— Retire-lui les bracelets ou j'te trou la peau, menaça le premier, un homme d'une trentaine d'années plutôt musclé, habillé en noir de la tête aux pieds.

— Je suis un inspecteur de police en mission, je ne suis venu que pour lui, répliqua Craig.

— Tu crois que j'sais pas que t'es un flic ? Enlève-lui les pinces et casse-toi.

Il ne va pas tirer, pensa Craig, *sinon il l'aurait fait depuis longtemps. La police n'approche jamais de ce quartier, excepté lorsqu'une équipe du GUT ou des forces d'intervention doivent venir faire une interpellation pour une grosse affaire. En tirant sur un flic ici ils attireraient l'attention et ils n'ont pas besoin de ça.*

— Hmm non je crois que je vais juste l'emmener avec moi, et si vous ne me laissez pas passer je vous embarque aussi, lâcha-t-il d'un ton assuré.

À ce moment-là, le deuxième homme, un jeune qui ne devait pas avoir encore dix-huit ans, leva son arme en direction de la tête de Craig et son index s'approcha de la détente.

Merde il va vraiment le faire, ce con.

Un bruit de détonation se fit entendre et l'inspecteur Annoye vit l'adolescent commencer à convulser tout en hurlant de douleur. Profitant d'un moment d'inattention du deuxième malfrat qui avait tourné la tête vers son camarade, Craig courut vers lui et lui décocha un violent coup de poing dans la mâchoire avant que celui-ci ne puisse réagir. Sous le coup de la surprise et de la douleur, l'homme lâcha son arme et recula d'un pas. Le policier vit du coin de l'œil le plus jeune des deux s'effondrer sur le sol inconscient et se concentra donc sur l'autre. Ne lui laissant pas le temps de reprendre ses esprits, il enchaîna les coups sur son adversaire qui, malgré le fait qu'il soit sonné, arrivait plutôt bien à se défendre. L'homme possédait une bonne technique. Dans un premier temps, il bloquait systématiquement chacune des attaques de Craig et arrivait même parfois à placer un contre que l'inspecteur encaissait sans broncher. Mais plus le temps passait, plus la respiration de l'homme s'accélérait tandis que Craig frappait encore et toujours avec le maximum de sa force. La fatigue ayant pris le dessus sur le bandit, il manqua sa parade et le direct du droit de son adversaire le sonna pour de bon. Titubant légèrement, il ne fut pas loin de tomber en arrière et se stabilisa, mais perdit finalement l'équilibre et bascula en avant, se rattrapant avec ses mains avant de se laisser choir au sol à peine conscient.

Se retournant vers le jeune homme qui avait failli presser la détente, Craig le vit allongé sur le ventre, immobile, avec une sorte de tube planté entre les omoplates dans un angle caractéristique d'un tir venant du ciel. Il leva les yeux et put apercevoir un Vigilant, sûrement le fameux Doug qui lui avait répondu à la radio. En vol stationnaire environ cinquante mètres au-dessus du sol, le nouveau venu n'était qu'une silhouette, mais les ailes de feu qui lui sortaient du dos étaient visibles à des kilomètres à la ronde.

— Belles ailes, commenta Craig en parlant dans sa radio, c'est la première fois que j'en vois faites de feu. Et merci pour ton aide… Doug, c'est ça ?

— Pas de problème, inspecteur, ce fut un plaisir et, oui, c'est bien Doug. Je vois les collègues qui approchent, ils ont pris deux voitures. Ils seront là dans moins d'une minute, vu comment ils roulent.

En effet, maintenant que Doug le disait, Craig entendait une sirène de police ainsi que des bruits de crissement de pneus devenir de plus en plus forts.

— Par contre, inspecteur, continua le Vigilant à la radio, vous voulez bien me rendre service et récupérer l'ogive électrique plantée dans le dos de ma cible ? On a subi une coupe budgétaire et nos supérieurs nous demandent de les restituer. Selon eux, c'est moins cher de les recharger et de les reconditionner dans un autre étui.

— Je m'en occupe, répondit Craig, je repasse sur le canal général.

Il changea la fréquence de sa radio, récupéra la pointe en métal liée à une mini batterie qui avait mis KO l'un de ses agresseurs et vit arriver les deux voitures de patrouille. L'une d'elles s'arrêta à dix mètres de la scène tandis que la deuxième effectua un dérapage contrôlé impressionnant et se stoppa à distance de bras de l'inspecteur. Le conducteur sortit et Craig lui fit remarquer :

— Un jour tu vas tuer quelqu'un, Stan.

— Je sais, lui répondit l'intéressé, et je prie tous les jours pour que ce soit toi. On venait tout juste de récupérer nos commandes au Shacking Burger, tu nous as pourri notre pause déjeuner.

— Une pause entre quoi et quoi exactement ?

Stan et son équipe rigolèrent et commencèrent à amener les individus interpellés jusqu'aux voitures, en prenant soin de menotter les deux hommes qui ne l'étaient pas encore :

— Il ne devait pas n'y en avoir qu'un seul ? demanda Baxter.
— Si, mais les deux autres s'en sont mêlés, répliqua Craig.
— Tu vas encore avoir une tonne de paperasse à remplir.
— T'inquiète pas pour lui, Bax, coupa Stan, il adore ça.
— D'ailleurs je vais m'en occuper de suite, merci de votre coup de main, les gars. Je vais chercher la bagnole là, elle est quelques blocs plus loin.
— À tout de suite ! répliqua l'équipe d'une seule voix.

Avant de quitter les lieux, Craig chercha Doug du regard, mais celui-ci était déjà parti.

Dommage, je l'aurai bien remercié à nouveau, il a l'air bon ce jeune, pensa l'inspecteur en mettant l'ogive dans sa poche.

Grâce à une circulation étonnement fluide, il lui fallut moins d'une heure pour rentrer au poste avec son véhicule, sans oublier de passer à l'appartement du complice afin de récupérer l'homme encore inconscient. Celui-ci reprit connaissance durant le trajet et paraissait étrangement calme. Il n'était pas menotté, mais ne tenta à aucun moment de s'échapper ou de s'en prendre à Craig. Il ne semblait même pas inquiet de se réveiller dans la voiture d'un inspecteur de police.

Arrivé au poste, Craig se gara sur la place où il avait récupéré le véhicule et restitua les clefs à l'agent dans la guérite. Tenant sa prise par le bras, il traversa rapidement le commissariat pour se rendre à ce que ses collègues nommaient ironiquement entre eux « le couloir des innocents ». Lorsque l'inspecteur entra dans le couloir en question, qui contenait près d'une cinquantaine de cellules de garde à vue, il se dit que cette appellation n'avait jamais paru aussi vraie.

En entendant la porte s'ouvrir, certains occupants des cellules se mirent à crier :

— J'ai rien fait !
— C'était pas moi !

— Laissez-moi sortir, j'ai rien volé !

Au milieu de tout ce vacarme, Craig put tout de même déceler quelques insultes.

Ah quand même, pensa-t-il, *j'ai cru qu'ils avaient tous perdu leurs burnes.*

Il finit par trouver une cellule libre, y plaça son prisonnier toujours muet et referma la porte. Il s'occupa de remplir le registre accroché à celle-ci en notant les différentes informations demandées à propos de la personne enfermée et quitta le couloir des innocents.

Comme l'avaient prédit ses collègues, le reste de l'après-midi ne servit qu'à remplir la paperasse administrative et à respecter les procédures d'emprisonnement anticipé. L'inspecteur commença par s'assurer de l'identité exacte de chacun des quatre individus placés en détention ; le plus jeune, celui qui était sur le point de presser la détente, n'avait que seize ans.

Ensuite, il fit une liste de leurs antécédents judiciaires afin de l'ajouter au dossier de chacun d'entre eux, dossier qui devra être envoyé à un juge moins de deux heures après le début de l'emprisonnement anticipé. À partir de là, le magistrat chargé de l'affaire disposera de quatre heures pour déterminer si la procédure est justifiée ou si l'individu sera relâché sans suite ou avec une convocation ultérieure. Craig avait bon espoir de tous les garder en cabane jusqu'au jugement. L'un d'eux était accusé d'avoir caché un individu recherché chez lui et de n'avoir pas respecté la loi Sobert, le deuxième était fiché comme criminel récidiviste et le troisième, le plus jeune, venait tout de même de se rendre coupable d'une tentative de meurtre sur un inspecteur. Quant au dernier, celui-ci s'était interposé durant une opération de police et avait menacé Craig avec son arme. La justice d'Antar s'étant considérablement durcie depuis quelques années à cause de l'explosion de la criminalité, il n'y avait aucun doute quant au fait qu'ils allaient être envoyés devant un tribunal.

Après avoir envoyé au magistrat chaque pièce nécessaire à la procédure, l'inspecteur s'affala en arrière sur sa chaise afin de profiter d'un moment de détente bien mérité. Mais, à peine avait-il posé les pieds sur son bureau qu'il vit la réponse du juge Tanji. Il se redressa rapidement et ouvrit le message. Il trouva cinq pages de textes expliquant que l'emprisonnement anticipé était validé et détaillant la suite de la procédure qui incombait à Craig.

Moi qui espérais avoir au moins une heure de répit, pensa-t-il. *Décidément, je crois que je déteste ces foutus technopathes…*

Il se remit au travail et suivit scrupuleusement chaque étape notée par le magistrat : il appela un proche parent de chacun des détenus, proche parent choisi par le juge lui-même et non pas par l'intéressé, afin de le prévenir de son emprisonnement. Il envoya par courrier électronique une demande d'interrogatoire au magistrat concernant le Fondeur et son complice, demande qui revint acceptée à peine dix secondes plus tard. Il notifia ensuite l'heure de chacun de ces interrogatoires afin qu'un témoin neutre puisse être dépêché sur place et assister à la séance si le policier ou le criminel le réclamait.

Après avoir fixé les deux interrogatoires au lendemain avec une heure de décalage et s'être noté comme agent effectuant cette tâche, Craig se prit un temps pour remplir le reste des papiers concernant cette affaire et répondre à ses nombreux mails professionnels.

Lorsqu'il estima avoir fini le plus urgent, il entama sa routine de fin de service : retourner au coffre se désarmer, après avoir récupéré ses menottes auprès de ses collègues, et se changer dans le vestiaire qui cette fois était désert. Ce n'est que lorsqu'il quitta le bâtiment qu'il se rendit compte qu'il faisait déjà nuit depuis un petit moment.

Merde, Madora doit m'attendre, pensa-t-il.

Il rentra en courant à travers la ville comme à son habitude jusqu'à arriver devant son immeuble. Il leva les yeux vers leur appartement et se rappela la fois où il était revenu plus tôt du travail pour faire une surprise à sa femme et avait pénétré par la fenêtre en modifiant la gravité exercée sur son corps.

Depuis ce jour et la peur bleue qu'il lui avait provoquée, cette dernière lui avait formellement interdit cet accès. Il gravit les escaliers quatre à quatre jusqu'au neuvième étage où il regagna enfin la chaleur de son domicile.

Il trouva le logement plongé dans la pénombre, la chambre de sa fille était fermée et seule la lueur vacillante de la télé du salon encore allumée éclairait faiblement les lieux. Une fois dans la pièce il constata que sa femme l'avait attendu toute la soirée devant la télé et qu'elle s'était endormie dans le fauteuil. Il esquissa un sourire et éteignit la télévision. Il se dirigea vers la cuisine pour se préparer quelque chose à manger et vit deux assiettes déjà prêtes contenant chacune une belle salade composée. Il engloutit son repas, reconnaissant envers cette femme aimante et dévouée, et mit celui de sa compagne dans le réfrigérateur. Lorsqu'il porta son épouse jusqu'à leur chambre, il l'entendit murmurer :

— Je t'ai attendu, mon chéri, ton assiette est dans la cuisine.

Il la posa sur le lit et la vit se rendormir aussitôt. Il prit soin de programmer son réveil et se déshabilla. Ensuite, il vint la rejoindre sous les couvertures et l'enlaça. Certes Craig n'avait aucunement besoin de sommeil, mais il éprouvait un grand plaisir à s'assoupir aux côtés de sa chère et tendre. Fermant les yeux pour s'endormir, il se répéta une fois encore :

Encore une journée comme les autres, encore une bonne journée.

« La prochaine citation sera plus intéressante que celle-ci. »
Philosophe Antarien, Gregor Sephrian

Chapitre X - Coup dur

Jour 49 de l'an 246 : 07h28

Ghost venait de garer sa voiture dans le parking derrière le bâtiment principal du GUT. Elle en sortit et ne put s'empêcher de lever les yeux vers le gigantesque gratte-ciel qui commençait à refléter les lueurs de l'aube.

Et oui, tu bosses dans le deuxième Secteur, la classe ! pensa-t-elle avec fierté.

Elle regarda machinalement par-dessus son épaule afin de vérifier qu'elle n'avait rien oublié dans son véhicule et sourit en se souvenant à quel point l'achat de ce dernier lui avait changé la vie.

Jusqu'à ce qu'elle soit acceptée au Groupement d'Unités Tactiques, elle se déplaçait à pied ou via les transports en commun, et il n'était vraiment pas commode de se mêler à la foule pour quelqu'un dont le pouvoir d'invisibilité n'était pas contrôlé consciemment. Nombre de fois, elle avait dû esquiver quelqu'un qui marchait en contresens et qui, puisqu'elle n'apparaissait aux yeux des autres qu'au dernier moment, ne l'apercevait pas à temps pour s'écarter. Ces situations du quotidien avaient le don de l'agacer.

Mais pas ce matin, non, ce matin-là Ghost était en pleine forme. Le lendemain de la nuit complètement dingue qui s'était déroulée pendant le black-out des Secteurs 2 et 4, elle avait pu pleinement profiter de la journée d'astreinte qui avait suivi. Elle avait pu prendre un long bain, aller à la salle de sport avec Mastoc et même effectuer quelques achats.

Elle se dirigea vers l'entrée de service et arriva vite au pied du bâtiment. Après avoir monté les quelques marches qui la séparaient du portail sécurisé, elle rajusta son uniforme renforcé en polymère ainsi que les deux pistolets le long de ses cuisses et regarda l'heure.

Haha, 7h30, pile à l'heure !

Elle dépassa les contrôles de routine puis pénétra dans l'ascenseur. Une fois à son étage, elle se dirigea directement vers les bureaux de son équipe. Au détour du virage qui menait à leur espace de travail, elle constata avec surprise que Vesta, Shield, Mastoc et surtout Loki se trouvaient déjà sur place. Ces derniers ne l'avaient pas encore aperçue, mais la présence de son capitaine avant elle et l'absence de Sniper lui firent perdre son sourire. Passant au milieu des postes de travail de ses équipiers, elle les entendit la saluer.

— Bonjour, Ghost, commença Shield visiblement préoccupé.

— Salut, ma belle, continua Vesta.

— Bonjour, dit Loki de façon plus sévère que d'habitude.

— Tiens, salut, jolie brunette, je t'avais pas vue dis donc ! termina Mastoc de façon très personnelle.

— Salut à tous, répondit Ghost tout en s'installant.

Consciente d'un certain malaise parmi ses amis, Ghost ajouta sur un ton incisif :

— Bon, lâchez le morceau, où est Sniper ? Et par quels dieux est-il possible qu'Enri soit arrivé avant moi ?

Après un silence de quelques secondes, Shield, l'air anxieux, prit la parole :

— Sniper est dans le bureau du directeur, il y a été convoqué dès son arrivée…

— Et j'ai été prévenu tôt ce matin qu'un colonel de l'armée venait pour nous voir et qu'il aurait peut-être besoin de s'entretenir avec moi avant la réunion du matin, termina Loki.

Ghost resta pensive suite à ces annonces. Dans un premier temps, elle culpabilisa à propos de l'entretien de Sniper, espérant que ce n'était pas à cause du cocktail énergisant qu'elle lui avait injecté ou de la façon dont l'intervention s'était déroulée. Et enfin, elle fut rassurée qu'il y ait une raison logique à l'arrivée précoce de Loki.

Enri n'a jamais été du genre précoce de toute façon…

Cette pensée la fit glousser intérieurement et elle sentit son visage s'empourprer. Évangéline rassembla ses esprits et jeta un coup d'œil autour d'elle afin de s'assurer que personne ne l'avait vue rougir. Quelques instants plus tard, elle aperçut à la croisée des couloirs le directeur du GUT, Gil Lockhead, accompagné de Sniper. Mais le jeune homme, au lieu de suivre son supérieur jusqu'au bureau de l'équipe Alpha, continua son chemin pour se diriger vers l'ascenseur. Lors de son passage, et alors que tous les agents présents s'étaient levés en le voyant, il leur adressa un signe de la tête négatif pour leur indiquer qu'il ne les rejoindrait pas. De son côté, le directeur du GUT pénétra dans l'espace de travail de Loki et ses hommes et les salua en leur annonçant simplement :

— Bonjour, messieurs-dames, il est temps de rejoindre notre invité.

Sans vraiment attendre de réponse, il se retourna pour les y mener, aussitôt suivi par Ghost, Vesta, Mastoc, Shield et Loki. La porte de la salle de réunion était encadrée par deux soldats de l'armée régulière en uniforme de combat, tenant leur fusil d'assaut contre leurs torses. Entrant à la suite du directeur, les membres de l'équipe Alpha découvrirent quelques mètres plus loin, assis à l'autre bout de la table de réunion, le haut gradé évoqué plus tôt par leur capitaine.

C'était un homme grand et sec, d'une stature proche de celle de Gil Lockheart qui venait de se placer à côté du militaire en question.

Il différait de ce dernier de par son visage usé et ses cheveux gris coiffés en brosse qui lui donnaient un air plus sévère.

Les membres de l'équipe Alpha s'installèrent à l'autre bout de la table, comme à l'accoutumée. Ghost ne se sentait pas particulièrement à l'aise : quelque chose la dérangeait dans ce personnage à la mine renfrognée. Par contre, elle savait que, de là où elle se trouvait, elle n'apparaîtrait pas aux yeux du militaire, ce qui la rassurait un peu. Elle remarqua d'ailleurs une certaine gêne chez ce dernier, peu avant qu'il ne l'interpelle :

— Excusez-moi, Madame, mais… d'ordinaire, je préfère pouvoir voir mes soldats dans les yeux quand je m'adresse à eux. Rapprochez-vous, je vous prie.

— Vos soldats ? répondit Ghost agacée. Depuis quand avons-nous été intégrés dans l'armée ?

— Non, vous avez raison, vous êtes plus comme des mercenaires…

Remarquant le regard insistant de son directeur, Ghost ravala sa réplique et se leva à contrecœur pour trouver un siège plus proche de leur invité. Une fois que la jeune femme fut assise, Gil Lockhead annonça :

— Bien. Je vois que tout le monde est installé, nous allons pouvoir débuter. Pour commencer, j'aimerais vous présenter le colonel Karlh qui est le responsable tactique du Projet Destiny et qui nous est envoyé ici afin de nous expliquer ce que l'armée attend de notre collaboration.

Il marqua une pause, le temps de laisser le militaire leur adresser un bref signe de tête, et reprit immédiatement après :

— Ensuite, je voulais vous annoncer que votre collègue Sniper a été mis en congé administratif pour une durée de deux semaines à ma demande. J'imagine que vous serez déçus de cette décision, mais je tiens malgré tout à vous assurer que ce n'est en rien une mesure disciplinaire, simplement une précaution suite à votre dernière mission. Il sera convoqué pendant son congé afin d'être évalué par nos médecins et reviendra très vite parmi nous.

On nous enlève Sniper juste quand le Projet Destiny commence, coïncidence ? s'interrogea Ghost.

Le directeur s'assit ensuite et laissa la parole au colonel qui se leva, face à l'équipe Alpha. Le dos et le menton bien droits, il débuta son exposé :

— Merci, Monsieur le Directeur. Tout d'abord, bonjour messieurs-dames. Comme l'a laissé entendre monsieur Lockhead, l'armée et le GUT vont collaborer pour un certain nombre de missions sur une période d'une quinzaine de jours.

Définitivement pas une coïncidence... pensa Ghost.

— L'objectif principal de ce partenariat est de tester, sécuriser et encadrer le Projet Destiny. Comme vous l'avez sûrement entendu, ce projet a pour but de lutter contre la criminalité. C'est pourquoi, dès la fin de cet entretien, nous nous saisirons de toutes les enquêtes en cours liées à l'attaque coordonnée que notre pays a subie il y a quelques jours.

Oh bah merde ! En plus ils vont s'approprier notre enquête ?! s'indigna Ghost dans son for intérieur.

— La première mission se déroulera aujourd'hui. Vous serez informés du lieu et de l'heure de la mission une fois que nos analystes auront pu prendre connaissance de vos dossiers et déterminer les cibles les plus prometteuses. Les prérogatives de votre mission sont simples : sécuriser les lieux après l'action de l'équipe Destiny et escorter les potentiels survivants jusqu'aux transports prévus à cet effet. Est-ce que tout est clair ? Avez-vous des questions ?

Ne tenant plus, Ghost laissa libre cours à son impertinence :

— Donc on va jouer les nounous c'est ça ?

— Techniquement non, puisque vous ne serez jamais en contact avec l'équipe Destiny. Considérez-vous comme des nettoyeurs, répondit le colonel sans cacher un certain dédain.

Mastoc demanda ensuite :

— Mais si vous avez juste b'soin de nettoyeurs, pourquoi nous ? Vous avez pas des gars d'chez vous qui pourraient s'en charger ?

— La première raison est simple, ces opérations seront des opérations d'essai pour l'équipe Destiny et les résultats attendus pourraient être en deçà de nos espérances. L'équipe Alpha étant considérée comme notre meilleure force opérationnelle locale, nous avons opté pour cette solution. Ensuite, le Projet Destiny n'a été accepté par le Sénat qu'à la condition qu'une équipe civile y participe, et seulement l'équipe Alpha qui a son entière confiance.

Cette dernière intervention laissa Loki et ses hommes sur les nerfs. Gil Lokhead, qui connaissait son équipe par cœur, choisit donc de mettre fin à la réunion en se levant et en ordonnant à ses agents de rejoindre leurs postes et de collaborer sans réserve avec les militaires.

Le reste de la matinée se passa calmement pour Ghost et ses collègues ; complétant les formulaires nécessaires à la réorientation des preuves et dossiers des différents services de police qu'ils avaient obtenus pour leur enquête vers les forces armées dans un silence rarement brisé. Malgré leurs réticences, les membres de l'équipe firent montre d'un professionnalisme exemplaire, comprenant bien que les soldats accompagnant le colonel ne faisaient qu'obéir aux ordres.

La pause de midi, quant à elle, fut plus animée, chacun y allant de son commentaire sur la situation et évacuant sa frustration comme il le pouvait jusqu'à ce que leurs communicateurs leur indiquent le lieu et l'heure de leur prochaine mission :

« 99.155254 | 120.883215 / Usine LocaTech Secteur 11 / 15:00 / DESTINY »

L'équipe Alpha se leva comme un seul homme et se dirigea vers la sortie du réfectoire du quarantième étage. Le groupe arriva devant les portes de l'ascenseur et, alors que Mastoc, Shield et Vesta s'arrêtaient afin de descendre jusqu'au rez-de-chaussée pour emprunter une des voitures d'intervention du GUT, Ghost vit Loki prendre les escaliers pour monter récupérer son hoverbike sur le toit. Évangéline se détestait dans ce genre de moment, mais elle choisit de suivre Loki et annonça au reste de l'équipe :

— Partez devant, je vais y aller avec Enri.

Puis, ne faisant pas attention aux regards interrogatifs de ses amis, elle s'engagea dans la cage d'escalier à la suite de son leader.

Elle et Loki s'étaient quittés depuis bientôt deux ans et, malgré l'animosité qu'elle pouvait montrer à son égard en diverses occasions, il était le seul avec qui elle se sentait vraiment à l'aise. La jeune femme ne regrettait en rien leur séparation, mais, parfois, la présence rassurante de cet homme lui manquait.

Arrivée sur le toit, elle aperçut Loki sur sa monture, au milieu des hélicoptères étincelants du GUT. Elle s'élança vers lui et l'interpella afin qu'il ne parte pas sans elle :

— Enri, attends !

Le capitaine de l'équipe Alpha releva la tête en cherchant la jeune femme du regard. Ghost s'arrêta à portée de vue de Loki et mit une main sur sa hanche en lui demandant sur un ton provocateur :

— Ta pétrolette pourrait m'emmener avec toi ?

— On peut toujours essayer, mais vu tout ce que t'as bouffé, pas sûr qu'elle décolle, lui répondit-il un sourire en coin.

Elle le frappa violemment sur l'épaule, l'air amusée, et grimpa derrière lui. Alors que le vrombissement des moteurs résonnait sur le toit du bâtiment, elle enroula ses bras autour de la taille de son ancien amant et se serra contre son dos. Fermant les yeux, elle laissa son ami l'amener jusqu'au lieu de leur mission.

Ghost, perdue dans ses pensées, ne se rendit compte qu'ils avaient atteint leur destination que lorsque les moteurs de l'engin furent coupés et qu'elle entendit la voix de Loki la tirer de sa torpeur :

— On est arrivés, dormeuse. Il est temps de se remettre au travail.

Sitôt sa phrase prononcée, il descendit de sa monture. Ghost, quant à elle, resta songeuse un instant. L'hoverbike avait atterri sur un toit, à quelques dizaines de pas de l'hélicoptère du colonel. Ce dernier se trouvait d'ailleurs déjà en conversation avec Loki.

Peu de temps après, toujours juchée sur l'hoverbike, elle aperçut Enri revenir. Il avait laissé de côté son air moqueur pour un visage sérieux et concentré.

— Viens, Éva, on va attendre le reste de l'équipe au rez-de-chaussée. Dès qu'ils seront là, je transmettrai nos instructions à tout le monde.

— Ça marche, répondit la jeune femme en le suivant jusqu'aux escaliers.

Une fois en bas de l'immeuble, Ghost et Loki patientèrent une quinzaine de minutes avant de voir enfin poindre la voiture de leurs amis. Regardant l'heure sur son communicateur au poignet de façon ostentatoire, elle songea qu'ils avaient tout de même été rapides. Lors de leur sortie du véhicule, elle comprit la raison de leur ponctualité : Vesta descendait du côté conducteur.

Houla, j'espère qu'ils ont encore leurs estomacs à la bonne place ! pensa Ghost en se rappelant que sa collègue aimait conduire vite, et pas forcément de façon très prudente.

Une fois réunis, et après un commentaire de Mastoc sur la conduite de Vesta qui provoqua quelques rires parmi le groupe, Loki leur transmit les directives des militaires :

— Bon, c'est du très simple. Une fois que nous serons prêts, je donnerai au colonel le feu vert pour qu'il envoie l'équipe Destiny. Ensuite, nous attendrons son signal pour investir les lieux. Ghost ira en reconnaissance par l'entrée qui se trouve à l'arrière du bâtiment. Nous la suivrons de près afin de lui fournir un soutien immédiat en cas de rencontre. Nous progresserons pièce par pièce. Dans chaque salle, nous éliminerons les hostiles et évacuerons les blessés et survivants jusqu'à l'hélicoptère qui se sera placé derrière l'usine. Selon le colonel, il devrait y avoir trois personnes à évacuer et ils estiment que plus d'une quarantaine de criminels devraient être retirés définitivement de nos rues dans le processus…

— Oh merde… réagit Mastoc.

— Une seule équipe face à presque cinquante hostiles… commenta Ghost. Je comprends qu'on soit relégué au nettoyage… Je sais pas qui ils vont faire rentrer là-dedans, mais c'est du sérieux.

— On se demande effectivement. Et comme par hasard, mon frère a été écarté pour ces missions, fit remarquer Shield, toujours contrarié par la mise à pied de son cadet.

— Bon, aucune question ? demanda Loki, coupant court à ce sujet de discussion controversé.

Ses subordonnés répondirent par la négative et Loki annonça sur la fréquence de l'armée :

— Équipe Alpha parée.

À deux blocs de l'usine visée par l'opération, Loki et ses hommes étaient sur le qui-vive. Si bien que, plusieurs minutes plus tard, quand des bruits sourds d'explosions et de tirs d'armes automatiques retentirent, tous réagirent, prêts à se lancer dans l'action. Mais leur capitaine, toujours concentré sur leur mission, les rappela à l'ordre :

— Pas encore.

L'équipe, frustrée de ne pouvoir intervenir, restait tendue. C'est exactement quatre minutes plus tard, alors que les explosions et tirs s'étaient tus, qu'ils purent entrer en scène. Loki mena ses agents jusqu'à la porte arrière de l'usine. Une fois en position, il donna des ordres succincts :

— Ghost, tu passes devant. Shield, tu formes un bouclier autour d'elle et un second autour du reste de l'équipe qui avancera en formation trois mètres derrière Ghost. Je serai en pointe de notre groupe, Shield derrière moi et Vesta et Mastoc sur les flancs de Shield pour qu'il ne perde pas sa concentration. Formation serrée. Équipe Alpha, en avant !

Ghost fit jaillir ses deux pistolets à plasma de leurs étuis et ouvrit la porte d'un violent coup de pied. Avançant d'un pas décidé, elle ne se rendit pas tout de suite compte qu'elle progressait dans une sorte de gelée rougeâtre. Elle se baissa pour mieux percevoir la texture du liquide et réalisa rapidement que ses pieds baignaient dans un mélange de sang et d'entrailles qui recouvrait le plancher à perte de vue. Des cadavres déchiquetés jonchaient les sols partout où se posait son regard. Même pour un membre aguerri du GUT, ce charnier indescriptible s'avérait difficile à encaisser. Elle s'engagea ensuite dans un couloir tout en prévenant l'équipe derrière elle :

— Le sol est recouvert de sang, faites attention où vous marchez…

— Reçu, répondit Loki.

La jeune femme pénétra dans une pièce sur sa droite dont la porte était entrouverte et remarqua, outre les fluides vitaux recouvrant la salle, que le conduit de ventilation au plafond avait été défoncé. Un des hostiles était coupé en deux au niveau de la taille, le tronc sur un bureau et les jambes à l'autre bout de la pièce. La tête d'un deuxième individu semblait avoir été lacérée par un objet extrêmement tranchant tandis qu'un troisième était étendu plus loin, les tripes à l'air.

Elle fit demi-tour et s'apprêtait à repasser la porte lorsqu'un son se fit entendre derrière elle. Se retournant, alerte, elle ouvrit ses sens pour savoir d'où venait le bruit qui l'avait fait réagir. Un battement de cœur plus tard, elle comprit : l'hostile coupé en deux respirait encore. Elle prévint ses coéquipiers via son communicateur :

— Un survivant ici, coupé en deux. Il va avoir besoin de soins immédiats. Shield, essaie de voir ce que tu peux faire pour le stabiliser. De toute façon, vu le carnage, je doute que nous ayons besoin de ton bouclier…

— Très bien. Shield, occupe-toi du survivant. Mastoc, tu restes et tu veilles sur lui. Tout le monde, faites quand même attention, vu les détonations que nous avons entendues avant de rentrer, il est possible que la structure du bâtiment ait été compromise, répondit Loki.

— Je continue ma progression, informa Ghost.

La jeune femme sortit de la pièce et croisa le reste de l'équipe en attente dans le couloir. Tandis que ses deux collègues entraient dans le bureau pour tenter de maintenir le pauvre homme en vie, elle avança lentement jusqu'à une autre porte sur sa droite qui avait l'air de donner sur un vestiaire. Retenant son souffle pour se préparer à ce qu'elle allait pouvoir y trouver, elle entra avec prudence.

La scène qu'elle découvrit à l'intérieur était du même acabit que celle du bureau. La porte s'ouvrit sur un cadavre empalé contre un mur sur un porte-serviettes. Dans la pénombre, de nombreux corps gisaient çà et là. Certains étendus sous les casiers renversés et d'autres avaient été éparpillés à la sortie des douches, encore nus.

Cette fois, Ghost apporta une attention particulière à chaque corps et s'assura qu'elle ne ratait aucun survivant. Ne trouvant âme qui vive, elle quitta les vestiaires et continua son exploration des lieux. Au bout du couloir, une large porte de sécurité équipée d'un lecteur de carte magnétique était éventrée.

Elle doit mener à l'ancienne salle d'assemblage de l'usine, estima Ghost.

Elle se fraya un passage dans l'encadrement de la porte endommagée et put constater le paroxysme de l'horreur. Ici, les cibles avaient dû tenter de résister. Des murs et des pans entiers de l'escalier qui montait vers la coursive sous le toit étaient calcinés. Les vieilles chaînes d'assemblages étaient, au mieux, renversées, au pire, complètement détruites et quelques débris baignaient dans les fluides corporels des dizaines de cadavres gisant dans le grand hangar. À cause de l'odeur presque insoutenable, et malgré son expérience et son entraînement, Ghost devait sans cesse retenir des haut-le-cœur. Elle communiqua néanmoins un bref état de la situation pour l'équipe qui devait la rejoindre d'ici quelques secondes :

— Je suis dans la partie principale du bâtiment. Aucun danger à signaler, mais c'est un véritable carnage ici. Respirez un bon coup avant d'entrer…

Elle vérifia à nouveau de façon consciencieuse la vigueur des corps qui n'avaient pas été décapités, mais, cette fois encore, elle ne trouva pas de survivants.

Jetant un coup d'œil derrière elle, Évangéline aperçut Loki et Vesta pénétrer dans la pièce par l'entrée qu'elle venait d'emprunter. Voyant qu'ils commençaient à vérifier à leur tour l'état de santé des personnes éparpillées dans la pièce, Ghost prit la décision de monter les escaliers qui menaient au chemin de ronde en métal dominant le hangar.

Une fois en haut, elle se rapprocha de ce qui devait être l'ancien bureau du directeur. Après avoir longé le mur à pas de loup, elle regarda prudemment par l'encadrement de la porte entrouverte. À sa grande surprise, pas de carnage, pas de sang, ni d'entrailles. Des traces de lutte indiquaient qu'une confrontation avait eu lieu, mais les trois individus présents avaient l'air d'avoir simplement perdu connaissance.

Le premier d'entre eux reposait, affalé sur son ventre, sur le bureau, un deuxième était assis par terre, contre le mur de gauche, son menton sur sa poitrine, et le dernier était couché sur le côté au milieu de la pièce. La jeune agent détailla attentivement l'intérieur du local administratif et remarqua, une fois encore, qu'une grille d'aération avait été forcée, mais, cette fois, il s'agissait d'un travail propre et net, seuls quelques feuillets avaient chu au sol.

Elle fouilla le bureau et y trouva plusieurs dossiers, un ordinateur portable cadenassé ainsi qu'une sacoche qui renfermait certainement plus d'une centaine de milliers de crédits en billet.

Waouh, c'est un sacré coup infligé à leur organisation ! Je suis presque jalouse que le mérite ne puisse pas nous être attribué… pensa-t-elle.

Ghost rangea son butin dans la sacoche, au-dessus du magot, avant d'annoncer dans son communicateur :

— Trois hommes inconscients ici, ainsi qu'un certain nombre d'éléments intéressants.

— Très bien, va retrouver Shield avec tout ce que tu peux prendre avec toi. Mastoc, dès que Ghost t'a rejoint, viens à l'étage nous aider à porter les trois rescapés, répondit Loki.

Évangéline jeta le sac sur son épaule, sortit du bureau et se dirigea vers la première pièce où son capitaine en second devait encore s'occuper du blessé. Elle croisa Enri dans l'escalier qui montait pour commencer à évacuer vers l'hélicoptère les hommes inconscients qu'elle avait découverts.

Lorsqu'elle retrouva Shield et Mastoc, elle adressa un signe de la tête à Ronald qui s'empressa de sortir rejoindre leur leader. De la sueur perlait sur le front de John tandis qu'une lueur verte émanait de la paume de ses mains pour former des filaments lumineux qui s'enroulaient autour des parties injuriées du corps du malheureux qui gisait là sans ses jambes.

Ghost avait toujours été fascinée par l'utilisation de ce pouvoir. Shield n'était pourtant pas un virtuose dans cette discipline, mais déjà les organes à vif reprenaient une couleur normale et les plaies s'étaient refermées. À voix basse, pour ne pas lui faire perdre sa concentration, Évangéline s'adressa à son partenaire :

— Tu t'en sors super bien, John, tu deviens vraiment bon en guérison…

— Je suis aidé. Ce jeune homme coupé en deux possède un faible potentiel actif de régénération, répondit Shield toujours absorbé par sa tâche.

Alors qu'elle tournait autour du bureau sur lequel était disposée la moitié supérieure de la victime, tant pour s'occuper l'esprit que pour surveiller le périmètre, une main saisit son bras fermement. Réagissant immédiatement, elle se retourna et constata qu'il s'agissait de l'homme à l'agonie.

Là, étendu, il la fixait du regard tandis que ses lèvres bougeaient légèrement. Évangéline s'approcha lentement en posant sa main sur celle qui venait de l'agripper et lui chuchota :

— N'essayez pas de parler, nous sommes en train de nous occuper de vous. Vous devez vous calmer.

Mais le jeune homme n'en avait cure. Ses yeux emplis de peur, immobiles dans leurs orbites, il réussit à articuler quelques mots :

— On… pas… compris… d'où… ça… venait… ni… combien… ils…

Puis, dans un gargouillement répugnant, il se mit à vomir du sang et s'éteignit une seconde plus tard, le visage crispé de douleur. Ghost, surprise par cette excrétion, n'avait pu s'écarter à temps et ses jambières et sa figure furent éclaboussées par le liquide rouge écarlate.

À bout de force, Shield s'était écroulé au pied du bureau. Assis contre celui-ci, luisant de sueur et le teint pâle, il luttait contre la nausée qui suivait parfois une utilisation intense et prolongée de son potentiel actif de soin. D'une voix faible, il s'adressa à Ghost :

— Je n'avais pas vu qu'il souffrait d'hémorragies internes, j'étais tellement concentré sur ses blessures extérieures…

— T'en fais pas, t'as fait de ton mieux. Sans toi, il n'avait de toute façon aucune chance de s'en tirer, essaya de le rassurer Ghost tout en se débarbouillant le visage.

Puis, s'impatientant, elle demanda dans son communicateur :

— Vous avez besoin d'aide pour l'évacuation ? Nous avons perdu le blessé grave il y a un instant.

— Négatif, nous arrivons à votre hauteur, nous allons tous nous retirer de la zone, répondit Loki d'une voix essoufflée.

— Reçu, on vous attend dans le couloir.

Évangéline s'accroupit à côté de Shield et lui annonça :

— Allez, on est partis mon grand.

John prit appui sur l'épaule de sa collègue et ils se relevèrent ensemble. Ghost soutint son ami jusqu'au couloir où ce dernier put se reposer contre un mur en attendant le retour du reste de l'équipe.

Vesta arriva en tête, volant à quelques centimètres au-dessus de la fange, un air dégoûté affiché sur son visage. Loki marchait derrière elle, une des trois personnes assommées sur son épaule, et, enfin, venait Mastoc, dont la carrure imposante avait été multipliée à l'aide de son potentiel actif pour pouvoir porter un homme sur chacune de ses épaules. Ghost laissa passer Vesta devant elle et s'adressa à son capitaine :

— Juste… Afin que tu ne sois pas pris au dépourvu auprès des militaires, le demi-homme a prononcé une phrase avant de rendre l'âme. En gros, il disait qu'ils n'avaient pas compris ce qui leur tombait dessus ni combien ils étaient, mais ce n'était pas bien clair… Disons que c'est une libre interprétation de ma part.

— C'est noté. Merci, Éva, répondit Enri.

Évangéline, corrigea-t-elle intérieurement.

L'équipe Alpha sortit enfin du bâtiment. Parcourant les ruelles derrière l'usine, ils arrivèrent au point de rendez-vous. Sur un terrain de sport entouré de grillages, gardé par un cordon d'une quinzaine de militaires, était posé un héliporteur de l'armée. Une fois les agents du GUT à quelques mètres de l'engin volant, la soute arrière s'ouvrit et le colonel ainsi que six soldats de seconde classe en sortirent.

L'officier supérieur et ses subordonnés allèrent à la rencontre de l'équipe d'élite. Chaque paire de soldats récupéra l'un des rescapés pour l'amener à l'intérieur de leur transport tandis que le colonel supervisait l'opération.

Une fois l'évacuation terminée, le haut gradé s'adressa à Loki :

— Rapport de mission, Capitaine Telvir.

— À notre arrivée, quatre survivants, quarante-trois morts. À notre départ, trois survivants, quarante-quatre morts, annonça Loki un peu agacé de retourner dans un cadre militaire aussi strict.

— Hmm, un survivant de plus que prévu, c'est fâcheux... Est-ce que cet élément imprévu a pu communiquer avec un des membres de votre équipe de quelque façon que ce soit ?

— Affirmatif, mais ses propos étaient incohérents, il délirait après une perte de sang importante. Nous l'avons trouvé coupé en deux et il est décédé peu de temps après.

— Très fâcheux... répondit le colonel, visiblement déçu du résultat de l'opération.

Le militaire se retourna pour parler dans son communicateur :

— Le test numéro un de Destiny est un échec, appelez les flammeurs pour nettoyer l'usine.

Puis, il fit volte-face à nouveau et s'adressa à Loki et ses hommes :

— Équipe Alpha, vous pouvez disposer, nous vous recontacterons bientôt pour votre prochaine mission. J'attends bien entendu un rapport détaillé de votre mission dans les plus brefs délais.

Alors que les agents du GUT rejoignaient leurs moyens de transport la mine basse, Ghost observa ses coéquipiers attentivement. Shield était toujours épuisé d'avoir essayé de sauver le pauvre homme qui avait été coupé en deux, Vesta semblait écœurée du carnage dont ils avaient été spectateurs et même Mastoc avait l'air dérangé. Loki, quant à lui, restait indéchiffrable, le visage fermé.

Quelques heures plus tard, alors que tous les membres de l'équipe avaient retrouvé le chemin de leurs logements respectifs, une idée ne cessait de hanter la jeune Évangéline qui essayait de se relaxer dans un bain moussant.

Les images de leur opération de nettoyage ne cessaient d'occuper son esprit. Elle tentait d'en analyser les variables, sans arriver à en trouver le sens et, frustrée, finit par envoyer voler un monticule de mousse. Se laissant glisser vers le bas, Ghost plongea sa tête entièrement dans l'eau chaude. Le calme lié au silence de son immersion apaisa ses pensées durant un instant, mais ce répit fut écourté par le son étouffé de son communicateur retentissant à travers l'eau de son bain. Elle émergea en reprenant son souffle bruyamment, retira la mousse qui recouvrait son visage et chercha l'appareil en plissant les yeux. Grâce à la sonnerie de ce dernier, elle parvint à le localiser dans sa combinaison de combat posée sur un tabouret un peu plus loin. Elle se leva précipitamment et enjamba le bord de la baignoire, éclaboussant le tapis juste en dessous, puis fouilla dans son uniforme. Elle trouva rapidement l'objet de sa convoitise et l'équipa à son oreille. Elle accepta la communication et se replongea délicatement dans son bain en répondant :

— Allo oui ?

— Bonsoir, ma fille, c'est maman, je ne te dérange pas j'espère, annonça la voix élimée de sa mère.

— Non, maman, je suis dans un bain bien mérité, après une dure journée de travail !

— Oh, ma pauvre, j'espère que tu ne prends pas trop de risques…

— Ne t'inquiète pas. Je suis invisible, rappelle-toi, et on prend soin les uns des autres dans l'équipe.

— Fais quand même attention à toi…

— Oui, Maman ! Ne t'inquiète pas je t'ai dit ! Sinon, quoi de neuf ?

— Eh bien… j'ai eu les derniers résultats des tests tout à l'heure et…

— Quoi ? demanda Évangéline dont le cœur s'était arrêté de battre l'espace d'une seconde.

— Y'a quelques irrégularités, ils disent que je vais devoir rester quelques jours à l'hôpital pour être sûre.

— Oh non… répondit-elle, la voix emplie d'angoisse à l'idée de revivre ce par quoi elles étaient passées des années auparavant.

— Ne t'inquiète, pas ma chérie, c'est juste pour faire des contrôles supplémentaires, je voulais que tu sois au courant. Ce n'est rien d'important, j'y serai en début de semaine prochaine.

— Tu… auras besoin de moi ?

— Non, ma puce, c'est gentil, ma copine Colette va m'accompagner.

— Et… au niveau financier ? Ça ira ?

— Oui oui, ta mutuelle couvre tout.

— D'accord, dis-moi si y'a quoi que ce soit hein ?

— Ne t'inquiète pas. Et sinon, t'as enfin trouvé un petit copain ?

— Maman ! cria Évangéline, à la fois furieuse et amusée que sa mère remette le sujet sur le tapis.

— Ou une petite copine, ce qui te rendra heureuse.

— Non plus…

La conversation continua sur des sujets variés, échangeant les potins de travail et les réactions sur les émissions de télévision qu'elles partageaient. Au bout de presque une heure, elles se souhaitèrent une bonne soirée.

La communication terminée, Ghost retomba presque immédiatement dans ses pensées à propos de leur mission d'accompagnement de l'équipe Destiny. Elle avait le sentiment que quelque chose ne collait pas. N'y tenant plus, la jeune femme décida d'aller au seul endroit où elle aurait une chance de trouver des réponses.

Elle sortit une nouvelle fois de son bain, se sécha rapidement et sauta dans un jean sombre. Elle enfila un petit t-shirt blanc échancré ainsi que des chaussures de sport décontractées et se dirigea dans l'entrée de son appartement où elle put récupérer ses clefs. Elle hésita un moment en regardant ses armes de services, mais choisit de sortir sans elles. Puis, elle descendit les escaliers de son immeuble quatre à quatre comme à son habitude et, une fois dans la rue, rejoignit sa voiture, stationnée deux blocs plus loin.

Évangéline grimpa dans son véhicule, mit le contact et roula à travers les avenues du Secteur 2 vers le quartier traditionnel, quelques kilomètres au sud de son appartement. Elle gara sa voiture non loin du temple d'Eralnir, juste à côté d'un hoverbike bien reconnaissable.

Elle se déchaussa à l'entrée du lieu de culte et continua vers la pièce principale.

En hommage à Eralnir, la divinité de la guerre, il était d'usage que la chambre centrale de chacun de ses temples soit aménagée en grande salle d'entraînement aux arts martiaux. Après avoir traversé délicatement un rideau de perles écarlates, elle trouva Loki en train de pratiquer les rites propres au temple et à sa divinité.

Éclairés par les flammes de plusieurs braseros autour des tapis d'entraînement, les mouvements lents et gracieux qu'il effectuait formaient de grandes ombres sur les murs rouges ornés de motifs noirs. Voir à nouveau ces gravures représentant les légendes du dieu guerrier rappela à Ghost une conversation qu'elle avait eue avec Enri peu de temps après leur rencontre. À l'instar de la majorité des Antariens, elle était peu encline à croire aux dieux de leur continent. Évangéline avait éprouvé des difficultés à comprendre la piété de son amant et mentor et l'avait donc interrogé à ce sujet.

Enri lui avait alors expliqué que ce n'était pas tant l'idée de la divinité toute puissante, que la philosophie exprimée par ce dernier qui le séduisait. L'un des dogmes d'Eralnir enseignait le principe de la guerre nécessaire, l'ultime recours pour obtenir la paix. Il prohibait toute violence inutile et, selon ce culte, les combats ne devaient permettre que d'atteindre un but noble et altruiste. De plus, les rites martiaux qu'il pratiquait actuellement étaient de très bons enchaînements, applicables en situation réelle et qui, selon lui, constituaient une certaine forme de méditation.

Sept ans plus tôt, pour la sortir de la rue, il avait d'abord essayé de l'amener vers la religion, lui expliquant les mythes et légendes autour des divinités. Toutefois, ce dernier étant lui-même peu dévot, il n'avait pu faire naître la flamme chez elle. Néanmoins, cela n'avait pas complètement été une perte de temps, puisqu'à l'époque, en raison de la diversité de ses capacités actives, les agents du GUT peinaient à lui attribuer un nom de code approprié. Ce fut grâce aux connaissances qu'il lui avait transmises qu'Évangéline lui en trouva un : Loki. Dans le culte d'Eralnir, l'épouse de la divinité de la guerre lui avait donné trois fils : Loki, l'aîné, Niraki, le benjamin, et Eraki, le cadet. Le premier était un grand guerrier, maître de tous les arts martiaux, mais, malgré tous ses faits d'armes, il peinait à trouver grâce aux yeux de son père qui n'en avait que pour ses deux autres enfants. Elle avait trouvé cela adéquat, Enri semblant constamment à la recherche d'approbation.

Ghost s'assit en tailleur à une demi-douzaine de mètres de Loki. Torse et pieds nus, celui-ci portait un pantalon traditionnel en toile blanche, et faisait tournoyer autour de lui une longue épée bâtarde à la garde droite tout en adoptant des postures rituelles.

La jeune femme savait que cette épée avait autrefois appartenu à un grand prêtre du dieu de la guerre. Elle avait été forgée plusieurs décennies auparavant et était gravée de nombreux symboles anciens destinés à donner de la force à son porteur. Évangéline n'accordait que peu de crédit à ces histoires de sortilèges et de magie, mais le père de Loki, qui avait reçu cette arme du prêtre avant de la léguer à son fils, y croyait dur comme fer et avait éduqué ses enfants dans la plus pure tradition d'Eralnir.

Toujours invisible aux yeux de son mentor, elle continuait de l'observer se mouvoir, les tempes luisantes en raison de la concentration nécessaire à l'exécution parfaite de ses mouvements.

Après plusieurs minutes, ce dernier salua en s'inclinant le buste en avant, une main sur son cœur, l'autre tenant sa lame dans son dos, pointe vers le ciel, et se dirigea vers la sortie. Quelques mètres avant de pouvoir apercevoir Ghost, il bifurqua et vint se placer devant elle, les épaules droites. Il planta la pointe de sa large épée d'acier dans le tapis et s'adressa à la jeune rêveuse :

— Alors, Éva, comme ça on vient reluquer son ex dans les temples ? Tu en as parlé à la psy du GUT ?

— Roh, tais-toi Enri ! Tu étais nettement plus agréable quand tu étais en sueur, en train de bouger ton p'tit cul ! Et c'est Évangéline, pas Éva !

Alors que Loki s'asseyait en tailleur à côté d'elle, son épée toujours plantée dans le sol, les reflets des flammes donnant vie aux gravures sur cette dernière, Ghost demanda à son mentor dans un murmure :

— C'est mon bain moussant qui m'a trahie ?

— Oui, je l'ai senti il y a cinq minutes, lui répondit-il sur le même ton. Tu as besoin de parler de ce qu'on a vu aujourd'hui ? Je t'avouerai qu'un échange de points de vue ne me ferait pas de mal non plus…

— Oui… en fait… je ne comprends pas. Nous avons attendu quoi ? Cinq minutes maximum après les premières détonations. L'équipe Destiny a eu le temps d'éliminer quarante-quatre personnes et d'en assommer trois en si peu de temps ?

— C'est clair… c'était très rapide… mais une équipe assez importante aurait pu avoir ce niveau d'efficacité, avec des potentiels actifs de mon niveau ou de celui de Mastoc par exemple. Moi ce qui me gêne c'est que tout indique qu'il s'agissait d'une équipe très réduite qui a effectué cet assaut. Tu as remarqué les conduits d'aération ?

— Oui oui, j'ai pu voir que deux d'entre eux avaient pu servir de point d'accès pour l'équipe Destiny, répondit Ghost.

— Eh bien, ces conduits d'aération sont trop étroits pour qu'une équipe entière y passe, ce ne serait pas optimal, trop dangereux, et seulement deux d'entre eux ont été utilisés. De plus, je ne sais pas si tu as remarqué, les fenêtres ont été soufflées, mais il n'y avait aucun bris de verre à l'intérieur, j'ai vérifié plusieurs fois, ce qui veut dire qu'aucun membre de l'équipe n'est entré par les fenêtres. Elles ont donc été brisées par les explosions durant les combats à l'intérieur et, jusqu'à ce que l'on rentre, toutes les portes étaient verrouillées. J'ai l'impression que l'équipe était constituée de deux agents maximum.

— Deux seulement ? Avec le carnage qui a eu lieu ? Mais comment ils ont fait ? Quel genre de potentiel actif peut engendrer le type de blessures qu'on a pu voir dans un temps aussi rapide ?

— Je n'en ai vraiment aucune idée. Au début, je pensais avoir reconnu les marques de lacération d'une dague longue effilée que j'avais déjà croisée lors d'une de mes missions dans l'armée, mais les lacérations d'aujourd'hui étaient moins régulières…

— L'homme coupé en deux avait l'air de dire qu'ils n'ont rien vu venir, l'équipe devait être particulièrement rapide, ou invisible, mais je pensais que les deux seules autres personnes encore en vie recensées avec une capacité d'invisibilité avaient dans les soixante-dix ans.

— Peut-être a-t-elle été reproduite de façon synthétique ?

— Peut-être…

Les deux anciens amants restèrent ainsi côte à côte, pensifs, jusqu'à ce que Loki se relève et annonce qu'il était temps de rentrer et qu'une bonne nuit de sommeil clarifierait sûrement la situation. Pas du tout confiante dans cette idée, Ghost accepta néanmoins l'aide de son mentor pour se redresser et ils se dirigèrent ensemble vers leurs moyens de transport respectifs. Au moment de se quitter, la jeune femme s'adressa à son capitaine :

— Merci de m'avoir écouté, Enri.

— C'est pas comme si tu m'avais laissé le choix ! répondit-il avec un sourire en coin.

Elle lui donna un coup sur l'épaule et rétorqua :

— Espèce d'idiot, tu étais définitivement plus agréable quand tu ne disais rien !

— Haha ! Plus sérieusement… c'est quand tu veux, jeune fille.

Puis, il grimpa sur sa monture de métal, cala son épée dans un emplacement prévu à cet effet à l'avant de l'hoverbike et rajouta :

— À demain, dors bien !

— À demain !

Dans un vrombissement assourdissant, il s'élança vers le ciel, laissant Ghost seule avec encore plus d'interrogations.

« Zzzzz, La vérité, c'est relatif… »
Philosophe Antarien, Gregor Sephrian, paroles rapportées durant son sommeil.

Chapitre XI - Retour à la réalité

Jour 58 de l'an 246 : 12h10

Peu de temps s'était écoulé depuis qu'un duo de militaires l'avait escorté devant l'entrée de cet appartement. L'endroit lui paraissait familier, sans qu'il ne réussisse vraiment à s'en souvenir. Le jeune homme à la calvitie naissante hésitait quant à la marche à suivre. Il parcourut du regard les pourtours de la porte et remarqua une petite plaque métallique disposée à droite de l'encadrement. D'instinct, il approcha son poignet de celle-ci et le bracelet qu'il portait clignota tandis que la porte s'ouvrait devant lui.

Il pénétra dans les lieux. Sur son passage, des luminaires chaleureux s'activèrent. Sans qu'il ne puisse comprendre pourquoi, se trouver entre ces murs le rassurait. Un sentiment inexplicable de sécurité l'envahit tandis que tout son corps se détendait.

Alors qu'il flânait dans l'appartement, son regard s'attarda sur un cadre contenant une photo d'un couple d'un certain âge posant avec un jeune homme. Des images lui revinrent, fugaces, désordonnées, comme appartenant à une autre vie. Il continua sa visite du logement, mais ses souvenirs peinaient à refaire surface et, à son grand désarroi, seuls les dix derniers jours lui apparaissaient parfaitement clairs dans son esprit. S'affalant dans le canapé du salon, Hector se remémora ce qui lui était alors arrivé lors de son retour dans le monde tangible, onze jours plus tôt.

Jour 47 de l'an 246 : 19h32

Il suffoquait sur le sol glacé, luttant pour reprendre son souffle. Ébloui par des millions de petites lumières clignotantes dispersées autour de lui telles des constellations d'étoiles. Un flash l'aveugla et les lettres D.E.S.T.I.N.Y. s'imprimèrent dans son esprit, comme une image rémanente. Il essaya de se concentrer, de se rappeler. Une douleur aiguë à l'arrière de sa nuque interrompit sa tentative et lui fit perdre connaissance. Avant de sombrer à nouveau dans le néant, il entendit des mots dont la signification lui échappait :

— Un intrus a été appréhendé, nous l'emmenons en détention immédiatement.

Réveillé brusquement par de l'eau glacée violemment jetée à son visage, il ouvrit les yeux et constata la présence d'un homme à la carrure imposante penché sur lui qui l'invectivait. Désorienté, Hector ne saisissait pas le sens des paroles de son interlocuteur. Ce dernier n'avait de cesse de lui répéter encore et toujours les mêmes mots et le manque de réaction du jeune archiviste semblait entamer fortement sa patience.

Hector se concentra pour reprendre ses esprits et remarqua qu'il se trouvait dans une petite salle aux murs blancs éclairée par un plafond lumineux. La personne en chemise grise qui lui hurlait dessus avait l'air de lui poser des questions, mais son cerveau n'arrivait pas à les interpréter et les sons qu'il entendait restaient vides de sens.

Les yeux de l'archiviste captèrent un mouvement brusque et une vive douleur envahit sa joue gauche.

L'esprit toujours embrumé, il vit l'homme qui venait de le frapper se retirer pour laisser sa place à un autre. Ce dernier portait des habits blancs et semblait moins dur, plus patient. Il se mit en face de son prisonnier et prit le temps d'articuler chaque mot très lentement :

— Quel. Est. Votre. Nom.

Hector comprenait ces termes. Après un ultime effort pour rassembler ses pensées, il prononça sans même s'en rendre compte :

— Hector... Delcours

Cette réponse parut troubler son interlocuteur. Il recula, perplexe, et sortit promptement de la pièce.

Après avoir attendu une éternité dans cette petite pièce froide, Hector vit deux hommes entrer dans la cellule. Il remarqua que ceux-ci portaient des uniformes : les concepts simples commençaient à lui revenir.

Le jeune archiviste se sentit choir et, une fois au sol, il ramena ses mains devant lui. Effectuer ce mouvement lui fit prendre conscience que, jusqu'à maintenant, il avait été immobilisé par les hommes qui le retenaient ici. Avant qu'il n'ait pu comprendre de quelle façon ses geôliers s'y étaient pris pour l'empêcher de bouger, les deux gardes se saisirent de lui et le menèrent hors de la pièce. Ils le traînèrent le long d'un couloir en le tenant sous les aisselles, ses pieds nus raclant le carrelage froid, et le conduisirent jusqu'à une autre salle. Les deux chaises et la petite table en métal qui meublaient cette pièce la faisaient paraître luxueuse en comparaison de celle qu'il avait quittée une minute plus tôt.

Ses gardiens l'installèrent sur l'un des sièges et le laissèrent seul.

Épuisé, Hector s'affala sur sa chaise. Les yeux fixés vers le plafond lumineux, il marmonna dans sa barbe, s'entraînant à parler, cherchant dans son esprit pour y déterrer les mots et les concepts qu'ils représentaient.

Plusieurs heures plus tard, un homme d'âge mûr en uniforme militaire et à l'air strict entra dans la pièce avec un dossier sous le bras. Il marcha droit jusqu'au siège inoccupé et s'y installa. Il disposa les documents devant lui et les étudia en jetant çà et là des coups d'œil à

Hector qui se tenait en face de lui dans une posture décontractée. Une fois sa lecture terminée, il s'adressa enfin à lui :

— Bonjour.

— Bon… jour.

— J'ai cru comprendre que vous prétendez être l'archiviste junior Hector Delcours ?

Hector répéta lentement et à voix basse la phrase que l'homme venait de dire avant d'enfin lui répondre :

— Je suis Hector Delcours

— Hmm, oui, très bien… Voyez-vous, il y a un certain nombre d'incohérences dans cette déclaration.

— Incohérences ?

— Oui, des choses qui ne vont pas, qui ne sont pas logiques. Vous voyez ce que je veux dire ?

— Non.

Irrité par l'incompréhension de son interlocuteur, le visage du militaire se raidit et il reprit sur un ton plus ferme :

— Hector Delcours a les yeux bleus, vous avez les iris blancs. Hector Delcours n'a pas le pouvoir de traverser les murs, apparemment vous si. Hector Delcours est mort au combat il y a trois jours, vous, vous êtes vivant…

— Je suis Hector Delcours…

— Je vois…

L'homme en uniforme de l'armée sortit de la pièce, visiblement excédé.

Une dizaine de minutes plus tard, de nouvelles personnes vinrent à la rencontre de l'infortuné. L'une d'elles prit sa main pour la poser sur une plaque en métal froide au toucher, une autre ausculta ses yeux à l'aide d'un appareil produisant lumière rouge et une troisième lui préleva du sang et de la salive. Une fois ces trois-là parties, un militaire de petite taille avec des cheveux blanchis par le temps entra dans la pièce. Il attrapa le fauteuil vide, le plaça à côté du prisonnier pour s'y installer et tenta de prendre la main d'Hector dans la sienne. Le jeune archiviste, surpris par ce contact, s'y refusa tout d'abord, mais un regard sévère du vieil homme le dissuada de résister plus longtemps.

Le nouveau venu aux cheveux grisonnants saisit donc fermement la main d'Hector et ferma les yeux. Le jeune archiviste ressentit alors des picotements lui parcourir l'échine, suivis de frissons, puis, il fut pris d'un violent mal de crâne. Le vieux militaire lui lâcha la main subitement et la porta à son front. Il marmonna quelques mots, se leva péniblement et, marchant d'un pas peu assuré, quitta à son tour la pièce.

Quelques instants plus tard, Hector fut emmené par deux nouveaux gardes dans une cellule d'isolement. Une fois les soldats sortis et la porte close derrière eux, l'archiviste junior se laissa tomber sur le lit en face de lui et sombra dans un sommeil profond.

D'autres militaires le réveillèrent pour le conduire dans une pièce semblable à celle de la veille. Cette fois, le premier homme qu'il avait rencontré après avoir été libéré de ses entraves l'y attendait déjà, assis à la même place. À l'arrivée de l'archiviste, l'individu se leva de sa chaise et le salua :

— Bonjour, Hector.

— Bonjour.

— Comment allez-vous ?

— Bien…

— Tout d'abord, je tenais à m'excuser du traitement que nous vous avons fait subir. Vous devez comprendre que nous vous avons retrouvé dans une banque de serveurs top secrète et l'identité que vous avez déclarée est celle d'un homme qui a été tué lors d'une attaque d'un de nos complexes… Mais les faits sont là ; vous êtes revenu d'entre les morts dans une base militaire supposée ne pas exister et nu comme un ver…

— Froid…

— J'imagine oui… les salles des serveurs sont hautement réfrigérées. Bref, cela ouvre de notre point de vue tout un tas d'interrogations. Par exemple, comment avez-vous pu pénétrer dans l'un des sites les plus sécurisés du continent sans vous faire prendre ?

— Ordinateur

— Ordinateur ? Comment ça ?

— Trans…

— Hein ?!

— Technotrans…

— Technotrans quoi !? Bon, je ne comprends toujours rien à ce que vous dites !

Le militaire quitta la pièce en jurant, aussi frustré que lors de leur précédente conversation.

Plus tard dans la journée, après qu'on lui eut apporté son repas, un homme d'une quarantaine d'années qu'il n'avait pas l'impression d'avoir rencontré auparavant vint se présenter à lui :

— Bonjour, Hector, je suis le docteur Martin, je suis psychiatre-psychologue, mon domaine de spécialisation est le traitement du stress post-traumatique.

— Bonjour.

— Pour commencer, j'aurais aimé vous poser un certain nombre de questions très simples, pour mieux cerner la gravité de votre état, est-ce que vous me comprenez ?

— Oui.

— Très bien.

Le médecin sortit un stylo de la poche de sa blouse blanche et griffonna dans un carnet qu'il avait apporté avec lui.

— Donc, vous vous appelez bien Hector Delcours ?

— Oui.

— Il y a trois jours, vous avez été attaqué dans le cadre de votre travail d'archiviste par un groupe d'individus, vous en souvenez-vous ?

Hector se concentra et de vagues réminiscences remontèrent en surface. Il parvint à se remémorer l'affrontement, les cris et les explosions, des sensations plus que de vraies images.

— Oui.

— Vous souvenez-vous comment vous avez fait pour vous échapper ?

— Oui.

Une migraine intense le frappa, il fut ébloui l'espace d'une demi-seconde et une voix résonna dans son esprit :

DESTINY.

Fermant les yeux, la douleur partit aussi vite qu'elle était survenue. Son interlocuteur ne semblait pas avoir remarqué quoi que ce soit et enchaîna :

— Et… comment avez-vous fait ?

— Techno… tran… scen… dance…

— Mais encore ?

— Moi… dans… ordinateur.

— Admettons… Bon, vos souvenirs de l'événement ont l'air assez clairs. Et que vous rappelez-vous après cela ?

— Réveil, froid.

— Vous n'avez aucun souvenir entre ces deux moments ?

— Non.

— Presque trois jours se sont écoulés, c'est une période assez importante…

À ce moment-là, le militaire fit irruption dans la salle.

— Docteur Martin, votre temps avec le prisonnier est terminé, pensez-vous pouvoir en faire quelque chose ?

— Oui, c'est un cas typique. Il lui faudra une aide psychologique assidue pendant les prochains jours, ainsi que des séances d'orthophonie avec un spécialiste pour reprendre contact avec le monde du langage plus rapidement, mais nous le remettrons sur pied.
— Très bien, pour l'instant, nous allons le ramener à sa chambre, le pauvre homme a l'air au bord de l'évanouissement.

Des gardes vinrent se saisir d'Hector et le reconduisirent jusqu'à sa cellule.

Étendu sur son lit, il se surprit à entendre sa propre voix dans sa tête :

Il arrive…

Une autre crise de migraine le frappa.

Les jours qui suivirent se ressemblèrent tous. Chaque matin, un médecin venait vérifier son état de santé, suivi d'un orthophoniste, puis du psychologue. Ensuite, durant l'après-midi, le militaire revenait l'interroger.

Malgré tous ses efforts, Hector ne se souvenait toujours pas de son séjour sur le réseau informatique et ses différents visiteurs ne paraissaient en mesure d'expliquer ni la raison du changement de couleur de ses iris, ni l'incapacité du télépathe d'interpréter ce qu'il avait perçu dans les pensées d'Hector.

Une dizaine de jours plus tard, l'officier psychologue fit passer une série de tests psychologiques et psychomoteurs au jeune archiviste et détermina que l'état de santé de son patient ne justifiait pas de le garder entre ces murs.

Après lui avoir fait signer de nombreux documents, comportant, entre autres, des obligations de confidentialité et une déclaration attestant qu'il renonçait à se retourner contre l'armée concernant la privation de ses libertés et le non-respect de ses droits, les militaires acceptèrent enfin de le renvoyer chez lui.

Hector émergea de ses souvenirs. Il se leva du canapé du salon et marcha jusqu'à la salle de bain. Il se passa le visage à l'eau froide et saisit maladroitement de quoi se sécher sur le porte-serviette à sa droite.

En redressant sa tête, il tomba nez à nez avec son reflet dans le miroir au-dessus du lavabo. Tout d'abord surpris, il l'observa attentivement, comme s'il se voyait pour la première fois.

Les traits fins de son visage étaient encadrés par une barbe hirsute et une masse de cheveux bouclés en bataille. Son regard semblait vide, mais ce sentiment était probablement amplifié par la blancheur opalescente de ses iris.

Il se rapprocha de la glace et se concentra sur l'image qu'elle renvoyait, fixant ses yeux, essayant de se rappeler son séjour en état de technotranscendance.

Ses mains fermement accrochées de part et d'autre du lavabo, des lettres se formèrent dans ses pensées, chacune d'entre elles apparaissant dans un coup de tonnerre martelant son esprit :

D.E.S.T.I.N.Y.

« Les dieux sont parfois mesquins. Ils ont donné aux Antariens le pouvoir de façonner leur terre, rendant possible la transformation d'un archipel d'îles disparate en un majestueux continent que nous connaissons aujourd'hui, mais ils leur ont interdit l'espace, réservant aux étoiles et aux lunes le seul privilège d'occuper la voûte céleste. »

Philosophe Antarien, Gregor Sephrian

Chapitre XII - Froid mordant

Jour 49 de l'an 246 : 05h30

« Veuillez poser vos sacs et bagages sur le sol et écarter les bras » ordonna une voix grave d'homme d'âge mûr.

Cette idée de mettre une voix différente chaque jour pour éviter la monotonie dès le début de la journée de travail est vraiment à chier, pensa Craig.

— Bienvenue, inspecteur Annoye, vous pouvez entrer, reprit la même voix une fois les vérifications effectuées.

— Tu étais bien plus motivante hier ! lâcha l'inspecteur avant de passer la porte.

Cette fois-ci, il ne suivit pas son itinéraire habituel et fonça directement au deuxième étage. Il pénétra dans l'open space qui, comme il s'y attendait, était presque désert à cette heure-ci ; seuls quelques officiers se trouvaient devant leur bureau. Certains étaient arrivés tôt pour s'occuper de dossiers urgents, d'autres finissaient leur service de nuit et Craig aperçut même le gros Nil. Au vu du sa mine renfrognée, tout le monde ici pouvait deviner qu'il s'était encore disputé avec sa femme et qu'il avait préféré se réfugier au travail pour ne pas subir sa colère.

L'inspecteur jeta un coup d'œil furtif vers le bureau du commissaire et constata qu'il était inoccupé. Un sourire se dessina sur son visage, mais s'évanouit aussitôt lorsque, approchant de son espace de travail, il aperçut son supérieur installé inconfortablement dans son fauteuil.

— Ma chaise n'est pas faite pour supporter le poids de… toutes vos réussites, commissaire, envoya Craig. Votre première place au concours du plus grand mangeur de hot-dogs mérite un meilleur dossier… un qui serait fait sur mesure… et qui se trouverait dans votre bureau par exemple.

Le policier s'attendait à une réponse directe et cinglante de la part du commissaire, mais un silence suivit ses paroles et il se sentit gêné par ce qu'il venait de dire.

— Inspecteur Annoye, commença son interlocuteur après quelques secondes, je savais que vous alliez arriver tôt pour vous occuper personnellement de l'affaire du Fondeur et cette affaire vous revient évidemment de droit.

Le commissaire se leva tant bien que mal de la chaise dans laquelle il s'était encastré et, avec un air désolé, il enchaîna :

— J'ai reçu deux appels ce matin sur mon communicateur personnel. L'un d'eux venait du général Avrone qui m'ordonnait de garder le Fondeur en cellule et de ne laisser personne du commissariat l'approcher en me disant que les militaires prenaient le relais.

Craig tenta d'émettre une objection, mais son supérieur ne lui en laissa pas le temps :

— Le deuxième appel venait de Gil Lockhead, directeur du GUT, qui m'a informé que l'équipe Tiger avait été mandatée par l'armée pour récupérer le criminel et mener l'enquête.

— Mais c'est ma prise ! s'indigna Craig. Ils n'ont aucun droit de nous retirer cette enquête.

— Bien sûr qu'ils en ont le droit.

— Vous n'allez pas laisser faire ça, commissaire ?

— Vous me connaissez, inspecteur Annoye, je suis très à cheval sur les règles et je suis pour le respect de la voie hiérarchique.

Un rictus apparut alors sur son visage joufflu et il ajouta :

— J'ai donc stipulé au général Avrone que, conformément à la loi, je respecterai et ferai respecter à mes hommes l'ordre d'un général à condition qu'un document écrit et signé par ce même général me soit envoyé par fax ou remis en main propre. Dans le cas contraire, cet ordre de l'armée ne sera en aucun cas pris en considération par les forces de police.

Craig avait du mal à comprendre la démarche de son supérieur, mais pour une fois il resta silencieux et le laissa continuer :

— Le problème qui se pose est que nous sommes un petit commissariat avec peu de subventions. Il se trouve que ça fait des mois que j'ai envoyé une demande de remplacement de matériel, car le fax était cassé, mais, avec les dernières coupes budgétaires, ils n'ont jamais daigné nous répondre, expliqua le commissaire avant de rire grassement.

Craig n'en croyait pas ses oreilles. L'énormité de la situation le laissa bouche bée ; c'était la première fois qu'il voyait son supérieur aussi heureux de ne pas avoir à respecter les règles. Il ne put que lancer un regard interrogateur à celui-ci dont la réaction fut immédiate :

— Ne me regardez pas comme ça, je n'aime pas le ton hautain qu'ils prennent pour me parler, c'est tout. Ces gens se croient au-dessus de nous, mais sans nous ils ne feraient rien.

Parlant plus bas pour que seul Craig entende, il ajouta :

— L'armée m'a dépouillé des trois plus belles affaires de ma vie et en a récolté les lauriers. Si on m'avait laissé faire mon boulot jusqu'au bout, je serais sûrement commissaire principal d'un des onze Secteurs. Je ne les laisserai pas freiner la carrière d'un de mes hommes comme ils l'ont fait avec moi. Vous avez eu le nez fin sur ce dossier, inspecteur Annoye, je sens que cette affaire est liée à quelque chose d'énorme et la rapidité des militaires à s'en saisir me conforte là-dedans. Par contre, l'équipe Tiger du GUT peut arriver à tout moment avec l'ordre signé et, comme je suis respectueux des lois, je ne les empêcherai pas d'entrer pour récupérer le criminel, donc je me demande ce que vous faites toujours planté devant moi, le taquina le commissaire en lui tendant une pile de dossiers.

L'inspecteur prit soudainement conscience de la situation. Sans un mot il prit les documents offerts par son supérieur et fit volte-face. Il marcha d'un pas pressé au milieu de l'espace de travail en sentant tous les regards fixés sur lui. Il se doutait que chacun des policiers présents avaient été avertis et il était persuadé de leur soutien.

Merci, les gars, pensa-t-il, *et surtout, merci, Commissaire…*

Au détour d'un couloir, il croisa Stan avec Paméla, l'une des membres de son équipe, encore en tenue civile et se dirigeant vers les vestiaires. Comme à son habitude, celui-ci lança une remarque taquine à l'attention de Craig, mais l'inspecteur était trop concentré pour y prêter attention. Il arriva rapidement devant la porte du « couloir des innocents » et demanda à l'officier de garde :

— Salut, Walter, tu me fais conduire le Fondeur jusqu'en salle d'interrogatoire numéro deux s'il te plaît ? Le commissaire…

— Ouais t'inquiète, je suis au courant, coupa son collègue, installe-toi là-bas et je t'envoie ton homme.

— Merci.

Les interrogatoires prenaient place proche du couloir des innocents, Craig poussa la porte peinte du chiffre deux. La salle dans laquelle il entra mesurait une dizaine de mètres carrés. Au milieu se trouvait une table dont les pieds étaient fixés au sol et deux chaises en bois étaient disposées de part et d'autre de celle-ci. Sur le côté de la pièce trônait un caméscope vieux de près de vingt ans posé sur un trépied. L'inspecteur se plaça derrière l'appareil, en retira le cache et l'alluma. Il vérifia que la batterie était suffisamment chargée et que l'angle de prise de vue permettait d'apercevoir la table ainsi que les deux chaises. Puis, il appuya sur le bouton d'enregistrement et s'installa sur la chaise faisant face à la porte de sortie tout en posant ses documents sur la table.

Il n'eut que quelques secondes à attendre avant que l'agent Floyd n'entre, accompagné du Fondeur. Le policier en uniforme fit s'asseoir le détenu sur la chaise face à Craig et fixa ses entraves à la courte chaîne en métal au milieu de la table.

L'inspecteur Annoye remercia son collègue tandis que celui-ci quittait la pièce en fermant la porte derrière lui. Craig observa l'homme qu'il avait interpellé la veille. Le Fondeur semblait bien moins en forme que le jour précédent ; son visage, d'une teinte très pâle, laissait paraître une forte inquiétude.

— La nuit a été mauvaise, j'ai l'impression, commença l'inspecteur.

— Je ne vous dirai rien, répliqua immédiatement son interlocuteur.

Sans porter attention à cette réponse, le policier enchaîna :

— Maxime Neltor, c'est bien ton nom ?

L'homme resta muet.

— Tu es accusé de braquage en bande organisée, association de malfaiteurs et délit de fuite. Mais, plus important encore, à cause de toi je me suis retrouvé dans une situation délicate et deux de tes potes ont essayé de me tuer, et ça, tu vois, ça m'a mis en colère.

Le Fondeur porta son regard inquiet d'un bout à l'autre de la pièce, mais finit par sourire à l'inspecteur avant de répondre :

— Et alors ? Tu vas faire quoi ? C'est pas la première fois que je me retrouve dans une salle comme ça et si tu me frappes ou si tu arrêtes la vidéo avant que je sois sorti, je serai relâché. Tu ne me fais pas peur.

Craig ne put s'empêcher de sourire à son tour, l'homme en face de lui réagissait exactement comme prévu.

— Ho, mais bien loin de moi l'idée de te faire peur. Il est vrai que j'étais bien remonté contre toi, mais maintenant c'est fini. En vérité j'ai plutôt de la pitié pour toi en cet instant.

— De la pitié ? demanda Maxime Neltor, j'ai déjà fait de la prison, c'est pas quelques années qui vont me tuer.

— Ah parce que tu penses que c'est la prison qui t'attend ? Non, mon bonhomme. Tu as énervé des gens qu'il ne fallait pas énerver et je ne parle pas de moi.

Le délinquant fixa l'inspecteur d'un regard incrédule, sa bouche s'entrouvrit puis se referma aussitôt. Craig comprit alors que le jeune homme en face de lui n'avait été qu'un pion et qu'il ne saisissait pas la gravité de sa situation. L'officier de police en profita pour continuer :

— Tu as l'air étonné, mais c'est ce qui arrive quand on fait équipe avec des gens qu'il ne vaut mieux pas approcher. Vois-tu, je ne suis pas censé te parler là maintenant. Comme je te l'ai dit, je suis venu car j'ai pitié de toi et que je pense que tu ne mérites pas ce qu'il va t'arriver.

— Qu'est-ce qui va m'arriver ? Qui est en colère après moi ? Pourquoi ? répondit rapidement le détenu.

— Je ne peux pas tout te dire, mais sache que c'est l'armée qui a récupéré l'affaire et qui s'occupera de ton cas.

Le Fondeur voulut parler, mais aucun son ne put sortir de sa gorge. Des larmes commençaient à perler au creux de ses yeux et son visage prit une couleur rouge vif. L'inspecteur jubilait intérieurement :

C'est trop facile, plus qu'à passer pour son sauveur et on est bon.

— Maintenant, moi je vais te parler honnêtement. Ça ne m'arrange pas qu'on me prenne l'affaire, car j'aimerais arrêter le vrai cerveau de l'opération et je suis persuadé que tu as été engagé pour ce boulot sans savoir exactement pourquoi tu devais le faire, même si l'armée pense le contraire.

— Ils se trompent ! coupa-t-il en hurlant sans pouvoir retenir ses larmes plus longtemps. C'était juste un boulot, rien d'autre !

Dans le mille, pensa Craig. Il demanda alors :

— Qui t'a engagé ?

— Je ne sais pas.

— Si tu m'aides dans cette affaire, je peux encore sauver ton cul et on sera tous les deux gagnants, mais si tu me caches la vérité ils vont venir te prendre et tout le monde sait que les lois qui s'appliquent aux prisonniers de l'armée ne sont pas du tout les mêmes qu'ici !

— Mais je ne sais pas, sanglota le Fondeur, je ne sais vraiment pas. Ce mec est une ombre, il est passé par plusieurs intermédiaires pour me proposer le boulot et me payer. Je sais juste qu'il est vraiment très influent dans la rue, tout le monde le craint, il a des dossiers sur tout le monde et sait absolument tout ce qu'il se passe dans Antar. Il sait sûrement que je suis ici, si je ne suis pas déjà mort c'est qu'il estime que je ne sais rien d'important, par contre c'est lui qui a organisé ma planque et qui avait eu l'idée d'attendre la perquisition chez un mec avec qui j'avais bossé y'a quelques années. Il avait graissé la patte de pas mal de monde pour ça. Maintenant qu'on m'a choppé, il va tout faire pour trouver ce qui a merdé.

Un frisson parcourut l'échine de Craig, il avait soudain un très mauvais pressentiment.

— Quand tu dis qu'il a des dossiers sur tout le monde, à quel point est-il renseigné et à quelles archives a-t-il accès ?

— Mais, à toute ! cria le Fondeur. Il a accès à toutes les archives ce mec. Rien n'est secret pour lui, que ce soit des dossiers administratifs ou même les comptes-rendus de toutes les enquêtes policières !

Putain de merde, Charles ! pensa l'inspecteur en se levant subitement.

Sans faire attention à l'étonnement de son interlocuteur qui ne devait sûrement pas comprendre ce qu'il se passait, Craig quitta la pièce à la hâte, sans prendre le temps d'arrêter l'enregistrement vidéo.

Ignorant les questions de son collègue qui attendait derrière la porte, il fonça à toute vitesse vers la sortie du commissariat.

Dans les couloirs, il croisa de nombreux collègues qui prenaient leur service. Certains d'entre eux tentèrent de s'enquérir de la situation, il les ignora et passa en trombe par une issue de secours afin d'éviter de perdre du temps avec les différentes sécurités du sas principal. Sa sortie irrégulière eut pour effet de déclencher l'alarme du commissariat, mais il n'y accorda pas la moindre importance.

Ne ressentant aucune fatigue ou douleur musculaire, il courut à sa vitesse de pointe jusqu'à sa destination : le Palais du Tacos. L'établissement n'était pas encore ouvert au public, mais il savait que les employés étaient déjà présents à cette heure-ci afin d'effectuer certaines tâches avant de pouvoir accueillir les clients pour le petit-déjeuner.

Craig tambourina si fort à la porte qu'il crut qu'il allait en casser la vitre. À travers le carreau, il put voir un collègue de Charles jeter un coup d'œil inquiet depuis la cuisine puis dire :

— Le restaurant est fermé, Monsieur, revenez dans une heure.

— Police, ouvrez ! cria l'inspecteur en collant sa plaque contre la vitre.

Le jeune homme sembla hésiter un instant, puis se dirigea vers l'entrée avec un air peu rassuré. À peine avait-il déverrouillé la porte que l'inspecteur s'engouffra dans l'ouverture d'un pas pressé.

— Qu'est-ce que…

— Je veux voir Charles, coupa Craig d'un ton autoritaire

— Il n'est pas là, il a appelé ce matin pour dire qu'il n'allait pas pouvoir venir. Il n'avait vraiment pas l'air bien au communicateur, sa voix tremblait, à mon avis il a choppé une belle saloperie.

— Fais chier ! lâcha le policier, il appelait depuis chez lui ?

— Aucune idée. J'imagine que oui, mais je ne lui ai pas demandé. Quel est le problème ? Il a des ennuis ?

Craig n'entendit pas la question de son interlocuteur, il avait déjà fait demi-tour et s'était mis à courir dans la rue aussi vite qu'il le pouvait.

Il connaissait bien la route qui menait à l'appartement de son indic et put profiter de plusieurs raccourcis qui lui firent gagner un bon quart d'heure. Après ce qui lui parut une éternité, Craig finit par arriver devant l'immeuble de Charles. Celui-ci habitait au sixième étage, mais la porte d'entrée du bâtiment nécessitait un code pour s'ouvrir et il ne comptait pas révéler sa présence en sonnant alors que des intrus pouvaient se trouver à l'intérieur. Levant les yeux, il implora mentalement sa chance de lui sourire pour cette fois. Il fut comblé lorsqu'il aperçut l'une des fenêtres de l'appartement de Charles ouverte. Utilisant son potentiel actif qui lui permettait de modifier l'effet de la gravité sur son corps, il « tomba » en chute libre vers le haut de l'immeuble. Il détestait cette sensation qui, même après toutes ces années à user de son pouvoir, continuait de le désorienter complètement. Il réussit à se stabiliser en « gravité zéro » au niveau du sixième étage et attrapa le bord de la fenêtre afin de rapprocher son corps à la force de ses bras. Par chance, l'ouverture donnait sur une grande salle de bain plongée dans la pénombre qui semblait vide de toute présence.

S'ils sont là, j'ai vraiment affaire à des amateurs, pensa Craig.

Une fois à l'intérieur, il se mit en position debout et revint à une gravité normale. Cette fois encore, l'utilisation de ce potentiel actif lui procura une sensation particulièrement désagréable. Il s'agissait là d'un effet secondaire bien connu de cette capacité.

Pour une bonne partie des possesseurs de ce pouvoir, il était quasiment impossible d'en faire un usage aussi prolongé, car, en plus de désorienter l'esprit, il était réputé pour être l'un des potentiels actifs les plus énergivores.

Heureusement pour lui, Craig n'était pas affecté par l'épuisement lié à cette dépense d'énergie grâce à son infatigabilité. Ses trois pouvoirs avaient la chance de posséder une synergie proche de la perfection, ce qui lui permettait de profiter du plein potentiel de chacun. Une fois ses pieds posés sur le sol, il s'avança sans bruit vers la porte qui donnait sur la pièce principale du logement. Par automatisme il porta la main vers sa hanche droite, mais se rendit compte qu'il manquait quelque chose.

Putain mon flingue ! s'exclame-t-il intérieurement.

Il était parti avec tellement de hâte qu'il n'avait pas récupéré son arme. Malgré cela, il continua à marcher discrètement jusqu'à la porte où il colla son oreille. Ralentissant sa respiration afin de capter le plus de sons possible, il discerna deux voix d'homme :

— Qu'est-ce qu'on fout encore là ? De toute façon on ne pourra plus rien en tirer, on les bute et on se casse, lâcha le premier.

— Ferme-la, enchaîna le deuxième, Billy a dit qu'on ne touchait pas à la femme ni à l'enfant, mais t'as raison. Maintenant on est sûrs qu'elle n'est au courant de rien, on se casse.

L'inspecteur se pencha et colla son œil au trou de serrure pour tenter de voir la scène. Au milieu de la pièce, deux hommes se trouvant de dos par rapport à l'officier de police surplombaient une femme assise à même le sol. Celle-ci sanglotait en silence et tenait dans ses bras un enfant en bas âge. À ses pieds, un corps gisait dans une marre de sang, Craig reconnut Charles.

— Où se trouve Dawser ? demanda l'homme de droite, on va pas s'éterniser ici.

— Aux dernières nouvelles, il était dans la salle de bain pour pisser un coup.

En entendant ces mots, le sang de l'inspecteur Annoye ne fit qu'un tour. Il se retourna lentement et se retrouva nez à nez avec le canon d'un pistolet pointé sur son crâne. Un homme au rictus pervers se tenait à l'autre bout de l'arme, répondant à ses complices :

— J'écrase un cafard et j'arrive.

Et merde !

Le temps se suspendit pour Craig, il lui sembla même apercevoir la balle sortir du canon de l'arme et se diriger vers sa tête. Lorsque celle-ci l'atteignit, il s'effondra sur le carrelage glacé de la salle de bain.

« Le bon travail d'équipe, c'est quand tout le monde fait ce que je dis. »
Philosophe Antarien, Gregor Sephrian, expliquant ses méthodes de travail à son groupe d'écriture.

Chapitre XIII - Une ombre plane

Jour 64 de l'an 246 : 21h27

Deux semaines s'étaient écoulées depuis le premier essai de l'équipe Destiny sur le terrain. Durant cette période, de nombreuses missions identiques s'étaient succédées, toutes du même acabit : un bain de sang, des survivants choisis et un pourcentage de réussite de cent pour cent.

Chaque opération portait un coup violent supplémentaire aux organisations criminelles et permettait d'obtenir des informations critiques afin de remonter jusqu'aux plus hautes sphères de ces gangs.

Loki, Ghost, Vesta et Shield, assis autour d'une table à la cantine du GUT, venaient de finir leur repas après leur deuxième mission de soutien à l'équipe Destiny de la journée. La grande salle, déserte à cette heure-ci, faisait parfaitement écho à la lassitude qui les rattrapait. D'humeur encore plus sombre que d'habitude, Ghost lança :

— Bon… il ne reste plus qu'à espérer qu'ils ne vont pas prolonger la période d'essai de Destiny. J'en ai ma claque !

— Oui, moi aussi… Ils peuvent encore nous réquisitionner jusqu'à 21h30 ce soir. Il leur reste trois minutes, si ça se trouve on va encore recevoir un appel… répondit Shield.

À la fin de ce commentaire, leurs communicateurs retentirent à l'unisson, porteur d'un nouvel ordre de mission. Ghost déclara sur un ton blasé :

— Il fallait que tu le dises…

Regardant l'écran de leurs communicateurs au poignet, les membres de l'équipe Alpha purent découvrir la teneur du message :

« 90.11554862|110.225925 / Le Cheval Fringant, Secteur 2 / 22:00 / BINOUZE »

Tout d'abord confus, puis amusés, ils se mirent à rire de bon cœur du message de Mastoc :

— Ah le con ! Il m'a bien eu, commenta Ghost.

— Je crois que le devoir nous appelle mes amis ! enchaîna Shield.

— Équipe Alpha ! Exécution ! scanda énergiquement Loki.

Les quatre coéquipiers se levèrent comme un seul homme et se dirigèrent vers leurs moyens de transport personnels. Une demi-heure plus tard, tous arrivèrent à quelques secondes d'intervalle devant l'enseigne de ce que Mastoc appelait « leur deuxième QG ».

L'hoverbike de Loki atterrissait dans son brouhaha habituel tandis que Ghost, appuyée sur le capot de sa voiture, observait la manœuvre. Un regard intense sur son visage laissait présager de la remarque cinglante qu'elle préparait :

— Comment tu fais pour te traîner autant, tu aurais dû arriver au moins quinze minutes avant nous !

— Que veux-tu, je ne me lassais pas de t'observer négocier des virages dans ta poubelle !

— Han ! Ma poubelle ?! Tu vas le payer ! Elle est géniale ma voiture !

Vesta et Shield sortirent de leurs autos respectives avant d'accompagner leurs compagnons à l'intérieur, le sourire aux lèvres en observant les deux anciens amants se chamailler.

Comme toujours, le bar était plein à craquer. Les quatre comparses se frayèrent un chemin sans peine entre les clients, la large carrure de Loki ouvrant la marche et celle de Shield la clôturant. Les grands signes de bras de Mastoc et son sourire « charmeur » les accueillirent à leur table habituelle, et tous se réjouirent que leur disgracieux collègue soit accompagné de Sniper dont le visage arborait une mine ravie.

— Hey ! Il est là le jeune ! commença Vesta.

— Salut, gamin ! continua Ghost.

— Salut, Sniper, tu t'es laissé embrigader par Mastoc ? demanda Loki.

— C'est vrai ça, tu devais pas voir Tatianna ce soir ? Ou Élenna ? Je ne sais plus, j'ai perdu le fil ! dit Shield l'air moqueur.

— Haha… Nan, c'était Anna que je devais voir ce soir, répondit l'intéressé, visiblement gêné.

Mastoc, un large sourire déformant son visage, lui donna un coup de poing à l'épaule et s'exclama :

— Haha, champion ! J'le savais que t'étais un p'tit vicelard !

Rouge de honte, Sniper essaya de se justifier :

— Bah… ça faisait depuis l'académie qu'elles me faisaient des avances…

— N'en dis pas plus, mon chou, t'as raison de te faire plaisir, l'interrompit Vesta.

Tous les hommes du groupe regardèrent la jeune rouquine dans un mutisme absolu.

— Oh ça va ! Personne ne va chercher à boire ? enchaîna Vesta.

— Ernest a déjà pris la commande. Le p'tit vous a vu arriver de loin alors mon sens pratique et son pouvoir sont encore une fois entrés en… synergie, c'est ça ? demanda Mastoc.

— Wowowow ! s'exclama Shield. C'est un mot bien compliqué pour toi, mon gros ! T'as mangé un dico avant de venir ? À moins que ce ne soit la petite brunette du service administratif qui t'a enseigné des choses. J'ai entendu dire que ça avait bougé avec elle… et pas qu'au sens propre !

— Haha ! Au sens sale aussi ! surenchérit Ronald du tac au tac. Mais… ça n'a pas marché avec Trina.

— Quoi, c'est déjà fini ? répondit Vesta, stupéfaite.

— Attendez, attendez ! Avant qu'il ne raconte de quelle façon il a réussi à se faire larguer par la plus jolie fille du service administratif, je veux savoir comment il a fait pour sortir avec elle en premier lieu ! exigea Sniper, tout aussi stupéfait.

Des choppes de bières furent amenées à leur table par Ernest, visiblement pressé, qui les salua d'un signe de tête et repartit aussitôt derrière son bar. C'est à ce moment que Ghost choisit d'entrer dans la conversation :

— En fait, un matin où j'arrivais au GUT, j'ai vu Mastoc se faufiler dans l'ascenseur à une dizaine de mètres devant moi… bien entendu, sans me tenir la porte !

— Bah, je t'avais pas vue moi !

— J'ai couru pour essayer de rentrer aussi, et c'est là que j'ai vu que Mastoc se trouvait en galante compagnie.

— Ouais… coincé tous les deux dans l'ascenseur, j'ai enfin trouvé le courage. Elle pouvait pas s'enfuir au moins, haha ! Mais bon, quelques jours plus tard… Apparemment, je serais presque le mec idéal, mais elle ne se sent pas prête à aller plus loin avec moi…

Tout le groupe se sentait mal pour leur ami. Chacun regardait le fond de sa choppe de bière en y cherchant des mots réconfortants, lorsque Vesta reprit la parole :

— Allez, t'inquiète pas, tu retrouveras quelqu'un, t'es presque beau ! T'es presque sympa aussi !

— Après tout, t'es presque notre ami ! renchérit Sniper.

— Merci, vous savez comment me remonter le moral, bande de salopards ! s'exclama Mastoc en éclatant de rire.

Se redressant, Loki leva sa choppe et porta un toast :

— À Mastoc ! Notre tombeur !

Et tous reprirent en imitant leur capitaine :

— À Mastoc !

Sniper enchaîna :

— J'aimerais en profiter pour annoncer une bonne nouvelle. J'ai reçu plus tôt l'annonce de la fin de mon congé administratif, je reprends du service !

Tous le félicitèrent, trinquant de plus belle.

— Ouais, fini les vacances pour toi ! D'ailleurs, à part batifoler, t'as fait quoi de beau pendant que nous on bossait ? demanda Loki.

— Eh bien… je me suis un peu entraîné et j'ai beaucoup squatté le canapé en regardant la télé. D'ailleurs j'ai vu un super reportage sur la guerre contre Regula tout à l'heure.

— Ah ? Mais encore ? l'interrogea Vesta.

— Bah, ça parlait de pas mal de choses. Ils expliquaient pourquoi nos navires ont des difficultés pour progresser à travers le grand archipel d'îles de Regula, d'ailleurs ils montraient le N.A. Draco, c'est vraiment une merveille ce bateau ! Sinon ils montraient aussi les différentes technologies à base de négatron que les Réguliens utilisent contre nous, certaines sont vraiment ingénieuses.

— Faut dire qu'ils en ont, eux, du négatron, commenta Loki.

— Ouais carrément ! Ils parlaient aussi des différents États qui composent Regula. Je pensais que c'était un seul pays, mais en fait c'est une fédération à but commercial, je sais même pas ce que ça veut dire !

— Un vrai puits de science, au moins on sait qui est l'intello dans la fratrie, lança Ghost.

— Haha, tu pensais vraiment que c'était un pays, fréro ? continua Shield.

— Merde ! Même moi j'le sais ça, on nous l'apprend à l'école ! rajouta Mastoc.

Après cette fabuleuse démonstration d'ignorance, chacun y alla de son commentaire pour moquer le bleu de l'équipe, quand tout à coup

Vesta posa bruyamment son verre vide sur la table d'un air grave avant d'annoncer :

— Sniper, c'est ta tournée !

— Ah, merci, jeune ! s'exclama Mastoc en lui tapant dans le dos.

— Euh… ok…

Alors que Sniper commençait à se redresser pour se rendre au comptoir, Loki héla Ernest qui passait en coup de vent après avoir servi la commande d'une table voisine.

— Oui, qu'est-ce qui vous ferait plaisir, les gars ? interrogea le propriétaire du bar.

— On va reprendre la même, annonça Loki.

— J'aurais bien pris un truc à grignoter moi, les interrompit Vesta.

— Ah, moi aussi, renchérit Ghost.

— Roooh, vous savez qu'après 21h00 on ne sert plus à manger normalement…

— Allez, s'il te plaît, dit Vesta en adoptant un air suppliant.

— Bon, d'accord, mais vous prenez pas grand-chose hein ! leur notifia Ernest, capitulant d'un air las.

— Oui oui, on sort de table de toute façon, ajouta Ghost.

— Donc, qu'est-ce qu'il vous faudra à manger ?

— On se partage une assiette de frites ? demanda Vesta à Ghost et Sniper.

— Ok, répondirent les deux compères à l'unisson.

— Donc une assiette de frites, déclara Vesta.

— Mets en une deuxième, rajouta Loki.

— Je prendrais bien une paire de petites brochettes caramélisées là, tu sais ? enchaîna Shield.

— Oui oui, ça marche, et toi, Mastoc ? demanda Ernest.

— Trois poulets, répondit l'intéressé.

— De… Hein ?! réagit Ernest en s'étouffant de surprise.

— J'ai besoin de plus de protéines que vous, moi, argumenta Mastoc sur un ton boudeur un peu exagéré.

Loki vint au secours d'Ernest et coupa court à la conversation :
— Il rigole, apporte-lui aussi une assiette de frites, ça lui ira bien.
— Ok ! Je reviens dans une minute ! répondit Ernest.
— Mais… commença Mastoc.
— Non, termina Loki.
— Ok ! Ok ! se résigna-t-il.

Sniper en profita pour embrayer sur un autre sujet :
— Sinon, vous êtes contents d'en avoir fini avec Destiny ? Quand je le croisais, Shield avait l'air lessivé.
— Tous ces bains de sang… commenta son frère, la mine basse, de mauvais souvenirs refaisant surface.
— C'est vrai que c'était pas joli joli, ajouta Vesta, mais pas assez pour couper l'appétit de notre Mastoc !
— Haha ! C'est bien vrai… Mais, je dois avouer, je suis content que cette équipe soit de notre côté, continua Mastoc.
— Alors, vous avez pu au moins les rencontrer ces gars-là ? Ou au moins les voir ? demanda Sniper.
— Non, pas une seule fois, encore plus invisible que moi, commenta Ghost.
— Pour une fois que tu nous aurais été utile à quelque chose, gamin ! asséna Ronald sur un ton moqueur.
— Oui, comme par hasard… Ça ne peut pas être une coïncidence, énonça Shield.
— Clairement pas, continua Loki, ils ne veulent sûrement pas dévoiler leurs identités. Après tout, ils n'ont accepté notre participation que sous la pression du Sénat.
— Ou alors, peut-être que les membres de l'équipe n'ont pas une apparence humaine… comme Mastoc ! lança Ghost.

Le reste du groupe éclata de rire à cette remarque. Vesta jeta un coup d'œil à l'intéressé et, constatant qu'il ne goûtait que moyennement à la plaisanterie, répliqua :

— Arrêtez, il est superbe notre Mastoc. Lui en tout cas il a réussi à emballer la belle Trina ! J'en vois aucun autre qui puisse en dire autant à cette table !

Alors que les rires se calmaient, et que Ronald lançait un regard empli de gratitude à Vesta auquel elle répondit par un sourire, Ernest revint les bras chargés de victuailles.

— Aaaaah ! À manger ! s'exclama Mastoc.

Les membres de l'équipe Alpha se passèrent les plats et continuèrent de discuter sur le même ton de franche camaraderie.

Une demi-heure plus tard, des heurts résonnèrent autour du billard. Loki se leva immédiatement en faisant signe à ses collègues de rester assis et se dirigea là d'où semblait venir l'échauffourée. Se frayant sans peine un passage à travers la foule, il arriva jusqu'à la source du dérangement.

Deux hommes en état d'ébriété avancé s'insultaient à propos d'une partie durant laquelle l'un des deux aurait triché. Celui qui se sentait lésé, un grand bonhomme chauve, avait brisé une queue de billard en deux et utilisait son arme de fortune pour menacer l'autre.

— Tu vas me rembourser, sale crevure ! Je t'ai vu déplacer la boule par télékinésie !

— On n'a jamais dit que les pouvoirs étaient interdits !

— Tout le monde le sait ça ! C'est écrit dans les règles !

— Il ne fallait pas parier autant si tu n'étais pas sûr de gagner !

Le télékinésiste projeta alors une boule de billard restée sur le tapis vers son opposant, mais cette dernière ne toucha jamais au but, stoppée à quelques centimètres de sa cible par le capitaine de l'équipe Alpha à l'aide de sa propre télékinésie.

— La fête est finie, messieurs, annonça-t-il d'une voix forte.

Puis, Loki se plaça entre les deux ivrognes tout en déplaçant le projectile par la pensée pour le reposer sur la table de jeu. Il s'adressa ensuite au tricheur :

— Les enjeux de cette partie sont annulés, redistribuez les mises.

De mauvais cœur, l'homme qui lui faisait face lui tendit une liasse de billets. Alors qu'Enri s'avançait pour les récupérer, une dizaine d'objets de la pièce foncèrent dans sa direction. Les chopes de bière et les fléchettes s'écrasèrent sur un bouclier déployé par Shield au même instant. À l'aide de sa télékinésie, Loki balança son assaillant tête la première contre le billard, l'assommant sur le coup. Le capitaine de l'équipe Alpha s'adressa alors au groupe de personnes qui semblait accompagner le tricheur :

— Ramenez-le chez lui et mettez de la glace sur son front.

Les voyant acquiescer et partir précipitamment avec leur ami, il se tourna vers la brute qui avait commencé tout ça et lui dit en lui tendant l'argent :

— Tu avais raison, c'est bien écrit dans les règles, mais la prochaine fois, évite de bousiller une canne pour ça. Ernest va te la facturer.

L'air bougon, ce dernier alla au bar pour essayer de s'arranger avec le patron tandis que Loki regagnait sa place. Alors qu'il était accueilli triomphalement par ses coéquipiers, Ghost lui annonça :

— Quel calme ! Des fois, je me demande si tu es humain… et… j'ai fini tes frites, haha !

— T'as de la chance que personne à plus de trois mètres ne puisse te voir grossir à vu d'œil ! la taquina-t-il en retour.

— Je suis en pleine forme ! répondit-elle en lui donnant un coup de poing sur l'épaule.

Sur cette entrefaite, la soirée reprit bon train. Les chopines furent remplacées maintes fois jusqu'à ce que l'établissement ne soit forcé de fermer ses portes et de mettre tout le monde dehors.

L'équipe Alpha se dispersa en même temps que les derniers clients du pub. Vesta, qui n'était plus en état de conduire, partit avec Mastoc dans son véhicule puisque c'était celui qui habitait le plus proche de chez elle. Shield et son petit frère prirent la route ensemble, Ghost rentra de son côté, et Loki enfourcha son hoverbike avant de décoller vers les cieux.

∴

Alors que l'écho du vrombissement des moteurs du terrible engin mourait dans la brise légère portée par la nuit, un homme émergeait des ombres en regardant la traînée de plasma dans le ciel. Il activa son communicateur et parla à voix basse :

— C'est fait chef, je les ai écoutés toute la soirée. Aucun d'eux n'en sait plus sur Destiny, ils en savent encore moins que nous ! Vous êtes sûr ? Très bien, j'annule le contrat sur leurs têtes.

« Il existe autant de dieux et de panthéons qu'il existait d'îles avant l'Unification du continent. Mais je pense pouvoir dire sans prendre trop de risque que mes croyances sont les seules qui soient légitimes. »

Philosophe Antarien, Gregor Sephrian

Chapitre XIV - Désordre

Jour 65 de l'an 246 : 16h20

L'archiviste junior Hector Delcour était avachi dans son canapé, ses yeux clos tournés vers le plafond, dans l'obscurité la plus totale. Cela faisait quelque temps qu'il passait ses journées de cette façon. Le monde extérieur lui paraissait trop bruyant, trop différent de ce qu'il avait connu. Les visages contenus dans les cadres perchés sur les meubles de son appartement lui paraissaient toujours étrangers et lui semblaient désormais appartenir à une autre vie.

Un instant, son esprit se troubla. Tout comme lors des occurrences précédentes, il vit ces mêmes lettres apparaître en surimpression devant ses yeux. Depuis son retour, ces rémanences le frappaient chaque jour plus fréquemment, mais disparaissaient toujours d'elle-même. Il se redressa et se concentra pour chasser le mal de tête qui les accompagnait souvent et les lettres finirent par se dissiper.

Ses traits se détendirent. Il se mordit la lèvre inférieure pour s'empêcher de formuler à voix haute ce mot qu'il voyait encore et encore dans sa tête. Son attention fut attirée par un murmure dans la salle de bain, il se redressa et resta à l'affût durant plusieurs secondes.

Les battements de son cœur résonnaient dans ses tempes, mais il n'entendit rien de plus. Il chassa de son esprit le murmure et se réinstalla confortablement. Il ne savait pas quoi penser de ces visions et de ce qu'il avait vécu. Tout cela avait-il le moindre sens ? Était-il devenu fou ?

Son regard se posa sur la tablette tactile qui trônait sur la table basse en face de lui. Le jeune homme brûlait d'envie d'obtenir des réponses. Il approcha sa main de cette dernière, mais, pétrifié par la peur de ce qu'il pourrait trouver, retint son geste.

Un tremblement de terre ravagea alors son cerveau, le faisant se tordre de douleur pendant qu'une voix aux accents familiers résonnait dans sa tête :

Destiny… Destiny est la clef…

Toutes les lumières de son appartement clignotaient et sa télévision s'éteignait et se rallumait, son potentiel actif hors de contrôle réagissant aux tourments de son esprit.

L'épisode prit fin quelques secondes seulement après avoir commencé. Recroquevillé sur son sofa, entouré d'appareils électroménagers déréglés, le pauvre homme épuisé récupérait ses forces.

On toqua à sa porte.

Sûrement la voisine du dessus, pensa Hector.

Il se leva péniblement et se traîna jusqu'à l'entrée pour ouvrir. Une jeune femme plutôt petite avec une longue chevelure blonde attendait sur le pas de la porte. Elle était vêtue d'habits décontractés et se tenait devant l'archiviste en arborant un air embarrassé. Même si elle n'entrait pas à proprement parler dans les standards de beauté, Hector avait toujours trouvé cette fille mignonne et avait souvent rêvé que celle-ci vienne toquer à sa porte pour engager la conversation. Cependant, pour une raison qu'il ignorait, il n'avait aucune envie de lui parler aujourd'hui.

— Salut, Hector, commença la jeune femme timidement.

— Salut, Susanne… c'est à propos du… dérangement ? Je suis désolé…

— Oui, enfin… non, je voulais savoir si tout allait bien. Ça fait quelques fois que ça t'arrive depuis ton accident…

— Non, enfin… oui, ne t'inquiète pas, ça va aller…

— Ok, n'hésite pas si tu as besoin de quoi que ce soit hein ? Je suis juste au-dessus.

— Merci, ça va aller répondit-il distraitement.

— Ok, j'y vais alors, prends soin de toi.

— Merci, Susanne, toi aussi.

Il referma la porte et retourna s'installer sur le divan. La télévision et plusieurs lumières étaient restées allumées. Il se concentra sur son potentiel actif de technopathie pour éteindre le néon de la salle de bain. Le jeune archiviste se connecta avec précaution à cette partie de son esprit qu'il connaissait autrefois si bien, mais qui était maintenant fortement endommagée.

Visualisant les ondes électromagnétiques autour de lui, il tenta d'agir sur le transistor de contrôle du luminaire. Tout à coup, son esprit s'assombrit, tout ne devint que froides données binaires transitant sur un réseau infini. Le néon explosa. Pris de panique, Hector fut brutalement déconnecté de son don et reprit conscience de ses sens traditionnels.

Merde… Encore un…

Il se leva et se dirigea vers la salle de bain pour ramasser les éclats de verre.

À mi-chemin, un mot prononcé à la télévision le figea. Tout son être répondit au stimulus auditif.

Il tourna lentement la tête et vit sur l'écran un jeune reporter devant ce qui ressemblait à un bâtiment désaffecté ainsi qu'un bandeau qui défilait sous l'image avec en titre « Destiny : Une réussite éclatante ». De peur de faire subir le même sort qu'au néon à son téléviseur, il fit demi-tour et attrapa la télécommande. Il monta le son pour entendre le journaliste :

— Comme je vous le disais, je suis en face du dernier bâtiment ciblé par le Projet Destiny où une douzaine de criminels dangereux ont été éliminés ou mis en détention. Après deux semaines de test où elle agissait de concert avec l'équipe Alpha et une quinzaine de repaires de bandits nettoyés, l'équipe Destiny est aujourd'hui officiellement en service autonome. Les autorités nous ont fait savoir qu'une baisse de trente pour cent des faits de grand banditisme a déjà été constatée depuis la mise en place du projet. Je pense pouvoir affirmer qu'aujourd'hui Antar tout entier remercie ses sauveurs, à vous les studios !

Alors qu'une présentatrice d'âge mûr reprenait la parole, Hector, abasourdi par cette annonce, sentit ses jambes faiblir et il chut sur le sol froid de son appartement. Des bribes de sa mémoire intriquées les unes dans les autres lui revenaient et tourbillonnaient dans son esprit tandis que le même mot était répété encore et toujours :

Destiny

Destiny

Destiny

Retrouve-moi…

Le lendemain matin, Hector se réveilla sur le carrelage glacé de son salon. Perclus de douleur et désorienté, il avait l'impression d'avoir été inconscient durant des jours. Du verre jonchait encore le sol de sa salle de bain et la télévision ainsi que les lumières étaient toujours allumées. Faisant fi de l'inconfort de la situation et de son ventre qui criait famine, il se leva et claudiqua vers la tablette informatique posée sur la table basse du salon. Ne se risquant pas à utiliser son potentiel actif, il osa enfin taper sur cette dernière les lettres qui l'obsédaient : « D.E.S.T.I.N.Y. »

La recherche prit un temps pour compiler les résultats du Métaréseau qui parut au jeune archiviste une éternité. La liste des sites traitant du sujet s'afficha alors, précédée du nombre d'occurrences.

Douze millions de résultats ?!

Il commença malgré tout à les éplucher. Dans les premières pages se trouvaient surtout des articles de presse récents concernant le projet de l'armée. Il les consulta avidement, sans dénicher autre chose que des écrits creux et dénués de tout intérêt.

Comme toujours, rien sur le fond et tout sur le sensationnel dans les nouvelles…

Il lut tout de même chaque texte, chaque description, et observa attentivement les quelques photos qui avaient pu être glanées. Ces images très graphiques dépeignaient des scènes terribles, inhumaines. Parmi les autres résultats de recherche, il confirma que le mot « Destiny » signifiait « destinée » dans l'un des vieux langages utilisés avant l'Unification du continent et parfois encore employé, entre autres, pour les noms de code de certains agents et équipes du GUT.

Jusque-là, j'aurais pu le deviner tout seul !

Au bout d'un demi-millier de sites décortiqués, sa vue et sa motivation commencèrent à sérieusement décliner. Il ferma les yeux et prit une grande inspiration pour se recentrer. C'est alors que des crépitements bleutés jaillirent de ses doigts toujours posés sur la tablette. Des lettres apparurent dans son esprit. Surpris, il lâcha son appareil sur ses genoux.

Les caractères tournoyaient encore dans sa tête, formant des mots épars, dispersés aux quatre coins de sa psyché, comme si cette dernière, complètement vide, ne demandait qu'à être remplie. Loin des sensations qu'il avait pu ressentir lors de ses flashbacks ou ses rémanences, il avait plutôt l'impression que cette masse d'information brute avait transité par la zone de son esprit connectée à sa capacité active.

Dans son ancienne position d'archiviste, il lui arrivait souvent de consulter des dossiers sur des postes, de les visualiser dans sa tête à partir de l'ordinateur, puis d'envoyer des commandes sur les terminaux. Cette capacité ne lui avait jusqu'à maintenant jamais permis de télécharger aussi simplement des quantités importantes de données dans son cerveau. Reprenant sa tablette en main, il se concentra sur celle-ci et gonfla à nouveau ses poumons, comme s'il voulait aspirer les informations en même temps que l'air qui l'entourait. Les crépitements recommencèrent et des données affluèrent, par milliers, par dizaines de milliers.

Ces informations brutes qui s'affichaient dans son esprit lui donnaient le tournis. Il se dépêcha de les trier et de les organiser afin de mieux les intégrer. Habitué à classer et à catégoriser, il trouva très vite son rythme de croisière et, après quelques heures intensives, alors que de la sueur perlait sur son front, il tomba sur quelque chose d'intéressant.

Il avait séparé les données en différentes catégories et, bien que celle qu'il intitula « Mythes et Légendes Urbaines » ne contenait qu'une quinzaine de résultats, ce fut dans celle-ci qu'il trouva matière à réflexion. Dans cette rubrique se trouvait un vieux manuscrit traduit par un professeur de langues anciennes, un certain J.R.R.T décrivant les légendes d'une religion complètement oubliée datant de l'antiquité d'Antar à propos de Destiny, le Dieu de la vengeance :

« Dans les temps anciens, deux grandes nations étaient en guerre, le lumineux royaume d'Aldegard et les féroces clans unis Telniriens.

Lors de la signature d'un traité de paix entre les deux nations, les Telniriens tendirent un piège aux envoyés Aldegardiens. Le général Oric, venu signer le traité, ainsi que les membres de son ambassade furent tués jusqu'au dernier durant la cérémonie. Suite à cela, la guerre prit un tournant décisif et mena Aldegard aux portes de la ruine.

Il est dit que le général, furieux de cette traîtrise, avait déposé ses armes et prié le dieu de la vengeance durant le massacre jusqu'à ce que sa tête soit détachée de son corps. Destiny entendit sa supplique et il lui fut accordé une seconde chance. Le dieu fit un pacte avec Sulfur, maître des enfers, pour sortir Oric de la fosse afin qu'il puisse assouvir sa vengeance. Le général ainsi revenu à la vie rassembla autour de lui la plus grande armée que le monde ait connue et repartit en guerre contre la Telniria.

Exalté par cette histoire, Destiny alla même jusqu'à s'incarner sur terre pour punir les fourbes qui avaient trahi leurs serments. »

Soufflé par sa découverte, il s'exclama alors :

— Les fous, ils ont invoqué un dieu sur terre… C'est… Voilà pourquoi je suis revenu… Il a entendu mon appel… C'est lui qui m'a ramené pour l'aider à rendre justice au peuple d'Antar…

Quelque temps plus tard, sur un petit marché du Secteur 10, un ancien archiviste aux yeux couleur ivoire, la barbe hirsute et les cheveux en bataille, fut aperçu en train de déambuler entre les étals, distribuant des tracts et scandant à la foule :

— Destiny est de retour pour nous venger des traitres ! Rejoignez-le dans son combat pour purifier notre grande nation !

« Un jour, alors que je pêchais avec un ami, ce dernier m'a dit "surveille ta ligne". Je n'ai pas osé lui demander plus de précision, mais il est vrai que j'avais pris du poids durant les mois précédant notre rencontre. »

Philosophe Antarien, Gregor Sephrian

Chapitre XV - Visites imprévues

Jour 86 de l'an 246 : 7h45

Le soleil rougeoyant de l'aurore baignait le Secteur 2 de ses lueurs, tandis que, dans la voiture de sa mère, le jeune Kévin s'amusait à tracer des bonshommes dans la buée de la vitre passagère.

— Que dessines-tu, mon bébé ? demanda cette dernière, pleine d'affection.

— Je suis pas un bébé, maman, j'ai huit ans !

— C'est vrai, mon chéri. Et donc ? Qu'est-ce que tu dessines ?

— Je dessine l'équipe Destiny qui tue des méchants !

Un peu inquiète des implications du nouvel engouement de son fils pour un groupe de militaires aux méthodes expéditives, la mère de Kévin préféra ne pas commenter et annonça tout de go :

— Ah ! Regarde, on est arrivés !

Le véhicule s'était engagé sur l'avenue Morgan Fowler et était enfin parvenu à sa destination. Comme à son habitude, Kévin bondit hors de la voiture. Il répondit distraitement à sa mère lorsqu'elle lui souhaita une bonne journée et s'élança vers l'entrée de l'école en enfilant son cartable sur ses épaules.

Comme toujours, il passa les contrôles de sécurité effectués par des gardes du GPI et gravit quatre à quatre les marches jusqu'au deuxième étage où une partie de ses camarades patientaient déjà devant la salle de classe.

Un peu anxieux à cause du test de mathématiques prévu pour ce matin par le professeur Doakins, les élèves remuaient et s'échangeaient quelques commentaires sur les façons dont ils avaient révisé. Kévin se sentait légèrement stressé, mais il était surtout impatient.

Ses derniers camarades de classe arrivèrent et, peu de temps après, la sonnerie annonçant le début des cours retentit. À ce signal, tous se mirent en rang le long du mur, devant la porte de la salle de classe. Contrairement à son habitude, leur professeur n'était pas encore arrivé, ce qui fit grimper un peu plus le sentiment d'anticipation des écolicrs. Plusieurs minutes s'écoulèrent avant que leur enseignant ne se montre enfin, à bout de souffle et le crâne luisant de sueur.

— Bonjour tout le monde ! Désolé pour le retard, venez, entrez, annonça-t-il en ouvrant hâtivement la porte à ses élèves.

— Bonjour, monsieur Doakins ! répondirent en cœur les enfants.

Ces derniers s'assirent à leurs tables respectives et sortirent leurs affaires, prêts à débuter leur devoir écrit.

Le professeur disposa lui aussi ses affaires sur son bureau et, redressant la tête, fit face à sa classe prête à en découdre avec les mystères les plus obscurs des mathématiques : feuille simple à petit carreau au centre de leurs pupitres, stylos en main et regards rivés sur lui.

Souriant à cette vision, il alla s'asseoir au coin de son bureau et se racla la gorge avant d'annoncer :

— Bon, les enfants, j'ai une nouvelle qui va ravir certains et attrister d'autres.

Un silence soudain étreignit la pièce. Profitant de cet instant de calme, l'enseignant parcourut les visages de ses élèves, certains concentrés, d'autres suppliants, avant de continuer :

— Le test de ce matin est annulé !

Des hourras parsemés de quelques rares exclamations de déception jaillirent de la foule de jeunes devant lui. Kévin ressentit une pointe d'amertume. Il était sûr de bien s'en sortir puisqu'il avait révisé avec sa mère chaque soir de la semaine, c'est pourquoi il leva la main pour demander :

— Mais, Monsieur, pourquoi le test est annulé ?

Des railleries fusèrent dans son dos, auxquelles leur professeur mit un terme immédiatement :

— On se calme derrière, c'est une bonne question, une excellente même ! En fait, le test de ce matin est annulé parce que nous allons recevoir aujourd'hui une visite exceptionnelle dans cette classe.

L'effervescence reprit de plus belle. Chaque élève y allait de son pronostic : les uns souhaitant rencontrer leur pop-star préférée, d'autres les membres de l'équipe Alpha ou de l'équipe Destiny, voire même le célèbre IceAngel ou encore « le chef du monde ». Haussant la voix pour se faire entendre à travers le tumulte, le professeur continua :

— Calmez-vous, je vous en prie ! Ce n'est ni un membre de l'équipe Alpha, ni l'équipe Destiny, ni IceAngel, et je n'ai pas saisi qui a parlé du chef du monde, mais si je le trouve il faudra qu'il vienne me voir à la fin du cours… Par contre, c'est bien une personne célèbre que nous allons rencontrer aujourd'hui puisqu'il s'agit de l'un des onze sénateurs qui dirigent notre pays, ce qui en fait une visite pas anodine du tout. Maintenant que je vous ai dit qui venait, est-ce que vous avez des questions ?

La petite Émilie leva la main.

— Oui, Émilie ?

— Ça veut dire quoi « pahanodine » ?

— Ça veut dire que ce n'est pas commun, que ce n'est pas tous les jours qu'on rencontre quelqu'un d'aussi important, répondit Doakins en se tenant les tempes.

Kévin leva la main à son tour.

— Oui Kévin ?

— Il vient quand ?

— Il devrait arriver d'une minute à l'autre, vous entendrez son héliporteur arriver avant lui, je pense ! répondit-il en adressant un clin d'œil à son élève.

Conscient qu'aucune question pertinente ne risquait d'être posée, l'instituteur reprit :

— Bon, et sinon, lequel d'entre vous sait ce qu'est un sénateur ? Quel est son rôle ?

La classe resta muette, les élèves se regardant les uns les autres de façon interrogative.

— Très bien, je vais essayer de vous expliquer ça simplement avant que ce monsieur n'arrive. En fait, il existe à tout moment onze sénateurs, un par Secteur. Ces onze sénateurs, ainsi que les trois grands généraux des armées dirigent le pays. Ils écrivent les lois et prennent des décisions concernant les problèmes de notre nation.

Le petit Martin leva la main :

— Oui, Martin ?

— C'est lui qui commande l'équipe Alpha ?

— Hmm… en un sens oui, vu que c'est le Sénat qui a commandé la création du GUT ainsi que celle de l'équipe Alpha. Mais il ne prend pas part au combat si c'est la question.

Marlène leva la main à son tour :

— Marlène ?

— Comment on devient sénateur ?

— Les sénateurs sont élus par les citoyens de leur Secteur pour onze ans, ce qui fait que chaque année l'un des Secteurs élit son sénateur. C'est cette période de l'année que l'on appelle…

Un vrombissement distant commença à se faire entendre et détourna l'attention des élèves. Très vite, Kévin reconnut l'écho retentissant des pales d'un héliporteur.

Tous les enfants entrèrent en ébullition et leur professeur les autorisa à se lever pour regarder l'arrivée de l'impressionnant aéronef. Celui-ci se rapprocha dans un boucan de tous les diables et se dirigea vers le toit de l'école. L'atterrissage prit un moment, mais, une fois l'engin posé, les moteurs commencèrent à ralentir et la nuisance sonore se dissipa rapidement jusqu'à s'évanouir complètement.

L'excitation des élèves continua d'augmenter pendant les minutes qui suivirent. Le sentiment d'anticipation était tel que le professeur Doakins avait toutes les peines du monde à les calmer. Mais, quand des pas résonnèrent dans le couloir, la classe entière retint son souffle.

Plusieurs hommes en costumes noirs firent irruption dans la pièce, scrutant chacun à leur tour chaque visage, l'air alerte, et vinrent se placer aux quatre coins de la salle. Enfin, le sénateur entra. C'était un homme assez grand, aux cheveux gris bouclés épars et avec des yeux verts perçants. Encadré de très près par encore deux hommes en noir, il s'approcha de l'instituteur et lui serra la main.

— Bonjour, Professeur Doakins. Avant toute chose, je tiens à vous remercier de me laisser interférer dans votre cours ce matin.

Les deux hommes qui avaient accompagné le sénateur se placèrent de part et d'autre de ce dernier, un pas derrière lui. Les élèves étaient captivés par ce grand homme grisonnant, paré d'une toge bleu azur couvrant jusqu'à ses chaussures et de la longue écharpe blanche liée à sa fonction. Afin de briser la glace, l'éminent dirigeant se tourna vers la classe et, affichant un sourire chaleureux, leur dit :

— Bonjour, les enfants !

— Bonjour, Monsieur ! répondirent les élèves en chœur.

— Je me présente, je suis le sénateur Chester Whale, vous pouvez m'appeler Chester. Je viens vous annoncer que cette classe a spécifiquement été choisie pour tester une nouvelle réforme de l'éducation.

La classe regardait le dirigeant antarien, tiraillée entre perplexité et interrogation. Certains élèves avaient la tête penchée sur le côté, d'autres la bouche grande ouverte, dans l'expectative. Le sénateur continua :

— J'imagine que vous aimez les cours de sport ?

La classe répondit à l'unisson :

— Ouiii !

— Eh bien, cette réforme dicte que, dès la rentrée prochaine, vous aurez sport tous les après-midi ! Vous pratiquerez des sports d'équipe, des sports de combat et plein d'autres ! Vous avez des questions ?

La moitié de la classe avait le bras tendu vers le ciel. Le sénateur Whale se tourna vers l'instituteur pour qu'il choisisse les élèves à interroger.

— Vas-y, Henri, décida l'enseignant, laissant les autres enfants déçus.

— Pourquoi vous portez une robe ?

Le professeur Doakins prit sa tête entre ses mains, mais le sénateur, loin d'être décontenancé, répondit :

— Ce n'est pas une robe, Henri, c'est une toge de sénateur. C'est un vêtement qui symbolise ma fonction de représentant du peuple.

Des mains s'étaient relevées suite à ce discours et l'instituteur reprit la médiation des interventions :

— Oui, Élise, tu peux y aller.

— Vous avez quoi comme pouvoirs ?

Chester Whale se racla la gorge pour s'éclaircir la voix avant de répondre :

— Eh bien, mon seul potentiel actif est d'avoir ce qu'on appelle une mémoire parfaite. Imaginez, plus besoin de réviser avant un contrôle, je me souviens de tout ce que j'ai pu voir ou entendre !

La classe émit un long :

— Ooooh !

Le professeur interrogea un autre élève :

— Kévin, tu as une question ?

— Oui, vous faisiez quoi avant comme métier ?

— J'étais médecin quand le précédent sénateur du Secteur 2 a terminé son mandat. Il m'avait choisi pour participer à l'élection contre le candidat élu au premier tour parce que j'avais été son médecin traitant et ami pendant des années.

La classe était sous le charme de l'intervenant.

— Je t'en prie, Frank, invita l'instituteur en pointant un élève au deuxième rang.

— Comment ça, « contre le candidat élu au premier tour » ?

— Houla, c'est un peu compliqué à expliquer à des jeunes gens de votre âge, mais, en gros, à chaque élection dans un Secteur, un premier tour entre des candidats qui se présentent se déroule. Celui qui l'emporte va en « finale » – en prononçant ce mot, il mima des guillemets avec ses mains – contre le candidat nommé par l'ancien sénateur… et en général, quand le précédent sénateur est aimé par les habitants de son Secteur, c'est son candidat qui l'emporte.

— Mais, Monsieur, pourquoi il n'avait pas nommé son fils ou sa fille pour être candidat à votre place ? continua le petit Frank.

— Eh bien, déjà parce que la loi interdit de nommer des membres de sa famille ou d'un autre sénateur sur trois générations, et ensuite parce que mon prédécesseur n'avait plus beaucoup de liens avec sa famille. L'exercice du pouvoir a tendance à… vous éloigner de vos proches…

L'espace d'un instant, l'ancien médecin sembla troublé par ses propres aveux, puis, reprenant consistance, il redonna la parole à Kévin :

— Kévin, tu as une autre question ?

Flatté que le dirigeant antarien l'interroge à nouveau et connaisse son prénom, le jeune garçon demanda :

— Chester, vous avez choisi notre classe pourquoi ?

— Parce que c'est dans cette école, et avec le mentor du professeur Doakins, que j'ai fait mon enseignement primaire, il me paraissait normal que ce soit ici que tout commence.

— Que tout commence ?

À peine Kévin avait-il posé sa question qu'un cri retentit et que la porte d'entrée de la classe vola en éclat. Les élèves baissèrent la tête instinctivement tandis qu'un bouclier de protection s'interposait entre eux et les débris de bois.

∴

Quinze minutes plus tôt, à quelques pas de l'entrée de service de l'école.

Un homme dans la quarantaine, des cheveux noir de jais plaqués en arrière et parsemés de gris au niveau des tempes, se tenait adossé à un mur dans la rue en face de l'école. Plutôt grand et bien bâti, le visage fin et des yeux bleus, presque gris, Olwin regardait l'héliporteur noir à deux hélices atterrir sur le toit de l'école. Portant son attention sur le bel édifice fraîchement repeint, il se dit qu'il aurait bien aimé que les établissements scolaires de son Secteur aient eu aussi fière allure.

Du coin de l'œil, il remarqua que, comme prévu, deux de ses hommes en uniformes volés du GPI se déplaçaient vers l'entrée de service du bâtiment.

Arrivés au niveau des deux vrais gardes postés devant la porte, ses acolytes discutèrent brièvement avec eux avant de dégainer leurs tasers. Dans les secondes qui suivirent, les soldats assommés par les chocs électriques furent disposés dans une benne à ordure à quelques pas de là.

Balayant la scène du regard, Olwin vérifia que le raffut provoqué par l'héliporteur avait bien détourné l'attention des badauds.

Les deux imposteurs faisaient maintenant illusion et tout aurait pu laisser croire que le GPI veillait toujours sur cette entrée du bâtiment.

Il s'agissait là du signal pour Olwin et ses quatre autres équipiers qu'ils pouvaient avancer. Il leur intima de le suivre d'un signe de la main et, ensemble, ils traversèrent la route pour arriver sur le trottoir qui bordait l'entrée gardée par leurs alliés. Après avoir dépassé ces derniers en leur adressant un signe de tête entendu, les membres de l'équipe d'assaut pénétrèrent dans les lieux.

Les cours avaient déjà commencé et les cinq intrus purent donc progresser sans difficulté à travers les longs couloirs déserts. Les seules personnes qui croisèrent leur chemin étaient des élèves retardataires trop occupés à courir vers leur salle de classe pour leur prêter attention.

Olwin s'engagea alors dans le dédale silencieux, suivi par ses quatre compères. Profitant du calme, il leur rappela la stratégie :

— Bon, le sénateur est accompagné de plusieurs agents, ce sont des gardes du corps, leur principal but sera de nous ralentir pour permettre sa fuite. Il faudra donc faire très vite et enchaîner chaque étape du plan sans accroc. La première étape sera de mettre hors d'état de nuire le binôme qui devrait garder la porte. Ils auront forcément un télépathe à l'intérieur qui s'en rendra compte, c'est donc à ce moment-là que tout s'accélérera, Edgar ?

Un petit homme corpulent portant une chemise bleu clair et un pantalon en velours gris répondit :

— Je fais sauter la porte et je mets KO le téléporteur qui se trouve aux côtés du sénateur pour couper sa retraite.

Marissa, une femme élancée habillée d'une robe longue gris clair continua :

— Je mets KO les gardes sur la droite.

Le jeune homme blond aux cheveux courts, assez grand et mince surnommé Striker, vêtu d'une chemise à carreaux avec une tache d'encre au niveau de la poche sur le torse et d'un jean bleu, enchaîna :

— Moi, ceux sur la gauche.

Le dernier, Odron, un homme d'âge mûr au physique banal, les tempes parsemées de gris et habillé en jogging bleu marine, termina :

— Pendant ce temps, je bloque les systèmes de sécurité et les communications.

Olwin reprit alors :

— Dès que c'est fait, Striker et Marissa prennent le sénateur et on se sépare. Marissa, Striker et le sénateur iront directement au camp par les sous-sols. Edgar, Odron et moi, on rejoint Franck et Derek à l'entrée et on se disperse dans la ville. Si l'un de nous se fait prendre, ne paniquez pas, Shadow ne nous abandonnera pas, l'équipe de secours est déjà en place.

À une dizaine de pas des deux agents en faction devant la porte de la salle de classe, les cinq compères hochèrent la tête de façon entendue. Marissa et Striker, les mains dans leurs poches, équipèrent leurs coups-de-poing en métal.

Odron resta en arrière, s'appuyant contre le mur innocemment et prit sa tête entre ses mains pour se concentrer sur le brouillage des signaux radio. Striker et Marissa se détachèrent du groupe à une vitesse fulgurante, se projetant chacun sur un garde et écrasant leurs poings renforcés sur la tempe de leurs adversaires de façon simultanée. Pendant que les deux « super-véloces » accompagnaient la chute de leurs victimes pour en limiter l'impact sonore, Edgar et Olwin arrivaient à leur niveau.

Edgar, deux doigts sur le côté droit de sa tête et sa main gauche à plat pointée devant lui, fit voler la porte en éclat d'un choc télékinésique. Striker et Marissa s'engouffrèrent dans l'ouverture, suivis d'Edgar et Olwin.

À l'intérieur, l'un des agents dans le coin à droite – certainement le télépathe – était en train de crier à l'attention du sénateur tout en pointant du doigt les intrus de façon alarmée.

Striker fit craquer le crâne du premier garde à l'entrée d'un coup de poing avant de franchir en un instant les quelques mètres qui le séparaient du télépathe pour se jeter sur lui.

Edgar remarqua qu'un tunnel de téléportation commençait déjà à s'ouvrir derrière le sénateur et l'agent qui se trouvait à ses côtés en lui tenant l'épaule. Supposant que le couloir quantique provenait de ce dernier, Edgar envoya une onde de choc télékinésique dans sa direction pour tenter de le renverser et lui faire perdre sa concentration, mais l'impulsion s'écrasa contre un champ de force invisible. Il recommença, en y mettant plus de puissance, mais n'obtint guère plus de succès.

À sa droite, Marissa était aux prises avec un garde à la mâchoire carrée qui devait faire une tête de plus qu'elle. Alors que ce dernier pensait avoir l'avantage, elle utilisa sa vitesse surnaturelle pour se placer derrière lui et lui retourner l'épaule dans un bruit répugnant. Ainsi maîtrisé, il fut projeté au milieu de la classe d'un coup de pied et la jeune femme se précipita ensuite sur sa deuxième cible.

Voyant que l'agent propulsé par sa coéquipière allait atterrir au milieu des écoliers, Olwin matérialisa un bouclier au-dessus des enfants.

À l'exception du sénateur et du téléporteur, il ne restait plus dans la salle qu'un seul ennemi vers lequel Marissa s'élança à toute vitesse. Il se tenait droit devant la fenêtre, à l'autre bout de la classe, les yeux rivés sur le sénateur et semblait responsable du champ de force qui entourait leur cible et le téléporteur. Un violent coup d'épaule de la jeune femme en robe grise fit perdre sa concentration au protecteur et le propulsa à travers la fenêtre qui éclata à l'impact.

Olwin relâcha son bouclier autour des élèves de la classe et put voir le tunnel quantique se refermer sur le sénateur et son garde du corps en ne laissant derrière eux qu'une lueur violette diffuse.

Clignant des yeux, il prit conscience de la trentaine d'écoliers à quatre pattes sous leurs pupitres et du professeur prostré dans le coin de sa salle de classe.

Il secoua la tête d'un air dégoûté et déclara, la gorge sèche :

— Merde… On se disperse !

Sans attendre ses équipiers, il s'élança dans les couloirs à grandes foulées, espérant que, comme prévu, Striker et Marissa se dirigeaient vers les souterrains et qu'Edgar et Odron le suivaient de près. En colère suite à leur échec, il mit quelques secondes à réaliser qu'une sirène retentissait dans tout le bâtiment. La fuite allait être ardue.

« La peur du noir, pourquoi pas, mais pourquoi jamais la peur du mauve ? Ou du cyan ? »
Philosophe Antarien, Gregor Sephrian, issu de son ouvrage « Les plus grandes questions philosophiques »

Chapitre XVI - Retours difficiles

Jour 86 de l'an 246 : 10h20

Deux heures s'étaient écoulées depuis qu'un commando avait tenté d'enlever le sénateur Whale. Le quartier du deuxième Secteur dans lequel l'attaque s'était déroulée, mitoyen du onzième, avait été conjointement bouclé par la police de ces deux Secteurs. Plusieurs héliporteurs du GUT parcouraient le ciel, naviguant entre les très grands immeubles des environs.

Loki avait été prévenu que l'équipe Destiny avait été déployée dans les égouts pour circonscrire toute tentative d'évasion souterraine et que cette zone était par conséquent interdite à tout personnel civil.

Grâce à son potentiel actif, le sénateur avait pu produire des descriptions très précises de ses assaillants et l'un des criminels avait déjà pu être appréhendé. Parmi ceux décrits, manquaient encore à l'appel un individu d'âge mûr aux cheveux noirs plaqués en arrière, une femme aux cheveux bruns bouclés en robe grise, et un homme grand et fin aux cheveux blonds.

Un officier de l'armée avait fait parvenir des portraits approximatifs à l'équipe Alpha et Sniper, assis en tailleur sur un banc public, tenait les trois feuillets dans ses mains, le regard dans le vague.

Le reste de ses coéquipiers patientait à quelques pas de lui. Shield, adossé à sa voiture de fonction, discutait tranquillement avec Mastoc et Vesta en jetant discrètement un œil à son petit frère de temps à autre. Ghost, quant à elle, s'était éloignée plus tôt pour prendre un appel de sa mère. Son visage inquiet avait noué l'estomac de Loki qui dut se faire violence pour arrêter de penser à elle et récupérer le fil de la discussion qu'il entretenait avec l'officier de liaison de l'armée qui se trouvait en face de lui.

L'homme s'adressait à Enri de façon autoritaire, mais sa voix tremblait, il ne semblait pas coutumier d'échanges tendus de ce genre-là. De plus, le fait que son interlocuteur mesurait une tête de plus que lui amplifiait le ridicule de la situation. Il gesticulait, les lèvres pincées, en face d'un chef de l'équipe Alpha absent, au mieux inattentif.

— Vous n'avez pas l'air de comprendre, votre subordonné ne doit pas se trouver ici ! L'identité des membres de l'équipe Destiny est classée secret militaire ! répéta pour la énième fois l'officier.

— J'ai déjà dit à Sniper de ne pas scanner les souterrains, c'est tout ce que je peux faire. Je ne me passerais pas de lui lors d'une chasse à l'homme, ce serait comme se tirer une balle dans le pied, rétorqua Loki.

— Ou dans la couille, chef ! ajouta Mastoc.

Loki tourna la tête vers son bruyant camarade en lui faisant les gros yeux, ce à quoi celui-ci répondit par un rire gras. Puis, le capitaine de l'équipe Alpha se retourna vers son interlocuteur et reprit :

— Nous sommes sur un territoire civil, nous avons toute juridiction pour opérer. Si vous avez autre chose à rajouter, vous pouvez contacter le directeur Gil Lockhead, mon supérieur direct au GUT.

Frustré, le militaire repartit d'où il était venu en fulminant. Il traversa la route et rejoignit son véhicule et deux de ses subalternes qui l'attendaient au coin de la rue. Depuis la tentative d'enlèvement, les rues étaient désertées par la population, ce qui donnait une impression surréaliste, presque paisible. Il était rare d'être témoin d'un tel calme en plein jour dans la ville-continent d'Antar.

Soulagé du départ du militaire, Loki retourna à son hoverbike, stationné à quelques pas de la voiture de Shield. Il s'assura que ses gants en cuir étaient bien accrochés devant la selle et mit le contact rapidement pour vérifier sa jauge de carburant. Il se dirigea ensuite vers ses collègues. Sniper était toujours concentré sur sa tâche, les traits plissés, et de la sueur commençait à perler sur son front.

Enri arriva auprès du groupe et remarqua que Ghost les avait aussi rejoints. Inquiet, il lui lança un regard interrogatif, auquel elle répondit par un hochement de tête rassurant. Il lui sourit et écouta la conversation des autres membres de l'équipe.

— Ce que je dis, continuait Shield à voix basse, c'est que mon frère a besoin d'un peu de calme pour se concentrer.

— Oui oui, désolé, tu sais comment je peux être, s'excusa Mastoc.

— Oui, on sait comment t'es, gros bourrin ! le taquina Vesta en rigolant doucement.

Mastoc apostropha Loki pour lui demander :

— Pas trop de soucis avec les ronds-de-cuir, chef ?

— Pas plus que d'habitude, lui répondit Loki sur un ton neutre.

Soudain, Sniper murmura quelques mots :

— C'est bizarre…

— Qu'est-ce qu'il y a ? s'inquiéta Shield.

— Je crois que j'en ai un, mais il est escorté par des agents du GPI, précisa son petit frère.

— On a eu un retour de la police concernant cette arrestation ? demanda Loki à Shield.

— Non. Je vais vérifier, lui répondit l'intéressé.

— Non ! coupa Loki. S'ils ont des uniformes du GPI, ils écoutent peut-être aussi leurs fréquences, allons-y. Sniper, tu viens aussi avec nous cette fois, reste concentré sur ce groupe. Aidez-le à monter dans la voiture sans qu'il perde sa concentration.

Shield et Mastoc s'exécutèrent, accompagnant Sniper à l'avant du véhicule de son frère. Ghost s'installa à l'arrière, et Shield sur le siège conducteur.

De leurs côtés, Vesta et Mastoc grimpèrent dans une autre voiture, Vesta au volant. Loki haussa un sourcil et commenta dans son communicateur sur un ton espiègle :

— Doucement sur la conduite, on va faire en sorte que Mastoc garde son petit-déjeuner.

Le rire étouffé de Ghost, Shield et Mastoc répondirent à son annonce tandis que Vesta lui adressait un geste obscène derrière le pare-brise.

Enri enfourcha son hoverbike, enfila ses gants et, tout en regardant les deux véhicules s'éloigner, il mit le contact de sa machine. Le vrombissement tonitruant de son engin lui donna un léger frisson de plaisir. Il orienta les turbines à plasma pour un décollage vertical d'un mouvement de son poignet gauche et mit les gaz d'un coup sec de son poignet droit, s'envolant en quelques secondes à plusieurs dizaines de mètres du sol.

Le capitaine Telvir diminua la poussée des réacteurs pour se stabiliser au-dessus des automobiles de ses coéquipiers. Il attendit que ceux-ci se mettent en route vers leur cible et les suivit en restant alerte.

Une dizaine de minutes plus tard, les deux voitures se garaient dans une impasse et les membres de l'équipe Alpha se déployaient autour. Loki fit atterrir son hoverbike et demanda immédiatement à Sniper :

— Ils sont proches ?
— Oui, ils se sont retranchés dans un immeuble un bloc plus loin, lui répondit l'intéressé.
— Enfin, ça, c'est s'ils n'ont pas fui en entendant ta machine à bruit, lui rétorqua Ghost.

Enri croisa l'espace d'un instant le regard d'Évangéline et lui adressa un sourire en coin suite à cette remarque. Il reprit à l'attention de Sniper :

— La situation ? Quel étage ? Ils ont un vis-à-vis ? Comment ils sont placés dans la pièce ?
— Ils sont au quinzième étage, pas de vis-à-vis direct. Ils vont et viennent, mais ils sont plutôt dans le salon en train de regarder les nouvelles à la télévision. Les deux qui portaient un uniforme du GPI se sont changés. Et ils ne sont plus trois, mais quatre, répondit le jeune homme.
— C'est l'un des criminels qui a été décrit par le sénateur Whale qui les a rejoints ? demanda Shield à son petit frère.
— Non, c'est encore un autre.
— Combien de points d'accès ? interrogea leur capitaine.
— Une porte et deux fenêtres.

Un sourire narquois peint sur le visage, Loki regarda Ghost et dit :

— Vas-y, Mastoc, tu peux le dire…
— Prêtes à vous envoyer en l'air ensemble, les filles ? annonça Ronald en rigolant grassement.
— Vous êtes vraiment trop con… répondit Évangéline.

Vesta riait franchement, accompagnée de Sniper et Shield. Ce n'était pas la première fois que Mastoc lançait cette blague plus que douteuse, cette dernière étant pratiquement devenue culte. L'hilarité redescendue, Loki annonça d'une voix grave :

— On s'équipe non létal, mais on frappe vite et fort. Vesta et Ghost, vous attendez que l'ascenseur indique que Mastoc, Shield, Sniper et moi soyons arrivés au quinzième étage, puis vous vous envolez. Dès que vous êtes arrivées, vous passez à l'action. Le jeune nous dira quand vous serez en position. Vesta, tu jettes Ghost par la première fenêtre, et tu couvres la seconde. Tout le monde a bien compris ?

L'équipe répondit d'une seule voix par l'affirmative. Évangéline fouilla dans le coffre d'une des voitures pour récupérer une paire de matraques télescopiques qu'elle équipa sur ses hanches, là où d'ordinaire ses pistolets prenaient place. Sniper, qui n'avait pas l'habitude d'être utilisé aussi proche du combat, réajustait ses gants et faisait crépiter quelques éclairs dans ses mains, comme s'il testait la puissance de sa capacité afin de la modérer pour pouvoir assommer au lieu d'électrocuter. De son côté, Vesta récupéra deux harnais et commença à équiper le sien pendant qu'elle tendait l'autre à Ghost. Cette dernière s'en saisit, et l'enfila à son tour.

L'équipe Alpha enfin prête, ils se dirigèrent vers le bâtiment, guidés par leur dernière recrue.

Arrivé au coin de la rue, Shield se détacha du groupe en utilisant sa capacité active de vélocité et atteignit en une seconde le seuil de l'immeuble. Il déverrouilla l'ouverture à l'aide d'une manipulation télékinésique du loquet et poussa la porte. Il fit signe à ses coéquipiers de le suivre d'un geste de la main et, en un instant, ces derniers le rejoignirent, Vesta et Sniper en queue, ceux-ci étant les seuls membres de l'équipe Alpha à ne pas posséder le potentiel actif de vitesse.

Ronald appela l'ascenseur et ils attendirent sans piper mot, sur le qui-vive dans leurs armures de combat assorties. La porte de l'ascenseur s'ouvrit, accompagnée du tintement caractéristique, et Mastoc, Shield et Sniper entrèrent. Loki les suivit, se tourna vers Vesta et Ghost, puis hocha la tête à leur attention. La porte se referma sur la vision de ses deux coéquipières qui lui rendaient son hochement de tête, leurs visages concentrés.

Pendant que l'ascenseur gravissait les étages en gémissant sous les poids de ses occupants, Loki s'attendait à tout moment à subir une blague de Mastoc sur la thématique de la flatulence, mais cette dernière ne vint pas. Finalement, le tintement se fit à nouveau entendre et la porte s'ouvrit sur le quinzième étage.

Sniper, focalisé sur sa cible, mena l'équipe à travers un grand couloir blanc, propre et bien éclairé jusqu'à la porte de l'appartement où les criminels avaient trouvé refuge. Loki se plaça le premier, fit signe discrètement de la main à Shield de le protéger puis, il ferma son poing et le retourna à l'attention de Mastoc pour lui indiquer de surveiller leurs arrières au cas où un civil ou un ennemi non déclaré débarquerait à l'improviste. Il regarda ensuite fixement Sniper, en l'attente de son signal.

La jeune recrue hocha la tête.

La porte explosa vers l'intérieur dans un tonnerre de débris de bois provoqué par une onde de choc télékinésique suivie de Loki qui se projeta dans l'appartement en effectuant une roulade parfaitement maîtrisée.

Prenant conscience de son environnement en se redressant, il généra une deuxième onde de choc sur un homme de forte stature à sa droite qui envoya ce dernier s'écraser violemment contre une bibliothèque à deux mètres derrière lui. La fenêtre en face du capitaine de l'équipe Alpha explosa et, surgissant de nulle part, Ghost se matérialisa ses deux matraques télescopiques en main.

Au milieu de l'action, Loki aperçut Vesta en vol stationnaire par la fenêtre brisée, mais n'y prêta pas attention et se concentra sur un deuxième individu sur sa gauche qu'il fit passer à travers une porte au moyen d'un autre souffle d'énergie mentale avant de le voir s'écrouler inconscient sur le siège des toilettes au milieu des débris de bois.

Un homme élancé, aux cheveux noirs plaqués en arrière, sauta par-dessus le canapé et se jeta sur le capitaine de l'équipe Alpha, balançant un puissant coup de poing dans sa direction. Loki laissa l'attaque s'écraser sur le bouclier de Shield et, tandis que son assaillant hurlait en se tenant un poignet tordu dans un angle improbable, il l'étala au sol d'un violent coup de coude descendant sur le haut du crâne.

Il se retourna et vit Ghost, à deux pas de lui, se tenir au-dessus du quatrième et dernier criminel. Celui-ci portait une marque rouge sur le côté de la tête, sûrement provoquée par une des matraques de la jeune femme.

Shield et Sniper entrèrent à sa suite et, puisque le potentiel actif de soin de John était susceptible d'être perturbé par le négatron des menottes incapacitantes, ils commencèrent par vérifier l'état de santé des individus au sol.

Le pouvoir de guérison de Shield lui donnait une sorte de sixième sens lui permettant d'ausculter instinctivement les personnes avec lesquelles il était en contact, tandis que Sniper pouvait voir à la manière d'un scanner et décortiquer le corps humain couche par couche via son pouvoir de vision.

Shield s'agenouilla auprès d'un homme aux larges épaules étalé inconscient au pied d'une bibliothèque, recouvert d'ouvrages en tout genre. Il en écarta quelques-uns et dégagea la tête du criminel pour y apposer ses mains. Il sonda le corps du blessé et ressentit une légère commotion cérébrale. Alors qu'il allait s'atteler à sa tâche, Ghost apparut au-dessus de lui, le faisant sursauter. Elle observait les livres et magazines autour de l'homme en question et, un air intrigué peint sur le visage, lui demanda :

— Ils auraient pas le numéro de « Salle de bain et Méditation » du mois dernier ? Je l'ai raté.

John secoua sa tête et se concentra sur son potentiel actif de soin pour corriger la légère lésion infligée par la commotion. Cette opération nécessitait plus de précision que de réelle puissance dans ce pouvoir, ce qui correspondait parfaitement à ses attributs dans cette pratique, si bien qu'il termina sa tâche assez vite. Il dégagea ensuite soigneusement les bras du kidnappeur et les attacha devant lui avec une paire de menottes incapacitantes.

Shield enjamba son patient et vint s'accroupir aux côtés d'un homme d'âge mûr, aux tempes grisonnantes, habillé de façon fort peu seyante. Il palpa légèrement l'endroit où Ghost avait cogné sur sa tête avec sa matraque, mais ne diagnostiqua rien de grave. Il demanda à ce qu'on le menotte à son tour et se rapprocha du suivant.

Le criminel effondré face contre terre devant le canapé s'était brisé le poignet sur son bouclier lors de l'affrontement. Le capitaine en second de l'équipe Alpha prit l'articulation injuriée en main et replaça délicatement les os en remerciant le fait que Loki avait assommé l'homme assez fort pour qu'il ne soit pas réveillé par l'opération. Ensuite, il exerça une poussée à l'aide de son pouvoir de façon à suffisamment ressouder les os pour lui permettre d'enfiler les menottes. Cette opération avait été plus exigeante que la précédente en termes de puissance. Il se releva, éreinté et, en se dirigeant vers les toilettes, croisa son frère qui lui annonça :

— John, j'ai terminé de les scanner. À part celui dont tu as commencé à guérir le poignet, rien de cassé, et pas d'hémorragie interne à première vue, ou alors rien qui ne pourra attendre.

— Merci, frérot, lui répondit Shield en continuant sa route.

Le second de l'équipe Alpha écarta quelques morceaux de porte à proximité du corps inconscient qui se trouvait assis sur les toilettes dans une position grotesque. Une fois l'accès dégagé, Shield évalua l'état de santé du jeune homme qu'il avait devant lui. Puisqu'il ne percevait rien de grave, il s'en retourna auprès de son capitaine pour lui faire son rapport.

Du coin de l'œil, il aperçut Ghost cheminer vers les toilettes, une paire de menottes incapacitante entre les mains.

Vesta entra par la fenêtre et, en suspension au-dessus du sol pour ne pas marcher sur les débris de verre, annonça d'un air joyeux :

— Aucun n'a essayé de sauter par la fenêtre cette fois ! C'est une amélioration remarquable !

Elle chercha Mastoc du regard, celui-ci s'était retourné pour lui adresser un sourire. Sourire qu'elle lui rendit avant de se rapprocher de Loki en lévitant pour lui demander :

— Tu veux que j'aille chercher un transport de prisonnier par la voie des airs, chef ? Ou on peut réutiliser nos communicateurs ?

— Utilise ton communicateur, je vois mal comment les autres pourraient utiliser cette information pour s'enfuir.

— Très bien chef.

Elle porta alors la main à son oreillette et annonça d'une voix claire :

— Vesta à central… On a besoin d'un transport de type cinq dans le Secteur 2, au pied du gratte-ciel John Johnson sur la trois-cent-trente-deuxième.

Une dizaine de minutes plus tard, alors que l'équipe Alpha avait descendu ses quatre prisonniers au pied de l'immeuble, une fourgonnette blindée grise ornée du sigle GUT sur les côtés arriva.

Le passager, un homme dans le milieu de la trentaine, au visage et au corps fin, habillé d'une combinaison grise du GUT, ouvrit sa portière et sortit du van. L'agent convoyeur se déplaça le long du véhicule, le taser accroché à sa ceinture martelant sa hanche, et hocha de la tête à l'attention des membres de l'équipe d'élite. Ces derniers répondirent à son salut discret et, alors que l'homme se dirigeait toujours vers les portes arrière, Mastoc lança :

— Tiens ! Salut, Éric, comment vont Marine et Lucas ?

— Ronald ! Tu devrais venir les voir, ils ont tellement grandi depuis la dernière fois que tu es venu boire un verre à la maison. C'est marrant, ils ont demandé après toi pas plus tard qu'hier ! déclara l'agent du GUT avec un sourire empli de fierté.

— Pourquoi pas ! répondit Mastoc en jetant un regard furtif à Vesta.

Kelly sourit en coin et hocha discrètement la tête à son attention.

Éric avait fini d'ouvrir les portes à l'arrière du fourgon et commençait à charrier un des prisonniers, aidé de Mastoc, tandis que Vesta et Shield se saisissaient d'un autre par les épaules. Très vite, les quatre malfaiteurs furent attachés en position assise sur un banc, sanglés aux parois du véhicule.

Loki fit signe à Sniper et à son frère de monter avec les individus interpellés. Tout en s'exécutant, Shield se tourna vers Mastoc.

— Tu peux prendre notre voiture s'il te plaît ? demanda-t-il en lui lançant un trousseau de clefs.

— Pas de soucis ! répondit Ronald en les attrapant au vol dans sa grosse main.

Les deux frères, membres de l'équipe Alpha, s'installèrent au fond du compartiment blindé sur un banc soudé au sol et aux parois. Éric ferma les portes à double tour et se retourna pour demander à Loki :

— Vous me couvrez jusqu'au bouclage ou jusqu'au GUT ?

— On te couvre jusqu'au GUT. L'équipe Gamma et l'équipe Trident s'occuperont des derniers, répondit Loki sur un ton égal.

— Très bien, je vous laisse mettre l'escorte en place et on est partis !

Mastoc, Vesta, Ghost et Loki s'éloignèrent pour retrouver leurs véhicules garés un bloc plus loin, là où ils les avaient laissés.

Loki constata que Mastoc avait réduit légèrement sa carrure avant d'entrer dans la voiture de Shield, ce qui le fit sourire. Vesta monta dans son véhicule à son tour et Ghost apparut aux yeux de Loki alors que ce dernier se rapprochait de son hoverbike.

— Je peux venir avec toi ? On aura pas trop de deux paires d'yeux dans le ciel pour escorter le convoi.

Loki préféra ne pas lui faire remarquer qu'elle aurait pu prendre la voiture à la place de Vesta pour la laisser utiliser son potentiel actif de vol.

— Bien sûr, grimpe derrière moi, lui répondit-il en enfourchant l'engin volant.

Il enfila l'un de ses gants et démarra le moteur. L'hoverbike rugit. Ghost se plaça derrière son capitaine et, alors que les deux voitures de leurs coéquipiers prenaient déjà la route pour escorter le convoi de prisonniers, Loki mit les gaz et propulsa son aéronef dans le ciel. Surprise, Évangéline s'accrocha en urgence à son collègue, ce qui fit naître un sourire narquois sur le visage d'Enri.

Il ajusta sa trajectoire, rejoignit le fourgon et se plaça en vol stationnaire, quinze mètres au-dessus de ce dernier, jusqu'à ce que le convoi prenne la route.

∴

À l'intérieur du fourgon, Sniper se concentrait sur les alentours. Son potentiel actif était plus difficile à utiliser en mouvement, surtout lorsqu'il ne contrôlait pas lui-même ses déplacements. Son estomac risquait d'en payer le prix.

Il balaya machinalement les environs, mais ne remarqua rien de notable : un couple qui avait l'air de se disputer au troisième étage d'un bâtiment plus loin, une grand-mère en train de traverser la rue un tout petit pas après l'autre.

Sur le ton de la rigolade, il annonça dans son communicateur :

— Attention, une vieille dame traverse cinq rues plus loin, elle risque de ne pas avoir terminé d'ici à ce qu'on atteigne le passage piéton.

— Hahaha t'es con, gamin ! lui répondit Mastoc hilare.

— D'ailleurs, je l'ai pas dit jusqu'à maintenant, mais on devrait faire une pétition pour que dorénavant, toutes les victimes de crime aient le pouvoir de mémoire parfaite, c'est tellement plus simple comme ça ! continua Sniper sur sa lancée.

— Moi je la signerai ta pétition, mon chou, répondit Vesta.

— On se concentre, équipe Alpha, on n'est pas encore rentrés, coupa Loki d'un ton cassant.

Sniper s'accrocha à nouveau à son estomac et reprit son observation. Ils avaient maintenant dépassé le barrage instauré par la police du deuxième Secteur et se dirigeaient vers le quartier général du GUT. Sniper, qui s'ennuyait fermement, craqua et laissa libre cours à sa curiosité. Il tourna son regard vers les souterrains de la zone bouclée qu'ils venaient de quitter et en étudia les égouts pendant plusieurs minutes.

La vue écœurante des eaux usées de la ville-continent n'arrangea en rien ses tracas gastriques, mais il continua jusqu'à ce que, tout à coup, il aperçoive quelque chose d'étrange. Une brume presque solide se déplaçait rapidement, comme si un mégot de cigarette avait brûlé une petite partie de son champ de vision. Une violente migraine l'assaillit et il secoua la tête pour la faire passer. Il récupéra ses esprits et, par acquit de conscience, laissa momentanément ce mystère de côté pour reprendre sa mission de surveillance, mais à peine avait-il réactivé son pouvoir qu'il remarqua un missile de type sol-sol sur le point de percuter le transport de prisonnier.

Ce qu'il cria dans son communicateur ne parvint jamais jusqu'à ses coéquipiers tant la déflagration fut violente, couvrant toute parole qu'il aurait pu prononcer. Du coin de l'œil, il aperçut son frère dresser un bouclier par réflexe lors de l'impact. Le monde autour d'eux tournoyait tandis que le fourgon était projeté dans les airs. Sniper sentit son crâne heurter violemment quelque chose et sombra dans l'inconscience.

∴

Loki n'aperçut que trop tard le missile tiré sur le transport à partir d'une des fenêtres d'un immeuble en face. Le souffle de l'explosion projeta le fourgon dans les airs et détourna de leurs trajectoires les véhicules de Mastoc et Vesta. Celui de tête, conduit par la pyrokinésiste de l'équipe Alpha se planta dans un lampadaire avec une grande violence, faisant voler en éclat les fenêtres et le pare-brise de la voiture.

L'automobile du colosse du GUT grimpa sur le trottoir et se retourna sur le toit sous l'impulsion.

Concentré sur ses coéquipiers au sol, Enri ne remarqua l'approche d'un deuxième missile que grâce à Ghost qui lui criait dans l'oreille, ne réussissant à couvrir que partiellement le fracas des moteurs de son hoverbike.

Clignant des yeux, il tourna la tête vers l'engin explosif et entama une manœuvre d'esquive en se penchant sur la gauche tout en mettant les gaz de son poignet droit. Dans le même temps, il lâcha son autre manette pour projeter une boule de feu sur l'objet volant qui se dirigeait vers lui et son ex-compagne. Le projectile pyrokinésique d'une rare intensité, d'une couleur rouge tirant vers le bleu, enveloppa la roquette et provoqua sa détonation de façon prématurée. Le souffle de l'explosion fit perdre à Loki le contrôle de son engin, et l'hoverbike tournoya sur lui-même en tombant vers le sol. Derrière lui, il sentit Ghost se préparer à sauter du véhicule avant l'impact. Il ferma les yeux, se concentra sur sa maîtrise de la terre et remodela l'avenue qu'ils venaient de survoler pour accueillir au mieux leur chute, puis, au dernier moment, il propulsa de ses deux mains une puissante onde télékinésique pour absorber le choc au maximum.

Loki vit Ghost s'élançer dans les airs et, tandis que l'hoverbike s'écrasait brutalement sur le bitume et continuait sa course sur une dizaine de mètres en projetant une cascade d'étincelles dans son sillage, il aperçut la jeune femme se réceptionner sur le sol en roulant avant qu'elle ne disparaisse, trop éloignée de lui pour qu'il puisse la voir.

La glissade terminée, il quitta sa monture mécanique encore fumante en boitillant. Il avait atterri une vingtaine de mètres devant la voiture de tête de leur convoi, toujours écrasée contre un réverbère, quasiment au pied de l'immeuble d'où les tirs étaient partis. Loki baissa les yeux et constata qu'un morceau de ferraille issu de son hoverbike s'était enfoncé dans sa cuisse droite entre deux plaques d'armure en polymère. Cela devrait attendre : un autre projectile s'élançait vers lui à toute vitesse, puis un autre et encore un autre. Il leva ses poings devant lui dans un geste imitant celui d'uppercuts et un mur de pierre se dressa pour intercepter chacun des engins explosifs, provoquant à chaque fois une déflagration assourdissante.

Il se dirigea péniblement vers la source des tirs qui s'était tarie. Après quelques pas seulement, il aperçut des éclats verdâtres illuminer certaines fenêtres de l'étage où les responsables se terraient et entendit Ghost dans son communicateur lui annoncer :

— J'ai éliminé l'artillerie, ils avaient encore de quoi nous pilonner un moment.

— Merci, Ghost, bien joué, répondit Loki.

Avant de pouvoir ajouter quoi que ce soit d'autre, il sentit de l'électricité statique crépiter tout autour de lui.

Sans réfléchir, il s'accroupit et s'enveloppa d'une couverture de bitume emprunté à la route autour de lui grâce à sa maîtrise de la terre. Un éclair s'écrasa violemment sur son bouclier minéral en faisant trembler toute la rue au passage.

Sachant pertinemment qu'un coup de tonnerre de cette intensité ne pourrait pas être reproduit tout de suite, il repoussa sur le côté le bitume qui l'avait isolé de la foudre un instant plus tôt et se redressa. Il balaya les alentours du regard pour chercher le responsable. Le quartier semblait désert, mais, à l'angle de la rue derrière lui, il aperçut quelqu'un passer la tête pour regarder furtivement dans sa direction.

De l'électricité statique commença à nouveau à crépiter autour de lui, mais, cette fois, il choisit une stratégie différente et engloutit le responsable présumé dans un torrent de flammes. Les crépitements se calmèrent aussitôt et une torche humaine se précipita hors de la ruelle en hurlant peu de temps avant de s'écrouler, percutée à la tête par une portière de voiture projetée sur lui.

Mastoc venait de finir de s'extraire de son véhicule et se massait l'épaule suite à son jet de portière. Puis, avisant la blessure de son chef, il se dirigea vers lui à une vitesse surprenante pour lui porter assistance.

Loki l'interrompit d'un geste de la main.

— Ça va aller, déclara-t-il. Va vérifier que Vesta n'a rien, ensuite aide Ghost à sécuriser le périmètre. Je vais voir l'état du fourgon.

— Ok, répondit Mastoc pensif en se précipitant l'air anxieux vers la voiture de Vesta.

Le capitaine de l'équipe Alpha franchit la distance qui le séparait du fourgon blindé renversé sur le toit, sa jambe droite toujours raide, et constata que l'arrière du véhicule était éventré.

Inquiet, il écarta les deux panneaux de métal défoncés.

Une forte odeur d'essence lui emplit les narines tandis qu'il parcourait l'intérieur du fourgon du regard. La pénombre, à peine perturbée par les quelques rayons de soleil qui pénétraient par l'entrée, lui révéla malgré tout que deux des prisonniers s'étaient échappés. Il grimpa dans le transporteur et chercha ses deux coéquipiers ; au fond, Sniper était étendu, inconscient, du sang maculant son visage, et Shield, à ses côtés, toussotait, se redressant à peine, un œil tuméfié.

Loki sortit aussitôt, fit signe à Mastoc de le rejoindre d'un geste de la main et annonça dans son communicateur :

— Équipe Alpha à QG, on vient d'essuyer une embuscade sur le trajet de retour, deux évasions, diffusion d'un ordre d'appréhension des évadés à toutes les unités présentes dans la zone.

∴

Sniper ouvrit les yeux difficilement. Son potentiel actif lui révéla son frère penché au-dessus de lui, les mains apposées sur son torse. Le transport était retourné sur le toit. Essayer de regarder au-delà éveilla à l'arrière de son crâne une douleur violente qui lui provoqua un haut-le-cœur.

La voix de Shield, lointaine, lui intimait de se calmer et de se détendre, ce qu'il fit. Une douce chaleur se répandait dans son corps, signe que son frère était en train de s'occuper de ses blessures. Entre deux exhortations de John à rester éveillé et à se calmer, il entendit, dans son communicateur, Loki demander des renforts, et ces derniers y répondre :

— … renforts aériens requis, bouclage de la zone, services d'urgence de soin nécessaires.

— Ambulance en chemin, répondit une première voix une quinzaine de secondes plus tard.

— Capitaine Martin, douzième commissariat Secteur 2, bouclage en cours.

— Unité 3, douzième commissariat Secteur 2, au point de rendez-vous.

— Unité 15, douzième commissariat Secteur 2, en chemin.

— Unité 5, douzième commissariat Secteur 2, en chemin.

— Unité 3, huitième commissariat Secteur 2, en chemin.

— Unité 2, douzième commissariat Secteur 2, en chemin.

— Doug Frazière, Vigilant Secteur 11, en chemin.

∴

Doug était en train de patrouiller dans la zone de bouclage autour de l'école dans laquelle la tentative d'enlèvement du sénateur avait eu lieu quand il reçut la demande de support aérien de l'équipe Alpha.

Durant plusieurs heures déjà, il avait mis deux de ses potentiels actifs au service de la recherche des derniers fuyards, sans succès. C'est pourquoi il sauta sur l'occasion présentée par l'équipe d'élite du GUT. Il contourna un gratte-ciel et s'élança à pleine vitesse vers l'endroit indiqué, ses grandes ailes de feu laissant une traînée derrière lui.

Volant en ligne droite au-dessus d'une large avenue dégagée, il put se concentrer sur sa deuxième capacité. Celle-ci était catégorisé comme un « potentiel actif de sixième sens ». Le possesseur de ce genre de pouvoir était à même de ressentir la présence de certains types d'individus, objets ou événements dans un rayon autour de lui d'une taille variant d'un potentiel à l'autre. Certains de ces pouvoirs permettaient, entre autres, de percevoir l'utilisation de potentiels actifs, la présence d'animaux ou encore le décès d'un être vivant. Dans le cas de Doug, son pouvoir lui octroyait la capacité de localiser les individus blessés se trouvant à moins de deux-cents mètres de lui. Les utilisateurs de tels potentiels actifs étaient appelés familièrement des « traqueurs ».

Deux personnes, blessées récemment, avec probablement de nombreuses ecchymoses, devraient sûrement sortir du lot pour lui.

Après plusieurs années dans la police, et particulièrement durant son service chez les Vigilants, il avait appris à aiguiser son sens pour lui permettre de repérer des profils de gens blessés. Il chercha des individus correspondant dans les environs. Après avoir ressenti des personnes qui remplissaient ses critères, il ralentit et amorça un vol circulaire autour d'un bloc d'immeuble pour affiner la localisation. Une fois sûr de la direction exacte, il prit de la hauteur et s'y élança. Il se stabilisa à l'aplomb de ses cibles, dégagea son fusil de précision incapacitant accroché à sa cuisse et scruta la rue au-dessous de lui à travers la lunette équipée sur son arme.

Un couple de jeunes gens assis par terre, visiblement malmenés il y a peu, était entouré par plusieurs personnes qui semblaient leur proposer de l'aide. Regardant plus attentivement, il remarqua que le couple pointait leurs doigts plus loin vers le nord de façon fréquente.

Il annonça dans son communicateur :

— Besoin d'une ambulance pour deux passants pris à partie dans l'avenue des Fondateurs.

Il changea ensuite de canal et continua :

— Doug Frazière à leader Alpha, vos évadés ont l'air de se diriger vers le nord, sur l'avenue des Fondateurs, je poursuis ma traque.

— Ghost et Mastoc, allez-y. Vigilant, vous avez l'autorisation de les assister, répondit la voix autoritaire du capitaine de l'équipe Alpha.

Toujours en suspension dans le ciel, ses grandes ailes de feu battant à un rythme régulier, il se concentra une fois encore sur son don de traque dans le but de percevoir des cibles potentielles dans la direction indiquée et trouva tout de suite ce qu'il cherchait. Son fusil en main, il se propulsa vers le nord d'un grand battement d'ailes et, dans le même temps, il prévint l'équipe Alpha de la position des fugitifs.

Très vite, il remarqua un groupe de huit individus. Deux d'entre eux, vraisemblablement blessés de façon importante, s'appuyaient chacun sur un de leur camarade pour marcher, tandis que les quatre derniers gravitaient autour d'eux à la manière de gardes du corps.

Doug se posa plus loin et, gardant en visuel la petite troupe, prévint l'équipe Alpha :

— Je les ai trouvés. Huit individus avancent à allure réduite, ils sont presque au croisement de l'avenue du septième jour.

— Très bien, gamin, on arrive dans très peu de temps. S'ils prennent la peine de s'attaquer à nous pour sauver ces deux-là, c'est qu'ils doivent être importants. Neutralise-les pendant que Ghost et moi on dessoude les baltringues qui nous ont embusqués, répondit Mastoc, la voix dure.

Doug se jeta alors dans le vide et, un instant plus tard, déploya ses grandes ailes de feu pour planer doucement vers ses cibles. Du coin de l'œil, il aperçut une silhouette avancer à vive allure dans le dos du groupe, cette dernière s'épaississait à vue d'œil, gagnant en masse musculaire. Doug observait ce phénomène inhabituel lorsqu'il entendit dans son communicateur :

— On est là, gamin. C'est parti !

Le jeune Vigilant atterrit alors sur un balcon proche en faisant disparaître ses ailes et arma son fusil. La silhouette massive venait de déraciner un panneau de stop, en avait retiré l'octogone et lançait le large poteau de signalisation sur le groupe à la manière d'un javelot. L'arme de jet improvisée, projetée d'une quinzaine de mètres, atteignit l'un des fugitifs entre les omoplates, mais, à la surprise de Doug, elle ressortit par son torse et alla finir sa course, plantée dans le dos d'un deuxième.

Quittant des yeux Mastoc l'espace d'une seconde, il ajusta son tir, visant l'un des deux évadés, et pressa la détente. Son ogive électrifiante se planta dans le cou de sa cible qui s'écroula au sol en lâchant un bref cri de douleur.

Doug éjecta l'étui qui avait propulsé l'ogive, inséra un nouveau projectile dans son fusil et l'arma. Dans la rue, des tirs de plasma qui semblaient venir de nulle part liquéfiaient les criminels, tandis que le colosse de l'équipe Alpha, en plein dans la mêlée, explosait la cage thoracique d'un de ses opposants d'un coup de poing et se jetait sur un autre.

Le jeune Vigilant se concentra à nouveau sur sa tâche et trouva sa cible suivante quelques mètres plus loin en train d'essayer de prendre la tangente. Il ajusta sa visée et tira. L'homme s'immobilisa, tétanisé, et tomba en avant, sa face heurtant violemment le trottoir.

Il regarda la scène plus bas à travers sa lunette, Mastoc parlait tranquillement avec quelqu'un que Doug n'apercevait pas, sûrement la célèbre Ghost, tout en menottant l'un des deux évadés. Tous les ennemis gisaient au sol.

Le Vigilant se baissa pour récupérer l'étui à ses pieds et éjecta celui qui se trouvait dans son arme pour les mettre dans sa poche, puis, après avoir rechargé son fusil et l'avoir raccroché le long de sa cuisse, il sauta du balcon en déployant ses ailes.

Il plana jusqu'à la scène de combat et atterrit à quelques pas de Mastoc. Slalomant entre les corps étendus sur le sol, il alla à la rencontre du colosse, la main tendue en avant. Tandis que l'imposant membre de l'équipe Alpha s'avançait également vers lui pour le saluer, les muscles de celui-ci s'affinèrent jusqu'à reprendre des proportions humainement acceptables. Ghost apparut de nulle part à quelques pas de lui, faisant sursauter Doug. Le sourire de Mastoc s'élargit alors et il dit au jeune homme en lui serrant vigoureusement la main :

— Hahaha, moi aussi ça m'fait encore cet effet alors que j'la connais depuis un moment maintenant ! Jolis tirs ! Ça aurait été dommage que j'aie à les amocher. La plupart du temps ils n'sont plus capables de parler avant des jours ! s'exclama le colosse avant de rire grassement.

Mastoc lui rendit sa main et Ghost vint la lui serrer à son tour en le remerciant :

— Merci pour l'assistance, Vigilant. Je suis Évangéline Wallas, mais tout le monde m'appelle Ghost. C'était effectivement de très jolis tirs… Tu n'as jamais voulu postuler au GUT ? Tu as l'air d'avoir ce qu'il faut pour.

— Merci pour la proposition, mais je suis bien parmi les Vigilants, répondit-il, empli de fierté par sa position dans la force fondée par IceAngel, le premier rang 5 du continent.

S'écartant, il prit une seconde pour observer la jeune femme avant qu'elle ne disparaisse à nouveau. Plutôt fine et petite, la « Fantôme » de l'équipe Alpha n'en avait pas l'air moins redoutable. Là où Mastoc semblait fait de force brute et grossière, elle paraissait aussi agile et mortelle qu'une vipère.

Il scruta les environs pour repérer les deux cibles qu'il avait touchées avec ses ogives paralysantes. L'un des deux ayant déjà été entravé par le colosse, il se dirigea vers le second, sortit une paire de menottes incapacitantes et demanda sur un ton innocent :

— Donc il n'y a que vous deux de l'équipe Alpha ? Ou bien les autres vont nous rejoindre ?

La voix de Ghost venue de nulle part lui répondit, l'air amère :

— Pourquoi ? Déçu ?

Interloqué par cette réponse cassante, il n'osa pas réagir et s'accroupit à côté du criminel qu'il voulait menotter. Alors qu'il s'attelait à sa tâche, Mastoc s'adressa à sa coéquipière :

— Ghost, sois pas dure avec le garçon, c'est normal d'avoir envie d'rencontrer le grand chef, c'est lui la superstar de notre équipe.

Un grommellement se fit entendre en réaction et Mastoc ajouta à l'attention de Doug :

— Normalement, le boss devrait nous rejoindre sous peu. D'habitude, il plie quasiment tout ça tout seul, en nous en laissant un peu pour pas qu'on se sente trop inutile, mais cette fois il a été retenu derrière.

Un autre grommellement retentit depuis le même endroit que le précédent tandis qu'un sourire malicieux se dessinait sur le visage du colosse.

Le Vigilant se concentra à nouveau sur ses activités : il menotta l'homme au sol devant lui, prit son pouls, tira sur son ogive d'un coup sec pour la déloger du dos de son prisonnier et la plaça délicatement à sa ceinture.

Il réitéra l'opération avec sa deuxième cible et, alors qu'il allait déployer ses ailes pour laisser l'équipe Alpha et le GUT prendre le relais, son communicateur s'activa :

— Shield et Loki en approche de la zone. Vigilant Frazière, vous êtes toujours sur les lieux ? demanda la voix de Loki.

— Oui, Capitaine, répondit Doug dans son communicateur.

— Très bien, notre équipe a perdu toutes ses options de soutien aérien. Par conséquent, je me suis arrangé avec votre officier supérieur pour que vous nous assistiez jusqu'aux locaux du GUT, continua Loki.

— Entendu, répondit Doug de façon enthousiaste.

Plus loin Mastoc triait leurs ennemis : les prisonniers indemnes – ou presque – d'un côté, les blessés qui avaient besoin d'attention médicale au milieu et les morts de l'autre côté. L'individu avec le poteau dépassant de chaque côté de sa poitrine fut étonnement placé du côté des vivants. Doug s'approcha, curieux, et constata qu'en effet l'individu respirait et qu'aucun fluide vital ne s'écoulait. La plaie semblait s'être reformée tout autour du javelot improvisé.

Ça va piquer quand ils vont lui retirer, pensa le jeune Vigilant avec empathie.

Très vite, des ambulances arrivèrent, accompagnées d'une pléthore de véhicules du GUT et de police ; Doug compta une douzaine de voitures et fourgons des deux entités confondues.

Comme un ballet savamment orchestré, les équipes médicales prirent en charge les blessés et les morts, vérifiant l'état de santé des vivants et confirmant que les cadavres ne risquaient pas de se réveiller. Les brancardiers succédèrent aux médecins, déplaçant les blessés dans les ambulances qui partaient aussitôt chargées, chacune d'entre elles escortée par deux véhicules du GUT. Puis, les corps sans vie furent habillés de housses mortuaires et disposés dans un des fourgons du groupe d'intervention.

Très vite, il ne resta plus que quelques agents du GUT qui accompagnèrent les deux prisonniers neutralisés par Doug dans un transport blindé. Devant celui-ci, deux hommes en armures couvertes d'éraflures et à la posture martiale discutaient avec Mastoc. Le jeune Vigilant reconnut Loki et Shield. Le leader de l'équipe Alpha se tenait bien droit, les bras croisés dans le dos malgré ce qui ressemblait à une blessure handicapante à la cuisse et Shield, son second, paraissait éreinté, le visage couvert de bleus et d'entailles, mais, en dépit de cela, il semblait concentré.

Doug se rapprocha timidement de l'équipe d'élite et, ce faisant, découvrit Ghost à leur côté en train de participer à leur conversation :

— … et combien de temps ils ont dit qu'ils allaient les garder en observation ? demanda la jeune femme.

— Normalement jusqu'à demain. Ils avaient l'air optimistes, répondit Loki, soutenu par un hochement de la tête de Shield.

— Et Éric ? demanda Mastoc, l'air inquiet.

Loki marqua une pause et annonça :

— Ils… ne savent pas. Lui et son collègue étaient dans un triste état…

— Merde… lâcha le colosse.

À ce moment-là, Mastoc remarqua enfin l'arrivée de Doug et se tourna vers lui pour l'introduire auprès de Loki et Shield :

— Ah, te voilà ! Je te présente officiellement Loki et Shield, capitaine et capitaine en second de l'équipe Alpha ! Les gars, voici le Vigilant Frazière.

Hochant la tête à leur attention, Doug les salua à la manière des Vigilants : poing sur le torse en déployant ses ailes de feu puis les rétractant.

— Très honoré, déclara-t-il ensuite.

Ronald sourit largement et dit :

— Le jeune a du style, on peut pas lui enlever ça !

— Si Vesta voit ça, elle va cramer tous les bureaux en essayant de les reproduire ! continua Loki, un sourire en coin.

Ghost et Mastoc rigolèrent franchement à la remarque de leur capitaine tandis que Shield souriait en donnant à Doug une tape amicale sur l'épaule.

Un instant après, quatre agents du GUT vinrent les rejoindre et leur annoncèrent que le transport de prisonniers était prêt à partir pour le siège du GUT. Chacun rejoignit alors son véhicule et Loki déclara :

— Allez, en avant ! Soyez alerte, ce n'est pas parce qu'ils nous ont embusqués une fois aujourd'hui qu'ils ne vont pas tenter autre chose…

Tout le monde embarqua, excepté Doug qui déploya ses ailes flamboyantes et s'élança dans les airs. Depuis ses treize ans et la découverte de son premier potentiel actif, il ne s'était jamais senti aussi libre que lorsqu'il virevoltait dans les cieux. Exalté par cette sensation grisante, il effectua un tour des blocs d'immeubles environnants avant de revenir au-dessus du convoi. Le trajet se passa sans anicroche et ils arrivèrent deux heures plus tard au siège du GUT dans le deuxième Secteur d'Antar. Il vit les voitures se diriger vers le parking arrière et entendit Loki lui préciser la suite des opérations dans son communicateur :

— Vigilant Frazière, vous pouvez vous poser sur l'héliport et nous rejoindre au quarante-quatrième étage pour le debrief.

— Entendu.

Doug décrivit des cercles au-dessus du sommet de la grande tour du GUT pour s'annoncer. De cette façon, il s'assurait de ne pas prendre le dispositif de défense par surprise et évitait d'être confondu avec un élément hostile. Ensuite, il plana doucement jusqu'au centre de l'héliport où il se posa délicatement en repliant ses ailes dans le même mouvement, le crépitement des flammes s'évaporant avec elles.

Plus loin, deux sentinelles se tenaient devant la porte de l'ascenseur. À son approche, le garde de droite, un grand bonhomme aux cheveux noirs coiffés en brosse, tourna la tête et mit la main à son oreillette. Le deuxième, un chauve aux larges épaules et à la mine renfrognée, s'avança vers lui, une main à sa hanche posée sur son arme de service, l'autre brandie devant lui, paume en avant pour lui faire signe de rester où il était. Doug s'arrêta et le garde lui demanda son identification.

L'agent Frazière lui présenta sa plaque de Vigilant – un bouclier d'argent doté de deux ailes dorées – et attendit patiemment. Le garde se saisit de son insigne et l'inspecta. Se retournant brièvement, il annonça à son compère que « Le Vigilant Frazière » était arrivé. Ce dernier hocha la tête en guise de réponse et le garde aux larges épaules rendit son badge au jeune Vigilant en lui disant qu'il pouvait entrer.

L'ascenseur s'ouvrit sur une agent du GUT aux longs cheveux blonds coiffés en tresse qui fit signe à Doug de la rejoindre.

Ils arrivèrent en un clin d'œil au quarante-quatrième étage et la jeune femme lui intima de la suivre. Doug avança donc dans les grands couloirs immaculés du siège du GUT. Lors de son transfert de la police régulière vers les Vigilants, il avait eu l'impression de changer de monde, tant les moyens des deux services différaient, mais là, on touchait encore un tout autre niveau.

Ils passèrent devant une salle d'attente et longèrent plusieurs couloirs jusqu'à arriver dans un grand espace de bureaux ouverts où il retrouva Loki et Shield en train de discuter avec Mastoc et d'autres membres du GUT qu'il ne connaissait pas. Lorsqu'Enri remarqua Doug et son accompagnatrice approcher, il lui fit signe de les rejoindre et remercia l'agent :

— Merci, je prends en charge notre invité à partir de là.

— Très bien, Capitaine, répondit-elle avant de tourner les talons.

Loki s'avança alors en boitant légèrement vers le jeune Vigilant, suivi de Mastoc et de Shield dont les blessures au visage avaient été soignées. Le chef de l'équipe Alpha engagea la conversation :

— Vigilant Frazière, nous vous attendions pour commencer l'interrogatoire, après tout, c'est votre prisonnier.

— Merci, Capitaine, répondit Doug qui savait pertinemment que le détenu relevait de la responsabilité du GUT et que Loki n'avait dit cela que par courtoisie professionnelle.

— Suivez-moi, enchaîna Loki.

Doug emboîta le pas à l'équipe Alpha jusqu'à la salle d'interrogatoire. À l'intérieur, la pièce était séparée en deux par une épaisse vitre blindée derrière laquelle se trouvait un espace avec un petit bureau et deux chaises. Sur l'une d'elles se tenait assis le criminel aux cheveux noirs plaqués en arrière, les mains attachées dans le dos à l'aide de menottes incapacitantes.

Mastoc et Shield se dirigèrent naturellement vers ce qui semblait être leurs places de prédilection dans ce genre de situation : Ronald proche de la vitre, une épaule contre le mur, et John en retrait. Loki entra à la suite de Doug et ferma la porte derrière lui.

Le capitaine de l'équipe Alpha lança un regard interrogatif et hocha de la tête à l'attention de Mastoc qui était à côté de l'interrupteur de l'interphone. Celui-ci lui annonça :

— Les communications sont coupées, chef.

— Très bien, donc… Ce que l'on sait jusque-là, c'est que cet homme s'appelle Olwin Williams. Il a quarante-trois ans et il était, jusqu'il y a cinq ans, chirurgien à la clinique centrale du Secteur 4. On attend notre télépathe qui devrait arriver sous peu, expliqua Loki.

— Enfin, on attend un autre télépathe, taquina Mastoc en mettant l'emphase sur « un autre ».

Doug réfléchit un instant à cette remarque et se souvint que Loki possédait un potentiel actif de télépathie. Curieux, il lui demanda donc :

— Mais, Capitaine… vous êtes télépathe aussi non ? À moins que ma mémoire ne me joue des tours…

Doug laissa sa phrase en suspens.

— Eh bien, c'est… vrai, reconnut son interlocuteur, mais de mes cinq capacités, c'est celle qui m'a toujours donné le plus de mal à maîtriser. Je ne sais pas si c'est parce que mes autres pouvoirs sont principalement élémentaires ou physiques. Il y a plusieurs hypothèses. Déjà, ma capacité de télépathie est uniquement utilisable par contact et, jusque-là, je ne suis arrivé à l'utiliser que sur les gens que je connais bien.

— Mais, ce n'est pas déjà le cas pour tous les télépathes ? L'un des télépathes qui collaborent avec les Vigilants m'a parlé des profils psychologiques qu'ils utilisent pour lire plus facilement les pensées, répliqua Doug.

— Les cartes psychologiques permettent de mieux naviguer dans les pensées et les souvenirs des gens. C'est comme savoir comment est fait un labyrinthe, ça ne veut pas dire qu'on y trouvera ce qu'on veut, mais au moins on en connaîtra les différents chemins. Non… Moi si je ne connais pas la personne intimement, c'est comme si je regardais une télévision éteinte.

— Ça ne laisse pas beaucoup de sujets pour entraîner votre potentiel actif effectivement, répondit Doug distraitement.

De l'autre côté de la vitre, un homme d'un âge avancé en uniforme du GUT et arborant une longue crinière grise pénétra dans la pièce où se trouvait le prévenu.

Mastoc qui regardait le télépathe entrer fronça un sourcil suite à la dernière remarque de Doug.

Doug n'avait pas pensé au double sens potentiel de sa remarque et, se reprenant vite, il ajouta :

— Je veux dire par là que nos proches ne sont pas forcément des gens que l'on veut utiliser comme cobayes…

Loki sembla se détendre après la correction de Doug.

— C'est ça… lâcha le capitaine de l'équipe Alpha de manière pensive.

De l'autre côté de la vitre, le télépathe avait pris les tempes du captif entre ses mains. Shield commenta :

— Aurel, ici présent, est aussi un télépathe par contact, mais c'est un véritable orfèvre des pensées. Pour lui, simplement connaître l'état d'esprit de la personne en face de lui au moment où il s'y connecte lui permet de remonter les pensées de son sujet comme s'il tirait sur un filet de pêche.

De l'autre côté de la vitre, le suspect commençait à transpirer, les yeux clos, les paupières tremblantes, signe de sa lutte contre l'intrusion.

Tous les regards étaient tournés vers cet individu qui avait participé à la tentative d'enlèvement d'un des sénateurs les plus appréciés qu'ait connu le pays, et ceci, en plein milieu d'une école primaire.

Tout dans cet acte révoltait Doug, mais, malgré cela, lorsque le captif se mit à crier à gorge déployée, le jeune Vigilant ne put s'empêcher de ressentir une pointe d'empathie.

Le télépathe retira ses mains de son patient, laissé inconscient dans sa chaise, et rouvrit les yeux. Il se rapprocha ensuite de la vitre centrale, opaque de son côté, avant d'annoncer à l'attention de Doug et de l'équipe Alpha :

— Messieurs, je crois que nous avons ici un spécimen intéressant. Il apparaîtrait que cet homme aurait de grandes responsabilités dans le groupe d'action qui sévit contre notre nation.

Loki fit signe à Mastoc d'activer le micro et, une fois ce dernier ouvert, il répondit :

— Merci Aurel, je contacte tout de suite le directeur Lockhead.

Le capitaine de l'équipe Alpha quitta immédiatement la pièce, une main à son oreille sur son communicateur, tandis que Mastoc s'adressait à son tour au télépathe :

— Vous pouvez continuer à le cuisiner ou…

— Je crois que nous avons lui et moi besoin d'une petite pause, celui-là s'est bien battu.

Puis, le télépathe se dirigea lentement vers la sortie. Shield s'éclaircit soudainement la voix et annonça dans une intonation déterminée en frappant son poing dans sa main :

— On les tient, putain !

Mastoc regarda son capitaine en second avec un sourire en coin, probablement surpris, mais heureux de le voir exprimer sa joie de façon si expansive, et continua :

— C'est pour ça qu'ils sont venus aussi nombreux sur not' cul quand on l'a emmené la première fois.

Shield adressa un signe de la main à Mastoc et ils se dirigèrent vers la sortie à leur tour. Doug, qui ne voulait pas être laissé en arrière, suivit le mouvement.

Il marcha jusqu'à leur espace de travail où les bureaux étaient organisés en forme de « U ». Face à lui, le bureau central était occupé par le capitaine, encore en communication. À sa gauche, il y avait les bureaux de Mastoc puis celui de Ghost. Cette dernière apparut, pianotant sur son ordinateur, l'air concentrée. À sa droite, Shield passa devant deux bureaux inoccupés, sûrement ceux des membres de l'équipe en train de recevoir des soins, et prit sa place au bureau directement à la gauche de celui de Loki, en face de celui de Ghost.

Le capitaine de l'équipe Alpha termina enfin sa conversation et fit signe à Doug de s'installer à l'une des places libres.

— Asseyez-vous, ne vous inquiétez pas, Vesta ne vous en voudra pas, annonça-t-il en souriant.

Doug s'exécuta tandis que Shield, dont la sonnerie du communicateur se mettait à retentir, s'écartait pour prendre l'appel. L'agent Frazière réussit à saisir quelques mots avant que Shield ne soit trop éloigné et comprit qu'à l'autre bout du fil se trouvait l'hôpital où étaient traités Vesta et Sniper. Il détourna les yeux du capitaine en second et remarqua que Mastoc observait Shield partir avec une lueur d'inquiétude dans son regard. Loki reprit la parole à l'attention du jeune Vigilant :

— Vu la tournure que prend toute cette affaire, votre chef est en chemin pour s'assurer que nous ayons tous les moyens nécessaires.

— Le capitaine d'escouade Smithson ?

— Non, plus haut que ça, répondit Loki avec un sourire en coin.

— Commissaire Vigilant Dereck ? demanda Doug presque machinalement.

— Encore plus haut que ça, continua Loki.

Doug se figea, Ghost cessa de pianoter et se tourna vers Loki, un sourcil levé, et Mastoc arrêta de ronger ses cuticules.

— Gabriel Hunter, le directeur de la police va venir en personne s'assurer que toutes les ressources soient correctement mises à notre disposition, annonça Loki.

Ghost et Doug restèrent cois tandis que Mastoc lançait :

— Poooow ! Le grand IceAngel va venir dans nos locaux ! Comment est ma coiffure ? demanda le colosse en se passant la main dans les cheveux.

Doug était extatique, il allait rencontrer IceAngel en chair et en os, l'actuel chef de la police, le fondateur des Vigilants, le premier rang 5 du continent et un héros de la guerre civile de 226. Si certaines personnes préféraient idolâtrer les pop-stars ou les grands athlètes, Doug, lui, était inspiré par les guerriers, les survivants, modèles de résilience et de force, qualificatifs qu'IceAngel incarnait parfaitement.

Du coin de l'œil, l'agent Frazière remarqua le télépathe qui avait l'air de retourner dans la salle d'interrogatoire. Distrait, il manqua la question que lui posait Loki et lui demanda :

— De ? Quoi ? Excusez-moi, je n'ai pas saisi ce que vous venez de dire.

— Je vous demandais comment vous aviez fait pour retrouver ces cibles, vous avez été d'une efficacité particulièrement remarquable là-dehors. Et c'est sans compter ce qu'on m'a rapporté sur la précision de vos tirs incapacitants.

— Merci, Capitaine. Venant de vous, je suis flatté, répondit Doug tout en sentant le rouge lui monter au visage.

Il ne s'attendait sûrement pas à de telles louanges pour ce qu'il considérait tout juste comme un travail accompli correctement. Il expliqua néanmoins :

— Mon deuxième potentiel actif est de percevoir les blessures et souffrances physiques à de grandes distances.

— Ouh… ça n'a pas dû être facile lors de l'éclosion, dit Mastoc, le visage figé dans une expression imitant la douleur.

— Oui, ça a été une période difficile, jusqu'à ce que je puisse apprendre à le maîtriser un peu, répondit Doug.

— J'ai connu quelqu'un qui pouvait détecter l'utilisation de potentiels actifs proches, imaginez ce que ça a été lors de l'éclosion de ce potentiel actif, ressentir des activations toutes les secondes ou presque, ajouta Loki l'air un peu pensif.

— Ah oui… Ça a dû être compliqué, en effet, commenta Doug.

Loki se leva soudainement en claquant ses mains sur ses cuisses et annonça en se dirigeant vers la sortie du bureau :

— Allez, allons accueillir le directeur Hunter, il a dit qu'il arrivait de suite.

— Je vais rester finir mon rapport, répondit Ghost, à nouveau concentrée.

Mastoc et Doug se levèrent donc et suivirent Loki jusqu'à l'ascenseur.

Quelques minutes plus tard, ils se retrouvaient sur le toit de l'immeuble, à quelques mètres des deux gardes en faction devant l'ascenseur, sous un soleil hivernal déclinant.

Ils attendirent à quelques pas les uns des autres pendant une dizaine de minutes. Un éclat lumineux scintilla au loin, celui-ci se déplaçait à grande vitesse dans leur direction. Quelques instants plus tard, cet éclat vint s'écraser au centre de l'héliport, une apparition éblouissante qui dégageait autour d'elle une brume cristalline. Une silhouette en émergea : un homme à la carrure imposante, plus grand encore que Loki ou Shield, avec de larges ailes de lumière dans le dos. Il s'avança jusqu'au groupe hétéroclite qui l'attendait en bas des marches de l'héliport en laissant les filaments de lumières disparaître petit à petit derrière lui et s'approcha de Loki, sa main gantée tendue en avant.

— Capitaine Telvir, c'est un plaisir de vous rencontrer à nouveau. Comment allez-vous depuis notre dernière rencontre ? demanda Gabriel Hunter en serrant la main de Loki chaleureusement.

— Plaisir partagé, Directeur, je vais très bien, merci, répondit l'intéressé en hochant la tête.

Il était étrange de voir le capitaine de l'équipe Alpha être obligé de lever la tête pour regarder quelqu'un dans les yeux. Le contraste se révéla encore plus marquant lorsque l'imposant directeur de la police alla saluer Mastoc, d'ordinaire bien plus massif que les autres, mais qui, pour une fois, était à peine plus large d'épaules que son interlocuteur. Le chef de la police antarienne, surnommé IceAngel, portait bien ce pseudonyme : il possédait un potentiel actif de maîtrise de la glace tellement puissant qu'il avait un certain nombre d'effets secondaires sur l'apparence de ce dernier. En effet, ses mèches de cheveux, parfaitement blanches, étaient figées en stalagmites dressées vers l'arrière, le bleu de ses yeux n'avait rien d'une couleur naturelle et l'air autour de lui scintillait parfois à cause des minuscules cristaux de glace qui se formaient à intervalles réguliers à sa proximité.

Gabriel serra la main de Mastoc en disant simplement :

— Agent Aldrick, je présume ?

— C'est bien ça, M'sieur le Directeur, lui répondit Mastoc, les yeux écarquillés, toute malice l'ayant déserté.

IceAngel se tourna ensuite vers Doug et mit son poing sur son torse pour effectuer le salut des Vigilants. Doug fit de même et tous deux déployèrent leurs ailes en même temps, feu et lumière inondant leur proximité le temps d'un battement de cœur avant qu'ils ne les rétractent enfin.

Le fondateur des Vigilants avait reconnu l'un des siens et l'avait salué de la seule manière appropriée, ce qui remplissait Doug d'une fierté qu'il n'avait encore jamais ressentie jusque-là. Incapable de prendre la parole, il fut soulagé quand le chef de la police commença :

— Agent Frazière, vous faites honneur aux Vigilants aujourd'hui et quelque chose me dit que ce n'est pas la dernière fois que j'entendrai parler de vous.

— Merci, Monsieur le Directeur, répondit Doug encore ému.

Loki les invita à le suivre et se dirigea vers l'ascenseur. Le capitaine de l'équipe Alpha et Mastoc escortèrent ensuite Doug et IceAngel jusqu'à la salle d'interrogatoire dans laquelle, de l'autre côté de la vitre, Aurel était à nouveau en contact télépathique avec le captif.

Doug, encadré par deux des trois seuls rangs cinq du continent, orienta son attention sur l'interrogatoire. Le détenu geignait faiblement pendant que le télépathe lui tenait fermement les tempes, le visage serein. Tout le monde était concentré sur ce qui se passait de l'autre côté de la vitre, le silence était pesant, la tension, palpable.

Le calme de la pièce fut bientôt rompu par la porte qui s'ouvrit pour laisser entrer le directeur du GUT : Gil Lockhead. Ce dernier salua formellement tout le monde et, peu de temps après, Doug entendit les deux directeurs échanger des banalités sur les récentes réformes budgétaires de leurs services respectifs en patientant.

Mastoc se rapprocha de Doug et engagea la conversation avec lui sur un ton cordial. Il lui demanda comment cela se passait pour lui chez les Vigilants, puis, rejoints par Loki, ils discutèrent ensemble de sujets légers pendant plusieurs heures. L'attente commençait à traîner en longueur et les nouveaux sujets de conversation commençaient à se tarir.

L'agent Frazière savait que l'utilisation de la télépathie dans le cadre d'extorsion d'informations à un individu non consentant pouvait prendre des jours, voire des semaines, lorsque celle-ci ne se soldait pas tout simplement par un échec. Durant sa formation pour entrer dans les forces de l'ordre, Doug avait appris les différents cas dans lesquels le recours à ce genre de pratique était autorisé par la loi : trois cas seulement, et les formateurs avaient insisté sur le fait que cela pouvait prendre jusqu'à plusieurs jours pour percer les secrets les plus profonds de certains individus.

Alors que cette pensée lui traversait l'esprit, le jeune Vigilant fut surpris de voir le télépathe relâcher le crâne du prisonnier. Les conversations se turent, les occupants de la pièce se redressèrent et, dans un même mouvement, se tournèrent vers le miroir sans tain qui les séparait de l'interrogatoire télépathique. Aurel se déplaça d'un pas traînant jusqu'à la porte de son côté de la salle, sortit dans le couloir et vint les rejoindre quelques secondes plus tard. Le vieil homme aux traits tirés semblait à bout de force. Mastoc se saisit d'une chaise qui se trouvait dans le coin de la pièce et la porta auprès de l'agent senior pour qu'il puisse s'y reposer. Ce dernier le remercia distraitement et y prit place précautionneusement.

Levant la tête, il sembla seulement remarquer que toute l'attention était tournée vers lui et commença :

— Messieurs les directeurs, mes confrères agents, après quatre heures d'exploration mentale de l'individu, j'ai plusieurs éléments à vous partager. Tout d'abord, je voudrais mettre en avant que le sujet a une capacité de résistance à la télépathie très importante, il a une très forte volonté et une grande capacité de concentration, rendant mes dons difficiles à utiliser. J'imagine que sa formation de chirurgien est à l'origine de cet état de fait.

Le vieil agent du GUT marqua une pause pour laisser une ouverture à d'éventuelles questions, puis, comme personne ne prenait la parole, il continua :

— L'individu a tout d'abord été contacté sur son lieu de travail il y a une dizaine d'années pour ses accès aux bases de données de l'hôpital afin d'investiguer sur des irrégularités liées à des expérimentations militaires.

— Des expérimentations militaires dans une clinique civile ? demanda Loki, outré.

— Il semblerait que ce soit ce qu'ils aient essayé de mettre en évidence dans un premier temps. J'ai réussi à suivre une conversation entre lui et le personnage que je soupçonne d'être le chef de l'organisation que nous affrontons à propos d'une petite fille qui aurait selon lui succombé à des expérimentations militaires alors qu'elle était traitée dans la clinique pour un cancer en stade un, continua le télépathe.

— Elle ne s'appellerait pas Hélène par hasard ? l'interrompit Loki à nouveau.

— Euh, oui, c'est bien ça, répondit Aurel un peu surpris.

— Est-ce qu'on a plus d'informations sur le chef de l'organisation ? Un nom ? Une description ? demanda IceAngel d'une voix grave.

Le télépathe se gratta le menton, pensif, et répondit :

— Eh bien, il se ferait appeler de bien des façons. Victor l'Intermédiaire, l'Informateur, l'Arbitre, mais dans son cercle le plus restreint, il utiliserait le pseudonyme de Shadow. Quant à son apparence… j'ai remarqué quelque chose de très étrange, tous les souvenirs dans lesquels Shadow apparaît ont l'air d'avoir été altérés. Je n'ai pas souvent rencontré ce type de procédé, mais je ne m'appuierai pas sur les descriptions fournies par ces souvenirs.

— QUOI ?! Victor est le chef de leur organisation ? Nous l'avions presque ! s'emporta Loki.

— Dans un sens, cela explique aussi pourquoi il était aussi bien préparé. La prochaine fois vous saurez dans quoi vous mettez les pieds, Capitaine, répondit le directeur Lockhead.

Puis, il continua à l'attention de l'homme assis en face de lui :

— Avez-vous pu découvrir certains de leurs lieux de rassemblement ?

— Je n'ai pas réussi à découvrir d'adresse exacte, mais j'ai pour certains endroits des descriptions très précises du voisinage que je pourrai fournir à nos agents, assura le télépathe.

— Pensez-vous pouvoir obtenir plus d'informations de la part de cet homme ? demanda IceAngel.

— Il est trop tôt pour le dire, répondit l'agent senior en se tournant vers le chef de la police antarienne, il me reste encore plusieurs sessions à effectuer pour m'en assurer. C'est un cas plutôt difficile.

— Très bien, commencez par rédiger les informations que vous avez pu obtenir jusqu'à maintenant. Directeur Hunter, pourriez-vous superviser le partage de ces informations entre tous les services ? demanda Gil Lockhead.

— Bien entendu. Par contre, je propose pour l'instant de taire le fait que ces informations soient à propos du dénommé Shadow afin de ne pas risquer de dévoiler notre jeu trop tôt, nous allons devoir être décisifs, répondit IceAngel.

— Tout à fait, acquiesça le directeur du GUT.

Puis, il se tourna vers ses hommes, les bras croisés dans le dos, et enchaîna :

— Rompez !

Le télépathe se leva, puis, très vite, tous évacuèrent la pièce. Doug jeta un dernier coup d'œil par-dessus son épaule avant de quitter les lieux et remarqua que, de l'autre côté du miroir sans tain, Olwin Williams pleurait en silence.

∴

Au même moment, dans un souterrain oublié depuis plusieurs générations, Marissa et Striker avançaient prudemment, éclairés uniquement par la faible lueur de leurs lampes de poche, essayant de se repérer dans ce dédale.

— On devait tourner à gauche à la dernière intersection, je te dis ! s'exclama Marissa d'un air irrité.

— Je te dis qu'on a pris la bonne direction, lui répondit Striker agacé.

Le faible écho de leurs voix était presque assourdissant dans ce silence pesant mais un crissement presque imperceptible les fit se retourner.

Plissant les yeux pour mieux voir dans la pénombre, ils attendirent, les sens aux aguets.

Striker sentit quelque chose d'humide l'éclabousser et la lampe de Marissa tomba soudainement au sol. Portant sa main à son visage, il toucha le liquide qui lui maculait la joue. Il pointa la lumière sur ses doigts et reconnut la couleur et la texture du sang. Les yeux écarquillés, il tourna sa lampe vers Marissa, incapable de parler, tétanisé par la peur. Il vit que le corps sans vie de sa collègue gisait à quelques pas de lui, la tête séparée du cou. Striker se retourna et se mit à courir, mais ressentit une vive douleur au côté droit, et tout devint noir.

« Le plus important n'est pas d'éviter la chute, le plus important c'est la façon dont vous vous relevez : avec classe ! »

Philosophe Antarien, Gregor Sephrian

Chapitre XVII - L'homme d'acier

Jour 86 de l'an 246 : 09h20

Un son aigu retentissait dans la pièce à intervalle régulier tandis que des bribes de conversations résonnaient au loin. Tout était noir, un noir total et impénétrable.

Une douleur diffuse lui traversait tout le corps, il n'osait esquisser le moindre mouvement et doutait même de sa capacité à pouvoir bouger. Il essaya de parler, mais seul un faible gémissement sortit de sa bouche. Un grincement se fit entendre, suivi de légers bruits à proximité. Des pas se rapprochaient lentement. Ils s'arrêtèrent à côté de lui avant de s'éloigner de façon précipitée. Une porte s'ouvrit et une voix grave hurla :

— Bon sang… Infirmière ! Il se réveille !

La personne qui venait de parler retourna à son chevet. Sa vue s'éclaircissait et des formes aux contours flous commençaient à se dessiner devant lui. Tout d'abord ébloui, il cligna des yeux plusieurs fois et, tournant légèrement la tête, aperçut un visage rond. Au fur et à mesure que sa vision se précisait, il vit apparaître une barbe épaisse ainsi qu'une moustache en croc qu'il aurait reconnue entre mille.

— Com… mi… ssaire ? tenta-t-il d'articuler.

Son interlocuteur n'eut pas le temps de répondre, la porte s'ouvrit à la volée et plusieurs personnes entrèrent dans la salle, Craig était incapable de déterminer combien ils étaient.

— Écartez-vous, s'il vous plaît, bredouilla prudemment l'homme qui semblait être médecin.

Avec un grognement, le visage penché sur l'officier Annoye sortit de son champ de vision et un autre prit sa place. Craig sentit une main agripper la sienne et entendit :

— Bonjour, inspecteur, je suis le Docteur Egnarts, médecin de l'hôpital général du Secteur 2. Vous êtes actuellement dans la section des soins intensifs. Si vous me comprenez, serrez votre main droite.

Le policier s'exécuta et sentit ses doigts se refermer sans force autour de la main du médecin.

— Vous pouvez parler ? continua celui-ci.

— Je… crois, balbutia Craig difficilement.

— Très bien, très bien. Toutes vos capacités reviendront petit à petit. Pour éviter les efforts, je vous propose de serrer légèrement ma main lorsque la réponse à ma question est oui, cela vous convient ?

Craig serra la main de son interlocuteur.

— Est-ce que vous me voyez ?

Oui, pensa l'inspecteur en exécutant le mouvement demandé.

— Distinctement ?

Il ne bougea pas.

— Ressentez-vous des douleurs ?

Craig allait serrer à nouveau sa main lorsqu'il prit conscience que toute douleur avait complètement disparu, il resta donc immobile. Le médecin lâcha la main de son patient et se tourna vers un de ses collègues :

— Infirmier, veuillez noter que monsieur Annoye récupère plus vite que nous ne l'espérions, il commence déjà à récupérer ses sens et ne ressent aucune douleur. Je pronostique un rétablissement total dans moins d'un mois. Nous allons toutefois le garder en observation durant deux semaines.

Deux semaines ? hurla Craig intérieurement avant de se rendre compte qu'il ne savait même pas pourquoi il se trouvait allongé sur un lit d'hôpital.

Le docteur Egnarts dut lire la contrariété sur le visage de l'inspecteur, car il s'adressa ensuite à lui :

— Monsieur Annoye, sachez que vous avez pris une balle dans la tête à bout portant, un calibre trois-cent-cinquante-sept. Vous êtes un miraculé. Vous avez beau avoir le potentiel actif de peau blindée, à cette distance et avec ce genre de calibre la balle aurait dû transpercer votre crâne de part en part. Il se trouve que votre pouvoir est bien supérieur à toutes les capacités de peau blindée qu'il m'ait été donné de voir jusqu'à maintenant. Malgré toutes nos techniques permettant de passer outre ce potentiel actif, nous avons été obligés de vous implanter chirurgicalement un morceau de négatron sous la langue afin d'être capables de vous mettre sous perfusion.

L'inspecteur ne réagit pas à cette dernière annonce, il savait déjà que son potentiel actif était largement au-dessus de la moyenne, bien qu'il n'avait jamais eu l'idée de le mettre à l'épreuve en se tirant une balle dans la tête, bien évidemment. Il était occupé à essayer de se remémorer les circonstances qui lui avaient valu de se faire tirer dessus, mais rien ne lui venait à l'esprit.

Après avoir donné quelques instructions aux infirmiers sur le changement de la perfusion et l'hydratation de leur patient et avoir bredouillé à propos des résultats d'une analyse de sang qui devait arriver plus tard dans la journée concernant l'un des potentiels actifs de Craig, le médecin lança un aurevoir chaleureux à l'inspecteur et un plus timide au commissaire avant de sortir de la pièce avec une autre personne.

Les deux infirmiers qui étaient restés entreprirent de changer la perfusion et amenèrent une lingette gorgée d'eau afin d'humidifier les lèvres de Craig. Ce fut la première sensation de bien-être qu'il ressentit depuis son réveil, il ne s'était même pas rendu compte à quel point elles étaient sèches. Une fois les infirmiers sortis, le commissaire se porta à nouveau à son chevet et lui dit :

— Je vais prévenir votre femme que vous êtes réveillé, et puis j'dois retourner au commissariat.

— Attendez, Commissaire, articula péniblement Craig qui avait de moins en moins de mal à parler, j'étais dans le coma combien de temps ?

— Trente-sept jours, répondit son supérieur avant de quitter la chambre d'hôpital.

Trente-sept jours ? se répéta Craig. *C'est pas possible, il s'est passé quoi pour qu'on tente de me tuer ?*

Durant la demi-heure qui suivit, il essaya de rejouer dans sa tête le cours de cette journée un nombre incalculable de fois et, à chaque nouvelle tentative, il se souvenait d'une situation, d'une discussion, d'une image supplémentaire de ce qu'il s'était passé cinq semaines plus tôt. Petit à petit le puzzle se complétait, à quelques détails près tels que certains visages ou paroles qui lui échappaient encore.

La porte s'ouvrit violemment et, se tournant vers elle, Craig sentit les larmes lui monter aux yeux lorsqu'il vit sa femme et sa fille entrer précipitamment.

— Papa ! cria Alice en courant vers lui pour couvrir son visage de baisers.

Son épouse, quant à elle, s'était arrêtée dans l'encadrure de la porte et regardait la scène en pleurant.

— Viens me voir, Madora, lui murmura son mari.

Elle s'installa alors de l'autre côté du lit et enlaça l'homme de sa vie pendant que leur fille faisait de même. Après plusieurs minutes, les étreintes se défirent et madame Annoye sécha ses larmes de joie.

— Tu nous as fait tellement peur, tu sais. Ils m'ont dit que tu avais reçu une balle dans la tête, j'ai cru que tu étais… Et quand on m'a dit que tu avais survécu, les médecins étaient incapables de nous dire quand tu allais te réveiller.

— C'est fini, ma belle, la rassura Craig, désolé de vous avoir fait peur.

Sa femme le serra à nouveau contre elle.

— Je suis venue tous les jours. À chaque fois j'espérais voir tes yeux s'ouvrir, mais tu restais endormi et je me sentais si seule, heureusement que le commissaire Chandler était là.

— Le commissaire ? demanda-t-il, surpris.

— Oui, il est bien plus aimable que ce que tu m'as raconté. Il est venu ici tous les jours depuis que tu es dans le coma, toujours à la même heure. Il restait assis sur la chaise contre le mur là-bas pendant une heure avant de repartir travailler. Je l'ai croisé de nombreuses fois et il a toujours été très courtois, ça m'a fait du bien de ne pas être seule pour traverser cette épreuve.

Il faudra que je pense à le remercier, pensa Craig.

Pendant les deux heures qui suivirent, Madora et sa fille lui racontèrent tout ce qu'il s'était passé les cinq dernières semaines. Alice avait été exemptée de contrôle à l'école étant donné les circonstances, sa femme avait eu l'annonce d'une augmentation de salaire le jour même de l'incident, l'escouade de Stan au complet avait fait le déplacement à l'hôpital pour apporter son soutien et l'équipe Destiny remplissait parfaitement son rôle en s'attaquant aux plus grosses organisations criminelles de la ville. Tout semblait s'être amélioré pendant le coma de l'inspecteur et il était content d'apprendre autant de bonnes nouvelles.

— Si je vous écoute, on dirait que ma perte de conscience est la meilleure chose qui soit arrivée à ce pays ! ironisa Craig.

Madora ne put réprimer un léger sourire, mais son mari sentait bien qu'il était encore trop tôt pour plaisanter à ce sujet.

— Tu reviens quand à la maison ? demanda leur fille.

— Très bientôt ma princesse, ne t'inquiète pas.

— C'est vrai que ce n'est pas pareil à la maison sans toi, enchaîna la femme de l'inspecteur.

— Et maman ne sait pas bien raconter les histoires de policiers, surenchérit Alice.

Le regard de Craig croisa celui de son épouse et ils rirent de bon cœur tous les trois en s'enlaçant.

Le temps passa très vite et, lorsque sa femme et sa fille partirent, l'inspecteur eut l'impression qu'elles n'étaient restées que quelques minutes. Il fut assailli par un sentiment de vide et une forte envie de rentrer chez lui. Il savait qu'il aurait pu se lever et quitter l'hôpital sans aucun problème, mais sa chère et tendre épouse lui avait fait promettre de rester en observation durant au moins une nuit « au cas où ». Après tout, il avait pris une balle dans la tête à bout portant. Pour la première fois depuis l'apparition de son potentiel actif, il avait été réellement blessé et avait même perdu connaissance.

Juste une nuit, se dit-il, *une nuit ici et je rentre.*

Moins d'une heure était passée depuis le départ de sa famille et Craig trouvait déjà le temps long. Il vit une pile de magazines trônant sur la table de sa chambre d'hôpital à deux mètres de lui, sûrement déposés là par sa femme ou le commissaire en vue de son réveil, et se leva brusquement pour aller en chercher. Il n'avait pas fait un pas que ses jambes se dérobèrent sous lui et il eut tout juste le temps de placer son bras gauche devant son visage pour éviter de finir face contre terre. Il sentit une vive douleur dans son membre supérieur et constata que l'aiguille de sa perfusion avait bougé dans sa chair et quelques gouttes de sang s'échappaient de la plaie. Au prix d'un effort considérable, il réussit à se mettre en tailleur sur le carrelage froid et il observa le liquide rouge ruisseler lentement le long de son bras. Cette sensation, il ne l'avait plus connue depuis ses douze ans, depuis le jour où son potentiel actif de peau blindée était apparu. Pour la première fois depuis lors, il se sentait faible et vulnérable et, pour couronner le tout, un goût métallique désagréable persistait dans sa bouche.

Le négatron, songea-t-il, *je comprends maintenant l'air désemparé de tous ces criminels à qui j'ai enfilé les bracelets…*

Il toussota en rigolant intérieurement et fut sorti de sa torpeur par le bruit de la porte qui s'ouvrait à la volée. En levant les yeux, il vit deux agents de sécurité qui le regardaient avec un air surpris.

— Je peux vous aider ? demanda Craig, feignant de maîtriser la situation.

— Nous avons entendu du bruit et nous sommes entrés. Tout va bien, Monsieur ? répondit le plus jeune des deux nouveaux venus.

— Que faites-vous par terre ? enchaîna le second sur un ton bien moins sympathique.

— Je profite de la fraîcheur du carrelage, mais, maintenant que j'y pense, que fait la sécurité de l'hôpital devant ma chambre ? Une personne dangereuse se trouve dans une des chambres de mon couloir ?

— Non…

— Le négatron… le coupa le policier.

— Exactement. Comme a dû vous l'expliquer le médecin, votre potentiel actif les a empêchés de pouvoir vous soigner correctement malgré les techniques qu'ils avaient pour y parvenir en temps normal. Maintenant que vous avez un morceau de ce métal dans le corps, l'hôpital ne peut pas se permettre de vous laisser repartir avec, comme pour tous les autres patients de ce couloir. Si ça peut vous rassurer, dès que nous le récupérerons, vous pourrez faire ce qu'il vous plaira.

Le plus jeune des agents tendit sa main droite vers le policier. Craig la saisit et parvint à se relever grâce à son aide. Il ne lâcha sa main que quelques secondes plus tard lorsque ses vertiges étaient passés et que ses jambes avaient cessé de trembler.

— Merci, marmonna-t-il.

Les deux hommes quittèrent alors la pièce sans rien ajouter.

Craig n'était finalement pas étonné des précautions que prenait l'hôpital concernant le négatron étant donné qu'il coûtait extrêmement cher et que sa possession était réglementée. Après tout, il était interdit à un particulier de s'en procurer : seules les forces de l'ordre, certaines administrations ou associations ainsi que les militaires y étaient autorisés. Lorsqu'il sortit de sa réflexion, il se rendit compte qu'il se trouvait debout à côté de son lit d'hôpital. Il tenta de faire un pas en avant tout en s'appuyant d'une main sur le bord du matelas.

Il fut étonné de constater que ses muscles l'écoutaient à nouveau et il avança lentement vers la pile de magazines qu'il était parti chercher à l'origine. Arrivé devant la table, il sentit une forte fatigue l'envahir et fut contraint de s'asseoir sur la chaise la plus proche.

Il faut croire qu'on ne récupère pas si vite que ça après trente-sept jours de coma, pensa-t-il.

Après quelques minutes passées le regard dans le vide et l'esprit ailleurs, il étala finalement la pile de revues sur la table et en choisit une : « L'hoverbike, son histoire et les secrets entourant son invention ».

Avec le magazine en main, il se leva lentement et retourna, non sans mal, vers son lit d'hôpital où il s'allongea, exténué. Sans son potentiel actif d'infatigabilité, chacun de ses mouvements semblait lui demander des efforts extraordinaires.

Lorsqu'il ouvrit la revue, à sa grande surprise, un stylo coincé entre les pages tomba sur son ventre et les feuillets se révélèrent désagréablement familiers. Il détacha le post-it collé à l'arrière de la couverture et put lire : « si vous êtes capable de lire ça, c'est que vous êtes capable de rédiger votre rapport d'intervention, au boulot ». L'inspecteur reconnut l'écriture du commissaire et marmonna des insultes à son encontre. Il avait dû deviner que, parmi les différentes lectures présentes, Craig allait choisir celle-ci, et avait donc décidé d'en remplacer les pages par un rapport de mission à remplir.

Contrarié, il lança l'objet de sa déception à travers la pièce et se blessa au passage avec l'aiguille enfoncée dans son bras.

Après que la douleur se fut calmée, Craig se refusa à partir à nouveau en expédition pour chercher de quoi lire et, ses pouvoirs étant neutralisés, la fatigue commença à se faire sentir. Il ferma les yeux et, pour la première fois depuis bien longtemps, entra dans un sommeil réparateur et reposant.

Le miraculé se réveilla lentement. Incapable de dire combien de temps il avait dormi, il était sûr d'une chose : cela avait été vraiment très agréable. Il tourna la tête et constata par la fenêtre que la nuit était tombée, ce qui voulait dire qu'il était 21h00 passé et qu'il avait par conséquent dormi au moins huit heures. Étonné d'avoir eu besoin d'autant de sommeil, il était reconnaissant qu'aucun personnel hospitalier ne soit venu le déranger durant sa « sieste ».

Craig se mit en position assise et se leva doucement en prenant soin de laisser le temps à ses jambes de s'habituer à devoir à nouveau soutenir son poids. Il parvint, à sa grande surprise, à se tenir debout et même à se déplacer presque normalement. Ce n'est qu'une fois arrivé au niveau de la table qu'il se rendît compte qu'un plateau-repas avait été déposé durant son sommeil. La vue de la nourriture lui rappela qu'il n'avait rien mangé depuis une éternité et la faim se fit subitement sentir.

L'inspecteur s'installa à table et retira la cloche qui recouvrait le plateau. Sous celle-ci, il découvrit une assiette remplie d'une purée de pommes de terre fort peu appétissante qui accompagnait un maigre morceau de viande évoquant vaguement du poulet. L'entrée et le dessert encadrant l'assiette ne faisaient guère plus envie : une salade verte sans sauce et une compote de fruits.

Néanmoins, la vue de ce pitoyable repas ne réussit pas à calmer la faim qui martelait l'estomac de Craig et il prit son courage à deux mains pour commencer son premier dîner depuis qu'on avait attenté à sa vie trente-sept jours plus tôt.

À sa grande surprise, il accueillit ce repas froid et d'une qualité plus que discutable comme s'il avait été l'un des meilleurs de sa vie.

C'est sûrement parce que je n'ai rien avalé d'autre depuis cinq semaines, se fit-il remarquer.

Le policier avait à peine fini de manger que la porte de sa chambre s'ouvrit lentement pour laisser entrer une aide-soignante qui se fendit d'un sourire en le voyant :

— Ah ! Vous voilà réveillé, monsieur Annoye, commença-t-elle. Je vois que ma collègue a bien fait d'insister pour qu'on ne débarrasse pas votre plateau-repas d'hier soir au cas où vous auriez une petite fringale nocturne !

— D'hier soir ? répéta Craig, incrédule.

— Oui, monsieur Annoye, il est 6h30 du matin et je viens vous apporter votre petit-déjeuner.

Ce n'est qu'à ce moment-là que l'inspecteur remarqua le plateau qui se trouvait dans les mains de la jeune femme. Il tourna son regard vers la fenêtre et constata que l'on pouvait voir le soleil commencer à se lever au loin.

Une fois l'aide-soignante partie, Craig se trouva seul face à un nouveau plateau-repas qu'il ne prit même pas la peine de détailler.

J'ai dormi durant presque vingt heures, pensa-t-il, choqué.

Il se rappela alors qu'il avait honoré sa promesse de rester une nuit en observation et qu'il pouvait enfin rentrer chez lui. Cette perspective le mit de bonne humeur. Il s'habilla et commença à réunir ses affaires en prenant soin de poser le rapport de mission toujours vierge dans la poubelle, puis, se souvenant de la sollicitude du commissaire envers sa famille durant les dernières semaines, il le récupéra pour le ranger dans le sac que sa femme lui avait laissé lors de sa visite.

Après avoir vérifié qu'aucun de ses effets personnels n'était resté dans la chambre, il sortit de la pièce, mais fut stoppé net par les deux mêmes agents de sécurité de la veille.

— Encore vous ? dit Craig, surpris. Mais vous ne dormez jamais ?

— Si, répondit immédiatement le plus jeune, mais nous avons un potentiel actif nous permettant de mettre notre corps en sommeil dans n'importe quelle situation tout en gardant conscience de notre environnement. C'est pour cela que nous avons été engagés à ce poste.

Le sourire que le jeune employé adressait à Craig s'effaça rapidement lorsque son regard croisa celui de son collègue. Après un silence gênant de quelques secondes, le deuxième agent prit la parole :

— Vous ne devez pas quitter votre chambre tant que vous êtes en possession d'un objet appartenant à l'hôpital.

— Et je fais comment pour vous le rendre si je ne vais pas chercher un médecin ? s'emporta le policier.

— La façon dont vous extrayez l'objet de votre corps ne nous intéresse pas.

— Très bien, vous avez un couteau ? demanda Craig en tendant une main vers son interlocuteur.

Étonné dans un premier temps, l'agent sembla finalement s'amuser de la situation. Il attrapa le couteau rangé à sa ceinture et le tendit à l'inspecteur en le tenant par la pointe. Ce fut au tour du policier d'être surpris, mais, déterminé à retourner auprès de sa famille au plus vite, il s'en saisit.

Il maintint sa langue hors de sa bouche avec sa deuxième main, approcha lentement la lame et délogea le négatron d'un coup sec. La douleur qu'il ressentit lui fit lâcher son scalpel de fortune. Il tomba à genoux et cracha du sang sur le sol vierge du couloir de l'hôpital.

— Ne bougez pas, entendit Craig.

Il sentit une main s'approcher de son visage et, quelques secondes plus tard, une chaleur apaisante parcourut sa langue.

Une minute passa avant que la sensation ne se dissipe et il se rendit compte que la douleur avait disparu, ne lui laissant qu'un arrière-goût métallique dans la bouche. Le jeune agent recula d'un pas.

— Voilà, ça devrait aller mieux, dit-il essoufflé.

L'inspecteur remarqua que des gouttes de sueur perlaient sur le front de son interlocuteur.

— Vous avez le pouvoir de soin, bafouilla Craig, merci.

— Ce n'est rien, répondit-il, je ne le maîtrise pas très bien.

Son collègue lui tapota l'épaule afin d'attirer son attention, lui montra le copeau de métal noir aux reflets violets encore ensanglanté qu'il tenait dans sa main et tourna les talons avant de lui faire signe de le suivre. Le jeune homme hocha la tête à l'attention de l'inspecteur en guise d'au revoir et emboîta le pas à son collègue pour se remettre en faction au milieu du couloir.

Arrivé à l'accueil, Craig annonça qu'il quittait l'hôpital et que sa chambre était donc libre pour un autre patient. À ces mots le visage de l'employé trahit une inquiétude mêlée d'interrogation :

— Attendez que je trouve votre dossier. Monsieur ?

— Annoye, répondit le policier qui commençait déjà à regretter de s'être arrêté à l'accueil.

L'interlocuteur de Craig tapa rapidement sur son clavier et reprit :

— Ah, vous voilà ! Vous avez déjà vu le médecin ce matin ? Il vous a autorisé à sortir ?

— Non, répondit-il simplement.

— Donnez-moi une minute, s'il vous plaît.

L'homme ferma les yeux, une concentration intense se lisait sur son visage. Quelques secondes plus tard, il les rouvrit et se tourna vers le patient :

— Le docteur Egnarts va arriver dans quelques minutes, si vous voulez bien prendre place sur l'un des sièges derrière vous, s'il vous plaît.

Malgré son envie de partir au plus vite, Craig s'exécuta sans broncher. Il savait à quel point travailler dans ce genre d'endroit était exigeant et il ne voulait pas faire partie de ces patients qui ne montraient aucune reconnaissance envers le personnel hospitalier. Heureusement pour lui, l'attente fut de courte durée et le médecin qu'il avait déjà vu la veille se présenta devant lui. L'inspecteur se leva et serra la main que l'homme lui tendait.

— Bonjour, Docteur, le salua-t-il avec le sourire.

— Bonjour, monsieur Annoye, je vois que vous avez récupéré encore plus vite que ce que j'avais annoncé, c'est très bien !

Le médecin désigna l'employé de l'accueil et continua :

— Théo m'a dit que vous vouliez quitter l'hôpital. Comme vous le savez sûrement, je ne peux pas légalement vous en empêcher, mais vous devez signer ceci.

Egnarts présenta un document ainsi qu'un stylo à Craig qui s'en saisit et commença à le lire pendant que le médecin lui expliquait :

— Il s'agit d'une décharge qui stipule que le personnel soignant vous a clairement énoncé les dangers encourus à quitter cet endroit sans

notre aval. En signant ceci, vous pourrez partir, mais avant cela j'ai un autre sujet qu'il me faut aborder avec vous.
— Je me disais bien que m'envoyer un médecin pour une simple signature sur une décharge de responsabilité c'était un petit peu trop, répondit Craig.
— En effet, je dois vous parler des résultats de votre prise de sang concernant l'un de vos potentiels actifs.

L'incompréhension de l'inspecteur dut se lire sur son visage, car, après un bref silence, le docteur continua :
— Je pense que vous n'êtes pas au courant, mais de récentes études ont mis à jour des problèmes de santé inhérents à l'utilisation excessive d'un potentiel actif en particulier, celui de l'infatigabilité.

Une fois de plus l'expression de Craig le trahit et son interlocuteur comprit immédiatement qu'il avait vu juste.
— Tout d'abord, ne vous inquiétez pas, le rassura-t-il, vous n'êtes pas en danger, mais vous faites tout de même partie, au vu de votre activité, des patients considérés à risques pour cette pathologie.
— Vous pouvez cesser de tourner autour du pot, Docteur, coupa Craig.
— Vous avez raison, excusez-moi. Le potentiel actif d'infatigabilité ne porte pas vraiment bien son nom en réalité. Même si vous ne ressentez pas le besoin de dormir ou de reposer vos muscles, ce besoin existe tout de même et est comblé par ce pouvoir. Mais dans tous les autres cas, hormis certaines exceptions que nous cherchons toujours à comprendre, l'utilisation d'un potentiel actif est exigeante en termes d'énergie pour le corps et la fatigue se fait vite sentir lors d'une utilisation poussée ou récurrente de nos pouvoirs.

Craig se rappela le militaire qui, quelques minutes plus tôt, lui avait soigné une petite plaie à la langue et dont les gouttes de sueur sur son visage avaient trahi un effort intense. Étant donné qu'il ne s'était jamais fatigué en utilisant ses autres potentiels actifs, il n'avait jamais réalisé à quel point cela était difficile pour les autres.

— Dans le cas de l'infatigabilité, une incohérence existe puisque ce pouvoir qui devrait fatiguer votre corps lors de son utilisation a justement pour effet d'empêcher votre corps d'être fatigué, continua le docteur Egnarts. Vous comprenez ?

— Oui, répondit l'inspecteur, mais je ne vois pas le problème, c'est bien pour ça que l'on appelle cela des pouvoirs non ?

— C'est compliqué à expliquer et mes confrères n'en sont qu'aux débuts de leurs recherches, mais ils ont réussi à établir un lien entre ce potentiel actif et une maladie auto-immune extrêmement agressive.

— Mais je ne suis jamais malade, objecta Craig.

— C'est justement pour ça que cette maladie est agressive. Je m'explique… Votre infatigabilité affecte tous les mécanismes de votre corps, de ce fait vos défenses naturelles sont toujours au maximum de leurs capacités et vous gardent la plupart du temps en bonne santé, mais dans le cas d'une maladie auto-immune ce sont justement vos anticorps… infatigables… qui s'en prennent à vous.

Le médecin continua son explication en des termes bien plus techniques que Craig n'avait jamais entendu auparavant et qu'il aurait été incapable de répéter.

— Vous êtes en train de dire que je dois changer mon rythme de vie et l'adapter à celui d'une personne qui n'a pas ce potentiel actif ? coupa le policier.

— Ce n'est pas ce que j'ai dit, je dis simplement que plus vous utilisez ce potentiel actif, plus vous avez de chance de finir par contracter cette maladie, même si j'ai conscience que l'utilisation de ce pouvoir se fait inconsciemment.

— Et si je choppe cette saloperie, il se passe quoi ? Est-ce que j'aurai une chance de survie ?

— Dans l'absolu, il n'y a en effet aucun moyen de soigner cette maladie en raison du potentiel actif d'infatigabilité que vous possédez, mais il existe toutefois un moyen d'y survivre : se faire implanter chirurgicalement un morceau de négatron dans le corps. Cette technique nous permet, à défaut de soigner la maladie, de la mettre en sommeil à l'aide de médicaments.

— Et je finirais ma vie sans pouvoir ? s'inquiéta Craig.

— Vous devez comprendre que chaque fois que cette maladie s'est déclarée chez des patients ayant votre potentiel actif, personne n'y a survécu, excepté ceux qui ont accepté ce désagrément. Parmi ces gens, le taux de survie est de cent pour cent.

Craig était abasourdi. Il se sentait trahi par la possibilité que son propre pouvoir puisse se retourner contre lui. Après avoir remercié du bout des lèvres le médecin et remis les papiers de décharge de responsabilité signés à l'employé de l'accueil, il sortit de l'hôpital et se dirigea vers son appartement.

Durant son coma, une fois sa vie hors de danger, il avait été transporté dans un hôpital du Secteur 2 ; certainement dans le but de le rapprocher de sa famille et faciliter les visites. Malgré cela, il mit près d'une demi-heure pour parvenir jusqu'à son immeuble tant son esprit divaguait. Il ne pouvait s'empêcher de réfléchir à la discussion qu'il avait eue avec le docteur Egnarts et à quoi ressemblerait sa vie s'il se retrouvait privé de ses pouvoirs. Perdu dans ses pensées, il marchait par automatisme, d'un pas traînant.

Devant la porte d'entrée de son appartement, il prit une grande inspiration avant de l'ouvrir et de retrouver enfin sa famille. À peine à l'intérieur, il entendit sa fille crier « Papaaaaaaaaaaaa » depuis le salon tout en courant vers lui. Craig se baissa en écartant les bras et elle lui sauta au cou. Lorsqu'elle se détacha enfin de lui, il se releva et vit que sa femme était en train de les regarder avec un grand sourire.

— Bon retour chez toi, mon amour, annonça-t-elle avant de s'approcher de lui et de l'embrasser.

La journée passa très vite. Le père de famille coucha sa fille en lui racontant une histoire de policier dont elle raffolait tant et retrouva sa femme étendue sur le canapé devant la télévision. Il s'allongea contre elle et l'enlaça :

— Nous sommes heureuses que tu sois rentré, dit-elle avec de l'émotion dans la voix, tu ne sais pas à quel point tu nous as manqué.

— Moi aussi, je suis content d'être avec vous, répondit Craig.

Madora sortit de son étreinte, s'assit et le fixa du regard.

— Je sais que ça doit être dur pour toi, même si je suis sûrement bien loin de pouvoir comprendre ce que tu ressens. Mais… dis-toi que maintenant tu es avec nous, tu es de retour, tu n'as plus besoin de t'inquiéter.

Elle marqua une pause et attendit une réponse qui ne vint pas.

— Et puis trente-sept jours de coma c'est quoi pour l'inspecteur Annoye ? le titilla-t-elle. Ce n'est pas pour rien que ma fille est sa plus grande fan.

Son mari finit par la regarder et ne put réprimer un sourire, mais celui-ci s'effaça bien vite. Il secoua la tête lentement en disant :

— Ce n'est pas que le coma, il y a autre chose.

L'inquiétude put se lire sur le visage de sa femme l'espace d'une seconde, mais, Craig le savait, elle voulait rester forte pour lui qui n'avait toujours pas fini d'encaisser le choc d'avoir été absent de leur vie durant plus de cinq semaines.

— Tu veux en parler ? souffla-t-elle

— Pas pour le moment si ça ne te gêne pas. Profitons juste toi et moi de cette soirée, si tu veux bien.

Elle acquiesça et s'approcha de lui pour l'embrasser tendrement.

« Il fut un temps où nous priions les dieux pour qu'il pleuve, pour avoir de meilleures récoltes ou pour que les vents nous soient favorables. Eh bien, depuis que nous avons arrêté, je n'ai constaté aucun changement notable… »

Philosophe Antarien, Gregor Sephrian

Chapitre XVIII - Festin

Jour 89 de l'an 246 : 07h30

Craig se réveilla en sentant la douce caresse de la main de sa femme dans ses cheveux. Il ouvrit les yeux et fut, comme chaque jour, émerveillé par la beauté de cette femme qui lui souriait. Il sourit à son tour et l'embrassa.

Après lui avoir rendu son baiser, elle désigna le côté du lit de son mari d'un signe de tête avant de mettre son index sur sa bouche pour lui intimer de faire preuve de discrétion. Craig se tourna en essayant de faire le moins de bruit possible et aperçut sa fille allongée dans leur lit en train de dormir.

Depuis la première nuit de son retour, durant laquelle elle avait fini par rejoindre ses parents au milieu de leur sommeil, elle refusait de dormir dans sa chambre, car « comme ça elle était sûre que papa ne partirait plus ».

Madora se colla contre le dos de son homme et observa avec lui leur enfant avant de lui chuchoter à l'oreille :

— Elle est magnifique quand elle dort, n'est-ce pas ?

— Elle l'est toujours, rétorqua Craig.

Passer du temps avec sa famille emplissait l'inspecteur de bonheur, d'autant plus que la journée qui avait suivi sa sortie de l'hôpital s'était révélée moralement épuisante. Il avait tenu à retourner au travail le lendemain malgré les protestations de sa femme et de sa fille. Mais, loin de lui permettre de reprendre le cours de sa vie où il l'avait laissé avant son coma comme il l'escomptait, sa journée de travail s'était avérée catastrophique.

Après avoir couru une dizaine de minutes depuis son logement, son esprit avait été assailli par les souvenirs du médecin qui lui avait expliqué qu'une utilisation excessive de son infatigabilité pouvait entraîner, à terme, une perte de ses pouvoirs, et cette pensée l'avait fait inconsciemment ralentir jusqu'à l'arrêt total. Il avait mis trente bonnes secondes à se rendre compte qu'il se trouvait immobile au milieu du trottoir et avait pris la décision d'emprunter les transports en commun. Il était arrivé tant bien que mal à utiliser son communicateur pour le guider vers la station de bus la plus proche et avait patienté près de dix minutes jusqu'à l'arrivée du véhicule.

Au bout de deux heures de trajet comprenant : un bus pris dans la mauvaise direction, un arrêt raté et une équipe de contrôleurs qui n'avaient accepté de ne pas lui mettre d'amende que parce que Craig leur avait présenté sa carte de police, l'inspecteur était finalement arrivé à destination. Il s'était soumis aux contrôles d'accès et s'était dirigé immédiatement vers l'open space au deuxième étage.

À peine entré, tous les regards s'étaient tournés vers lui et tous les agents présents l'avaient salué en lui disant combien ils étaient contents de le revoir parmi eux, certains depuis leurs postes de travail et d'autres qui se levaient pour lui serrer la main et lui taper dans le dos. Contrairement à ses habitudes, après avoir discuté brièvement avec ses collègues, Craig avait marché directement vers le bureau du commissaire et l'avait remercié pour tout ce qu'il avait fait pour lui et sa famille durant son coma. Mais celui-ci avait grommelé qu'il n'aurait pas dû revenir travailler aussi tôt après avoir été grièvement blessé.

Lorsque le policier avait voulu quitter la pièce, le commissaire l'avait interpellé :

— Inspecteur Annoye, attendez s'il vous plaît.

L'intéressé s'était arrêté.

— Fermez la porte, je dois vous parler, avait-il alors continué.

Craig s'était exécuté et s'était retourné pour faire face à son supérieur qui avait enchaîné :

— Le jour même de votre… accident, l'équipe Tiger du GUT est venue prendre en charge le Fondeur et un officier militaire les accompagnait. Un colonel. Un homme très hautain et particulièrement désagréable. Lorsqu'il a appris que vous aviez interrogé le suspect, il a demandé votre suspension ainsi que ma démission. À ce moment-là, nous n'étions pas encore informés que vous aviez été… agressé. Quand je lui ai expliqué le fait que toutes les procédures avaient été respectées et que le manque de moyen de notre unité était à l'origine de ce malentendu, il a hurlé et est parti furieux en disant qu'on aurait bientôt de ses nouvelles.

Le commissaire avait marqué une pause pour laisser le temps à son agent de digérer les informations et avait repris :

— En effet, cet homme, malgré ses nombreux défauts apparents, était un homme de parole. Même pas une heure après son départ, une trentaine de militaires possédant tout un panel d'autorisations sont venus nous rendre visite. Absolument tous nos dossiers ont été réquisitionnés, sans exception, et l'un des hommes est entré dans mon bureau et y a branché un fax flambant neuf. Ils ont également récupéré les enregistrements de chacune de nos auditions, en d'autres termes ils ont mis tout le commissariat au chômage technique.

Craig avait manqué de s'étouffer en entendant ces mots et il avait ressenti une colère mêlée d'une forte culpabilité.

— Toutefois, enchaîna son supérieur, les dossiers ont commencé à revenir petit à petit le jour même, c'était bien entendu un avertissement venant de l'armée. Enfin, tous les dossiers sauf ceux qui avaient un rapport avec votre affaire.
— Je suis désolé commissaire… commença l'inspecteur.
— Ne vous excusez pas, le coupa son interlocuteur, vous n'y êtes pour rien et personne ici ne vous en veut. Par contre, vous devriez prendre des vacances, vous m'avez l'air…

Leur conversation avait été interrompue par la forte sonnerie du vieux communicateur qui trônait sur le bureau de l'officier supérieur. En décrochant, il avait fait signe à l'inspecteur de quitter la pièce.

Craig avait passé toute la fin de la journée à parcourir les avancées de ses autres dossiers, dont une partie avait été reprise par des collègues pour des raisons évidentes liées à son coma, et à remplir le rapport de son enquête sur le Fondeur, rapport qui concernait la mort de son indic ainsi que la situation qui l'avait amené à recevoir une balle dans la tête. Ce travail avait été demandé par la direction générale de la police. L'inspecteur savait que ce compte-rendu irait directement chez les militaires, mais il s'en fichait maintenant, tout ce qui lui avait importé à cet instant était de finir ce qu'il avait commencé pour pouvoir rentrer chez lui.

Après ce qui lui avait semblé être une éternité, il avait quitté le commissariat et, après une deuxième éternité dans les transports, il était enfin arrivé chez lui.

Sa femme avait remarqué que quelque chose n'allait pas, mais elle était passée outre et avait même presque réussi à faire oublier à son mari les tracas de son travail.

Après un long moment allongée sur le canapé, la tête posée sur les jambes de Craig, Madora avait profité d'une coupure publicitaire à la télévision pour rompre le silence :
— Je pense que ce serait bien que tu prennes des congés, mon amour.

— C'est marrant, tu es la deuxième personne à me dire ça aujourd'hui.

— Qui était l'autre ? avait-elle demandé.

— Le commissaire, avait-il répondu en soufflant.

— Faut croire qu'il a plus de bon sens que ce que tu disais, l'avait taquiné sa femme.

Craig n'avait pu empêcher un rictus de se former au coin de sa bouche et il avait fini par admettre :

— Vous avez raison tous les deux, une semaine à la maison avec toi et Alice, c'est peut-être une bonne idée.

Sa femme lui avait alors jeté un regard à la fois déçu et suppliant qui l'avait finalement fait craquer :

— Ok pour deux semaines !

Après quelques minutes perdu dans ses pensées à se remémorer la journée de la veille, il fut ramené à la réalité par sa femme qui sortait du lit furtivement. Son mari la suivit avec moins de succès concernant la discrétion, mais un coup d'œil à sa fille encore endormie avant de quitter la chambre le rassura. Il ferma doucement la porte et, à peine retourné, sa femme l'embrassa par surprise.

— Tu es toujours aussi lent, mon chéri, railla-t-elle.

— Et toi, toujours aussi fourbe, répondit-il tout en la tenant par les hanches.

Ils se rapprochèrent jusqu'à se trouver front contre front et chacun plongea son regard dans les yeux de l'autre.

— Tu m'as tellement manqué, souffla-t-elle d'une voix fébrile.

— Je suis désolé, je suis là maintenant.

Elle raffermit son étreinte, ne voulant plus être séparée de lui, puis elle dut se résoudre à se retirer ses bras de son homme et dit tout en soupirant doucement :

— Suis-moi.

Craig se laissa guider jusqu'à la cuisine où il prit place sur la chaise que sa femme venait de tirer.

Comme si rien ne s'était passé durant les cinq semaines précédentes, elle amena à table le petit-déjeuner qu'ils avaient l'habitude de prendre ensemble lors des jours de repos de son mari.

— Bon appétit, mon cœur, lui souhaita-t-elle en souriant avant de déposer un baiser sur son front.

— Bon appétit, répondit-il en souriant à son tour.

Ils mangèrent tous les deux en commentant les dernières nouvelles que Madora portait à la connaissance de son mari et en plaisantant sur tous les thèmes possibles et imaginables comme à leur l'habitude. Puis, un sujet en entraînant un autre, ils arrivèrent sur celui plus sérieux de la guerre qui faisait rage entre Antar et l'autre continent, actualité qui intéressait particulièrement Craig.

— On en est où ? Il a dû s'en passer des choses pendant mon absence, supposa-t-il.

— Tu sais, on n'en entend que très peu parler ces derniers temps, presque tous les médias sont focalisés sur l'équipe Destiny et la destruction des gangs en ville. Selon eux les crimes ont baissé de quatre-vingts pour cent depuis le lancement du projet, répondit sa femme.

— Mais on a quand même quelques infos sur la guerre ? insista son mari.

Madora soupira en souriant, elle reconnaissait bien là l'entêtement de son conjoint.

— Oui, ils en ont vite fait parlé. Aux dernières nouvelles notre armée avait remporté toutes les dernières batailles et des bases ont pu être établies sur cinq îlots proches d'une des îles principales.

— Ah quand même ! s'exclama Craig. Comment ça a pu aller aussi vite ? Avant mon coma, dès qu'on prenait une île, ils nous délogeaient avant même qu'un campement ne soit installé.

— Le premier général des armées, je ne me rappelle jamais son nom…

— Johnson, coupa Craig, le général Charles Johnson.

Sa femme marqua une petite pause le temps de lever les yeux au ciel, à la fois amusée et agacée par le souci du détail de son époux lorsqu'il s'agissait de l'armée, puis elle reprit :

— Oui… le général Charles Johnson… a annoncé à la télé la semaine dernière que c'était en grande partie grâce au Projet Destiny. Il a parlé de l'envoi de renforts dans lesquels se trouvent le deux-centième régiment et le quatorzième régiment de soutien.

— La garde sénatoriale et le quinzième régiment d'ingénierie et de soutien, corrigea Craig.

— Tu connais le sujet à ce point-là ? s'étonna sa femme.

— Ces deux régiments sont les plus connus de l'armée !

— Ah !? Tu sais bien que je ne suis pas ces histoires, dit-elle, irritée.

— Oui, je sais… Désolé ma chérie, je peux te faire un résumé si tu veux.

— Un autre jour, tu veux bien ? Un cours d'histoire militaire est la dernière chose dont j'ai envie aujourd'hui ! répondit-elle de façon sarcastique. J'ai seulement envie de profiter de ton retour.

— Tu as raison, admit son mari.

— D'abord tu prends des congés, et maintenant tu dis que j'ai raison ? Eh bah, qui êtes-vous, Monsieur, et qu'est-ce que vous…

Elle fut coupée dans sa phrase par le bruit de la porte de la cuisine qui s'ouvrait lentement en grinçant. D'un pas mal assuré, Alice entra dans la cuisine en se frottant les yeux et grommela à l'attention de ses parents :

— Vous parlez fort…

— Ho, désolé ma petite chérie, s'excusa Madora, on t'a réveillée ?

— Oui… vous parliez de quoi ? demanda l'enfant en prenant place sur sa chaise.

— Rien d'intéressant mon petit cœur, rétorqua son père, tu as bien dormi ?
— Oui papa, répondit-elle en se servant des céréales Cracky Crocks dans son bol avant d'y ajouter du lait.

Après deux minutes où chacun dévorait avec appétit son petit-déjeuner, Madora brisa le silence :
— Tiens, j'y pense, avec l'efficacité du projet Destiny, je ne sais même pas si tu trouveras encore du boulot après tes congés. Tu devrais peut-être songer à devenir père au foyer, haha !
— C'est quoi Destiny ? demanda Alice en relevant la tête de son bol, révélant un menton couvert de lait.

Madora se saisit d'une serviette et essuya machinalement le visage de sa fille tout en lui répondant :
— C'est une équipe de militaires… Par contre, essaye de manger correctement s'il te plaît.
— Bof, tu sais, on trouvera toujours des…

Craig marqua une pause au milieu de sa phrase et chercha ses mots pour ne pas être grossier devant sa fille, puis continua :
— … méchants monsieurs pour tenter leur chance.
— Et de toute façon, que ferait notre fille sans les histoires de son père ?
— Oui c'est vrai, dit-il en adressant un clin d'œil à sa femme. Sinon, je pourrais toujours me reconvertir dans la police de la route, on me confiera peut-être un hoverbike ! ajouta-t-il les yeux plein d'espoirs.
— Haha ! Dans tes rêves, mon amour ! répondit-elle en lui ébouriffant les cheveux affectueusement avant de lui déposer un baiser sur le front.

Le petit-déjeuner continua dans la bonne humeur sur des sujets légers. En regardant la montre accrochée au mur, Craig se rendit compte à quel point le temps passait vite en compagnie de sa famille.

Il était plus de 10h00 lorsqu'ils quittèrent la cuisine, après avoir débarrassé la table et mis la vaisselle dans l'évier.

La petite famille s'installa au salon et, sous les demandes incessantes de leur fille, les parents acceptèrent de jouer à son jeu de société préféré pour la énième fois depuis que l'oncle de Madora le lui avait acheté pour son dernier anniversaire. Il s'agissait d'un jeu enfantin et basique, aucune stratégie n'était possible et Craig n'avait jamais développé le moindre intérêt pour celui-ci. Malgré cela, il se surprit à passer un bon moment, heureux de voir sa fille exécuter sa fameuse danse de la victoire à chaque fois que les dés tombaient en sa faveur, heureux de voir son épouse se moquer gentiment de lui lorsque son pion passait devant le sien et surtout heureux de partager cet instant avec les deux femmes de sa vie.

À la fin de la partie, il rangea la boîte de jeu, honneur laissé au perdant selon la tradition familiale, pendant que Madora imitait grossièrement la danse de la victoire d'Alice tandis que cette dernière l'accusait d'avoir triché, car elle l'avait dépassée juste avant la fin du jeu. Le père de famille souriait bêtement en regardant ce spectacle et, pris dans l'euphorie du moment, déclara :

— Bon, allez vous préparer pendant que je finis, ce midi on mange à Pizza Plaza !

— Ouaiiiiiiis, cria Alice en courant vers la salle de bain pour ne pas perdre de temps.

Sa femme, quant à elle, avait arrêté de danser et regardait tendrement leur fille sortir de la pièce à la hâte. Puis, une fois certaine que celle-ci se trouvait assez loin, elle se tourna vers son mari et demanda :

— Pizza Plaza ?

— Oui, c'est son restaurant préféré.

— Je sais, mon amour, mais ça fait loin d'aller de l'autre côté du Secteur 2 juste pour une pizza. Tu as peut-être parlé un peu vite, nous n'avons plus de voiture je te rappelle et ta fille et moi ne pouvons pas passer deux heures à courir.

Et moi il vaudrait mieux que j'évite de le faire, pensa Craig tristement en se rappelant de l'avertissement du médecin.

— Eh bien, on prendra le bus, déclara-t-il en se forçant à esquisser un sourire.

— Mais tu détestes ça !

— Oui, mais ta fille adore les pizzas de ce restaurant et, de toute façon, elle est déjà en train de se préparer.

La discussion fut interrompue par le retour d'Alice dans le salon, visiblement habillée avec les premiers vêtements qui lui étaient tombés sous la main. Devant ce spectacle, les deux parents échangèrent un bref regard avant d'éclater de rire.

Une demi-heure plus tard, la famille entrait dans le bus numéro deux-cent-un en direction du Secteur 2. Madora avait réussi à convaincre sa fille d'enfiler des vêtements mieux assortis pendant que Craig réservait une table dans la pizzeria. Après une courte douche rythmée par les cris d'impatience de leur fille leur disant de se dépêcher, les deux parents s'étaient rapidement préparés et tous les trois étaient arrivés avec cinq minutes d'avance à l'arrêt de bus ; un exploit pour cette famille dont le timing n'avait jamais été un point fort.

Durant le trajet, Craig glissa à l'oreille de sa femme :

— J'ai réfléchi à ce que tu m'as dit, c'est vrai que c'est dommage de faire autant de chemin juste pour manger. Du coup, je me suis dit qu'on pourrait rester faire une petite après-midi shopping au centre commercial Mega-Mall, c'est à, à peine, vingt minutes à pied.

Sa femme semblait ravie de cette initiative. Celle-ci avait toujours aimé faire les magasins, contrairement à Craig, si bien qu'elle avait fini par arrêter de le traîner contre son gré dans ses séances de shopping. Et là, son mari avait de lui-même proposé de se rendre dans l'un des plus grands centres commerciaux du continent, un endroit où elle n'avait pas mis les pieds depuis près de trois ans et où se trouvait plus d'un millier de boutiques en tout genre.

— Merci mon amour, lui chuchota-t-elle à l'oreille avant de déposer un baiser sur ses lèvres.

Après plus d'une heure de trajet, ils sortirent du bus à l'arrêt « Mémorial de l'Unification » et parcoururent le demi-kilomètre restant à pied. Madora avait du mal à contenir sa fille qui accélérait le pas tout au long du chemin, allant même jusqu'à lâcher la main de sa mère et courir lorsqu'elle aperçut l'enseigne de son restaurant préféré. Craig la rattrapa en quelques enjambées, s'accroupit et, prenant son visage entre ses mains, il la fixa dans les yeux et lui demanda :

— On est dans la rue, et dans la rue on doit faire quoi ?

— On doit faire attention, répondit-elle en baissant la tête.

— Pourquoi on doit faire attention ?

— Parce que c'est dangereux.

Le père mit la main sous le menton de sa fille pour relever sa tête, lui sourit et lui dit tendrement :

— Il faut que tu restes près de ta maman et moi, je ne veux pas qu'il t'arrive quelque chose, d'accord ?

— Oui, papa, pardon, s'excusa sa fille en l'étreignant de toutes ses forces.

Craig se releva avec Alice pendue à son cou et se tourna vers Madora avec un sourire en coin. Il s'adressa à nouveau à sa fille assez fort pour que sa femme l'entende :

— Mais là, tu es avec papa, donc nous pouvons… courir !

À peine sa phrase était terminée qu'il s'élança en direction du restaurant. Malheureusement pour lui, même si son potentiel actif lui permettait de profiter de sa vitesse de pointe de manière permanente, sur une courte distance comme celle-ci, le pouvoir de vitesse de sa femme l'avantageait et c'est un peu essoufflée, mais avec une attitude triomphante qu'elle l'attendait devant l'entrée de la pizzeria. Alice, quant à elle, avait retrouvé sa bonne humeur et, lorsque Craig la posa au sol, elle attrapa les jambes de sa mère et dit :

— T'as encore battu papa, t'es trop forte, maman !

Ils n'attendirent qu'une trentaine de secondes dans l'entrée de l'établissement avant qu'un employé ne vienne les accueillir. Ce dernier leur indiqua leur table après avoir pris le nom de leur réservation. Alice répéta sa commande plusieurs fois au serveur avant même que celui-ci n'amène les cartes à la famille. Craig et Madora avaient fait leur choix en quelques minutes et les plats ne tardèrent pas à arriver.

Il était vrai que, malgré ses airs de fast-food, ce restaurant proposait vraiment d'excellentes pizzas. Craig se régalait et sa femme avait fini son assiette avant même qu'il n'ait terminé la moitié de la sienne.

C'est donc repue et satisfaite que la petite famille sortit de Pizza Plaza et commença à marcher vers le Mega-Mall. Sur le chemin, Craig et sa femme débattaient sur l'augmentation des prix qu'ils constataient ces derniers temps en règle générale et sur le fait que visiblement les restaurants n'étaient pas épargnés. La note était plus salée que prévu, mais le bonheur d'Alice avait largement compensé ce désagrément. Celle-ci fut très calme pendant le trajet vers le centre commercial. Elle regardait innocemment autour d'elle, semblant s'émerveiller sur les immenses buildings aux alentours, bien plus haut que ceux de leur quartier, et observant la foule devenir de plus en plus compacte au fur et à mesure qu'ils se rapprochaient du Mall. Craig sentit la main d'Alice raffermir son étreinte autour de la sienne.

À leur arrivée devant le bâtiment, la petite fille s'exclama :

— Whoa, c'est grand !

En effet, seule la façade de l'édifice était visible aux yeux de Craig, mais, au vu des parkings qui s'étendaient sur les côtés de celui-ci, il pouvait en déduire qu'il s'étalait sur plusieurs centaines de mètres. Si l'on ajoutait à cela le fait que ce centre commercial était connu pour s'élever sur quarante-deux étages, on comprenait aisément qu'il soit le troisième plus grand du continent en termes de surface.

Devant la structure, des milliers de personnes entraient et sortaient dans un flux continu par les huit énormes portes qui donnaient sur la place Gorny où trônait la statue du premier sénateur principal du Secteur 2 de qui elle tenait son nom. Une queue de plusieurs dizaines de mètres s'étendait au pied des tubes en verre placés tout autour de la façade qui accueillaient chacun un ascenseur : ceux-ci pouvaient facilement emmener une vingtaine de personnes à chaque voyage vers les étages supérieurs et le parking souterrain du Mega-Mall.

Alice, qui tenait déjà la main de son père, tendit la deuxième vers sa mère et tous trois traversèrent l'une des gigantesques portes qui menaient à l'intérieur du centre commercial. Une fois entrés, ils furent charmés par le spectacle qui s'offrait à eux : si l'on ne fixait son regard que sur le rez-de-chaussée, le Mega-Mall pouvait passer pour un centre commercial tout à fait normal, immense certes, mais banal. Toutefois, lorsque l'on cessait de prêter attention aux boutiques qui s'enchaînaient devant nous de part et d'autre de l'allée et qu'on levait les yeux, l'endroit prenait une dimension bien différente. En effet, le plafond semblait avoir été entièrement recouvert par de minuscules lumières dont l'ensemble des couleurs imitait un ciel radieux où se déplaçaient quelques nuages au rythme d'un vent qu'on pouvait presque ressentir sur sa peau tant l'illusion était parfaite.

C'est donc sous un soleil étincelant et un ciel d'un bleu d'azur que la famille Annoye commença son après-midi shopping.

Cela faisait moins de deux heures qu'ils arpentaient les magasins et déjà Craig ressemblait plus à un domestique venu pour porter les achats qu'à un client du centre commercial. Sa femme, amoureuse de la nature et nouvelle pratiquante de gymnastique contemplative, avait fait l'acquisition d'une petite fontaine décorative censée apporter une ambiance relaxante dans leur appartement, d'une boîte de dégustation de thés et du service qui allait avec, d'un livre de cuisine diététique et de plusieurs bocaux d'épices dont son mari n'avait jamais entendu parler.

— Ce qu'on mange influence beaucoup nos humeurs et une bonne alimentation peut aider à remonter le moral, se justifiait-elle.

Elle a dû se trouver de nouveaux centres d'intérêt pour s'occuper l'esprit pendant mon coma, pensa Craig.

À présent, Alice les avait traînés dans une boutique high-tech et, pendant que le père regardait si l'un des modèles récents de télévision rentrait dans leur budget, la mère était allée avec sa fille dans le rayon enfant. Alors qu'il allait demander conseil à l'un des employés du magasin, Craig se tourna vers l'un des écrans, l'œil attiré par les gros titres du journal télévisé : « Opération de l'équipe Destiny en cours dans le quartier des Roselières ». Le son était coupé, mais l'inspecteur pouvait apercevoir derrière le reporter un immeuble désaffecté encerclé par les forces de l'ordre. Absorbé par ces images, Craig n'entendit pas sa femme et sa fille revenir à ses côtés.

— Alors tu as trouvé ton bonheur ? demanda Madora.

— Hein ? fit-il, surpris, avant de revenir à la réalité. Ah oui, pardon, je regardais juste les infos, ça parle de l'équipe Destiny.

— Quartier des Roselières, lu sa femme, c'est pas très loin d'ici en plus. Sinon, tu as quand même trouvé une télé dans nos prix ?

— Je t'avoue que je n'ai pas vraiment cherché, admit-il.

— Bah laisse tomber alors, ici c'est hors de prix. On revient du coin pour les enfants et tous les jouets sont chers, et puis notre télé fonctionne toujours. Elle tiendra bien encore quelque temps et si on économise un peu on pourra en prendre une plus grande.

Craig se résigna et suivit sa femme hors du magasin. Étonné de ne pas avoir entendu sa fille depuis un moment, il lui demanda :

— Ça va, mon ange ?

Ce à quoi elle répondit en tournant simplement la tête de l'autre côté avec une mine renfrognée.

— Qu'est-ce qui lui arrive ? demanda-t-il à son épouse.

Madora tourna son regard vers Alice et parla lentement et distinctement :

— Mademoiselle n'est pas contente parce que je ne lui ai pas acheté le petit chien robot qui coûtait trois-cent-cinquante crédits.

Trois-cent-cinquante crédits ?! s'indigna Craig intérieurement.

Il allait répondre, mais sa fille s'était tourné vers lui et lui dit :

— Mais maman elle a eu le droit d'acheter plein de trucs !

Là-dessus elle n'a pas tort, pensa son père. Pensée qu'il garda pour lui afin d'éviter les foudres de sa femme. Il s'agenouilla et dit tendrement à sa fille :

— Tu sais, Alice, maman a aussi envie de t'acheter quelque chose pour te faire plaisir, mais ce chien robot était vraiment trop cher. Par contre, j'ai vu qu'à cet étage il y a un magasin Toytoy… Ta mère et moi nous pouvons t'acheter une nouvelle Oly si tu veux.

À ces mots, la petite fille laissa éclater sa joie et couvrit de baisers le visage de Craig avant de se tourner vers Madora et de faire de même.

— Merci, papa. Merci, maman, je vous aime !

Ses parents sourirent en entendant ces mots. Craig attrapa sa fille, la mit sur ses épaules et commença à faire mine de courir rapidement vers le magasin en disant :

— Vite, vite, avant qu'il n'y en ait plus !

Les poupées Oly étaient un véritable phénomène de mode chez les jeunes filles de l'âge d'Alice et celle-ci s'était mise en tête d'avoir toute la collection. Malheureusement pour elle, avec plusieurs dizaines de nouveaux modèles sortis chaque année et un prix dépassant les cent crédits pour chaque poupée, ses parents ne pouvaient suivre la cadence.

Arrivée devant les bacs contenant les précieux jouets, elle lâcha la main de ses parents et rejoignit les enfants qui se trouvaient autour afin de fouiller avec eux. Elle semblait nager dans le bonheur.

Ne la quittant pas des yeux, Madora enlaça affectueusement son mari et chuchota à son oreille :

— Tu as eu une excellente idée, merci d'avoir rattrapé le coup.

Craig lui sourit et l'embrassa. Puis elle reprit :

— Tu es vraiment doué avec les enfants… Ces derniers temps j'ai pas mal réfléchi et je me demandais ce que tu pensais d'en avoir un deuxième.

Le cœur de Craig s'arrêta de battre l'espace d'une seconde et, d'un seul coup, son esprit balaya toutes ses idées noires. Son potentiel actif qui pouvait le rendre malade, son coma, les soucis au commissariat, tout avait disparu pour laisser place à une immense joie. Pendant un instant, il n'y avait plus sur terre que lui, sa femme, sa fille et la pensée que la famille allait peut-être bientôt compter un quatrième membre.

— Tout va bien ? demanda son épouse.

— Oui, oui et oui ! répondit-il en soulevant Madora du sol tout en tournant sur lui-même.

Il la déposa au sol et tous deux s'enlacèrent tendrement. Ils relâchèrent leur étreinte lorsqu'ils entendirent la voix de leur fille :

— C'est bon, papa, maman, j'ai trouvé.

Alice se tenait tout près d'eux en arborant fièrement une poupée habillée à la manière d'une star de rock qui possédait des lunettes en forme d'étoile.

— Elle est très jolie, ma chérie… Viens, on va aller à la caisse et nous n'allons pas tarder à rentrer. Ta mère et moi nous avons un peu de travail, dit Craig en faisant un clin d'œil à sa femme qui lui répondit avec un regard coquin.

Après avoir payé la poupée Oly et quitté le magasin de jouets, la famille se mit d'accord pour aller acheter une glace « Chez Vaught » au rez-de-chaussée du Mega-Mall avant de rentrer à la maison.

Craig faisait la queue derrière une bonne trentaine de personnes, peu étonnant lorsque l'on connaissait la réputation du glacier, tandis que Madora et Alice attendaient assises sur un banc au milieu de la galerie en train d'admirer le ciel artificiel dont les lueurs orangées annonçaient l'arrivée du coucher de soleil.

Dans la file d'attente, l'inspecteur Annoye observait sa femme et sa fille lorsqu'un bruit au loin attira son attention. Tendant l'oreille, il lui semblait distinguer des cris au milieu du brouhaha ambiant. En examinant les alentours, il remarqua un changement dans l'atmosphère générale. Certains clients accéléraient le pas vers la sortie en regardant nerveusement derrière eux, ne semblant pas comprendre ce qu'il se passait.

L'instinct de policier de Craig prit le dessus : il quitta immédiatement la file d'attente, entendant le contentement des clients qui faisaient la queue à sa suite, et se dirigea vers sa femme et sa fille. Lorsqu'elles remarquèrent son arrivée, il put lire la déception de le voir revenir sans son cornet de glace sur le visage d'Alice et l'inquiétude sur celui de Madora.

— Levez-vous, on y va, annonça-t-il sèchement à leur attention.

Puis, réalisant que son ton avait fait peur à sa fille, il reprit :

— Ma chérie, j'ai entendu parlé d'un glacier encore meilleur sur le chemin de la maison, mais il faut qu'on se dépêche pour y aller avant tout le monde, d'accord ? Je veux juste que tu tiennes bien fort la main de ta mère et que tu t'accroches à Oly.

Peu rassurée, elle acquiesça tout de même d'un signe de tête, prit la main de Madora et serra la poupée qu'elle n'avait pas voulu lâcher depuis la sortie du magasin de jouets contre sa poitrine.

Craig attrapa la main libre de sa femme et commença à marcher rapidement vers la sortie avec son autre main chargée de tous les achats de l'après-midi, prêt à tout lâcher si la situation l'exigeait.

L'inspecteur avançait d'un pas pressé en dépassant de nombreux clients qui continuaient leur shopping comme si de rien n'était, si bien que Craig se demanda un instant s'il n'avait pas surréagi et cédé à la déformation professionnelle. Alors que cette pensée le faisait inconsciemment ralentir, il entendit une explosion dans son dos, suivie de cris bien plus proches que les précédents.

À ce moment, il se stoppa et regarda en arrière afin d'évaluer la situation : des centaines de personnes paniquées couraient dans leur direction de façon complètement désordonnée.

Craig ne perdit pas plus de temps, il lâcha ses sacs de courses, prit sa fille dans ses bras et hurla à l'attention de sa femme :

— Cours !

Tous deux se précipitèrent vers la sortie. Voyant des personnes filer au-dessus d'eux en volant, l'inspecteur fit signe à sa femme d'utiliser son potentiel actif de vitesse pour s'enfuir, mais celle-ci secoua la tête en signe de refus et s'accrocha au bras de son mari. Au détour d'un virage, ils virent de nombreux clients s'agglutiner devant les portes de sortie du Mall en se poussant les uns les autres dans une confusion générale, chacun luttant pour quitter le bâtiment le plus rapidement possible. Craig se fit bousculer par un utilisateur du pouvoir de vitesse… puis par un deuxième.

Un coup de tonnerre résonna derrière lui, auquel des cris de clients apeurés firent écho. Craig accéléra.

Il se força à ralentir à l'approche de l'attroupement de gens qui essayaient de se frayer un passage vers la sortie. Il tenta de prendre le temps d'évaluer la situation, mais, poussé par des clients frénétiques, il se retrouva aussitôt perdu dans la mêlée avec sa femme et sa fille.

Craig tenait fermement Alice dans ses bras. Celle-ci pleurait à chaudes larmes et s'accrochait de toutes ses forces à sa nouvelle poupée. Il sentit sa femme renforcer sa prise sur son bras, luttant pour ne pas être emportée par la foule.

Craig était secoué dans tous les sens, s'efforçant de protéger sa fille contre les chocs qu'il encaissait tout en gardant un œil sur sa femme qui subissait le même sort. Garder l'équilibre était compliqué.

Ballotté par les mouvements de foule, il manqua plusieurs fois de trébucher sur des personnes tombées à terre sans pouvoir leur venir en aide tant la tension exercée sur lui par la marée humaine était forte.

Peinant à respirer dans la cohue, il guidait tant bien que mal sa femme vers la sortie de cet enfer.

Il avançait, jouant des coudes au rythme des bousculades qui les emportaient tantôt d'un côté tantôt de l'autre. Ses efforts finirent par porter leurs fruits lorsqu'enfin ils atteignirent l'encadrure d'une des portes de sortie, mais, alors qu'ils s'apprêtaient à en franchir le pas, un mouvement de foule plus violent que les précédents les repoussèrent sur le côté. Craig se retrouva plaqué face contre le mur entre deux portes tandis que sa femme, toujours agrippée à son bras, peinait à ne pas être emportée à l'extérieur par la marée humaine. Il hurla à l'attention de Madora :

— Prends Alice et partez d'ici !

N'attendant pas de réponse et ignorant les protestations de sa femme, il utilisa toutes ses forces pour s'écarter légèrement du mur et mettre sa fille dans les bras de son épouse. À peine eut-elle attrapé leur enfant qu'elles furent toutes deux emportées au-dehors par le flot de gens qui s'enfuyaient.

Craig ressentit un profond soulagement de les savoir sorties de ce cauchemar. Cependant, il était toujours acculé face au mur. Pressé à ses côtés, un autre individu, le nez ensanglanté, se débattait comme un diable pour s'extraire de sa position. Craig jeta un coup d'œil sur sa droite, il lui suffisait de se déplacer de trois petits pas pour atteindre la sortie. Il poussa de toutes ses forces pour lutter contre la pression dans son dos et tenter de s'extirper de l'étreinte du mur en béton.

Des geignements très appuyés parvinrent à ses oreilles : son partenaire d'infortune commençait à paniquer, ses yeux cherchant une issue de façon frénétique. Craig essaya de le rassurer, mais il ne parvint pas à attirer son attention à travers le tumulte. L'inspecteur remarqua une lueur rayonner dans les mains de son voisin terrifié. L'inspecteur déplaça son bras et l'attrapa par l'épaule, mais ce dernier, les yeux révulsés, ne tressaillit même pas au contact. L'éclat émanant de la paume de ses mains devenait de plus en plus intense et Craig reconnut un pouvoir dont il avait déjà été témoin.

Fais chier ! pensa-t-il.

Réagissant immédiatement, il usa de son potentiel actif pour multiplier l'effet de la gravité sur son corps par cinq, le maximum dont il était capable sans s'écrouler sur lui-même, et ferma les yeux tout en se bouchant les oreilles.

Une violente explosion fit s'effondrer le mur et un nouveau concert de hurlements résonna autour de Craig. Il assista impuissant à l'ensevelissement du responsable de la déflagration sous les gravats tandis que le souffle renversait les malchanceux les plus proches et qu'une pluie de décombres s'abattait sur lui. Fort de ses quatre-cents kilos, dus à la gravité modifiée, et de sa peau blindée, il en sortit indemne, ses vêtements en lambeaux, et ne bougea pas d'un pouce. Il profita de l'arrêt éphémère du mouvement de foule pour annuler les effets de son potentiel actif et courir à travers la brèche dans le mur. Il se retrouva enfin sur la place Gorny où la foule se dispersait dans les rues alentour. Certains curieux restaient tout de même sur place à distance raisonnable afin d'observer la scène ou même, pour certain, de la capturer en vidéo sur leurs communicateurs.

Il se retrouva au milieu d'une foule de gens hagards éparpillés sur la place. Balayant du regard les alentours, il chercha des yeux sa famille.

— Madora ! Alice ! hurla Craig.

Aucune réponse ne lui parvint. Il avança. Un couple assis par terre reprenait son souffle, plus loin, une jeune femme en pleurs errait les yeux pleins d'espoirs à la recherche de ses proches.

Il courut quelques pas, ayant cru voir sa propre famille, mais se ravisa quand il comprit qu'il s'était trompé. Remplissant à fond ses poumons, il cria à nouveau :

— Madora ! Alice !

Toujours rien. Il tourna sur lui-même, guettant un signe de sa famille au milieu de cette cohue. Il n'y en eut aucun et il continua de les chercher tandis que, plus loin derrière lui, les cris de détresse des clients en train de quitter le Mega-Mall alimentaient le chaos grandissant.

Il réussit enfin à apercevoir sa famille et, soulagé, il sentit ses craintes se dissiper. Sa femme était agenouillée sur la place un peu plus loin et tenait sa fille dans ses bras tout en caressant son dos dans une vaine tentative de consolation.

Craig se mit en route pour les rejoindre. Habitué aux cris alentour depuis le début de sa fuite du centre commercial, il ne prêta pas attention à la clameur générale qui envahit la place.

Une seule chose comptait : retrouver sa famille et la mettre à l'abri de cette folie.

Une lumière rougeoyante fila à grande vitesse devant lui, le stoppant net dans sa course et émettant une sensation de chaleur sur son visage. Il se tourna vers l'origine du projectile pour apercevoir un homme à l'air apeuré, une deuxième boule de feu déjà dans ses mains, qu'il projeta en direction de l'entrée du Mall.

Mais il est complètement fou ! pensa Craig tout en tournant machinalement son regard vers la destination du projectile afin d'évaluer les dégâts.

La sphère incandescente explosa plus loin. Les flammes tourbillonnèrent, comme animées d'une vie propre, et se contorsionnèrent autour d'une silhouette qui se dessinait peu à peu au centre du brasier.

Une vision d'horreur s'offrit alors à l'officier de police : de la fournaise émergea une créature épouvantable, vaguement humanoïde, de la carapace chitineuse noire aux reflets violets recouvrant ses membres et de longues lames ensanglantées saillants de ses avant-bras et de ses mollets.

Celle-ci avançait à travers les flammes, en marchant sur des corps inertes, tandis que les langues de feu tentaient de l'atteindre sans jamais y arriver.

Le monstre émit un grondement métallique qui résonna à travers toute la place et glaça le sang de Craig qui sentit l'atmosphère s'alourdir.

Un silence, aussi soudain qu'anormal, régna tout autour et le temps sembla se suspendre durant quelques secondes. Tout le monde avait l'air fasciné par l'abomination qui se dressait face à eux. Celle-ci tournait sa tête oblongue lentement, observant l'esplanade, et ses grands yeux noirs vitreux en forme de soucoupe s'arrêtèrent sur le pyrokinésiste qui l'avait prise pour cible. Posant ses pattes avant au sol, la créature plia ses genoux et s'apprêta à bondir.

L'infortuné comprit ce qui l'attendait et se mit à courir à toute jambe, déguerpissant dans la direction opposée. Ce mouvement brusque eut pour effet de réveiller la place, rappelant à tous le danger qui les guettait : les personnes qui se trouvaient toujours sur les lieux détalèrent à toute vitesse. Craig dirigea son regard vers Madora qui visiblement n'avait pas vu son mari et courait, avec leur fille dans les bras, dans le sens contraire.

Tout alla alors très vite. Craig se précipita après sa famille. Il aperçut du coin de l'œil une jeune femme se jeter au sol en changeant de couleur pour se fondre dans le décor. Dans le même temps, il sentit une ombre passer au-dessus de lui et entrevit la créature atterrir plusieurs mètres plus loin à sa gauche. Un hurlement retentit, auquel plusieurs autres firent échos.

Tout en continuant à courir, il se risqua à porter un coup d'œil vers l'endroit où le monstre avait bondi, une mare de sang reposait aux pieds de ce dernier, baignant les parties du corps du pyrokinésiste démembré. La créature releva sa tête allongée et tourna ses yeux ronds impénétrables, cherchant sûrement sa prochaine cible. La terreur s'empara de Craig lorsqu'il comprit vers qui la créature regardait.

Alice pleurait dans les bras de sa mère tandis que celle-ci s'échinait à courir le plus vite possible hors d'atteinte du monstre, sans regarder en arrière.

— Madora ! Attention ! cria Craig.

Elle ne semblait pas entendre ses avertissements. Malgré cela, elle courait en portant leur enfant dans ses bras à une vitesse que son mari n'aurait jamais pu rêver atteindre.

Alors qu'il voyait la créature gagner du terrain, la vision de Craig commença à se brouiller, des larmes ruisselant sur ses joues. Il vit sa femme trébucher, relâchant Alice qui roula quelques mètres plus loin, avant de réaliser avec horreur que la créature avait sectionné la jambe droite de sa bien-aimée.

Son épouse tenta de se relever. Elle ne semblait pas se rendre compte de la perte de son membre et glissait tragiquement dans son propre sang. Elle cria de désespoir, implorant sa fille de fuir.

Craig courait toujours vers sa famille tout en s'époumonant :

— MADORA ! ALICE !

La petite Alice se releva de sa chute et tourna la tête vers son père, le remarquant enfin. Quelques gouttes de sang éclaboussèrent sa joue alors que la créature séparait le corps de sa mère en deux d'un coup de lame.

Craig, anéanti par la scène à laquelle il venait d'assister, vit sa fille courir dans sa direction. Reprenant rapidement ses esprits, il occulta la douleur qui lui serrait le cœur et se concentra sur la dernière chose qui comptait encore à ses yeux : mettre Alice à l'abri.

Craig se précipita vers sa fille, bousculant au passage des personnes qui s'enfuyaient de façon anarchique. Il tentait tant bien que mal de garder le contact visuel au milieu du chaos et voyait sa fille continuer de courir vers lui les bras tendus en avant, pleurant et hurlant :

— Papaaaaaaaaaaa !

Derrière Alice, la créature avait disparu. Il sursauta, elle venait de surgir dans le dos de sa fille.

Non. Non… NOOOON ! hurla Craig intérieurement tout en se concentrant sur les mains que son enfant tendait vers lui.

Le monstre fendit l'air d'un coup de lame qui fit s'envoler quelques mèches de cheveux de la petite fille. Il lançait une seconde attaque lorsque Craig attrapa sa fille par un poignet et, modifiant subitement sa course, l'emmena sur sa gauche pour esquiver l'assaut. Concentré sur sa fuite, afin d'amener Alice dans un endroit sûr au plus vite, il mit quelques secondes à s'apercevoir que sa fille semblait étrangement légère. S'arrêtant soudain, il tourna la tête lentement et réalisa avec horreur que dans sa main ne se trouvait que le bras droit d'Alice, arraché au niveau de l'épaule.

Il leva les yeux vers l'endroit où sa fille s'était trouvée quelques instants plus tôt et vit la créature bouger frénétiquement la tête, un corps d'enfant coincé entre ses mâchoires.

N'osant comprendre ce qu'il se passait, Craig chercha naïvement sa fille aux alentours. Tout à coup, il vit un petit objet tomber à ses pieds. Baissant son regard, il vit la poupée Oly, qu'il avait achetée à sa fille une heure plus tôt, couverte de sang.

Craig tomba à genoux et hurla de désespoir.

« C'est dans les crises que sont façonnées les destinées de ceux qui s'élèveront au-dessus de leurs semblables, de la même façon que c'est du martelage sur l'enclume de la forge que sortira le meilleur acier. »

Philosophe Antarien, Gregor Sephrian

Chapitre XIX - Réunion de crise

Jour 89 de l'an 246 : 18h23

Quelques heures après le « Massacre du Mega-Mall », comme l'avaient déjà surnommé les médias, Loki volait en direction du commissariat général du deuxième Secteur à bord d'un héliporteur blindé du Groupement d'Unités Tactiques. Le transporteur aérien ressemblait beaucoup aux engins militaires de catégorie Cobra qu'avait pu utiliser Loki pendant sa période dans l'armée, mais dans sa version civile, équipé d'armement et de blindage plus légers.

Avec lui dans l'aéroporteur se trouvaient Gil Lockhead et l'équipe Turtle en tant que gardes du corps. Cette escouade, en dehors des opérations normales, était spécialisée dans la protection de VIP. Elle était composée de deux agents capables de matérialiser des boucliers, d'un technopathe dont le second potentiel actif était une augmentation de la densité musculaire améliorant grandement sa force, d'un téléporteur, d'une femme qui maîtrisait la glace et possédait une ouïe surdéveloppée et d'un vétéran de l'armée à la vision infrarouge. Ces derniers étaient aujourd'hui assignés à la protection de Loki et du directeur du GUT.

Le capitaine de l'équipe Alpha ne ressentait pas le besoin d'être escorté et, en toute honnêteté, il aurait cent fois préféré être accompagné de sa propre équipe plutôt que de celle-ci. Non pas qu'il doutât du niveau des membres de cette dernière, il avait participé à des interventions coordonnées avec eux à plusieurs reprises et, avant la création de l'équipe Alpha, il avait même côtoyé Wrecker, le technopathe, au sein de l'équipe Sling. Mais ce n'était rien comparé au niveau de synergie et de confiance qui existait entre les membres du groupe qu'il avait lui-même mis en place.

La décision ne lui appartenant de toute façon pas, il préféra se concentrer sur la réunion à venir. Le carnage qui avait eu lieu dans un centre commercial très fréquenté du deuxième Secteur avait causé des centaines de victimes. Aucun dossier concernant cet événement macabre ne lui avait été transmis pour le moment, mais les flashs infos qu'il avait aperçus plus tôt dans la journée avaient levé en lui un certain nombre d'interrogations qu'il comptait bien présenter lors de la réunion de crise.

Le directeur Lockhead, assis juste à côté de lui, avait passé tout le vol en communication avec le centre d'opération du GUT qui coordonnait les équipes dépêchées sur les lieux et leurs efforts avec la police locale.

Le pilote coupa leur discussion pour leur annoncer qu'ils amorçaient leur descente.

Le lourd astronef à deux hélices se posa sur le toit du commissariat général du Secteur 2. Les membres de l'équipe Turtle, menés par leur technopathe, dirigèrent leur sortie du véhicule. L'héliporteur ne s'attarda pas, il attendit le temps de leur descente et s'envola immédiatement après, laissant l'emplacement libre pour d'autres atterrissages.

Loki, aux côtés de son directeur et encadré par l'équipe Turtle, traversa l'héliport en observant le paysage urbain devant lui : certains gratte-ciel semblaient tellement proches qu'il avait l'impression de pouvoir les toucher en tendant la main et, au loin, malgré les nuages menaçants qui obscurcissaient le ciel, il remarqua l'immeuble du GUT du deuxième Secteur dans lequel lui et son équipe étaient basés. Le groupe atteignit finalement les escaliers qui menaient aux étages inférieurs.

Devant eux, deux policiers s'écartèrent pour les laisser pénétrer dans le bâtiment. Ils descendirent une volée de marche et progressèrent le long d'un couloir dans lequel ils furent scannés par plusieurs faisceaux aux couleurs variées. Au bout de cette ligne droite, ils firent face à un ascenseur à côté duquel un autre policier était placé en faction. Les reconnaissant, l'agent glissa sa carte magnétique dans une fente à droite des portes métalliques pour autoriser l'appel de l'ascenseur.

Un tintement aigu accompagna l'ouverture de ce dernier et les sept agents du GUT ainsi que leur directeur entrèrent. La grande cage d'acier se mit en branle, amorçant sa descente. Personne ne pipa mot. Les membres du GUT n'aimaient pas particulièrement être convoqués dans des commissariats de Secteur, mais ce n'était pas ce qui rendait l'ambiance aussi morose : l'ampleur inédite du massacre du Mega-Mall pesait sur le moral de tout le monde.

Une fois arrivés au trente-deuxième étage, ils sortirent en ordre, deux agents de l'équipe Turtle ouvrant la marche, Loki et le directeur au centre de la formation. Ils parcoururent les corridors blafards du commissariat et arrivèrent devant une porte en bois sur laquelle était noté « Salle de conférence Parangon ». De part et d'autre de cette pièce, des policiers en uniforme et des soldats avaient pris position. Les membres du GUT devinèrent sans peine qu'il s'agissait de la destination de leur voyage.

Le directeur et Enri passèrent la porte, laissant l'équipe Turtle à l'entrée avec les autres escortes. À l'intérieur, tous les autres participants étaient déjà présents, réunis en petits groupes, debout autour d'une longue table en bois laqué sur laquelle des dossiers étaient disposés.

À gauche, Terrance Hillard, le commissaire général du deuxième Secteur, discutait avec son adjointe Françoise Querry, le commissaire Vigilant Dereck ainsi que le chef de la police, le célèbre IceAngel. À l'autre bout de la longue table de réunion, le Premier Général Johnson, le colonel Karlh, responsable du Projet Destiny, et Herbert Delgado, le chef du GPI, conversaient calmement entre eux.

Tous les regards se tournèrent vers les nouveaux arrivants. Le commissaire général du Secteur 2 et son adjointe semblaient irrités, sans doute une résultante de la pression qu'ils subissaient depuis le drame. IceAngel et le commissaire Vigilant saluèrent Enri Telvir et Gil Lockhead d'un hochement de tête discret. De leur côté, les militaires et le chef du GPI restèrent de marbre.

La réaction du directeur du GPI ne surprit pas Enri. Cette organisation était toujours restée proche de l'armée et, par la force des choses, dans l'ombre du GUT, ce qui rendait leurs relations, au mieux, tendues.

Loki ne fut pas non plus décontenancé quand il discerna une lueur d'hostilité non dissimulée dans les yeux du colonel Karlh, leurs rapports tout au long de l'expérimentation du Projet Destiny ayant été compliqués.

Le commissaire général du Secteur 2, un homme au visage glabre, de taille moyenne et aux cheveux roux épais qui se dégarnissait sur le dessus de son crâne, ne perdit pas de temps et prit immédiatement la parole tout en désignant les sièges d'un geste pour inviter tout le monde à s'installer :

— Voilà, nous sommes tous là, nous allons pouvoir commencer.

Le capitaine Telvir regarda sa montre en prenant place sur l'un des fauteuils, à côté de Gil Lockhead, et commenta intérieurement :

Dix-huit heures trente, pile à l'heure, même Éva n'aurait rien pu dire !

Le commissaire continua :

— Tout d'abord, merci à tous de vous être déplacés et en d'aussi brefs délais. La situation que nous avons à affronter est… et excusez-moi d'avance de la présenter comme ça… mais c'est un vrai merdier, et nous aurons besoin de toutes les ressources possibles pour y faire face. Je laisse la parole à Françoise, mon adjointe, qui va vous résumer la situation.

Une quinquagénaire de taille moyenne aux cheveux courts noirs ondulés saisit une petite télécommande et prit la suite :

— Merci, Commissaire. Tout d'abord, veuillez prendre connaissance des pièces qui ont pu être rassemblées jusqu'à présent, elles sont dans les dossiers devant vous.

Loki attrapa alors la liasse de documents qui se trouvait sur le bureau en face de lui et commença à la feuilleter.

La commissaire adjointe appuya sur son boîtier et une image fut projetée sur le mur derrière elle, représentant un schéma du centre commercial du Secteur 2 appelé communément le « Mega-Mall ».

Alors que l'intervenante reprenait son souffle avant d'enchaîner, le colonel Karlh l'interrompit de façon brutale :

— Pourquoi le capitaine Telvir est-il présent à cette réunion ? Ce n'est que le capitaine d'une équipe d'intervention, je ne vois pas bien ce qu'il va pouvoir apporter sur le plan stratégique ou logistique.

Gabriel « IceAngel » Hunter rétorqua immédiatement avec l'aplomb qui le caractérisait :

— J'ai personnellement demandé à ce que le directeur Lockhead vienne accompagné du capitaine. Nous savons tous qu'à un moment ou à un autre, l'équipe Alpha risque de se trouver en première ligne face à cette nouvelle menace, autant les impliquer dès le début.

La salle de réunion sembla retenir son souffle tandis que le colonel bouillonnait de rage en fixant IceAngel. De son côté, Gabriel Hunter soutenait son regard calmement, les mains posées à plat sur le bureau devant lui.

Loki savait très bien que l'armée n'avait pas voix au chapitre, ils n'étaient conviés à cette réunion de crise qu'en qualité de soutien logistique, grâce aux ressources que pourrait apporter le Projet Destiny, d'où la présence du colonel responsable de celui-ci.

Ce dernier était tendu et ses jointures blanchissaient autour des accoudoirs auxquels il se tenait fermement.

Le général Johnson mit fin à l'échange de regards appuyés en posant sa main sur le bras de son officier supérieur pour lui faire comprendre qu'il devait lâcher prise. Le colonel se résigna et baissa les yeux en soupirant.

Cet échange, invraisemblable compte tenu de la situation, attira l'attention de Loki. Pourquoi le colonel avait-il été si frustré par cette réponse ? Pourquoi se crisper à ce point, sans même ajouter quoi que ce soit de plus à la conversation ? D'autant plus qu'en temps normal, dans un problème d'ordre civil, même un général n'oserait affronter le chef de la police sur l'une de ses décisions. Comment et pourquoi le colonel en était-il arrivé à cet écart ?

Le capitaine de l'équipe Alpha mit ces questions de côté dans un coin de son esprit alors que l'adjointe reprenait son exposé.

Elle pressa un bouton de sa télécommande et pointa de sa main le milieu de l'écran tandis qu'en surimpression de la carte du rez-de-chaussée du centre commercial apparaissaient diverses informations concernant les mouvements de foules.

— Les témoignages et les vidéos de surveillance s'accordent sur le fait que l'élément hostile a été aperçu pour la première fois dans la partie centrale de la galerie marchande du rez-de-chaussée, il y a deux heures, aux alentours de 16h25. Son arrivée et ses premières victimes ont été retracées aux toilettes des femmes que vous voyez ici, commenta-t-elle en pointant le lieu susnommé sur l'écran à l'aide d'une fine baguette en aluminium. Les premiers mouvements de foule ont commencé quelques instants plus tard. Plusieurs individus ont tenté d'opposer une résistance, provoquant des explosions et incendiant légèrement trois boutiques.

Elle déplaça sa badine en métal pour suivre les flèches rouges qui se déplaçaient sur la carte et continua :

— L'élément hostile s'est ensuite dirigé vers la sortie ouest, faisant une centaine de morts et autant de blessés, pour la plupart graves. Il serait ensuite sorti sur la place où il aurait encore fait une poignée de victimes avant que l'on ne perde finalement sa trace dans les ruelles du quartier.

— Avons-nous lancé des recherches dans les égouts ? demanda le chef du GPI en levant la main.

— Oui, répondit le commissaire du deuxième Secteur, une quinzaine d'équipes de policiers en uniforme des douzième et treizième commissariats du deuxième Secteur sont en train de quadriller les égouts de cette zone. Ils sont accompagnés par un traqueur thermique et un traqueur d'électromagnétisme, mais ils n'ont trouvé aucune trace de la créature jusque-là.

À l'utilisation de ce terme, un malaise parcourut l'assemblée tandis que chacun regardait son voisin de façon gênée. Tous devaient avoir vu les informations télévisées avant de se rendre à la réunion, mais personne ne voulait croire à l'existence d'un tel être. Le commissaire, conscient de l'effet de sa maladresse, reprit avec aplomb :

— Adjointe Querry, veuillez nous montrer les images, qu'on en finisse.

Cette dernière cliqua donc plusieurs fois sur la télécommande, faisant défiler des photos de victimes et de mutilations jusqu'à arriver sur un cliché visiblement extrait d'une vidéosurveillance en noir et blanc de faible qualité sur laquelle on pouvait observer un monstre humanoïde à la tête allongée et aux grands yeux ronds, recouvert de carapaces et aux avant-bras et mollets sertis de lames.

Alors qu'un brouhaha envahissait la pièce, Loki, intrigué, ouvrit le dossier et le feuilleta pour chercher les photos des mutilations qui venaient d'être passées rapidement pendant la présentation. Quelque chose l'avait piqué au vif, comme une sensation de déjà-vu.

Il arriva enfin aux clichés éludés par l'adjointe Querry : des personnes coupées en deux et des entailles nettes ressemblant à des plaies qu'il n'avait observées qu'à deux types d'occasions. Désorienté, il se concentra sur les dizaines d'images de blessures et de corps mutilés pour tenter de donner un sens à ce qu'il voyait, un sens différent de celui qui lui paraissait évident à ce moment précis.

Il sentit sur lui le regard appuyé du colonel, mais ce dernier détourna les yeux lorsque Loki releva la tête. Enri se replongea alors dans ses observations, il dispersa les photos devant lui sous l'œil interrogateur du directeur Lockhead à sa gauche.

La commissaire adjointe commença ensuite l'énumération des propriétés de la créature qui avaient pu être mises en lumière par les différentes vidéos et les témoignages des survivants :

— Il nous a été rapporté que l'élément hostile pourrait être hypervéloce, avoir une musculature à densité augmentée, une capacité accrue à encaisser les chocs, une résistance naturelle aux potentiels actifs et probablement une capacité de régénération. Mais, pour être tout à fait honnête, les trois quarts des témoignages ont été recueillis auprès de personnes en état de choc. Il est donc difficile d'être certains de ce que nous savons sur… l'hostile.

Loki commençait à bouillir de l'intérieur. Alors qu'Herbert Delgado, le chef du GPI, entrait dans une discussion avec Gabriel Hunter et le commissaire du deuxième Secteur à propos des actions à mettre en œuvre pour protéger la population, Enri se mit à observer de façon attentive les réactions du colonel Karlh. Ce dernier restait impassible, le visage fermé. S'il ne le connaissait pas mieux, le capitaine de l'équipe Alpha aurait dit qu'il tentait de garder son meilleur visage de joueur de Rekop, un jeu de bluff très en vogue en ce moment dans le Secteur 8. Le directeur du GPI prit la parole à l'attention du général Johnson :

— Général, puisque vous avez récupéré nos meilleurs éléments en envoyant la garde sénatoriale au front, j'espère que nous allons pouvoir compter sur le soutien du Projet Destiny.

— Colonel, vous êtes en charge du Projet Destiny, quand pensez-vous que l'équipe sera disponible ? demanda le général en se tournant vers son subordonné.

— Il y a plusieurs paramètres à prendre en compte… Après la dernière mission, l'équipe a fini sa rotation… C'est un peu technique, répondit le colonel sur un ton monotone entrecoupé de pauses, mais le projet entre à nouveau en phase d'évaluation et ne pourra plus être actif sur le terrain avant plusieurs semaines. Cela implique que…

— Arrêtez votre baratin, Colonel ! perdit patience Loki en écrasant son poing sur la table, faisant taire les conversations.

Toutes les pièces du puzzle s'étaient enfin assemblées et plus aucun doute ne subsistait dans son esprit.

Pour la première fois depuis qu'Enri le connaissait, le colonel resta coi. Loki l'aperçut jeter un coup d'œil nerveux en direction du général. Le capitaine de l'équipe Alpha fixa Charles Johnson dans les yeux et, d'une voix forte et autoritaire, reprit :

— Quand comptez-vous leur dire, Général Johnson ? Quand comptez-vous leur dire que c'est votre fameux Projet Destiny qui vient de massacrer une partie de la population du deuxième Secteur ?

Ses interlocuteurs semblaient complètement déstabilisés par cette accusation, chacun essayant de la digérer. Avec surprise, ce fut le directeur du GPI qui réagit le premier :

— C'est ridicule, Capitaine Telvir ! Comment osez-vous mettre en doute la probité du premier général des armées ?

IceAngel et Gil Lockhead s'étaient tournés vers Loki, un regard intrigué peint sur leurs visages, calculant probablement à toute vitesse les implications de ces révélations. Le capitaine continua :

— Deux semaines ! Mon équipe et moi-même avons dû nettoyer les charniers derrière Destiny pendant deux semaines ! C'est pour ça que le colonel n'était pas ravi que je sois là, n'est-ce pas ? Vous saviez que j'allais reconnaître l'œuvre de votre création. Qu'est-ce qui s'est passé ? Quelqu'un a retourné votre arme contre nous ? Ou est-ce que vous en avez juste perdu le contrôle ?

— Directeur Lockhead, interrompit le commissaire général Hillard, faites taire votre homme, ce genre d'accusation est inacceptable et n'a pas sa place dans une réunion de crise. S'il persiste, je me verrai dans l'obligation de lui faire quitter la pièce.

IceAngel leva la main, provoquant le silence du commissaire, et se tourna vers Loki pour lui demander :

— Capitaine ? Est-ce que vous êtes sûr de ce que vous avancez ?

— Affirmatif, tout concorde. Les observations faites à la suite des missions Destiny au niveau des blessures infligées et des capacités démontrées correspondent aux images du massacre. De plus, peu de temps avant l'attaque du Mega-Mall, les équipes militaires de soutien du Projet Destiny ont été filmées à proximité du centre commercial, répondit Loki.

Le chef de la police antarienne prit le temps de la réflexion et interrogea du regard le directeur Lockheart qui hocha la tête en signe d'approbation. Gabriel Hunter se leva de sa chaise et annonça solennellement :

— Ce qui sera dit dans cette pièce est, à partir de maintenant, considéré comme secret défense jusqu'à ce qu'une audition du Sénat puisse clarifier la classification de ces informations. Maintenant, Général Johnson, je crois qu'il est l'heure d'arrêter d'essayer de couvrir nos erreurs et de faire front commun pour protéger notre population.

Un silence pesant suivit cette déclaration, puis, le général répondit sur la défensive :

— Les informations concernant ce projet ne sont accessibles qu'à partir d'un niveau d'accréditation bien supérieur aux personnes présentes dans cette pièce.

— Très bien, Général, commença IceAngel légèrement irrité, vous pouvez mettre en avant le secret militaire, mais nous parlons du massacre de notre population. Cela relève de mon autorité. Donc, soit vous sortez de votre mutisme, soit je vous considérerai comme personnellement responsable des prochaines victimes et vous devrez répondre de votre inconséquence auprès du Sénat.

Le militaire sembla se résigner. Charles Johnson reposa son dos contre le dossier de sa chaise avant d'ordonner de façon sèche :

— Colonel, rapport d'évaluation et situation complète sur l'arme Destiny, exécution.

Le colonel, étonné dans un premier temps, se leva au garde à vous et formula une description qui paraissait exhaustive :

— L'arme Destiny est un être vivant créé artificiellement, sans volonté propre, contrôlée à distance à l'aide d'une technologie de communication spécifique. Les tests les plus poussés ont montré une force de pression de trois-cent kilos développée par chacun de ses membres ainsi que sa mâchoire, une vitesse de pointe de soixante-dix kilomètres par heure, une régénération cellulaire trente fois supérieure à la normale et des réflexes cinq fois plus rapides que nos meilleurs soldats. Ses sens sont bien plus aiguisés que la normale et elle dispose d'une vision thermique. Son corps est recouvert de plaques en alliage titane-négatron très solides lui conférant une importante résistance aux potentiels actifs de tous types. Des lames effilées en acier carbone inspirées des armes réguliennes sont serties dans ses avant-bras et ses mollets. L'arme a effectué vingt-huit missions avec succès et nous avons perdu le contact avec elle lors de la vingt-neuvième alors qu'elle s'enfuyait dans les égouts après avoir décimé l'escouade qui l'accompagnait.

— Vous avez perdu le contact ? s'étonna le directeur. Mais vous n'avez aucune procédure d'urgence pour reprendre le contrôle de la créature dans ce genre de cas ?

— Une procédure de secours permettant d'attirer Destiny vers un signal était normalement prévue, mais ce dispositif n'a pas fonctionné pour une raison encore inconnue.

— Merci, Colonel, répondit IceAngel, maintenant, comment l'abattons-nous ?

∴

Au même moment, dans un petit deux-pièces d'un quartier pauvre du Secteur 10, un homme d'une soixantaine d'années, de longs cheveux gris cascadant sur ses épaules, attendait, accoudé à son réfrigérateur, qu'un plat préparé finisse de réchauffer dans le four. Le tintement caractéristique retentit et il put enfin récupérer son dîner. Il attrapa au passage dans son tiroir à couverts une paire de baguettes propres et alla s'installer sur son canapé devant la télévision.

À sa gauche, sur une commode, trônait une photo de lui et d'une petite fille qui datait de plusieurs dizaines d'années. Il commença à manger calmement ses nouilles épicées quand un message texte arriva sur son communicateur :

« Mauvaise nouvelle, M et S ne reviendront finalement pas et O n'a pas pu être récupéré ».

Le vieil homme soupira, il venait de perdre de très bons amis, parmi les derniers qu'il lui restait. Il posa son plat sur la table basse en bois devant lui et s'étira, las de cette journée. À la télévision, les informations passaient en boucle les images du massacre du MegaMall.

Il vit sur son écran un homme d'âge mûr, marchant l'air hagard en tenant une poupée ensanglantée contre lui. Shadow se prit la tête dans les mains et pleura.

« Si une divinité s'incarnait sur terre, au milieu de tous mes concitoyens aux capacités extraordinaires, serions-nous capables de la reconnaître ? »

Philosophe Antarien, Gregor Sephrian

Chapitre XX - Révélation

Jour 89 de l'an 246 : 20h30

Les deux lunes s'étaient levées, baignant la nuit noire de leur éclat au travers des nuages dans le ciel du Secteur 10. Les fines gouttelettes de pluie qui tombaient dans la froide obscurité créaient autour des rares lampadaires en état de marche des halos jaunes de lumière diffuse.

Quelques gouttes s'écrasèrent sur le crâne dégarni d'un jeune homme habillé de guenilles, aux cheveux et à la barbe hirsutes. Il remontait l'allée du géomancien Trévor. Cette ruelle d'un des quartiers les plus pauvres du Secteur était instinctivement évitée par la plupart des habitants honnêtes, celle-ci ayant la réputation d'être un coupe-gorge. Mais le jeune homme savait qu'il n'avait rien à craindre, parce que ce soir, et depuis quelque temps d'ailleurs, un nouvel ordre régnait ici, et ceci, grâce à lui.

Alors qu'il progressait toujours dans l'allée, il croisa deux hommes qui tenaient chacun une lourde barre en acier entre leurs mains. Ces derniers hochèrent respectueusement la tête à son attention et continuèrent leur chemin.

Tout cela avait démarré trois semaines plus tôt quand il avait commencé à encourager les gens à suivre les préceptes de Destiny, le dieu de la vengeance, revenu sur terre pour exercer son courroux sur les vauriens du continent. Au début, seuls quelques pauvres hères l'avaient rejoint, mais, au fil des victoires de son dieu sur la pègre qui rongeait leur nation, de plus en plus de monde s'intéressait à ce qu'Hector, le prophète de Destiny, avait à dire. En quelques semaines, ses fidèles, les Enfants de Destiny, passèrent d'une poignée de membres à une véritable milice de croyants qui patrouillaient les rues de leur quartier pour punir les hors-la-loi. Destiny avait marqué les criminels de son sceau et ces derniers devaient subir la vengeance de leur dieu.

Le jeune technomancien continuait de remonter la rue, appréciant la caresse humide et fraîche de la pluie sur sa peau en cette superbe soirée. Ce faisant, ses yeux aux iris blancs croisèrent ceux d'un couple de quarantenaires qui marchaient dans sa direction sur le même trottoir. Une fois à son niveau, ces derniers inclinèrent la tête de façon gênée :

— Monsieur le Prophète Hector, le saluèrent-ils à l'unisson.

— Bonsoir, vous pouvez m'appeler Hector, mes amis, nous sommes tous égaux aux yeux de la vengeance écarlate. Belle soirée n'est-ce pas, Fred ?

— Euh, oui, répondit l'homme en regardant la pluie tomber sur leur quartier miséreux.

— Vous ne serez pas là à la réunion de ce soir ? demanda Hector sur un ton impérieux.

— Non, nous avons passé toute la journée à…

— Vous devriez vraiment venir, coupa Hector, appuyant sur le mot « vraiment ». De glorieuses nouvelles me sont parvenues.

Hector observa son interlocuteur masculin fixement, la tête penchée sur le côté. Le couple se regarda, l'air contrit, et Fred répondit :

— D'accord, oui… Oui, nous serons là, Monsieur le Prophète.

Hector jeta un coup d'œil par-dessus son épaule pour observer le couple qui s'éloignait en marchant rapidement. Réfléchissant à ce qu'il venait de se passer, il nota mentalement de demander à monsieur Heims de rendre une petite visite à la boulangerie de Frederico et Magnolia Fernandez pour leur rappeler que, depuis l'intervention de ses fidèles cette semaine, leur commerce n'était plus la cible d'un racket organisé. Sans violence, bien entendu, ces gens-là étaient de bonnes personnes, humbles, et il n'était pas question de leur faire subir la vengeance de Destiny.

Il continua sa marche nocturne et des souvenirs de ses débuts remontèrent à la surface de son esprit. Aidé des quelques laissés-pour-compte qui l'accompagnaient, Hector avait entrepris de nettoyer le quartier. Ensemble, ils avaient commencé par se saisir d'un revendeur de drogue qui occupait un immeuble proche de l'école primaire et l'avaient pendu sur la place du marché avec un écriteau accroché autour du cou disant « Destiny nous vengera ».

À la suite de cet événement, la pègre locale avait accentué la pression sur les commerces des environs. Grâce à cette démonstration de force, ils compensaient le manque à gagner et décourageaient toute nouvelle initiative citoyenne de ce type. Mais Hector les avait surpris un après-midi en pleine tentative d'extorsion et avait utilisé ses dons de technopathe altérés pour les remettre à leur place. Il avait provoqué l'explosion des pistolets à plasma de contrebande qu'ils tenaient en main et des communicateurs dernier cri qui se trouvaient dans leurs oreilles. La scène s'était révélée particulièrement choquante. La puissance de l'onde technopathique déployée par Hector avait déréglé les équipements informatiques d'une partie du quartier et les déflagrations produites par les armes et oreillettes avaient fait fondre les bras de certains des braqueurs et creusé des trous béants dans leurs têtes.

L'utilisation de son potentiel actif à cette fin, une première pour un technopathe, avait immédiatement plongé Hector dans l'inconscience. Il ne s'était réveillé que le lendemain dans l'appartement du défunt revendeur de drogue, veillé par celui qui était devenu plus tard son plus fidèle ami dans sa quête : Anton.

Perdu dans ses pensées, Hector revint à la réalité lorsqu'il se rendit compte qu'il avait atteint la salle de réunion dans laquelle il devait s'exprimer ce soir. Et justement, sous la pluie, adossé à côté de la porte principale du bâtiment, se tenait Anton, son bras droit. Le grand gaillard fumait une cigarette, ses longs cheveux bruns attachés en queue de cheval plaqués contre sa nuque à cause de la pluie. À la vue d'Hector, un sourire malicieux vint enrichir, sans l'embellir, le visage anguleux de l'homme aux larges épaules et, alors que ce dernier l'accueillait d'une chaleureuse accolade et l'invitait à entrer, Hector se remémora la suite de son réveil ce jour-là.

Une violente migraine l'avait agressé dès son éveil, lui provoquant des nausées tant la douleur avait été forte. Un goût métallique dans sa bouche lui avait indiqué qu'il avait dû saigner. Il s'était assis sur son lit, Anton sur une chaise en face de lui. Son ami était resté muet, attendant qu'il parle le premier.

Hector s'était levé péniblement et s'était dirigé vers un lavabo à l'autre coin de la pièce afin de s'asperger copieusement le visage et se rincer la bouche. Puis, il s'était enfin adressé à Anton qui le regardait toujours, un air indéchiffrable peint sur le visage :

— Est-ce que la volonté de Destiny a bien été appliquée ?

— Oui, mon ami. Votre démonstration a été bien plus efficace que prévu et les perturbations issues de votre pouvoir ont poussé les gens à se demander ce qu'il se passait. Ce qui fait que les huit cadavres pendus sur la place du marché ont eu encore plus d'impact que le premier. De plus en plus de gens demandent à participer activement à la protection de leur quartier. Par contre… après votre coup d'éclat, j'ai dû vous ranimer à l'aide d'un massage cardiaque, je ne suis pas sûr qu'il soit très sage d'utiliser vos dons de cette façon, mon ami…

— Merci je… je ferai attention à l'avenir. Et les… les autres n'ont pas pris mon état après l'utilisation de ma technopathie pour une faiblesse ?

— Au contraire, ils parlent de vous comme d'un martyr qui se sacrifierait pour appliquer la volonté de Destiny et, franchement, je ne vois pas comment voir ça autrement non plus.

— Et… les gens ?

— Les gens semblent apprécier ce qu'on a fait pour eux, mais beaucoup sont encore indécis nous concernant.

— Nous ne l'avons pas fait pour eux, nous avons accompli la volonté de notre dieu. Et… c'est normal qu'ils soient indécis, il m'a aussi fallu du temps pour comprendre. Ils y viendront.

Hector émergea à nouveau de ses souvenirs et entra dans l'immeuble désaffecté qu'occupait son organisation depuis près d'une semaine. Il parcourut le couloir principal et prit la grande porte du fond. Un amphithéâtre s'étendait en contrebas. D'ici, il put voir que les gradins poussiéreux étaient déjà à moitié remplis. À droite et à gauche de l'entrée se tenaient deux de ses partisans de la première heure : Jon, un jeune des rues de petite taille qui, jusqu'à ce qu'il le rencontre, était sans domicile fixe, et Javier, un pauvre vendeur à la sauvette des environs. Alors qu'il répondait distraitement à leurs salutations d'un hochement de tête, Hector descendit les marches de l'amphithéâtre en direction de l'esplanade centrale.

Derrière lui, de nombreux habitants du quartier, pour la plupart commerçants ou citoyens modestes, rejoignaient l'assemblée, souvent accompagnés de leurs enfants qui rechignaient, préférant certainement jouer chez eux.

Hector attendit un quart d'heure dans un coin de la scène à l'abri des regards et en profita pour observer ses lieutenants parler avec les nouveaux arrivants. Ces derniers n'étaient pas encore convaincus et il pouvait lire dans leurs yeux un mélange de curiosité mêlée de crainte, mais cela ne le surprenait pas. Lui-même, il y a encore quelques mois, se considérait comme un animal d'habitude, peu prompt à embrasser le changement, surtout lorsqu'il se montrait aussi radical, et c'est seulement l'expérience de sa résurrection qui l'avait poussé à une telle remise en question.

Le couple Fernandez qu'il avait croisé plus tôt apparut également dans l'entrée, suivi d'Anton qui fermait les portes derrière lui, annonçant le début de la session.

Le technomancien patienta encore quelques instants, le temps que les deux retardataires s'installent sur l'un des bancs proches de quelques connaissances à eux et qu'Anton, toujours en haut des marches, lui signale qu'il pouvait commencer d'un signe de tête exagéré.

Le jeune homme aux cheveux hirsutes se déplaça au centre de l'estrade. Les regards de tous les spectateurs le suivirent, attirés par son entrée en scène. Petit à petit, le silence s'installa dans l'assistance et Hector, d'une voix forte et assurée qu'il s'était découverte récemment, s'écria :

— Mes amis ! Mes frères ! Enfants de Destiny ! Merci de vous joindre à moi encore aujourd'hui ! Je vois encore de nouvelles têtes ! Pour ceux qui ne me connaissent pas, je suis Hector. Certains d'entre vous m'appellent le prophète, mais je ne sais pas si je mérite ce nom. Ce que je sais, c'est que notre dieu Destiny m'a ramené à la vie et m'a guidé pour que j'accomplisse sa volonté et que, depuis lors, je m'efforce de faire de mon mieux.

Hector reprit son souffle et observa les réactions dans la salle. Les gens semblaient attentifs, et dans le cas contraire, ses partisans les plus zélés auraient pris soin de remettre à leur place ceux qui auraient perturbé son allocution. Rassuré, il continua :

— Comme toujours, mes amis, n'hésitez pas à nous prévenir si un traître impie vient porter préjudice à notre bienveillante communauté, nos adeptes se feront une joie de vous porter assistance.

À cette remarque, des sourires carnassiers se formèrent sur le visage des zélateurs en question ainsi que sur celui d'Anton.

— J'ai été ravi d'apprendre qu'aujourd'hui encore a été pour notre quartier une journée de plus sans qu'un criminel n'ose sévir… mais cette nouvelle n'aura pas été la plus belle de la journée, loin de là ! Je viens vous annoncer que l'incarnation de Destiny sur terre nous a envoyé de nouvelles instructions… le MegaMall, dans le Secteur 2, l'un des symboles de l'opulence des Secteurs de la couronne centrale a été châtié par NOTRE DIEU !

Un sursaut de surprise parcourut l'auditoire. Hector patienta quelques instants le temps que le calme revienne et reprit :

— J'ai reconnu l'incarnation de Destiny. Lors de mon retour à l'existence, j'ai été guidé, comprenant parfois avec difficulté les connaissances qui m'étaient données, mais les images qui ont été montrées à la télévision ce soir sont claires. Elles sont la suite logique de ce que Destiny nous a encouragés à faire ici. Nous avons protégé les gens modestes et les habitants des quartiers les moins prospères, il est temps maintenant de nous en prendre aux privilégiés et à ceux qui s'engraissent sur notre dos !

Des murmures d'adhésions discrets résonnèrent dans l'amphithéâtre. Hector sourit, il savait en son for intérieur qu'ils allaient dans la bonne direction. Soudainement, des lettres se dessinèrent devant ses yeux en surimpression. Il avait pris l'habitude de ces apparitions et embrassa leur venue. Comme depuis le début, les lettres D.E.S.T.I.N.Y tournoyèrent dans son champ de vision, mais, cette fois, des schémas et des hiéroglyphes étranges scintillaient dessous : une masse colossale de données brutes qu'il n'avait jusque-là entraperçue que dans certains de ses rêves. Un large sourire s'épanouit alors sur son visage, et il annonça à l'assemblée :

— Les prochaines réunions vous apporteront plus d'informations, mais je peux vous assurer que la vengeance de Destiny s'abattra sur ceux qui nous oppressent, et ceux qui me suivront sur le chemin des justes seront récompensés.

Hector descendit de son estrade pour aller serrer quelques mains et discuter avec ses plus fervents supporters et donateurs du moment, les remerciant sincèrement de leurs efforts financiers ou simplement de leur soutien moral. Puis, il remonta voir Anton et lui dit :

— Il va falloir qu'on agisse sur deux fronts. Il faut qu'on envoie une équipe à la recherche de l'incarnation de Destiny, nous devons la localiser. Et il va falloir qu'on continue à recruter pour purifier les Secteurs 2 et 4…

— Tu veux que je m'occupe des recherches mon ami ? demanda Anton sur un ton sérieux.

— Non, j'aurais besoin de toi à mes côtés, je vais avoir besoin de tes dons pour m'aider à naviguer dans mes souvenirs concernant notre dieu. Envoie plutôt monsieur Heims. Dis-lui de parler aux Fernandez demain à leur boutique et de partir ensuite pour le Secteur 2 avec ceux qu'il jugera les plus aptes à localiser notre bien-aimé Destiny.

— Très bien, mon ami, répondit son bras droit en hochant la tête tout en se dirigeant vers un homme d'âge mûr aux larges épaules et au regard froid qui se trouvait quelques rangées de sièges plus bas.

Hector prit le temps d'observer Anton s'éloigner, puis quitta l'amphithéâtre. Il parcourut le couloir dans l'autre sens et sortit finalement de l'immeuble. Dehors, une pluie battante couvrait les bruits de la ville. Il leva les yeux vers les lunes blanches qui illuminaient faiblement le ciel derrière les nuages noirs, laissant l'averse baigner son visage. En surimpression de son champ de vision se trouvaient toujours d'étranges schémas et symboles qui correspondaient sûrement à des textes cryptés.

« Comment juger de ce qui est naturel et de ce qu'il ne l'est pas ? Les Réguliens n'ont pas ou très peu de potentiels actifs parmi leur population, et sous des formes complètement inédites pour nous. Est-ce notre état qui est naturel, ou bien le leur ? »

Philosophe Antarien, Gregor Sephrian

Chapitre XXI - Directeur Hunter

Jour 92 de l'an 246 : 07h30

Gabriel Hunter, le chef actuel de la police antarienne, surnommé IceAngel, avait veillé tard la nuit dernière. Il avait travaillé dur pour établir un plan d'action destiné à attraper la créature qui sévissait dans le deuxième Secteur depuis trois jours, si bien que la sonnerie du réveil matinal qui retentit à 7h30 se révéla difficile à encaisser.

Il émergea péniblement et se traîna, torse nu, à travers son luxueux appartement du Secteur Premier jusqu'à sa cuisine. Il se prépara un café noir et quelques tartines qu'il posa sur un plateau avant de se diriger vers le salon avec son petit-déjeuner. Dans le couloir, il regarda comme toujours avec une nostalgie teintée de mélancolie les photographies des anciens collègues avec qui il avait combattu durant les émeutes de 226. À cette époque, il avait été posté avec toute son unité dans le Secteur 6, l'un des Secteurs les plus durement frappés, et n'avait survécu aux affrontements que grâce à une chance insolente.

Le seuil du salon dépassé, son regard fut attiré par le panorama stupéfiant qui filtrait à travers la grande baie vitrée. Depuis le soixante-septième étage, la lumière orangée de l'aube scintillait en se reflétant sur les gratte-ciel étincelants des alentours. Cette vision éveillait systématiquement en lui un désir impérieux de s'envoler par la fenêtre pour profiter des cieux, mais un grognement de son ventre lui rappela qu'il tenait encore son petit-déjeuner entre les mains.

Il s'installa donc dans son canapé et posa son plateau devant lui, sur la table basse. Après quelques secondes, il réalisa que quelque chose le gênait sous sa cuisse gauche. Il releva légèrement sa jambe et remarqua un bloc de construction pour enfant qui avait dû être égaré entre deux coussins par son neveu.

Cela faisait bientôt huit ans qu'il avait invité sa petite sœur, récemment veuve à cette époque, et son fils qui venait de naître à habiter avec lui, à ce moment-là dans son appartement du Secteur 3, puis, plus récemment, dans le Secteur Premier après avoir été promu chef de la police. Cette dernière lui répétait régulièrement qu'il en faisait trop pour eux et qu'ils étaient la cause de son célibat, mais, en vérité, il n'avait jamais trouvé de partenaire qui lui convienne en raison de ses horaires de travail exigeants et de ses critères élevés.

Il retira le bloc de construction et petit-déjeuna tranquillement. Une fois son repas terminé, il rangea ses couverts dans le lave-vaisselle et alla se doucher. L'eau chaude qui ruisselait sur son corps apaisait toujours ses douleurs à l'épaule et à la hanche, rémanence de ses jeunes années dans la police. Après avoir coupé l'eau, il se débarrassa des cristaux de glace formés par son potentiel actif qui gelait les dernières gouttes d'eau restées à la surface de sa peau.

Au sortir de la douche, il prit un instant pour observer dans le miroir les vieilles cicatrices blanchies par le temps qui recouvraient son torse et ses épaules. Il récupéra son communicateur tout en enfilant ses sous-vêtements, puis vérifia d'un coup d'œil si quelqu'un avait tenté de le contacter sur sa ligne personnelle. Un petit sourire naquit sur son visage lorsqu'il constata avoir reçu un message de Luis Caldera :

« Entraînement ce matin ? »

Gabriel hésita. À 11h00 précise, il devait présenter au Sénat les dernières évolutions de la traque de la créature et il fallait qu'il soit préparé au mieux. Après une courte réflexion, il réalisa qu'il connaissait de toute façon le dossier sur le bout des doigts et qu'un entraînement physique l'aiderait probablement à évacuer ses tensions avant la présentation. Il répondit donc par l'affirmative et prépara son sac de sport en y plaçant délicatement son uniforme d'apparat aux multiples galons et sa tenue d'entraînement. Il enfila ensuite sa combinaison de vol la plus confortable et y sangla son sac. Fin prêt, il retourna au salon, ouvrit une fenêtre et, après avoir pris soin de regarder au-dessous et sur les côtés pour contrôler que rien ne risquait de le gêner, il sauta dans le vide.

Filant à toute vitesse vers le sol, il déploya ses larges ailes de lumière dans son dos et altéra sa course pour se diriger vers la salle d'entraînement de son plus vieil ami, en direction du nord, dans un quartier mitoyen du troisième Secteur.

IceAngel slalomait entre les immeubles, croisant çà et là d'autres citoyens qui possédaient un potentiel actif de vol et profitant de la caresse du vent sur son visage ainsi que de la légère humidité matinale. Il aurait pu voler les yeux fermés tant il connaissait les gratte-ciel qui dessinaient l'horizon de ces quartiers.

Au loin, il aperçut un Vigilant se diriger dans la même direction que lui. IceAngel accéléra sa course, plaquant ses deux bras le long du corps pour affiner son profil aérodynamique, et descendit à la même altitude que son collègue. Alors qu'il arrivait à sa hauteur, ce dernier sursauta et s'écarta promptement avant de réaliser qu'il volait aux côtés d'IceAngel. Le Vigilant se rapprocha de son chef et le salua en mettant son poing sur son torse. Gabriel y répondit de la même façon et, souriant, il fit un tonneau sur le côté et s'éloigna pour laisser le Vigilant poursuivre sa patrouille.

Après une demi-heure de vol, il amorça sa descente pour plonger vers le vingt-septième étage de l'immeuble qui se trouvait en face de lui. Comme toujours, une fenêtre avait été laissée ouverte à son attention. Il ralentit donc à l'approche de sa destination et se glissa adroitement par l'entrée improvisée.

Son ami de longue date l'attendait, assis en tailleur, dos au mur qui se trouvait en face de la fenêtre ouverte.

Luis était un homme grand et solide aux muscles épais, âgé d'une soixantaine d'années, comme ses cheveux gris l'indiquaient. Il n'avait jamais voulu dire à Gabriel quels potentiels actifs il possédait, mais IceAngel soupçonnait que ces derniers devaient être moins impressionnants que les aptitudes physiques très développées de cet homme.

Luis se leva, vint étreindre son ami et lui dit :

— Salut, gamin. Comment ça va aujourd'hui ?

— Très bien, et toi, Luis ?

Écoutant distraitement la réponse de son ami, IceAngel se remémora à nouveau pourquoi ce dernier l'appelait « gamin ». Gabriel le lui avait demandé une fois et ce dernier avait répliqué :

— Tu seras toujours pour moi ce gamin que j'ai trouvé à moitié mort dans cette allée pendant les émeutes.

Cette chance insolente qu'il avait eue ce jour-là, c'était Luis. Cet homme avait vu une jeune recrue de vingt-deux ans se faire lyncher par un groupe à l'écart de la foule dans une ruelle sombre et s'était interposé. Il faut dire qu'à l'époque, Luis était un champion local d'un sport en plein essor : la boxe sous négatron, qui consistait à faire s'affronter des combattants sur un ring avec des bracelets incapacitants aux poignets. Sa réputation seule avait suffi à disperser la majeure partie du groupe d'assaillants et, pour les deux derniers téméraires, un crochet du droit et un direct à la mâchoire avaient terminé le travail.

IceAngel se changea rapidement et se munit des bracelets incapacitants que son ami lui tendait. Comme toujours, il sentit ses perceptions s'altérer, l'air autour de lui sembla se refroidir et un frisson lui parcourut l'échine. Secouant la tête pour reprendre ses esprits, il enfila ses gants et son casque de protection avant de se mettre en garde face à son opposant.

Ils commencèrent par s'échauffer, enchaînant des frappes prévisibles et se tournant autour à une cadence régulière. Puis, telle une danse savamment répétée, les pas s'accélérèrent, et les coups échangés également. Les automatismes prirent l'ascendant sur la réflexion et les pensées de Gabriel se mirent à vagabonder, comme souvent pendant son entraînement. Il se rappela ce qui l'avait poussé à choisir cette discipline plutôt qu'une autre. Outre les qualités de cet art martial apprécié par ses amateurs telles que son aspect stratégique ou sa subtilité par rapport aux sports de combat pratiqués sans négatron, c'était surtout ce souvenir d'impuissance qu'il avait ressenti suite à l'explosion qui l'avait projeté dans cette ruelle vingt ans plus tôt. La déflagration avait disloqué les menottes incapacitantes de son lieutenant et la partie de ces dernières qui contenait l'éclat de négatron s'était fichée profondément dans son dos. Désorienté et sévèrement blessé, il s'était alors retrouvé sans défense face à un groupe d'insurgés qui l'avait passé à tabac. Son sauvetage par Luis, compte tenu de sa renommée dans ce sport, fut interprété par IceAngel comme un signe supplémentaire de la nécessité d'arrêter de ne se reposer que sur ses capacités actives : il devait s'améliorer dans absolument tous les domaines.

L'échauffement se mua ensuite en combat réel et les rêveries de Gabriel durent prendre fin. Il se concentra sur le jeu de jambes de son adversaire afin d'anticiper ses attaques, ajusta ses frappes pour que ses coups portent et changea son rythme pour devenir plus imprévisible.

Au bout d'une heure de combat entrecoupée de pause, l'ancien champion mit fin à l'entraînement.

— Heureusement que je n'ai pas d'autres élèves comme toi, commenta Luis, le souffle saccadé alors qu'il tendait son gant droit pour que Gabriel l'aide à le retirer.

— Comment ça ? lui demanda le chef de la police d'Antar, curieux de ce que pouvait être la réponse.

— Un combat de plus de cette intensité dans la journée et mon cœur va lâcher ! plaisanta-t-il avant d'ajouter sur un ton plus sérieux, je ne suis plus tout jeune, tu sais.

Gabriel regarda alors son professeur d'un œil nouveau, remarquant pour la première fois son visage ridé et usé.

Ils finirent de retirer leurs équipements sans un bruit et IceAngel en profita pour se coiffer devant un miroir avant que ses cheveux ne se solidifient à nouveau sous l'effet de son potentiel actif. Content de lui, il suivit son ami jusqu'aux douches où il rinça la sueur de leur combat en écoutant Luis chanter dans la cabine d'à côté. Après s'être séché, il enfila cette fois sa tenue d'apparat sous sa combinaison de vol, puis, souriant et détendu, il salua son professeur et reprit son envol de la même fenêtre par laquelle il était arrivé, déployant ses majestueuses ailes de lumière.

Il parcourut le ciel, naviguant à haute altitude en direction du cœur du Secteur Premier. Plus d'une heure après son départ de la salle de boxe, il commença à apercevoir le bâtiment du Sénat. Cet édifice étincelant en forme de polygone à onze côtés, un par Secteur, qui s'étendait sur une superficie comparable à celle de quatre blocs d'immeubles, était construit quasiment à plat. Haut de seulement quatre étages, il donnait l'impression à IceAngel qu'un immense trou était apparu au milieu des gratte-ciel du quartier.

Une fois pratiquement à la verticale du Sénat, il fut ravi de voir deux Vigilants se précipiter sur lui pour l'intercepter, un premier arborant fièrement des ailes faites de matière noire absorbant la lumière et un deuxième qui ne possédait pas d'ailes visibles.

Il se maintint en vol stationnaire et les attendit, les mains écartées en signe de bienveillance. Ces derniers le rejoignirent très vite et le reconnurent aussitôt. Ils se saluèrent à la façon des Vigilants, poing sur le cœur, et entreprirent d'escorter leur supérieur jusqu'au Sénat.

En y regardant de plus près, le deuxième Vigilant avait bien des ailes, mais ces dernières, vaporeuses, étaient difficilement perceptibles.

Gabriel avait lu plusieurs théories concernant la matière des ailes produites par les pouvoirs de vol, mais celle qui lui paraissait la plus juste jusque-là parlait d'une forme d'hérédité liée à un des potentiels actifs venant d'un ascendant. Par exemple, l'une des capacités de son défunt père consistait à produire de la lumière à partir de la paume de ses mains, ce qui pourrait expliquer que son potentiel actif soit associé à des ailes faites de lumière. Mais, jusqu'à aujourd'hui, aucun scientifique n'avait pu prouver l'existence de cette hérédité.

À quelques mètres du sol, au-dessus de la place qui s'étendait devant l'entrée principale, les deux Vigilants se dispersèrent et reprirent de l'altitude pour rejoindre leurs postes respectifs autour du Sénat tandis que le chef de la police se posait et faisait disparaître les enchevêtrements lumineux qui ornaient son dos. Il se débarrassa rapidement de sa combinaison de vol et la rangea dans son sac avant de chercher du regard son assistant qui était supposé l'attendre à cet endroit.

Après quelques secondes, il remarqua un vieil homme dans un uniforme d'apparat de la police qui ressemblait beaucoup au sien se diriger vers lui clopin-clopant. Il s'agissait bien d'Auguste. Cet ancien préposé aux archives de commissariats avait petit à petit fait son chemin dans l'administration de la police jusqu'à devenir l'assistant personnel du prédécesseur d'IceAngel. Quand celui-ci avait pris son poste, Auguste Delierre, déjà en âge de prendre sa retraite, avait tenu à rester, considérant comme un honneur de pouvoir servir sous les ordres du premier rang 5 du continent. Gabriel n'avait alors pas eu le cœur à forcer le vieil homme à partir et s'était vite rendu compte de la sagacité de son assistant.

Ce dernier arriva essoufflé par sa marche et tendit à son supérieur un porte-document en cuir qui contenait les dossiers dont il avait besoin avant de lui annoncer :

— Chef Hunter, j'ai compilé toutes les dernières données rapportées et j'ai mis à jour les diagrammes en accord avec celles-ci. Les nouveaux chiffres restent dans les mêmes paramètres, les conclusions n'ont donc pas besoin d'être modifiées.

— Merci, Auguste, prenez mon sac et accompagnez-moi à l'intérieur.

— Très bien, je vous suis, lui répondit l'intéressé tout en acceptant le sac de sport qui lui était tendu.

IceAngel et son assistant se mirent en marche. Au bout de la place, une rangée de colonnes de pierres blanches immaculées aussi haute que l'édifice trônait devant la grande porte d'entrée du bâtiment. Les contrôles de sécurité commencèrent au pied de la colonnade : même le chef de la police n'en était pas exempt. Plusieurs agents du GPI les fouillèrent et prirent leurs identités. Ils furent ensuite scannés, identifiés génétiquement et via leurs empreintes digitales. IceAngel se soumettait bien volontiers à ces vérifications, il n'aurait pas voulu que ses propres hommes agissent différemment à son égard et il ressentit de la fierté en constatant la même intégrité chez les agents des autres services.

Au détour des contrôles, il croisa un vieil ami de l'époque de l'académie, Nathan Wells, et le salua chaudement. Ce dernier avait choisi de rentrer au GPI après quelques années passées dans la police et il semblait ravi de revoir Gabriel, gonflé d'orgueil qu'un camarade de sa promotion soit monté au plus haut grade qui soit. IceAngel lui proposa de l'inviter lui et sa famille à manger chez lui quand la situation se serait calmée pour rattraper le temps perdu.

Après avoir salué Nathan, le directeur Hunter et Auguste se dirigèrent vers le centre de l'édifice où se trouvait la salle du conseil des sénateurs. Sur le chemin, ils croisèrent l'équipe Lion et l'équipe Phœnix du GUT qui les saluèrent d'un hochement de tête avant de continuer leurs routes respectives. Gabriel savait que les couloirs richement décorés masquaient habilement de nombreux systèmes de sécurité automatisés tels que des tourelles et des portes blindées qui auraient transformé les lieux en un piège mortel pour toute personne qui aurait tenté de s'introduire dans le Sénat sans les autorisations nécessaires.

À l'entrée de la salle du conseil, ils furent à nouveau accueillis par plusieurs agents du GPI qui les firent patienter le temps que la séance en cours se termine.

Quelques minutes plus tard, la grande porte s'ouvrit sur la haute salle du conseil des sénateurs. De riches tapisseries dorées qui décrivaient l'histoire du continent recouvraient presque intégralement les murs blancs de la pièce circulaire dont les plafonds culminaient à quelques dizaines de mètres. Elles relataient des faits remontant jusqu'à la période où Antar n'était encore qu'un archipel d'une demi-douzaine d'îles, continuaient sur l'émergence des grands géomanciens qui entamèrent la terraformation qui se prolongea durant plusieurs centaines d'années et mettaient en scène différents conflits tels que les Guerres d'Unification et les récentes émeutes de 226 qui provoquèrent le changement de régime de la ville-continent, la faisant passer d'une dictature oligarchique à une démocratie représentative.

Gabriel Hunter s'avança au-devant du pupitre qui trônait au milieu de la pièce, en face du grand bureau derrière lequel siégeaient les onze sénateurs vêtus de leurs toges bleu azur. Chacun d'entre eux arborait une écharpe d'une couleur différente et ornée du blason de son

Secteur. Tout autour d'IceAngel, les gradins, quasiment déserts, n'étaient occupés que par quelques officiers militaires haut placés, dont le premier général Charles Johnson, et Auguste qui venait de s'y installer. Seule une poignée d'individus possédait le niveau d'accréditation suffisant pour assister à cette réunion classée secret défense.

Le directeur de la police antarienne se plaça derrière le pupitre, face aux sénateurs, et commença son exposé de la situation :

— Très estimés sénateurs, je me présente devant vous afin de vous rendre compte des dernières nouvelles à propos de la crise qu'endure le Secteur 2 depuis maintenant trois jours.

— Le Sénat vous souhaite la bienvenue et accueille vos nouvelles avec toute son attention, répondit le sénateur Whale du Secteur 2 qui semblait se sentir personnellement concerné.

— Merci. Pour commencer, nous avons pu valider que l'arme Destiny est complètement invisible à toutes les capacités de nos traqueurs. En trois jours, la créature a effectué quatre sorties, chacune espacée d'à-peu-près vingt heures. Vous avez déjà été mis au courant des circonstances de l'attaque du MegaMall au jour 89 de cette année à 16h25. La deuxième attaque du jour 90 à 12h15 a eu lieu dans un petit restaurant à cinquante kilomètres du MegaMall. La créature est apparue dans les cuisines et s'est ensuite dirigée dans la salle principale avant d'être repoussée par l'équipe Bison du GUT aidée de trois Vigilants. Le bilan de cette rencontre a été de trente-deux décès et quinze blessés. La créature s'est enfuie, l'équipe du GUT a perdu deux de ses membres, les quatre autres sont grièvement blessés, et les trois Vigilants sont encore aujourd'hui entre la vie et la mort. La troisième attaque, jour 91 à 8h12, a eu lieu sur la voie rapide numéro trente-cinq du Secteur 2, à soixante-dix kilomètres du restaurant du jour précédent. La créature aurait surgi au milieu du trafic et aurait commencé à se jeter sur les véhicules pour les tailler en pièces. Cette fois, deux escouades de policiers se sont sacrifiées pour faire fuir la créature. Le bilan de cette rencontre a été de quarante-sept décès et quarante-cinq blessés et les dégâts matériels ont été considérables. La créature s'est à nouveau enfuie sans que nous puissions découvrir où. Et enfin, tout à l'heure, à 4h35 du matin, une dernière attaque est survenue dans un entrepôt de fournitures médicales. Seulement une dizaine de morts est à déplorer et aucun blessé. Aucune équipe n'a cependant pu arriver à temps pour intercepter l'hostile.

— Donc vous êtes en train de nous dire que la plupart du temps nous arrivons trop tard pour la combattre, que, lorsque ce n'est pas le cas, nos hommes se font décimer et que les seules fois où la créature a battu en retraite, nous avons tout de même perdu sa trace, c'est bien ça ? demanda le sénateur Forthright du Secteur Premier sur un ton autoritaire.

— C'est tout à fait ça, répondit IceAngel. Pour faire face, nous avons mis en place, à partir d'aujourd'hui, un effort commun à tous les commissariats, en coordination avec les équipes d'intervention du GUT. Nous avons fait venir des renforts de tous les Secteurs pour créer une toile hyper réactive qui nous permettra d'arriver plus nombreux et plus vite sur les lieux. Dans le même temps, les scientifiques militaires continuent d'essayer de trouver comment refaire fonctionner le signal de secours censé pouvoir attirer la créature et les plus fins statisticiens du continent travaillent avec le GUT pour tenter de trouver un schéma de prédictibilité des attaques.

— Donc la seule réelle avancée est que nous avons plus d'agents sur le terrain, mais à quoi bon si c'est pour que nos hommes se fassent exterminer ? assena le sénateur Forthright.

— J'ai bon espoir qu'un nombre accru de membres des forces de l'ordre nous permettra d'abattre la créature.

Plusieurs sénateurs se mirent à échanger entre eux à voix basse. Le sénateur Whale invoqua la fin des murmures en levant ses mains devant lui et annonça à ses collègues :

— Le mieux serait de présenter cette option au directeur Hunter et de le laisser juger de la situation.

Ses confrères hochèrent la tête en signe d'assentiment et le sénateur Whale demanda au général Johnson de descendre des gradins d'un geste de la main. Le militaire s'exécuta. Il vint se placer dos au bureau des sénateurs, en face d'IceAngel et s'adressa à ce dernier :

— Avant toute chose, directeur Hunter, gardez bien en tête que la solution que je vais vous proposer n'a rien à voir avec un autre Projet Destiny. Le procédé dont je vais vous parler n'a jamais été mis en œuvre jusqu'à aujourd'hui à cause de son coût, mais, pour bien comprendre de quoi il s'agit, il faut que je sache si vous êtes familier avec le métal appelé le positron.

— Pas du tout, dut avouer IceAngel.

— Les premiers éclats de positron ont été ramenés il y a presque dix ans après une incursion dans les territoires réguliens. Ce métal extrêmement rare naît au cœur de géodes de négatron, à proportion de quelques milligrammes pour chaque kilogramme de négatron Et nous avons constaté que ses effets sur l'organisme sont complètement opposés à ceux du négatron : il augmente la réserve d'énergie du sujet et amplifie la puissance qu'il peut déployer à travers ses potentiels actifs. De ces découvertes est né le programme Amplify. Alors, c'est un peu plus compliqué que juste insérer un morceau de positron sous la peau, mais, dans l'esprit, si nous utilisions tout le positron que nous avons, nous pourrions améliorer l'un de nos meilleurs soldats pour qu'il soit en mesure d'affronter l'arme Destiny.

— Et qui proposeriez-vous d'augmenter ? Est-ce que vous contrôlerez aussi son esprit comme pour Destiny ? Et si le positron est si rare, comment pouvez-vous être certain que votre projet va fonctionner ? demanda IceAngel intrigué.

— Nous ne contrôlerons pas son esprit… C'était parce que les modifications génétiques effectuées lors du Projet Destiny étaient très importantes que nous étions obligés de diriger la créature, répondit le général. Et puis, nous sommes certains qu'Amplify est au point parce que nous avons pu observer de grandes similitudes entre les propriétés génétiques du positron et du négatron que nous connaissons très bien, ainsi que grâce à une batterie de tests qui a été effectuée sur des volontaires.

— Et c'est à vous que nous pensions pour combattre la créature, directeur Hunter, embraya le sénateur Forthright

IceAngel, pris de cours par cette proposition, mesura les implications de cette dernière posément.

Pensif face à la question qui lui était posée, le chef de la police fixait intensément le général Johnson qui, lui-même, restait impassible. Le silence rendait l'atmosphère encore plus lourde. Gabriel avait passé toute sa vie à s'améliorer dans tous les domaines possibles afin de ne plus se retrouver impuissant et on lui offrait la chance de se défendre ainsi que toute la population contre un fléau mortel. L'air autour de lui refroidissait et scintillait de plus en plus à mesure qu'il s'enfonçait dans ses pensées. Il n'aimait pas perdre le contrôle de ses capacités.

Il baissa les yeux et posa ses mains à plat sur le pupitre pour se concentrer. Sur ses mains, il reconnut quelques cicatrices qu'il avait récoltées du temps de son service actif sur le terrain, ainsi que divers cals sur ses doigts. Et c'est là qu'il réalisa quelque chose qui lui avait échappé jusque-là : il n'était plus un combattant. Il s'entraînait toujours avec acharnement, mais l'essentiel de ses journées était passé dans des bureaux à s'occuper de la gestion globale de l'intégralité des forces de police d'Antar. C'était à ce poste, à cette fonction, que la population avait besoin de lui. Il releva les yeux à nouveau et, croisant ceux du général Johnson, la réponse lui apparut d'elle-même :

— Vous devrez vous passer de ma participation à ce projet, trancha IceAngel, ma confiance dans les projets de notre armée a quelque peu diminué dernièrement. De plus, je ne suis plus un homme de terrain après toutes ces années passées derrière un bureau. Je ferais mieux de m'en tenir à mon rôle, celui de directeur de toute la police d'Antar, continua-t-il en insistant sur le mot « toute ». Je m'en tiendrai donc à mon assertion initiale : avec une meilleure organisation et des renforts venus des autres Secteurs, nous avons toutes les chances de réussir à vaincre la créature que nos propres forces armées ont créée et envoyée contre notre population.

Le général Johnson paraissait avoir pris un coup sur le haut du crâne et s'était affaissé d'au moins cinq centimètres depuis le début de la réponse du chef de la police. Les sénateurs se regardaient les uns les autres. Certains visages semblaient approuver la décision d'IceAngel, d'autres, comme le sénateur Whale du deuxième Secteur, semblaient en colère. Gabriel reprit :

— Pourquoi ne soumettez-vous pas ce projet à l'un de vos soldats, Général ? Vous n'avez pas de volontaires pour devenir un super-soldat dans vos rangs ? ironisa le chef de la police.

— C'est un peu plus compliqué que ça, répondit le général, visiblement ennuyé. Nos études préliminaires nous ont montré que seul un rang 5 pourrait survivre à la tension énergétique liée à la modification.

— Eh bien voilà qui règle le problème, il ne vous reste plus qu'à soumettre l'idée au capitaine Telvir. Maintenant, si vous n'avez pas d'autres questions ou d'autres projets ubuesques à me proposer, j'aimerais retourner auprès de mes hommes pour nous préparer à la prochaine attaque qui devrait survenir dans…

Il prit une pause, le temps de regarder l'heure indiquée sur son communicateur, et termina sa phrase :

— … treize heures et quinze minutes.

Le sénateur du deuxième Secteur fit signe à IceAngel de disposer. Gabriel récupéra son porte-document et se dirigea vers la sortie. Il franchit la porte de la salle du conseil, attendit Auguste et, ensemble, ils parcoururent le chemin vers l'extérieur de l'imposant bâtiment. Une fois dehors, IceAngel ordonna à son assistant de rentrer au siège de la police par ses propres moyens et activa l'interface de son communicateur pendant que son second lui rendait son sac de sport. L'appareil indiquait un appel en absence de Jenna. Il sélectionna l'icône pour rappeler le correspondant et, quelques secondes plus tard, la douce voix enjouée de sa sœur lui répondit :

— Hey ! Salut, grand frère ! Alors ? Cet entretien au Sénat, ça s'est bien passé ?

— Oh tu sais, ce n'était qu'une présentation de chiffres et de plans d'action, rien de bien extraordinaire.

— Oui, je sais, mais je voulais quand même savoir. On mange ensemble à midi ?

— Non, je suis désolé, je dois aller travailler. Je ne rentrerai d'ailleurs pas ce soir, donc ne m'attendez pas non plus pour le dîner.

— Je comprends. Fais bien attention à toi hein, pense aussi à te reposer et à te nourrir, répondit-elle, l'air inquiète.

— Ne t'en fais pas pour moi, je ne suis pas en sucre. Tu feras un bisou à Tyler de ma part ?

— On t'appellera ce soir, avant que je le mette au lit. Tu pourras le lui faire vocalement, ce sera toujours ça.

— Super, à ce soir, Jenna.

— Bon courage, frérot !

Un sourire était né de cette simple interaction avec sa petite sœur. Mais celui-ci disparut aussitôt de son visage lorsqu'il aperçut le compte à rebours sur son communicateur : treize heures.

« Quand chaque citoyen a potentiellement la capacité de vaporiser quelqu'un d'autre d'une simple pensée, le principe de riposte adaptée à la menace devient quasiment impossible à mettre en œuvre. »

Philosophe Antarien, Gregor Sephrian

Chapitre XXII - En eaux troubles

Jour 92 de l'an 246 : 23h35

Putain, il est passé où ? jura Craig après avoir perdu de vue sa cible.

Il stoppa sa course et observa les alentours. L'entrepôt dans lequel il se trouvait était baigné dans la pénombre, de discrets éclairages placés une dizaine de mètres au-dessus du sol produisaient une luminosité si faible qu'elle permettait à peine de distinguer les contours des objets qui l'entouraient. Craig se tenait, alerte, au milieu d'une allée faite de caisses en bois plus hautes que lui.

Il tendit l'oreille et retint son souffle pour tenter de capter le moindre son qui aurait pu lui donner un indice sur l'emplacement de sa cible. Des pas résonnaient avec force dans le gigantesque bâtiment de stockage, mais, même en se concentrant, Craig se révéla incapable de déterminer d'où provenait le bruit tant l'écho était diffus.

Il prit alors de l'élan, utilisa son potentiel actif pour réduire l'effet de la gravité sur lui, sauta sur une caisse et s'appuya sur celle-ci pour se propulser encore plus haut. Il se stabilisa, à l'aide de son pouvoir, à presque une dizaine de mètres du sol tandis que les échos des pas du fuyard continuaient de retentir. Craig passa de longues secondes à chercher l'origine du bruit, ressentant les battements sourds de son cœur dans ses oreilles. Il fut rassuré lorsqu'il finit par entrapercevoir une ombre se déplacer rapidement en direction de l'un des blocs lumineux qui indiquaient la présence d'une sortie de secours.

J'étais juste derrière lui, comment il a pu s'éloigner autant ? se demanda Craig.

Sentant son rythme cardiaque s'emballer, il se laissa envahir par le stress lié à la peur que l'objet de sa traque ne s'échappe et n'emporte avec lui tous les espoirs qu'il avait nourris ces derniers jours.

Il ajusta à nouveau l'utilisation de son potentiel actif et inversa totalement l'effet de la gravité sur lui pour atterrir, non sans bruit, sur le plafond de l'entrepôt. Il se mit alors à courir à toute vitesse vers la porte que sa proie essayait d'atteindre.

Avant d'arriver dans ce bâtiment, la course-poursuite avait duré près d'un quart d'heure et Craig était étonné de l'endurance de l'homme qu'il traquait. Malgré cela, l'individu devait slalomer entre plusieurs rangées de caisses en bois tandis que Craig courait en ligne droite sur le plafond sans rencontrer aucun obstacle, excepté les quelques néons faiblards qu'il enjambait facilement.

Il atteignit sa destination quelques secondes avant le fuyard et ajusta sa gravité pour atterrir tout en souplesse devant la porte.

Craig n'eut à attendre qu'une dizaine de secondes avant de voir sa cible arriver au détour d'un des couloirs. Il prit un instant pour se délecter de l'expression étonnée qui se dessinait sur le visage de l'homme et lui envoya un puissant direct du droit en pleine figure qui eut pour effet de le projeter au sol avec le nez en sang. Celui-ci se releva rapidement, malgré le fait qu'il semblait sonné, et courut vers la droite… et vers la gauche.

C'est quoi ce bordel ? se demanda Craig en voyant l'homme se dédoubler.

Il comprit alors que c'était de cette façon qu'il avait été dupé la première fois. Il avait donc poursuivi une illusion durant quelques secondes et ceci expliquait que son adversaire ait pu s'éloigner autant de lui. Craig se jura de ne pas se faire avoir une seconde fois.

Il observa la scène attentivement et constata que des gouttes de sang jonchaient le sol derrière l'homme qui courait vers la droite, mais pas derrière celui qui se déplaçait dans le sens opposé. Craig se mit donc à la poursuite du premier. À l'intersection suivante, sa proie usa du même stratagème et Craig perdit à nouveau quelques secondes pour vérifier qu'il ne partait pas aux trousses d'un mirage. Malgré cela, il parvint à l'atteindre et, se jetant dans les jambes de sa cible, la plaqua au sol.

L'homme se débattit tant qu'il put, mais les coups qu'il portait à Craig ne lui faisaient aucun mal en raison de sa peau blindée et, après trois directs reçus en plein sur la boîte crânienne, il finit par perdre toute volonté de se battre. Les yeux vides de toute expression, il balbutia :

— Arr… arrête… t'as… tu n'as… pas… le droit… t'es flic.

Craig stoppa son poing juste avant qu'il n'atteigne une nouvelle fois sa cible et répondit :

— Plus maintenant.

Il arma alors à nouveau sa frappe et assomma son adversaire.

L'ex-policier ligota sa prise avec une corde qu'il emprunta dans l'entrepôt et le chargea sur son épaule. En sortant du bâtiment, il imagina qu'un homme se déplaçant au pas de course à cette heure-ci risquait de paraître suspect et commença à traverser la rue en marchant. Puis, prenant conscience qu'il transportait une personne ligotée, il se mit à courir.

Craig n'était pas particulièrement familier du Secteur 10, mais il ne voyait pas de grandes différences entre le quartier malfamé où il se trouvait et ceux dans lesquels il avait l'habitude de chasser les criminels lorsqu'il travaillait encore dans la police du Secteur 11. L'ancien inspecteur savait que le Secteur 10 était réputé pour deux choses : ses quartiers nord très difficiles avec beaucoup de précarité ainsi qu'une forte délinquance et toute sa côte ouest, sud-ouest et sud qui attirait beaucoup de touristes en raison du climat doux qui y régnait la plus grande partie de l'année. Au milieu de ces deux parties du Secteur que tout opposait se trouvait une zone urbaine très semblable à n'importe quelle autre zone urbaine du continent.

Après quelques minutes, il arriva devant sa voiture, content de ne pas avoir été inquiété durant son trajet. Le peu de civils qu'il avait croisés à cette heure tardive ne semblaient pas motivés à stopper dans sa course un inconnu transportant une telle charge et, par chance, il n'avait rencontré aucune patrouille de police sur le chemin.

Craig ouvrit le coffre et y plaça l'individu ligoté. Alors qu'il l'y déposait, il entendit un léger râle ; le bougre se réveillait. Sans hésiter une seconde, l'ex-policier lui administra un violent coup de poing qui renvoya son prisonnier dans un état d'inconscience.

Après une bonne heure de trajet en voiture, en espérant que sa prise ne se réveille pas à nouveau, Craig s'arrêta dans une rue à sens unique dépourvue de lampadaires. Il sortit de son véhicule et se rapprocha du mur se trouvant face à lui. Se baissant, il passa la main contre la paroi à environ dix centimètres du sol jusqu'à ce qu'il trouve un creux. Il y inséra ses doigts et tira avec force.

La porte de garage, habilement camouflée en mur de cul-de-sac, s'ouvrit et Craig y stationna sa voiture avant de refermer l'entrée au plus vite.

Il se trouvait dans une pièce d'une centaine de mètres carrés, emplie de matériaux et d'objets en tout genre éparpillés en plusieurs amas. La peinture des murs, vieille et écaillée, était recouverte par endroit de graffitis très peu esthétiques et une épaisse couche de poussière occultait le sol.

Craig jeta un œil en direction du bureau situé au fond de la planque, mais la chaise qui trônait devant celui-ci était vide.

Il entendit alors une chasse d'eau, suivie d'un raclement de porte. Il tourna son regard vers l'origine du bruit et, voyant un homme maigrelet de petite taille sortir des toilettes avec un paquet de chips à la main, il s'écria :

— Marco !

L'intéressé était habillé de façon décontractée : un short à fleurs et un débardeur blanc. Ses cheveux bouclés, qu'il ne coiffait jamais, formaient une masse rousse disharmonieuse sur le dessus de son crâne.

Ce dernier leva les yeux vers l'intrus :

— Putain, Annoye ! Qu'est-ce que tu fous là ? demanda-t-il tout en mâchant bruyamment.

— Je t'ai ramené ce que je te dois, répondit l'ex-policier tout en jetant un paquet grossièrement emballé dans sa direction, trois-mille crédits comme prévu, c'est ce que je te devais pour la bagnole.

L'homme ouvrit le colis et compta rapidement avant de relever la tête.

— Je t'ai dit hier que j'te faisais cadeau de c'qu'il manquait si tu n'foutais plus les pieds ici.

— Je n'ai nulle part ailleurs où aller, répondit distraitement Craig tout en se tournant vers le coffre du véhicule.

Comme d'habitude avec Marco, la curiosité l'emporta sur son ressentiment et il s'approcha de son invité non désiré.

— Qu'est-ce que tu m'as encore ramené ? demanda-t-il.

L'ancien inspecteur sortit un revolver d'un holster caché sous son gilet et le tendit vers son hôte en lui disant :

— Tiens. Si il bouge, tu tires sans hésiter, mais vise plutôt les jambes, s'il te plaît. J'ai besoin de lui parler.

— Ok, répondit Marco de façon désinvolte tout en empoignant l'arme à feu que lui tendait Craig.

Ce dernier ouvrit le coffre d'un geste rapide, révélant un corps inerte et ligoté à l'intérieur.

Après s'être assurés que l'individu n'avait pas repris conscience, ils le transportèrent ensemble jusqu'à un fauteuil qui avait été transformé spécialement pour permettre de garder un prisonnier immobile : des lanières de cuir entourèrent les chevilles et les poignets du malheureux tandis qu'un cercle en ferraille se refermait autour de son cou.

Ce dispositif n'était pas parfait et ne valait pas une paire de menottes incapacitantes, mais dans la plupart des cas, le « fauteuil des invités », comme aimait l'appeler son propriétaire, devrait pouvoir remplir son rôle. Bien entendu, Craig savait, de par ses rencontres lors de ses années de service dans la police, qu'il existait des potentiels actifs contre lesquels cet accessoire s'avérait tout simplement inutile. Malgré cela, savoir son prisonnier solidement attaché avait quelque chose de rassurant.

Une fois le travail fait, Marco rendit son arme à Craig tout en lui demandant :

— Tu veux boire quoi ?

— Comme d'habitude, merci.

L'homme quitta la pièce par une autre porte, non loin de celle qui menait aux toilettes tandis que l'ancien inspecteur gardait un œil sur sa prise. L'hôte revint deux minutes plus tard avec deux verres de gin-tonic. Trinquant à leur santé, ils apprécièrent chacun leur boisson sans piper mot jusqu'à ce que Marco finisse par briser le silence :

— J'ai hâte de savoir dans quoi tu t'es fourré cette fois.

— Rien de bien nouveau. Il me faut des informations donc je demande aux gens qui savent, répondit Craig en désignant l'individu ligoté à quelques pas d'eux.

— Et qui c'est c'mec ? demanda Marco avec appréhension.

— C'est celui dont tu m'avais parlé.

— J't'ai parlé de tellement d'mecs depuis que tu squattes ici.

— C'était un des premiers, répondit Craig avant de boire une gorgée de son gin puis de reprendre, celui qu'on surnomme le Magicien : Jimmy Krang.

En entendant cela, Marco manqua de s'étouffer avec son breuvage et en recracha une partie sur le sol :

— Quoi !? s'écria-t-il. Tu t'fous d'ma gueule ? T'es taré de ram'ner un type comme ça ici !

Il posa son verre sur la table et quitta la pièce en grommelant. Craig, habitué aux réactions excessives de son hôte, n'y prêta pas attention et s'assit sur une chaise tout en sirotant sa boisson. Marco ne mit pas longtemps à revenir, armé d'un fusil à pompe.

— Tu sais bien que ça ne va rien me faire, commenta Craig.

— Sois pas con, c'est pas pour toi, c'est pour les mecs qui vont s'pointer pour l'récupérer, balança son interlocuteur tout en désignant l'individu ligoté.

— S'ils savaient que j'avais capturé ce mec, ils ne m'auraient jamais laissé arriver jusqu'ici, ça n'a aucun sens ce que tu dis.

— Fais pas l'malin avec moi, Craig. Ces mecs-là j'les connais bien mieux qu'toi. Y'a un type au-dessus d'eux, il vaut mieux pas l'contrarier. Même s'il n'est pas au courant pour l'instant, il va finir par l'apprendre et l'retrouver, crois-moi.

— Raison de plus pour que tu m'aides à finir ça plus vite.

Marco mit quelques secondes avant de répondre :

— Merde, t'es trop logique pour moi. Réveille-le, qu'on en finisse.

Craig se leva de sa chaise et posa son verre sur la table avant de se diriger vers son prisonnier. Il entendit son partenaire lui emboîter le pas puis s'arrêter et demander :

— Et pourquoi j'continue de t'aider déjà ?

— Parce que tu m'aimes bien ? tenta son interlocuteur.

— Putain t'as raison, mais tu fais chier quand même !

Cette dernière remarque fit légèrement sourire Craig l'espace d'une seconde puis il se concentra sur l'individu en face de lui tout en s'adressant à Marco qui l'avait finalement rejoint :

— Quand tu m'as parlé de lui, tu aurais pu me prévenir qu'un de ses pouvoirs était l'illusion miroir.

— Ah bah ça, j'en savais rien.

— Et il est rang combien ce « Magicien » ? demanda l'ancien inspecteur.

— Mais j'en sais rien ! Tu m'as pris pour une base de données du GUT ?

Craig ne répondit pas à cette dernière remarque. Il connaissait Marco depuis des années, mais ne le fréquentait que depuis deux jours. Cet homme bourru ne possédait aucun tact ni aucune manière, néanmoins il était d'un naturel qui plaisait à l'ex-policier.

Les deux partenaires s'étaient rencontrés alors que Craig enquêtait sur une sordide affaire de trafic d'êtres humains. Son coéquipier de l'époque, Rupert Müller, était en train de menotter au sol un des proxénètes tandis que le deuxième avait pris la fuite. L'inspecteur Annoye s'était instantanément lancé à sa poursuite et avait fini par le coincer dans un cul-de-sac, mais, alors qu'il allait procéder à son interpellation, une voix dans son dos lui avait ordonné de se retourner lentement. Il s'était exécuté et s'était retrouvé face à face avec un individu le tenant en joue avec un pistolet à plasma, arme face à laquelle sa peau blindée ne le protégeait pas.

— Qu'est-ce qui s'passe ici ? s'était enquis l'homme.

— Bute-le ! s'était écrié le proxénète.

— Je suis inspecteur de police, avait rétorqué Craig, je suis ici pour arrêter ce criminel.

Marco avait alors baissé son arme et avait demandé :

— Qu'est-ce qu'il a fait ?

— Mais putain, bute-le ! avait répété le bandit.

À ces mots, Marco avait relevé son arme et l'avait pointé dans la direction du malfaiteur en déclarant :

— Laisse le policier répondre à ma question.

— C'est un proxénète, avait rapidement enchaîné l'inspecteur, il a vendu des filles, parfois très jeunes, à des porcs.

L'homme s'était alors lentement approché de l'individu acculé et lui avait décoché une droite magistrale à la mâchoire qui l'avait fait tomber inconscient, avec trois dents en moins. Il s'était ensuite tourné vers Craig pour lui adresser un hochement de tête et avait quitté la ruelle en laissant tomber au sol son arme qui s'était avérée une imitation extrêmement convaincante.

Plusieurs mois plus tard, Craig s'était retrouvé à nouveau face à cet individu dans une salle d'audition du commissariat pour une affaire de trafic de faux billets où il avait été désigné par les auteurs comme un intermédiaire. C'est à ce moment-là que l'inspecteur put enfin connaître son nom : Marco Grimmel. Celui-ci ne put être inculpé pour aucun des faits qui lui avaient été reprochés. À chacune des questions, il opposait une réponse qu'il formulait de façon naturelle et il avait été conclu que, s'il avait bien aidé les faussaires, cela avait été « bien malgré lui et de façon non intentionnelle ».

En effectuant quelques recherches à son sujet, Craig avait découvert que le nom de cet homme apparaissait régulièrement dans des dossiers délictuels, des faits mineurs de complicité lui étant souvent reprochés, mais jamais une seule inculpation n'avait pu tenir à son encontre.

Après cet épisode, Craig avait croisé Marco à maintes reprises dans les locaux de la police où il était régulièrement convoqué et il avait même dû l'interroger quelques fois.

Un jour où Marco finissait sa cigarette devant le commissariat avant d'y entrer pour une énième audition, Craig était allé à sa rencontre et s'était adressé à lui :

— Marco Grimmel, c'est bien ça ? J'ai toujours voulu te demander… Ce jour-là dans la ruelle, pourquoi tu m'as aidé ?

— N'importe quel honnête citoyen en aurait fait autant, avait-il répondu après avoir tourné la tête pour cracher un nuage de fumée.

Craig s'était alors rapproché de lui et, parlant de telle façon que personne d'autre ne puisse entendre, il avait repris :

— Écoute, je ne suis pas dupe. Tu es très doué… trop doué pour la justice antarienne visiblement, mais je sais que tu n'es pas aussi honnête que ce que tu prétends. Alors je répète ma question et la réponse restera entre nous, pourquoi avoir aidé un flic ce jour-là ?

— C'est pas parce qu'on n'suit pas toutes les lois au poil de cul qu'on est forcément une ordure, lui avait rétorqué Marco avant de jeter son mégot et de tourner les talons en direction du commissariat.

Cet état d'esprit avait marqué Craig et avait contribué à faire évoluer sa façon de penser concernant les malfaiteurs qu'il écrouait. Depuis son entrée dans la police en tant que jeune agent, il avait toujours appliqué strictement la loi, respectant chacun de ses principes, et n'avait fait que rarement preuve de compromis lorsqu'il s'était trouvé face aux gens qui l'avaient enfreinte. Mais cette phrase de Marco lui avait fait prendre conscience que les criminels n'étaient pas tous faits du même bois.

C'est d'ailleurs ce changement chez Craig qui l'avait poussé plus tard à donner une seconde chance à Charles, l'un de ses indics, qui grâce à cela avait pu éviter la prison et vivre une vie de famille.

Mais ça a été de courte durée, songea Craig en se rappelant le sort du jeune homme avec un pincement au cœur.

Balayant cette pensée avant qu'elle ne le mène vers d'autres, plus sombres, il se concentra sur l'instant présent et son objectif.

Après le drame qui avait frappé sa famille, Craig était parti à la recherche de Marco, car il avait besoin d'informations et que cet homme, étant impliqué dans énormément de dossiers délictuels, disposait certainement d'un réseau de contacts très étendu dans la pègre. À la grande surprise de l'ex-policier, il fut bien accueilli et, lorsqu'il lui avait demandé son aide, Marco n'avait posé aucune question indiscrète, il lui avait simplement exprimé ses conditions, que l'ancien inspecteur avait acceptées.

— Réveille-toi, Jimmy ! hurla Craig à l'attention de son prisonnier tout en lui administrant une claque d'une rare violence.

Sans surprise, l'homme reprit conscience. Ses yeux bougeaient à toute vitesse, comme s'il essayait de déterminer où il se trouvait et comment il avait atterri là. L'ancien inspecteur pouvait lire la panique dans son regard. Afin de pallier toute éventualité, Craig sortit son revolver et le pointa à bout portant entre les deux yeux de l'individu.

— Réponds-moi immédiatement ou bien je tire. T'es de quel rang ? demanda-t-il en espérant prendre le Magicien par surprise.

— Rang 2, je suis rang 2 !

— À part l'illusion miroir, c'est quoi ton deuxième pouvoir ?

Jimmy sembla hésiter le temps d'une seconde. Craig ne lui laissa pas le loisir de réfléchir et frappa, poing fermé, sur sa tempe tout en le tenant en joue avec son arme.

— Réponds ! enchaîna-t-il.

— Je peux changer la couleur de ma peau, répondit l'homme tandis que des larmes de douleur coulaient le long de ses joues.

— Prouve-le ! lui ordonna Craig.

Le Magicien sembla se concentrer pour ignorer la douleur et, l'espace d'un instant, son visage prit une teinte bleu sombre.

— Bien, je vais te dire pourquoi tu es ici. J'ai un petit jeu à te proposer, déclara l'ex-policier sur un ton dénué d'émotion, son arme toujours pointée sur son prisonnier.

L'homme leva la tête vers son ravisseur, le regard empli d'incompréhension mêlée de terreur. Aucune réponse ne sortit de sa bouche et Craig reprit :

— Je vais te poser quelques questions et tu vas devoir y répondre avec toute l'honnêteté dont tu es capable. Si tu mens ou si tu omets une partie de la vérité, tu prendras un coup ou une balle selon mon humeur du moment. Et là tu dois te demander comment je vais faire pour savoir si tu mens. L'astuce, c'est que je connais déjà la réponse à la plupart de ces questions. Est-ce que tu as compris ?

Jimmy hocha la tête sans oser dire un mot. Marco quant à lui semblait plus détendu, il avait posé son arme et se dirigeait vers la cuisine sans prêter attention à la scène qui se déroulait dans son atelier.

— Première question, commença Craig, combien de fois t'es allé en cabane ?

— Une seule, répondit son interlocuteur du tac-o-tac.

— Qui était ton compagnon de cellule ?

— J'en ai eu deux différents, répondit Jimmy le souffle saccadé, y'a d'abord eu Franky, qu'on appelle Le Démolisseur, et Miguel, un pauvre gars pas du milieu.

— T'es sûr ? demanda Craig en armant un coup de poing pour le cogner au visage.

— Non ! Attends ! Y'a aussi eu Bill, ajouta précipitamment le Magicien, mais on a été copiaule que trois jours.

— Très bien… Tu connais Maxime Neltor, le Fondeur ?

— Max ? Euh ouais, on s'est connus sur un job y'a quelques années.

— Tu te rappelles le braquage de la bijouterie d'il y a un mois ?

— Quel braquage ? demanda Jimmy.

Cette question lui valut un coup de poing dans le ventre de la part de Craig. Il lâcha un râle de douleur avant de reprendre :

— Mais j'étais sérieux ! Quel braquage ? ajouta-t-il d'une voix paniquée. Il y en a eu tellement à cette période, y'a même eu cette fois où on en a fait dix-sept en même temps…

— Justement, je te parle de cette fameuse matinée. Sur quel coup tu étais ?

— J'étais sur la bijouterie « Marlon & Mitchell » dans le deuxième Secteur, marmonna le prisonnier.

— Qui était avec toi ?

— J'suis pas une balance…

Un coup de feu retentit. Jimmy le Magicien hurla en gesticulant dans sa chaise, retenu par les sangles à ses poignets et ses chevilles. Puis, après quelques secondes de panique, il réouvrit un œil, puis le deuxième. Marco venait de revenir et s'était assis sur un tabouret non loin, un sandwich entamé dans la main et un large sourire peint sur le visage.

— Haha, il a fait dans son froc ! commenta-t-il.

Craig tenait son arme pointée vers le sol juste derrière Jimmy, le canon encore fumant du coup de semonce qu'il venait de tirer.

— La prochaine sera pour toi, annonça Craig d'une voix froide.

— Pardon ! Pardon ! On était juste nous deux, ma copine et moi. Mais s'il vous plaît, je ne veux pas dire qui c'est. Laissez-la…

— Si tu me dis tout ce que je veux savoir, j'oublierai jusqu'à son existence. Ça te va ?

— Ouais, ça me va, répondit le Magicien essoufflé par l'intensité de l'échange.

— Parfait. Qu'est-ce que tu sais du mec qui a organisé ces dix-sept braquages ?

— Putain nan… me demande pas de te parler de lui… l'implora Jimmy, l'œil humide.

Pour seule réponse, l'ex-policier arma le chien de son revolver. Ce geste, purement théâtral, provoqua néanmoins l'effet escompté.

Le criminel tremblait littéralement de peur, pressé entre l'imminence d'une mort par balle et les potentielles représailles qui seraient engagées contre lui s'il parlait.

— Pitié, s'te plaît… supplia Jimmy, une larme roulant sur sa joue.
— Dernier avertissement. Marco, il me reste combien d'autres à interroger après celui-là ?
— Oh ! Au moins une tonne ! répondit l'intéressé en continuant de manger son sandwich.

Craig voyait son prisonnier craquer petit à petit, chaque fibre de ce dernier cédant une à une devant l'œil averti de l'inspecteur qu'il était. L'ex-détective pointa une ultime fois son arme en direction du visage du Magicien.

— Shadow ! Je crois qu'il se fait appeler Shadow ! J'en sais pas plus je te jure !
— Pourquoi il a eu besoin d'organiser autant de casses au même moment ? demanda Craig en baissant lentement son revolver.
— J'ai entendu dire qu'il visait un centre militaire d'archives secret du Secteur 4.

Craig prit le temps de réfléchir, essayant de se rappeler les divers braquages qui avaient été rapportés ce jour-là, et continua :

— C'est pas un centre d'archives secret, c'est juste les registres des pensions militaires qui sont stockés là-bas.
— Pas selon lui… J'ai entendu dire que le gars cherchait là-bas des infos sur un projet ultra confidentiel de manipulation génétique, un truc vraiment tordu !

L'ancien inspecteur prit à nouveau une pause afin d'analyser la situation et de tenter de faire correspondre toutes les pièces du puzzle. Face à lui, Jimmy n'osait plus émettre le moindre son et seul le bruit de mastication de Marco résonnait dans le local. L'ex-policier reprit :

— Et est-ce que tu sais où on peut le trouver ce Shadow ?
— Nan… Jusqu'à y'a quelques jours, j'étais même pas sûr qu'il existait…
— Qu'est-ce qui t'a fait changer d'avis sur la question ?

— C'est une de mes sources qui m'a dit que le GUT était à sa recherche. Enfin, ça, c'était avant qu'il y ait cette chose…

La mention de la créature raviva des images atroces dans la tête de Craig qui fut pris de violentes nausées. Il s'éloigna pour tenter de se recomposer, les yeux fermés et une main devant la bouche. Il se retourna ensuite vivement et cria en pointant à nouveau son revolver sur le Magicien :

— Tu te tais !

Jimmy se figea. Craig agita son arme devant lui et continua :

— On va changer de sujet. Tu connais un gars qui s'appelait Charles ? Il travaillait dans un tacos d'un quartier populaire du Secteur 11.

— Charles ? Nan je vois pas…

— Il avait balancé le Fondeur.

— Je le connais pas, mais si il a vraiment balancé le Fondeur, il a pas dû faire long feu. Shadow n'est pas réputé pour être tendre avec les traîtres.

L'ex-policier chercha une autre question à poser à l'individu qui se trouvait face à lui, mais il lui semblait avoir fait le tour. Il recula alors d'un pas et visa la tête de son interlocuteur en lui demandant :

— Un dernier mot pour la postérité ?

— Si tu me tues, toi et toute ta famille, vous êtes morts ! répondit le Magicien.

— Je n'ai plus personne à perdre, déclara Craig avant d'appuyer sur la détente.

De la cervelle aspergea les murs et le carrelage derrière sa victime. Il entendit alors la voix de Marco dans son dos :

— Putain tu fais chier, Annoye ! T'aurais pu mettre une bâche derrière lui, c'est franchement dégueu à nettoyer !

— C'est tout ce qui te gêne ? demanda Craig, curieux. Pourquoi ça te dérange pas que j'aie liquidé celui-là ?

— Tu sais pourquoi on l'appelle le Magicien ?
— Je pensais que c'était à cause de son potentiel actif d'illusion miroir.
— Pas vraiment nan. Il était connu pour faire disparaître tous les témoins de ses casses… absolument tous… parfois même des enfants.

L'ancien inspecteur regarda le corps qui gisait au sol, amputé d'une partie de son crâne. L'espace d'une seconde, un sentiment de culpabilité l'envahit, mais celui-ci fut rapidement balayé à la pensée de Jimmy Krang abattant des personnes innocentes dont le seul tort avait consisté à se trouver au mauvais endroit au mauvais moment. Il fut sorti de ses pensées par la voix de Marco qui s'interrogeait :
— J'suis quand même étonné qu'tu l'aies buté, je n'pensais pas ça d'toi. Y'avait une raison ?

Craig resta silencieux dans un premier temps et observa Marco. Cet homme n'était pas du genre à poser des questions. Au moment où Craig l'avait retrouvé deux jours plus tôt, il avait même déclaré : « moins j'en sais, moins j'ai d'emmerdes ». Mais, comprenant qu'il ne s'agissait là que de curiosité, il répondit :
— Tu m'as dit que tu ne pouvais pas te procurer de négatron.
— J'ai pas dit ça, j'ai dit que si t'en voulais ça te coût'rait une couille ! ricana l'intéressé.
— Eh bien, on ne peut pas se permettre de relâcher ou de livrer à la police un type qui a vu ta planque et nos visages, et on ne peut pas se permettre de garder un prisonnier sans être sûr de ses potentiels actifs, à moins d'avoir du putain de négatron !
— Ça s'tient, Annoye ! lança Marco avant de croquer avidement dans son sandwich.

Craig éjecta les étuis de cartouches vides de son revolver et les remplaça par des munitions pleines. Après avoir rangé son arme, il entreprit de nettoyer le sang et les morceaux de cervelle qu'il avait dispersés un peu partout avec son coup de feu sous l'œil amusé de Marco qui lui indiquait entre deux bouchées où trouver les différents ustensiles dont il avait besoin. Il plaça ensuite le corps du Magicien sur une bâche de couleur noire et l'enroula dedans.

— Parfait, merci pour le coup d'propre, Annoye, déclara Marco. J'ai envoyé un message aux nettoyeurs, ils vont passer dans une heure pour le faire disparaître. Ça te coûtera six-cent-cinquante crédits.

— Avance-moi, je te rembourserai.

— Ça d'vient une manie, grommela Marco.

— Et alors quoi ? s'emporta Craig. Tu crois vraiment qu'il me reste du cash après tout ce que je t'ai déjà filé ? Si j'te dis que je vais te rembourser, c'est que je vais le faire !

— Tu devrais lâcher prise un peu, Annoye, rétorqua son hôte d'une voix calme et avec un ton presque compatissant, on n'peut pas tout refouler indéfiniment…

— Ferme ta gueule ! fut la seule réponse qu'il obtint.

Suite à cet échange mouvementé, Marco s'assit à son bureau et mit en marche la petite télévision posée sur une table basse au milieu du passage, celle-ci s'alluma sur une chaîne d'information en continu. L'ex-policier ressentit l'effet d'un coup de massue lorsqu'il lut les gros titres : « Nouvelle attaque de la mystérieuse créature : 60 morts dans une boîte de nuit du Secteur 2 ». Il se leva alors précipitamment, attrapa la télécommande qui trônait sur le bureau de Marco et éteignit le poste de télévision. Son regard croisa brièvement celui de son hôte qui, étonnamment, n'eut pour seule réaction que de se tourner vers son ordinateur.

Il s'ensuivit une heure particulièrement silencieuse. Marco était assis devant son écran, une manette à la main, occupé à jouer à un jeu vidéo, tandis que Craig avait sorti un stylo et notait dans un petit carnet toutes les informations qu'il venait de récolter. Une fois sa tâche effectuée, il entreprit de relire les six pages qu'il avait écrites depuis le début de ses investigations, dans le but de se remémorer ses différentes découvertes et de ne pas passer à côté d'un détail.

Il perdit sa concentration lorsqu'il entendit la sonnerie du communicateur de Marco. Celui-ci jeta sa manette de jeu au sol et fit signe à son invité de venir l'aider. À deux, il portèrent le paquet contenant le cadavre de Jimmy Krang jusqu'au bout de la pièce. Marco frappa d'un coup sec contre le mur et une trappe apparut. L'ex-policier le savait, celle-ci menait à un énorme conduit de vide-ordures qui se déversait quelques mètres plus bas dans une benne placée dans les égouts à côté de laquelle les « nettoyeurs » devaient attendre patiemment le corps qu'ils avaient pour mission de faire disparaître. Marco prit soin de scotcher une liasse de billets sur le paquet contenant le cadavre avant que Craig et lui ne le lâchent vers son ultime voyage, les nettoyeurs seraient les derniers à voir le Magicien.

— Une bonne chose de faite, commenta Marco, tu veux une bière ?

— Nan, je vais aux chiottes et je me casse, j'ai encore des trucs à faire.

— T'es p't'être infatigable, mais tu devrais te reposer l'esprit.

— Gère ton business et ne m'emmerde pas, répondit Craig en partant vers la salle de bain.

Assis sur les toilettes, il repensait aux deux derniers jours : sa lettre de démission, l'abandon de son appartement après avoir démoli, de rage, la moitié du mobilier et sa descente de plus en plus profonde dans les abysses du crime. Il venait de tuer un homme de sang-froid pour la première fois de sa vie et ce qui l'inquiétait le plus était le fait de ne ressentir ni honte ni dégoût pour ce qu'il devenait petit à petit.

Est-ce que Stan et son équipe m'arrêteraient s'ils tombaient sur moi ? se surprit-il à se demander.

Penser à ses collègues lui fit prendre conscience qu'il n'avait pas consulté son communicateur depuis le soir du drame. Il fouilla dans la poche de son pantalon et se saisit de l'objet qu'il alluma aussitôt.

L'appareil indiquait : quinze nouveaux messages, dont onze messages vocaux.

Craig supprima instantanément les messages vocaux. Il n'avait aucune envie d'entendre ses collègues et amis s'échiner à trouver des moyens de lui dire combien ils étaient désolés pour lui. La pitié était la dernière chose dont il avait besoin.

Le premier message texte qu'il lut était du commissaire Chandler : *Inspecteur Annoye, prenez le nombre de jours dont vous avez besoin pour faire votre deuil, mais sachez que nous avons hâte de vous retrouver. Commissariat Est du Secteur 11, votre deuxième famille.*

Sans réagir, il enchaîna avec le second message qui venait également de son supérieur : *Je viens de réceptionner votre lettre de démission. Je respecte votre choix, même si je le déplore, et vous souhaite de trouver votre voie. Si vous souhaitez revenir sur votre décision, sachez que je ne transférerai votre lettre qu'à la fin de la semaine prochaine. Vous avez mon soutien et celui de tout le commissariat.*

Craig passa au troisième message qui venait de Stan : *Salut vieux, le commissaire nous a dit que tu nous quittais… Ce ne sera plus pareil sans toi. Les mecs et moi on espère que tu changeras vite d'avis. Fais gaffe à toi mon grand !*

Le quatrième et dernier message venait de la mère de Madora : *Salut Craig, c'est Hélène. Nous n'avons aucune nouvelle et nous nous inquiétons tous énormément pour toi. Nous espérions te voir aujourd'hui. Tu as beaucoup manqué à la cérémonie d'adieu à Madora et Alice. Tes collègues étaient tous là et nos pensées sont toutes allées vers toi. Viens nous voir quand tu te sentiras prêt, j'ai déjà perdu ma fille et ma petite-fille, je ne veux pas te perdre toi également.*

Après avoir lu ce message, Craig laissa tomber son communicateur au sol, se prit le visage dans les mains et fondit en larmes.

« On associe souvent la patience à l'une des vertus de la sagesse. Étant moi-même un exemple parfait de sage impatient, je ne peux qu'être en désaccord. »
Philosophe Antarien, Gregor Sephrian, attendant d'être servi devant un stand de frites.

Chapitre XXIII - Leçon

Jour 94 de l'an 246 : 16h04

Le soleil se trouvait aux trois quarts de sa course dans le ciel d'Antar en ce milieu d'après-midi, mais on aurait pu croire que le temps s'était arrêté. Devant la menace imminente d'une attaque de la créature, les citoyens du Secteur 2 avaient déserté les rues. Seuls quelques retardataires se précipitaient pour rejoindre leur destination. Dans ce quartier aisé, le silence n'était troublé que par la présence dans le ciel d'un hélicoptère d'intervention rapide du GUT escorté d'un hoverbike qui se maintenaient tous deux en vol stationnaire, prêts à entrer en action.

Aux manettes de son bruyant engin à turbines à plasma fraîchement réparé, Loki était accompagné de Ghost, installée derrière lui, agrippée aux poignées arrière. Le reste de l'équipe Alpha était, quant à elle, dans l'hélicoptère noir à l'allure fuselée sur la queue duquel le blason du GUT était peint.

L'ambiance était tendue. La ville entière semblait retenir son souffle.

Dans l'oreille de Loki, son communicateur, ouvert sur la fréquence d'urgence, produisait un bruit blanc. Il vérifia que son épée était toujours correctement insérée dans le fourreau accroché devant les guidons de son appareil, pointe vers le bas. Suite à la réunion de crise, il avait demandé à son directeur l'autorisation de l'emporter, se sentant plus à l'aise avec cette dernière pour lutter contre les lames acérées de l'arme Destiny.

Il regarda l'heure : 16h04.

À tout moment, les dispositifs mis en place par IceAngel pouvaient s'activer. Dans cette ambiance pesante, Enri se remémora la visite surréaliste qu'il avait reçue deux jours plus tôt. Le général Johnson était venu chez lui en personne pour lui soumettre une proposition quelque peu inattendue : augmenter la puissance de ses potentiels actifs grâce au projet Amplify. Le haut gradé s'était montré très insistant face au refus du capitaine, mais Loki n'avait pas cédé. Une expérimentation militaire se trouvant à la source de tous leurs problèmes, il doutait que jouer à nouveau avec le feu puisse être une solution. Malgré tout, la centaine de victimes supplémentaires qui s'était ajoutée au compteur depuis la visite du général commençait à peser sur la conscience du capitaine Telvir.

Il se rassurait néanmoins en se disant qu'il n'avait participé à aucun affrontement avec la créature et que, par conséquent, cela n'aurait rien changé.

Le temps semblait ralentir chaque minute davantage et même Mastoc n'osait troubler le léger grésillement de leurs communicateurs avec l'une de ses remarques.

Loki regarda l'heure à nouveau : 16h12.

La tension continuait de monter, il entendait maintenant son cœur battre dans ses oreilles, le silence devenait assourdissant.

Alors qu'il s'apprêtait une fois de plus à contrôler l'heure à son poignet, le bruit caractéristique d'une ouverture de communication sur un canal retentit et la voix d'une policière annonça sur un ton neutre :

— Suspicion d'attaque de créature zone vingt-trois, je répète, zone vingt-trois, à toutes les unités concernées, veuillez vous diriger au 2 avenue Morgan Fowler, je répète, au 2 avenue Morgan Fowler.

Loki mit les gaz immédiatement, si bien que, sur le siège arrière, Ghost dut s'accrocher à lui en catastrophe. À sa droite, il vit l'hélicoptère se pencher vers l'avant pour le suivre.

Alors qu'il filait à toute vitesse dans le ciel d'Antar et qu'il tentait de se rappeler quel bâtiment se trouvait à cette adresse, Enri entendit la voix de Mastoc dans son communicateur dire tristement :

— Putain, c'est une école…

Cette remarque ne troubla pas sa concentration, au contraire, elle la renforça. Il vérifia d'un coup d'œil dans son rétroviseur que son équipe le talonnait toujours et, alors qu'il amorçait son virage, son communicateur s'activa à nouveau :

— L'hostile a été confirmé au deuxième étage, je répète, hostile confirmé au deuxième étage.

L'école élémentaire se trouvait maintenant droit devant eux. À cette distance, Loki remarquait déjà des groupes qui s'enfuyaient dans les ruelles alentour et comprit que l'évacuation de l'établissement avait commencé. Le capitaine Telvir décéléra et amorça sa descente vers l'héliport qui se trouvait sur le toit du bâtiment. Il se posa brusquement, ce qui provoqua quelques cahots et força sa passagère à s'accrocher plus fermement à lui. Les moteurs de l'hoverbike coupés, un bruit sourd retentit derrière eux. Il se retourna et aperçut Mastoc en train de se redresser, un genou encore au sol après avoir sauté de l'hélicoptère toujours en vol.

L'instant suivant Shield se réceptionnait à son côté, les jambes légèrement fléchies après s'être aidé de sa télékinésie pour ralentir sa chute. Enfin, Vesta les rejoint en décrivant une courbe élégante dans le ciel, laissant l'hélicoptère s'éloigner pour patrouiller autour de l'école avec Sniper encore à son bord. Le capitaine de l'équipe Alpha descendit de son engin et dégaina son épée. Il se dirigea ensuite vers les escaliers de service, faisant signe à ses coéquipiers de le suivre, et leur rappela une dernière fois leurs instructions d'une voix claire en continuant de marcher :

— On atomise cette saloperie. Plus longtemps elle reste sur ses pattes, et plus de dégâts elle fera. Ne vous laissez pas distraire par les victimes, pensez à prendre du recul, si on arrive à l'éliminer aujourd'hui, il n'y aura pas de carnage demain. Équipe Alpha, en avant !

Loki, Shield, Mastoc et Ghost activèrent leurs potentiels actifs de vitesse et atteignirent rapidement les escaliers, suivis par Vesta qui volait juste derrière eux. Ils descendirent les marches quatre à quatre, passant du sixième et dernier étage au troisième en quelques instants, mais s'arrêtèrent suite à la réception d'une communication inquiétante provenant d'un canal local :

— À toutes les unités, nous combattons la créature au troisième étage, renf…

Un hurlement indescriptible retentit dans le communicateur. Son origine résonna plus loin dans le couloir du niveau qu'ils venaient tout juste d'atteindre.

À l'aide de sa télékinésie, Loki ouvrit doucement la grande double porte coupe-feu qui les séparait de la large allée bordée de salles de classe. Ce corridor était assez haut, si bien que Vesta pouvait flotter en position debout un mètre au-dessus du groupe afin de rendre optimale leur formation de combat. Au-dessous d'elle, Loki se tenait en pointe, épée au clair, épaulé par Mastoc à sa droite qui avait déjà triplé sa musculature et Ghost à sa gauche, ses deux pistolets à plasma dégainés et pointés devant elle. À l'arrière, Shield fermait la marche, prêt à matérialiser des boucliers de protection au moindre signe d'engagement.

Devant eux s'étendait un couloir étrangement silencieux dont seuls l'éclairage vacillant et l'odeur âcre du sang et de la chair brûlée témoignaient de la précarité de ce calme. Ils franchirent une deuxième porte coupe-feu et purent apercevoir plus loin un agent du GPI, debout, seul au milieu du couloir jonché de corps de jeunes enfants, adossés aux murs, éventrés et sans vie. Son arme de service dégainée, il pivotait sur lui-même de façon erratique, regardant dans toutes les directions. L'arrivée de l'équipe Alpha l'alerta et il se tourna brusquement en braquant un pistolet sur eux, puis, soulagé, il abaissa ce dernier et entreprit de les rejoindre en boitant. Il s'arrêta, haletant, une tache rouge se formant au milieu de son torse. Deux excroissances violacées en surgirent et firent exploser sa cage thoracique de l'intérieur. L'agent du GPI baissa les yeux vers cette apparition soudaine et du sang gicla de sa bouche. Les bras de la créature s'écartèrent brutalement, coupant sa victime en deux dans le sens de la largeur alors qu'une expression de surprise se peignait sur le visage du pauvre homme.

Immédiatement, sur la gauche de Loki, Ghost ouvrit le feu. Les décharges de plasma verdâtres propulsées à très grande vitesse commencèrent à pleuvoir sur la position de la créature, très vite rejointes par des boules de feu lancées par Vesta. Mais, d'une vélocité incroyable même pour les membres de l'équipe Alpha, la forme sombre se déplaçait d'un mur à l'autre, ignorant les étreintes de pierres que Loki et Mastoc faisaient jaillir des murs, esquivant salve après salve et gagnant du terrain sur leur position. Un bouclier ambré apparut en scintillant devant Ghost pour exploser en pièces la seconde suivante, défoncé par la monstruosité qui se jetait sur elle. La violence du choc propulsa la jeune femme à travers la cloison sur leur gauche. Loki et Vesta firent jaillir de leurs mains des torrents de flammes qui se combinèrent et enveloppèrent la créature qui se trouvait sur eux. Les deux pyrokinésistes mettaient toutes leurs forces dans la tornade de feu qui submergeait la bête. Autour d'eux, le sol et les murs commençaient à roussir et crépiter. Mastoc avait reculé de deux pas et protégeait son visage de la fumée et de la chaleur produite par ses collègues. L'épais flot incandescent engloutit la créature pendant que la puissance combinée des deux membres de l'équipe Alpha la faisait reculer de plusieurs mètres.

Après quelques dizaines de secondes de ce traitement qui avait repoussé la bête à l'autre bout du couloir, Loki cessa sa manœuvre pyrokinésique et observa l'immense brasier toujours alimenté par Vesta. Du coin de l'œil, il put apercevoir Ghost étendue sur le dos dans la salle de classe, inconsciente, son buste se soulevant et s'abaissant au rythme de ses respirations. Au-dessus de lui, le flux enflammé qui émanait de la plantureuse rouquine finit lui aussi par s'arrêter.

Le front des deux agents du GUT responsables de la fournaise perlait de sueur et chacun tentait de reprendre son souffle suite à leur effort concerté.

Les lieux étaient à nouveau plongés dans la pénombre, éclairés uniquement par les néons épars encore fonctionnels, par la brèche ouverte dans le mur à leur gauche ainsi que par quelques braises fumantes le long du chemin sur lequel la créature avait été repoussée.

Loki leva la main, poing fermé, pour intimer l'ordre à ses collègues derrière lui de rester à leurs postes et avança seul dans le couloir, suivant les quelques brandons qui commençaient déjà à s'éteindre, son épée brandie devant lui à deux mains. Vesta et lui-même étaient les plus puissants pyrokinésistes du GUT, voire peut-être même du continent, il n'avait aucun doute quant au fait qu'il allait trouver le cadavre fumant de leur proie quelques mètres plus loin. Il préféra néanmoins ne pas relâcher sa vigilance, prêtant toute son attention à son environnement à chacun de ses pas. Il plissa les yeux pour tenter de voir à travers les volutes de fumée qui tournoyaient devant lui.

Il fut alerté par un crissement à sa droite. Il se tourna en un éclair et prit une posture de parade oblique à l'épée. Les deux lames de

Destiny heurtèrent celle d'Enri avec force, produisant une gerbe d'étincelle. Ce dernier encaissa le coup, glissant sur ses appuis, mais la créature continuait d'appuyer sur l'épée, la repoussant vers son propriétaire. Loki appliqua toute sa puissance télékinésique sur son arme pour tenir, soufflant sous l'effort tandis que la bête poussait un hurlement aigu de frustration. Derrière lui, le capitaine de l'équipe Alpha entendit les bruits de course de ses collègues qui se précipitaient à toute vitesse pour lui porter assistance. Mais, alors qu'il tournait légèrement la tête pour guetter les renforts, la pression sur sa lame s'évanouit et une violente douleur au plexus solaire lui coupa la respiration. Il sentit ses côtes se briser sous le choc. Ses pieds décollèrent du sol et il fut propulsé à une vitesse vertigineuse à travers la porte qui se trouvait derrière lui, puis à travers la fenêtre de la salle de classe. La fraîcheur de l'air extérieur le saisit alors qu'il était éjecté hors du bâtiment et plongeait en chute libre. Quelques instants avant l'impact, il mobilisa ses forces pour ralentir sa chute à l'aide de sa télékinésie et s'écrasa violemment contre le sol.

∴

John Barret, nom de code « Shield », activa son potentiel actif de vitesse et se précipita avec ses coéquipiers vers son capitaine qui était aux prises avec l'immonde entité. Cette dernière appuyait de ses deux avant-bras sur l'épée de Loki, le faisant ployer sous l'effort. John généra une vague télékinésique afin de renverser la créature, mais ses flux se délitèrent au contact de l'exosquelette de la bête. À quelques pas de l'affrontement, John vit leur cible relâcher sa pression sur l'épée de Loki et lui porter un double coup de pied sauté d'une extrême violence en direction du torse. Par réflexe, Shield érigea un bouclier devant son capitaine, mais la protection se disloqua à l'impact et, c'est impuissant qu'il regarda son capitaine voler à travers la porte avant de l'entendre traverser la fenêtre de la salle de classe à sa gauche.

Shield vit Mastoc foncer sur la créature, la ceinturer à la taille et la projeter de toutes ses forces dans le couloir en s'arquant en arrière et en se jetant sur le sol en une prise de lutte classique. Se relevant immédiatement après, le colosse aspira les minéraux des murs alentour dans sa main pour former un long et épais pieu de pierre qu'il propulsa d'un geste rapide, à la manière d'un javelot, en direction de l'endroit où l'être abominable avait atterri. Malheureusement, le projectile de fortune se planta dans le sol sans atteindre sa cible : la créature avait à nouveau disparu.

Le silence retomba sur le couloir du troisième étage de l'école. Comme sa fonction l'exigeait, John prit l'équipe en main et annonça à ses coéquipiers encore debout via le communicateur :

— On avance en groupe, je forme des boucliers autour de vous. Sniper, est-ce que tu arrives à voir la créature avec ton potentiel actif ?

— Non, répondit la voix de son frère étouffée par le bruit des pales de l'hélicoptère dans lequel il se trouvait toujours. Je vois comme un nuage de brume tout autour de la zone dans laquelle vous l'affrontez et qui se diffuse sur plusieurs étages.

— Ok, essayez de nous avoir en visuel, sans activer ton pouvoir de vue, on est au troisième étage là.

— On s'en occupe.

— Vesta et Mastoc, devant moi. Vesta, essaye de nous faire un peu de lumière s'il te plaît, on va progresser section par section, en avant.

La pyrokinésiste se posa quelques pas devant lui, prenant sa place dans la nouvelle formation, et une flamme se matérialisa dans le vide à quelques mètres de la porte coupe-feu suivante. Shield pensa à Évangéline qui était restée derrière, mais il ne pouvait pas l'aider pour l'instant. Entre dresser des boucliers pour le reste de l'équipe et soigner Ghost, s'ils voulaient avoir une chance de maîtriser leur ennemi, sa priorité était de protéger ses coéquipiers encore conscients. Mais, de la façon dont il le percevait, la proie était devenue le prédateur : cette monstruosité se mouvait bien plus rapidement qu'eux, avec une discrétion stupéfiante, et sa résistance aux potentiels actifs se révélait particulièrement déroutante.

John utilisa sa télékinésie pour pousser les portes coupe-feu suivantes. La flammèche s'engouffra dans l'ouverture ainsi réalisée et ils avancèrent à sa suite. Après avoir vu plus tôt les boucliers qu'il avait formés autour de Ghost et Loki exploser comme du cristal sous les coups de la créature, il réfléchissait à une façon d'améliorer sa technique pour mieux protéger le reste de l'équipe. Il adapta donc sa méthode, modelant deux épais boucliers espacés d'une quinzaine de centimètres autour de lui et de chacun de ses collègues au lieu d'un seul. Il n'était pas sûr de pouvoir maintenir très longtemps ce procédé, bien plus complexe et fatigant, mais, de cette façon, il espérait pouvoir garder ses coéquipiers en vie.

Les quatre membres de l'équipe Alpha avancèrent en silence, attentif à leur environnement. Sur leur gauche, une porte était enfoncée. Ils entrèrent dans la pièce pour y découvrir une scène d'horreur : une salle de classe entière, ainsi que son professeur, avait été massacrée et les effluves de fluides vitaux rendaient l'atmosphère irrespirable.

John fit de son mieux pour rester concentrer, mais, partout où il posait son regard, une nouvelle atrocité était exposée, peignant devant ses yeux un spectacle insoutenable. Des gouttes de sang tombaient périodiquement du plafond couvert d'épaisses traînées rougeâtres, éclaboussant parfois les uniformes renforcés des agents de l'équipe Alpha. Le vrombissement caractéristique des pales de l'hélicoptère dans lequel était Sniper couvrait le bruit de leurs pas dans les flaques éparses de substances visqueuses tant ce dernier s'était rapproché du bâtiment. Se déplaçant aussi discrètement que possible, ils vérifièrent que la créature ne se trouvait pas dans les parages et se dirigèrent vers la sortie de la salle pour continuer leur traque.

De retour dans le couloir, ils franchirent une autre porte coupe-feu, découvrant une nouvelle section du long corridor. Les éclairages de cette zone étaient presque tous brisés, faisant du potentiel actif de leur pyrokinésiste la seule source de lumière fiable. Vesta, Mastoc et Shield marchaient prudemment, les éclats de verre éparpillés au sol craquant doucement sous les semelles de leurs bottes. À quelques pas, plusieurs cadavres de petite taille étaient étendus contre le mur, défigurés et lacérés. Juste derrière se trouvait une porte entrebâillée vers laquelle Shield choisit instinctivement de se diriger. John Barret redoublait de concentration sur les boucliers qu'il maintenait, transpirant à grosses gouttes tandis qu'il indiquait à Mastoc, d'un geste de sa main, d'ouvrir la porte lentement. Le colosse poussa alors celle-ci progressivement. Cette dernière lui résistant, il lui appliqua une pression plus importante et la fit céder dans un fracas terrible. Une forme indéfinie se projeta sur eux. Par réflexe, Vesta déchaîna feu et flammes sur l'apparition. Une poignée de cendre s'éparpilla sous l'intensité du brasier, retombant en voletant doucement sur le groupe. John jeta un œil à l'intérieur et constata que le plafond de la classe était partiellement effondré et qu'il s'agissait certainement d'un morceau de ce dernier qui, libéré par l'ouverture soudaine de la porte, leur avait glissé dessus avant de finir carbonisé. À travers la fenêtre en face de lui, il pouvait apercevoir l'hélicoptère dans lequel se trouvait son frère voler à bonne distance.

Dans un coin de son esprit, il sentit qu'un de ses boucliers venait de se briser. Vesta passa dans son champ de vision, propulsée à travers l'encadrement encore crépitant de la porte, accompagnée par la créature qui abattait sauvagement ses lames sur elle. La première épaisseur de son bouclier avait cédé, mais la deuxième tint bon. La bête se redressa et leva ses bras sertis de lames effilées au-dessus de sa tête. John reforma immédiatement le double bouclier autour de Vesta. Le monstre percuta à nouveau la protection de toutes ses forces qui ne céda encore qu'à moitié, protégeant la jeune femme inconsciente d'une mort certaine.

Mastoc se précipita sur la créature. Celle-ci se retourna juste à temps pour exécuter un coup de pied circulaire brutal qui renvoya le gaillard d'où il était venu. Shield dut esquiver son collègue avant d'utiliser sa télékinésie pour ralentir son vol plané.

Pendant plusieurs secondes, la monstruosité essaya de percer la protection que le vice-capitaine de l'équipe Alpha comblait l'instant d'après, frappant de plus en plus vite et creusant le bouclier ainsi que les réserves d'énergie de Shield par la même occasion. La créature hurla, son cri strident résonnant dans les couloirs tandis qu'elle s'arquait en arrière. Elle pencha alors sa tête sur le côté et se tourna vers John.

Non, elle ne peut pas savoir que j'en suis le responsable… pensa John, éreinté par l'effort qu'il venait de fournir.

Il comprit qu'il était le prochain sur la liste et se concentra alors sur son propre bouclier. Utilisé sur lui-même, son pouvoir gagnait en efficacité, la proximité permettant d'accroître la puissance de ce dernier. Toutefois, après avoir protégé Vesta, son niveau d'épuisement était tel qu'il doutait que cela suffise. La créature se tenait toujours au-dessus du corps inerte de sa collègue.

Fatigué de laisser l'initiative à leur adversaire, Shield s'élança vers la bête. Il anticipa et esquiva sa première attaque avant de porter un coup de pied à l'arrière d'un des genoux de la créature. Déséquilibrée moins d'une seconde, cette dernière, bien trop rapide pour lui, s'appuya sur son autre jambe et lui assena un violent coup de pied qui s'enfonça dans son bouclier, puis dans sa hanche. L'officier en second de l'équipe Alpha fut projeté contre la fenêtre derrière lui. L'espace d'un instant, Shield espéra passer à travers cette dernière et tomber du troisième étage, comprenant qu'il s'agissait là de sa seule chance de survie. Mais, au dernier moment, le monstre l'attrapa en plein vol par le haut du crâne et le lança tête la première contre le sol. Tout devint sombre.

∴

Sans son potentiel actif de vision, Frank Barret se sentait démuni. Observant une fenêtre sur sa droite, il repéra du mouvement et se concentra en plissant les yeux. Il hurla des instructions au pilote de l'hélicoptère qui dirigea l'engin vers le bâtiment. Lorsque Sniper fut suffisamment proche, il put voir la créature se saisir de son frère et le projeter contre le sol. Ne se souciant pas de précision, il canalisa toutes ses forces pour les orienter sur la monstruosité qui bondissait à nouveau sur John. Frank tendit son bras et le tonnerre résonna alors qu'il libérait toute sa puissance en direction de sa cible. La décharge électrique générée déstabilisa l'hélicoptère, le faisant plonger en arrière, désintégra la fenêtre et foudroya la créature en plein torse, la projetant jusque dans le couloir derrière elle. L'aéronef peina à se stabiliser, mais finit par revenir en vol stationnaire au niveau du troisième étage. Alors que Sniper se penchait en avant pour tenter de voir à l'intérieur du bâtiment, un énorme bloc de béton percuta la queue de l'hélicoptère qui se mit alors à tourner sur lui-même en perdant de l'altitude. Le jeune homme s'accrocha de toutes ses forces à son siège tandis que leur engin plongeait en tournoyant vers le sol. Quelques instants avant de s'écraser une pensée lui vint à l'esprit :

J'espère que mon frère va bien…

∴

Le coup de pied retourné que venait d'encaisser Mastoc l'avait encastré dans le mur du couloir en face.

Deuxième round, saloperie ! pensa-t-il, tandis qu'il réduisait sa stature pour se désincarcérer de sa prison de briques.

Ses pieds retrouvèrent le chemin du sol l'instant d'après. Il fit craquer ses vertèbres cervicales et se dirigea vers l'affrontement. Le temps qu'il franchisse les deux pas qui le séparaient de la salle de classe, il avait récupéré sa carrure de combat, d'épais muscles saillants de son torse, de ses épaules et de ses bras.

À l'intérieur, il aperçut les corps inertes de Vesta et Shield étendus au sol. John baignait dans une marre de son propre sang, sa combinaison profondément entaillée au niveau de la hanche. Une colère froide gronda en Ronald qui serra les poings si fort qu'une vive douleur irradia ses jointures. La créature, la tête tournée vers l'hélicoptère, avait saisi un énorme bloc de béton et s'apprêtait à le projeter sur le plus jeune agent de l'équipe.

Non ! pensa simplement le colosse au regard noir en se jetant sur elle.

Mastoc vit le projectile du monstre partir en direction de l'engin volant juste avant qu'il n'atteigne son adversaire et que tous deux ne roulent ensemble sur le carrelage couvert de gravats. Le saisissant dans la mêlée d'une prise mal assurée, le colosse le propulsa contre un mur.

Putain, non ! pensa-t-il en apercevant du coin de l'œil l'hélicoptère tournoyer en plongeant vers l'avenue en contrebas.

Rugissant de colère, il écarta les bras vers le sol et y aspira autant de minéraux qu'il le pouvait. Il forma deux grands pieux de pierre qu'il fit tourner autour de lui avant de les lancer de toutes ses forces sur la créature. Cette dernière les esquiva en un mouvement aérien, tourbillonnant dans les airs tout en se retournant pour lui sauter dessus. Surpris par la manœuvre, Mastoc posa un genou à terre et forma un bouclier de pierre grossier autour de son bras pour encaisser le choc. L'agglomérat de roche explosa sous la violence de l'impact, lui provoquant une vive douleur à l'avant-bras. Ronald roula sur le côté afin de se désengager. Il se releva et bondit en arrière, trop lentement pour esquiver l'assaut suivant de son opposant qui l'éjecta à travers la fenêtre.

Le souffle coupé, et alors qu'il chutait d'une hauteur inhabituellement élevée pour lui, il jura entre ses dents :

— Et merde !

∴

Évangéline s'éveilla péniblement. La tête lui tournait tandis que son épaule et son bras droit brûlaient d'une vive douleur. Elle se releva, mais ce mouvement brusque lui provoqua de violents vertiges. Désorientée, elle fit deux pas sur le côté, heurta un pupitre, et se courba en avant pour vider le contenu de son estomac sur le sol tout en se tenant d'une main au meuble qu'elle venait de percuter. Reprenant ses esprits et s'essuyant la bouche sur la manche de sa combinaison, la jeune femme ressentit un vide au niveau de son oreille. D'un mouvement bref, elle porta sa main à celle-ci et se rendit compte que son dispositif de communication avait disparu. Elle le chercha laborieusement au sol autour de l'endroit où elle s'était réveillée. Malgré sa vision qui se troublait de temps à autre, elle finit par apercevoir son oreillette au milieu de décombres. Elle s'en saisit délicatement et l'équipa.

Évangéline annonça à destination de son équipe :

— Ici Ghost, est-ce que quelqu'un est là ?

Elle ne reçut pour seule réponse que des grésillements inaudibles et pensa amèrement :

Mon communicateur est mort, super…

Ne sachant pas si seules les transmissions entrantes étaient affectées ou si l'oreillette était complètement hors service, elle entreprit de narrer sa progression :

— Agent Wallas, blessée et au troisième étage, je vais essayer de me rendre sur le toit.

Elle suivit ses propres indications et se dirigea vers le couloir d'un pas lent pour ménager son corps endolori. Malgré les faibles lumières, elle constata qu'une partie du couloir était carbonisée et que de la fumée se dégageait encore de certains endroits sur les sols et les murs.

L'odeur de brûlé alimenta davantage ses nausées, mais elle trouva la force de continuer sa progression.

S'appuyant contre le mur pour assurer son équilibre, elle se dirigea vers les escaliers, une dizaine de mètres plus loin. À mi-chemin, un cliquetis étrange retentit dans le couloir derrière elle, la poussant à se retourner.

Elle porta les mains à ses hanches, mais n'y trouva pas ses pistolets à plasma.

Mince, j'ai dû les perdre pendant l'affrontement…

La jeune agent du GUT scruta autour d'elle, les cherchant du regard. Se concentrer était difficile et les variations de lumière des néons défaillants exacerbaient ses vertiges. Elle essaya néanmoins d'être attentive à son environnement et plissa les yeux pour les rendre moins sensibles à la lumière. Ses recherches s'avérèrent infructueuses. Un autre cliquetis résonna plus fort que le précédent. Ghost fixa l'extrémité du couloir d'où le son semblait venir. À travers les petites lucarnes des portes coupe-feu, l'autre section avait l'air plongée dans le noir. Elle s'éloigna de la source du bruit suspect à reculons, s'écartant lentement de la grande double porte tout en la gardant dans son champ de vision. Un écho plus sourd résonna, Évangéline se figea, retenant son souffle. Elle compta les secondes dans sa tête pour se calmer puis, reprenant sa respiration, elle continua son périple silencieux.

Mais où sont les autres ? se demanda-t-elle.

À peine cette pensée lui eut-elle traversé l'esprit que les portes anti-feu volèrent en éclat. Par réflexe, la jeune femme se jeta au sol. Appuyée sur le carrelage froid, une lueur blanche se mit à rayonner dans ses paumes et des filaments de lumière serpentèrent sur les surfaces autour de ses mains. Elle releva la tête juste à temps pour voir la créature bondir dans sa direction. Ghost fit s'écrouler le sol sous elle.

La jeune femme se redressa avec peine à l'étage inférieur après le fracas qu'elle venait de provoquer et, immédiatement, des cris aigus et des sanglots en provenance d'une salle de classe non loin d'elle attirèrent son attention. Sans réfléchir et sans même savoir où la créature se trouvait, elle se précipita, non sans mal, vers la source des pleurs. Elle poussa la porte par laquelle les plaintes semblaient s'échapper et fut surprise de découvrir à l'intérieur un homme d'âge mûr, assez grand et à la calvitie avancée qui se dressait nerveusement entre elle et deux enfants cachés derrière lui. Aucun d'eux n'avait l'air de comprendre pourquoi la porte venait de s'ouvrir et une inquiétude mêlée de peur se lisait sur leurs visages. La jeune femme referma derrière elle sans un bruit et se rapprocha doucement des civils apeurés, ses mains écartées sur les côtés en signe d'apaisement jusqu'à ce qu'elle soit sûre d'être visible à leurs yeux. Après l'effet de surprise provoqué par son apparition, l'adulte et l'un des deux enfants semblèrent se détendre.

Sans préambule, elle leur demanda d'un ton peu amène :

— Qu'est-ce que vous faites encore ici ? Vous devriez avoir évacué depuis longtemps.

— Wilhelm est en état de choc depuis le début de l'alerte, répondit l'adulte en désignant l'un des enfants, prostré sous un bureau. Dès que j'essaye de le déplacer, il se met à hurler… Kévin est resté avec moi pour essayer de le calmer, puis… tout a commencé.

Ghost se rapprocha d'eux et s'accroupit à la hauteur du jeune Wilhelm dont les yeux étaient rouges et les joues baignées de larmes. Elle porta la main à son oreille et tenta à nouveau de communiquer avec ses coéquipiers :

— Ghost à l'équipe Alpha, je suis au deuxième étage dans la salle de classe…

— Deux-cent-quarante-neuf, la coupa Kévin, les yeux pleins d'admiration.

— Deux-cent-quarante-neuf. Si quelqu'un m'entend, venez me chercher. Je suis désarmée et je suis en présence de deux enfants et d'un professeur.

Un bruit étouffé résonna dans le couloir d'où elle venait. Elle se redressa et, en tenant un doigt sur sa bouche pour leur intimer le silence, murmura dans son communicateur :

— La créature est ici…

Des bruits de pas inhumains retentirent dans le couloir, cliquetant sur le carrelage. Ghost retint son souffle et, regardant les enfants et le professeur qui l'accompagnaient, constata qu'ils faisaient de même.

Dans un geste de courage qu'elle savait vain, elle se redressa précautionneusement et se plaça entre les civils et la porte d'entrée. À sa surprise, elle fut rejointe par le professeur qui vint l'épauler à sa gauche. À sa droite, elle sentit le petit Kévin lui prendre la main timidement. Baissant son regard vers lui, elle put lire la peur dans ses yeux, mais elle reconnut aussi en lui une étincelle qu'elle connaissait bien : l'envie de se battre pour sa vie.

Inspirée, elle serra son poing gauche, le fit rayonner de toute l'énergie qui lui restait et le pointa devant elle.

La porte s'ouvrit à la volée, laissant apparaître la forme cauchemardesque dans l'encadrure. Derrière eux, le jeune Wilhelm se mit à hurler de peur. La créature semblait exulter de plaisir. Elle avança d'un pas dans leur direction, puis d'un autre. Ghost sentit la main de Kévin raffermir sa prise sur la sienne, au point d'en être douloureux.

La monstrueuse entité sauta sur eux.

Un cri d'enfant retentit, celui-ci s'égosillant de toutes ses forces, et la créature s'écrasa sur un colossal bouclier translucide aux reflets dorés. Elle rebondit sur le mur protecteur avant de retomber en arrière.

Ghost se tourna vers Kevin qui lui tenait toujours fermement la main. Le jeune garçon était tétanisé, le souffle coupé et les yeux révulsés, en pleine surcharge éclosive d'un potentiel actif. La créature se redressa sur ses pattes et s'attaqua à l'imposant obstacle. Ses lames peinaient à entamer le matériau qui semblait aussi dur que de la topaze à laquelle il empruntait sa couleur. Le monstre hurla et continua à se déchaîner sur la barrière dorée qui lui entravait le passage.

Ghost savait que les éclosions de cette intensité étaient des phénomènes éphémères et que le jeune garçon ne pourrait pas tenir longtemps. Le répit qu'il leur avait octroyé pouvait à tout moment prendre fin. Déjà, elle sentait la poigne de Kévin se relâcher tandis que le bouclier commençait à scintiller dangereusement. Évangéline se préparait à nouveau à faire face à son adversaire lorsque de lourds bruits de pas résonnèrent dans le couloir. Kévin perdit conscience et le bouclier s'évanouit en un instant, laissant la créature libre de ses mouvements. Mais, alors que la monstruosité s'apprêtait à leur bondir dessus à nouveau, Mastoc pénétra dans la salle de classe en courant et décocha un coup de poing d'une telle puissance dans le flanc de la bête que cette dernière fut projetée hors du bâtiment, à travers un mur de la classe. La seconde d'après, Loki entra à son tour, cherchant le monstre du regard. Mastoc se pencha par l'ouverture qu'avait créée son coup d'éclat et annonça après quelques secondes :

— Merde, je crois qu'elle en a profité pour filer…

— Les renforts s'en chargeront. Je ne crois pas qu'on puisse faire grand-chose d'autre aujourd'hui, admit Loki avec une pointe d'amertume dans la voix.

Puis, se tournant vers Ghost, il ajouta :

— On est venus te retrouver dès qu'on t'a entendue donner ta localisation. Ça va, Éva ?

— Ça ira, j'ai juste besoin de me poser, répondit la jeune femme d'un ton las en s'asseyant prudemment sur un des pupitres.

— Ok, on reviendra te chercher. Il faut qu'on retrouve les autres, continua Loki avant d'ajouter à l'attention de Mastoc, viens Ronald.

Ses deux collègues quittèrent la pièce en hâte. Épuisée, Évangéline se tourna vers l'enseignant et ses deux élèves. Wilhelm n'avait pas bougé, toujours en état de choc, et Kévin s'était évanoui suite à la spectaculaire éclosion de son potentiel actif. Le professeur Doakins hocha la tête à son attention, en signe de remerciement. Ghost voulut répondre, mais aucun son ne sortit de sa bouche. La descente d'adrénaline lui fit prendre conscience de son état, elle se sentit tomber sur le côté et perdit connaissance avant de toucher le sol.

∴

Loki courrait dans les couloirs à la suite de Mastoc tandis qu'en contrebas ils entendaient les premières sirènes des ambulances et des renforts qui arrivaient enfin. Ronald se précipita à l'intérieur de la salle de classe où se trouvaient leurs collègues. Enri entra après lui et vit son coéquipier se diriger directement vers Vesta. Un peu plus loin, John Barret baignait dans une mare de sang. Le capitaine de l'équipe Alpha passa derrière le colosse, s'accroupit à côté de son second et, retirant ses gants, prit le pouls de son ami en posant deux doigts sur son cou.

Rien.

Derrière lui, Mastoc annonçait d'un ton soulagé :

— Elle respire… Putain, elle respire !

De son côté, Loki n'arrivait pas à accepter la mort de Shield. Il dégrafa le plastron de la combinaison de son collègue et observa attentivement son buste durant quelques secondes. Il constata avec horreur que celui-ci ne respirait plus. Enri retroussa ses manches et plaça ses mains sur le torse de son ami. Il compta dans sa tête tout en pratiquant un massage cardiaque.

1… 2… 3… 4…

Il se rappela l'enthousiasme qu'il avait éprouvé à l'époque lorsque John avait accepté, contre toute attente, de le seconder dans l'équipe.

5… 6… 7… 8…

Il repensa à toutes les fins de services tardives qu'ils avaient passées à échanger leurs points de vue sur les différentes stratégies à employer et aux façons d'utiliser les talents de l'équipe au mieux.

9… 10… 11… 12… putain ne meurs pas !

Il avait un immense respect pour Shield, ce dernier étant le seul qui osait s'opposer à lui quand il se trouvait dans l'erreur. Des larmes de colère lui brouillaient la vue et quelques gouttes tombèrent sur le corps sans vie de son ami.

13… 14… 15… 16…

Loki s'arrêta l'espace d'une seconde pour essuyer la sueur qui coulait sur son front et reprit le massage cardiaque. Un flash résonna dans son esprit quand il posa à nouveau ses mains sur la cage thoracique de son ami. Il venait d'user involontairement de son potentiel actif de télépathie et avait maintenant la certitude qu'il restait une étincelle de vie en Shield.

Se frottant les yeux contre son épaule, il redoubla d'efforts.

« On entend toujours les grands penseurs dire que ce n'est pas la destination, mais le chemin qui est important… Moi je pense que tout dépend du moyen de transport. »

Philosophe Antarien, Gregor Sephrian

Chapitre XXIV - Mise à nu

Jour 94 de l'an 246 : 17h12

Dans une partie de la salle d'arcade un peu à l'écart des jeux vidéo, Craig Annoye attendait patiemment, attablé devant un whisky sec. Il dénotait clairement avec les lieux : habillé de son long imperméable taupe et arborant une mine calme et concentrée tandis qu'autour de lui enfants et adultes s'adonnaient à divers jeux de tir ou de rythme en criant et rigolant.

Bon, récapitulons, pensa Craig en étalant sur la table devant lui les pages arrachées de son carnet contenant les différentes notes qu'il avait prises.

Il regarda sa montre. Une cloche retentit plus loin, indiquant sûrement un nouveau record sur une des activités futiles pratiquées ici. Il lui restait une bonne heure avant que Marco ne le rejoigne avec le contact dont il lui avait parlé. Bien décidé à mettre ce temps à profit, il prit un moment pour relire toutes ses notes, luttant pour se concentrer dans la cacophonie ambiante des lieux, et, attrapant un stylo dans sa veste, réorganisa les informations sur de nouvelles pages afin de rendre tout ceci plus clair.

Il détacha les feuillets utilisés de son carnet et les tria par sujet : il forma un premier tas à l'aide de plusieurs listes de contacts qu'il avait épuisés lors de ses recherches. Un deuxième était constitué des quelques informations qu'il avait glanées sur les changements d'allégeance de nombreux gangs envers un individu tellement mystérieux que certaines personnes doutaient de son existence. Une pile spéciale concernait les attaques simultanées du quarante-cinquième jour de cette année qui étaient aujourd'hui considérées comme le plus gros coup jamais organisé. Enfin, la pile la plus maigre décrivait les caractéristiques de la créature, surnommée « La Faucheuse » par les médias, sordide jeu de mots basé sur sa capacité à donner la mort et la façon dont celle-ci s'y prenait.

Les informations dont il disposait s'étaient révélées difficiles à récupérer, mais elles ne lui étaient malheureusement pas d'une grande aide.

Entre ceux qui avaient refusé de lui parler, les rumeurs abracadabrantesques et les pistes refroidies, Craig commençait à sérieusement douter de parvenir à trouver quoi que ce soit qui lui permette de remonter jusqu'à l'assassin de sa famille.

Après avoir essayé de contacter le GUT et l'armée, et que ses contacts dans la police lui aient appris qu'ils étaient tout aussi démunis que lui sur le sujet, la dernière carte qui lui restait se situait dans les bas-fonds : le crime organisé dont il avait traqué le chef jusque-là, sans plus de réussite.

Détaillant à nouveau les feuillets dispersés devant lui, il essaya de joindre les informations à propos de l'ombre qu'il poursuivait.

Cet homme, apparu de nulle part, était parvenu à faire s'agenouiller devant lui certains des criminels les plus craints de la ville. Comment s'y était-il pris ? Cette partie-là restait un mystère. Quoi qu'il en fut, il avait réussi à organiser la racaille du continent pour frapper fort dans plusieurs endroits stratégiques. Sur les dix-sept braquages de cette fameuse matinée, une demi-douzaine avaient été un succès et, dans l'un d'entre eux, une équipe du GUT avait carrément été décimée. Pour les avoir vus à l'œuvre à plusieurs reprises, Craig connaissait la valeur des agents du GUT, et l'équipe Eagle jouissait d'une solide réputation, même au sein de leur propre structure. Si Bumper et ses hommes avaient été mis en échec, cela impliquait une force d'attaque colossale et de gros moyens engagés. L'ex-policier s'était donc concentré sur ce cas. Il avait dans un premier temps découvert que le bâtiment ciblé n'abritait qu'un centre d'archives stockant des données sur les pensions militaires et il en avait conclu que c'était une fausse piste. Cependant, les révélations du Magicien deux jours plus tôt l'avaient poussé à approfondir ses recherches. Malheureusement, l'équipe du GUT au complet avait été éliminée durant l'opération et les criminels survivants nourrissaient tous les vers à l'heure qu'il était, traqués et tués par l'équipe Destiny.

Et enfin, à propos de la Faucheuse, l'ancien père de famille avait eu beaucoup de mal à lister tout ce qu'il savait aujourd'hui sur elle. Non pas qu'il était difficile de se procurer des informations à son sujet, tous les médias regorgeaient d'images d'archives la concernant, mais il était impossible pour Craig de les regarder sans voir les visages de sa femme et de sa fille remplacer ceux des victimes. Il s'était tout de même fait violence et avait noté toutes les caractéristiques que sa cible présentait dans les différentes vidéos qu'il avait examinées. Celle-ci apparaissait comme forte, rapide et résistante, de plus, le moindre de ses mouvements semblait calculé pour être exécuté avec le maximum d'efficacité. Aucune faiblesse ne se révéla durant son visionnage, excepté l'absence de capacité d'attaque à distance.

Il ressortait des conversations glanées çà et là que seules l'équipe Alpha du GUT ou l'équipe Destiny des militaires auraient une chance face à cette abomination. Malheureusement, l'un de ces espoirs venait de voler en éclat. Quelques minutes plus tôt, l'un des contacts de l'ancien inspecteur lui avait fait parvenir un message via son communicateur : « Équipe Alpha mise à terre par la Faucheuse, des blessés graves et peut-être un mort, Loki toujours en vie. Le gouvernement tente de passer ça sous silence pour ne pas effrayer la population ».

Cette information avait produit l'effet d'un électrochoc pour Craig, l'objet de sa vengeance semblait hors de sa portée. Il n'y avait aujourd'hui plus que l'équipe Destiny capable de stopper ces massacres. L'ancien inspecteur avait par conséquent tenté de se renseigner sur cette formation : celle-ci avait été créée suite à la réussite du projet militaire du même nom après des années de suspension pour une raison inconnue. Les membres la composant, quatre selon les médias, bénéficiaient d'un anonymat préservé, à l'inverse des agents du GUT dont certaines formations, telles que l'équipe Alpha, l'équipe Eagle ou encore l'équipe Turtle, étaient très médiatisées. L'équipe Destiny était aujourd'hui considérée comme la plus efficace du continent et s'était taillée une solide réputation en très peu de temps malgré les mystères qui l'entouraient. Ils étaient assurément les seuls à pouvoir faire face à la créature.

Ou bien moi, pensa-t-il.

En observant à de nombreuses reprises les vidéos concernant la Faucheuse, il s'était imaginé la combattre et avait élaboré plusieurs scénarios. Dans l'un d'eux, il pouvait gagner. La créature terrassait toutes les personnes qui se mettaient sur son chemin sans difficulté, mais il avait remarqué que, dans de rares cas, elle avait dû s'y reprendre à deux fois pour découper ses adversaires. Craig en avait déduit que ces victimes possédaient le pouvoir de peau blindé, tout comme lui, et une petite discussion avec un employé de morgue chargé d'identifier les cadavres avait ensuite confirmé son hypothèse.

Se rappelant son passage à l'hôpital où on lui avait vanté les mérites de sa capacité, bien au-dessus des autres cas connus selon le docteur Egnarts, il espérait que celle-ci serait en mesure de le protéger des lames acérées du monstre. Avec sa mâchoire, il s'agissait des seules armes dont semblait disposer la Faucheuse. Si la peau blindée de l'ex-policier pouvait encaisser ses coups, la créature n'aurait aucun moyen de le blesser.

Tout jouer sur cette hypothèse était risqué, Craig le savait, mais il s'agissait peut-être là de sa seule chance d'obtenir vengeance. Il tenait toutefois à mettre toutes les probabilités de son côté et avait besoin d'un maximum d'informations sur la Faucheuse. Or, l'homme qui était réputé tout savoir était ce fameux Shadow dont tout le monde avait peur. Craig devait lui mettre la main dessus et le faire parler, c'était le meilleur moyen de se préparer à cet affrontement qui l'obsédait. Et, qui sait, peut-être qu'il pourrait également l'aider à régler un dernier détail : comment trouver la créature ?

L'ancien inspecteur fut tiré de ses pensées lorsqu'un homme d'âge moyen à la chevelure impeccable s'installa sur la chaise en face de lui. Son visage anguleux et son nez droit lui rappelaient vaguement quelqu'un, mais il n'arrivait pas à se souvenir où il l'avait déjà vu. Sa veste ainsi que son pantalon droit de bonne facture dénotaient fortement avec le genre de fréquentations dont Craig avait l'habitude ces derniers jours.

— Bonjour, commença l'homme sobrement.

— Salut, répondit Craig sèchement, je peux savoir qui t'es ?

— Marco m'a dit que tu voulais me parler, alors je suis venu.

— Et je peux savoir pourquoi il n'est pas avec toi ? demanda l'ex-policier, suspicieux.

Comme seule réponse, son interlocuteur se pencha légèrement et pointa un homme en train de parler au serveur, une carte des consommations à la main. Craig tourna la tête et se détendit en reconnaissant son partenaire. Il tendit la main vers l'individu assis en face de lui et enchaîna :

— Je suis Jacques.

— Content de te rencontrer, Craig, moi c'est Mickaël.

L'ancien inspecteur fut pris de sueurs froides en entendant son propre nom.

Comment ? se demanda-t-il intérieurement, décontenancé.

— Désolé, j'ai été un peu brusque, mais je préférais t'éviter la peine de raconter toute l'histoire de Jacques le loueur de voitures qui est, j'en suis sûr, très bien ficelée. Marco avait déjà bien introduit le personnage, ça aurait marché si je ne t'avais pas déjà croisé avant.

Ne sachant pas quoi penser de l'individu se tenant face à lui, Craig le questionna de façon hésitante :

— Mais… quand ? Et où ?

Il avait la bouche sèche et avait du mal à trouver ses mots. Il craignait de voir filer sa seule chance de retrouver Shadow.

Avant que l'homme ne puisse répondre, Marco vint s'asseoir à côté de Craig tout en déposant sur la table un plateau contenant trois pintes de bière.

— Alors, t'as fait connaissance avec Jacques ? demanda-t-il.

Cette question eut pour effet de faire rire Mickaël et, devant le regard interrogateur du nouveau venu à la table, il déclara :

— Ne te fatigue pas Marco, je connais son vrai nom et son vrai métier aussi. D'ailleurs, je ne suis pas surpris que tu aies jugé bon de me mentir, mais un peu déçu que tu me ramènes un flic. Aux dernières nouvelles, il y a quand même certaines règles à respecter.

Marco grommela quelque chose d'inaudible, visiblement vexé. L'homme se tourna vers Craig et enchaîna :

— Pour répondre à ta question, je travaille au commissariat central du Secteur 2. Il y a cinq ans tu étais venu avec deux de tes collègues pour récupérer Jonas Barty, une petite frappe qu'un de mes collègues avait interpellée pour un simple vol de sac à main. Mais quand on a relevé les empreintes du mec, il est ressorti dans les fichiers comme étant potentiellement impliqué dans une affaire de meurtre dans votre juridiction. Notre commissaire nous avait informés de votre venue. On s'est croisé dans le couloir menant à son bureau et, en te parlant, un de tes collègues t'a appelé « Craig ». Voilà comment je sais que Jacques est une invention.

— Je vois, répondit l'ex-policier, un potentiel actif de mémoire parfaite. Plutôt pratique dans ce milieu… mais si j'ai bien compris, tu es toi-même du métier, alors pourquoi réagir comme ça ?

— C'est une question de confiance, annonça Mickaël en posant un regard insistant sur Marco, je sais maintenant à quoi m'en tenir avec certaines personnes.

Puis, il fit de nouveau face à Craig et ajouta :

— Pour répondre parfaitement à ta question, c'est mon job. Je suis responsable des relations entre les commissariats rattachés au Secteur 2, je me déplace très souvent pour rencontrer un maximum de collègues. Avec ma mémoire, plus j'en vois, plus je permets à mon boss d'éviter les agents infiltrés. J'ai la place idéale pour ce travail et je suis grassement payé pour empêcher des gens tels que vous de l'atteindre.

Le partenaire de Craig semblait vexé par la remarque qui lui était destinée. Il but une gorgée dans son verre et tenta de prendre la parole, mais l'ex-policier lui coupa l'herbe sous le pied :

— Je ne fais plus partie de la police.

— Ha bon ? s'étonna Mickaël. Tu ne serais pas en train d'essayer de m'entuber par hasard ?

Prenant une grande inspiration, l'ancien père de famille raconta les événements des derniers jours à son interlocuteur. Il se rendit compte que c'était la première fois qu'il exprimait oralement la mort de sa femme et de sa fille et il dut marquer des pauses pour déglutir à plusieurs moments de son récit. Étonnement, détailler ses dernières journées agit comme un exutoire sur la culpabilité qu'il ressentait quand il réalisait ce qu'il était devenu.

À la fin de son récit, Craig finit son verre d'un trait et se leva brusquement pour aller en commander un autre. Lorsque le barman lui tendit sa boisson, il posa un billet sur le comptoir et retourna à sa place sans attendre sa monnaie. Le voyant arriver, les deux hommes toujours attablés cessèrent de parler. L'ancien inspecteur prit place et, pendant de longues minutes, garda les yeux rivés sur sa bière, perdu dans ses pensées, buvant machinalement une gorgée à intervalle régulier. Mickaël brisa finalement ce silence gênant :

— Bon, Marco a fini de me convaincre quand tu es retourné chercher à boire. Il m'a rapidement expliqué quel genre d'homme tu es et pourquoi tu recherches Shadow… Je vais t'aider.

Surpris, Craig leva les yeux vers lui et opina du chef en signe de reconnaissance.

— Merci, souffla-t-il.

— Ne t'emballe pas non plus, j'ai dit que je t'aiderai, mais je n'ai pas dit que ce serait gratuit.

— Combien ? demanda l'ex-policier.

— Pas d'argent, je n'en ai plus besoin… Non… Ce qu'il me faut, c'est une porte de sortie.

— Je vois… Tu as peur que le divorce avec les gangs soit agité. En quoi je peux t'aider ?

Mickaël posa son verre sur la table, se redressa sur sa chaise et mis ses coudes sur la table tout en joignant les mains devant lui avant de répondre :

— Ça fait un moment que je veux quitter le milieu, j'ai bien assez d'argent pour mettre ma famille à l'abri du besoin et payer une belle scolarité à mes trois filles. Mais, comme tu l'as dit, ces gens-là ne sont pas du genre à accepter si facilement une démission. Ironiquement, c'est l'armée qui m'a beaucoup aidé dans ce projet. L'équipe Destiny a fait un ménage monstrueux dans la pègre et aujourd'hui, de ce que j'en sais, seules deux personnes sont encore au courant de mon identité et de mon rôle. Le premier, c'est le fameux Shadow, mais il est foutu, complètement isolé. Avec la traque effectuée par l'équipe Destiny, il a perdu ses alliés les plus fidèles et les autres ne se sont pas fait prier pour s'éloigner de lui le plus rapidement possible.

Aujourd'hui, il a d'autres problèmes à gérer qu'une désertion parmi d'autres et donc il ne me fait pas peur. La deuxième personne en revanche est plus problématique : Éliane Brown, surnommée la Veuve Ardente.

La Veuve Ardente… songea Craig, *j'ai entendu ce nom il n'y a pas si longtemps.*

— Elle n'est pas dans le milieu depuis très longtemps, je me trompe ? demanda-t-il.

— Non, en effet. Quelques années tout au plus et elle n'est sous le feu des projecteurs que depuis très peu de temps. C'est d'ailleurs ce qui la rend dangereuse. Une nouvelle venue comme elle va devoir asseoir son autorité par tous les moyens possibles.

— Et pourquoi on l'appelle la Veuve Ardente ?

Cette fois-ci ce fut Marco qui répondit :

— Elle a cramé ses trois derniers mecs.

— En effet, ça semble tout à fait approprié, remarqua Craig, elle est du genre jalouse ? Ou c'est juste une lunatique ?

— De c'que j'ai entendu, le premier l'avait trompé. Le deuxième a voulu la quitter, ironiquement, quand il a appris ce qu'elle avait fait à son ex. Et le dernier lui a proposé de profiter d'la chute de Shadow pour récupérer une partie d'ses hommes et d'faire leur propre gang qu'ils dirigeraient ensemble et elle l'a buté, affirma Marco.

— Ouais, enfin… c'est un peu plus compliqué que ça, le coupa Mickaël. En fait, Éliane et Geoffrey, son petit ami, avaient décidé d'occuper la place de Shadow peu de temps après que l'équipe Destiny ait commencé à mettre à mal l'organisation du grand chef. Ils ont commencé en douceur à récupérer des responsabilités clefs au sein des activités les plus rentables. Lorsqu'ils étaient assez bien placés, ils faisaient en sorte que leurs associés aient des accidents ou disparaissent mystérieusement, jusqu'au moment où ils ont eu assez d'influence pour se déclarer remplaçants de Shadow. Mais au moment de l'annonce, Geoffrey s'est présenté comme étant le nouvel homme à la tête du réseau, en omettant de mentionner Éliane. Elle n'a pas apprécié cet oubli… Elle l'a brûlé vif devant tous leurs hommes en plein milieu de son discours et personne n'a bougé. Elle s'est alors présentée comme étant la nouvelle « Reine du crime », mais les gens ont très vite adopté le surnom de Veuve Ardente.

— Ouais, bah c'est c'que j'ai dit, fit remarquer Marco avant de se jeter en arrière dans sa chaise avec sa pinte de bière à la main.

L'ancien inspecteur prit quelques secondes pour assimiler toutes les informations qu'il venait d'entendre et finit par demander :

— Et je dois faire quoi avec cette personne ?

— La tuer, répondit stoïquement son interlocuteur.

Craig leva un sourcil d'étonnement.

— Tu viens de me faire un laïus sur le fait qu'elle est complètement tarée et qu'elle a regroupé derrière elle tous les gangs du Secteur, et maintenant tu veux que je la tue ? Et qu'est-ce qui me prouve qu'après le boulot tu me donneras les informations que je veux ? Je t'avoue que j'ai un peu de mal à faire confiance à un mec qui a trahi son uniforme.

— Ah nous y voilà, s'exclama le policier, épargne-moi ton jugement moral, s'il te plaît.

Pointant un doigt vers Marco, il enchaîna :

— Si tu traînes avec ce genre d'individu, tu n'es sûrement pas irréprochable. En attendant, tu es venu demander mon aide, alors, soit tu acceptes le deal, soit tu te débrouilles sans moi.

La chaise de Craig émit un grincement sonore qui traversa toute la salle lorsqu'il se leva. Il posa ses mains sur la table et se pencha vers son interlocuteur.

— Je fais ça pour ma famille et pour tous ces pauvres gens victimes de la créature. Toi, tu as vendu ton âme pour de l'argent, tout ce que tu mérites c'est de pourrir en taule.

Mickaël se leva à son tour et répondit en serrant les dents :

— Moi aussi je fais ça pour ma famille. Tant que je n'aurais pas trouvé de porte de sortie, ils seront en danger.

— C'est toi qui les as mis en danger ! s'écria Craig.

Malgré les bruits environnants de la salle d'arcade, quelques curieux se tournèrent dans leur direction. Mickaël regarda autour de lui, puis posa à nouveau ses yeux sur l'ancien inspecteur avant de déclarer fébrilement :

— Va te faire foutre, je me casse.

Il tourna les talons et se dirigea à grandes enjambées vers la sortie arrière du bâtiment. Craig voulut le retenir, mais il sentit Marco lui saisir le bras avec une force qu'il ne soupçonnait pas :

— Laisse tomber, tout l'monde nous r'garde et y'a des caméras. Si tu l'suis et qu'il s'passe un truc, ça s'ra pas bon pour nous deux.

L'ex-policier jeta un coup d'œil autour de lui et se rendit compte que son partenaire avait raison. Il finit par se rasseoir, résigné.

— Bon, on fait quoi maintenant ? demanda-t-il. Tu m'as dit que tu n'avais pas d'autre moyen de retrouver Shadow rapidement.

— Ouais, c'est c'que j'ai dit, et c'est vrai. Tu as gâché la seule piste que j'avais.

Craig sentit la colère monter en lui. Il avait envie d'empoigner Marco et de lui faire regretter cette phrase, mais il se rendit compte que celui-ci avait de nouveau raison. Après quelques minutes rythmées par les bruits des clients de la salle jouant au billard et aux différentes bornes d'arcade, il finit par se lever en déclarant :

— Je vais prendre l'air.

Il attendit quelques secondes une réponse qui ne vint pas et sortit par l'arrière du bâtiment. Une fois dehors, il respira à pleins poumons l'air frais de ce début de soirée et tenta de vider son esprit pour se calmer. Il fut ramené à la réalité par un bruit d'expiration venant de sa gauche et se tourna vers son origine. Mickaël se trouvait là, assis à même le sol contre le mur du bâtiment, occupé à fumer une cigarette, la troisième si l'on en jugeait aux mégots alignés par terre, à côté de sa cuisse.

Craig sentit sa colère envers cet individu prête à exploser, mais il constata que celui-ci fixait le sol dans un silence presque religieux. L'ex-policier se surprit à éprouver de la pitié pour Mickaël, comprenant bien ce qu'il pouvait ressentir. Un homme ayant perdu sa famille ne pouvait que compatir à la douleur d'un autre qui avait peur pour la sienne.

Après avoir tergiversé quelques secondes, Craig s'assit en silence à côté du policier corrompu. Ce dernier ne sembla pas s'en étonner et, sans dire un mot, tendit son paquet de cigarettes ouvert vers son voisin qui se saisit de l'une d'elles et la porta à sa bouche. L'ancien inspecteur approcha son visage de la flamme du briquet que Mickaël venait d'actionner et remplit ses poumons avec de la fumée. Il expira difficilement les premières bouffées, luttant pour s'empêcher de tousser. Cela faisait maintenant plus de dix ans qu'il n'avait plus touché à ce poison. Il avait arrêté après avoir fait la connaissance de Madora et que celle-ci lui avait annoncé qu'elle ne supportait pas l'odeur de la cigarette.

Chacun perdu dans ses pensées, les deux hommes restèrent assis là à fumer en silence jusqu'à ce que Craig prenne la parole après avoir jeté son mégot :

— Je vais t'aider.

Mickaël posa sur lui un regard interrogateur, révélant des yeux rougis, tout en s'essuyant le nez dans un geste dénué de toute élégance.

— P… Pourquoi ? balbutia-t-il.

Une idée prit forme dans l'esprit de Craig et ce dernier répondit :

— Ça ne te regarde pas. Mais je n'ai pas dit que ce serait gratuit, continua Craig en reprenant la tournure qu'avait utilisée son interlocuteur plus tôt.

— Qu'est-ce que tu veux en échange ?

— Je veux que tu te rendes aux autorités et que tu avoues avoir pris des enveloppes.

L'interlocuteur de Craig exhala lentement sa bouffée de cigarette sans paraître surpris du prix demandé par l'ex-policier. Il sépara le mégot de son foyer et le posa à côté de sa cuisse en prenant soin de bien l'aligner avec les autres. Il soupira, réalisant peut-être seulement maintenant que c'était pour lui la fin de la route.

— Si tu peux me garantir la sécurité de ma famille, je le ferai, répondit-il.

— Parfait. Par contre, n'imagine pas que je vais te croire sur parole, montre-moi ta carte de police et note ton adresse là-dessus.

L'ancien inspecteur sortit alors de sa poche intérieure un stylo ainsi qu'un calepin et le tendit à Mickaël :

— Si tu essayes de m'entuber, je te jure que je m'en rendrai compte, et tu le regretteras, promit-il.

L'homme se saisit des objets sans un mot et griffonna rapidement quelque chose avant de les rendre à leur propriétaire accompagnés de sa plaque de police extraite dans le même mouvement de l'intérieur de son manteau.

Craig nota dans son carnet les nom, prénom et matricule du policier corrompu. Il hésita une seconde avant de lui rendre sa plaque. Il prit le temps de l'étudier attentivement, provoquant un tic de nervosité au niveau du sourcil gauche de son interlocuteur.

L'ancien inspecteur lui remit finalement sa carte de police et rangea les informations récupérées dans une poche de son manteau avant de reprendre en faisant mine de ne pas remarquer l'état de nervosité de Mickaël :

— Très bien, je te laisse une semaine pour t'organiser et te rendre. Passé ce délai, tu auras de mes nouvelles et, crois-moi, si je dois moi-même t'emmener au poste, le voyage sera nettement moins agréable que si tu t'y rends par toi-même.

— Ouais, ça va, j'ai compris. Compte sur moi, je le ferai… mais toi tu dois empêcher la Veuve Ardente de s'en prendre à ma famille, rétorqua Mickaël.

— Bien entendu, tu as ma parole.

Il attendit une dizaine de secondes avant de reprendre :

— Bon, maintenant dis-moi où est Shadow ?

— Heu… commença son interlocuteur de façon hésitante, en réalité je ne sais pas vraiment où il se trouve.

À ces mots, Craig se leva, fit volte-face et s'immobilisa dos au policier corrompu, les poings serrés.

Cette raclure m'a fait perdre mon temps, fulmina-t-il intérieurement.

L'espace de quelques secondes, il brûla d'envie de se retourner pour lui flanquer une correction, mais il se maîtrisa et se dirigea vers l'entrée du bâtiment.

— Attends ! s'exclama l'homme dans son dos. Je ne sais pas où il est, mais je sais comment le trouver.

L'ex-policier s'arrêta et fit à nouveau face à Mickaël qui, ayant capté son attention, reprit :

— Tu ne comprends pas. Ce mec a toujours été extrêmement prudent et les gens qui l'ont vraiment rencontré sont très rares. Certains doutaient même de son existence, pour te dire…

— Épargne-moi les légendes urbaines, dis-moi simplement comment le trouver, le coupa Craig.

— Je connais quelqu'un qui avait un contact direct avec lui.

— Qui ça ? s'impatienta l'ancien inspecteur.

Son interlocuteur resta coi, comme s'il avait peur de sa réaction, et finit par lâcher :

— La Veuve Ardente.

— Putain ! Ça t'arrange bien, hein ? s'emporta Craig en pointant un doigt accusateur sur Mickaël. Tu me demandes de la mettre hors d'état de nuire et, comme par hasard, c'est elle que je dois voir pour avoir les informations dont j'ai besoin.

Une fois de plus, l'homme ne répondit pas tout de suite. Il hésita un instant avant de reprendre :

— C'est justement parce qu'elle était si proche du grand chef qu'elle a pu reprendre en main les rênes et qu'elle est, par la même occasion, devenue ma nouvelle employeuse par défaut…

Suite à son explication, il se releva et tendit un prospectus à l'ex-policier. Ce dernier le déplia et découvrit une publicité pour un club de strip-tease du Secteur 10. Mickaël commenta :

— C'est là que tu la trouveras. Elle a les informations que tu recherches, à toi de voir comment les récupérer. Par contre, dis-moi tout de suite si tu comptes tenir ta part du marché, que je sache si je dois m'enfuir avec ma famille ou non.

Craig leva son regard du papier et fixa son interlocuteur dans les yeux. Après quelques secondes passées à le jauger, il finit par répondre :

— Je tiendrai ma part du marché, mais n'oublies pas de tenir la tienne. Tu as une semaine. Passé ce délai, je viendrai te trouver.

Pour étayer ses dires, il tapota la poche de son manteau dans laquelle il avait glissé le calepin qui contenait l'identité ainsi que l'adresse de Mickaël.

— Ça me convient… merci.

Tout en prononçant ces mots, le policier corrompu avança timidement sa main vers Craig qui la serra un peu à contrecœur.

Quelques minutes plus tard, l'ancien inspecteur traversait la ville au volant de sa voiture en direction du « Club des Lys bleus ». Après avoir pris congé de Mickaël, il n'avait pas perdu de temps. Il était rapidement passé à la table où l'attendait Marco et lui avait déposé un bon paquet de crédits afin de payer les consommations, mais aussi pour lui confier un travail urgent dont il n'aurait pas le temps de s'acquitter lui-même. Bien entendu, devant l'épaisseur de la liasse de billets, son compère avait accepté et, sans se saluer, chacun était parti dans une direction opposée. Craig espérait que Marco le recontacterait assez rapidement, mais il était en chemin depuis maintenant trois bonnes heures et n'avait toujours reçu aucun message sur son communicateur. Il finit par garer sa voiture dans une ruelle voisine du club et enfila une tenue plus appropriée récupérée dans son coffre. Une fois apprêté, l'ex-policier prit soin de ranger son arme dans la boîte à gants de son véhicule.

Arrivé devant l'établissement, il s'approcha des deux videurs et les laissa le fouiller. Le mastodonte qui l'avait palpé adressa un signe de tête à son compère. Celui-ci ouvrit la porte et l'invita à entrer d'un geste de la main en lui souhaitant une bonne soirée d'un ton las et désabusé. Craig glissa deux-cents crédits à l'hôtesse d'accueil pour payer son entrée et passa devant le vestiaire avant d'écarter le rideau qui le séparait de la salle principale du club.

À l'intérieur, il fut accueilli par une myriade de spots bleutés éblouissants qui illuminait la scène centrale sur laquelle une superbe créature se déhanchait sur des rythmes lascifs. Face à lui se dressait l'extrémité d'un bar qui courait sur toute la longueur de la pièce. Derrière ce dernier, une armée de barmans s'affairait à préparer les boissons qui étaient ensuite consommées sur place ou emportées jusqu'aux tables disposées autour de la scène par des serveuses aux tenues provocantes. Craig n'avait jamais apprécié le monde de la nuit et sa constellation de lieux de débauche, ces derniers revenant trop souvent à son goût au centre de trafics illégaux. Il se dirigea directement vers le centre du bar et dénicha une place sur un tabouret.

Un barman prit sa commande :

— Bonsoir, gentleman. Puis-je vous proposer l'un des nombreux cocktails de notre carte ?

— Oui, servez-moi un cocktail, un tiers whisky, un tiers whisky, et le dernier tiers whisky, merci, répondit Craig d'un ton dénué d'humour.

— À votre service.

L'ancien inspecteur se tourna, dos au comptoir, et détailla le reste de la pièce. En face de lui, de l'autre côté de la scène et au-dessus des tables du fond, se trouvait un balcon divisé en plusieurs loges, sûrement réservées aux plus riches visiteurs. Ces dernières avaient vue sur l'ensemble de la salle. Dans la loge centrale se dressait une scène privative sur laquelle une autre jeune danseuse s'effeuillait petit à petit devant un groupe de clients fortunés. À l'extrémité gauche du balcon, dans la loge la plus éloignée de la scène, se trouvait une femme d'une trentaine d'années, drapée d'une robe élégante de couleur écarlate, accompagnée par ce qui ressemblait à un groupe de trois gardes du corps en costumes trois-pièces.

Craig paya le verre qui venait de lui être servi et le porta machinalement à sa bouche tout en cherchant des yeux un passage pour accéder à cet étage. Très vite, il repéra l'escalier devant lequel un autre groupe d'agents de sécurité était posté. Chacun de ces hommes possédait certainement un ou plusieurs potentiels actifs qui pouvaient s'avérer gênants si les choses se gâtaient, mais il était impossible pour l'ancien inspecteur d'en déterminer la nature exacte. Il fallait donc la jouer fine et éviter au maximum la confrontation. Il se retourna et appela le barman qui l'avait servi quelques instants plus tôt. Ce dernier se rapprocha de lui et demanda :

— Il vous faudra autre chose, Monsieur ?

— Oui, j'aurais voulu savoir comment accéder au balcon, se risqua-t-il en tentant de se faire entendre par-dessus le brouhaha et la musique ambiante.

— Ah, répondit le jeune homme un peu gêné. Il faut être une connaissance de la propriétaire du club.

— Et comment la rencontre-t-on cette dame ?

— Seuls ses partenaires en affaires sont accueillis. Je suis désolé, Monsieur.
— C'est bien dommage, je suis sûr que je pourrais faire affaire avec…

Le jeune homme ne releva pas cette dernière remarque et partit s'occuper d'un autre client. Comme s'en était douté l'ex-policier, l'approche par le dialogue se révéla être un fiasco.

Au moins j'aurais essayé, se dit-il en cherchant un moyen qui lui permettrait d'atteindre sa cible.

Après quelques instants, Craig posa son verre vide sur le bar et croisa les bras. Il passa la demi-heure suivante à observer les différentes routines des gardes, les allées et venues des serveuses et les successions de danseuses. Il remarqua qu'à chaque changement d'artiste sur la scène principale, un agent d'entretien venait récolter les pourboires lancés aux pieds des jeunes femmes par les clients et éponger les planches afin qu'elles ne soient pas rendues glissantes par la transpiration et les consommations occasionnellement renversées par les hommes installés autour de la piste. L'ancien inspecteur suivit du regard l'employé responsable de cette tâche alors qu'il regagnait son local chargé de ses ustensiles de nettoyage et concocta un plan.

Craig commanda un autre whisky. Il paya sa consommation, mais, au lieu de la boire, il fit semblant d'être bousculé par un de ses voisins et renversa tout le contenu de son verre sur sa chemise en jurant. Le voisin en question, ne comprenant pas comment cela avait pu se produire, se confondit en excuses pendant que Craig lui répétait que ce n'était rien.

Sa chemise imbibée d'alcool, il prit une grande inspiration et se dirigea vers le local de l'agent d'entretien d'une démarche mal assurée, feignant de tituber à chacun de ses pas. Une fois devant la remise, il ouvrit la porte à la volée en geignant qu'il cherchait les toilettes et se mit à attraper tous les objets qu'il trouvait à portée de main de façon désordonnée jusqu'à ce qu'il tombe enfin sur ce qui l'intéressait, un savon liquide concentré pour les sols. Celui-ci devait certainement être utilisé en fin de soirée, après le départ des clients, et être rincé à grande eau pour ne pas rendre la scène glissante. Il cacha la bouteille sous sa veste tandis que le concierge s'avançait vers lui pour l'empêcher de causer plus de chaos dans sa remise. Craig aperçut alors le sceau dans lequel trempait la serpillière avant de se faire lui-même un croche-pied qui le fit trébucher et atterrir au pied de celui-ci. En se redressant à quatre pattes, il ouvrit le flacon qu'il avait dissimulé et en versa subrepticement le contenu dans le seau. Il fit ensuite mine de glisser sur le carrelage et de s'écrouler au sol, se débarrassant au passage de la bouteille de savon maintenant vide, alors que l'agent d'entretien s'approchait de lui pour l'aider à se relever.

— Tout va bien, Monsieur ? s'enquit-il poliment.

Craig feignit la surprise en voyant l'homme et bredouilla :

— Oui… je crois… ça va aller, je… je suis vraiment désolé, j'ai été… aveuglé par la lumière et j'ai trébuché… Je suis vraiment confus, je cherchais les toilettes.

— C'est pas grave, je vais vous y conduire, Monsieur.

L'ex-policier se laissa guider jusqu'aux toilettes par l'agent d'entretien qui semblait rompu à ce genre de situation. Afin de rester dans son rôle et de ne pas éveiller les soupçons de l'employé du club, Craig se pencha au-dessus d'un des lavabos et aspergea maladroitement d'eau son visage, trempant au passage son costume. L'homme de ménage s'approcha alors de l'ancien inspecteur et désigna l'habit mouillé en demandant :

— Vous permettez ?

Craig acquiesça d'un geste de la tête et son interlocuteur saisit sa veste de la main gauche tout en produisant de l'air chaud avec la droite. Une fois ses vêtements secs, Craig remercia l'agent d'entretien et quitta les sanitaires pour se diriger vers le fond de la salle principale, pile au-dessous de l'extrémité du balcon la plus éloignée de la scène. Il s'adossa ensuite au mur, tourné vers l'attraction centrale.

Une dizaine de minutes plus tard, la danseuse se retira sous les applaudissements des clients. L'ancien inspecteur scruta avec attention le nettoyage qui s'ensuivit. La jeune fille qui lui succédait monta sur scène. Craig se prépara, fléchissant ses genoux. La strip-teaseuse, dans un mouvement ample et gracieux, s'élança vers sa barre d'acrobatie, mais, au lieu d'exécuter un mouvement fluide et sensuel, cette dernière glissa et s'étala de tout son long sur les planches. Profitant des regards tournés vers la scène et des exclamations provoquées par la chute, l'ex-policier diminua la gravité exercée sur son corps grâce à son potentiel actif et bondit jusqu'au balcon sous lequel il se trouvait. Il passa le plus discrètement possible par-dessus la rambarde de la loge de la Veuve Ardente, mais réalisa en jetant un œil autour de lui que cette partie du balcon avait été désertée. Avisant la seule porte qui se trouvait en face de lui, il se précipita vers celle-ci et l'ouvrit à la volée.

Craig se retrouva dans un couloir en angle droit dont le chemin de droite menait sans doute aux autres loges. Devant lui, le deuxième itinéraire conduisait à l'escalier pour retourner dans la pièce principale, mais aussi à une allée barrée par un cordon sur lequel une pancarte « privé » était pendue.

Il marcha donc dans cette direction, enjamba précautionneusement la corde en velours rouge et longea le couloir qui s'enfonçait dans la pénombre. Après quelques mètres, l'allée tournait à droite. Craig se colla contre le mur et regarda furtivement au coin. Il remarqua plus loin deux gardes postés devant une porte. La Veuve Ardente devait se trouver là. Il prit une grande inspiration et s'engagea d'un pas décidé dans le couloir qui menait aux hommes en faction. Les deux colosses l'aperçurent presque immédiatement. D'un geste, le gorille le plus proche de Craig lui fit signe de s'arrêter, tandis que le second portait sa main au holster qui se trouvait sur sa hanche droite. L'ancien inspecteur obtempéra. Il leva ses deux mains en l'air, paumes visibles, et se présenta :

— Bonsoir, Messieurs, je m'appelle Craig, j'ai une information de la plus haute importance à transmettre à votre patronne.

— Donne-la-moi, je vais la lui transmettre, répondit le premier pendant que son collègue se déplaçait doucement en direction de Craig.

— J'ai dit que je voulais lui transmettre, pas qu'elle était gratuite.

— Je vois qu'on a affaire à une forte tête, commenta le second en continuant de s'avancer.

Le molosse le plus proche se jeta sur Craig et lui colla un puissant direct dans le ventre qui, au lieu de produire l'effet escompté, fit hurler de douleur l'assaillant dont le poignet formait à présent un angle improbable. L'ancien inspecteur de police n'en était pas à sa première bagarre, et il avait très vite appris que sa peau blindée, couplée à une légère augmentation de sa gravité, permettait de contrer très efficacement les utilisateurs de potentiels actifs de force. Il profita du désarroi de son adversaire pour lui porter un coup de pied dans la rotule et enchaîner avec un coup de poing à la mâchoire qui lui fit perdre connaissance. Le deuxième garde, resté en retrait en raison de l'étroitesse du couloir, avait dégainé son arme à feu. Instantanément, Craig inversa la gravité sur son corps, se retourna en vol pour atterrir les pieds au plafond et s'élança vers son adversaire. Perturbé par cette manœuvre, ce dernier manqua sa cible à plusieurs reprises et l'ancien inspecteur parvint à lui sauter dessus tout en multipliant par trois la gravité exercée sur son corps, écrasant littéralement le garde au sol. Immobilisé sous l'ex-policier, l'homme commença à manquer d'oxygène et, quelques secondes plus tard, il s'évanouit. Craig revint à une gravité normale, se releva, épousseta sa veste de costume et frappa à la porte. Une voix féminine pleine d'autorité lui répondit :

— Entrez !

Craig s'exécuta. Il poussa la porte et pénétra dans un bureau décoré avec goût dont les lumières bleues tamisées donnaient l'impression de ne pas avoir quitté la scène centrale du club.

Toutefois, la ressemblance s'arrêtait là, car derrière l'imposante table de travail en bois noble, Éliane « la Veuve Ardente » Brown trônait sur son fauteuil en jouant avec un petit cercle de feu du bout de ses doigts. Elle pencha sa tête sur le côté, curieuse de voir entrer ce nouvel arrivant, et inclina légèrement sa chaise en arrière pour adopter une posture décontractée avant d'entamer la discussion d'un ton badin :

— J'espère que Bob et Marcel sont en vie. Pour des hommes de main, ils sont capables de conversations très enrichissantes.

— Ils respirent.

— Très bien, ajouta-t-elle en fixant Craig dans les yeux.

Le regard intense qu'elle posait sur lui le mit mal à l'aise. Il avait l'impression d'être transpercé, comme si elle était capable de lire en lui, mais il ne pensait pas qu'elle possédait un tel potentiel actif. Après une pause, la femme en face de lui reprit la parole :

— Eh bien ? Qu'est-ce que vous faites là ? J'imagine que vous n'avez pas tabassé mes gardes du corps dans le but de me reluquer toute la soirée sans dire un mot.

— Vous n'avez pas peur que je sois là pour vous tuer ?

— Si c'était le cas, mes hommes auraient subi le même sort. Allez au but, je n'ai pas toute la nuit, réagit-elle d'un ton léger.

— D'accord, je viens vous apporter une information qui, je pense, vous intéressera.

— Je suis tout ouïe.

— Quelqu'un cherche à vous tuer.

— Ce n'est pas nouveau ça, répondit-elle en prenant un air blasé.

— Quelqu'un de chez vous.

— Ah… C'est déjà plus intéressant… Et comment je peux être sûre que je peux vous croire ?

— Parce que cette personne m'a engagé pour le faire.

— Et vous allez m'épargner ? Par bonté d'âme, j'imagine ?

— Non, vous avez une information dont j'ai besoin. J'imaginais qu'une femme d'affaires telle que vous saurait comprendre l'importance d'un échange de bons procédés.

— Bien entendu. Et quelle information si importante pensez-vous que je possède au point qu'elle soit plus importante que ma propre vie ?

— Je veux trouver Shadow.

Éliane se figea et l'anneau de feu avec lequel elle jouait s'évapora. Puis, son regard crispé se dérida et elle éclata de rire. Après quelques secondes d'incompréhension, Craig interrompit son interlocutrice :

— Je ne vois pas ce qu'il y a de si drôle.

— Vous allez comprendre, répondit-elle en reprenant son souffle. Je n'ai jamais rencontré Shadow !

— J'ai du mal à le croire ! Tout le monde dit que vous étiez parmi ses interlocutrices privilégiées avant que les choses ne se gâtent.

— C'était le cas ! Mais je ne l'ai jamais rencontré.

— Mais il devait bien vous contacter d'une façon ou d'une autre non ?

— Oui, via un intermédiaire, à chaque fois différent.

Putain ce mec est vraiment trop prudent, jura Craig intérieurement.

— Par contre… reprit son interlocutrice.

— Oui ?

— Je rencontrais toujours l'intermédiaire au même endroit, et il s'y trouvait toujours avant moi…

— Donc vous avez bien quelque chose pour moi.

— Il se pourrait bien. Je vous note l'adresse sur ce papier et vous me notez le nom du futur tas de cendre ?

Craig avait dans ses poches deux morceaux de papier. Dans sa poche droite était écrit le nom du Magicien dont il s'était occupé quelques jours plus tôt, et dans sa poche gauche était noté le nom de Mickaël. Il vérifia d'abord son communicateur et fut heureux de voir le message qu'il attendait : « Le ripou s'est foutu de toi, fausse adresse, il veut se faire la malle, vraie adresse : … »

Craig soupira et sortit la note de sa poche gauche. Il y ajouta les informations que Marco avait découvertes en suivant Mickaël et plia le papier avant de le tendre à la Veuve Ardente. Cette dernière lui offrit en retour une carte de visite. Ils procédèrent à l'échange. Craig retourna le rectangle de papier cartonné et y trouva l'adresse renseignée par son interlocutrice. Il la mémorisa et plongea la carte dans sa poche intérieure. Il remercia ensuite la femme qui se trouvait toujours derrière son bureau et se dirigea vers la sortie de la boîte de nuit.

Dès la porte du club franchie, il composa le numéro du central de la police.

— Le central j'écoute ? lui répondit une voix au ton neutre.

— Officier de police Craig Annoye du Secteur 11, matricule 75BH42C. Je voudrais déclarer un suspect en fuite et demander une mise sous protection pour une femme et ses trois filles.

— Numéros de communicateur et de matricule validés, je vous écoute pour les détails.

Craig remercia intérieurement son commissaire d'avoir patienté avant de transmettre sa lettre de démission.

Il s'éloigna ensuite du Club de strip-tease et transmit les informations nécessaires à la police pour protéger la famille de Mickaël et s'assurer que, s'il n'était pas retrouvé avant par la Veuve Ardente, cet idiot pourrirait en prison pour un long moment.

Une fois dans sa voiture, il récupéra la carte de visite donnée par celle qui semblait maintenant se trouver au sommet de l'empire criminel de Shadow et la plaça sur son tableau de bord. Il ajouta ensuite pour lui-même :

— Allez, on se rapproche.

« Je pense que tout système étatique sans contre-pouvoir adéquat devient dictatorial. »
Philosophe Antarien, Gregor Sephrian, plaidant pour sa cause après avoir été arrêté pour ivresse sur la voie publique.

Chapitre XXV - Complots

Jour 95 de l'an 246 : 2h24

Les rues du Secteur 10 étaient presque désertes à cette heure de la nuit. Les rideaux d'acier des derniers bars s'étaient abaissés une demi-heure plus tôt et seuls les quelques clients, fortement avinés, qui avaient fait la fermeture erraient encore à proximité.

Craig se gara au pied de l'immeuble que lui avait indiqué la Veuve Ardente. Il sortit de sa voiture et se dirigea vers la porte d'entrée. Devant le seuil, il leva la tête pour détailler le bâtiment. Il s'agissait de l'un de ces vieux immeubles décrépits du Secteur 10, la couleur anthracite de la façade témoignait de son manque d'entretien et certaines fenêtres étaient même calfeutrées à l'aide de planches de bois rudimentaires.

Craig savait très bien quel type de personnes habitait dans ce genre d'endroits : les marginaux, les laissés-pour-compte du système, les gens qui n'avaient pas su évoluer au gré des nouvelles technologies, ou encore simplement ceux qui n'avaient pas de potentiels actifs exploitables par la grande machine antarienne. L'ancien inspecteur ricana dans sa barbe en réalisant que lui aussi faisait maintenant partie de cette caste. Il poussa la porte de l'immeuble dont la serrure magnétique était visiblement hors service.

Dans l'entrée était assis un groupe de quatre adolescents à la mine patibulaire qui le dévisagèrent dès son apparition. Il ne s'attarda pas et, sans leur prêter attention, s'engagea dans les escaliers. Il grimpa jusqu'au quatrième étage et se mit à la recherche de l'appartement quatre-cent-cinquante-sept. Sur la plupart des portes, les numéros avaient été écrits au marqueur, tandis que, sur d'autres, l'usure était venue à bout de ces inscriptions.

En passant devant le seuil d'un des logements, il entendit les bruits d'une violente dispute conjugale. Ces éclats de voix lui rappelèrent les nombreuses interventions qu'il avait dû effectuer dans ce genre de taudis à l'époque où il portait encore l'uniforme. Il se força à ignorer les cris et les bruits de vaisselle brisée qui filtraient à travers la porte et continua sa progression.

Quelques mètres plus loin, il repéra enfin sa destination. Il dégaina son arme et colla son oreille contre le morceau de bois vieillissant qui faisait office d'entrée. Comme il n'entendait aucun bruit à l'intérieur, il prit son élan et fit voler la porte en éclat d'un grand coup d'épaule.

Elle n'était vraiment pas solide, pensa-t-il en se mettant immédiatement en position, les genoux fléchis et son arme brandie, prêt à tirer.

Mais, malgré le raffut qu'il venait de provoquer, rien ni personne ne donna signe de vie. L'appartement était plongé dans les ténèbres. Seuls les réverbères de la rue attenante dont les lueurs jaunâtres filtraient à travers les fenêtres et la lumière faiblarde provenant du couloir éclairaient un peu les lieux. Tout en époussetant les quelques échardes qui s'étaient perdues dans ses cheveux et sur ses vêtements, il alluma sa lampe torche et se mit en quête d'un interrupteur permettant d'allumer un plafonnier. Après avoir trébuché plusieurs fois sur des objets non identifiés, il parvint enfin à illuminer la salle dans laquelle il se trouvait. Tout l'appartement avait été retourné, le mobilier mis sens dessus dessous, les sièges éventrés et les tiroirs vidés.

Merde, je ne dois pas être le seul à sa recherche, pensa l'ancien inspecteur.

Malgré tout, il prit le temps de vérifier qu'aucun indice n'avait été oublié par les précédents visiteurs. Il souleva donc chaque meuble, examina chaque recoin et s'assura qu'aucune latte de parquet ou plinthe ne cachait d'emplacement secret. Après une heure de fouille exhaustive des lieux, il commença à perdre espoir. Par frustration, il donna un grand coup de pied dans un débris de tiroir qui traînait par terre avant de s'affaler en position assise contre un mur à la tapisserie abîmée.

Le regard bas, Craig se demandait où il allait bien pouvoir trouver une nouvelle piste pour le conduire à Shadow. Il pourrait tenter de contacter à nouveau le GUT ou l'armée, mais il n'était pas convaincu que cela changerait quoi que ce soit. Toujours dans ses pensées, un objet au sol, contre le mur sur sa gauche, attira son attention : un télécommunicateur. Il ne s'agissait pas là des équipements modernes et sans fil dont tout le monde disposait aujourd'hui. Non, ce modèle de télécommunicateur comportait un combiné attaché à une base, elle même reliée à une prise dans un mur via des câbles en cuivre. C'était un objet singulier que presque plus personne n'utilisait depuis des décennies.

Il se rapprocha à quatre pattes de cette curiosité. Bien entendu, comme le reste du mobilier de l'appartement, celui-ci était détruit ; le combiné était brisé et le fil qui reliait la base à la prise murale était coupé. Craig réfléchit un instant, se grattant le crâne, toujours à genoux dans la poussière.

Et si Shadow avait utilisé ce télécommunicateur fixe pour donner des ordres à ses intermédiaires ? Personne ne penserait à surveiller un mode de communication aussi obsolète, songea l'ancien inspecteur.

Il se releva et se dirigea dans ce qui avait autrefois servi de cuisine pour chercher quelque chose de coupant et en revint avec une paire de ciseaux trouvée dans un réfrigérateur renversé. Une fois de retour auprès du télécommunicateur cassé, il s'accroupit et se mit à dénuder les fils des deux extrémités du câble qui reliait la base au mur. Une fois le travail fini, l'apprenti bricoleur les reconnecta ensemble et plaça un bout d'étoffe entre les deux pour prévenir tout court-circuit. Il se retrouva alors en possession d'un appareil dénué du micro et du haut-parleur nécessaires à la communication, mais qui pouvait normalement composer un numéro.

Pas très utile si je ne peux pas entendre la personne que j'appellerai... À moins que...

Craig appuya sur le gros bouton de la partie supérieure de la base et composa son propre numéro sur le clavier numérique. Il attendit quelques secondes et son communicateur se mit à sonner.

Bingo ! pensa-t-il.

Il nota le numéro de l'appelant sur le carnet tiré de sa poche intérieure et composa celui du standard de la police sur son appareil portable. Une voix féminine lui répondit :

— Le central j'écoute ?

— Officier de police Craig Annoye du Secteur 11 matricule 75BH42C, je voudrais la liste des appels entrants et sortants pour un numéro de communicateur fixe s'il vous plaît.

— Numéro de communicateur et de matricule validés, mais vos droits ont été restreints.

Craig jura dans sa barbe avant de demander :

— Comment ça mes droits sont restreints ?

— Je regarde de suite, Officier, laissez-moi une minute...

Il prit son mal en patience tandis qu'il entendait son interlocutrice pianoter sur son clavier d'ordinateur. Les secondes passèrent, longues comme des heures pour Craig qui attendait beaucoup des informations qu'il voulait récupérer. L'opératrice reprit enfin la parole :

— Je suis désolé, Officier Annoye, mais il semble que, suite à votre dernière requête, une vérification ait été effectuée. Vous avez été déclaré comme étant en congé par votre hiérarchie, vos droits d'accès au système sont donc limités durant cette période.

— Vous ne pouvez pas faire une exception ? S'il vous plaît, j'ai vraiment besoin de cette information.

— Je suis désolée, mais je ne peux rien pour vous. Je vous souhaite de passer de bonnes vacances, ajouta-t-elle d'une voix enjouée.

Le bruit caractéristique qui suivit la fin de la communication résonna sans fin dans l'oreille de Craig. Il s'affala une fois encore contre l'un des murs crasseux du logement décrépit et se prit la tête dans les mains. Puis, irrité par la situation, il donna un violent coup de poing par terre en hurlant. Son cri sembla mourir dans sa bouche, mais, de façon surprenante, sa frustration avait mené ses pensées vers son ancien collègue Stan. Peut-être était-ce le fait que cet « abruti procrastinateur », comme il aimait l'appeler, était capable d'éveiller chez lui le même niveau d'énervement ? Il envoya donc un message texte à ce dernier : « Je suis en galère, tu pourrais vérifier les numéros entrants et sortants sur ce poste fixe ? 555-545498 ».

Il reposa sa tête sur le mur et patienta. Cette fois encore, le temps lui parut long, mais, une dizaine de minutes plus tard, la sonnerie de réception d'un message retentit. Il s'agissait de la réponse de Stan : « En plus de ton propre numéro, j'ai un seul numéro entrant ou sortant qui revient fréquemment sur les quatre derniers mois, je te sors l'adresse ? J'espère que tu t'es pas mis dans le pétrin Craig, si t'as besoin n'hésite pas, on pense tous à toi au commissariat. »

L'ex-policier ravala les larmes qui lui venaient et répondit immédiatement : « Oui, envoie-moi l'adresse s'il te plaît, ne t'en fais pas pour moi, tout va bien, et merci pour votre soutien. »

Galvanisé par ce nouvel espoir, l'ancien inspecteur quitta l'appartement, enjambant en hâte les débris de porte, et dévala les escaliers quatre à quatre. Il sortit ensuite de l'immeuble sans regarder derrière lui et prit place dans sa voiture où il attendit la réponse de son ex-collègue en tapotant nerveusement sur son volant. Craig poussa malgré lui un soupir de soulagement lorsqu'il entendit enfin la sonnerie de son communicateur. Il s'empressa de noter l'adresse reçue dans son carnet et se mit immédiatement en route.

Une heure plus tard, et après avoir fait le tour d'un parc d'activité désaffecté du Secteur 10 à trois reprises, l'ancien inspecteur repéra enfin l'entrée des locaux qu'il recherchait. Il s'agissait d'un immeuble de bureaux construit une vingtaine d'années plus tôt dans une tentative de redynamisation de cette partie du Secteur 10. Seulement, la corruption et la pauvreté, déjà fortement ancrées dans ces quartiers, avaient mis en échec tout le projet autour de cette zone. Il en avait résulté un énorme gâchis de ressources et ces bâtiments, inoccupés et impropres à l'habitation, s'étaient dégradés peu à peu suite à l'absence d'entretien. Cet édifice, semblable à tous ses voisins, portait le numéro indiqué dans le message de Stan.

Craig gravit le perron et se rapprocha discrètement de l'entrée, sa main posée sur la crosse du revolver qui se trouvait dans son holster. Arrivé devant la grande porte vitrée, il dégaina son arme et sortit une lampe torche de sa poche intérieure dans l'éventualité où le bâtiment serait privé de courant.

La porte s'ouvrit sans difficulté et l'ex-policier la franchit prudemment, son arme et sa lampe torche pointées devant lui. Il longea le petit comptoir de l'accueil et se dirigea vers une pièce située juste après. Il poussa du pied la porte qui s'ouvrit dans un grincement lugubre et entra. À l'intérieur, tout le mobilier était couvert d'une épaisse couche de poussière dont quelques particules en suspension flottaient devant le faisceau lumineux de la lampe torche.

Par acquit de conscience, Craig fouilla les tiroirs et armoires du bureau, mais il n'y trouva rien d'intéressant. Quelque chose clochait, il imaginait mal un criminel de cette envergure s'installer dans un lieu de cet acabit. Il retourna dans le couloir et se dirigea vers un autre bureau, puis un autre et encore un autre. Tout le rez-de-chaussée se ressemblait et donnait l'impression d'un gigantesque pied de nez adressé à l'ancien inspecteur.

Concentré sur sa tâche, il prit les escaliers pour se rendre à l'étage supérieur. Alors qu'il gravissait les marches deux à deux, un détail le frappa. Un fil électrique, visiblement ajouté récemment, courait sur le bord de l'escalier. Craig décida de suivre cet indice et le pista jusqu'au cinquième et dernier niveau du bâtiment. Malheureusement, le câble se perdait ensuite dans le faux plafond, l'ancien inspecteur allait devoir tâtonner dans tout l'étage. Il s'engagea dans un couloir et se dirigea vers la première pièce sur sa droite. Alors qu'il poussait la porte de celle-ci, il entendit un bruit étouffé provenant d'un bureau voisin. Il se retourna et s'écria :

— Officier Annoye, police d'Antar, montrez-vous !

Plus loin, la porte d'un bureau s'ouvrit doucement et un homme en émergea dans le calme, les bras levés, paumes visibles en signe de reddition. Craig pointa nerveusement son revolver et sa lampe torche sur ce dernier tandis qu'une voix forte et pleine d'autorité lui répondait :

— Je crois que vous pouvez abaisser votre arme, Officier. Nous sommes visiblement dans le même camp.

Cette voix lui parut familière, comme s'il l'avait déjà entendue dans un contexte différent. En plissant les yeux, Craig constata que l'invité surprise qu'il gardait en joue faisait une tête de plus que lui et possédait une carrure athlétique.

— Approche lentement, le somma Craig.

L'homme s'exécuta. Au fur et à mesure qu'il avançait, ses traits se dessinaient petit à petit devant les yeux de l'ex-policier qui raffermissait sa prise sur son revolver, prêt à tirer si l'individu tentait quelque chose de stupide. Mais, lorsque son visage apparut à Craig, l'ancien inspecteur baissa son arme tant il était surpris : face à lui se trouvait Loki, le capitaine de l'équipe Alpha du GUT.

— Ca… Capitaine Telvir ? balbutia Craig, incrédule.

— Enchanté, officier Annoye, lui répondit Loki en le saluant d'un hochement de tête tout en baissant lentement les bras.

Le chef de l'équipe Alpha arborait fièrement son armure en polymère du GUT qui semblait usée après des mois de lutte intensive contre les gangs. Encore surpris, Craig le salua en retour et l'interrogea pour essayer de comprendre la situation :

— Excusez-moi de vous demander ça, Capitaine, mais… que faites-vous ici ?

— Ce serait plutôt à moi de vous demander ça, Officier. Moi je suis en mission dans le cadre de mes prérogatives pour le GUT.

— Et moi je suis sur la piste du malfaiteur surnommé « Shadow », rétorqua l'ancien inspecteur. Ce serait l'homme derrière la vague de crimes qui a déferlé sur notre pays ces derniers mois.

Un sourire discret passa sur le visage de Loki avant qu'il ne réplique :

— Je suis moi aussi à sa recherche, comment avez-vous retrouvé sa trace si ce n'est pas indiscret ?

— Eh bien, ça n'a pas été de tout repos, mais j'ai remonté sa piste après avoir secoué les puces d'une quinzaine de malfrats et ripoux en tout genre… et vous ?

— Nous avions un de ses acolytes, un certain Olwin, en garde à vue. Notre télépathe a fini par trouver cet endroit à partir de ses souvenirs et j'ai décidé de m'y rendre entre deux attaques de la Faucheuse.

La simple mention de la bête qui avait mis en pièce sa famille fit vaciller l'ex-policier l'espace d'une seconde, ses traits se crispèrent et il dut fermer les yeux pour se recentrer. En les rouvrant, l'image de Loki qui se tenait devant lui se troubla un instant avant de se solidifier à nouveau. Il secoua la tête et reprit :

— Nous sommes donc effectivement à la recherche de la même personne, nous pouvons nous associer le temps de visiter ce bâtiment si ça vous va.

— Avec plaisir, Officier, avez-vous déjà fouillé les autres étages ?

— Non, j'ai visité le rez-de-chaussée sans rien trouver, et j'ai ensuite suivi un câble téléphonique plus récent que le reste de l'installation jusqu'à cet étage.

— Hmm, je n'avais pas remarqué ce détail en montant, j'ai visité les quatre étages…

Craig se détendit et lui répondit en souriant :

— On ne peut pas exceller dans tous les domaines, il faut bien que mes nombreuses années d'expérience en tant qu'inspecteur me servent à quelque chose !

— J'imagine oui, admit Loki en souriant en retour avant de continuer. J'ai déjà visité la plupart des bureaux de cet étage, il ne me reste que ceux du fond, vous m'accompagnez ?

— Passez devant.

Loki alluma sa lampe torche et l'utilisa pour illuminer le couloir devant lui. À sa suite, Craig pointait la sienne à travers les vitres qui donnaient sur les bureaux déjà examinés par l'officier du GUT. Il songea qu'il devrait peut-être fouiller à nouveau les lieux derrière le capitaine Telvir s'ils ne trouvaient rien dans les dernières salles.

L'ex-policier déplaçait son regard d'une pièce à l'autre sans vraiment se soucier de sa sécurité à présent que le chef de l'équipe Alpha ouvrait la marche, la main posée sur le pistolet semi-automatique contenu dans le holster qui ornait sa hanche droite.

Tous deux entrèrent ensuite dans un bureau aussi poussiéreux que ceux qu'il avait visités jusque-là. Une fois le mobilier fouillé, toujours sans résultat, ils passèrent dans la pièce suivante. Celle-ci ne contenait guère plus d'indices et ils s'engagèrent enfin dans le dernier bureau de l'étage. Il semblait du même genre que les précédents, mais, alors que Craig fouillait dans l'un des tiroirs, une intuition le poussa à regarder de plus près. Il l'examina de façon plus approfondie et remarqua la présence d'un compartiment secret.

Un double fond, pensa-t-il.

Il sortit le tiroir du meuble et s'accroupit par terre pour le démonter. Une fois ce dernier en morceau, un dossier de couleur rouge s'en échappa. Sur sa couverture était noté « Secret Défense — Projet Destiny ».

Que vient foutre un dossier militaire dans ce bureau poussiéreux ? s'interrogea l'ancien inspecteur.

Derrière lui, Loki lui demanda :

— Vous avez trouvé quelque chose, Craig ?

L'ex-policier se releva triomphant en lui tendant le dossier, mais il fut soudainement frappé de stupeur en réalisant ce qui venait de se passer.

Craig ? À quel moment est-ce que je lui ai dit comment je m'appelais ?

L'utilisation de son prénom, alors qu'il était certain de ne pas le lui avoir communiqué, eut l'effet d'un électrochoc pour l'ancien inspecteur. Tous les détails qu'il avait notés jusqu'ici lui revinrent à l'esprit. Il avait entendu la veille, de source sûre, que l'équipe Alpha avait affronté la Faucheuse et que ses membres avaient été admis à l'hôpital. Loki aurait pu être soigné depuis lors, selon la gravité de ses blessures, mais son armure n'aurait pas pu se trouver dans cet état. Elle aurait dû être soit complètement lacérée, soit neuve. Le fait qu'un pyrokinésiste de ce niveau utilise une lampe torche et la présence d'un pistolet à sa hanche, alors que le capitaine de l'équipe Alpha était connu pour son style de combat basé principalement sur ses potentiels actifs dévastateurs, auraient dû mettre la puce à l'oreille de Craig bien plus tôt. L'ex-policier ressentit une puissante poussée d'adrénaline : ses poings se serrèrent machinalement, tandis que son champ de vision rétrécissait pour se focaliser uniquement sur l'homme qui se trouvait face à lui. D'un geste vif, il lâcha le dossier et se jeta violemment sur Loki pour le plaquer contre le mur derrière lui, son avant-bras appuyé sur le cou du capitaine. Dans le même temps, il sortit son arme et lui colla l'extrémité du canon sur la tempe avant de murmurer d'une voix rauque :

— Si t'es vraiment Loki, tu vas me dégager avec ta télékinésie, ou me faire cramer avec ta pyrokinésie.

Une seconde passa sans que son homologue ne réagisse. Craig continua :

— Mais tu n'es pas Loki. Je ne sais pas qui tu es, ni quel potentiel actif tu utilises pour me tromper, mais tu vas arrêter ça tout de suite ! ordonna l'ex-policier en augmentant la pression de son arme sur la tempe de l'imposteur.

L'homme arbora un air surpris avant de se mettre à sourire malgré la force exercée sur sa trachée, tandis que son visage se brouillait et que son corps rapetissait lentement. Craig se força à cligner des yeux, chassant l'image rémanente du capitaine Telvir qui persistait dans son esprit. Son prisonnier prit alors la parole :

— Ne luttez pas, votre cerveau se réhabitue à la vérité.

— Qu'est-ce que c'était que ça ? Je n'ai jamais vu une telle façon de se métamorphoser.

— C'est parce que ce n'est pas une métamorphose, c'est une forme de télépathie. Mon potentiel actif me permet d'insérer une image différente de moi-même directement dans votre mémoire immédiate, en quelque sorte…

L'ancien inspecteur voyait maintenant distinctement l'individu qu'il contraignait. Celui-ci accusait un certain âge avec de longs cheveux gris et un visage ridé. Étrangement, le regard fatigué de l'homme face à lui ne semblait dégager aucune malveillance. Craig relâcha son étreinte et recula de deux pas tout en gardant le vieil homme en joue avec son arme. Son esprit travaillait à toute vitesse, il demanda à son interlocuteur :

— Shadow, je présume ?

— Vous présumez bien « ex »-officier Annoye, répondit Shadow en appuyant sur la préposition supposant son départ de la police tout en écartant les bras dans un geste théâtral.

— Qu'est-ce que c'est que cette histoire ? Pourquoi c'est vous qui m'accueillez alors que vous avez toujours été si prudent ? Qu'est-ce que c'est que ce dossier ? Des fausses informations ? Vous espériez me mener en bateau ? Faire de moi un de vos pions ?

Le vieil homme à l'air éreinté pointa du doigt l'un des sièges poussiéreux proches de lui pour demander la permission de s'y asseoir. Craig l'y autorisa d'un hochement de tête et attendit que ce personnage tant redouté réponde à ses interrogations, le doigt toujours prêt à appuyer sur la détente. Une fois installé, le vieillard commença :

— Vous croyez vraiment qu'on peut poser des questions à mon propos à travers toute la ville sans attirer mon attention ? Me croyez-vous complètement sans ressource ? Destiny a détruit mes équipes opérationnelles et certains de mes centres de triage, mais mes yeux et mes oreilles sont toujours grands ouverts. Éliane est une femme d'une grande loyauté, si je ne l'avais pas prévenue de votre arrivée, vous ne seriez plus qu'un tas de cendre à l'heure qu'il est.

L'homme assis en face de Craig réfléchit à ses prochaines paroles et continua :

— Je ne sais pas pourquoi j'ai été si imprudent cette fois-ci. Peut-être qu'inconsciemment j'avais envie que vous me trouviez ? J'ai passé tellement de temps à poursuivre la vérité et je crois que durant tout ce temps je ne poursuivais pas tant quelque chose que je ne fuyais autre chose…

Craig ne comprenait rien de ce que disait le vieil homme et commençait à perdre patience.

— Mais qu'est-ce que vous êtes en train de raconter ?

— Je suis comme vous, une victime de Destiny.

— Comment ça, comme moi ? Vous et vos hommes avez été délibérément la cible de l'équipe Destiny, je n'ai rien à voir là-dedans.

— J'oubliais presque, vous n'avez pas encore parcouru le dossier. Destiny et la Faucheuse ne sont en fait qu'une seule et même entité. Et quand je parlais du fait d'être victime de Destiny, je ne parlais pas de mes hommes ou de mon organisation.

— Tu te fous de ma gueule ? demanda Craig passablement énervé. Pourquoi les militaires iraient massacrer ouvertement des innocents dans les rues, dans quel but ?

— Destiny leur a échappé, ils en ont perdu le contrôle. Vous imaginez bien que le but de ce projet n'a jamais été de massacrer en masse notre propre population.

Craig baissa inconsciemment son arme et commença à faire les cent pas dans le bureau, réfléchissant aux implications de ces révélations. L'instinct de policier de Craig lui criait que Shadow lui cachait une information. Il agita son revolver devant le nez de son interlocuteur et le questionna :

— Ils ont perdu le contrôle ? Comme ça ? Un jour la créature en a eu marre et s'est mise à tuer tout ce qui bougeait ! Prenez-moi pour un abruti ! Qu'est-ce que vous avez fait ?

— Je n'ai rien fait directement, mais…

— Mais ? Qu'est-ce. Que. Vous. Avez. Fait ? articula lentement l'ancien père de famille en serrant les dents.

Craig sentit la colère l'envahir. Il saisit Shadow par le col, le fit descendre de sa chaise de force, le traîna au sol à genoux et hurla :

— QU'EST-CE QUE VOUS AVEZ FAIT ?

Le vieil homme fondit en larme :

— J'ai corrompu un technicien pour qu'il sabote le projet, mais jamais il n'a été question que Destiny entre en frénésie meurtrière, elle devait juste être déconnectée du système et ne plus répondre aux ordres des militaires.

Les yeux de Craig s'humidifièrent à leur tour ; l'ultime responsable de la mort de sa famille se trouvait à ses pieds. Animé de soubresauts, il saisit son arme à deux mains, resserrant sa prise autour de celle-ci tout en tenant en joue le responsable de ses malheurs.

— Pourquoi ?! Pourquoi t'as fait ça ?!

— ILS ONT TUÉ MA FILLE !

Craig recula de deux pas suite à cette révélation sans pour autant soustraire le vieil homme de sa ligne de mire. Shadow avala bruyamment sa salive avant de reprendre :

— Nous avons tous les deux perdu notre unique enfant à cause des militaires et de leur projet sordide. Moi, c'était il y a vingt ans. Ma fille, Hélène, elle avait seulement six ans lorsqu'elle est morte à l'hôpital après y avoir été admise pour un cancer. Ils m'ont interdit de voir son corps, prétextant une autre maladie, fortement contagieuse. Mais j'étais en colère, je ne voulais pas y croire. Je m'en suis pris à l'un des médecins qui l'avaient soignée et il a fini par m'avouer que sa mort n'était due ni à son cancer ni à ce prétendu virus. J'ai appris plus tard que des expériences liées à un projet militaire secret avaient été réalisées sur elle sans mon accord. Quelques mois après, ma femme a fini par se laisser mourir de chagrin. Suite à cette deuxième tragédie, j'ai déployé toute mon énergie et utilisé toutes mes ressources afin de trouver des preuves des atrocités qu'ils avaient commises. J'ai même dû me résoudre à m'allier aux pires criminels du pays pour arriver à mes fins. Et c'est seulement il y a un peu plus d'un mois que j'ai enfin réussi à assembler les dernières pièces du puzzle. J'ai pu récupérer quelques bribes d'informations à propos du Projet Destiny dans un vieux centre d'archives des armées du Secteur 4. Malheureusement, les militaires ont retourné mon propre acharnement à trouver la vérité contre moi et l'ont utilisé comme argument auprès du Sénat pour redonner vie à leur projet.

La rage de Craig retombait lentement au fur et à mesure du récit livré par l'homme qui se trouvait à ses pieds. Il faisait facilement le parallèle entre lui et Shadow. Lui aussi avait, dans une moindre mesure, mis la ville à feu et à sang dans sa quête de justice pour sa femme et sa fille. Étrangement, tout semblait prendre du sens et l'histoire résonnait en lui, mais les implications étaient tout de même folles. Abasourdi par ces révélations, il se laissa tomber au sol en position assise face au vieillard et posa son arme sur le plancher, les mains et les jambes tremblantes des suites de la descente d'adrénaline.

Craig serra les poings pour tenter de récupérer le contrôle. Reprenant peu à peu ses esprits, il s'interrogea à voix haute :

— Pourquoi des expériences sur des gens ? Ça n'a pas de sens.

— Ça n'a pas de sens tant que vous considérez Destiny comme une créature, mais si vous acceptez la possibilité qu'il soit un humain altéré génétiquement, alors tout prend sens.

— Quoi ?! La créature serait à l'origine une personne ? répondit-il, incrédule.

Il se tut et ferma les yeux quelques instants pour absorber ces nouvelles informations et calmer sa respiration. Les mêmes scènes qui le hantaient quotidiennement ressurgirent dans son esprit. Il revit la Faucheuse apparaître en sortant des flammes quelques secondes avant qu'elle ne s'attaque à sa famille.

Comment ce monstre pourrait-il être humain ? pensa-t-il.

Il réalisa en se concentrant sur les images de la créature gravées dans son esprit que les coudes et les genoux de celle-ci ressemblaient plus à ceux d'un humain qu'à ceux d'un quadrupède. Il prit de grandes inspirations et sentit enfin la descente d'adrénaline se dissiper. Son potentiel actif d'infatigabilité lui permettait d'éviter le contrecoup physique de celle-ci, mais il était mentalement très atteint par cette succession de révélations. Dans un sursaut de lucidité qui lui fit réaliser qu'il lui manquait toujours les informations les plus importantes, il demanda à Shadow :

— Et sinon, comment on fait pour l'empêcher de nuire définitivement ?
— Je n'en ai aucune idée. J'imagine que contacter le technicien qui s'est occupé de saboter le programme serait une première étape, mais même s'il pouvait nous aider, il faudrait aussi pouvoir localiser Destiny.
— Est-ce que vous allez m'aider ?
— Je vous dois au moins ça, à vous et à tout Antar, pour me racheter…
— Vous pouvez contacter le technicien ? demanda Craig.
— Eh bien, il ne répond plus à son communicateur, mais nous pourrions lui rendre une visite chez lui.
— Et pour trouver la cré… et pour trouver Destiny, vous n'avez même pas une piste ?
— Hmm, commença le vieillard, j'ai bien eu un début de piste hier. Une de mes taupes au GUT m'a rapporté qu'ils avaient peut-être trouvé un moyen, mais j'ai ensuite perdu contact avec lui de façon brutale…

Les réponses qu'avait obtenues Craig n'étaient pas celles qu'il espérait, mais il ferait avec. Pour la première fois depuis la mort de sa famille, les choses commençaient à prendre du sens. Il rangea son arme et se releva. Dans une posture pleine d'assurance, il aida Shadow à se remettre sur pied.

Alors que l'ancien inspecteur s'apprêtait à se diriger vers la sortie du bureau, une pensée lui traversa l'esprit telle une balle de révolver. Craig planta son regard dans celui de Shadow, hésita une seconde, et lui asséna un violent coup de poing dans l'abdomen.

Le vieil homme laissa s'échapper un grognement de douleur tandis que ses poumons se vidaient sous l'impact. Il se plia en deux et posa un genou à terre puis, sans trahir un quelconque étonnement, il articula difficilement, le souffle coupé :

— Je... je le mérite certainement... mais... puis-je savoir... pourquoi ?

— C'était pour Charles, répondit Craig.

— Charles ?

— La fuite pour le Fondeur, expliqua l'ancien père de famille, agacé que Shadow ait oublié son méfait.

— Ah... L'individu capable de géolocaliser ses anciennes rencontres.

— Oui... Charles.

— J'ai donné l'ordre d'éliminer la fuite... Mais j'étais loin de me douter qu'il pouvait s'agir de quelqu'un qui s'était rangé et qui avait fondé une famille... J'étais persuadé que cela ne pouvait venir que d'un traître en interne. Quand j'ai appris... je... je... suis désolé, Craig.

L'ancien inspecteur serra les poings, ses jointures blanchies par l'expression de la colère et de la peine qui venait d'être réveillée. Après quelques secondes, il releva les yeux et souffla : il avait l'impression que ces événements s'étaient déroulés dans une autre vie. Il dépassa finalement le vieil homme et lui demanda par-dessus son épaule :

— J'imagine que vous connaissez un endroit à partir duquel nous allons pouvoir nous organiser pour la suite ?

— Bien entendu, répondit le vieil homme en se redressant, comme je vous l'ai dit, je ne suis pas sans ressource.

Ensemble, ils sortirent du bureau, puis du bâtiment, Craig tenant le dossier sous son bras et Shadow l'accompagnant.

« L'hôpital, ça reste l'endroit où le plus de monde décède chaque année. »
Philosophe Antarien, Gregor Sephrian

Chapitre XXVI - Dos au mur

Jour 94 de l'an 246 : 20h12

Les bips de l'électrocardiogramme et le soufflet du respirateur artificiel retentissaient dans la pièce à intervalle régulier. Aux premières loges de ce concert macabre, Loki reposait ses coudes sur le lit d'hôpital en face duquel il était assis, se tenant la tête dans les mains, le dos courbé. D'humeur maussade, il réfléchissait aux erreurs qu'il avait commises pour en arriver là.

Dans le lit, seulement éclairé par les lumières blafardes du plafonnier, gisait son capitaine en second. Une multitude de fils et de tubes le reliait à des machines qui surveillaient ses constantes vitales et respiraient à sa place. Des bandages blancs entouraient son visage et un épais plâtre immobilisait sa taille.

Les pronostics n'étaient pas bons, ils étaient même inquiétants. Une heure plus tôt, alors que Sniper était venu rendre visite à Shield entre deux examens, le chef du service de réanimation lui avait annoncé que, dans l'état où se trouvait son frère, il faudrait tôt ou tard prendre une décision : arrêter ou non l'assistance respiratoire.

Il s'agissait là de l'état d'esprit dans lequel se trouvait le capitaine de l'équipe Alpha. John Barret, l'officier du GUT le plus résilient, connu pour avoir déjoué le destin de si nombreuses fois, allait mourir sous son commandement.

Enri en voulait à l'armée qui avait créé ce cauchemar vivant, il s'en voulait d'avoir échoué à résoudre la situation avec les gangs avant qu'ils n'aient besoin de cette horreur et, surtout, il s'en voulait d'avoir fermé la porte au projet Amplify.

On toqua à la porte discrètement. Loki releva la tête et invita la personne à entrer. Son cœur se brisa lorsqu'il aperçut Évangéline, le visage couvert d'hématomes, entrer sur un fauteuil roulant.

— Se redressant pour donner une illusion de confiance, il tenta un pâle sourire et lui demanda : Est-ce que ça va ?

— D'après toi ? J'ai la tête comme un entonnoir, j'ai des crises de vomissement violentes et ça fait trois fois que des infirmiers se précipitent vers moi en hurlant aux gens dans le couloir de faire attention, croyant que ce fauteuil pour vieux se déplace tout seul… et toi ? Ça va ? Je crois avoir croisé un guérisseur qui te cherchait pour s'occuper de tes côtes.

— Je suis désolé… oui, j'irai le voir, merci, répondit-il l'air résigné.

— Hey… ajouta-t-elle en rapprochant son fauteuil.

— Quoi ?

— Aucun des membres de l'équipe Alpha n'est encore mort. John s'accroche à la vie de toutes ces forces et tu sais qu'il est le meilleur d'entre nous à ce jeu. On est les seuls à l'avoir affrontée et s'en être sortis.

Cette affirmation ne lui remonta pas le moral. Certes, ils respiraient encore, mais au moins l'un d'entre eux luttait encore pour survivre. Il ajouta de façon hésitante :

— Je sais, c'est juste que…

— C'est le plus gros échec de ta vie, ça va être dur à gérer, coupa-t-elle en se rapprochant encore un peu.

— Le deuxième plus gros échec, souffla-t-il en la regardant dans les yeux.

— Notre relation n'était pas un échec, on n'était juste pas fait l'un pour l'autre. Ça arrive…

Un silence gêné s'installa. Une minute passa, rythmée par le soufflet du respirateur et les bips de l'électrocardiogramme. Enri brisa la quiétude des lieux :

— Je vais essayer de trouver un soigneur pour Shield, ça fait une éternité que le dernier est passé.

— Très bien, répondit-elle en s'écartant du passage.

Loki contourna le fauteuil de sa coéquipière et se dirigea vers le couloir en boitant légèrement. Sa cheville droite ainsi que le fait de respirer étaient très douloureux, mais il voulait que les docteurs et personnels soignants se focalisent sur les membres de son équipe qui en avaient le plus besoin.

Il claudiqua jusqu'à l'accueil de l'étage et s'adressa à la dame d'un certain âge qui était assise derrière le comptoir :

— Excusez-moi, Madame, est-ce que l'un des soigneurs serait disponible pour revenir s'occuper de John Barret ?

La dame releva la tête, un sourire radieux illuminant son visage parcheminé.

— Capitaine Telvir, laissez-moi regarder cela.

Elle pianota sur son clavier d'ordinateur, attentive aux résultats que ce dernier lui proposait. Elle marmonna un instant dans sa barbe et s'adressa à nouveau à son interlocuteur :

— J'ai consulté la fiche de votre subordonné. Il semble que son état ne lui permette pas de subir à nouveau les attentions d'un soigneur…

— Mais… tenta de la couper Loki.

— Pas de « mais », jeune homme, le potentiel actif de soin requiert autant d'énergie de la part du soigneur que du soigné et si vous ne voulez pas que l'un des membres de notre personnel n'assassine votre ami sous vos yeux, vous les laisserez s'occuper de lui selon leurs termes.

— Oui… vous avez raison.

Il s'appuya sur le rebord du comptoir en soupirant et prit un instant pour réfléchir tandis que, derrière lui, un groupe d'internes passait en discutant à voix basse. Le capitaine de l'équipe Alpha releva la tête vers l'agent d'accueil et demanda par acquit de conscience :

— Excusez-moi de vous déranger à nouveau, est-ce que vous pourriez regarder si Kelly Wright est sortie du bloc ?

— Bien entendu.

Elle pianota à nouveau sur son ordinateur, les rides qu'elle avait sur le front et les tempes s'accentuant alors qu'elle plissait ses yeux.

— Elle est sortie il y a quelques minutes, oui, chambre six-cent-soixante-cinq, sixième étage.

— Merci.

— De rien, jeune homme.

Loki marcha doucement vers l'ascenseur en s'appuyant le plus possible sur sa jambe valide. Une annonce demandant un médecin et un soigneur résonna dans l'hôpital. Quelques secondes plus tard, une jeune femme en uniforme vert et blanc de guérisseur le bousculait dans le couloir, sans doute pour se diriger vers l'urgence.

Il appuya sur le bouton d'appel et attendit quelques dizaines de secondes que l'ascenseur arrive. Une sonnerie discrète retentit et il entra par la porte qui venait de s'ouvrir, s'installant sur le côté pour libérer de la place pour les quatre aide-soignantes qui montaient également. La cage d'acier qui diffusait une musique monotone s'arrêta à chaque étage, laissant entrer et descendre plusieurs personnes tandis qu'Enri patientait, perdu dans ses pensées. Il dépassait en taille tous les autres occupants de l'ascenseur et, n'ayant pas encore été soigné, il se trouvait toujours dans sa tenue de combat abîmée. Alors qu'il observait une fois de plus le balai des entrées et sorties au cinquième étage, il remarqua l'attention que les gens lui portaient. Sa carrure solide et sa grande taille éveillaient déjà la curiosité, mais il avait en plus tendance à oublier que la vision du capitaine de l'équipe Alpha du GUT dans son armure équivalait pour certaines personnes à la rencontre d'une célébrité. Évitant leurs regards, il croisa son reflet dans un des miroirs de l'ascenseur. Son visage était propre, bien entendu, une infirmière l'ayant sommé dès son arrivée de débarbouiller le sang qui lui maculait la figure, mais il avait l'air exténué. Il ne se rappelait pas avoir jamais aperçu une telle ombre de lui-même.

Il arriva enfin au niveau souhaité, marcha d'un pas raide jusqu'à la chambre qu'on lui avait indiquée et frappa à la porte. La voix très reconnaissable de Mastoc l'invita à entrer. Il poussa la porte et pénétra dans une chambre d'hôpital quasiment identique à celle qu'il avait quittée quelques minutes plus tôt.

À peine fut-il entré que Mastoc se leva promptement et s'avança vers lui pour l'étreindre, mais, toujours blessé aux côtes, Loki lui fit signe d'éviter. Ronald comprit le geste de son capitaine et retourna sur sa chaise, à côté du lit sur lequel était étendue Vesta, avant de prendre la main de la jeune femme dans la sienne. Loki remarqua l'épais plâtre sur le bras gauche de son ami et en déduisit que ce dernier avait enfin accepté de se faire soigner. Il resta immobile dans l'entrée un moment, se sentant de trop en les voyant ensemble, mais Mastoc finit par rompre le silence :

— John l'a sauvée, tu sais.

— Il nous a tous sauvés, lui répondit Enri.

— Nan, insista-t-il en secouant la tête, tu comprends pas, un des aides-soignants a un pouvoir qui peut… lire la puissance des potentiels actifs. Il m'a dit que, même si un jour il sortait du coma, il serait peut-être plus jamais capable d'utiliser ses pouvoirs. Il s'est complètement grillé pour elle.

Enri resta sans voix et se laissa tomber sur une chaise installée dans l'entrée tandis que Ronald reprenait :

— Tu devrais aller faire voir ton torse à un guérisseur, chef. J'ai vu le coup que tu as encaissé, tu dois avoir des côtes pétées…

— Comment va Kelly ? demanda Loki en changeant de sujet de façon grossière.

— Ça va aller. Ils disent qu'elle a eu un traumatisme crânien sévère et qu'les pouvoirs de soin marchent mal sur la tête ou un truc du genre. Elle va mettre un moment à s'remettre sur pied, mais elle va s'en sortir. J'ai prévenu deux amies à elle qui devraient passer la voir.

— Je ne savais pas qu'elle fréquentait des gens en dehors du GUT.

— C'est plus comme des sœurs à elle, des filles qu'elle a connues du temps de l'orphelinat.

— Ah…

Fatigué, Loki s'appuya sur le dossier de sa chaise. Il plaça ses mains derrière sa tête, ce qui raviva immédiatement l'élancement dans ses côtes et le fit hoqueter de douleur. Il se courba en avant sur son siège et se tint le buste dans les mains. Relevant les yeux, il surprit le regard contrit de Mastoc et dut admettre que, pour une fois, c'était son imposant coéquipier qui faisait preuve de la plus grande sagesse.

Il se leva donc, adressa un signe de tête entendu à son collègue et ressortit dans le couloir. Alors qu'il se dirigeait vers l'ascenseur, il fut dépassé sur sa gauche par un brancard poussé par un aide-soignant. Sur ce dernier gisait un jeune enfant à l'air hagard, un tube lui sortait du nez pour aller jusqu'à une poche accrochée au-dessus de lui et un moignon se trouvait en lieu et place de son bras droit.

La gorge d'Enri se noua et il continua en détournant le regard, honteux de ne pas avoir réussi à stopper la créature avant le massacre. Apathique, il se rendit jusqu'à sa chambre au deuxième étage sans faire attention à son environnement ou aux regards appuyés dont le gratifiaient les passants dans les couloirs. Une fois dans la pièce froide et impersonnelle qu'on lui avait attribuée, il s'assit sur le lit, le faisant grincer désagréablement sous son poids. Résigné, il attrapa la commande d'appel et l'actionna. Quelques minutes plus tard, un infirmier entra dans la chambre après avoir toqué à la porte, sans prendre la peine d'attendre de réponse. Il se dirigea directement vers Loki et lui demanda :

— Bonjour, qu'est-ce que je peux faire pour vous, capitaine Telvir ?

— J'ai cru comprendre qu'un soigneur me cherchait pour s'occuper de moi, vous pouvez le prévenir que je l'attendrai ici.

— C'est noté. Par contre vous allez devoir enlever votre… armure, ajouta-t-il en pointant du doigt l'ensemble de la combinaison de l'agent du GUT.

— Je m'en occupe, merci.

Alors que l'infirmier sortait, Loki se redressa doucement. Il retira ses bottes et ses jambières, puis, avec la plus grande délicatesse, dégrafa le devant de son armure. Il serra les dents pour anticiper la douleur, mais cette dernière le surprit malgré tout par son intensité et un grognement lui échappa. Centimètre par centimètre, il décolla son plastron déformé dont certaines plaques de protection étaient partiellement enfoncées dans son torse, provoquant une nouvelle crispation de son visage à chacun de ses mouvements. Une fois cette tâche fastidieuse terminée, sa plaque dorsale tomba d'elle-même. Il se sépara ensuite de ses jambières, de ses spallières et de ses protections de bras et d'avant-bras, puis entreposa toutes les parties de l'armure sur une chaise non loin. Maintenant simplement habillé de son uniforme, il se coucha sur le lit, ses bras le long du corps.

Pendant le reste de l'attente, la tristesse et les regrets submergèrent les pensées de Loki. Il ne cessait de ressasser l'affrontement dans lequel ils s'étaient engagés, comblant les parties qu'il avait manquées avec les bribes récupérées auprès de ses coéquipiers toujours en état de parler.

Je n'aurais pas dû tenter d'attirer l'attention de la créature sur moi… Même focalisée sur une seule cible, Destiny est tellement rapide et imprévisible… Et sa force…

Il ne trouvait pas de solutions et, instinctivement, il eut envie de demander son avis à Shield, mais se rappela avec douleur l'état dans lequel gisait son second. Expirant bruyamment, Loki essaya de maîtriser le mélange de colère et de frustration qui montait en lui. De nouveaux coups à la porte le sortirent de son introspection. Intimant à la personne d'entrer, il vit une jeune agent de police passer le pas de la porte en retirant sa casquette pour la mettre sous son bras. Il remarqua que son autre main tenait un long paquet emballé dans un linge.

Il se redressa sur son séant et attendit que son interlocutrice prenne la parole :

— Capitaine Telvir, je... je suis l'agent Érica Clever du quatrième commissariat du Secteur 2.

— Enchanté, agent Clever, qu'est-ce que je peux faire pour vous ?

— Enchantée de même. Euh... j'ai trouvé un objet inapproprié sur le dernier lieu de massacre et... quand je me suis renseignée, le GUT m'a indiqué qu'il vous appartenait.

— Ah... Merci...

Il commença à se lever pour aller le chercher, mais la jeune femme s'approcha promptement et posa le paquet sur son lit, à côté de lui.

— Merci, répéta-t-il.

— De rien.

Alors qu'il écartait l'étoffe, il reconnut sans surprise sa longue épée à garde droite gravée de runes. Il la recouvrit à nouveau et la conserva auprès de lui. Il redressa la tête et remarqua que l'agent de police n'avait pas bougé. Intrigué, il demanda :

— Il y a autre chose, agent Clever ?

— Oui, vous savez, moi et mon escouade on croit toujours en vous. Vous avez eu un combat difficile, mais on sait que vous arriverez à nous débarrasser de la Faucheuse.

Sa gorge se serra à nouveau et il sentit ses yeux s'humidifier, il donna donc congé à Héléna d'une voix rauque :

— Merci, agent Clever, je ferai de mon mieux pour ne pas vous décevoir, au revoir.

— Merci à vous, Capitaine, au revoir.

La policière ferma la porte derrière elle et Loki s'effondra. Tellement de gens comptaient sur lui, autant de gens qu'il allait décevoir. Instinctivement, il posa la main sur la poignée de l'épée de son père et réfléchit à ce que celui-ci aurait pensé.

Il aurait sûrement été déçu de l'usage que j'ai fait de l'épée qu'il m'a léguée…

Il se rendit compte que des larmes roulaient sur ses joues. Allongé sur le dos, le regard dirigé vers le plafond, il se laissa aller à pleurer, seul dans sa chambre d'hôpital froide.

Sans même se rappeler s'être endormi, il fut réveillé par une sensation étrange irradiant de son torse. Reprenant connaissance petit à petit, il reconnut la chaleur diffuse provoquée par le potentiel actif de soin et entrouvrit les yeux.

Au-dessus de lui se tenait un homme d'une cinquantaine d'années portant une épaisse barbe grise et arborant une calvitie avancée bordée de cheveux de la même couleur que sa pilosité. Son uniforme vert et blanc confirmait sa fonction de soigneur au sein de l'hôpital. Les yeux mi-clos, et un air concentré peint sur le visage, il s'adressa à Enri :

— Essayez de vous tenir immobile, Capitaine, s'il vous plaît, je suis en train de ressouder vos côtes…

Percevant du mouvement dans le dos du quinquagénaire, Loki pencha sa tête afin de regarder derrière ce dernier. Il remarqua Sniper, assis sur une chaise dans le coin opposé. Il se tenait les bras croisés et tapait nerveusement son pied sur le sol. Enri se redressa d'un centimètre pour mieux voir le visage du plus jeune membre de l'équipe Alpha, ce qui provoqua un grognement de la part du guérisseur. Il réussit néanmoins à se placer comme il le voulait et put observer l'air anxieux et les yeux rougis de Frank. Enri soupira, ce qui déclencha une nouvelle interjection de désapprobation de l'homme penché sur lui.

Le capitaine de l'équipe Alpha laissa l'expert en soin officier jusqu'à ce qu'il en ait terminé et qu'il ne s'écarte d'un pas pour examiner son patient avec plus de recul. Sniper en profita pour prendre la parole :

— C'est bon, Docteur ? Il est sur pied ?

— Hmm, tout m'a l'air en ordre. Je déconseille néanmoins l'exercice d'une activité physique intense dans les prochains jours. Cette session de soin a requis de vous et moi beaucoup d'énergie, annonça le médecin en s'adressant directement à Loki.

— Très bien, il faut qu'on rende la monnaie de sa pièce à cette saloperie, ajouta Frank Barret.

Enri demanda alors au guérisseur sur un ton qui se voulait sans appel :

— Merci beaucoup, Docteur. Pourriez-vous nous laisser maintenant s'il vous plaît ?

— Bien sûr, bien sûr, j'ai encore bien d'autres patients à visiter avant la fin de mon service, répondit-il en les saluant d'un mouvement de tête avant de se diriger vers la sortie.

Le capitaine de l'équipe Alpha attendit quelques instants après que le médecin ait fermé la porte derrière lui et se retourna vers le jeune agent qui se portait plutôt bien compte tenu des circonstances. Le pilote de l'hélicoptère avait admirablement manœuvré l'appareil lors de leur crash et Frank n'avait souffert que d'une légère commotion cérébrale ainsi que de quelques bleus. Loki reprit la conversation là où ils l'avaient laissée :

— Qu'on lui rende la monnaie de sa pièce ? Tu as vu dans quel état est ton frère ? Tu as vu dans quel état sont les autres ? Tu crois vraiment qu'actuellement l'équipe aurait une chance face à…

Il s'arrêta net avant de prononcer le mot « Destiny » pour ne pas violer le secret défense malgré le fait qu'il brûlait d'envie de le hurler à la face du continent. Il se reprit donc et utilisa plutôt le nom que la presse lui avait attribué :

— … à la Faucheuse ?

Le jeune agent semblait choqué de la réaction de son capitaine et Loki pouvait lire dans ses yeux que la mention de l'état de son frère l'avait bouleversé. Il répondit fébrilement :

— Mais il faut bien qu'on fasse quelque chose…

— Toi encore moins que les autres ne possède cette option, sans potentiel actif de vitesse, de vol et sans ta vision.

— Je ne peux pas rester là à rien faire !

— La question ne se pose même pas… Si… Quand John se réveillera, se reprit Loki avant de continuer, je ne veux pas lui ramener son petit frère dans une boîte.

— Je pensais que tu me faisais confiance depuis l'interrogatoire de Morph, répliqua Sniper des sanglots dans la voix

— Ce n'est pas une question de confiance ! s'énerva Enri. Tu n'as pas vu ce qu'il s'est passé dans l'école ? Ce n'était pas un combat, c'était un massacre ! Bon sang, Frank, ton frère risque de mourir, tu comprends ça ?

Sniper se leva et sortit en trombe de la chambre. Une fois ce dernier dans le couloir et la porte fermée, Loki se retrouva à nouveau seul avec ses pensées. La table basse dans le coin de la pièce se mit à trembler tandis qu'il serrait ses poings de frustration. Il les abattit sur son matelas et, dans le même temps, le meuble qui vibrait s'envola pour aller s'écraser sur le mur d'en face.

Merde !

Furieux contre lui-même et contre la situation, il sortit de son lit et se saisit de son communicateur. Il sélectionna le contact sur l'interface à son poignet et attendit que la connexion soit effective. Une voix grave aux accents rugueux déclara :

— Général Charles Johnson à l'appareil.

— Ici le capitaine Enri Telvir. J'accepte votre proposition, mais j'ai une condition.

— Je vous écoute, répondit le militaire d'un ton dénué de toute émotion.

— Le niveau d'accréditation de toute mon équipe doit être élevé afin qu'elle ait accès aux détails des projets Destiny et Amplify, déclara-t-il en appuyant sur le caractère inclusif des deux clauses de leur accord.

Un long silence suivit cette annonce, les grésillements de la ligne bourdonnant dans son oreille comme seul compagnon. Le général répondit finalement :

— Accordé. Je vous transmets l'adresse.

Une heure et demie plus tard, Loki, au guidon de son hoverbike, filait dans la nuit noire à travers le ciel d'Antar, bien au-dessus des gratte-ciel de la ville. Immédiatement après avoir terminé son appel avec le général, il avait rééquipé son armure de combat endommagée, puis il s'était dirigé vers le toit de l'hôpital, épée sous le bras en attirant tous les regards. Entre deux atterrissages d'hélicoptères d'urgence, il avait pu s'envoler à son tour en direction du quatrième Secteur.

Il se doutait que le général avait déjà dû tenir sa part du marché, puisque, quarante-cinq minutes après son décollage, une pluie d'appels de la part de Ghost et Sniper l'avait assailli. Il les avait alors redirigés sur sa boîte vocale, n'ayant pas le cœur à s'expliquer. L'absence de réaction de Mastoc était cependant surprenante, voire problématique, Loki ayant déjà l'intention d'impliquer celui-ci de façon active dans la suite des événements.

Il balaya cette pensée alors qu'il approchait de l'ancien mégacomplexe Fanherdel. Cette vaste zone industrielle occupait tout l'espace sur les berges et au-dessus de la rivière du même nom, l'une des principales artères fluviales du continent.

Les immenses cheminées de briques rouges qui culminaient à plus de cent-cinquante mètres de hauteur étaient éteintes, et ceci depuis plusieurs décennies, l'activité de la zone s'étant brutalement interrompue suite aux émeutes de l'an 226.

Enri modéra la vitesse de son aéronef et se mit à la recherche de la plus petite tour d'évacuation industrielle comme le général le lui avait indiqué. Il tourna autour des massives constructions durant quelques minutes, laissant une épaisse traînée de plasma brûlant dans son sillage et finit enfin par repérer le bâtiment qu'il recherchait, au pied d'une tour de moitié plus petite que ses consœurs.

Il posa son appareil dans la pénombre devant l'entrée principale, faisant s'envoler un épais nuage de poussière autour de lui. Il coupa ensuite le contact et descendit de son hoverbike. Au passage, il se saisit de l'étui de son épée, à l'avant de son véhicule, et enfila la lanière de ce dernier par-dessus sa tête pour disposer son arme dans son dos.

Nerveux et un peu hésitant, Loki jaugea le grand portail en fer qui se dressait devant lui et épousseta son armure pour se donner de la contenance. Il mobilisa sa volonté et avança d'un pas décidé, mais à peine avait-il achevé sa première enjambée qu'un bourdonnement métallique assourdissant résonna, le stoppant net. Un rayon lumineux rouge le parcourut de haut en bas, puis, aussi soudainement qu'ils étaient apparus, rayon et nuisance sonore s'évanouirent.

Le portail commença alors à se relever dans un fracas mécanique, découvrant un groupe de quatre soldats qui l'attendaient derrière, chacun équipé d'une armure lourde bien plus épaisse que la sienne ainsi que d'un casque de combat intégral qui dissimulait leurs visages. Les combinaisons noires renforcées de ces hommes ne portaient aucun signe distinctif permettant de les associer à un corps d'armée ou à un organisme civil connu. Seul l'un d'entre eux arborait un minuscule blason argenté en forme d'épée sur son pectoral gauche. Ce dernier, d'un grade probablement plus élevé, lui fit signe d'entrer, le guidant de la pointe de son fusil d'assaut.

Suivant les directives, le capitaine de l'équipe Alpha se dirigea vers eux, dépassa la porte et emboîta le pas à l'un des militaires dans un dédale de coursives aux rambardes et aux escaliers rouillés tandis que les trois autres leur emboîtaient le pas et que le portail se fermait derrière eux dans un vacarme semblable à celui provoqué lors de son ouverture.

Après quelques minutes de déambulation dans l'usine désaffectée, le groupe hétéroclite atteignit sa destination. L'épaisse porte blindée immaculée et son clavier numérique presque neuf détonnaient du reste du décor.

Le soldat de tête au symbole argenté sur la poitrine composa un code à douze chiffres, poussa la porte et invita Loki et son escorte à entrer à sa suite. À l'intérieur, Enri découvrit une immense salle de contrôle, fourmillant de matériel informatique et de moniteurs clignotant et bipant. L'endroit était occupé par une myriade de soldats en combinaison noire et de scientifiques en surblouse bleue ou blanche.

Au fond de la pièce, il reconnut, tourné vers des vitres qui donnaient en contrebas, le général Johnson, les bras croisés dans son dos. Instinctivement, Loki vint se placer à son côté, regardant curieusement à travers la glace.

Au niveau inférieur se trouvait une pièce qui aurait davantage eu sa place dans un hôpital que dans un complexe militaire. En son centre trônait une table d'opération entourée de matériel médical, le tout relié par d'épais câbles électriques industriels branchés sur les murs blancs immaculés.

Sans préambule, le général prit la parole :

— J'imagine que vous avez des questions, Capitaine, c'est le moment ou jamais.

— Pourquoi moi ?

— Je vous ai déjà dit pourquoi, parce que nos simulations montrent que seul un rang 5 est en capacité d'encaisser l'opération.

— D'où ma question, pourquoi moi ?
— Le directeur Hunter a déjà refusé ma proposition.
— Il y a un troisième rang 5…
— Le criminel… répondit le général de façon dédaigneuse.
— Jake pourrait vous surprendre…
— J'en doute… et il est hors de question de mettre le résultat de plusieurs d'années de recherches entre les mains d'un homme de cette engeance.
— Mais, protesta Loki, son potentiel actif de force serait extrêmement efficace face à la créa… face à Destiny ! Et il pourrait tromper sa vision thermique grâce à…

Loki s'interrompit en voyant son interlocuteur lever la main brusquement.

— Je ne mettrai pas Amplify entre les mains d'un meurtrier, répéta le général sur un ton ferme qui se voulait sans appel.

Enri préféra abandonner cette discussion stérile et changea de sujet :

— Quand serais-je opérationnel ?
— Une fois l'opération terminée, nous commencerons votre entraînement sous douze heures.
— Si tôt ? demanda le capitaine Telvir, surpris.
— Vous comptiez prendre un congé sabbatique alors que l'arme Destiny se déchaîne sur nos compatriotes, Capitaine ?
— Non, mais je pensais l'opération plus invasive.
— Oh, ne vous méprenez pas, Capitaine, vous allez souffrir le martyre et vous serez à bout de force, mais nous avons pris des dispositions pour que vous soyez reposé au plus vite. Deux de nos agents peuvent transmettre leur énergie, ils se relaieront pour accélérer votre convalescence.
— Et quelles sont les chances d'échec de l'opération ?

— Nos meilleurs cerveaux estiment les chances de réussite à soixante-cinq pour cent et dans vingt pour cent des cas ils pensent que l'opération n'aura aucun effet sur vous.

— Et les quinze pour cent restants ?

Le général se tourna vers lui en arborant un air sombre et entendu : Enri comprit. Il ferma les yeux pour se concentrer, mais le souvenir de John maintenu en vie par des tubes s'imposa à lui, suivi d'une image de Kelly étendue dans son lit, inconsciente, et enfin d'Évangéline, le visage méconnaissable dans son fauteuil roulant. Il soupira et décida qu'il se sentait prêt à courir le risque pour eux.

Déterminé, il reprit la parole :

— C'est quand vous voulez.

— Très bien, je vous laisse aux mains de notre personnel scientifique.

Le général se tourna ensuite vers un des savants qui s'affairait devant un poste informatique à sa droite et l'appela :

— Lieutenant Freddericks, le capitaine Telvir est prêt, veuillez le préparer.

— Attendez, Général, demanda Loki précipitamment, pourquoi Destiny n'a pas achevé les membres de mon équipe ?

— J'ai étudié le rapport que l'agent Aldrick a rempli pendant votre route ici, commença le général, je pense que vos efforts combinés de pyrokinésie ont pu légèrement dérégler la vision thermique de la créature, nous nous doutions que cela pourrait se produire dans des cas particulièrement extrêmes. Malheureusement, ces paramètres devraient se rétablir d'ici la fin de sa prochaine stase…

— Sa prochaine stase ? répéta Loki intrigué.

— Nous en reparlerons à votre réveil, répondit le général Johnson, marquant un point final à la conversation.

Le général hocha la tête à l'attention du lieutenant, le rappelant à ses instructions de préparer leur invité.

Loki se laissa entraîner vers l'escalier menant visiblement vers le bloc opératoire qu'il avait observé plus tôt. Dans une antichambre, dernière étape le séparant de sa destination, deux aides-soignants vinrent l'aider à se déshabiller et récupérèrent ses effets personnels. Le premier partit avec son armure et son uniforme et le deuxième avec son épée et son communicateur. Anxieux à l'idée que sa lame ancestrale se retrouve entre des mains étrangères, il suivit des yeux celui qui la portait et le vit se faire intercepter à mi-chemin du casier par un scientifique qui se saisit de l'objet et le mesura du regard de façon intriguée.

Avant qu'il ne puisse voir la suite de l'interaction, il fut emmené, en sous-vêtement, de l'autre côté de l'antichambre. Dans la salle d'opération, il fut accueilli par un groupe d'une demi-douzaine de médecins et savants vêtus de blouses blanches dont les visages étaient couverts par des masques et des lunettes de protection. On lui indiqua de s'installer d'un signe de la main. Enri obtempéra, enjambant d'épais câbles électriques et grimpant sur la large table en métal poli qui reflétait la lumière blafarde des plafonniers.

Il se coucha sur le dos, bras le long du corps. Autour de lui, les membres du projet Amplify s'activèrent. Une des médecins, une femme d'un certain âge dont seul les grands yeux bleus étaient visibles au-dessus de son masque, s'adressa à lui :

— Capitaine Telvir, pour votre propre sécurité, nous allons maintenant vous immobiliser.

Ils transformèrent leurs paroles en gestes et lui attachèrent fermement les chevilles, les poignets, les cuisses et le haut du buste à la table à l'aide d'épais arceaux métalliques. Au-dessus de lui, de l'autre côté de la même fenêtre devant laquelle ils s'étaient parlé précédemment, le général Johnson l'observait.

La même médecin lui annonça ensuite en lui posant un respirateur sur le visage :

— Nous allons maintenant vous endormir, comptez de un à dix dans votre tête s'il vous plaît.

1… 2… 3…

Loki sombra dans l'inconscience.

Une douleur insoutenable le sortit de sa torpeur. Chacune des cellules de son corps semblait brûler de la chaleur de mille soleils. Il hurla de toutes ses forces, mais aucun son ne sortit de sa bouche. Avant de perdre à nouveau connaissance, il perçut une voix distante qui s'écriait :

— On est en train de le perdre ! Trois milligrammes de stabilisant Teta et deux milligrammes d'adrénaline…

Ses dernières pensées se tournèrent vers ses proches :

Éva… Marlène… John…

« Une erreur faite de bonne foi est toujours excusable, enfin… tout dépend à qui elle a fait du tort. »

Philosophe Antarien, Gregor Sephrian

Chapitre XXVII - Bonnes intentions

Jour 95 de l'an 246 : 14h00

Cela faisait bientôt quatre heures que Craig et Shadow conduisaient en direction de leur prochaine étape. Suite à leur rencontre, les deux alliés de circonstance s'étaient rendus ensemble dans l'un des repaires du vieil homme pour s'assurer de l'adresse de leur cible, mais, après quelques appels, Shadow s'était aperçu que le technicien avait disparu de la circulation. Le mystérieux criminel avait alors passé plusieurs heures entre son communicateur et son ordinateur pour retrouver sa trace et avait finalement obtenu une adresse dans la partie Nord-Est du Secteur 11.

Bientôt à proximité de leur objectif, ils s'arrêtèrent pour manger dans une chaîne de restauration rapide à quelques blocs d'immeubles de leur destination. Alors qu'ils étaient attablés avec leurs commandes respectives, Craig en profita pour poser quelques questions à l'individu qui se trouvait en face de lui. Puisque le vieil homme avait tiré parti du potentiel actif d'infatigabilité de l'ex-policier pour se reposer pendant que ce dernier conduisait, l'ancien inspecteur ne possédait que peu d'informations concernant leur cible.

— Dis-moi, Shadow, commença Craig en mâchonnant une frite. Qui c'est ce technicien ?

— En public, appelez-moi Victor s'il vous plaît, répliqua le criminel en parlant à voix basse tout en lui lançant un regard appuyé. Ce pseudonyme pourrait attirer l'attention de personnes indésirables.

— D'accord. Victor c'est un autre de tes alias ou c'est ton vrai prénom ?

— Mon vrai prénom ? Non, mon prénom n'a plus aucun sens. Je l'ai abandonné en même temps que mon ancienne vie, commenta-t-il.

— Donc ce sera Victor, se résigna Craig avant de reprendre. Donc ? Le technicien ?

— Oui, pardon, s'excusa le vieil homme.

Il mordit dans son sandwich, mâcha lentement en donnant l'air de réfléchir et répondit enfin sur un ton académique :

— Alan Ruting est l'un des ingénieurs les plus brillants de la société ComCo qui commercialise les communicateurs portables que presque tous les Antariens utilisent. Il est de nature introvertie et méfiante, ce qui a rendu mon approche particulièrement compliquée. Ce n'est qu'à force d'acharnement, et grâce aux informations que j'ai pu recueillir dans l'attaque coordonnée qui m'a permis d'infiltrer les archives militaires, que j'ai pu enfin l'approcher et le convaincre.

— Qu'est-ce qui l'a convaincu ? demanda Craig curieux.

— Je n'ai jamais compris, sûrement un détail dans les informations récupérées… répondit Shadow en laissant sa phrase en suspens.

Ils continuèrent de manger, observant le ballet des clients qui se succédaient aux tables autour d'eux, quand soudain Craig fut saisi par une interrogation qu'il s'empressa de soumettre à son interlocuteur :

— Comment te voient les gens autour de nous ? Est-ce que le pouvoir qui te permet d'apparaître sous une autre forme dans l'esprit des gens fonctionne sur tous les clients ?

— Ils me voient comme un homme d'une trentaine d'années tout à fait commun, j'utilise très souvent cette apparence quand je veux me fondre dans la masse.

— Mais comment ça fonctionne ? Tu peux t'immiscer dans l'esprit de tous ces gens en même temps ? demanda Craig, interloqué.

— Oui, c'est comme une sorte d'aura qui affecte les gens qui m'entourent, à l'exception de ceux que je choisis, bien entendu.

— C'est un potentiel actif très puissant, réagit l'ex-policier.

— J'ai surtout beaucoup travaillé pour le maîtriser jusqu'à ce point. Au début, il fallait que je me concentre sur une personne de toutes mes forces pour réussir cet effet.

La conversation se tue. Craig réfléchit à cette dernière remarque tout en mangeant son repas trop salé et en écoutant la musique pop insipide qui passait à la radio.

— J'ai cru comprendre que vos dons étaient aussi hors du commun, reprit Shadow, se faire tirer dans la tête à bout portant et survivre, ce n'est pas rien.

Dans un premier temps, Craig fut surpris que son interlocuteur soit au courant de cet évènement, mais, venant de cet homme, cela n'était finalement guère étonnant.

— Mes potentiels actifs entrent dans une sorte de synergie, mais ce n'est pas sans risque, répondit l'ancien inspecteur de façon pensive.

— Et vous pouvez augmenter ou diminuer la gravité sur votre corps d'autant que vous le voulez ? continua le vieil homme.

— Dans une certaine mesure… j'ai mes limites. Au-delà de cinq fois dans un sens ou dans l'autre je risque d'y passer.

— Ça reste colossal…

Le criminel fixait le vide, réfléchissant sûrement aux différentes mises en application possibles de ce potentiel actif. Craig chercha dans sa mémoire le prénom que Shadow lui avait demandé d'utiliser et, quand il l'eut enfin retrouvé, il interpella le vieillard :

— Victor ? Ça va ?

Surpris, l'intéressé secoua la tête et cligna des yeux avant de répondre avec empressement :

— Oui oui. Bon, finissons vite de manger, nous avons un ingénieur à retrouver.

L'ex-inspecteur acquiesça et ils se dépêchèrent de terminer leur déjeuner. Quelques instants plus tard, Shadow attendait Craig, lui tenant la porte en le regardant ranger leurs plateaux-repas. Ils sortirent ensuite tous les deux et se dirigèrent vers le bloc d'immeuble dans lequel ils pensaient trouver leur cible. Après une dizaine de minutes de marche, Craig demanda à son acolyte :

— Comment avez-vous fait pour le traquer jusqu'ici ? J'imagine que nous ne devons pas être les seuls à le chercher si c'est bien lui le responsable de… tout ça.

Shadow se décala rapidement d'un pas sur le côté pour éviter un passant qui ne regardait pas devant lui et répondit :

— Peu de temps après avoir pris contact avec lui, il m'a demandé d'utiliser un de ses pseudonymes à la place de son nom dans nos communications. De plus, quand j'ai essayé de le contacter chez ComCo, ils m'ont indiqué qu'il avait déclaré un congé maladie. Enfin, comme la personne que j'ai envoyée pour vérifier chez lui m'a dit qu'il avait disparu, je me suis dit qu'il avait dû s'enfuir. J'ai donc recherché les logements enregistrés à ce pseudonyme.

— Une chance qu'il ait utilisé le même pseudonyme.

— Ou une volonté de sa part…

Craig comprenait maintenant comment son comparse, après plusieurs années, avait fait main-basse sur la pègre de la ville. Son intelligence et son organisation faisaient partie des atouts précieux qui lui avaient permis de monter un réseau de renseignement presque aussi performant que celui des Réguliens.

Pendant qu'ils marchaient ensemble, l'ex-policier se sentait exposé : se déplacer ainsi en pleine journée aux côtés de celui qui, il y a encore peu de temps, était considéré comme l'ennemi public numéro un avait quelque chose d'angoissant. Il réfléchit à l'échange qu'ils venaient d'avoir tout en cherchant du regard le numéro de l'immeuble où Alan Ruting était censé se trouver.

Shadow lui indiqua qu'ils étaient arrivés. Ils traversèrent la route hors du passage piéton, se faufilant entre des voitures arrêtées à un feu de signalisation et grimpèrent les quelques marches qui les séparaient de la porte d'entrée du bâtiment. Le vieil homme inspecta les sonnettes, cherchant sûrement à pénétrer dans l'immeuble sans se faire repérer. En attendant, Craig s'adossa à la rambarde en fer forgé accolée au perron, les bras croisés, et observa du coin de l'œil l'avenue par laquelle ils étaient arrivés.

Ses réflexes d'inspecteur le poussaient à examiner chaque visage, les postures, les mains de chaque passant qui approchait : un couple d'adolescents, un père tenant son fils par la main, une joggeuse, un homme d'âge mûr transportant son journal sous le bras.

Tiens, celui-là était au restaurant avec nous, non ? pensa-t-il tandis que ce dernier continuait sa route sans lui prêter attention.

L'instant d'après, Craig sursauta, surpris malgré lui par le bruit produit par l'ouverture soudaine du loquet de la porte de l'immeuble. Il se retourna, non sans jeter un dernier coup d'œil à l'individu au journal, et se glissa à l'intérieur du bâtiment à la suite de Shadow. Alors qu'ils entraient et que le vieil homme portait son regard sur les boîtes aux lettres, sûrement pour trouver le numéro de porte de l'ingénieur, Craig lui demanda sur un ton suspicieux :

— Est-ce que c'est une caractéristique fréquente chez les barons de la pègre le crochetage de serrure ?

— Aucune idée, je n'ai jamais pensé à demander à ceux que j'ai fait assassiner. Pourquoi ? Vous ne possédez pas cette compétence ?

— Ce n'est pas la question, répondit Craig un peu agacé.

Comme seule réaction, il entendit Shadow ricaner doucement et le vit se diriger vers les escaliers. Ils montèrent ensemble jusqu'au deuxième étage et s'engagèrent dans les couloirs. Ces derniers, agencés de façon anarchique, à la manière d'un dédale, étaient bien éclairés et propres. Malgré une façade d'une largeur assez mince, la grande profondeur de l'immeuble lui permettait certainement d'être doté de plus d'une vingtaine de logements par étage. Craig se laissa conduire par le vieil homme et, assez rapidement compte tenu de la disposition des lieux, ils trouvèrent l'entrée qu'ils recherchaient. Shadow tapa à la porte une séquence de coups longs et courts et s'annonça ensuite :

— Enigma, c'est Victor, ouvrez s'il vous plaît.

Une lueur traversa la petite optique au centre de la porte permettant d'observer à l'extérieur et une voix demanda anxieusement :

— C'est qui avec toi ?

— C'est un ami, je me porte garant pour lui, répondit Shadow.

Plusieurs dizaines de secondes s'écoulèrent. Le technicien de l'autre côté de la porte était sûrement réticent à l'idée d'ouvrir à un parfait inconnu, mais le loquet finit tout de même par se déverrouiller et les deux visiteurs furent invités à entrer.

Craig emboîta le pas à son acolyte. Dès qu'il eut passé l'encadrure de la porte, son odorat fut agressé par un mélange désagréable de plastique et de métal brûlé qui lui fit plisser les narines d'inconfort. Dans le même temps, il marcha sur des aspérités étranges qui craquèrent sous les semelles de ses chaussures. Il releva la tête et comprit : la pièce de vie principale avait été transformée en atelier d'électronique et des bouts de fils dénudés traînaient un peu partout. Plus loin, des circuits imprimés étaient empilés sur une table à côté d'un fer à souder. Des câbles multicolores posés négligemment sur le canapé trahissaient un travail effectué dans l'urgence. Des composants électroniques variés entassés en vrac dans des boîtes en carton éparpillées dans le salon achevaient de retirer à ce lieu toute convivialité.

Craig chercha un endroit où se tenir sans gêner et observa le jeune ingénieur qui se trouvait au milieu du salon. Alan Ruting, plutôt grand, était d'une maigreur presque maladive et son teint pâle faisait peine à voir. Alors que son hôte tournait son regard cerné et ses yeux rougis vers Craig en se grattant la tête, l'ancien inspecteur comprit l'état de fatigue nerveuse dans lequel celui-ci se trouvait. La dernière heure de sommeil du jeune homme datait certainement de plusieurs jours et il n'avait sans doute même pas pris le temps de se nourrir. Une partie de Craig était ravie que cet individu souffre. Après tout, il avait sa part de responsabilité dans le drame qu'il vivait. L'ingénieur, Alan, invectiva Shadow en pointant l'ex-policier du doigt :

— C'est qui ? C'est pas un de tes hommes habituels.

— Mes hommes habituels sont presque tous morts ou ont déserté, répondit placidement le vieillard.

Toutefois, Craig n'était pas dupe, ses années en tant qu'inspecteur de police lui avaient appris à lire le langage corporel, et la posture un peu trop rigide de l'ancien caïd ainsi que ses mains serrées l'une dans l'autre laissaient penser à l'ex-policier que ce calme n'était qu'une façade. Le vieil homme avait dû perdre de nombreuses connaissances à cause du Projet Destiny et parmi elles se trouvaient très certainement des amis. Après une courte pause, Shadow continua à l'attention d'Alan :

— Ne t'en fais pas, il est là pour aider.

Leur hôte sembla se détendre et, l'espace de quelques secondes, esquissa un léger sourire, juste avant qu'il ne craque complètement et ne fonde en larmes, s'effondrant dans une chaise à côté de la table sur laquelle le fer à souder était posé. Un flot de paroles décousues jaillit alors du technicien, entrecoupé de reniflements et de pleurs. Craig réussit à saisir quelques bribes. Il comprit qu'Alan se sentait coupable pour les morts provoquées par Destiny, qu'il n'avait jamais voulu ça et qu'il n'avait pas su l'anticiper. Shadow attendit patiemment que ses sanglots se calment. Il approcha une chaise pour s'asseoir en face de lui, posa sa main sur son épaule et lui dit :

— Ça va aller, Alan. Je sais bien que tu ne voulais pas ça, personne ne t'en veut ou ne t'accuse de quoi que ce soit ici…

Suite à cette affirmation, le vieil homme posa sur l'ex-policier un regard discret et lourd de sens. Craig haussa les épaules et écouta Shadow continuer :

— Explique-moi ce qu'il s'est passé. Pourquoi tout est parti en vrille ? Commence par le début et, je te connais, essaye de faire simple. Notre ami Craig n'a pas tes connaissances techniques.

Alan Ruting, la tête baissée, prit une grande respiration et débuta son récit :

— D'accord… Tout a commencé quand j'ai accepté de t'aider à enterrer le Projet Destiny. C'était un projet militaire donc tous les aspects techniques étaient tenus secrets par l'armée. La seule partie sur laquelle j'avais des informations était celle pour laquelle ComCo avait été engagée : les communications. On avait chargé mon équipe de monter un système de communication sans fil à double sécurité protégé par un cryptage militaire à dix-mille bouts…

— De quoi ?! ne put s'empêcher de s'exclamer l'ancien inspecteur.

— Pardon, s'excusa Alan avant de reprendre son explication. L'idée, c'est d'avoir trois systèmes d'ondes, à courte, moyenne et longue portée, chacune protégée par un cryptage militaire d'une telle complexité qu'il faudrait des milliers d'années à notre meilleur technopathe pour la percer.

— Ah, je comprends mieux, mais pourquoi plusieurs façons de communiquer, une seule n'est pas suffisante ? demanda Craig.

— Dans tout système critique, pour être sûr de ne pas perdre le contrôle, on double ou triple les éléments par sécurité.

Craig fit signe qu'il avait compris et le jeune homme continua :

— Au début, je me suis dit que je pourrais juste modifier leur protocole de communication avec la créature, faire que chacun des ordres qu'ils lui donneraient se transforme en un ordre de fuite, mais le protocole en question était lui aussi crypté et je n'avais aucun moyen de savoir si l'ordre que j'encoderais pour remplacer les autres serait le bon. J'ai donc adopté un autre angle de réflexion. J'ai décidé de saboter tout le système de communication. J'ai remplacé un des ordres par une donnée qui, une fois utilisée, a injecté par corruption de mémoire un algorithme de modification des clefs de la créature et a grillé en même temps définitivement son interface de communication à moyenne portée.

Le brillant ingénieur laissa sa phrase en suspens, comme s'il attendait une réaction de son auditoire. Craig tentait de traduire les paroles d'Alan dans un langage compréhensible, mais il avait de nombreuses lacunes dans le domaine. Dans ce contexte, il se sentait comme son ancien commissaire qui avait toujours eu un train de retard sur les nouvelles technologies. Cette pensée le fit sourire avant qu'il ne se rende compte que Shadow avait pris la parole :

— … s'ils ne peuvent plus lui envoyer d'ordres moyenne distance, pourquoi ne lui envoient-ils pas d'ordre à longue ou courte portée ?

— La modification des clefs de cryptage que j'ai mise en œuvre est effective pour tous les types de communication, lui répondit le jeune homme.

— Hmm, fit Shadow en se frottant le menton de la main droite, donc ils ne peuvent plus du tout communiquer avec… Alors pourquoi est-elle entrée en furie meurtrière ?

— Je présume que c'est parce que le dernier ordre en mémoire n'a pas dû être effacé. Quelqu'un de mon équipe a peut-être oublié de coder dans l'algorithme une commande pour nettoyer la mémoire entre chaque ordre. C'est le genre d'erreur qui peut rester occultée pendant des mois avant d'être repérée, expliqua Alan. Et comme la batterie ne permet au dispositif de communication de fonctionner qu'entre une demi-heure et une heure à moyenne portée, à mesure que la batterie se décharge, l'ordre devient petit à petit inaudible, et Destiny cherche à nouveau un endroit où se cacher… Mais cela n'explique pas comment la batterie se recharge, elle doit sûrement utiliser la bioélectricité de la créature à cette fin…

Même Shadow semblait avoir perdu le fil. Se tenant les tempes entre les mains, ce dernier reprit :

— Et… est-ce que tu as un moyen d'arrêter sa folie meurtrière ?

À ces mots, l'ingénieur se leva brusquement et se dirigea d'un pas décidé vers le canapé. Il souleva l'un des coussins de l'assise, révélant la porte d'un coffre dont il effectua rapidement la combinaison. Il en sortit un cylindre en métal gris d'une quinzaine de centimètres équipé de boutons et de diodes qu'il posa sur la table devant Shadow avant de se rasseoir sur sa chaise.

— J'ai travaillé sur cet appareil qui devrait permettre de vider la mémoire cache du dispositif de communication de Destiny et d'effacer l'ordre qui est resté imprimé à l'intérieur. Le seul problème c'est…

— Ah, donc il y a un « mais »… commenta cyniquement Craig.

— Le souci, reprit Alan sans tenir compte de la remarque, c'est qu'on ne pourra pas utiliser la connexion longue distance qui ne sert que de balise de radioguidage, il ne reste donc plus que la connexion courte portée.

— Donc il suffit de lancer ton dispositif dans sa direction et c'est bon ? répondit Shadow.

— Non, la mise à jour que le dispositif doit effectuer prendra plusieurs minutes à être envoyée et, puisqu'il est virtuellement impossible d'immobiliser la créature, il faudra rester à quelques pas d'elle durant tout ce temps…

Un silence pesant s'installa dans la pièce suite à cette dernière remarque. Shadow s'était redressé sur sa chaise et Alan faisait passer nerveusement son regard d'un de ses interlocuteurs à l'autre. Craig savait que ce moment pouvait arriver, il l'avait même appelé de toutes ses forces. Il remarqua un paquet de cigarettes sur une table un peu plus loin, avança pour s'en saisir et, ce faisant, révéla le titre du dossier sur lequel il était posé : « Destiny ». Il songea alors qu'il n'avait toujours pas eu le temps de consulter les documents que lui avait confiés Shadow la nuit dernière. Il attrapa la liasse de feuilles enchemisée, la plaça sous son bras et récupéra une cigarette ainsi que le briquet qui se trouvaient dans le petit emballage en carton blanc et rouge avant de se diriger vers la fenêtre. Il ouvrit celle-ci, laissant entrer de l'air froid à l'intérieur, et alluma l'objet de son ancienne addiction.

Alors qu'il inhalait ses premières bouffées de fumée âcre, Craig remarqua du coin de l'œil que Shadow le regardait de façon attentive. Le vieux stratège savait que l'ex-policier avait compris le rôle qu'il allait devoir jouer. Shadow continua donc d'interroger l'ingénieur :

— Et une fois la mise à jour effectuée, quel impact immédiat cela aura-t-il sur la créature ?

— Elle sera sans doute sonnée quelques instants, surprise par le silence soudain qui s'en suivra.

— C'est le moment qu'il faudra utiliser pour l'achever… commenta Shadow.

— L'achever ? s'insurgea Alan, surpris, avant d'arguer, c'est un être humain ! Ça m'étonnerait qu'on lui ait laissé le choix de subir une telle expérience, ça ne serait en tout cas pas la première fois qu'ils procèdent de cette façon !

— Après le lavage de cerveau qu'il a subi, c'est devenu une arme, un monstre qui n'a plus rien d'humain, rétorqua Shadow. Ce serait pénitence, le pauvre homme doit souffrir de sa condition et ce serait bien trop dangereux de garder une telle chose en vie !

— Je ne suis pas d'accord. Je suis persuadé que sa psyché…

Voyant que la discussion était dans une impasse, Shadow enchaîna abruptement sur un autre sujet :

— Ton dispositif est terminé ?

Surpris par le changement de conversation, Alan répondit tout de même :

— Oui, je comptais effectuer quelques tests supplémentaires afin d'être sûr que tout est bien paramétré…

— Et comment il fonctionne ? le coupa Shadow.

Désignant du doigt un bouton sur le haut du petit boîtier gris, l'ingénieur expliqua :

— Une fois activé en appuyant ici…

Il pointa un emplacement sur le côté du dispositif et continua :

— … cette diode-là se met à clignoter en rouge jusqu'à ce que vous soyez à portée et que la mise à jour commence. Quand elle commence, le voyant rouge devient fixe et, quand elle est terminée, il devient vert. J'ai utilisé des matériaux robustes pour construire la boîte, mais ne vous mettez pas à tirer dessus au fusil…

— Et dans combien de temps tu penses avoir fini tes tests ?

— D'ici cinq ou six heures.

Craig avait écouté la conversation d'une oreille distraite en fumant sa cigarette et en feuilletant le dossier, malheureusement débarrassé de presque tous les détails. Au milieu des mentions censurées, il nota que le sujet d'expérience était plusieurs fois appelé « le prisonnier ». Il prit note de cette information dans un coin de sa tête. Quelques instants plus tard, alors qu'il jetait son mégot par la fenêtre, il reconnut dans la ruelle attenante l'homme au journal qui les avait suivis après leur repas au restaurant. Quand ce dernier remarqua qu'il avait été repéré, il se mit à courir vers le bout de l'allée en parlant dans son communicateur. Craig s'écarta précipitamment de la fenêtre et déclara :

— Désolé de vous décevoir, mais on va devoir se passer des tests. On a été suivis.

— Fais chier, jura Shadow en se redressant d'un bond en même temps que le technicien. Police, GUT ?

— Non, je pense plutôt aux services secrets militaires, mais on va vite le découvrir de toute façon, répondit l'ancien officier de police en se dirigeant d'un pas rapide vers la porte d'entrée.

Il entrouvrit cette dernière et passa sa tête pour observer le couloir. À l'autre bout de celui-ci, quatre hommes habillés en civil couraient vers lui, armes de poing braquées dans sa direction.

— Merde ! vociféra-t-il en reculant. Quatre arrivent par le couloir.

Il verrouilla la porte, tout en sachant que cela ne les retiendrait pas, puis se saisit du dispositif qui trônait sur la table entre Alan et Shadow, le glissa dans sa poche en vitesse et regarda par la fenêtre ouverte : la rue semblait déserte. Il se retourna, attrapa Shadow par l'avant-bras et se rapprocha de l'ouverture avec lui. Le vieil homme protesta :

— Prends plutôt Alan, je vais te ralentir.

— Il ne peut pas se camoufler et j'ai encore besoin de toi pour trouver la Faucheuse.

Il se retourna vers Alan qui hocha la tête à leur attention alors que des coups secouaient déjà la porte. Jetant un dernier regard en arrière, Craig vit l'ingénieur se saisir d'un revolver qui était probablement caché à portée de main et mettre le canon de l'arme dans sa bouche. L'ancien inspecteur sauta par la fenêtre en tenant le vieil homme dans ses bras.

Un coup de feu résonna dans l'appartement qu'ils venaient de quitter.

L'air froid fouetta le visage de Craig pendant leur chute. Il inversa drastiquement la gravité exercée sur son corps pour compenser le poids de son compagnon et ils atteignirent le sol en douceur. Sans perdre une seconde, l'ex-policier plaqua le dispositif contre le torse de Shadow et poussa ce dernier entre deux poubelles en lui murmurant :

— On se retrouve devant la boulangerie dans la rue en face de mon ancien logement. Si je n'y suis pas d'ici demain matin, gardez l'appareil avec vous et trouvez quelqu'un d'autre pour vous aider.

Sans attendre de réponse, il se mit à courir dans la ruelle aussi vite que ses jambes le lui permettaient tandis que des coups de feu retentissaient dans son dos. Il tourna au coin de la rue tandis que les balles sifflaient autour de lui et manqua de glisser sur un journal humide. Il retrouva rapidement son équilibre en s'aidant machinalement de son potentiel actif et continua de courir à un rythme effréné. Alors qu'il arrivait au bout d'une énième ruelle, il sentit une violente douleur irradier son mollet. Il avait été touché, mais sa peau blindée avait heureusement encaissé l'impact. Il se retourna, dégaina son revolver et le vida sur ses poursuivants, atteignant l'un d'entre eux à la poitrine avant de reprendre la fuite.

Après plusieurs minutes de course, et alors qu'il n'avait plus perçu de signes de ses poursuivants depuis leur dernier échange de coups de feu, il arriva dans une impasse. Jurant dans sa barbe, il fit volte-face et revint sur ses pas de façon circonspecte. L'ancien inspecteur s'avança jusqu'au coin de la ruelle dans laquelle il venait de tourner et constata qu'un petit groupe d'hommes avait réussi à le traquer jusqu'ici. Craig regarda rapidement autour de lui et repéra une fenêtre ouverte quelques étages plus haut. Il s'apprêtait à s'élancer vers cette dernière en réduisant sa gravité, mais le bruit caractéristique d'un pistolet à plasma que l'on venait d'armer bourdonna à quelques mètres de lui et un homme à bout de souffle lui annonça :

— On ne bouge pas… cette munition-là… ne rebondira pas… sur toi.

Les trois coéquipiers de l'homme qui gardait Craig en joue respiraient également bruyamment en se tenant la poitrine.

L'ex-policier leva les mains en l'air, coincé, et son opposant lui demanda :

— Tu devais être accompagné de quelqu'un d'autre, où est ton complice ?

Voilà pourquoi je ne suis pas encore mort, ils veulent Shadow, pensa Craig.

Essayant de gagner du temps, il les questionna :

— Qu'est-ce que vous avez fait de l'ingénieur ? Il est mort ?

— Cet idiot s'est suicidé avant qu'on arrive à entrer, répondit son interlocuteur.

L'ancien inspecteur tenta de reculer d'un pas, les mains toujours en l'air, mais son opposant n'étant pas dupe, il lui ordonna :

— Ne bouge pas ! Tu as dix secondes pour répondre à ma question.

Craig ferma les yeux, persuadé que sa dernière heure avait sonné. Un coup de feu retentit.

Une exclamation de surprise parvint aux oreilles de Craig. Il réouvrit les yeux pour voir son assaillant tomber au sol tétanisé et hurlant de douleur. Ses coéquipiers se retournèrent pour chercher l'origine du tir, mais, avant qu'ils n'aient le temps de réagir, une énorme boule de feu s'écrasa entre eux. Les trois agents s'écartèrent de la fournaise, leurs bras levés au niveau de leur visage pour se protéger de la chaleur.

Au milieu du brasier, un homme se redressa et s'attaqua à l'un des assaillants de Craig. Il s'en saisit et le fit basculer par-dessus son épaule. Dans le même temps, il utilisa ce qui semblaient être de grandes ailes de feu pour forcer les deux agresseurs encore debout à reculer. Puis, ses ailes toujours déployées derrière lui, il donna un violent coup de poing à l'individu qu'il venait de faire chuter pour l'assommer.

L'un des deux hommes restants s'avança vers lui et matérialisa entre ses mains une lance de métal aux reflets pourpre qu'il utilisa pour essayer d'embrocher celui que Craig reconnut maintenant comme un agent de police portant un uniforme de Vigilant. Ce dernier avait anticipé le coup : il attrapa la lance à deux mains et, d'un bond appuyé par un battement d'ailes, tourna sur lui-même en se rapprochant de son adversaire. Il l'agrippa au passage et, d'un mouvement de hanche circulaire, lui faucha les deux jambes, le faisant chuter au sol à son tour. Le troisième, malgré sa surprise, avait dégainé son arme et la pointait vers le Vigilant, attendant une ouverture. Craig ne lui en laissa pas le temps. Il fonça dans sa direction et lui assena un violent coup de crosse sur la nuque, l'assommant net. L'ancien officier de police regarda son ange gardien dégainer une de ses ogives électrifiées pour la planter dans le torse de l'adversaire qu'il venait de mettre au sol, l'incapacitant à son tour. Puis, le Vigilant fit disparaître ses ailes et s'avança à la rencontre de Craig, main tendue, son long fusil de précision accroché à sa hanche.

— Au plaisir de vous sauver à nouveau, inspecteur Annoye.

— Doug ? Doug Frazière ?

— Affirmatif ! J'ai essayé de vous joindre d'en haut, vous n'êtes pas branché sur la fréquence de la police ? Votre communicateur est hors service ?

— C'est une longue histoire… répondit Craig en lui serrant la main.

Puis, réalisant que les hommes étendus au sol, qu'il supposait être des agents des services secrets militaires, allaient probablement être rejoints par des renforts, il demanda à son binôme inattendu :

— J'aurais bien besoin d'un coup de main, vous pourriez me déposer, Vigilant Frazière ?

— Je suis désolé, mais je ne peux pas voler en portant une charge aussi importante… enfin, sans vouloir vous manquer de respect, Inspecteur.

— Je peux modifier la gravité exercée sur mon corps. Je pèserai moins qu'une brindille, promis !

Doug sembla lire l'urgence dans la demande de Craig et répondit en conséquence :

— Très bien, alors allons-y.

Le Vigilant saisit Craig par la taille, lui accrocha un harnais qu'il raccorda au sien, attendit un signe de Craig, puis déploya ses ailes et ils s'élancèrent ensemble dans le ciel, laissant une traînée de flamme derrière eux.

« Lorsque la colère nous ronge et que nous éprouvons toujours plus de difficultés à la maîtriser, il faut alors peut-être se demander ce que nous voulons cacher derrière cette dernière. »

Philosophe Antarien, Gregor Sephrian, deux semaines après la mort de sa musaraigne apprivoisée.

Chapitre XXVIII - Echauffement

Jour 96 de l'an 246 : 18h00

Au milieu d'une pièce aux murs renforcés, un homme en combinaison intégrale noire déchaînait une mer de flammes aux nuances blanches et bleutées. Les torrents de feu tournoyaient autour de lui, dansant dans la pièce en se nourrissant de tout l'oxygène qu'elle contenait.

Avant que le souffle ne lui manque, il mit fin à sa performance pyrokinésique, laissant apparaître des parois noircies dont se dégageaient de fines volutes de fumée à l'odeur âcre et métallique. Une voix résonna dans la salle, émise par un haut-parleur derrière le mur :

— Essayez la télékinésie maintenant.

L'homme au centre de la pièce serra les poings, pencha sa tête en avant, et des vagues de pouvoir mental commencèrent à déferler dans toutes les directions, s'échouant avec violence sur les murs encore fumants. Il augmenta l'intensité des déferlements et ses pieds décollèrent du sol ; le faisant léviter à une vingtaine de centimètres de hauteur tandis que la force de ses attaques produisait des claquements assourdissant contre les murs. La voix retentit à nouveau :

— Vous pouvez arrêter.

L'individu sembla ne rien entendre et continua d'augmenter la puissance des vagues télékinésiques.

— Vous pouvez arrêter, réitéra la voix dans le microphone en haussant le ton.

Les parois, déjà fragilisées par l'extrême chaleur, commençaient à se déformer sous les assauts répétés. De petits fragments de mur, arrachés par la violence du potentiel actif, se désagrégeaient au milieu de ce déluge de puissance, produisant une poussière anthracite qui tournoyait autour de l'homme.

— Capitaine Telvir, STOP !

Loki reprit conscience, encore un peu perdu dans l'immense afflux de pouvoir qu'il venait de manifester, et mit fin à sa démonstration. Ses pieds retrouvèrent le chemin du sol de façon soudaine et il retira le casque de sa combinaison ignifugée afin de reprendre son souffle. L'épaisse porte blindée en face de lui s'ouvrit dans un grincement strident et laissa pénétrer dans la pièce le lieutenant Freddericks accompagné de sa jeune assistante.

— Vous ne m'avez pas entendu, Capitaine ? commença le l'officier militaire en portant la main à son nez pour se protéger de l'odeur de brûlé.

— Non… enfin, oui, mais vous paraissiez lointain… répondit Loki encore essoufflé.

— Hmm, ce sont peut-être les décharges télékinésiques qui ont atténué le son du haut-parleur, comment vous sentez-vous ?

— Ça va.

— Vous êtes sûr ? Il faut que vous fassiez bien attention. Même ainsi modifié, votre organisme a des limites, et les dépasser serait catastrophique pour vous comme pour nous.

— Oui oui, répondit Loki en faisant jouer ses épaules musclées dans sa combinaison.

Il jeta un regard à la jeune assistante du lieutenant qui détourna les yeux en rougissant, déplaçant dans le même mouvement une mèche de ses longs cheveux blonds devant son visage. Sans faire attention à l'échange muet qui venait de se produire, le gradé reprit :

— Vous vous sentez prêt pour l'entraînement à la vitesse ?

— Hmm, oui, grommela Loki en grimaçant.

Les dernières tentatives s'étaient révélées fort humiliantes tant la coordination de ses mouvements était devenue anarchique suite à l'augmentation de puissance de ce potentiel actif. Les deux chercheurs repartirent par là où ils étaient arrivés et furent remplacés par un groupe de cinq militaires en uniforme. Loki les salua en leur serrant la main chacun à leur tour.

Ces hommes étaient de bons soldats, des combattants très doués et il les respectait pour cela. Tous possédaient un potentiel actif de vitesse, c'est la raison pour laquelle ils avaient été choisis pour l'affronter. Ses partenaires d'entraînement se disposèrent en cercle autour de lui et se mirent en garde. Après avoir retiré la combinaison ignifugée, Enri se mit en position à son tour et activa son potentiel actif de vitesse. Les battements de son cœur qui résonnaient dans ses oreilles à un rythme régulier semblèrent ralentir, tout comme le reste du monde.

Il inspira longuement, prenant pleine conscience de son environnement, et détailla la position ainsi que la posture de ses partenaires d'entraînement. Lorsqu'il entrevit une ouverture, il fonça droit devant lui à pleine vitesse. Le soldat qui se trouvait face à lui encaissa un double coup de poing au plexus solaire sans avoir le temps de réagir tandis que les quatre autres convergeaient dans leur direction. Loki se retourna et se propulsa en avant pour intercepter le plus rapide d'entre eux qui se trouvait déjà presque sur lui, lui portant un coup de poing à la mâchoire.

Celui-là va avoir besoin de glace, pensa-t-il en esquivant le coude d'un de ses collègues qui visait sa tempe.

Il recula d'un pas, se décala sur sa droite afin d'éviter le direct du droit du deuxième et vit du coin de l'œil le troisième qui tentait d'atteindre son angle mort ; les militaires travaillaient dans une synchronisation quasi-parfaite. Malheureusement pour eux, Loki se déplaçait trop vite et, malgré leurs potentiels actifs, pour lui, ils semblaient se mouvoir au ralenti. Après avoir jaugé l'emplacement de chacun de ses adversaires, il attrapa fermement le bras qu'il venait d'éviter et utilisa l'élan de la frappe de son partenaire d'entraînement pour le propulser derrière lui à l'aide d'un mouvement circulaire.

Le soldat fut projeté en direction d'un de ses collègues, occupé à contourner le capitaine de l'équipe Alpha, à une telle vitesse qu'il ne put l'esquiver et tous deux tombèrent au sol bruyamment. Enri roula ensuite sur le côté pour échapper à l'assaut du dernier homme encore debout. Il se redressa et, dans le même mouvement, lui porta un coup de pied derrière le genou, le faisant chuter en arrière. Mais, emporté par sa vitesse, Loki perdit l'équilibre et tomba à la renverse en jurant :

— Merde ! Temps mort !

Il se releva péniblement, alors que ses partenaires se redressaient à leur tour. L'un d'eux se massait la mâchoire tandis qu'un autre se tenait le buste à deux mains de façon ostentatoire. C'était son troisième entraînement à la vitesse qui se soldait par un échec. Lorsque ses déplacements impliquaient un changement d'appui, Loki était incapable de doser correctement son allure et, même s'il savait qu'à force d'exercice il finirait par maîtriser son potentiel actif, le temps pressait. Chaque jour perdu à s'entraîner allongeait la liste des victimes de la créature, liste qui pesait lourdement sur sa conscience.

Il se remit en place et reprit l'exercice avec ses équipiers. Une heure durant, ils enchaînèrent les phases d'entraînement, s'arrêtant périodiquement pour se réhydrater, reprendre leur souffle et récupérer des forces. À la fin de cette longue session, l'équilibre de

Loki s'était amélioré, loin d'atteindre son ancien niveau, mais assez pour mettre hors de combat ses cinq adversaires sans se mettre en danger.

Serrant la main à ses opposants, il se dirigea d'un pas un peu raide vers la porte blindée qui s'ouvrait déjà, tout en retirant le haut de sa combinaison. Il croisa le lieutenant et son assistante et, comme les fois précédentes, claudiqua jusqu'au fauteuil médical équipé de tout le matériel nécessaire à la surveillance de ses constantes vitales. Il s'effondra sur ce dernier, le souffle court, surpris de pouvoir être aussi fatigué. Les cinq partenaires d'entraînement se retirèrent en boitant ou en tenant les parties de leurs corps qui avaient été injuriées. Loki les vit sortir de l'autre côté de la pièce dans laquelle il se trouvait, par la porte menant à l'un des vestiaires.

Une fois les soldats hors de vue, la jeune femme s'approcha de lui pour prendre sa tension. Elle inscrivit les résultats sur son bloc-note, puis lui posa des électrodes sur les tempes et le torse. Enri tendit ensuite son bras et elle pratiqua une prise de sang sur une veine au creux de son coude, remplissant une petite fiole qu'elle s'empressa d'insérer dans un appareil non loin pour l'analyser.

Le lieutenant arriva dans le dos de sa subordonnée et regarda les dernières mesures récoltées. Il tapota l'un des moniteurs en plissant les yeux et se dirigea ensuite vers le relevé imprimé par la machine qui avait analysé la fiole de sang. Le scientifique militaire prit quelques notes sur son propre calepin. Il se tourna ensuite vers le capitaine Telvir et lui demanda :

— Comment vous sentez-vous après ces étalages de puissance ?

— Exténué…

— C'était attendu, déclara-t-il distraitement en relisant une dernière fois ses notes, puis il continua. Vos constantes sont conformes et les évaluations de vos potentiels actifs crèvent le plafond. Une heure de repos en méditation réparatrice et vous serez officiellement prêt.

— En méditation ? demanda Enri décontenancé.

— Un des nombreux dons de mademoiselle Lin, répondit-il en désignant son assistante, je l'enverrai dans vos quartiers quand vous serez présentable.

— Très bien… et pour la suite ?

— Le général m'a dit de vous informer que le directeur du GUT a d'importantes nouvelles pour vous, il vous attendra dans vos locaux du Secteur 2.

— Et il n'a pas pu venir me le dire lui-même ?

— J'ai cru comprendre qu'il avait un entretien au Sénat…

— Sûrement encore en train d'essayer de couvrir ses erreurs… marmonna Loki pour lui-même avant d'ajouter à haute voix, je monte me laver.

L'officier du GUT partit se doucher dans les vestiaires et enfila un pantalon de sport décontracté avant de se rendre dans ses quartiers en finissant de se sécher sur le chemin. Pénétrant dans la petite pièce austère qui lui avait été attribuée depuis son opération, il ne fut pas surpris d'y trouver l'assistante du lieutenant assise sur une chaise au coin de la pièce à côté du lit. Enri s'installa sur ce dernier et, regardant la jeune femme, lui demanda :

— Donc vous êtes là pour me recharger, comme les deux soldats que m'avait assignés le général ?

— Pas vraiment… J'ai d'ailleurs cru comprendre qu'à cause de vous il allait falloir plusieurs jours de repos à ces deux-là. Mon potentiel actif est bien différent. Comment vous expliquer…

Elle prit son menton dans sa main en réfléchissant un instant et reprit :

— Êtes-vous au courant que lorsqu'on dort, seule une partie de notre sommeil nous permet de récupérer et de nous régénérer ?

— Je ne m'étais jamais posé la question…

— C'est le cas, croyez-moi. Eh bien, mon potentiel actif permet de garder mon sujet dans le sommeil le plus réparateur qui lui soit

accessible pour qu'après une heure de repos il soit reposé comme après une nuit complète de sommeil.
— Intéressant… et comment ça marche ? Je dois m'allonger ?
— J'ai toujours trouvé que c'était plus simple pour s'endormir, mais c'est à vous de voir, Capitaine, répondit-elle avec une ironie non dissimulée tout en lui adressant un clin d'œil.
— C'est malin… répliqua-t-il en s'allongeant sur le dos puis, sans réfléchir, il ajouta en souriant, vous voulez me rejoindre ?

La jeune femme laissa la question en suspens et un silence gênant s'installa alors. Immédiatement, Enri regretta sa proposition déplacée, il ne savait pas ce qui lui avait pris. Mademoiselle Lin approcha sa chaise du lit en la faisant crisser sur le sol puis se saisit du poignet de Loki de façon sèche, sans rien dire. Après quelques secondes dans cette posture, elle brisa finalement le silence en expliquant d'un ton peu amène :
— Vous allez vous sentir fatigué. Ne luttez pas, laissez-vous emporter par le sommeil, laissez votre esprit dériver…

La voix de la jeune femme parut de plus en plus lointaine et les pensées d'Enri s'égarèrent. Il se rappela son réveil presque deux jours plus tôt.

Il avait repris conscience en suffoquant après l'opération, cherchant de l'oxygène en inspirant de toutes ses forces et ouvrant les yeux pour découvrir autour de lui un groupe de médecins à l'air inquiet. Plus tard, les soldats de première classe Biggs et Wedge s'étaient relayés pour lui redonner des forces et presque douze heures après l'opération, comme le général Johnson l'avait prévu, il avait pu commencer son entraînement. Il avait ensuite enchaîné des sessions de combats et d'exercices de ses potentiels actifs, interrompus uniquement pour les repas et les quelques séances de récupération qu'il avait effectuées avec les deux soldats avant qu'ils ne soient complètement vidés de leurs forces.

Entièrement coupé du monde pendant tout ce temps, il demeurait sans nouvelles de l'extérieur, mais si ses calculs étaient bons, et ils devaient l'être, l'arme Destiny avait dû se manifester deux fois de plus et elle devait recommencer cette nuit. Il fallait qu'il soit prêt. Perdu dans ses réflexions, il finit par sombrer dans un sommeil profond et sans rêve.

Un flash télépathique le percuta de plein fouet et une image du général Johnson lui apparut. Ce dernier lui demandait de façon autoritaire de prendre soin de l'arme Amplify. Il se réveilla en sursaut, alors que mademoiselle Lin retirait précipitamment sa main de son poignet, comme si elle avait reçu une décharge électrique. Enri comprit qu'il avait inconsciemment utilisé sa télépathie sur la jeune femme. C'était un événement inhabituel, il ne pouvait d'habitude pas percevoir les pensées des personnes qu'il ne connaissait pas parfaitement, certainement l'un des effets d'Amplify sur ce pouvoir-là. Se redressant sur ses coudes, il s'excusa :

— Je suis vraiment désolé pour le contact télépathique, je n'ai jamais été adroit avec ce potentiel actif…

— Ce n'est rien, assura-t-elle, vous étiez de toute façon endormi depuis plus d'une heure et demie. Vous devriez vous sentir en pleine forme.

Mademoiselle Lin semblait éreintée par l'utilisation de son don et troublée par la furtive incursion du capitaine de l'équipe Alpha dans ses souvenirs. Elle se leva pour s'en aller, mais Loki l'interrompit en ajoutant :

— Merci pour tout et… désolé pour plus tôt.

Elle se retourna, sa longue chevelure suivant le mouvement et répondit :

— Ce n'est rien… bonne chance pour votre traque.

La jeune militaire franchit la porte, laissant Loki seul avec lui-même. Il s'assit sur le lit et s'interrogea brièvement sur son contact télépathique une minute plus tôt.

Voilà tout ce que je suis pour le général ? Une arme à pointer dans la direction qu'il choisira ?

Certainement pas !

Il se leva et se dirigea vers son casier. À l'intérieur, il récupéra son uniforme du GUT, son communicateur, son épée familiale et une tenue de combat flambant neuve arborant le blason de l'équipe Alpha.

Le GUT a dû me la faire porter ici, pensa-t-il.

Il enfila son uniforme, équipa son communicateur et son armure et sangla son épée dans son dos. Fin prêt, il quitta sa chambre et se dirigea vers la sortie du complexe militaire secret. Sur le chemin, il croisa le lieutenant Freddericks à qui il annonça formellement son départ de l'installation. Une dizaine de minutes plus tard, le capitaine de l'équipe Alpha traversait le ciel d'Antar à bord de son hoverbike en direction du deuxième Secteur.

Le vent dans ses cheveux, les mains accrochées à ses guidons, il filait à toute vitesse dans la nuit, survolant la massive ville-continent dont la ligne d'horizon formée par les buildings illuminés lui était si familière. Cette vue apaisante lui en aurait presque fait oublier la situation terrible dans laquelle se trouvait la mégapole.

Au bout de deux heures, il atterrit enfin sur le toit de l'immeuble administratif du GUT du deuxième Secteur. Son épée toujours dans son dos, il pénétra dans le bâtiment, après avoir passé les contrôles de sécurité, et se rendit au trente-deuxième étage, réorganisé en cellule de crise depuis le début des massacres. Comme il s'y attendait, Gil Lockhead s'y trouvait, entouré de toute son équipe de coordination et de stratégie. Lorsque le directeur du GUT aperçut Loki s'approcher de la grande pièce aux murs de verre transparents, il mit fin à sa discussion et se porta à sa rencontre. Il lui serra la main chaleureusement et l'invita à le suivre dans son bureau. Tous deux se dirigèrent vers une petite salle au bout du couloir qui avait été reconverti en permanence provisoire pour le directeur le temps de la crise. Ce dernier attendit que son subordonné ferme la porte derrière eux pour lui annoncer de but en blanc :

— On a une piste pour déterminer où Destiny va frapper la prochaine fois.

— Comment ça ? demanda Loki intrigué.

— Vous vous rappelez le criminel qui avait tenté de kidnapper le sénateur Whale ? Celui que vous aviez attrapé juste avant que les massacres ne commencent.

— Hmm, Loki prit un instant pour réfléchir et finit par se rappeler le nom du suspect, Olwin Williams, c'est bien ça ?

— Correct ! Eh bien, Aurel a pu continuer de le cuisiner un peu ces dernières vingt-quatre heures et a découvert que les ravisseurs ont utilisé des tunnels sous le Secteur 2 qui nous étaient complètement inconnus.

— Des tunnels secrets ?

— Pas si secret en fait, nous avons compris peu de temps après cette révélation que nous venions de redécouvrir les tunnels de terraformation de notre continent. Ces tunnels sont vieux de plus de huit-cents ans et n'ont plus été utilisés depuis l'Unification !

Enri se remémora les cours d'histoire de son enfance : à l'origine, Antar était le nom donné à un archipel. Grâce à l'intervention des plus puissants géomanciens de l'époque, ces îles avaient été unies en un seul et vaste territoire. L'opération avait duré plusieurs décennies, voire, selon certains historiens, un siècle entier. Cet accomplissement avait permis l'entrée de leurs peuples dans un âge d'or dont ils profitaient tous encore aujourd'hui.

Après avoir mesuré les implications de cette information, Loki reprit la parole :

— Mais en quoi cela va nous être utile ? Envoyer nos équipes là-dedans signerait leur arrêt de mort.

— Je sais bien, mais à l'aide de données compilées lors des neuf attaques de l'arme Destiny, et à la lueur de cette nouvelle information, nous avons été capables de créer un outil statistique nous permettant de déterminer avec une marge d'erreur raisonnable dans quelle zone la prochaine attaque aura lieu.

Malgré l'enthousiasme du directeur, Loki ne put s'empêcher d'être suspicieux :

— De quelle marge d'erreur parle-t-on ?

— Trente-cinq pour cent.

— Et c'est ça que vous appelez raisonnable ? demanda Loki sur un ton blasé.

— C'est le mieux que nous ayons pour l'instant sans devoir sacrifier d'innombrables vies…

Gil Lockhead laissa sa phrase en suspens, les poings serrés et le regard déterminé en faisant face à son agent. Loki capitula :

— Ça devra faire l'affaire…

— Oui. J'ai cru comprendre que Sniper, Ghost et Mastoc sont sur pied, ils viendront vous soutenir. Je peux aussi vous proposer l'équipe Turtle pour remplacer Shield, et un soutien aérien de l'équipe Raven.

Enri se prit la tête entre les mains et soupira :

— Non. Vous avez vu l'état de mon équipe après notre affrontement avec… cette ignominie… J'irai seul avec Ronald.

— Mais… commença le directeur.

— J'ai dit non, le coupa Loki fermement avant de terminer, je ne pourrais pas l'affronter si je dois m'inquiéter pour les autres.

Gil Lockhead dut se résigner et hocha la tête en signe d'assentiment avant que Loki ne continue sans transition :

— Comment vont Shield et Vesta ?

— Vous ne savez pas ?

— Non, j'ai passé les deux derniers jours coupé du monde dans une base militaire secrète.

— Ah, c'est vrai… Eh bien, Shield est toujours dans le coma, mais il est en vie. Son frère veille sur lui. Il est très affecté par tout ça et veut en découdre avec la Faucheuse… Sinon, l'état de santé de Vesta s'améliore de minute en minute. On m'a appelé tout à l'heure pour me rapporter le fait qu'elle s'était réveillée, Mastoc n'a pas quitté son chevet une minute.

Le capitaine se sentit soudain libéré d'un poids. Soulagé, il prit place sur un siège qui se trouvait dans le coin de la pièce et profita des bonnes nouvelles quelques instants. Il finit par reprendre la parole et demanda à son directeur :

— Bon, quel est le topo pour ce soir, où va se produire l'attaque ?

— Elle devrait se produire dans le quartier d'affaires du Secteur 2, proche des entrepôts mécanisés.

— Et merde…

— Oui, je suis d'accord, les probabilités de trouver des lieux d'engagement avantageux sont faibles. Mais au moins, le taux de victimes devrait être minimal en pleine nuit.

— Comment ça ? Vous n'allez pas faire évacuer la zone ? demanda Loki effaré.

— Les experts militaires pensent que la créature cible volontairement les lieux habités, elle utiliserait sa vision thermique pour trouver les personnes les plus proches. Si nous évacuons la zone que nous pensons être la prochaine cible, il y a toutes les chances pour qu'elle se dirige ailleurs et ça pourrait être bien pire…

En colère après avoir entendu cette explication, Enri serra ses poings de frustration. La décision avait déjà été prise, ils allaient sacrifier plus de vies antariennes sur les déclarations des militaires et le directeur du GUT approuvait ce plan. Avant de prononcer des paroles qu'il pourrait regretter, Loki souffla entre ses dents et se dirigea vers la sortie en annonçant par-dessus son épaule :

— Je vais aller chercher Ronald, envoyez-moi les coordonnées de la zone sur mon communicateur.

— Très bien, Capitaine.

Il claqua la porte derrière lui et marcha vers l'ascenseur. Tout au long de sa remontée vers le toit, il avait l'impression de bouillir de l'intérieur. Une fois arrivé à l'air libre, il donna un violent coup de poing dans le mur à sa gauche en criant.

Malgré son épais gant de combat renforcé aux articulations, il ressentit une douleur parcourir sa main. Il souffla, prenant le temps de respirer alors que les deux gardes en position plus loin l'observaient d'un air interrogatif. Il leva la main et, faisant porter sa voix, déclara :

— C'est rien, ne vous inquiétez pas !

Ils hochèrent la tête à son attention et se regardèrent l'un l'autre. Loki parcourut ensuite le chemin jusqu'à son hoverbike et décolla sans perdre de temps.

Vingt minutes plus tard, le capitaine Telvir atterrissait sur le toit de l'hôpital où se trouvaient les membres de son équipe. Il descendit de sa monture et, tout en se dirigeant vers les escaliers de service, envoya un message à Mastoc : « Rejoins-moi à la cafétéria du dix-huitième niveau. Viens seul et n'en parle à personne ».

Loki parcourut à pied les deux étages qui le séparaient de sa destination et entra dans la pièce qui était bien moins fréquentée qu'à ses dernières venues. Il prit soin de vérifier que son collègue n'était pas déjà arrivé et fit bien attention à ce que Sniper ou Ghost ne se trouvaient pas sur place, même si dans le cas de cette dernière il était compliqué d'en être certain. Enri n'avait surtout pas besoin d'entendre les supplications et reproches de la part de ces deux-là. Fort heureusement pour lui, aucun de ses collègues ne semblait se trouver dans les parages.

Il se commanda une boisson fraîche et un sandwich, s'installa à une table un peu à l'écart et entama son repas. Le capitaine de l'équipe Alpha se rendit alors compte qu'il était bientôt minuit, ceci expliquait pourquoi la cafétéria était presque vide. Il avait l'impression de ne pas avoir vu passer le temps ces deux derniers jours. À peine avait-il fini de manger qu'il aperçut Mastoc entrer dans la cafétéria. Enri se leva et Ronald le remarqua à son tour, son regard s'illumina et un sourire s'invita sur son visage l'espace d'un instant.

Le colosse, dont le plâtre avait déjà été retiré, vint étreindre son capitaine. Puis, ils s'installèrent à table l'un en face de l'autre. Loki commença par prendre des nouvelles de son équipe :

— J'ai cru comprendre que Vesta s'était réveillée, c'est super !

— Oui, maintenant qu'elle est réveillée et qu'elle mange, les guérisseurs vont pouvoir passer plus de temps avec elle. Shield est toujours dans le coma par contre…

— Oui… J'ai entendu ça, ça doit être dur pour Frank…

— Le gamin en chie, ça me brise le cœur de le voir comme ça… J'suis passé l'voir tout à l'heure, le petit s'est complètement effondré dans mes bras…

À ces mots, Loki se rappela l'état de détresse dans laquelle se trouvait sa plus jeune recrue. Fatalement, des images de Shield luttant une fois de plus contre la mort lui vinrent à l'esprit. Tout cela était à cause de ce projet militaire qu'ils avaient dû affronter. Ses yeux s'humidifièrent, mais il secoua sa tête et changea de sujet :

— Sinon, comment Sniper et Ghost ont pris la nouvelle concernant Amplify et Destiny ?

— Tu connais Évangéline mieux que moi. Tu imagines bien qu'elle n'a pas bien pris le fait que tu ailles te faire charcuter par les militaires, surtout quand elle a compris ce qu'on affrontait. Elle a dit qu'elle le savait depuis le début, haha… et le jeune était un peu perdu. Il voulait surtout savoir quand est-ce qu'on retournerait au combat, mais… tu vas pas les reprendre avec toi, c'est ça ?

— Comment tu as compris ça ?

— Je sais que je suis le lourdaud de l'équipe et tout, mais j'suis pas idiot. Tu m'demandes de venir seul, la prochaine attaque est dans à peine plus de quatre heures et… tu veux les protéger. Vu comment s'est passée notre dernière baston avec… la chose, j'ai pas envie non plus de les envoyer à la boucherie.

— Et toi, comment tu as pris… Amplify ?

— J'aurais fait pareil si on me l'avait proposé, mais si j'ai bien compris, faut faire partie du club très fermé des rangs 5, c'est ça ?

— Ouais…

— T'imagines ce que ça aurait donné sur moi Amplify chef ? J'aurais pu devenir é nor-me ! Hahaha !

Loki sourit en voyant son collègue rire aux éclats, la tension de ces derniers jours s'évacuant légèrement. Puis, il reprit avec sérieux :

— Du coup, tu es partant ?

— Bien sûr que je suis partant. Toi, moi, et qui d'autre du coup ?

— Seulement toi et moi.

— Quoi ?! demanda Mastoc, décontenancé.

— Oui, mais pour que tu comprennes, parlons stratégie…

« Même le meilleur des plans n'est valable que jusqu'à ce que le premier hurlement ne soit poussé. »

Philosophe Antarien, Gregor Sephrian

Chapitre XXIX - Le corps et l'esprit

Jour 97 de l'an 246 : 4h00

La deuxième lune d'Antar était haute et ronde cette nuit dans le ciel du deuxième Secteur. L'astre illuminait les rues de ses lueurs bleutées, un signe de chance selon les anciennes croyances. Une bourrasque de vent glacial souffla entre les gratte-ciel massifs qui se dressaient dans ce quartier, faisant frissonner le capitaine Telvir.

Ce dernier, debout sur la plateforme métallique d'un escalier d'évacuation extérieur, au quatrième niveau d'un bâtiment dont la cime se perdait dans les cieux, observait les alentours, à l'affût du moindre mouvement. Il ferma les yeux et invoqua autour de ses mains gantées deux fins anneaux de feu qu'il fit remonter le long de ses bras pour se réchauffer. Cette apparition eut pour effet de faire sursauter Ronald, lui aussi sur le qui-vive, à quelques pas de là. Mastoc ne ressentait pas autant le froid que son capitaine. En effet, il avait équipé sous son armure une combinaison intégrale thermo-isolante qui devait lui permettre d'obtenir un certain effet de surprise face à la créature.

Bien entendu, trouver une combinaison adaptée à la carrure imposante du colosse en si peu de temps avait été impossible et il était trop tard pour lui en fabriquer une. Il était donc forcé de réduire la taille des muscles de son buste et de ses bras à un niveau proche de la normale, ce qui était très inconfortable pour lui.

Du coin de l'œil, Loki aperçut l'un des Vigilants qu'il avait réquisitionnés auprès du directeur Hunter atterrir sur le toit d'un immeuble plus loin juste avant d'entendre dans son communicateur :

— Vigilant Johnson en position au repère epsilon.

— Bien reçu. Tout le monde est en place, restez en alerte, répondit Loki.

Autour des deux membres de l'équipe Alpha s'étendait maintenant un filet composé de Vigilants triés sur le volet venant de presque tous les Secteurs, chacun possédant une capacité active permettant de détecter des activités suspectes telles que l'angoisse, la peur, les dommages corporels, le décès ou tout simplement l'odeur du sang. Comme Enri s'y était attendu, le jeune Doug Frazière, qui les avait aidés lors de l'enlèvement du Sénateur Whales dix jours plus tôt, se trouvait parmi les effectifs dépêchés par IceAngel. Les traqueurs avaient reçu l'ordre de se cantonner à leur rôle de repérage et de se tenir à distance de la zone de combat. En cas d'affrontement, ils ne devaient surtout pas intervenir.

Enri soupira et de la condensation se forma devant son visage. Il trouvait très difficile de rester concentré. Il se souvint de sa dernière conversation avec le général Johnson. Durant celle-ci, le prétentieux militaire avait surnommé son ami « le criminel », comme s'il était possible de résumer Jake à cette seule condition. Un tel mépris venant de l'un des hommes à l'origine de ce chaos semblait irréaliste.

L'agacement de Loki se transforma en rage lorsque les images des membres de son équipe hospitalisés revinrent le hanter. Il serra les poings. Involontairement, il déforma par télékinésie le balcon d'acier sur lequel son acolyte et lui-même se tenaient. Les lamentations du métal torturé le sortirent de ses pensées. Il jeta un œil à Mastoc qui le regarda en retour en haussant un sourcil avant de demander à son capitaine :

— Ça va, chef ?

— Oui, l'attente me met un peu sur les nerfs…

— Je comprends…

Les deux collègues continuèrent de patienter dans la froide nuit d'hiver, sans dire un mot, jusqu'à ce que le bruit blanc de la fréquence ouverte sur leurs communicateurs n'en devienne assourdissant.

Un mouvement attira l'attention du capitaine de l'équipe Alpha sur sa gauche. Il tourna la tête et vit une lueur violette s'envoler et plonger en piqué avant de se stabiliser. Un quart de seconde plus tard, une lueur rouge s'éleva à son tour et décrivit des cercles quelques instants dans le ciel. La fréquence prit alors vie :

— Vigilant Stolkovitz, je détecte une activité anormale quatrième quadrant Nord.

— Vigilant Martin, activité quatrième quadrant Nord confirmée, méca-entrepôt numéro trois, j'ai l'impression que c'est au deuxième étage, j'y détecte des effusions de sang.

— Tout le monde se retire à cinq-cents mètres du bâtiment, je ne veux personne dans les environs, exceptés l'agent Aldrick et moi-même, ordonna Loki.

À peine avait-il fini sa phrase que les deux membres de l'équipe Alpha s'élevèrent dans les airs en direction de l'édifice désigné par les Vigilants, portés par la capacité télékinésique surpuissante de Loki. Pendant qu'ils lévitaient vers leur destination, Enri entrevit Ronald à sa droite enfiler sa cagoule thermo-isolante. Mastoc remarqua l'attention que son capitaine lui portait et ne put s'empêcher de lancer :

— C'est à ce moment-là que Vesta aurait dit que j'suis enfin regardable, hahaha !

— Elle doit te manquer… répondit Loki sur un ton froid et maîtrisé.

— Oui, mais là de suite, je n'voudrais pas qu'elle se trouve à moins d'un kilomètre d'ici !

Loki hocha la tête et continua de les mener en direction de l'immeuble auquel ils faisaient maintenant face. Ce dernier, comme celui qu'ils avaient quitté, était un entrepôt mécanisé d'une centaine d'étages dans lesquels étaient centralisés toutes sortes de biens de consommation avant d'être redistribués à leurs acquéreurs. Dans les zones de stockage de ce genre, toutes les opérations de manutention étaient effectuées par des automates travaillant jour et nuit et nécessitant uniquement la présence de quelques équipes de maintenance réduites pour garantir leur bon fonctionnement.

Le capitaine de l'équipe Alpha mena son coéquipier et lui-même directement vers le deuxième étage du bâtiment où la créature avait été perçue par les Vigilants. Il prit une grande inspiration et fit exploser la fenêtre en face de laquelle ils se trouvaient. Il lévita avec Mastoc jusqu'au sol de l'étage ainsi exposé et atterrit en douceur. Loki dégaina ensuite sa lame de son fourreau dans le dos de sa main droite et fit jaillir une flammèche bleutée de la paume de son autre main. Il l'envoya parcourir le long couloir au bout duquel ils se trouvaient, puis s'engagea dans ce dernier, accompagné de Ronald.

Loki restait alerte et gardait l'épée au clair devant lui tandis qu'ils progressaient dans cette large allée qui semblait s'enfoncer au cœur même du bâtiment. À mesure qu'ils avançaient, des bruits mécaniques résonnaient de plus en plus fort dans les couloirs. Le capitaine Telvir et l'agent Aldrick arrivèrent au bord d'un immense gouffre circulaire au milieu du bâtiment qui s'élevait à perte de vue vers le sommet de l'édifice et s'enfonçait probablement dans le sous-sol de celui-ci. À chaque étage, un chemin de ronde encerclait ce puits sans paroi au centre duquel des rails verticaux monumentaux permettaient à des bras articulés démesurés de déplacer des conteneurs à travers les différents niveaux de l'entrepôt. Sur le garde-fou devant les deux agents se trouvait un plan détaillé de l'étage, Loki nota mentalement l'emplacement de la salle de repos des employés ainsi que celui du poste de contrôle et annonça en pointant du doigt une entrée dans le mur sur leur gauche :

— On va se diriger vers la salle de contrôle, c'est par là.

— Je te suis, chef.

Les deux comparses traversèrent rapidement une passerelle qui les exposait cruellement à une potentielle attaque venant des balcons supérieurs, entrèrent dans un long couloir et bifurquèrent à la deuxième sortie à droite. Le duo parcourut une allée bien plus large, équipée d'un rail au plafond que les bras articulés utilisaient périodiquement pour se déplacer entre les différentes sections du bâtiment.

La discrétion dont s'efforçaient de faire preuve les deux agents du GUT jurait avec le fracas provoqué par les transporteurs qui, lors de leurs passages dans les couloirs adjacents, occasionnaient de violentes vibrations dans les murs autour d'eux. Le tumulte des lieux rendait impossible la détection d'éventuels sons qu'aurait pu produire la créature et, sans la flammèche bleutée que Loki faisait voler à quelques pas devant eux, les lieux auraient été plongés dans les ténèbres tant l'éclairage fournit par les quelques diodes luminescentes au sol était faible.

Après quelques minutes de marche dans la pénombre, les deux membres du GUT arrivèrent devant la porte du poste de contrôle. Cette dernière était éventrée et une traînée de sang s'en éloignait. Derrière Loki, Mastoc se plaqua contre le mur. Le capitaine de l'équipe Alpha déblaya l'entrée encombrée par les débris de porte à l'aide de sa télékinésie et jeta un coup d'œil discret dans la salle. À l'intérieur, le corps mutilé d'un gardien, encore assis sur son siège devant des écrans de contrôle, gisait sans vie dans une mare de son propre sang.

Enri se glissa à l'intérieur de la petite pièce, poussa la chaise à roulettes ainsi que son occupant hors de son passage, posa son épée en équilibre contre le bureau et observa les écrans de vidéosurveillance. La plupart des moniteurs avaient été détruits, mais cinq d'entre eux fonctionnaient toujours, malgré les quelques fissures qui les parcouraient. Loki les utilisa pour chercher des indices qui leur permettraient de trouver Destiny. Plusieurs minutes passèrent pendant lesquelles rien de suspect n'apparut sur les écrans dont les images alternaient régulièrement entre plusieurs zones de l'immeuble.

L'un des moniteurs noir et blanc afficha la salle de repos de cet étage. Visiblement, cette dernière avait déjà été visitée par la créature, en attestaient les corps démembrés et les projections de liquide sombre sur les murs. Sur la plupart des consoles, les déplacements des bras mécanisés rendaient difficile la recherche de leur proie. À plusieurs reprises, Loki manipula de ses mains gantées les manettes de pilotage des caméras pour zoomer sur le coin d'un couloir sombre dans lequel il avait cru apercevoir quelque chose, mais sans trouver ce qu'il cherchait.

Alors qu'il observait les images du quatrième étage, un mouvement attira son attention dans l'une des zones de stockage des biens. Reconnaissant le monstre, il sortit immédiatement de la salle de contrôle, attrapant son épée au passage, et se dirigea vers le puits central. Dès que Mastoc lui eut emboîté le pas, il activa son pouvoir de vitesse et se précipita dans les couloirs. Très vite de retour au cœur du bâtiment, il attendit que son équipier le rejoigne et les fit directement décoller vers le quatrième étage. Les bras mécaniques se déplaçaient avec vélocité sur leurs rails et le capitaine Telvir dut les esquiver à plusieurs reprises durant leur vol, parfois au dernier moment. Loki les déposa en vitesse au niveau du couloir qu'ils devaient emprunter. Mastoc atterrit en effectuant une roulade et se plaqua contre le mur de façon à se tapir dans l'ombre. Il attendit que Loki pénètre dans le couloir, l'épée devant lui, avant de suivre son capitaine.

Les deux agents s'écartèrent pour laisser passer un bras mécanisé qui fonçait en trombe sur eux en provoquant un vacarme assourdissant, puis ils continuèrent leur route pour enfin arriver devant la gigantesque annexe dans laquelle Loki avait aperçu la Faucheuse. Mastoc resta dissimulé dans l'entrée, à distance de son chef qui pénétrait dans les lieux. De grandes allées de conteneurs parcouraient l'immense salle dont les plafonds, plusieurs dizaines de mètres plus haut, étaient pourvus du même réseau de rails complexe utilisé par les imposants bras mécaniques présents dans tout l'édifice.

Loki longea les rangées formées par les caisses en métal, à l'affût du moindre mouvement. Il repéra le couloir dans lequel il se rappelait avoir aperçu leur cible et s'y engagea. Dans son communicateur, la voix de son équipier annonça :

— J'entre dans la pièce.

— Essaye de prendre de la hauteur, Mastoc.

— Entendu, j'vais grimper sur les caisses.

Ronald était souvent considéré, à tort, comme un homme maladroit et sans délicatesse, mais Loki savait que son coéquipier pouvait faire preuve d'une étonnante furtivité. De plus, peu de gens connaissaient l'étendue du pouvoir de ce dernier, le confondant régulièrement avec un vulgaire potentiel actif de force qui, à l'instar du potentiel actif de vitesse, était habituellement limité à une augmentation de la capacité physique de vingt à quarante pour cent. Mastoc, en revanche, pouvait accroître sa musculature de façon à quadrupler sa force, déjà bien au-dessus de la moyenne, et, parmi toutes les raisons pour lesquelles le capitaine de l'équipe Alpha l'avait choisi pour l'assister dans sa traque, celle-ci était la principale.

Continuant d'avancer, Loki entendit Ronald lui indiquer qu'il était en place : comme prévu, il ne l'avait pas entendu se mettre en position. Quelques instants plus tard, Enri trouva le corps éventré d'un technicien étendu sur le sol. Les yeux de ce dernier roulaient encore dans leurs orbites et la flaque de sang dans laquelle il baignait continuait de s'étendre. La créature devait avoir frappé moins d'une minute auparavant.

Un grincement derrière lui poussa le capitaine de l'équipe Alpha à se retourner en activant son pouvoir de vitesse. Une ombre s'abattit sur lui. Il se jeta sur le côté, roula et se redressa en brandissant son épée devant lui. La Faucheuse avait disparu. Instantanément, il illumina le corridor dans lequel il se trouvait à l'aide d'une myriade de flammèches bleutées qu'il dispersa tout autour de lui.

Plus besoin d'être furtif, pensa Loki.

Il tourna sur lui-même, attendant presque impatiemment la prochaine attaque de Destiny.

Allez, ramène-toi, saloperie…

Son pouvoir de vitesse activé, sa perception du temps ralentissait et ses battements cardiaques résonnaient dans ses tempes. Un mouvement aperçu du coin de l'œil le poussa à se retourner. Il surprit la créature alors qu'elle lui tombait dessus, lames en avant. Il bloqua l'attaque avec son épée, poussant sur celle-ci à l'aide de sa télékinésie pour compenser la violence de l'assaut de la Faucheuse. Puis, d'un geste du poignet, il dévia l'attaque. Déséquilibrée, Destiny roula au sol et disparut dans l'ombre en un bond tandis que Loki tentait, sans succès, de la suivre avec l'une de ses veilleuses incandescentes.

Un lourd silence s'installa à nouveau, troublé quelques instants plus tard par un bras mécanique qui fit irruption dans la pièce pour se saisir d'un conteneur dans une allée voisine avant de repartir. L'écho de cette incursion résonnait encore lorsque la créature réapparut. Elle se précipita sur Loki toutes lames dehors. Ce dernier dévia l'attaque à l'aide de son épée et pivota habilement sur ses appuis, passant derrière son adversaire. Dans le même mouvement, il fit décrire à sa lame une trajectoire circulaire dans le but de frapper Destiny dans le dos, mais celle-ci s'était déjà repliée hors de sa vue.

Enri, la mâchoire serrée, tentait de garder son calme et d'analyser la situation. La créature rivalisait avec lui en vitesse, il n'était donc pas étonnant que personne n'ait réussi à la stopper. Mais, à chacune de ses attaques, il parvenait à se créer de nouvelles ouvertures et très bientôt son coéquipier mettrait en marche le plan qui leur permettrait de prendre l'avantage.

Surgissant de nulle part, Destiny fondit sur Loki depuis les airs. Enri se jeta à terre et roula sur le côté, sous la Faucheuse. Au milieu de son geste, il poussa contre le sol avec ses bras pour se projeter en l'air et s'aida de sa télékinésie pour se rattraper sur ses pieds dans un mouvement précis et gracieux. Il vit la créature atterrir à l'emplacement qu'il venait de quitter. Cette dernière se retourna et le fixa droit dans les yeux.

Cette fois, elle semblait avoir abandonné l'idée d'user de l'effet de surprise. Elle hurla de frustration et fonça sur Loki. Elle enchaîna plusieurs coups de pied circulaires sur la droite et la gauche, poussant le capitaine aux limites de son potentiel actif de vitesse, l'obligeant tantôt à esquiver les frappes, tantôt à les bloquer avec son arme.

Pendant l'une des parades effectuées par l'officier du GUT, celui-ci recula d'un pas, forçant la créature à s'avancer vers lui. Destiny trébucha en avant lorsque sa patte entra en collision avec l'ancre de pierre que Loki fit émerger du sol. L'espace d'un instant, la Faucheuse se retrouva à genoux devant lui. Il arma alors une frappe verticale qu'il appuya de toute sa puissance télékinésique. Son adversaire roula sur le côté, juste à temps pour l'esquiver, et un bruit sourd perturba le silence momentané des lieux lorsque la lame défonça le béton armé à l'endroit où la monstruosité se trouvait un battement de cœur plus tôt.

Un hurlement aigu retentit dans le dos d'Enri. Sans prendre le temps de regarder en arrière, il se projeta en avant tout en se retournant dans les airs à l'aide de sa télékinésie. Malgré sa manœuvre, la créature l'avait rejoint la seconde suivant son atterrissage, ne lui laissant pas le temps de souffler. Elle multiplia les attaques, frappant rapidement et avec précision en direction des points vitaux de son adversaire, mais le capitaine de l'équipe Alpha suivait le rythme qui lui était imposé.

La Faucheuse changea soudainement de stratégie et, dans un même mouvement, abattit avec force ses deux avant-bras acérés sur Loki. Ce dernier saisit la lame de son épée avec sa main gauche et leva son arme au-dessus de sa tête pour bloquer l'attaque à deux mains, aidé par sa télékinésie. Aucun des deux antagonistes ne parvint à prendre le dessus lors du rapport de force qui s'ensuivit. Alors qu'Enri réfléchissait à un moyen de briser le statu quo à son avantage, il remarqua une posture particulière de la créature et reconnut le mouvement qui allait suivre. Les pattes arrières de la Faucheuse décollèrent du sol et elle arma un double couple pied sauté identique à celui que Loki avait encaissé quelques jours plus tôt. En plein milieu de son mouvement, Destiny fut immobilisée en vol par quatre massives étreintes de pierre jaillissant du sol. Les tentacules telluriques amenèrent la monstruosité en leur centre avant qu'elle ne puisse réagir et commencèrent à s'enrouler autour d'elle. Enveloppée par les lianes de pierre, la créature hurla.

Bien joué, Mastoc ! pensa Loki.

Le capitaine de l'équipe Alpha visa la tête de la Faucheuse avec son épée, mais, écartant d'un coup sec ses bras et ses jambes, elle brisa sa prison minérale et roula sur le côté pour esquiver la frappe de justesse. La créature immonde recouverte de plaques de protection noires luisantes sauta en arrière et pencha la tête sur le côté en levant ses yeux vers le sommet des conteneurs au milieu desquels le combat prenait place. Elle para une attaque latérale de Loki, bondit vers le haut et grimpa à une vitesse effarante sur le côté des caisses métalliques en direction de là où Mastoc devait être positionné.

Merde, comment elle a pu le repérer ? se demanda Loki.

Il se propulsa à la suite de la bête et entendit Mastoc jurer dans son communicateur. Enri parvint à la rattraper au sommet de l'empilement de caisses : aucune trace de Ronald, ce dernier avait réussi à filer. La créature semblait chercher quelque chose dans les environs et donnait l'impression de humer l'air alentour. Le capitaine de l'équipe Alpha profita de cet instant d'inattention pour se précipiter vers elle, frappant de taille en visant le cou de sa cible avec son épée. Destiny ne réagit pratiquement pas à l'attaque, se redressant de quelques centimètres, de façon presque imperceptible, et laissa la lame s'enfoncer partiellement dans l'une des plaques de son épaule. Puis, sans permettre à Loki de réagir, elle se saisit de l'arme avec ses deux mains et, d'un mouvement rapide, attrapa la lame entre ses mâchoires et la brisa d'un seul coup en plusieurs fragments inégaux.

Ébranlé par la destruction de son épée ancestrale, Loki recula de deux pas et laissa la poignée de son arme s'échapper de sa main. La chute des morceaux d'acier sur le toit du conteneur métallique résonna dans les oreilles d'Enri, le ramenant par là même au moment présent. Face à lui, Destiny venait de retirer l'éclat de métal qui s'était fiché dans sa carapace. Elle tourna son regard en direction d'Enri et lui fonça dessus.

Désarmé, le capitaine de l'équipe Alpha se prépara à esquiver et, d'un bond appuyé par sa télékinésie, passa par-dessus la créature qui se jetait sur lui. En vol, il fit jaillir de ses mains deux boules de feu bleutées. Tandis que celles-ci s'écrasaient sur son ennemi en crépitant, il aperçut du coin de l'œil une ombre venant de la rangée voisine franchir le gouffre qui les séparait à une vitesse surprenante. Tout en retrouvant le chemin du sol un peu plus loin, Loki vit la silhouette s'épaissir, déchirant les frusques dont elle était vêtue alors que Destiny hurlait de douleur en reculant après avoir encaissé l'attaque pyrokinésique. Dans son tourment, elle tourna brusquement la tête sur sa gauche, juste à temps pour voir Mastoc atterrir en face d'elle et lui décrocher un direct du droit d'une violence inouïe en plein dans la mâchoire. La Faucheuse, surprise par l'attaque, fut percutée de plein fouet et projetée dans une rangée de caisses métalliques à une dizaine de mètres de là.

Ronald se retourna vers son capitaine et lui adressa un hochement de tête entendu. Sa combinaison thermo-isolante était en lambeaux, il allait falloir espérer que l'effet de surprise qu'elle leur avait octroyé serait suffisant et que la frappe du colosse avait été assez puissante pour sonner leur adversaire. Immédiatement, Loki les fit léviter jusqu'à l'amas de conteneurs renversés par l'impact de la créature. En suspension au-dessus du chaos provoqué par la collision, les deux agents du GUT étaient à l'affût du moindre mouvement pouvant leur indiquer où se trouvait leur proie.

Un crissement métallique retentit dans leur dos. Ils se retournèrent comme un seul homme, prêts à se battre, mais ne virent qu'un bras mécanique qui se dirigeait vers le fond de la salle à toute vitesse. Un mouvement rapide dans son champ de vision périphérique alerta Loki. Instinctivement, il manœuvra pour les pousser, lui et son collègue, hors du chemin du lourd projectile qui fonçait dans leur direction.

En représailles, Enri lança une énorme boule de feu vers l'origine du tir, suite à quoi il vit une ombre s'écarter de la zone d'impact. Il s'élança derrière elle, lévitant toujours dans les airs avec Mastoc à l'aide de sa télékinésie améliorée, mais, éreinté par cette utilisation prolongée de son potentiel actif, il dut se résoudre à les poser rapidement afin de continuer la poursuite de leur cible à pied.

Ils arrivèrent au milieu de la grande salle, au-dessous des rails directeurs des bras mécaniques, et aperçurent la créature qui les attendait quelques mètres plus loin. Elle avait éventré une caisse et tenait un énorme bout de tôle dans chacune de ses deux pattes avant. Loki propulsa une boule de feu sur elle, suivie d'une deuxième et d'une troisième, mais chacune d'elles s'écrasa contre l'un des boucliers de fortune dont le métal rougissant crépitait à chaque impact.

La nouvelle stratégie défensive de leur adversaire surprit le capitaine de l'équipe Alpha. La frappe dévastatrice de son coéquipier était certainement à l'origine de ce revirement. De plus, l'utilisation intensive des pouvoirs améliorés d'Enri portait ses fruits et poussait la créature dans ses retranchements. Malheureusement, la puissance amplifiée qu'il déployait l'épuisait et, déjà, il sentait ses forces s'amenuiser. Il ne pourrait pas tenir ce rythme bien longtemps et allait devoir en finir rapidement.

Mastoc s'était placé derrière lui. Maintenant qu'il était découvert, il avait pour ordre de ne pas s'exposer, sauf si une occasion de faire la différence se présentait. Loki lança une volée de boules de feu supplémentaire sur sa cible, essayant de lui faire lâcher ses morceaux de tôle. Les sphères bleutées s'écrasèrent une fois de plus sur les défenses improvisées de son adversaire qui commençaient à se déformer sous les assauts répétés du capitaine de l'équipe Alpha. D'un geste vif, la créature s'en débarrassa en les envoyant dans leur direction. Alors qu'Enri s'apprêtait à les dévier à l'aide de sa télékinésie, un mur de pierre se dressa entre eux et intercepta les projectiles ardents. Avant de redevenir poussière sous l'impulsion de Mastoc, l'ouvrage de géomancie occulta Destiny assez longtemps pour qu'ils la perdent de vue. Loki jura :

— Et merde !

— Désolé, chef, j'ai agi par réflexe…

— Dos à dos, elle va revenir, le coupa Loki.

Mastoc obéit immédiatement à l'ordre de son capitaine et se plaça derrière lui. Ils tournaient sur eux-mêmes à la recherche de Destiny dans un silence uniquement dérangé par le bruit de leurs pas. Le vacarme assourdissant d'un bras mécanique se rapprocha soudainement. Se trouvant au milieu du passage de ce dernier, les agents de l'équipe Alpha esquivèrent l'énorme automate en se jetant chacun d'un côté de celui-ci. Loki se redressa et aperçut son collègue effectuer une roulade juste avant que la créature ne lui tombe dessus. Ronald évita adroitement le premier coup qu'elle lui portait et para une deuxième attaque à l'aide d'un bouclier de pierre formé à la va-vite autour de son bras. Ce dernier éclata sous le choc, projetant Mastoc au sol quelques mètres plus loin. Loki fut pris de sueurs froides en voyant son coéquipier en difficulté face à Destiny, il ne pouvait pas se permettre d'échouer à nouveau. Rugissant, il matérialisa un dôme de pierre autour de son ami et forma, à partir des minéraux alentour, une dizaine de pointes qu'il propulsa sur la créature. La Faucheuse recula de quelques pas en encaissant l'attaque tandis que Loki transpirait à grosses gouttes et commençait à puiser dangereusement dans ses réserves. Mastoc profita de ce répit pour créer une ouverture dans sa protection et rejoindre son capitaine.

La cage thoracique inhumaine de Destiny se soulevait de façon anarchique au rythme de ses respirations saccadées et ses membres inférieurs tremblaient suite à ses efforts répétés. Ces signes de fatigue redonnèrent espoir au capitaine de l'équipe Alpha.

Le bras mécanique fila dans l'autre sens, chargé d'un massif conteneur de métal. Loki et Mastoc reculèrent pour laisser l'engin passer devant eux. Les vibrations provoquées par son passage firent trembler le sol tandis qu'un bruit assourdissant se diffusait dans l'entrepôt. L'espace d'un instant, Enri perdit de vue la créature, mais une silhouette captée du coin de l'œil attira son attention. Cette dernière avait sauté sur l'imposant objet métallique en mouvement pour s'en servir comme tremplin et leur arrivait dessus par les airs.

Les deux équipiers roulèrent chacun d'un côté et Destiny se jeta une fois encore sur Mastoc, mettant à mal celui-ci et le forçant à sauter en arrière pour esquiver ses attaques. Enri se rapprocha au plus vite et fit apparaître un mur de feu entre eux. Surprise, la créature eut un mouvement de recul et dut interrompre son assaut. Le pyrokinésiste déplaça ensuite le mur de feu qui déferla sur son ennemi. Destiny hurla lorsque la vague ardente l'enveloppa.

L'instant d'après, celle-ci surgissait des flammes en sautant sur Loki. In extremis, il se jeta sur le côté et utilisa sa télékinésie pour prendre de la hauteur. De son point de vue, il pouvait apercevoir Mastoc et la créature éloignés l'un de l'autre d'une cinquantaine de mètres. Il essaya d'anticiper une attaque sur son coéquipier, mais, à sa surprise, il vit la bête s'arrêter, secouer la tête et tourner les talons. Sans vraiment comprendre, et s'attendant à tout moment à un piège, il s'élança à sa poursuite. Il atterrit au sol quelques mètres derrière elle et activa son potentiel actif de vitesse pour la pourchasser. Il était épuisé, mais voulait à tout prix mettre un terme à la menace que faisait planer Destiny sur la population d'Antar.

Loki repoussa une fois encore ses limites, exténué, espérant que la fuite de leur adversaire était un signe de faiblesse et non une ruse. Il la pourchassa dans les couloirs jusqu'au puits qui se trouvait au centre du bâtiment et fut surpris de la voir plonger et disparaître à l'intérieur. Il sauta à sa suite et utilisa sa télékinésie pour se stabiliser pendant la descente. Durant sa chute, il réalisa qu'il avait laissé Mastoc derrière lui.

Au final, j'étais plus efficace sans lui, à partir du moment où il s'est révélé, j'ai passé mon temps à le protéger… pensa-t-il.

Le puits descendait bien plus profondément que le rez-de-chaussée, plusieurs niveaux souterrains semblaient se succéder. Un bras mécanique remonta le long de l'un des rails centraux. Il tenta d'utiliser sa télékinésie pour s'écarter, mais se rendit compte trop tard qu'il se trouvait à bout de forces. Heurté de plein fouet par l'obstacle, sa chute libre se transforma en vrille incontrôlée. Lorsqu'il réalisa que la collision avec le sol était imminente, il puisa dans ses ultimes réserves et utilisa la dernière fibre d'énergie qu'il lui restait pour amortir l'impact. Il heurta violemment le fond tandis qu'un bruit d'os brisé répugnant résonnait dans l'obscurité. Une vive douleur aux jambes le saisit et il jura dans sa barbe. Autour de lui, il n'y avait aucune trace de l'arme Destiny.

Heureusement qu'elle n'est pas là pour me cueillir, pensa-t-il, dépité.

Une heure plus tard, avec l'aide de Mastoc qui l'avait rejoint, il sortit du bâtiment. Blessé et vaincu, il accueillit avec bonheur la pluie fine qui tombait. Dans le ciel autour d'eux, il pouvait voir l'escadron de Vigilants qui planait en vol stationnaire. Il ne parvenait pas à distinguer leurs visages à cette distance, mais il pouvait ressentir le poids de leurs regards et de leurs jugements. Une ambulance arriva, dans laquelle Mastoc et lui montèrent. La prochaine fois serait la bonne. Il en était sûr.

« Il y a trois façons d'appréhender les horreurs qui nous hantent.
Les comprendre […] »
Philosophe Antarien, Gregor Sephrian, citation en trois parties.

Chapitre XXX - Vengeance

Jour 98 an 246 : 18h00

Dans l'une des nombreuses salles polyvalentes du Secteur 2, une assemblée d'Antariens de basse extraction buvait les paroles de celui que tout le monde connaissait maintenant comme « Le Prophète ». Au milieu de l'auditoire, Craig observait avec une incrédulité mêlée de curiosité l'illuminé qui s'exprimait sur la scène et les gens qui étaient exhortés par le discours de ce dernier.

L'ex-policier ne pouvait s'empêcher de se demander si le jeune homme qui haranguait la foule avait fait le rapprochement entre la Faucheuse et le Projet Destiny ou s'il ne parlait vraiment que de l'ancienne divinité dont le programme militaire avait tiré son nom.

S'il savait à quel point il est proche de quelque chose… se dit Craig pendant qu'il observait tout autour de lui.

Néanmoins, l'ancien père de famille n'était pas là pour écouter un sermon, encore moins un sermon justifiant les terribles massacres perpétrés par la Faucheuse ; il recherchait un moyen de retrouver la créature.

Dans la matinée, Shadow avait enfin pu reprendre contact avec l'un de ses informateurs au GUT qui lui avait annoncé que l'organisme de maintien de l'ordre avait trouvé une méthode statistique permettant d'anticiper les apparitions de la Faucheuse. Malheureusement, leur conversation avait été coupée et ce dernier avait ensuite disparu de la circulation. Shadow avait dû utiliser une grande partie de ses ressources pour comprendre qu'il avait été enlevé par des agents de cette secte.

Craig se déplaçait au milieu du public, son regard parcourant la salle à la recherche d'un visage que pourrait imiter le parrain de la pègre déchu pour leur permettre d'entrer dans les parties sécurisées de la zone. À ses côtés, Shadow et Doug faisaient de même. Au coin de la salle, l'ex-policier avisa une porte gardée par un homme à la mine patibulaire qui bâillait d'ennui en surveillant la foule.

Il n'a pas l'air d'avoir assez de responsabilités, pensa l'ancien inspecteur.

Puis, bousculant involontairement l'un des fidèles de ce nouveau culte, il remarqua dans l'ombre, au fond de la scène, un individu qui semblait veiller avec ardeur sur le soi-disant prophète. Craig se retourna et adressa un signe discret à Shadow qui comprit immédiatement. Ils progressèrent alors tous les trois vers la scène, jouant des coudes pour avancer parmi les zélotes qui ne laissaient leur place qu'avec réticence. Une fois à distance raisonnable de leur cible, Shadow fit signe à ses deux comparses d'arrêter leur avancée. Craig vit le vieillard fixer l'homme dans l'ombre dont le nez aquilin et le regard noir étaient maintenant perceptibles. Plus d'une minute s'écoula avant que le criminel qui l'accompagnait ne fasse signe à l'ex-policier et au Vigilant habillé en civil de le suivre.

Ils se dirigèrent ensemble vers l'entrée par laquelle ils étaient arrivés plus tôt et remontèrent le couloir jusqu'à atteindre une porte devant laquelle un vigile était posté. Ce dernier parut surpris en les apercevant et demanda :

— Monsieur Heims ? Que se passe-t-il ? Vous êtes supposé protéger notre prophète…

— C'est bien pour ça que je suis ici, ces deux personnes sont des informateurs que je dois interroger au plus vite afin d'identifier une menace potentiellement imminente, répondit Shadow d'un ton autoritaire.

Le garde afficha un air incrédule, mais Shadow ne lui laissa pas le loisir de réfléchir et se dirigea vers la porte dont il attrapa la poignée. Le jeune homme s'écarta vivement et Craig, Shadow et Doug purent pénétrer dans les locaux privés du culte de Destiny. Les trois intrus parcoururent avec hâte les couloirs, sachant que leur ruse ne pourrait pas fonctionner très longtemps. Ils visitèrent chaque pièce à la recherche de l'informateur kidnappé par la secte et finirent par entrer dans une salle munie d'une grande table qui croulait sous plusieurs piles de dossiers ainsi que d'un bureau sur lequel un ordinateur était installé. Instinctivement, Craig se dirigea vers les documents papier. Il consulta de nombreuses pages remplies de charabias incompréhensibles avant de tomber sur des plans de mécanismes électroniques dont il n'arrivait pas à déterminer l'usage.

Qu'est-ce qu'ils essaient de construire ? Une bombe ? se questionna-t-il.

Mais cela ne ressemblait à rien de ce qu'il avait pu étudier durant l'une des informations sur le déminage à laquelle il avait dû assister lors de son ancienne vie.

L'ex-inspecteur continua de fouiller les dossiers et demanda distraitement à ses partenaires :

— Je ne trouve rien de bien extraordinaire. Victor, vous avez trouvé quelque chose sur l'ordinateur ?

— Monsieur Frazière vient à peine de me trouver un clavier à brancher dessus. Ce doit être l'ordinateur d'un technopathe, ou d'un maniaque de la sécurité…

— J'ai trouvé le clavier dans les cartons qui se trouvent là, avec un tas de matériel de communication usagé, précisa le Vigilant.

Si Doug savait qui est vraiment Victor… pensa Craig.

Lorsqu'il avait persuadé le Vigilant de prendre un jour de congé pour les aider et qu'il lui avait exposé leur but, il avait volontairement omis de mentionner la véritable identité de Shadow ainsi que la nature de la créature. Il ne pensait pas que le jeune homme était prêt à accepter les vérités qui accompagnaient ces révélations.

Craig laissa les dossiers sur la table et se dirigea vers l'ordinateur. Il se pencha par-dessus l'épaule de Shadow qui avait sorti un périphérique de sa poche et le connectait sur la façade de l'unité centrale. Une seconde plus tard, l'écran exigeant un mot de passe vacilla et laissa sa place à une invite de commande ainsi qu'à une liste de dossiers. Le vieil homme connaissait son domaine et naviguait dans l'ordinateur de façon habile. Encore déconcerté par la facilité de son coéquipier à pénétrer le système, Craig lui demanda :

— Comment vous avez fait pour passer la sécurité ?

— J'ai un appareil qui me permet de pénétrer certains systèmes d'exploitation s'ils ne sont pas à jour, petit cadeau d'un… ami… technopathe.

— Vous pensez pouvoir trouver quelque chose ? La localisation de votre informateur ?

Shadow tourna la tête vers Craig et lui répondit :

— J'admire votre optimisme, mais à mon avis Vectress est morte et incinérée depuis un moment. J'espère juste que les informations qu'ils lui ont fait cracher sont consignées quelque part…

Le criminel laissa sa phrase en suspens tout en reprenant ses recherches. De son côté, Doug observait discrètement le couloir par lequel ils étaient arrivés plus tôt. Craig se dirigea à nouveau vers les dossiers papier et continua à fouiller ces derniers sans conviction. Sur plusieurs schémas qui avaient l'air récents, une grande antenne était dessinée, encadrée par de nombreux hiéroglyphes indéchiffrables. Dans le même dossier, ce schéma revenait plusieurs fois, et de plus en plus de textes compréhensibles l'annotaient, décrivant un module de communication longue portée. Craig se rappela alors la conversation avec Alan Ruting, l'ingénieur, à propos des moyens de communiquer avec la créature et se demanda si cette secte ne devrait pas être prise plus au sérieux.

Il hésita à se débarrasser de ces documents, mais réalisa que leur disparition pointerait trop rapidement vers une intrusion. Il s'assura donc que ces derniers ne contenaient pas d'autres informations importantes et entreprit de les ranger tel qu'il les avait trouvés. Pendant qu'il remettait tout en place méthodiquement, il entendit Shadow déclarer :

— C'est bon, j'ai l'info, je sais où doit se produire la prochaine attaque.

— Et comment on la trouve avant qu'elle n'ait lieu ? demanda Craig.

— De ce que j'ai pu comprendre, la créature se déplace grâce aux anciens tunnels de terraformation d'Antar. Par chance, j'ai passé les vingt dernières années à les utiliser pour…

Le vieil homme ne termina pas sa phrase, se rappelant probablement que Doug ne connaissait pas sa véritable identité.

— Bref, si on ne veut pas tomber sur la créature en même temps que le GUT, je vais devoir modéliser une trajectoire d'interception, reprit le criminel recherché.

Shadow paraissait trente ans de moins lorsqu'il s'attelait à résoudre des problèmes concernant Destiny. Toute son énergie semblait concentrée sur cette tâche, comme si rien d'autre n'importait. Il se saisit d'un bloc-note posé sur le bureau et commença à y griffonner des plans et des lignes, parsemant la feuille de papier de croix et d'instructions, mais il dut s'interrompre, alerté par Doug d'un danger imminent :

— Quelqu'un arrive, c'est le moment de partir.

— Ok, répondit Shadow en arrachant à la hâte la page sur laquelle il avait inscrit ses instructions.

Craig déverrouilla la fenêtre et l'ouvrit. Il enjamba le mur d'appui afin de se retrouver dans la rue, très vite suivi par ses deux comparses.

Tous trois marchèrent à vive allure vers l'allée principale. Pendant leur route, Shadow transmit à Craig autant d'informations que possible concernant l'emplacement de la bouche d'égout qu'il devait trouver dans un premier temps et le moyen de repérer le puits d'aération menant aux tunnels oubliés. Au milieu de ses consignes, il le mit également en garde sur le fait que son communicateur avait très peu de chances de fonctionner une fois qu'il serait descendu sous les égouts.

Après avoir rejoint l'artère principale, ils se séparèrent et se dirigèrent vers leurs véhicules respectifs. Tandis qu'il prenait place sur le siège conducteur, Craig vit Doug et Shadow monter ensemble dans la voiture du criminel et partir en direction d'un local utilisé par le vieil homme, plus au sud.

L'ancien inspecteur attendit un instant avant de mettre le contact. Sa main droite fut parcourue d'un spasme tandis qu'il réalisait que le moment était venu. Un souvenir de sa femme et sa fille ce jour-là remonta à la surface et il fut pris de nausée. Il se força à prendre de grandes inspirations, posant ses deux mains à plat sur le volant. Il secoua la tête et démarra l'engin. Il vérifia son angle mort et engagea son véhicule dans la direction opposée à celle qu'avaient prise ses camarades, vers le nord, vers Destiny.

Si les calculs de Shadow se révélaient exacts, la créature devrait passer par un des anciens tunnels modelés à l'époque de la création du continent et depuis longtemps oubliés par tous les Antariens, à quelques exceptions près. Comme Shadow avait utilisé ces derniers pour ses exactions diverses pendant les vingt dernières années, il les connaissait parfaitement et avait pu déduire une trajectoire probable pour la Faucheuse. Ainsi, Craig pourrait affronter Destiny, et la désactiver, à distance suffisante pour ne pas être gêné par l'armée, la police ou le GUT et ne pas mettre inutilement leurs vies en danger.

Pendant les jours qui avaient suivi la récupération de l'appareil d'Alan, Craig et Shadow avaient évoqué la possibilité de le donner à la police, à quelqu'un de confiance, mais l'ancien inspecteur et le vieux criminel ne connaissaient que trop bien le fonctionnement de l'administration. Si un appareil intégrant des codes militaires réapparaissait, il serait immédiatement confisqué par l'armée qui en profiterait pour reprendre le contrôle de Destiny. Les militaires pourraient ainsi utiliser à nouveau cette monstruosité comme une arme sans aucun état d'âme. La machine de guerre parfaite, entre les mains de personnes sans scrupules, ils ne pouvaient pas permettre cela.

Presque arrivé à destination après avoir laissé ses pensées dériver durant les quarante minutes de route, Craig reprit ses esprits et commença à chercher l'endroit indiqué plus tôt par Shadow.

L'ancien inspecteur tournait dans le quartier depuis un long moment lorsqu'il remarqua, à quelques voitures derrière lui, dans la circulation dense, un véhicule qui lui semblait familier. Faisant confiance à son instinct, il prit une route moins directe pour arriver à sa destination et valider son sentiment. Après quelques détours, l'évidence s'imposait, il était bel et bien suivi.

Merde, depuis quand ? Qui c'est ? pensa-t-il.

Il regarda l'heure sur son communicateur au poignet : 19h35.

S'il souhaitait coincer la créature avant qu'elle ne surgisse en pleine rue, il n'avait pas le temps de semer ses poursuivants. De toute façon, il doutait que qui que ce soit aurait voulu le suivre là où il se dirigeait.

C'est cette rue ! se dit-il avant d'enfoncer la pédale de frein, s'arrêtant à l'angle de celle-ci.

Craig coupa le contact, se saisit du sac sur le siège passager et sortit en trombe de la voiture. Entendant des portières claquer derrière lui, il jeta un coup d'œil en arrière et remarqua un groupe d'hommes s'élancer à sa poursuite.

Tout en courant vers la bouche d'égout qui se trouvait dans la ruelle sombre au coin de laquelle il venait de laisser son véhicule, il envoya un message texte à Doug : « Suis suivi. Besoin d'aide au point d'entrée ».

J'espère qu'il va pouvoir arriver à temps… Enfin, si je sors vivant de ma rencontre, pensa l'ancien inspecteur.

À quelques pas de l'entrée, l'ex-policier ouvrit son sac et en sortit un pied de biche qu'il utilisa pour soulever et faire glisser la lourde plaque en fonte. Une fois la bouche d'égout entrouverte, il sauta à travers celle-ci sans regarder derrière lui. Ralentissant instinctivement sa chute à l'aide de son potentiel actif, il se réceptionna malgré tout de façon abrupte à cause du manque de visibilité. Sans se laisser incommoder par l'odeur nauséabonde, il fouilla dans le sac en hâte et en retira une lampe torche qu'il alluma immédiatement et s'en servit pour progresser dans le dédale, dans ce qu'il espérait être la direction que Shadow lui avait indiquée.

Les instructions que Craig avait reçues n'étaient pas d'une clarté limpide, mais, l'urgence aidant, il finit par repérer le premier signe, une grille d'évacuation. Il sortit de son sac une énorme pince coupante qu'il utilisa pour desceller la grille et se glisser de l'autre côté.

Marchant dans les longs tunnels malodorants, une main posée sur la paroi pour déceler un changement de texture, il repensa aux précédentes discussions qu'il avait eues avec Shadow. Ce dernier avait tenté de lui prodiguer des conseils sur la marche à suivre en cas de réussite de leur projet. Pour le vieil homme, Craig devait absolument éliminer Destiny et détruire ses restes afin que l'armée ne puisse rien en récupérer. C'est d'ailleurs à cet effet que Shadow avait poussé l'ex-policier à prendre dans son sac d'équipement un petit engin explosif télécommandé surpuissant. L'ancien inspecteur, également ancien père de famille, comprenait l'extrémisme de Shadow. Après tout, presque toute la vie du vieillard avait été rythmée par son désir de vengeance.

Craig continuait sa route, bifurquant, comme prévu, après un changement de texture des parois et trouva, là où le vieillard le lui avait indiqué, un passage étroit qui s'enfonçait dans les profondeurs sous les égouts.

Il plaça sa lampe dans sa bouche et rampa le long du conduit qui semblait descendre jusque dans les entrailles d'Antar. Après un temps qui lui parut durer une éternité, il atterrit enfin dans un long tunnel. L'ancien inspecteur se redressa et utilisa sa torche électrique pour éclairer autour de lui. La lumière émise par cette dernière se refléta sur toutes les parois du souterrain, révélant une étrange roche noire polie. Il gratta le mur et chercha dans ses souvenirs ce qu'il avait pu apprendre sur la terraformation de leur continent et se rappela avoir vu, dans son ancienne vie, une statue antique faite d'un matériau similaire.

De l'obsidienne, pensa-t-il.

Passé l'émerveillement de pouvoir contempler un tel héritage de l'Histoire antarienne, Craig se força à retrouver sa concentration. Pour atteindre la surface, l'arme Destiny avait de grandes chances de passer dans ce tunnel et, si Shadow avait vu juste, cela pouvait arriver d'une minute à l'autre. L'ex-policier était incapable de déterminer s'il espérait que les projections du vieil homme se révèlent justes ou fausses. Nerveux, il commença ses préparatifs. Il activa la lumière de son communicateur et disposa au sol de façon stratégique plusieurs lampes afin d'éclairer au mieux la galerie. Une fois cette tâche terminée, il dégaina son arme et accrocha le dispositif de mise à jour de Destiny à sa ceinture.

Craig attendit de longues minutes dans la pénombre oppressante et le silence assourdissant des lieux. Ses pensées s'assombrirent à la prise de conscience soudaine de ses maigres chances de réussite tandis qu'il réalisait avec angoisse l'énormité de la situation : il allait devoir affronter Destiny en duel. Là où l'armée, le GUT et ses collègues de la police avaient échoué malgré toutes leurs ressources, il allait devoir réussir, seul. Puis, il se rendit compte que, même s'il n'arrivait à retenir la créature que quelques minutes, cela permettrait probablement de sauver un nombre important de vies antariennes. Cette pensée l'apaisa.

Il assura une énième fois sa prise sur son arme et plissa ses yeux pour essayer de percer l'obscurité environnante. Un sifflement discret résonna dans le tunnel. Le rythme cardiaque de l'ancien inspecteur de police du onzième Secteur s'emballa. Le sifflement se transforma en cliquetis. Craig alluma l'appareil à sa ceinture et le voyant rouge se mit à clignoter. Il arma son revolver et le pointa vers l'origine du tumulte. Avant même que l'information ne lui parvienne au cerveau, ses réflexes d'ex-policier s'activèrent : il planta ses pieds dans le sol et ouvrit le feu sur la forme indistincte qui se précipitait dans sa direction. Un premier coup de feu détona dans l'espace confiné, rapidement suivi d'un deuxième puis d'un troisième. Aucun ne fit mouche. L'odeur de plomb et de carbone brûlé emplit les narines de l'ancien inspecteur, remplaçant temporairement les relents d'égouts. Réalisant trop tard la vitesse phénoménale à laquelle se déplaçait son opposant, il se jeta sur le côté tout en diminuant la gravité exercée sur son corps. Malgré la rapidité de réaction de Craig, la créature le percuta en plein vol et l'envoya heurter violemment l'une des parois du tunnel. Il roula bruyamment au sol et, l'esprit encore désorienté par sa chute et le souffle coupé suite à l'impact, entreprit de riposter en utilisant ses deux dernières cartouches sur le monstre qui s'était laissé emporter par son élan.

Craig fut satisfait d'entendre son ultime munition toucher au but. Même si celle-ci avait ricoché sur l'une des épaisses plaques d'armure de la Faucheuse, cela laissa penser à l'ancien inspecteur qu'elle n'était pas infaillible et qu'il avait peut-être une chance. La créature se retourna alors vers lui, paraissant surprise de le trouver encore en vie.

Destiny, bien plus terrifiante dans la quasi-obscurité des lieux, sembla jauger Craig, humant l'air prudemment tout en se déplaçant sur la largeur du couloir en face de lui. L'ex-policier jeta un rapide coup d'œil à sa ceinture pour s'assurer de la présence de l'appareil de Ruting et constata que la lumière rouge était devenue fixe.

Ça fonctionne ! Le bidule est en marche et ma peau blindée résiste à ses attaques, je peux le faire ! pensa Craig, optimiste.

Cependant, cet enthousiasme fut vite refroidi. Durant le quart de seconde pendant lequel l'ex-policier avait baissé le regard vers sa hanche, la créature s'était mise en mouvement, profitant de son inattention pour passer à l'offensive. Craig n'avait jamais vu un être vivant se déplacer à une telle vitesse. Destiny parcourut les quelques mètres qui les séparaient en moins d'une demi-seconde et visa la tête de son adversaire. Dans une tentative désespérée pour se protéger, Craig croisa les bras devant son visage et multiplia par deux la gravité exercée sur son corps. Malgré cela, la brutalité de l'attaque le projeta au sol, provoquant par là même une douleur difficilement supportable là où ses avant-bras avaient encaissé le choc. Il ne put s'empêcher de lâcher un cri de douleur tandis qu'il tombait à la renverse, ses bras tétanisés suite à l'impact. Par réflexe, il inversa la gravité sur son corps pour tomber vers le plafond et éviter d'être coincé par la créature qui bondissait déjà sur lui. Destiny, n'ayant pas anticipé cette manœuvre, abattit ses lames sur le sol d'obsidienne, provoquant un tintement étrange qui résonna dans tout le tunnel.

L'ex-policier, le dos plaqué au plafond, vérifia une fois encore l'appareil à sa ceinture dont la diode était toujours rouge, il fallait qu'il continue de gagner du temps. Avant que la créature ne relève la tête, Craig manipula à nouveau la gravité sur son corps dans le but de retomber brutalement sur elle. Alors que l'ancien policier amorçait sa descente, l'arme Destiny se redressa à une vitesse effarante et pointa ses lames vers le haut, menaçant d'empaler l'ancien inspecteur. Ce dernier ferma les yeux et se concentra en urgence sur son don pour tenter à tout prix d'éviter le pire. Malgré ses efforts, les extrémités acérées de la créature l'atteignirent à l'abdomen, déchirant ses vêtements et lui provoquant une douleur horrible qui résultat en un réflexe de régurgitation. Craig bascula sur le côté et se réceptionna rudement sur le sol. Il porta sa main à son ventre et fut agréablement surpris de n'y trouver aucune plaie ouverte.

Ses pensées étaient tellement encombrées par la douleur qu'il n'arrivait plus à manifester son potentiel actif gravitationnel. La demi-seconde qu'il passa à gémir à quatre pattes sur le sol froid des souterrains parut s'étirer à l'infini.

Tout va bien, se rassura-t-il, *elle ne peut pas me blesser gravement et je ne peux pas me fatiguer…*

Il se redressa juste à temps pour voir l'une des lames de la Faucheuse filer tout droit vers son visage. Craig tourna rapidement la tête et encaissa un violent coup à la mâchoire tout en réalisant que la créature avait délibérément visé sa bouche. Il utilisa l'élan pour s'éloigner un peu plus de son adversaire et secoua sa tête, clarifiant ses esprits pour reprendre le contrôle de ses pouvoirs. Destiny ne lui laissa pas le temps de se mettre en garde. Fonçant sur lui toutes lames dehors, elle l'attaqua à nouveau au niveau du visage. L'ancien inspecteur se jeta au sol juste à temps pour esquiver l'assaut.

Putain, elle a visé mes yeux ! D'abord ma bouche et maintenant mes yeux ! Elle a compris comment me tuer, paniqua Craig intérieurement. *Je dois me coller à elle pour qu'elle ne puisse plus viser.*

Il recula de quelques pas, puis, tout en annulant la gravité sur lui, il sauta vers le mur à sa droite pour y prendre appui et passa derrière la créature dans le but de la ceinturer, mais celle-ci, trop rapide, se retourna et se jeta à nouveau sur sa proie. Destiny réussit à renverser l'ex-policier au sol et commença à faire pleuvoir les coups sur lui. L'ancien inspecteur se protégeait comme il pouvait. Bougeant la tête pour empêcher la Faucheuse d'atteindre ses points faibles et les couvrant de ses bras, il se roula en boule alors qu'elle s'acharnait sauvagement sur lui. Des larmes de douleur coulaient sur ses joues ; la souffrance était proche de le rendre fou.

Craig, à bout, hurla à pleins poumons. Son esprit clarifié par l'afflux soudain d'adrénaline, il put pousser son pouvoir gravitationnel au-delà de ce qu'il se savait capable d'encaisser. Il inversa l'effet de la gravité sur son corps et en multiplia les effets par sept, ce qui les projeta, lui et la créature, contre le plafond. La Faucheuse hurla de douleur à l'impact. Complètement bloquée par l'ex-policier, Destiny tentait de s'échapper, s'agitant dans tous les sens tout en fouettant frénétiquement l'air de ses extrémités. Craig, qui poussait son potentiel actif à un niveau qu'il n'avait jamais osé atteindre pour garder la créature sous son contrôle, commençait à en ressentir les effets secondaires. Ses muscles et ses organes internes semblaient se déchirer à l'intérieur de son corps. Plusieurs de ses côtes se fêlèrent sous la pression et son épaule droite se démit. Il réussit à tenir dans cette position plusieurs dizaines de secondes qui lui parurent durer une vie entière, au corps à corps avec cette créature immonde dont il était temporairement le geôlier. Une douleur sourde à l'arrière de son crâne lui fit perdre le contrôle et ils retombèrent tous les deux au sol, roulant chacun d'un côté du tunnel.

Il se releva péniblement et se prépara à reprendre l'affrontement là où il l'avait laissé. En face de lui, la créature était étrangement immobile, comme figée entre deux mouvements. Craig jeta un œil à sa ceinture : une diode verte y rayonnait faiblement.

Ça a marché, pensa-t-il.

Son soulagement manqua de le faire défaillir, mais il tint bon et se rappela les paroles de Shadow, il fallait que la créature meure. Il s'avança alors vers l'arme Destiny.

Instinctivement, cette dernière recula en le voyant se rapprocher. Le regard de Craig ne pouvait pas croiser celui de la créature dont les yeux étaient cachés par son armure et le matériel militaire installé à l'intérieur de celle-ci, mais la posture de Destiny ainsi que sa réaction lui firent immédiatement penser à celles d'un animal blessé et perdu. Sans vraiment réfléchir à ce qu'il faisait tant la douleur entravait ses facultés mentales, il leva ses deux mains en l'air, du plus haut qu'il pouvait sans que cela ne le fasse hurler. La créature, méfiante dans un premier temps, se redressa tout en humant l'air. Elle resta à distance respectable et sembla jauger Craig. Ce dernier crut même apercevoir les traits de celle-ci se détendre sous son armure juste avant qu'elle ne fasse demi-tour pour s'enfuir dans les tunnels et ne disparaisse dans l'obscurité.

La regardant partir, stupéfait, Craig s'assit par terre. Il se prit la tête dans la main de son bras valide, et respira profondément.

C'était terminé, plus aucune famille ne serait déchirée à cause de cette monstruosité, plus aucune vie ne serait prise. Sa rage et son chagrin parurent anesthésiées par cette prise de conscience. Il bascula en arrière, s'étendit sur le sol et, sans vraiment savoir pour quelle raison, des larmes se mirent à couler de ses yeux. Entre tristesse et soulagement, entre pleurs et rires, il se laissa aller, seul dans les scintillants tunnels oubliés d'Antar, comme si toutes les épreuves qu'il avait dû endurer depuis la mort de sa femme et de sa fille se terminaient enfin, comme s'il pouvait maintenant faire son deuil.

De longues minutes passèrent ainsi jusqu'à ce que Craig reprenne ses esprits et que la douleur physique se rappelle à lui. Il se leva, prit quelques instants pour ramasser son sac et ses lampes, et chercha le chemin par lequel il était arrivé afin de l'emprunter en sens inverse. Progresser dans les tunnels fut moins confortable qu'à l'aller, chaque pas révélant un nouveau traumatisme dans son corps perclus de douleurs. Il remonta dans les égouts, retrouva la grille qu'il avait fracturée, et continua sa route dans le dédale pestilentiel.

Parvenu au pied de l'échelle de la bouche d'égout qu'il avait empruntée plus tôt pour descendre, il entreprit de remonter à la surface. Pour ce faire, il diminua légèrement la gravité sur son corps et utilisa son seul bras encore valide pour grimper. Une pluie fine lui tombait dessus à travers l'ouverture, ne facilitant pas sa tâche.

Une fois arrivé en haut, des mains l'agrippèrent par-derrière et un violent coup de poing, sûrement porté à l'aide d'un accessoire en métal, l'atteignit en plein visage. La vision troublée, il ne comprit pas dans un premier temps ce qui était en train de lui arriver, puis il se rappela des gens qui l'avaient pris en filature.

Et merde, pensa-t-il, amère.

Un autre coup dans le ventre le fit se courber en avant. Les mains qui l'empoignaient le redressèrent. Il essaya de se débattre, mais son corps refusait de lui répondre. La personne qui le tenait possédait très certainement un potentiel actif permettant de tétaniser les muscles. On le délesta de ses affaires et, alors qu'il était toujours immobilisé, il put entendre ses agresseurs discuter entre eux :

— C'est bien l'un de ceux qui ont pénétré dans le bureau du prophète ? demanda une voix froide pleine d'autorité.

— Oui, monsieur Heims, c'est bien lui, répondit une seconde voix de façon presque rassurée.

Un troisième homme s'exprima alors, faisant taire les deux autres :

— Ils ont osé voler des informations concernant notre dieu. Ils ont fouillé mon ordinateur et mes dossiers. Et celui-là a osé aller à la rencontre du tout puissant Destiny… Ces informations n'étaient pas propres à être utilisées, nous ne sommes pas encore dignes de contempler sa magnificence et…

Celui que Craig reconnut comme le prophète, celui-là même qui avait dirigé le rassemblement auquel il avait assisté plus tôt dans la soirée s'était tu. L'ancien policier, toujours maîtrisé, tenta de toutes ses forces de bouger ses muscles, supposant que plus il résistait, plus l'individu qui le bloquait allait se fatiguer. Au bout de quelques secondes, il arrivait déjà à remuer l'un de ses orteils.

Cet enfoiré ne tiendra pas longtemps, pensa-t-il.

Quelques instants plus tard, il réussit à redresser légèrement la tête pour essayer d'apercevoir l'illuminé qui se trouvait en face de lui. Ce dernier avait ses deux yeux aux iris d'un blanc laiteux focalisés sur l'appareil d'Alan Ruting qui était accroché à sa ceinture. Le prophète passa sa langue sur ses lèvres et ordonna à un homme à sa droite de s'en saisir. Craig sentait que le potentiel actif de la personne qui le paralysait commençait à faiblir. Après tout, il était infatigable, mais pas son ravisseur qui devait probablement transpirer à grosses gouttes sous l'effort que lui imposait l'ex-policier. Celui qui avait été appelé monsieur Heims, l'ayant sûrement remarqué bouger la tête, le frappa à l'arcade à l'aide de son coup-de-poing renforcé en acier. L'ancien inspecteur manqua de perdre conscience, mais tint bon. Il continua de lutter. Dans son esprit, il savait déjà comment il allait gérer sa fuite après s'être libéré de la paralysie.

Un coup de tête en arrière pour maîtriser le petit malin qui m'immobilise, un coup de pied au ventre de cette enflure de Heims, puis je saute sur le toit de cet immeuble en diminuant ma gravité, pensa-t-il.

Monsieur Heims se rapprocha, lui tint la tête entre ses mains et ausculta son arcade. Il regarda ensuite l'arme en métal qui ornait ses jointures et annonça :

— Je pense qu'il a un genre de potentiel actif de protection, un épiderme renforcé ou un champ de force, c'est comme ça qu'il a pu survivre à notre dieu vengeur.

Le prophète, qui semblait trop concentré sur le dispositif pour avoir fait attention à cette annonce, marmonnait :

— Un cryptage militaire… intéressant… comment avez-vous acquis ce…

L'ancien policier vit un homme à droite du prophète se saisir du dispositif et le lui porter. Craig, dans un flash mémoriel, se rappela des schémas de l'antenne qu'il avait observés dans le bureau, puis il se souvint de la conversation avec Alan Ruting à propos de la balise de guidage à longue portée et des cryptages militaires. Il comprit avec horreur que le fanatique qui se trouvait en face de lui avait probablement dans les mains la pièce qui lui manquait pour diriger l'arme Destiny vers la cible qu'il voudrait.

Merde merde merde merde… Bon, rectification, coup de tête en arrière, coup de pied devant, je choppe le bidule et je décampe, pensa Craig.

Dans le même temps, l'ex-inspecteur, qui continuait de lutter silencieusement contre son ravisseur, avait maintenant quasiment repris le contrôle de ses bras, mais les gardait immobiles afin de ne pas le révéler.

Au loin, une lueur dans le ciel attira son attention. Cette dernière semblait se déplacer dans leur direction. Il n'en était pas encore sûr, mais il pouvait très bien s'agir de Doug, arrivant enfin pour lui prêter main-forte. Sa supposition fut confirmée par la vibration discrète émise par son communicateur à son poignet qui témoignait d'un appel de son coéquipier.

Allez Doug ramène-toi ! pensa Craig en reprenant espoir. *Toi et moi on pourrait même mettre hors d'état de nuire le faux prophète, ce type est dangereux.*

Un quatrième homme à sa gauche héla monsieur Heims qui se déplaça alors vers lui. Vérifiant d'un coup d'œil autour de lui que personne ne le surveillait, Craig en profita pour activer discrètement appareil et accepter la communication.

Quelques secondes plus tard, monsieur Heims revint, se plaça de dos entre Craig et le prophète avant d'adresser la parole à ce dernier :

— Prophète, nous avons trouvé ceci dans ses affaires, je pense qu'il comptait utiliser cet explosif contre notre divinité. Il me paraîtrait approprié de le châtier avec l'instrument de son insulte.

— Oui… faites comme cela vous semble approprié monsieur Heims… répondit le prophète de façon absente.

Dans le même temps, l'ancien inspecteur entendit Doug à travers son oreillette :

— Craig ? J'arrive dans quelques instants, allo ?

L'ex-policier regarda la lueur continuer de se rapprocher dans le ciel nuageux sans pouvoir lui répondre. Le Vigilant ne se trouvait plus très loin et, à eux deux, ils pouvaient réussir à mettre le groupe d'illuminés hors d'état de nuire.

Monsieur Heims s'approcha de lui avec, dans une main, l'engin explosif que Shadow l'avait poussé à apporter pour détruire les restes de Destiny et, dans l'autre, la télécommande permettant de l'activer. L'homme à l'allure sinistre regarda par-dessus l'épaule de Craig et demanda à l'un de ses collègues :

— Fred, tase-le un coup, qu'on soit sûr qu'il ne puisse plus bouger.

NON ! cria Craig intérieurement.

Il se mit en mouvement, se jetant en arrière pour tenter de se libérer de l'homme qui bloquait ses muscles, mais, trop tard : une autre main se posa sur lui et une violente décharge électrique stoppa net son geste. Il se retrouva alors à genoux sur le sol trempé. Celui qui l'avait paralysé plus tôt s'étant reculé avant la décharge électrique, il n'était plus tenu au niveau des épaules que par celui qui venait de l'électriser. Heims s'accroupit en face de lui, un sourire inquiétant sur le visage. Il lui inséra l'explosif dans la bouche et le força au fond de sa gorge. Complètement immobilisé, Craig tomba au sol sur le côté et entendit ses ravisseurs s'écarter de quelques mètres. Dans cette position, l'ancien père de famille put apercevoir monsieur Heims, la télécommande en main, et, derrière ce dernier, loin dans le ciel, les grandes ailes de feu d'un Vigilant qui se rapprochait. Craig ne voulait pas abandonner, après tout ce qu'il avait traversé, il ne pouvait pas abandonner.

Un râle incontrôlable sortit de sa bouche. Ses yeux, grands ouverts à cause de la paralysie, étaient braqués sur la télécommande. Dans son communicateur encore ouvert, il put entendre Doug annoncer :

— Craig, c'est bon, je te vois, j'arrive !

Heims pressa le bouton de la télécommande tandis que les dernières pensées de Craig se tournaient vers sa femme et sa fille. Il espéra de tout son cœur que les dieux les réuniraient enfin tous les trois.

« Il y a trois façons d'appréhender les horreurs qui nous hantent.
Les comprendre… les vénérer […] »
Philosophe Antarien, Gregor Sephrian, citation en trois parties.

Chapitre XXXI - Convergence

Jour 98 de l'an 246 : 20h17

Malgré la pluie fine qui tombait en ce début de soirée, une odeur de brûlé flottait dans l'air. À quelques pas d'Hector, aux pieds de monsieur Heims, gisait le cadavre de l'homme qui les avait défiés.

Quelques heures auparavant, un de leurs adeptes avait avisé le chef de la sécurité de la présence d'intrus dans le bureau d'Hector. À son arrivée, monsieur Heims avait trouvé la pièce inoccupée et l'ordinateur allumé. Il avait donc pris la décision qui s'imposait : ordonner à ses sbires de retrouver les indésirables et de prévenir le prophète que son ordinateur avait été fouillé.

Une fois Hector alerté, un simple contact technopathique avec son matériel informatique l'avait renseigné précisément sur ce que recherchaient leurs voleurs : ils voulaient savoir où trouver Destiny. Hector était bien incapable de dire s'il éprouvait de l'admiration ou de la colère envers ces hommes. Oser troubler le repos d'une divinité était quelque chose de grave et voir plus tard cet infidèle remonter en vie de l'antre de Destiny avait éveillé en lui une violente jalousie. Seul le prophète aurait dû avoir ce privilège, et même lui n'en espérait pas tant, du moins pas si tôt. Tout ce qu'il désirait était l'aider à accomplir son œuvre.

Il se rapprocha du corps sans vie et déformé. Le cerveau liquéfié du malheureux, mêlé à son sang, s'écoulait par ses oreilles, sa bouche et ses orbites vides, formant une bouillie répugnante qui se répandait lentement sur le sol. Hector se força à regarder ce spectacle. Cet homme avait peut-être eu une famille ou des collègues de travail, mais il avait abandonné tout cela en défiant Destiny et ses fidèles.

Anton, qui se trouvait à sa droite, s'accroupit auprès du corps et commença une fouille minutieuse. L'esprit pragmatique de son ami, gagné après des années à vivre dans la rue, surprenait toujours Hector. L'exploration des affaires de l'individu ne donna lieu qu'à une seule découverte intéressante : la présence d'un revolver, au numéro de série limé, que monsieur Heims confirma être une arme non répertoriée, probablement acquise au marché noir. À part cela, outre les quelques billets et pièces de monnaie qu'ils s'attendaient à trouver, ils ne dénichèrent rien de plus, pas même un document d'identité. Ce cadavre défiguré resterait anonyme.

Hector en profita pour reprendre son analyse de l'objet singulier qui avait été arraché à l'homme peu avant son châtiment. Le cylindre métallique d'une vingtaine de centimètres de longueur équipé d'un bouton sur le côté ne ressemblait à rien de ce qu'il avait vu auparavant. Il activa son pouvoir de technopathie et recommença à le sonder pour valider ses premières impressions.

Le dispositif, une fois allumé, diffusait des ondes courte portée chiffrées à l'aide d'une clef de cryptage militaire qui lui avait paru immédiatement familière. Cela faisait plus d'une semaine qu'Anton et lui étudiaient les visions qui lui apparaissaient, éveillé comme endormi. Ils avaient réussi à décoder une partie de celles-ci, décrivant ce qui semblait être un pylône permettant d'attirer leur dieu, mais, jusqu'à maintenant, il lui avait manqué une pièce essentielle du puzzle : cette clef de cryptage. Sans se soucier de la pluie qui commençait à tremper ses cheveux épars, il continua d'effleurer le montage électro-informatique à l'aide de son potentiel actif, parcourant avec délicatesse chaque zone mémoire pour en percer les mécanismes. Il ne comprit pas toute l'étendue de ceux-ci, ne connaissant pas l'intégralité des définitions d'entrée et de sortie du système, toutefois, il était maintenant certain d'avoir trouvé la pièce manquante et en avisa son ami :

— Anton, ce dispositif possède bien une clef de cryptage de niveau militaire, je suis presque sûr que c'est ce qu'il nous manquait pour terminer le rituel d'invocation.

À cette mention, tous ses adeptes se tournèrent vers lui tandis que l'intéressé se relevait, le regard brillant. Ce dernier sortit un calepin de la poche de son manteau et se tint dans une posture d'attente, presque immobile. Le son des gouttes d'eau s'écrasant sur leurs imperméables et les bruits étouffés de la ville prêtaient à la scène une résonance presque religieuse.

Hector lui partagea la longue suite de chiffres et de lettres qu'il récupérait dans l'une des mémoires persistantes du dispositif et lâcha un soupir de soulagement lorsqu'il cessa d'utiliser son don de technopathie. Depuis son retour dans le monde organique, son potentiel actif était devenu très difficile à contrôler, comme s'il débordait d'énergie en permanence. Relevant ses yeux opalescents, il se rendit compte que ses comparses étaient toujours en attente de ses ordres. Il hocha alors la tête à l'intention de monsieur Heims et ajouta :

— On lance la préparation du rituel d'invocation. Demain après-midi, Destiny purifiera Antar-Prime.

Son chef de la sécurité lui répondit d'un grognement affirmatif et fit signe aux autres de le suivre. Depuis la découverte des plans du pylône d'invocation quelques jours plus tôt, Heims, Anton et lui-même avaient préparé un plan qui leur permettrait de finaliser la vision de Destiny.

Dans le Secteur Premier, à la frontière bordant les Secteurs 2 et 3, résidait l'Antar-Prime, le plus grand centre commercial du continent, et peut-être même de la planète. Ce gigantesque complexe de cent vingt cinq étages dont la longue flèche brillante culminait à plus de quatre-cent-soixante-dix mètres de hauteur, était un symbole manifeste du consumérisme éhonté et de la richesse paresseuse qui, selon Hector et ses adeptes, gangrenaient leur nation.

L'idée avait germé dans l'esprit d'Hector au lendemain de l'attaque du Mega-Mall du Secteur 2. Pour le prophète de Destiny, tôt ou tard, son dieu s'occuperait de l'Antar-Prime. Il avait donc imaginé profiter de cette occasion pour rencontrer sa divinité et l'aider dans sa tâche de purification du continent. En outre, Anton, faisant preuve une fois de plus d'un pragmatisme très à propos, avait proposé d'en profiter pour piller les fonds de caisses et les coffres au passage afin d'utiliser les liquidités ainsi récupérées pour continuer à protéger les quartiers pauvres sous leur égide. Maintenant qu'ils possédaient les clefs du rituel d'invocation, ils allaient pouvoir mettre leur projet à exécution.

Le plan d'action se déroulerait en trois étapes. Tout d'abord, l'équipe d'invocation s'introduira au dernier étage de l'édifice. Elle sera composée d'un technopathe, d'un pyrokinésiste et d'un électromancien portant chacun un uniforme d'agent de maintenance. Ils brancheront sur le toit le matériel électronique nécessaire pour attirer leur divinité, transformant la flèche de l'immeuble en antenne relais pour le signal d'invocation. Une fois la panique déclenchée par leur dieu, l'équipe de perçage se dirigera dans les sous-sols. Celle-ci sera composée de monsieur Heims, dont les talents de persuasion seront essentiels pour convaincre les derniers gardes encore en faction de se rendre, d'un spécialiste des portes blindées au potentiel actif de toucher explosif très adapté qui leur permettra de pénétrer dans le coffre-fort et, enfin, de deux disciples ayant un pouvoir de force augmentée, très utile pour sortir le magot par l'entrée principale. Cette équipe utilisera le chaos ambiant pour passer inaperçue. De son côté, Hector, accompagné d'une dizaine de ses adeptes aux pouvoirs les plus vicieux, soutiendrait Destiny à distance respectueuse pour s'assurer que les forces de l'ordre et l'équipe Alpha ne s'interposent pas entre la justice divine et ses proies. Cette équipe profitera également de la confusion pour récupérer un maximum de liquidités et d'objets de valeur dans les différents commerces après le passage de Destiny.

Parmi les nouveaux adeptes recrutés dans les restes éparpillés de l'ancienne pègre antarienne, Hector pouvait compter sur une femme au souffle empoisonné, un homme dont les mains produisaient des pieux d'ambre qu'il propulsait à grande vitesse, un gamin des rues au cri si strident qu'il pouvait faire exploser le verre à distance et, enfin, sa préférée, une experte en électromagnétisme pouvant dérégler à distance les signaux nerveux du corps humain. Dans un autre contexte, il aurait trouvé ces potentiels actifs révulsants, mais, au service d'une cause comme la leur, ils s'avéraient une bénédiction pour les forces du bien dont il était ravi de faire usage.

Marchant devant lui sans paraître gêné par la pluie, monsieur Heims donnait déjà calmement des ordres à ses hommes afin d'initier les préparatifs de l'opération. Au milieu de ses instructions, ce dernier se tut et s'arrêta soudainement. Le groupe l'imita et Hector vit son lieutenant dégainer son pistolet et plisser les yeux en direction du toit d'un immeuble se trouvant une vingtaine de mètres plus loin.

— Qu'est-ce qu'il y a ? s'inquiéta Hector.

Pour seule réponse, monsieur Heims posa son index sur ses lèvres et leva son arme en direction du bâtiment. Suivant le canon du pistolet, le regard du prophète se posa sur le muret au sommet de l'édifice. Il avait presque perdu patience lorsqu'il vit une tête surgir de derrière le muret et regarder dans leur direction. L'acolyte d'Hector fit immédiatement feu. Surpris, le prophète se boucha les oreilles et s'accroupit en protégeant son visage avec ses bras des douilles encore chaudes qui étaient éjectées. Lorsqu'il récupéra son audition, il entendit son lieutenant s'adresser à ses hommes :

— Un Vigilant ! Il nous a vus, abattez-le !

Sans perdre une seconde, ils vidèrent les chargeurs de leurs armes en direction du trouble-fête. Levant les yeux, Hector repéra immédiatement le policier. Celui-ci était pourvu de majestueuses ailes flamboyantes et tentait de s'enfuir en volant à une vitesse folle. Suivant du regard les tirs de ses hommes de main, il vit l'importun s'éloigner dans le ciel au-dessus d'eux avant de disparaître dans la chape nuageuse qui recouvrait le Secteur.

∴

Des douleurs intenses dans le dos et la cuisse droite secouèrent Doug alors qu'il pénétrait l'épaisse couche nuageuse qui recouvrait le Secteur 2 pour trouver refuge. Il avait réussi à se mettre hors de portée de ses agresseurs et à échapper au destin qui avait frappé l'inspecteur Annoye quelques minutes plus tôt. Il passa ses mains sous son pare-balle dans son dos et confirma ce qu'il savait déjà : la balle n'avait pas traversé. Toutefois, celle qui l'avait touché à la jambe le faisait souffrir. Au moment de l'impact, la douleur avait été telle qu'il en avait perdu la maîtrise de son pouvoir de vol durant un instant. Il n'avait alors réussi à reprendre le contrôle qu'après une chute de quelques mètres qui l'avait dangereusement rapproché du sommet hérissé d'antennes de l'un des bâtiments qu'il survolait.

Encore sous le choc suite au meurtre violent auquel il venait d'assister. Il ferma les yeux et se remémora le visage de Craig saisi de terreur juste avant que ses yeux ne soient expulsés de leurs orbites et que sa bouche ne vomisse une bouillie infâme de fluides vitaux mélangés à des organes liquéfiés par l'explosion. L'horreur de ce souvenir donna des haut-le-cœur au jeune Vigilant qui dut se concentrer pour ne pas perdre à nouveau le contrôle de son potentiel actif.

Il se stabilisa et resta en vol stationnaire. Sous le ciel constellé d'étoiles, la nuit noire n'était troublée que çà et là par quelques éclairs qui illuminaient en silence la masse de nuages grisâtres à ses pieds. Ce spectacle apaisant lui permit de reprendre son souffle et de se recentrer sur ses pensées. Étant arrivé peu avant la fin, Doug n'avait pas saisi toute la situation et le peu de conversation qu'il avait capté via le communicateur endommagé de Craig ne lui permettait pas de comprendre ce qu'il s'était passé. Une chose était sûre : l'inspecteur Annoye était mort, tué par un groupe hétéroclite dont il avait entendu le leader parler du centre commercial Antar-Prime.

Il fut soudain assailli par une puissante vague de culpabilité, être arrivé trop tard pour le sauver risquait de le hanter jusqu'à la fin de ses jours. Il secoua la tête pour reprendre ses esprits. S'il n'avait pas pu intervenir précédemment, il pouvait peut-être agir maintenant. Les malfaiteurs avaient sûrement déguerpi, mais il pouvait au moins prévenir les anciens collègues de Craig de son décès. Ces derniers pourraient certainement contacter la famille de l'ex-policier pour leur permettre de prendre leurs dispositions.

Le Vigilant Frazière souffla. Ses majestueuses ailes de feu battaient à un rythme lent tandis qu'il faisait du sur-place dans les airs. Après un instant de réflexion, il prit la décision qui s'imposait et s'élança vers le commissariat Est du Secteur 11.

Après une heure de vol à grande vitesse, il eut enfin le bâtiment qu'il recherchait en vue. Durant son trajet, Doug avait pris le temps d'appeler son supérieur hiérarchique pour lui rapporter les éléments du meurtre dont il avait été témoin et les bribes de conversations qu'il avait glanées juste après l'exécution de Craig. L'officier n'avait pas l'air de prendre ces informations au sérieux et il ne le cacha pas, préférant évoquer le fait que Doug avait mal choisi son moment pour poser son congé alors que des opérations de lutte contre la Faucheuse étaient planifiées chaque jour. Cette remarque avait agacé le jeune Vigilant au plus haut point et il avait fini par mettre fin à la conversation de façon sèche.

Arrivé à destination, il se posa sur le toit du commissariat Est du Secteur 11 et passa les contrôles de sécurité. Après s'être fait indiquer le bureau du commissaire, il se dirigea vers celui-ci en boitant le long d'un couloir qui lui parut interminable. Il arriva péniblement jusqu'à une porte vitrée sur laquelle était inscrit « Commissaire Chandler » et s'arrêta devant. Alors qu'il réfléchissait à la façon dont il allait annoncer la nouvelle, la porte s'ouvrit à la volée pour laisser apparaître un homme plutôt petit qui accusait un embonpoint certain. L'officier lui ordonna d'un ton sec :

— Et bah alors, vous n'allez pas camper devant mon bureau toute la nuit, rentrez.

— Très bien, Monsieur, lui répondit Doug en s'exécutant.

Les Vigilants n'étaient en théorie pas subordonnés à la hiérarchie de la branche principale de la police puisqu'ils possédaient leur propre chaîne de commandement, mais un commissaire restait un commissaire.

L'ancien supérieur de Craig retourna s'installer à son bureau, lequel ne comportait étrangement aucun matériel électronique à l'exception d'un fax flambant neuf, et Doug marcha jusqu'au centre de la pièce. Le jeune Vigilant ne sachant pas par où commencer, le petit homme bedonnant finit par perdre patience :

— Eh bien, crachez-la votre pastille, Vigilant !

— Je viens d'être témoin du meurtre d'un de vos anciens collègues, l'officier Craig Annoye.

Doug se crispa une fois la fin de sa phrase terminée, il se sentait étrangement triste alors qu'il ne connaissait pas tant que ça l'inspecteur. Le commissaire avait quant à lui un air incrédule peint sur le visage.

— Impossible ! Je ne connais personne d'aussi solide que ce gaillard, vous devez vous tromper Vigilant, argua l'officier supérieur.

— Je suis désolé, Monsieur, mais même lui ne pouvait pas survivre à la détonation d'un engin explosif qu'on aurait inséré dans sa cavité buccale.

— Non…

— Je me disais que vous étiez le mieux placé pour prévenir sa famille, ajouta le Vigilant.

— Craig n'avait plus personne. Il avait perdu sa femme et sa fille pendant la première attaque de la Faucheuse, répondit son interlocuteur de façon absente.

Étonné dans un premier temps, Doug put résoudre, grâce à cette information, un certain nombre d'énigmes entourant la personnalité et les réactions de Craig.

Sortant de ses pensées, il observa le commissaire qui semblait particulièrement atteint par la nouvelle. Le regard vide, il tapotait nerveusement sur son bureau. Après un court instant, il redressa doucement sa tête et releva les yeux vers Doug :

— Je vais m'occuper personnellement de cette affaire, annonça-t-il d'un air absent en saisissant un formulaire vierge dans un tiroir sur sa droite. Je vais commencer par recueillir votre témoignage.

— Je l'ai déjà déclaré à mon supérieur hiérarchique pendant mon trajet jusqu'ici, il m'a dit que le dossier sera assigné à un autre commissariat, vous êtes trop proche de… cette affaire.

Sans répondre, le commissaire s'affaissa un peu plus dans sa chaise avant de lui demander :

— Et vous n'avez rien pu faire ?

— Je suis arrivé juste à temps pour le constater…

— Je comprends… Quelle tragédie…

Toujours affalé dans sa chaise, l'interlocuteur du jeune Vigilant resta sans rien dire durant plusieurs minutes, avec le brouhaha distant du commissariat composé de sonneries de communicateurs et de lamentations de suspects pour seuls compagnons. Puis, sans crier gare, il se leva et posa une main sur l'épaule de Doug.

— Merci d'avoir pris le temps de me porter cette nouvelle en personne, jeune homme. Je dois maintenant l'annoncer aux autres. Avec la Faucheuse, ça n'a été une semaine facile pour personne…

Doug se laissa raccompagner à la porte et s'éloigna d'un pas traînant vers le couloir par lequel il était arrivé tandis que, derrière lui, il entendait la voix puissante du commissaire annoncer solennellement à ses troupes :

— Écoutez tous… On vient de m'apporter une bien triste nouvelle, et je ne vois pas trente-six façons de vous la présenter. Notre bon vieux Craig a trouvé la mort.

Boitant toujours vers la sortie, le Vigilant remarqua le silence pesant qui suivit cette déclaration et entendit le commissaire continuer :

— Je ne sais pas si cela peut vous rassurer, mais dites-vous que, quelle que soit la divinité à laquelle vous croyez, je suis sûr qu'elle a réuni Craig avec sa famille… Cet enfoiré mérite au moins ça. Je vous laisse un quart d'heure pour digérer la nouvelle, ensuite, on retourne au boulot. Le reste de nos concitoyens a toujours besoin de nous, malgré ce qu'ils en disent.

Doug, qui avait continué de s'éloigner, entendit de façon distante les dernières paroles prononcées par le commissaire. Il grimpa les escaliers qui menaient au toit, mais, avant de franchir les contrôles de sécurité, il fut apostrophé par quelqu'un derrière lui :

— Hey ! Attendez, Vigilant !

Doug se retourna et constata qu'un groupe de quatre policiers en uniforme l'avait suivi. Ils se rapprochèrent et le plus grand à leur tête lui demanda :

— C'est vous qui avez amené la nouvelle pour Craig ?

— Oui, c'est moi… répondit Doug tristement avant de tendre la main vers son interlocuteur en enchaînant, Doug Frazière.

L'homme face à lui la serra avec force et se présenta à son tour :

— Stanley Brestley, enchanté… Vous étiez avec lui ? Qu'est-ce qu'il s'est passé ?

— C’est… compliqué. Il cherchait un moyen de venger sa famille, il a entubé les mauvaises personnes pour trouver des informations et il s’est fait rattraper.

— Donc vous savez qui a fait ça ?

— Oui, un groupe d’illuminés qui vénère la Faucheuse, Craig s’est introduit chez eux pour trouver des informations.

— Putain, quel idiot, je lui avais dit qu’on était là si il avait besoin…

Derrière lui, les trois autres acquiescèrent. Doug réfléchit une seconde et rajouta :

— Je ne sais pas ce que vous comptez faire demain, mais j’étais branché sur le communicateur de Craig quand… c’est arrivé… et j’ai entendu le chef des illuminés parler d’un truc qu’ils voudraient faire à Antar-Prime demain.

À cette mention, Stan se retourna et s’adressa à ses collègues :

— Je devais de toute façon aller faire du shopping demain, pas vous les gars ?

Ses coéquipiers, comprenant ce que sous-entendait leur chef de patrouille, sourirent en acquiesçant un à un. Le culte de Destiny devrait s’attendre à plus de résistance qu’anticipé.

« Il y a trois façons d'appréhender les horreurs qui nous hantent.
Les comprendre… les vénérer… ou les combattre. »
Philosophe Antarien, Gregor Sephrian, citation en trois parties.

Chapitre XXXII - Retrouvailles

Jour 98 de l'an 246 : 20h10

Perdue dans l'immensité du ciel noir couvert de nuages au-dessus des gratte-ciel du deuxième Secteur d'Antar, une lueur brumeuse produisait une impression irréelle. L'évaporation de la pluie fine qui s'écrasait sur les réacteurs à plasma de l'hoverbike de Loki formait comme une aura autour de son conducteur. Perdu dans ses pensées en attendant la prochaine attaque de la créature qui ne devait pas tarder à survenir, il ressassait pour la centième fois les évènements qui s'étaient déroulés deux jours plus tôt, lors de son dernier affrontement avec Destiny.

Comment ? Comment ça a pu finir comme ça ? J'avais l'avantage. Je contrais ses coups. Elle n'arrivait pas à m'atteindre. J'aurais dû gagner…

Loki cherchait à identifier l'erreur qui l'avait conduit à la défaite et, à chaque fois qu'il se remémorait l'action, les choses lui paraissaient de plus en plus claires.

Je gagnais, elle n'avait aucune chance… jusqu'à ce qu'il s'en mêle. Je n'aurais pas dû l'amener. Non… Il aurait dû se rendre compte que j'avais l'avantage et rester en dehors du combat. À partir du moment où il s'est dévoilé j'ai passé mon temps à le protéger. J'ai gâché mon énergie à le sauver. Et quand la créature a pris la fuite en voyant que j'avais le dessus, je n'avais plus la force de la suivre pour l'achever. Tout ça, c'est de sa faute !

À cette pensée, Enri frappa du poing sur la calandre de son hoverbike. Sa frustration lui fit répéter ce geste à plusieurs reprises avant qu'il ne s'arrête brusquement, se sentant ridicule.

Nan, pensa-t-il, *Mastoc n'y est pour rien. Il a suivi le plan. Ce n'est pas sa faute, il était juste trop faible pour m'être utile dans ce combat.*

Assurant son assise sur l'engin volant, Enri réveilla sans le vouloir une tension dans sa hanche, souvenir encore douloureux de l'échec de son dernier affrontement avec Destiny. Après celui-ci, il avait dû recharger ses forces avec les deux militaires et subir des soins plus importants qu'il ne l'aurait cru nécessaire. Il avait dû rester dans un hôpital de l'armée durant une journée entière et l'attaque suivante de la créature s'était donc produite avant qu'il ne soit à nouveau en état de se battre. Les militaires, le GUT et la police s'étaient mis en tête de tenter d'arrêter la créature sans lui, une grave erreur selon Loki.

Au petit matin, il avait été informé du résultat catastrophique de l'escarmouche qui s'était déroulée dans la nuit. Deux équipes complètes du GUT ainsi qu'un des membres fondateurs de la prestigieuse équipe Turtle avaient été tués. Le compte final s'élevait à plusieurs dizaines de pertes civiles et une trentaine d'agents des forces de l'ordre.

Quel gâchis, avait-il alors pensé.

De bons agents, certains possédant des pouvoirs rarissimes, avaient été sacrifiés. Tout cela s'était produit, car ses chefs avaient cru pouvoir s'en sortir mieux que lui, et que leurs hommes avaient été assez fous pour les suivre.

Le dispositif du jour reprenait essentiellement celui du dernier affrontement auquel il avait participé. Une dizaine de Vigilants, pas exactement les mêmes à cause des rotations de personnel, se tenaient aux abords de la zone de combat potentielle. Par contre, cette fois-ci Loki se trouvait seul et il avait accepté à contrecœur d'utiliser une épée fournie par le GUT, celle qu'il avait héritée de son père étant irréparable. L'arme de prêt lui semblait mal équilibrée, la poignée n'était pas adaptée à sa main et la lame était bien trop lourde. Enri aurait dû s'y attendre : remplacer une épée que l'on a maniée durant des décennies était tout bonnement impossible. Malgré cela, il savait qu'une arme au corps-à-corps lui était indispensable pour le combat à venir.

Son regard perdu dans le vide, il crut observer hors du périmètre le passage d'une personne pourvue d'ailes de feu pénétrant dans la masse nuageuse. Cette apparition lui rappela Doug Frazière qu'il avait croisé plusieurs fois et il se demanda si le Vigilant faisait partie du dispositif. Un coup d'œil circulaire l'informa de l'absence de ce dernier parmi l'équipe de soutien qui l'accompagnait.

Le capitaine Telvir regarda à son poignet l'heure indiquée par son communicateur : 20h20. Au-dessous de lui, les phares des voitures avaient laissé la place à des rues complètement désertées. La Faucheuse pouvait arriver d'un moment à l'autre et la tension dans la ville devenait presque palpable. De là où il se trouvait, Antar tout entière donnait l'impression de s'être éteinte. Aucun bruit ne perçait à travers le lourd silence de la nuit et il ne percevait aucun mouvement à des kilomètres à la ronde. Cette impression de calme avant la tempête fit ralentir le temps au point que les minutes semblèrent des heures pour Loki, jusqu'à ce qu'il réalise en regardant sur son communicateur qu'il était maintenant 20h45. Aucune des attaques de Destiny n'avait eu lieu avec autant de retard.

IceAngel, le chef de la police, brisa le mutisme de la fréquence radio du commandement et ordonna aux traqueurs en attente autour de la zone prévue de commencer à patrouiller afin de s'assurer de ne pas rater l'apparition de la créature.

Une multitude d'anneaux de feu bleuté circulaient autour des bras et du torse du capitaine Telvir, faisant s'évaporer une partie de la pluie qui s'était accumulée sur son armure et renforçant involontairement l'impression irréelle induite par l'aura brumeuse qui les entourait, lui et son engin volant.

Les Vigilants autour de lui s'étaient mis en mouvement pour traquer des signes potentiels indiquant la présence de la cible et se déplaçaient par paire dans les différentes zones préétablies, justement dans l'éventualité où ce cas de figure se présenterait. Leur quadrillage continua ainsi un long moment durant lequel plusieurs suspicions mineures furent émises sur les ondes avant d'être rapidement balayées. Étrangement, la Faucheuse semblait ne pas vouloir se montrer cette fois-ci. Alors que l'heure sur le communicateur du capitaine Telvir affichait 21h30, la fréquence du commandement s'anima à nouveau et il reconnut la voix du Directeur Lockhead :

— La créature ne se montrera pas ce soir. Directeur Hunter, avons-nous le feu vert pour retirer nos agents du terrain ?

Le silence qui suivit, ponctué par quelques grésillements, fut rompu par IceAngel qui répondit :

— Que penseriez-vous d'envoyer des équipes mixtes composées d'agents du GUT, de policiers et de traqueurs dans les souterrains ? La créature attend peut-être que nous nous éloignions…

Loki fut surpris de la proposition du chef de la police. Jusque-là, personne n'avait osé remettre en question l'aspect suicidaire d'une tentative d'affrontement dans un environnement aussi confiné que les tunnels de terraformation. Enri serra les poings sur le guidon de son hoverbike, en colère qu'IceAngel puisse envisager quelque chose d'aussi inconsidéré, jusqu'à ce qu'il entende le directeur du GUT s'exclamer :

— Je répondrais la même chose que la dernière fois, il n'est pas question que j'envoie mes hommes là-dedans !

— Très bien, concéda le directeur Hunter d'un ton soulagé. Ordonnez le repli. C'est fini pour aujourd'hui.

Loki comprit à l'intonation du chef de la police que cette proposition résultait des pressions qu'il devait subir. Il imaginait très bien les militaires appuyer sur le Sénat pour récupérer le contrôle des opérations afin de couvrir leurs erreurs, profitant de chaque brèche dans les dispositifs policiers pour amenuiser la confiance des sénateurs envers le directeur Hunter. Loki soupira, il détestait la politique et les jeux de pouvoir qui entouraient ce sujet.

Le capitaine de l'équipe Alpha écrasa la pédale sous son pied droit et actionna la manette des gaz. Son engin volant plongea entre les gratte-ciel, produisant dans son sillage un nuage de condensation et de plasma entremêlés. Il remonta l'avenue vers le sud en direction du quartier traditionnel du Secteur 2.

Une heure plus tard, Loki atterrit devant le temple d'Eralnir. La simple vision de ce bâtiment si familier eut pour effet de calmer les nerfs du capitaine qui avaient été mis à rude épreuve les dernières semaines. Il descendit de son hoverbike, attrapa l'épée de prêt qui était harnachée à l'avant de son engin et se dirigea vers l'entrée du lieu de culte. Dans l'antichambre du temple, il enleva ses chaussures renforcées ainsi que les différentes plaques en polymère qui protégeaient son corps. Il retira ensuite son haut et ses gants. Torse nu, Loki récupéra l'épée qu'il avait amenée et écarta le rideau de perles rouges qui le séparait de la salle de communion pour y pénétrer.

Après quelques pas à l'intérieur, et bien avant qu'il ne la voit ou ne l'entende, il sentit la présence de son ancienne amante. Il étrécit ses yeux et balaya l'intégralité de la pièce de son regard, scrutant le sol afin de repérer un tapis d'entraînement qui serait légèrement déformé. Tout en continuant d'observer autour de lui, il se déplaça vers le centre de la pièce pour augmenter ses chances de percevoir la jeune femme. La voix d'Évangéline, ferme et douce comme à l'accoutumée, lui parvint dans son dos :

— Salut, Enri.

Il se retourna et se rapprocha de la source des mots jusqu'à la voir apparaître progressivement. Habillée d'un simple t-shirt blanc uni échancrée et d'un pantalon noir, elle était assise en tailleur, son dos posé contre le mur, et l'observait avec la tête penchée sur le côté, l'air pensive.

— Salut, Évangéline...

Il regarda les sourcils de Ghost se froncer. Sa collègue semblait étonnée, presque déçue qu'il n'utilise pas le diminutif dont elle avait horreur. Plutôt que de s'asseoir à ses côtés comme elle devait l'espérer, Loki préféra rester debout et s'appuya contre le mur à quelques pas de la jeune femme après avoir posé son épée près de lui, pointe vers le sol.

Il n'avait aucune envie de débuter cette conversation, mais sa collègue ne semblait pas non plus encline à faire le premier pas. Une dizaine de secondes s'écoula, les anciens amants se regardant toujours dans les yeux en se jaugeant, jusqu'à ce qu'Enri finisse par perdre patience et annonce sans détour :

— Je ne m'excuserai pas.

— Je ne suis pas venue ici pour ça... C'est bien ton truc ça, de toujours restreindre les choix d'une interaction à « avoir tort » ou « avoir raison », répondit Évangéline de façon agacée.

La jeune femme soupira et se redressa en s'aidant de ses mains. Puis, elle s'avança jusqu'à lui et continua :

— Je te connais Enri, je sais qu'en ce moment tu dois être soumis à une pression dingue... Je ne parle pas de celle venant du directeur ou des militaires, mais de la pression que tu te mets à toi-même. Comme si tu devais être la réponse à tous les problèmes. Ce que je ne comprends pas, c'est pourquoi tu nous as mis à l'écart. Je veux dire... même Mastoc est sur le banc de touche, et ce gars peut littéralement défoncer des murs à main nue !

Dans une tentative pour conserver son calme, Loki croisa les bras et appuya sa tête contre le mur, les yeux fermés. Il ressentit les paroles de la jeune femme autant qu'il les entendit, ces dernières résonnant en lui par leur justesse. Dans ce genre de moment, il détestait qu'elle le connaisse si bien. Il soupira à son tour et s'efforça de trouver les mots pour lui répondre :

— Je… J'ai vu ce que… la Faucheuse vous a fait dans l'école. Regarde l'état de John ou de Kelly…

— Ils s'en remettront, le coupa la jeune femme en posant ses mains sur ses hanches et en se penchant légèrement en avant dans une position autoritaire.

— Tu n'en sais rien, répondit Loki en passant une main dans ses cheveux nerveusement.

— Je t'ai dit qu'ils vont s'en remettre, répéta-t-elle sur un ton ferme avant d'enchaîner, et même si ce n'est pas le cas, ils se sont engagés là-dedans en connaissant les risques ! Ce ne sont pas des enfants pré-éclosion sans défense. Ce sont des agents expérimentés du GUT, tu ne peux pas les materner !

— Je suis le capitaine de cette équipe ! C'est mon rôle de décider quels risques je suis prêt à faire courir à mes agents ! Si je dis que vous ne devez pas participer au combat, vous resterez en retrait ! répondit Loki en haussant le ton.

— On est plus qu'une simple équipe, et tu le sais très bien, on est une famille, on se serre les coudes ! C'est comme ça qu'on est arrivés là où on en est ! continua-t-elle en adaptant son ton à celui de son interlocuteur et en pointant un doigt accusateur sur ce dernier.

— Ne viens pas me parler de famille ! Tu as perdu ce droit quand tu m'as quitté !

Évangéline fronça une nouvelle fois ses sourcils et souffla du nez en fermant les yeux. Lorsqu'elle les rouvrit, elle se rapprocha de lui et prit sa main dans la sienne. La chaleur bienvenue du contact fut perturbée par une étincelle télépathique qui les fit se tendre tous les deux. Enri, les yeux fermés, navigua dans les souvenirs de la jeune femme avec une facilité déconcertante.

Il se vit dans un fauteuil roulant en train de télécommuniquer avec sa mère et rire à propos du fait d'avoir été sauvé par un gamin de huit ans nommé Kévin, ou encore en train de plaisanter avec Ronald et Kelly dans la chambre d'hôpital de cette dernière. Puis il se vit s'appeler avec une telle inquiétude qu'il en avait les larmes aux yeux.

Loki écarta sa main de celle de Ghost dans un geste sec et s'éloigna d'elle. Les pensées du capitaine étaient encore confuses quand Évangéline, semblant toujours un peu étourdie par le contact télépathique, reprit la conversation là où ils l'avaient laissée :

— On tient tous à toi… On veut t'aider, tu ne devrais pas être le seul à te mettre en danger.

— Ça ne servirait à rien, vous êtes trop faibles pour m'aider, tous autant que vous êtes, rétorqua le capitaine de l'équipe Alpha d'une façon plus sèche qu'il ne l'aurait voulu.

Cette remarque sembla produire l'effet d'une gifle chez sa coéquipière dont les traits se crispèrent. Il sentit qu'elle luttait pour se contenir, les poings serrés le long de ses hanches, et la vit prendre une grande inspiration avant de lui répondre :

— Tu te rends compte de ce que tu dis ?

— Oui, ce ne sont pas des paroles en l'air, vous êtes très loin de pouvoir faire une quelconque différence contre Dest… contre la Faucheuse.

Une sonnerie retentit et Loki sentit son communicateur vibrer. Il baissa les yeux vers son poignet et put y lire le nom de l'appelant : le Directeur Lockhead annoté de la mention « ligne secret défense ». Il leva son poignet et le tourna vers son interlocutrice en ajoutant de façon péremptoire :

— Évangéline, je dois prendre cet appel.

La jeune femme comprit et se retira à contrecœur. Il la regarda disparaître et vit le rideau de perle s'écarter pour laisser passer une forme épousant les contours de sa collègue. Une fois cette dernière à une distance qu'il supposait raisonnable, il accepta l'appel.

Le lendemain matin, le capitaine de l'équipe Alpha avait assisté à une cellule de crise durant laquelle des suspicions concernant une attaque potentielle très inhabituelle avaient été présentées. Selon certaines informations, un groupe de personnes aux intentions malveillantes projetaient de guider la créature jusqu'au centre commercial d'Antar-Prime dans le Secteur premier en début d'après-midi. Le chef de la police, le directeur du GPI ainsi que celui du GUT avaient tous eu du mal à accorder une quelconque crédibilité aux allégations, tant les circonstances décrites paraissaient ubuesques.

— Nous en avons déjà parlé et c'est impossible, avait déclaré d'entrée de jeu le colonel Karlh. Nous n'allons pas perdre du temps sur ce genre d'ineptie.

— C'est la seule information que nous avons, pourquoi ne pas la prendre en compte ? s'était alors risqué Loki.

À ce moment-là, toute la salle s'était tournée vers lui. Enri avait senti une certaine forme de compassion dans leurs regards, du genre de celle qu'on réserve aux enfants incapables de comprendre une situation et dont la vision était bien trop simpliste. Cela avait fortement agacé le capitaine de l'équipe Alpha. Heureusement, avant qu'il n'ait eu le temps de réagir, le directeur Lockhead s'était adressé à lui :

— Désolé, Capitaine, mais, pour des raisons évidentes, vous n'êtes convié qu'aux réunions où votre présence est jugée utile et cela représente bien peu de temps comparé à celui que nous passons à gérer cette crise, que ce soit au sein de ce groupe ou chacun de notre côté. N'y voyez aucun affront là-dedans, mais vous n'êtes pas au courant de la plupart des détails qui nous sont rapportés.

— Bien entendu, mais une information de ce genre aurait pu être pertinente, avait répondu Loki.

— Eh bien, ce genre d'information nous en recevons des centaines chaque jour depuis quelque temps et elles viennent de tous types de personnes, parfois même des membres des forces de l'ordre, avait repris le directeur du GUT en tournant brièvement son regard vers IceAngel. Déjà plusieurs dizaines de personnes sont venues se constituer prisonniers dans des commissariats en étant persuadées que la créature avait attaqué tel ou tel endroit sur leurs ordres ou parce qu'elles l'auraient souhaité très fort.

— Et j'imagine que vous avez consciencieusement étudié chaque piste avant de décider de ne pas m'en informer, avait lâché sardoniquement Loki.

— Ce n'est pas à vous de gérer cette crise, avait asséné le général Johnson à l'autre bout de la table.

Un silence de mort s'était alors emparé des lieux, jusqu'à ce que, dans une tentative pour apaiser les tensions, le chef de la police, Gabriel Hunter, avait pris la parole pour expliquer :

— Dans les premiers jours, nous avions systématiquement pris en compte ces informations en envoyant sur place des observateurs, mais jamais aucune ne s'est avérée exacte. Chaque jour, le centre commercial Antar Prime est menacé par des groupes criminels. Depuis la crise de Destiny, nous n'avons que quelques dizaines de signalements de plus et toujours aucun problème. Pour ce qui est de contrôler la créature, corrigez-moi si je me trompe, mais le colonel Kharl nous a décrit les efforts réalisés par l'armée dans ce but. Tous les recours techniques ont été tentés et les meilleurs technopathes du pays ont été incapables d'accéder à ses systèmes lors des phases de test, alors, maintenant qu'elle se déchaîne en ville…

Le général avait hoché de la tête pour confirmer les propos de son homologue policier. Loki avait pris quelques secondes pour assimiler les informations et avait rétorqué :

— Alors, pourquoi avoir évoqué cette information maintenant ?
— Vous avez raison, avait répondu le général en reposant son verre vide sur la table, nous n'aurions jamais dû évoquer ce sujet.

C'est alors qu'IceAngel avait repris la parole :
— Je suis désolé, j'ai mis ce sujet sur la table, car le renseignement venait d'un Vigilants que je connais personnellement et qu'il m'est parvenu juste avant mon arrivée ici. Mais le général a raison, nous avons énormément d'appels du même genre et ce n'est pas la première fois qu'un policier est impliqué. Le sujet est maintenant clos et j'aimerais qu'on passe au suivant.

Le reste de la discussion avait paru interminable à Enri. Les participants avaient évoqué durant près d'une heure les mêmes stratégies présentées à de nombreuses reprises dans les conseils de crise précédents. Loki, désintéressé de ces palabres et intrigué par le signalement dont avait parlé IceAngel, ne prêtait qu'une attention limitée aux paroles de ses interlocuteurs. Au sortir de la réunion, Loki avait appris par IceAngel que l'information venait de Doug Frazière. Se souvenant à quel point ce jeune Vigilant l'avait impressionné lors de leur précédente rencontre, le chef de l'équipe Alpha avait décidé de lui laisser le bénéfice du doute.

C'est ainsi qu'il se retrouva, le jour 99 de l'an 246 à midi, au pied de l'Antar Prime.

Un éclair lézarda brièvement le ciel, suivi presque immédiatement d'un coup de tonnerre assourdissant qui ébranla les environs et gronda durant plusieurs secondes sous la pluie battante. Loki, qui venait de faire atterrir son hoverbike au pied de la tour du plus grand centre commercial du continent, leva son regard pour observer l'impressionnant édifice. L'immense gratte-ciel paraissait taillé dans un seul bloc de verre serti dans un écrin d'or dont la pointe acérée se perdait dans les nuages noirs menaçants.

Faisant fi de la météo exécrable, Loki descendit de son hoverbike, le menton et les épaules bien droits. Il se saisit de son arme, la fit passer dans son dos et s'avança vers l'une des entrées de la galerie commerciale. À peine avait-il dépassé le seuil et laissé derrière lui le bruit assourdissant de la pluie qu'il fut accueilli par un contrôle de sécurité. Devant le capitaine Telvir, une quinzaine de files d'attente s'étaient formées dans les chemins de cordes prévus à cet effet tandis qu'une armée d'agents d'une société de sécurité privée, tous porteurs d'une arme de poing et d'une matraque, s'affairait à effectuer différentes vérifications avant de laisser passer les visiteurs d'Antar Prime. Durant son attente, le capitaine de l'équipe Alpha observa avec attention les gardes du centre commercial. Grâce à leurs potentiels actifs, certains d'entre eux, placés en seconde ligne, complétaient l'usage de machines pour la recherche d'objets dangereux ou d'intentions hostiles. Les autres, cependant, semblaient n'avoir été recrutés que pour leur physique imposant qui avait tendance à rassurer le citoyen lambda. Loki doutait que de tels amateurs puissent être d'une quelconque utilité si une tragédie venait à se produire.

Quand ce fut son tour, il posa son bracelet d'identification contre la vitre du scanner et s'engouffra sous le portique qui lui fut indiqué. Comme il était un membre du GUT, aucune alarme ne s'activa et il put pénétrer dans la partie principale du bâtiment avec son arme. Son ouïe fut immédiatement agressée par le brouhaha généré par la foule, mêlé à une musique d'ambiance de mauvais goût. Dans un premier temps, il erra sans but dans les allées marchandes, interrompu çà et là par quelques clients enthousiastes en quête d'un autographe. Il préféra néanmoins rester concentré sur sa tâche et repoussa, parfois plus sèchement qu'il ne l'aurait voulu, les sollicitations de ses admirateurs.

Naturellement, il finit par se diriger vers le poste de contrôle de la sécurité et demanda à être admis dans ce dernier. Son entrée fut sujette à des regards appuyés de la part de ses occupants qui semblaient s'interroger sur la raison de sa présence ici sans oser lui adresser la parole. Finalement, une femme en uniforme bleu à la carrure épaisse et à la chevelure parsemée de gris sur le badge de laquelle il pouvait lire « Cheffe Paula Guerrera », brisa le silence :

— On peut faire quelque chose pour vous, Capitaine Telvir ?

— J'aimerais juste jeter un œil sur les caméras de surveillance du rez-de-chaussée et du premier étage si possible.

— Bien sûr, veuillez me suivre.

— Merci, répondit Loki en lui emboîtant le pas.

Elle ouvrit une porte à l'aide d'un badge magnétique attaché à sa hanche et ils entrèrent tous deux dans une pièce plongée dans l'obscurité au fond de laquelle un mur entier de téléviseurs surplombait une énorme console où une douzaine d'agents de sécurité étaient installés.

À leur arrivée, les deux gardes les plus proches se retournèrent sur leur siège et, surpris par la présence du plus célèbre des agents du GUT, n'osèrent piper mot. L'employée qui accompagnait Loki semblait irritée par cette réaction et leur intima d'une voix claire :

— J'aurais pensé que vos années dans l'armée vous auraient inculqué un minimum de respect.

Entendant cette réprimande, tous les occupants de la pièce se levèrent comme un seul homme et saluèrent Loki. Le garde se trouvant le plus près de Loki, sur le badge duquel il pouvait lire « Agent de sécurité Maxime Kraft », déclara :

— Capitaine Telvir, désolé, nous ne nous attendions pas à…

— Pas la peine, le coupa Enri avant de continuer, merci de m'accueillir dans vos locaux. J'aimerais que vous m'affichiez les meilleurs angles de vue sur le premier étage et le rez-de-chaussée, si c'est possible.

— Très bien… les parkings souterrains aussi ? s'enquit le vidéopatrouilleur Kraft.

Loki se demanda pourquoi il n'y avait pas pensé plus tôt et répondit :

— Oui, s'il vous plaît.

— Je les affiche sur cette partie-là, ajouta le même homme en pointant une zone d'une quinzaine d'écrans au-dessus de lui tout en pianotant de son autre main sur son panneau de contrôle.

— Parfait, merci.

La cheffe Guerrera, qui avait mené Loki jusque dans cette pièce, lui demanda :

— Il faut qu'on se prépare à du grabuge ?

— Je ne sais pas encore…

— Vous soupçonnez une attaque de gang ?

— Non.

Les regards des deux vidéopatrouilleurs les plus proches se tournèrent vers lui de concert. L'agent de sécurité Kraft lui demanda d'un ton inquiet :

— Une attaque de la créature ?

— Il n'y a encore aucune certitude, annonça Loki, l'air grave.

Cette réponse évasive fit déglutir bruyamment l'agent de sécurité. Son collègue, l'agent Jeff Duligh selon son badge, se retourna vers sa supérieure hiérarchique et lui demanda :

— Mais qu'est-ce qu'on doit faire si la Faucheuse attaque, cheffe ?

Cette dernière montrant quelques signes d'hésitation, Loki se permit de répondre à sa place :

— Vous évacuez les lieux, tous autant que vous êtes. Appliquez la même procédure qu'en cas de catastrophe naturelle inarrêtable, comme une puissante surcharge éclosive ou un séisme. Vous prévenez les autorités, mettez à l'abri autant de civils que possible et vous vous éloignez au maximum du lieu de l'affrontement.

Les trois agents de sécurité hochèrent la tête sans un bruit et un lourd silence s'installa dans la pièce sombre uniquement éclairée par les écrans qui diffusaient les images de vidéo-surveillance ainsi que les quelques diodes rouges et vertes clignotant çà et là sur les tableaux de bord.

Plusieurs dizaines de minutes passèrent sans qu'aucun des occupants de la salle de contrôle n'ose sortir de son mutisme. Loki commençait à penser que l'attente qu'il s'infligeait ne donnerait rien et qu'il avait eu tort d'aller à l'encontre de l'avis des représentants des hautes instances. Peut-être avaient-ils raison ? Après tout, chacune des personnes présentes à cette réunion représentait l'élite de son service et aucun n'avait la réputation d'avoir usurpé son grade. Il se prit la tête dans les mains et commença à réfléchir à la suite des opérations. Bientôt, il devrait se rendre au quartier général du GUT du deuxième Secteur afin de participer au dispositif de quadrillage qui devait être mis en place sous la coordination d'IceAngel. L'absence de la créature lors de la dernière opération conjointe avait mis en défaut toutes les prédictions et les mathématiciens devaient repartir de zéro. Il jeta un coup d'œil à son communicateur et constata qu'il lui restait un quart d'heure avant de devoir quitter l'Antar Prime.

Des mouvements suspects au rez-de-chaussée attirèrent l'attention de Loki. Il se redressa et passa en revue les moniteurs : des signes d'agitation apparaissaient sur plusieurs d'entre eux. Avant qu'il ne puisse le faire remarquer, l'agent Kraft pointa du doigt une autre caméra à l'attention du capitaine de l'équipe Alpha. Sur le moniteur, les portes d'un ascenseur étaient enfoncées par sa cabine en acier qui semblait les avoir percutées de plein fouet. Les pensées de l'officier du GUT n'avaient pas eu le temps donner du sens aux événements observés qu'il vit plus loin sur sa gauche un vidéopatrouilleur dont il ne connaissait pas le nom mettre la main à son oreillette et répondre à un appel :

— Quoi ? Où ça ?

Ce dernier pianota en hâte sur son tableau de contrôle et s'adressa à sa supérieure en pointant une zone du mur d'écrans au-dessus de lui :

— Cheffe, regardez ce qu'il se passe au dixième étage.

Le rythme cardiaque de Loki s'accéléra : une forme sombre venait de traverser brièvement l'un des écrans. Sa vitesse était telle que seules les traînées de sang qui maculaient désormais le sol visible à la caméra de surveillance attestaient du passage de la bête. Tout en se retournant pour partir, il s'adressa à la cheffe Guerrera avec hâte :

— Branchez-vous sur ma fréquence privée, 612 736 207, j'ai besoin de vos yeux. En parallèle, commencez l'évacuation et prévenez les autorités.

Sans attendre de réponse, le capitaine Telvir se dirigea à grands pas vers l'extérieur du poste de sécurité. Dès la porte franchie, il put constater que la panique qui avait débuté au dixième étage suite à l'intrusion de la Faucheuse s'était déjà propagée jusqu'au rez-de-chaussée. Les clients se pressaient vers les issues de façon chaotique, n'hésitant pas à piétiner leurs congénères pour accélérer leur fuite tandis que retentissait une bruyante alarme d'évacuation coupée régulièrement par un message automatique :

— Veuillez vous diriger calmement vers les sorties de secours les plus proches.

Loki joua des épaules pour lutter contre la marée humaine qui tentait de l'emporter vers l'extérieur. Plusieurs personnes passèrent au-dessus de sa tête en volant, lui faisant réaliser qu'il possédait désormais lui aussi cette option. Il décida donc de prendre de la hauteur et utilisa son pouvoir de télékinésie pour s'élever de quelques mètres au-dessus de la foule et se projeter jusqu'aux escaliers de service les plus proches. Il ouvrit la porte à la volée et activa son potentiel actif de vitesse. Pendant sa montée effrénée, la voix de la cheffe Guerrera lui annonça dans son communicateur :

— La Faucheuse est maintenant au douzième niveau et elle continue de monter. Elle… tue tout le monde sur son passage…

— Merci, répondit Loki à peine essoufflé, j'y suis presque.

Il avala la distance le séparant du douzième étage à toute vitesse, ouvrit la porte au passage à l'aide de sa télékinésie et jaillit de la cage d'escalier son épée en main.

Tout autour de lui, les gens se précipitaient vers les ascenseurs et les escaliers mécaniques, oubliant complètement les issues de secours. Une fenêtre explosa à sa droite et il vit une femme se jeter à travers l'ouverture avec son enfant dans ses bras. Par réflexe, Enri se précipita vers la brèche et aperçut avec soulagement de grandes ailes noires se déployer dans le dos de la mère de famille. Elle tentait de planer sous la pluie battante, alourdie par le poids de son enfant et secouée par les vents violents qui soufflaient autour de l'immeuble.

Un éclair cisela le ciel, imprimant la scène sur la rétine du capitaine de l'équipe Alpha. Il cligna des yeux, de la pluie lui cinglant le visage, et se retourna vers l'intérieur. Il tenta d'apercevoir la créature au milieu de la masse de civils paniqués. Il mit la main à son oreillette pour occulter le vacarme ambiant et demanda à sa collaboratrice :

— Où est la Faucheuse ?

— Elle se dirige vers l'ouest du bâtiment, elle va bientôt atteindre un escalator qui monte au treizième. Prenez la grande allée sur votre droite.

Loki s'élança dans la direction indiquée, filant entre les allées de magasins et de restaurants vides. Sur sa route, il dut enjamber bon nombre de corps sans vie ou estropiés. Dans son oreillette, il entendit :

— La Faucheuse vient d'arriver au treizième étage… quelle horreur, commenta la gardienne sur un ton écœuré.

Sans prendre le temps de la remercier pour l'information, le capitaine de l'équipe Alpha continua sa course jusqu'à atteindre des escaliers mécaniques jonchés de cadavres. Une fois arrivé au niveau supérieur, il aperçut enfin la créature, à une quinzaine de mètres de lui, et se précipita sur elle. Malheureusement, gêné par les civils au milieu de la cohue, il ne put prendre assez de vitesse pour surprendre son adversaire. Destiny se retourna juste à temps pour voir le puissant coup d'épée circulaire porté par le capitaine de l'équipe Alpha et le temps sembla suspendre sa course l'espace de quelques secondes lorsque les lames des deux ennemis s'entrechoquèrent.

C'est alors que tout s'accéléra. Loki fit pleuvoir les coups d'épée de taille et d'estoc, obligeant son adversaire à reculer tout en parant les attaques. Sans relâcher la pression qu'il infligeait à la créature, Enri usa de sa télékinésie pour projeter sur elle plusieurs mannequins de la devanture d'un commerce sur sa droite, brisant les vitrines au passage et la forçant à se protéger. Loki profita de cette ouverture pour se jeter sur elle, mais celle-ci, remarquant l'attaque au dernier moment, fit un bond sur le côté et la lame d'Enri frappa le sol, fissurant le carrelage.

Tandis que Loki, se remettait en garde, la bête s'élança de façon inattendue dans une coursive perpendiculaire et fonça sur une famille qui descendait les escaliers mécaniques menant à l'étage supérieur. La femme cria quelque chose à son compagnon qui s'empressa de saisir son fils d'une dizaine d'années par la taille. Il sauta par-dessus la rambarde et, de sa main libre, forma un épais tapis de neige qui absorba leur chute et leur permit de filer. De son côté, la mère, dont les mains s'étaient mises à briller, projeta deux faisceaux laser sur Destiny. La Faucheuse, loin d'être ralentie par cette tentative, poursuivait sa course vers la courageuse mère de famille qui continuait en vain de déchaîner son pouvoir sur la créature. Loki pointa ses mains devant lui et les leva de manière soudaine. Sa télékinésie projeta aussitôt la femme dans les airs, hors du chemin de la Faucheuse.

Le capitaine de l'équipe Alpha maîtrisa la chute de la jeune mère et la fit léviter jusqu'à lui. Celle-ci lui sourit, reconnaissante, ce à quoi

Loki répondit par un hochement de tête entendu, puis elle se précipita vers les siens et ils disparurent ensemble plus loin, à la croisée d'un couloir.

Profitant de l'instant d'inattention de son opposant, Destiny avait repris sa course vers l'étage du dessus. Alors qu'Enri s'apprêtait à la poursuivre, la cheffe de la sécurité lui annonça dans son communicateur :

— Capitaine, des pilleurs utilisent le chaos provoqué par la Faucheuse, faites attention à vous.

Loki serra les poings, en colère que des individus puissent profiter d'une tragédie de cette ampleur, et vérifia qu'aucun malfrat ne se trouvait dans son dos avant de répondre :

— Merci de l'info, je vais essayer de faire attention.

Le capitaine reprit sa traque de la créature. Il gravit quatre à quatre les marches de l'escalier qu'elle venait d'emprunter et la rattrapa un étage plus haut au milieu d'un amoncellement de corps sans vie. Il se précipita sur elle tout en matérialisant des pointes de pierres qu'il propulsa en direction de son adversaire. Tandis que les projectiles minéraux se délitaient à l'impact de l'armure de négatron de Destiny, cette dernière se précipita également sur Loki et plongea sous sa garde avant de faire remonter ses lames. Surpris par cette manœuvre inédite, Enri lui opposa toute la puissance télékinésique dont il était capable. Malgré ce déploiement d'énergie colossale, il ne parvint qu'à ralentir les bras de la créature. Au lieu de lui sectionner le membre, les appendices tranchants se plantèrent dans la plaque de polymère recouvrant sa main gauche. Il fit alors tournoyer son épée autour de lui pour se dégager de cette mauvaise posture et recula de quelques pas pour se débarrasser de son gant endommagé.

— Derrière vous, Capitaine ! cria une voix dans son communicateur.

Par réflexe, il se jeta sur le côté, juste à temps pour voir quatre pieux ambrés traverser l'espace qu'il occupait une seconde plus tôt.

Sans tourner la tête, il envoya d'un revers de main une boule de feu en direction de la source des projectiles. Un hurlement lui indiqua le succès de sa riposte et il se retourna vers sa némésis, persuadé d'avoir découragé les pilleurs qui avaient eu la malencontreuse idée de s'attaquer à lui.

∴

À quelques pas d'Hector, le hurlement d'Hériss s'éteignit avec lui, consumé dans les crépitements hypnotisants de ces flammes bleutées qui semblaient tout droit sorties des enfers. Jamais l'ancien archiviste n'avait observé un pouvoir de pyrokinésiste aussi puissant. Le prophète et une partie de son équipe avaient rejoint le même étage que leur dieu il y a peu, tandis que le reste d'entre eux s'était éparpillé aux étages inférieurs dans le but de vider les tiroirs-caisses abandonnés. Il serra les dents en suivant du regard l'arrogant Capitaine Telvir qui s'était élancé à la poursuite de leur divinité bien-aimée. Apercevant cette dernière s'éloigner au loin, le jeune homme aux iris blanc se surprit à penser :

Qu'est-ce qu'elle est belle…

Un coup d'œil sur sa droite le renseigna sur le fait que le reste de ses alliés venaient de le rejoindre.

— Allons punir le capitaine Telvir pour son sacrilège, annonça-t-il d'un ton sinistre.

— Mais, Prophète, il vient de carboniser Hériss… objecta l'un des Soldats de Destiny, atterré par la démonstration de force dont il venait d'être témoin.

— Il avait attaqué sans que je lui ordonne. Nous allons lui tomber dessus tous en même temps, suivez-moi.

∴

Le combat faisait rage au dix-septième étage. Enri, toujours chargé à bloc, échangeait les passes d'armes avec la créature. Le flot de civils dans les allées du magasin s'était enfin tari et il n'avait plus à se soucier de potentielles victimes collatérales. Depuis le début de l'affrontement, Destiny s'était dirigée inlassablement vers les étages supérieurs sans véritablement chercher à combattre, ne balayant que les derniers malheureux qui se trouvaient sur son chemin. Comme Doug l'avait déclaré, quelqu'un avait certainement découvert un moyen d'attirer la Faucheuse quelque part et cela signifiait que les militaires, une fois de plus, s'étaient montrés incompétents, ou pire, avaient menti.

Alors que le capitaine de l'équipe Alpha esquivait une riposte maladroite de la créature, son communicateur s'activa :

— Je ne sais pas pourquoi, mais certaines caméras de cet étage sont coupées, je suis quasiment sûre que c'est la faute des tarés qui vous ont attaqué tout à l'heure, l'avertit la cheffe Guerrera.

Sans prendre en compte la remarque, Loki redoubla d'efforts dans l'enchaînement de ses assauts, exécutant des schémas d'attaque de plus en plus complexes pour mettre en défaut son adversaire. Il effectua des moulinets avec son arme pour forcer Destiny à reculer et, dans le même temps, déforma le sol à l'aide de sa maîtrise de la terre. La Faucheuse ayant brièvement perdu l'équilibre, il en profita pour projeter une boule de feu dans sa direction qu'elle esquiva de justesse en sautant par-dessus. Sans lui laisser le temps d'atterrir, le Capitaine de l'équipe Alpha frappa du bas vers le haut en y mettant toute sa force, mais la créature retomba lames vers le sol pour bloquer l'attaque. Elle ne vit qu'au dernier moment les blocs de pierre formés par Loki foncer sur elle. Ces derniers s'écrasèrent sur son crâne et, même si elle ne semblait pas avoir subi de graves blessures grâce à son exosquelette, sa vision fut obstruée l'espace d'une seconde. Enri profita de cet instant de désorientation pour viser l'un des points faibles de l'armure et sentit sa lame s'enfoncer légèrement dans la chair de son adversaire.

À force d'alterner entre l'utilisation de ses potentiels actifs et les coups d'épée, il réitéra cet exploit et parvint à toucher à plusieurs reprises son ennemi entre deux plaques de protection, lui tirant à chaque fois des cris de douleur stridents. Ses enchaînements, acrobatiques, rapides et précis, paraissaient imparables. Il avançait sur la créature telle une tempête de lames inarrêtable, l'acier incarné. Il fut presque aussi surpris que la Faucheuse semblait l'être lorsqu'il perdit l'équilibre et trébucha sur le sol froid, s'étalant de tout son long. Il tenta de se redresser, mais une puissante migraine le fit vaciller. Alors qu'il était pris de violentes nausées, il vit la créature, au-dessus de lui, humer l'air en direction de l'autre côté du couloir. Il ne disposait que de quelques instants avant qu'elle ne se retourne sur lui. Loki lutta contre les vertiges qui lui faisaient perdre ses repères et mobilisa ce qu'il put de concentration pour s'entourer d'une carapace de pierre approximative. Avant que celle-ci ne se referme et n'obstrue sa vision, il croisa brièvement le regard de Destiny qui venait de poser ses yeux sur lui.

∴

Le souffle court, Stan et ses coéquipiers, Baxter, Paméla et Carl, arrivèrent enfin au dix-septième étage. Comme Craig avait coutume de leur dire de son vivant sur le ton de la plaisanterie : ils n'étaient pas de grands habitués des courses-poursuites à pied. Alertés par des bruits de combat, ils avancèrent prudemment en direction des heurts, passant par les magasins de la galerie marchande et évitant les axes de circulation principaux qui n'offraient aucun abri décent en cas d'embuscade. Stan, en tête de file, aperçut le premier la source des bruits de lutte qu'ils entendaient et fit signe à ses collègues de s'arrêter, le poing fermé, pointé vers le haut. Au milieu de l'allée marchande couverte de verre brisé, le capitaine de l'équipe Alpha avançait implacablement sur la bête. Une grande épée à garde droite entre les mains, il faisait pleuvoir les assauts sur l'immonde créature qui se trouvait en face de lui. La simple vision de la Faucheuse fit serrer ses dents à l'agent de police.

Il ferma les yeux et prit une grande inspiration pour se calmer, ils n'étaient pas venus là pour elle. Chacun d'entre eux avait conscience qu'ils seraient balayés par celle-ci comme des fétus de paille s'ils avaient le malheur de se trouver sur sa route. Ils étaient là pour une engeance qu'ils connaissaient beaucoup mieux : des ordures, des criminels, des meurtriers.

Stan rouvrit les yeux un quart de seconde plus tard pour apercevoir Loki trébucher et se couvrir d'une carapace minérale. Tous ses sens en alerte, il chercha un moyen d'aider le capitaine de l'équipe Alpha sans pour autant attirer l'attention de la créature sur lui, mais en vain. Alors que le monstre allait abattre ses lames sur Enri Telvir, Paméla l'entoura d'un bouclier aux reflets turquoise. La frappe de la Faucheuse brisa la faible bulle de protection de la policière avant de s'enfoncer dans la paroi de pierre qui la séparait de Loki. Contrairement à ce que Stan pensait, la créature ne s'acharna pas sur son adversaire, mais posa sur sa coéquipière un regard terrifiant. Quelques mètres plus loin, Baxter s'écria :

— Les illuminés sont de l'autre côté du couloir !

Les premières détonations résonnèrent de façon assourdissante. Le chef d'équipe tourna la tête et vit Carl tirer à feu nourri vers leurs opposants. Baxter, comme à son habitude dans ce genre de configuration, préféra créer des illusions de lui-même qu'il faisait courir dans tous les sens afin d'attirer les salves ennemies. Du coin de l'œil, Stan remarqua que Loki et la créature avaient filé.

∴

Dans son cocon rocheux, Loki fut tout à coup débarrassé de ses vertiges, comme si un bouclier l'avait coupé du potentiel actif responsable de son état.

Shield ! s'exclama-t-il intérieurement avec espoir.

Encore un peu étourdi après s'être libéré de sa carapace, il se releva et chercha son second du regard. Ne le trouvant nulle part, il comprit qu'il avait fait erreur et que ses vertiges s'étaient certainement arrêtés, car son agresseur avait perdu le visuel sur sa cible. Sa déception s'avéra plus grande qu'il ne l'aurait imaginé et un profond sentiment de solitude l'envahit soudainement.

Derrière lui, des coups de feu détonnèrent et le ramenèrent à la réalité. En se retournant, il vit qu'un nuage vert inquiétant commençait à s'étendre dans le couloir. Le capitaine de l'équipe Alpha comprit rapidement qu'un violent affrontement avait lieu entre deux groupes d'individus. Il s'approcha des combats dans un premier temps, mais se ravisa bien vite. Il n'avait pas de temps à perdre et, de plus, il ne pouvait même pas savoir si l'une de ces équipes était réellement de son côté. Il reprit la traque de la créature dans les longues allées du centre commercial. Dans son communicateur, la voix de l'agent Guerrera lui annonça :

— Elle a pris à droite et se dirige vers l'escalator menant au niveau dix-huit.

Loki ne pouvait plus supporter ce jeu du chat et de la souris, il accéléra et finit par la retrouver alors qu'elle allait s'engager dans l'escalier, seule une quinzaine de mètres les séparait. Il tendit ses deux bras devant lui, paumes de mains ouvertes, et propulsa la plus grosse boule de feu qu'il eût jamais créée en direction de l'escalier mécanique qui se trouvait à l'arrêt. Celle-ci s'écrasa sur la structure métallique dans un fracas qui résonna dans tout l'étage. Maintenant sa concentration, le capitaine de l'équipe Alpha garda en vie le brasier puis l'amplifia en prenant soin de porter la chaleur au niveau maximum qu'il était capable d'atteindre.

Tandis que les flammes bleues faisaient fondre les marches d'acier, la Faucheuse semblait hésiter à traverser la fournaise. Loki l'aida dans sa décision en étendant sa création pyrokinésique d'un bout à l'autre de l'escalier et finit par déchirer les attaches de la structure, à l'aide de sa télékinésie, avant de l'envoyer rouler sur le côté.

La créature hurla de frustration, ajoutant son long cri aigu au vacarme déjà provoqué par l'annihilation de l'édifice mécanique. Elle se retourna lentement, faisant face à Loki qui la rattrapait après son coup d'éclat. Destiny, le dos courbé, semblait coincée. Elle se déplaçait sur la largeur de l'allée, jaugeant son adversaire. Enri se mit en garde, tenant fermement la poignée de son épée dans ses deux mains. En un quart de seconde, les deux opposants amorcèrent leur mouvement. L'officier du GUT se jeta en avant pour forcer la créature à frapper. De cette façon, il espérait pouvoir contrer le premier coup et imposer son rythme dans la contre-attaque, comme cela avait été le cas lors de leurs dernières passes d'armes. La Faucheuse s'avança également à sa rencontre, mais, au dernier moment, elle bondit par-dessus le capitaine de l'équipe Alpha et prit la fuite une nouvelle fois, cherchant certainement un autre moyen d'accéder aux étages supérieurs. Loki jura dans sa barbe et se tourna pour reprendre la poursuite de la créature qui remontait le couloir dans l'autre sens, en direction de l'endroit où les deux groupes s'affrontaient.

∴

Stan et son équipe avaient été repoussés jusqu'au fond du magasin de jouets dans lequel ils avaient commencé l'affrontement avec les illuminés, forcés de reculer par une brume empoisonnée verdâtre.

Ils étaient maintenant accroupis derrière deux présentoirs dédiés au tout nouveau modèle de voiture télécommandée et continuaient d'échanger des coups de feu avec leurs opposants qui se situaient une trentaine de mètres plus loin, au niveau de l'entrée. Ces derniers possédaient des pouvoirs dévastateurs et deux des policiers se trouvaient déjà hors d'état de combattre. La blessure par balle de Paméla sur son épaule droite se refermait lentement grâce à son potentiel actif de régénération, mais Carl, quant à lui, avait inhalé par inadvertance des vapeurs de la brume empoisonnée. Il était étendu au sol à côté de son chef d'équipe qui l'entendait respirer bruyamment. Stan déchira la chemise de son coéquipier afin de lui dégager au maximum les voies respiratoires et pria intérieurement pour que la toxine ne se révèle pas mortelle. Il se redressa, s'appuya sur le haut d'un des présentoirs et tira à plusieurs reprises à travers la brume sur ce qu'il supposait être la silhouette d'un de leurs assaillants, mais une fois de plus rien ne lui indiqua s'il avait fait mouche ou non.

Bien que le nuage empoisonné créé par l'une des pillards ne semblait pas pouvoir couvrir tout le magasin, leurs adversaires étaient bien trop forts et trop nombreux, la situation était désespérée.

Stan, dont l'unique pouvoir s'était révélé tardivement, avait dû depuis très jeune travailler deux fois plus que les autres. Le policier possédait un potentiel actif spécifique, mais faible, ce qui ne l'avait prédestiné à aucun métier en particulier. Il avait erré plus longtemps que ses camarades pour s'orienter et c'est pourquoi, une fois que sa vocation lui était apparue, il s'y était consacré corps et âme. Il n'avait peut-être pas de pouvoir de vitesse, de sens de visée parfaite ou de capacité de traque, mais les situations tendues ne lui avaient jamais fait peur et ses adversaires avaient toujours amèrement regretté de l'avoir croisé. Cependant, il se heurtait à nouveau aux limites de ce monde et à l'injustice qui frappait les Antariens. L'ennemi possédait des potentiels actifs contre lesquels il était démuni. Qu'est-ce qu'un rang 1 comme lui pouvait faire face à de tels pouvoirs ?

Heureusement qu'ils ne sont pas très organisés. Grâce à cette brume, ils ne doivent certainement pas voir grand-chose non plus, songea-t-il.

Cette pensée lui fit l'effet d'un électrochoc. Il ne pouvait peut-être pas rivaliser de puissance, mais il allait leur montrer que même un potentiel actif insignifiant pouvait s'avérer décisif dans certaines situations.

— Mike, dit-il au dernier membre de son équipe encore valide, il faut que tu me couvres.

— Tu comptes faire quoi ? demanda l'intéressé.

— Ne pose pas de questions, je n'ai pas le temps de t'expliquer. Dès que je te fais signe, tu tires une salve vers eux pour me couvrir.

Mike raffermit sa prise sur son pistolet et opina du chef.

Stanley jeta un dernier regard à ses deux collègues blessés et tapota à deux reprises l'épaule de Mike avant de se mettre à courir sur la gauche des guichets. Il contourna le nuage qui ne se trouvait maintenant plus qu'à trois mètres de leur abri et s'engagea dans le rayon des jeux de société. Le couvert relatif octroyé par la brume empoisonnée ainsi que les coups de feu de son collègue qui retentissaient derrière lui semblaient avoir joué leur rôle. Le policier regarda à travers les interstices des étagères et constata que quatre de leurs assaillants venaient d'entrer dans le magasin, précédés par les vapeurs émeraude. Encadrée par ses trois comparses qui observaient les alentours, la jeune femme qui contrôlait le nuage ne semblait pas capable d'augmenter son volume ou de l'étendre davantage. C'était certainement pour cette raison que le petit groupe s'était rapproché des policiers. Toutefois, aucun des criminels n'avait l'air de vouloir s'aventurer plus loin, de peur de se retrouver exposé.

L'étroitesse de l'ouverture à travers laquelle il observait les malfrats empêchait Stan de faire feu, mais il avait un plan. Il avança rapidement entre les allées du magasin pour arriver sur la droite de ses adversaires. Au bout du rayon, il se stoppa net et se concentra sur son potentiel actif.

Comme il pouvait s'y attendre dans un tel commerce, Stanley ressentit la présence de nombreux objets électroniques autour de lui. Il focalisa son esprit sur trois d'entre eux et les activa à distance.

Dans le rayon d'en face, de l'autre côté des malfaiteurs, des bruits d'instruments de musique électroniques se firent soudainement entendre et le policier surgit de sa cachette, arme au poing. Par réflexe, les illuminés s'étaient tous tournés sur leur gauche tandis que Stan déboulait sur leur droite. Il leva son pistolet et prit une seconde pour observer les criminels. Ceux-ci pointaient leurs armes à l'exact opposé de sa position et auraient certainement tiré sans le moindre remords s'il était arrivé par ce côté. Mettant de côté ses états d'âme, il visa l'arrière du crâne de l'un des pillards et fit feu.

∴

Hector regardait ses fidèles prêts à cueillir les derniers membres du groupe qui les avait défiés. Anton était positionné à ses côtés, arme au poing, et tous deux se trouvaient à l'abri, en dehors du magasin, quelques mètres derrière les quatre derniers fidèles aux potentiels actifs de combat qui les accompagnaient. Devant eux, un épais brouillard toxique avançait avec la jeune femme qui le manipulait. Ses « Soldats de Destiny » s'étaient révélés efficaces puisque, malgré la perte d'un autre membre, ils pensaient avoir mis hors d'état de nuire deux de leurs adversaires. Ils allaient bientôt se débarrasser des gêneurs et recommencer à s'occuper d'amasser de l'argent pour les quartiers pauvres.

Il profita d'une accalmie dans les échanges de coups de feu pour tourner son regard dans la direction vers laquelle son dieu était parti et songea :

Si l'occasion se présente, nous pourrions même aider Destiny à vaincre le capitaine Telvir.

Plusieurs bruits électroniques résonnèrent dans le magasin, suivis d'un tir d'arme à feu. Hector fit volte-face et vit l'un des Soldats de Destiny s'écrouler alors que les trois autres se mettaient à couvert. Un homme avait surgi sur la droite et s'apprêtait à tirer à nouveau.

— Attention ! Derrière vous ! hurla le prophète.

La réaction d'Anton s'avéra bien plus décisive. Il fit feu à plusieurs reprises avec son revolver et finit par atteindre l'indésirable à l'épaule droite. Surpris, ce dernier lâcha son arme avant d'avoir pu presser la détente.

Les trois Soldats de Destiny survivants s'approchèrent de l'infidèle qui s'était jeté au sol pour récupérer son pistolet. Hector vit le visage de Malicia se déformer sous l'effort tandis que l'homme qui se trouvait par terre était secoué par de légers spasmes et effectuait des mouvements saccadés et incohérents.

Alors que Deris pointait son pistolet sur l'assassin de son frère, Hector le stoppa net :

— Non ! Attends !

Incrédule, le Soldat de Destiny tourna un regard interrogateur vers le prophète, mais n'abaissa pas son arme.

— Amenez-le-moi, ordonna Hector.

Cette fois-ci Deris comprit et aida Sullivan à sortir l'infidèle du magasin tandis que Malicia continuait de dérégler son système nerveux pour qu'il ne puisse pas opposer de résistance. Les deux adeptes jetèrent l'homme aux pieds de leur meneur. Hector baissa sur l'hérétique un regard empli de mépris et tendit la main vers Anton. Celui-ci lui remit son revolver en lui annonçant :

— Plus que deux cartouches.

— Une seule suffira, répondit Hector, cette vermine ne mérite pas mieux. Mais avant, il va nous servir.

Il leva la tête vers la boutique de jouets et cria :

— On a votre ami ! Jetez vos armes et sortez, sinon on le bute !

Sur les instructions d'Anton, les trois autres adeptes se dispersèrent derrière des bancs de l'allée du centre commercial, leurs armes pointées en direction du magasin. Afin de permettre à leurs adversaires de suivre l'ordre du prophète, Sullivan vida l'échoppe de son nuage empoisonné et s'entoura elle-même des miasmes créés par son potentiel actif.

Alors qu'il jubilait déjà de sa victoire, un cliquetis attira l'attention de l'ancien archiviste sur sa gauche et tout sembla ralentir autour de lui. Destiny bondit sur Sullivan. La brume verdâtre se dissipait littéralement au contact de la divinité tandis qu'elle faisait pleuvoir du sang plusieurs mètres aux alentours. Anton saisit Hector et le força à plonger au sol. L'ancien archiviste aperçut Malicia tenter de sauver sa partenaire en dirigeant son potentiel actif vers la divinité, mais ceci eut pour seul effet de voir Destiny se désintéresser du corps sans vie de Sullivan et poser son regard sur celle qui avait osé s'interposer. La jeune femme, paniquée, courut aussi vite que possible dans l'allée du centre commercial, poursuivie par la créature. De là où il se trouvait, le prophète put voir son adepte se faire rattraper par leur dieu quelques mètres plus loin, la pauvre n'eut même pas le temps de crier. Destiny leva ensuite la tête et observa les alentours durant quelques secondes avant de disparaître au détour du couloir. Stupéfait par la scène, et le visage maculé de fluides vitaux, Hector n'arrivait pas à réaliser ce qu'il venait de se passer sous ses yeux. Une main le saisit fermement par l'épaule, le traînant en arrière tout en le maintenant au ras du sol. Paniqué, il se retourna pour apercevoir un visage couvert de sang qu'il mit quelques secondes à reconnaître comme appartenant à son ami Anton.

— Il faut y aller Prophète, lui annonça-t-il. Quand les francs-tireurs réaliseront que nous ne sommes plus que deux…

L'ancien archiviste regarda autour de lui. Il remarqua que son otage en avait profité pour se sauver et que Deris était introuvable.

Le lâche s'est sûrement enfui, pensa-t-il.

Hector se releva, presque mécaniquement, et suivit son ami en courant vers l'escalier qu'ils avaient emprunté plus tôt.

∴

Le capitaine Telvir demanda dans son communicateur :

— Quel est l'accès le plus rapide vers l'étage suivant ?

— L'escalator.

— À part l'escalator.

La cheffe prit un instant pour réfléchir et répondit :

— En temps normal, j'aurais dit l'ascenseur Ouest.

— Merde… Vous savez où sont les cabines de cet ascenseur ?

— Tous les ascenseurs sont redescendus au rez-de-chaussée après l'activation de l'alerte et sont cloués à cet étage depuis.

— Parfait, répondit Loki, soulagé.

Le capitaine de l'équipe Alpha activa son pouvoir de vitesse et reprit la course-poursuite. Sur le chemin, il croisa de nouvelles victimes de Destiny éparpillées sur le sol du supermarché, ainsi que deux hommes couverts de sang qui semblaient s'enfuir. L'un de ces derniers possédait des iris d'un blanc inhabituel.

Au bout du couloir, il remarqua que l'une des portes d'ascenseur avait été éventrée. Il se rendit jusqu'à celle-ci et, une fois devant, prit son épée dans sa main nue pour attraper de sa main gantée un pan de l'ouverture endommagée qu'il tira sur le côté afin de la dégager proprement. Il passa ensuite prudemment sa tête dans l'entrebâillement. Plusieurs dizaines d'étages au-dessus de lui, la créature, exposée à ses yeux grâce aux seules lueurs des éclairages de secours rouges clignotants, grimpait en s'aidant des lames qui ornaient ses avant-bras.

Loki prit une grande inspiration et sauta, épée en main, dans la cage d'ascenseur. Il activa son puissant pouvoir télékinésique amplifié par le positron qui se trouvait dans les cellules de son corps et vola à la poursuite de Destiny. Sa maîtrise de l'utilisation de ce potentiel actif à cet effet avait bien progressé depuis sa dernière rencontre avec la créature. Il utilisait son énergie de façon plus efficace, si bien que la longue montée pour rattraper la créature fut moitié moins fatigante qu'elle ne l'aurait été deux jours auparavant. Après un vol qui le mena une centaine d'étages plus haut, il arriva enfin à hauteur de sa proie. Ils allaient bientôt atteindre le sommet de la structure et le vide au-dessous d'eux était étourdissant. Il porta à la Faucheuse un puissant coup circulaire de sa grande épée, mais l'absence d'appui sur un sol solide l'envoya valser contre la paroi à sa droite au moment de l'impact. De son côté, la créature, bien accrochée, n'avait pas bougé d'un pouce.

Sonné, le capitaine Telvir tomba en chute libre quelques secondes avant de réussir à se raccrocher à l'encadrement d'une des portes d'ascenseur, entaillant sa main dépourvue de gant au passage. Il releva la tête et contempla, impuissant, Destiny s'élancer vers le sommet de l'immeuble. Loki ignora la douleur et s'éleva à nouveau dans les airs sans perdre de temps. Très rapidement, il arriva au cent-vingt-sixième étage, le toit du building. Sans surprises, il trouva la double porte en métal éventrée, laissant apparaître, au travers de l'ouverture, les éléments se déchaîner sur le Secteur Premier d'Antar. Le fier capitaine de l'équipe Alpha enjamba les débris qui se trouvaient sur son chemin et sortit sous la pluie et le vent glacial. Une chape de nuages noirs recouvrait l'horizon dans toutes les directions. Un éclair aveuglant zébra le ciel, immédiatement suivi par le grondement du tonnerre. Au centre du toit se dressait une immense pointe de métal dorée qui défiait la foudre de la frapper. À quelques mètres du capitaine de l'équipe Alpha, la créature se tenait à la base de l'antenne, le visage tourné vers le sommet de celle-ci.

Loki fit tournoyer son épée autour de lui et se mit en garde, tant pour dynamiser ses muscles que pour se remettre dans l'état d'esprit adéquat. Destiny semblait avoir cessé de fuir et lui faisait face.

— Capitaine Telvir ? Je ne vous vois plus, où êtes-vous ? s'inquiéta la cheffe Guerrera dans l'oreillette de Loki.

N'ayant plus besoin de son aide, il coupa la communication sans prendre la peine de répondre et se concentra sur son adversaire qui semblait enfin prête à se battre.

Comme le Vigilant Frazière l'avait expliqué, quelqu'un avait certainement trouvé le moyen d'attirer la créature. Enri était maintenant sûr que les militaires avaient menti une fois de plus. Le capitaine essuya l'eau qui coulait sur son visage du revers de sa manche, puis serra ses deux mains autour de la poignée de son arme tandis que des points lumineux attiraient son attention dans les airs. Autour de l'immeuble, ressortant particulièrement dans l'obscurité de la tempête, plusieurs Vigilants venaient d'apparaître, chacun paré d'ailes de formes et couleurs différentes. Ces derniers étaient ballottés dans le ciel au gré des vents violents qui assaillaient le building. La

Faucheuse les avait remarqués elle aussi et se tordait dans toutes les directions afin de les garder dans son champ de vision.

Loki recula de quelques pas pour s'éloigner de Destiny et régla son communicateur sur la fréquence générale de la police :

— Vigilants, ici le capitaine Telvir de l'équipe Alpha du GUT, je vous ordonne de rester en retrait et de ne pas intervenir.

Les agents acceptèrent son autorité et répondirent positivement à son ordre chacun à leur tour. Satisfait de ne pas avoir à gérer leur sécurité, il assura sa prise sur son arme et s'avança à la rencontre de la créature. Voyant son adversaire s'approcher d'elle, Destiny détourna son regard des Vigilants et se concentra sur Loki. Écartant ses bras, elle exposa les deux lames qui ornaient ses extrémités et se mit dans une position que le capitaine de l'équipe Alpha reconnut comme sa posture d'attaque, son centre de gravité abaissé et ses pattes arrière fléchies, prête à bondir.

Enri s'élança vers la créature et abattit son épée. La Faucheuse esquiva de justesse et se glissa sous la garde de son adversaire. Loki pivota sur ses appuis en ramenant sa lame pour se dégager de cette position compliquée en repoussant les bras acérés de Destiny. Les deux opposants se tournèrent autour sous la pluie toujours aussi violente. Loki s'avança à nouveau, la créature fit de même, mais l'officier du GUT interrompit son mouvement à mi-chemin et lança son arme sur son adversaire, appuyé par toute sa puissance télékinésique. Emportée par son élan, Destiny ne put esquiver le projectile. L'épée fendit les airs et la pluie avant de s'enfoncer profondément au niveau de l'épaule de la Faucheuse, entre deux plaques d'armure. L'impact envoya la bête s'écraser contre l'antenne. Loki rappela sa lame à lui à l'aide de son potentiel actif et, alors que son opposant hurlait de douleur, sauta sur celui-ci.

La créature leva son bras encore valide pour dévier l'attaque et roula sur le côté, hors d'atteinte du capitaine Telvir. Ce dernier, enivré par son succès, poussa un cri primal et reprit ses assauts. Destiny perdait du terrain devant la tempête d'acier qui s'abattait sur elle. Alors qu'il avait réussi à faire reculer la Faucheuse une fois de plus, les poils sur la nuque du capitaine Telvir se hérissèrent et il ressentit une montée de charge statique. Réagissant aussitôt, il s'agenouilla et aspira une partie des minéraux qui composaient le toit pour former une carapace isolante autour de lui. Un coup de tonnerre assourdissant frappa la tour et le monde entier trembla tout autour de lui, secoué par le choc électrique. Il laissa sa protection minérale se déliter et se releva, cherchant des signes de son adversaire.

Non, elle ne peut pas s'être enfuie, je la tenais, pensa-t-il.

Un grincement derrière lui le poussa à se retourner. Il leva son arme juste à temps pour bloquer l'avant-bras tranchant de la créature, mais celle-ci se contorsionna et planta ses mâchoires acérées dans son épaule avant de le faire chuter sur le sol trempé. Loki hurla de douleur et se débattit férocement sans parvenir à se dégager de l'étreinte mortelle. Une pensée fugace traversa alors son esprit :

Non… Pas comme ça.

Il focalisa toute son énergie télékinésique sur son arme, seule barrière entre son torse et les lames acérées de Destiny, et, dans un geste désespéré, propulsa l'épée de toutes ses forces contre la Faucheuse. Surprise par la puissance de la poussée, cette dernière fut éjectée dans les airs et atterrit plusieurs mètres plus loin.

Loki se redressa et inspecta son épaule endolorie. Sa spalière en polymère renforcé était couverte de sang, mais elle avait rempli son office, les crocs de la créature ne s'étaient enfoncés que de quelques centimètres dans la chair d'Enri. Il la laissa choir au sol et regarda autour de lui. Dans l'obscurité de la tempête, il ne trouva aucune trace de son arme. De son côté, Destiny se relevait. Elle n'avait pas l'air en grande forme, son équilibre semblait précaire et ses deux bras pendaient, inertes, le long de ses côtés.

Le capitaine de l'équipe Alpha fit craquer chacune de ses phalanges en serrant les poings et se précipita sur la créature avant qu'elle n'ait le temps de reprendre des forces. Le premier coup qu'il lui porta la fit trébucher en arrière. Il s'agenouilla au-dessus d'elle, saisit la gorge de celle-ci de sa main nue et arma un coup de son poing ganté.

Un contact télépathique s'établit avec Destiny.

Tout ce qu'il ressentait n'était que besoin, un besoin de se diriger quelque part, un besoin de survivre et, le plus souvent, un besoin de tuer. Ce besoin de tuer résonna profondément en Loki, lui provoquant des douleurs et des nausées, comme si on le lui avait incrusté dans le crâne de façon violente. Soudainement, dans un tunnel étincelant, en face d'un homme à la posture fatiguée, l'anéantissement de ce besoin résonna en lui comme une libération. Alors que Loki allait tenter de briser le contact télépathique, il ressentit autre chose. Cela ressemblait aux échos d'un souvenir verrouillé et depuis longtemps oublié. Curieux, Enri y projeta ses pensées. Dans un premier temps, il ne trouva pas ce qu'il cherchait, progressant à tâtons dans le noir. Puis, il se laissa guider par un sentiment familier et atteint enfin la source de cette étrange sensation. Alors qu'il sondait maladroitement les souvenirs de la créature, une barrière psychique s'opposa à ses efforts, tel un garde-fou qui aurait été placé là par une source extérieure et dont même Destiny ne semblait pas avoir conscience. Enri s'attaqua à cette dernière avec son pouvoir amplifié par les améliorations génétiques que l'armée lui avait conférées et la protection céda sous l'immense afflux de puissance ainsi libéré.

Des vagues mémorielles déferlèrent. Dans ce maelstrom, un souvenir s'imposa à lui.

Il se trouvait dans une cellule aux murs brillants. Il était assis sur son lit. Il s'ennuyait. Deux gardes vinrent le chercher, lui annonçant qu'il était transféré. Il se sentait heureux. Il se laissa diriger à travers le dédale de la prison. Tout à coup, il entendit quelqu'un les héler :

— Attendez ! J'ai dit attendez !

Le garde qui l'accompagnait le força à se mettre à genoux au milieu du couloir. Il releva la tête et se vit lui-même, Enri Telvir, en tenue de combat du GUT se tenir juste au-dessus de lui.

— Enri, mon vieil ami, s'entendit-il dire à l'attention du capitaine de l'équipe Alpha.

— Jake, mon ami… que se passe-t-il ? Pourquoi ces gardes te déplacent-ils ?

— J'ai dû gagner à la loterie, ils m'ont dit que j'étais déplacé vers une prison de sécurité moins importante, ma femme et mes enfants vont pouvoir me rendre visite, après tout ce temps…

Il put lire le soulagement sur le visage de son ami, et ressentit une larme couler sur sa joue. Il entendit le capitaine du GUT interroger les gardes :

— Où l'emmène-t-on ?

— Cette information ne m'a pas été révélée, demandez à l'administration pénitentiaire, répondit l'un de ses geôliers.

Les gardes l'emmenèrent. Ils lui firent arpenter les couloirs durant ce qui lui parut une éternité. Puis, après avoir traversé plusieurs contrôles de sécurité de la prison, on le fit pénétrer dans une salle grouillant d'activité.

Il releva la tête et vit plusieurs personnes en blouse blanche ainsi que quelques militaires, dont un haut gradé qu'il reconnut comme étant le premier général des armées, le général Johnson. Il entendit d'ailleurs ce dernier demander à l'un des scientifiques :

— Vous êtes sûr que cela va fonctionner ? Le Sénat n'a donné son autorisation que du bout des lèvres pour l'expérimentation sur les prisonniers, alors faire ça sur l'un des trois seuls rang 5 du continent…

— Nous savons que cela fonctionnera, nos essais montrent que plus la personne est capable de manifester un grand nombre de pouvoirs et plus elle survit longtemps aux effets de la transformation… Et c'est exponentiel.

— Exponentiel ? Quels chiffres avancez-vous ?

— Quelques secondes de survie pour un rang 2, entre dix et vingt minutes pour un rang 3, et le rang 4 que nous avions testé a survécu huit jours…

— Vous n'avez pu tester qu'un seul rang 4 ?

— Oui…

Enri perdit le fil de la conversation alors qu'on l'entraînait dans la salle suivante, croisant en chemin deux militaires qui transportaient un corps sans vie et informe hors de la pièce vers laquelle on l'emmenait contre sa volonté.

Le souvenir suivant se déroulait dans un centre commercial du deuxième Secteur, la seule chose qu'il ressentait alors était ce besoin urgent :

Tuer, tuer, tuer…

Loki émergea en pleurs des souvenirs de la créature. Il lâcha la gorge de celui qui avait été son meilleur ami et se redressa. Il fit quelques pas mal assurés et balaya du regard les environs. Il remarqua qu'un autre Vigilant était apparu au-dessus du toit. Un nouvel éclair fendit le ciel noir en éclairant la scène à ses pieds. Jake, son ami, gisait au sol et, pour la première fois depuis très longtemps, Enri était perdu.

Il épongea son visage d'un revers de manche, essuyant les larmes qui s'étaient mêlées à la pluie et il sentit sa peine se muer en autre chose. Une colère sourde grandissait en lui, une colère qu'il avait trop longtemps bâillonnée par son sens du devoir. Les militaires avaient tué son ami. Pire, ils l'avaient transformé en un monstre responsable de la mort d'innombrables de ses compatriotes.

L'image de son équipe à l'hôpital s'imposa à lui, suivie des horreurs qui avaient été infligées à Jake, puis, une vision de la femme et la fille de son meilleur ami finit de faire vaciller l'esprit Loki. Ses pensées noyées dans le chaos, il plongea à l'intérieur de lui-même, cherchant à tout prix à se calmer, mais tout ce qu'il y trouva fut les sensations qu'avait ressenties Destiny :

Tuer tuer tuer.

Malgré ce besoin, d'autres sentiments étaient enfouis dans ce souvenir, au plus profond de la Faucheuse : de la culpabilité et de la peur. Il se rendit compte que, d'une certaine façon, son ami avait été le témoin impuissant des exactions horribles que l'armée l'avait obligé à commettre.

Il releva la tête et réalisa qu'il s'était mépris sur l'identité du nouvel arrivant. Ce dernier n'était pas un simple Vigilant, mais IceAngel, le chef de la police, dont les grandes ailes composées d'une multitude de filaments lumineux étaient reconnaissables entre toutes. Derrière lui, encore loin, des héliporteurs de combat militaires volaient dans leur direction.

La colère de Loki se mua en rage. Il serra les poings jusqu'à ce que les jointures de ses doigts le fassent souffrir.

Le chef de la police se rapprocha de la scène, probablement après avoir constaté l'immobilité de la créature, se posa sur le toit et s'avança de quelques pas vers le capitaine de l'équipe Alpha. Instinctivement, Loki vint se placer entre ce dernier et son ami.

La vision d'IceAngel se déplaçant à travers les intempéries avait quelque chose de spectaculaire. Les gouttes de pluie autour de lui se transformaient en grêle et s'écrasaient au sol. Gabriel Hunter s'adressa à Enri, ses cris couvrant à peine le bruit produit par les éléments déchaînés :

— Capitaine Telvir, vous êtes blessé ?

Loki resta muet, la mâchoire serrée, ne sachant pas comment contenir la rage qui se manifestait au plus profond de lui.

— Enri ? Qu'est-ce qui ne va pas ? La créature est morte ?

Les héliporteurs militaires continuaient de se rapprocher derrière les ailes scintillantes d'IceAngel et Loki explosa :

— Vous le saviez n'est-ce pas ? Vous saviez tout depuis le début !

— Mais de quoi parlez-vous, Enri ? répondit le chef de la police d'une voix teintée d'incompréhension.

— Vous êtes là au cas où je refuserais finalement de faire le sale boulot… Vous allez vous débarrasser de lui et je serai votre nouvelle marionnette, c'est ça ?

— Comment ça ?

Nerveusement, le regard de Loki passait d'un protagoniste à l'autre, détaillant les Vigilants, IceAngel et les blindés volants qui s'approchaient dangereusement. Encerclé de toute part, il se sentait plus seul que jamais. Il cligna des yeux pour chasser l'eau et les larmes qui les inondaient. L'image de Shield assurant ses arrières apparut dans son esprit, mais cette vision fut immédiatement remplacée par celle de son second qui gisait au sol dans une mare de sang. Son équipe ne se trouvait plus en mesure de le soutenir et, pour la première fois depuis le début de la crise, cette sensation d'être entouré lui manquait cruellement.

Le directeur Hunter avança d'un pas, mais Loki réagit aussitôt, levant sa main en direction du chef de la police qui stoppa son mouvement. Enri vit du coin de l'œil la créature remuer derrière lui. IceAngel s'en rendit compte et sembla perdre lui aussi son sang-froid :

— Destiny vient de bouger ! Il faut l'achever !

— Non ! hurla Loki, tandis que son cœur battait à tout rompre dans sa poitrine.

— Je peux m'en occuper à votre place, écartez-vous, Capitaine !

IceAngel écarta les bras et une multitude de javelots de glace aussi effilés que des lames de rasoir se formèrent à partir de l'eau de pluie de part et d'autre du chef de la police. D'un geste de la main, il propulsa ses créations cristallines en direction de Destiny.

Loki tendit les bras devant lui et engloutit les projectiles qui filaient vers lui dans un bouclier de feu d'un bleu intense.

— Qu'est-ce que vous faites, Capitaine ? s'emporta IceAngel. Laissez-moi l'achever !

Un épais nuage de vapeur d'eau flottait dans l'air autour d'Enri à la suite de sa puissante démonstration pyrokinésique. Tandis que cette brume se dissipait peu à peu, percée par les gouttes de pluie, les pensées du capitaine de l'équipe Alpha formèrent un tourbillon chaotique. Il se sentait oppressé par l'arrivée imminente des militaires, par les Vigilants qui s'étaient mis en formation de combat autour du toit de l'immeuble et par la présence de l'homme le plus apprécié d'Antar qui lui faisait face. Enri savait qu'à la seconde où les héliporteurs seraient sur place, il serait trop tard pour aider Jake, l'armée le prendrait à nouveau. Il ne voyait aucune solution à leur situation. Pour la première fois depuis une éternité, il restait muré dans un mutisme complet, incapable de réfléchir. Sortant Loki du maelstrom de ses pensées, IceAngel réitéra son ultimatum :

— Écartez-vous et dans un instant tout sera fini !

— Hors de question ! hurla le capitaine de l'équipe Alpha.

La grêle qui tombait autour d'IceAngel s'immobilisa et se mit à tourbillonner pour former un épais javelot de glace devant le héros antarien aux ailes rayonnantes.

— Écartez-vous Enri !

— J'AI DIT NON ! cria Loki en fermant ses yeux et en serrant ses poings.

L'expression de sa colère déchaîna une vague de pouvoir télékinésique qui frappa son interlocuteur ainsi que tous les Vigilants en vol stationnaire à proximité du bâtiment.

Il rouvrit les yeux.

À une dizaine de mètres, IceAngel gisait contre le muret bordant l'immeuble, empalé par sa propre lance de glace. Une tache rouge s'élargissait doucement autour de sa blessure, tandis qu'autour de lui, la pluie tombait normalement.

Loki prit sa tête entre ses mains. Dans le ciel tourmenté, les Vigilants réapparaissaient un à un et les massifs héliporteurs de catégorie Cobra étaient presque là. Il regarda le corps de son meilleur ami, corrompu à jamais par les militaires, et comprit qu'il se trouvait à court d'options. Malgré son épuisement, il se saisit de Destiny et la fit passer sur son épaule. Puis, il tourna le dos aux héliporteurs, se dirigea vers le bord de l'immeuble et, sans aucune certitude sur sa capacité à ralentir leur chute, sauta dans le vide.

« Les changements ne sont pas toujours synonymes d'amélioration, mais sont toujours source de nouveauté et j'aime à croire que la nouveauté est une source d'inspiration. »

Philosophe Antarien, Gregor Sephrian

Chapitre XXXIII - Un nouveau monde

Jour 113 de l'an 246, 13h00

L'image de la télévision se stabilisa sur la première chaîne et dévoila les deux présentateurs du journal quotidien devant un fond neutre. Dans le coin en haut à droite de l'écran, un portrait connu du chef de la police était affiché tandis que la présentatrice déclamait d'un ton solennel :

— La cérémonie funéraire du directeur Gabriel Hunter, également appelé Ice Angel, a eu lieu ce matin dans son quartier natal du Secteur 6. Les plus hauts dignitaires du continent étaient présents et ont tenu à apporter leur soutien à la sœur du défunt, sa seule famille, ainsi qu'à ses collègues et amis. Les obsèques se sont déroulées sous haute surveillance policière en raison de la présence des onze Sénateurs et du Premier Général des Armées.

La présentatrice du journal télévisé cessa de parler et son collègue commenta immédiatement à sa suite :

— Un moment historique, puisque c'est la première fois depuis la création de la Nouvelle République que les douze personnes les plus importantes du pays se réunissent autre part que dans le bâtiment du Sénat.

— Effectivement, reprit la quadragénaire à la belle et longue chevelure blonde, un bel honneur pour ce héros qui a donné sa vie pour protéger les habitants d'Antar. Il était certainement la personnalité la plus appréciée du continent et mérite amplement le titre posthume d'Ange-Gardien d'Antar que le Sénat lui a décerné.

— En effet, il nous manquera beaucoup, enchaîna le journaliste, et il n'est pas le seul. Nous nous rappelons tous cette sinistre journée, il y a deux semaines, qui a entraîné de nombreux morts dans le centre commercial Antar Prime. La Faucheuse a été stoppée de justesse par la combinaison des forces de Gabriel Hunter et de Enri Telvir alias Loki, le célèbre capitaine de l'équipe Alpha du GUT. Le directeur de la police a succombé à ses blessures quelques jours après l'affrontement et nos sources auprès de l'armée nous ont fait savoir que le capitaine Telvir se trouve toujours dans un état critique, soigné dans un hôpital militaire par les meilleurs médecins de l'armée. Nous lui souhaitons bien évidemment de se rétablir au plus vite et nos pensées se tournent vers ses proches dans ce moment difficile.

Tel un dialogue bien huilé, la présentatrice prit à nouveau la parole :

— La créature surnommée la Faucheuse, quant à elle, a été remise à un organisme scientifique indépendant de l'armée, à la demande du Sénat, et une batterie de tests permettra de déterminer si celle-ci est bien une arme régulienne comme le laisse entendre certaines rumeurs ou si son origine est naturelle. La structure ayant pris en charge la créature est tenue secrète pour des raisons évidentes. Nous vous tiendrons informés dès lors que nous en saurons plus.

Sniper éteignit la télévision. Le jeune homme se massa les tempes, ne croyant pas une seconde à la version officielle des faits.

— C'est des conneries, souffla-t-il.

Pour seule réponse, il entendit les bips réguliers du cardiogramme branché à son frère auxquels répondaient les soufflets du respirateur. Il se tourna vers John qui était allongé dans son lit d'hôpital, espérant une réaction de sa part, ne serait-ce qu'un léger mouvement, mais, comme d'habitude, Shield ne montrait aucun signe encourageant quant à une possible sortie de son coma. Frank s'approcha de son frère et saisit sa main, une fois de plus des larmes coulèrent sur ses joues.

— Tu me manques, tu sais… lui dit-il tendrement. Je sais que je n'ai pas été le petit frère idéal et que je t'ai souvent ignoré alors que tu ne voulais que mon bien, mais… s'il te plaît… réveille-toi. Tu es tout pour moi, un frère, un mentor et mon meilleur ami.

Sniper, secoué par quelques sanglots, se tut un instant pour essuyer ses larmes du revers de sa manche et se força à reprendre contenance.

— C'est si dur ici sans toi… Personne nous dit rien. Ghost dit qu'on nous cache des choses et Mastoc dit que sans Loki et toi, personne ne nous prend au sérieux.

Il marqua une pause en songeant à ces paroles, puis reprit :

— C'est vrai que depuis que vous n'êtes plus là, le général Johnson fait le mort… J'ai cru comprendre que le directeur Lockhead allait déjà choisir un capitaine remplaçant pour l'équipe Alpha sans même nous avoir consultés. Sans toi ni le capitaine, on n'est rien…

Prenant conscience de ses mots, il mesura à quel point ce qu'il venait de dire était vrai. L'équipe Alpha avait réussi à le faire se sentir important, mais, au final, il n'avait fait que profiter de l'aura de ses deux mentors. Enserrant son poing dans son autre main, il fit intérieurement une promesse, autant à lui-même qu'à son frère.

Je vais leur montrer que moi aussi je peux rendre ce monde meilleur.

∴

Vesta s'appuyait sur les deux barres parallèles en bois qui se trouvaient de chaque côté à hauteur de hanche pour se tenir debout.

En face d'elle, une infirmière arborant un sourire bienveillant sur le visage l'encourageait :

— Allez, Mademoiselle Wright, vous pouvez le faire !

Vesta se concentra, fronçant ses sourcils dans une expression qui aurait sûrement fait réagir Ronald. Elle décolla du sol de quelques centimètres pendant un instant puis, à bout de souffle, elle dut relâcher son potentiel actif et se rattraper aux barres, aidée par la soignante qui se trouvait toujours en face d'elle.

— Très bien, lui annonça cette dernière.

Une goutte de sueur perla sur le visage de Kelly et elle répondit au sourire encourageant de la jeune femme qui lui enjoignait maintenant d'essayer de faire un pas vers elle.

Vesta avança sa jambe et fit attention à poser son pied bien à plat, avant de glisser et de se rattraper en coinçant les barres sous ses aisselles. Elle serra ses poings de frustration et dcs langues de flammes vinrent lécher ses avant-bras.

Au moins ce potentiel actif me répond toujours parfaitement, pensa-t-elle sur un ton badin.

L'infirmière, qui était venue la secourir une fois encore, lui demanda si elle voulait faire une pause, ce qu'elle accepta volontiers. Kelly se saisit de son communicateur et composa un message écrit : « Salut mon nounours, j'espère que ton premier cours se passe bien. De mon côté, je progresse tellement que je pourrai bientôt à nouveau voler de moi-même dans tes bras. Des bisous. Ta Vesta ».

∴

Une sonnerie résonna dans l'amphithéâtre principal du bâtiment du GUT du premier Secteur. Le professeur Ronald Aldrick s'écria alors :

— Je vous ai demandé d'éteindre vos communicateurs ! Je ne le répéterai pas cent fois !

Avant de se reprendre :

— Merde, c'est le mien.

Il consulta le message, un large sourire se dessinant d'un bout à l'autre de son visage, et poursuivit à l'attention de sa classe :

— Donc nous disions… vous m'avez d'mandé comment réagir en cas de combat en infériorité numérique. Premièrement, ne jamais vous retrouver en infériorité numérique, faites tout pour éviter ça. Vous connaissez pas les mecs d'en face, et ensuite, faites toujours confiance à votre chef d'équipe, il saura quelle posture vous faire adopter. Et pour finir, si vous êtes vraiment isolé, faites comme moi, foncez dans l'tas. Un de mes entraîneurs préférés me répétait toujours, la meilleure défense, c'est de foncer dans l'tas !

Une main se leva au fond de l'amphithéâtre et Mastoc lui donna la parole :

— Est-ce que vous savez quand la professeur Wallas va reprendre les cours ?

— Je… Non, Ghost n'a pas donné d'indications, j'espère qu'elle n'a pas complètement disparu !

Quelques rires étouffés éparpillés çà et là dans l'amphithéâtre vinrent récompenser la remarque de Mastoc. Ce dernier ne put s'empêcher d'avoir une pensée pour sa partenaire.

J'espère que ça va pour toi, gamine…

∴

Un cri de surprise résonna sur le trottoir d'une des rues du deuxième Secteur, très vite suivi d'un autre et d'encore un autre. Évangéline, dans son survêtement de sport le plus confortable, n'était plus étonnée depuis bien longtemps de voir les gens sursauter quand elle apparaissait de nulle part. Elle pratiquait son exercice de course journalier à une vitesse modérée, ce qui lui permettait d'en profiter pour prendre des nouvelles de sa mère :

— Les médecins m'ont dit que ce traitement était bien moins agressif que les précédents, ne t'inquiète pas ma chérie, grâce à toi, mes soins sont assurés par les meilleurs praticiens du pays.

— Bien sûr que je m'inquiète, et tu t'inquiéterais aussi si tu étais à ma place. Tiens-moi juste au courant, et, surtout, si tu as besoin de quoi que ce soit, dis-le-moi… Je vais essayer de passer te voir dans la semaine, j'ai cru comprendre que les trains à destination du Secteur 6 avaient repris la semaine dernière.

— Oui, ça serait bien de t'avoir à la maison un peu… Et sinon, toi, comment tu vas ?

Évangéline s'arrêta pour souffler. Ne sachant pas par quoi commencer, elle regarda autour d'elle et prit un moment pour dévisager les gens qui profitaient de la toute fin d'après-midi pour se balader ou qui rentraient tout simplement de leur travail. Sa mère l'interrompit néanmoins dans ses rêveries :

— Ma chérie ? Qu'est-ce qui ne va pas ?

— Tout… On nous a retirés du service actif… L'état de santé de Kelly et John… Et l'armée refuse que je rende visite à Enri, alors que j'ai normalement toutes les accréditations nécessaires… Quelque chose ne tourne pas rond.

— Ou alors c'est parce que tu te mets à trop réfléchir comme à chaque fois que tu t'ennuies, tu devrais profiter de ton congé pour te détendre.

— Je sais pas, j'ai juste un mauvais pressentiment. J'ai l'impression que le fait que tout aille bien, la Faucheuse, les gangs, c'est que transitoire, comme le calme avant la tempête.

— Je me passerai bien d'une autre tempête comme celle de la Faucheuse personnellement !

— Moi aussi, répondit-elle de façon absente avant de continuer sur un autre sujet. Ah ! Et ils vont nous imposer un nouveau chef d'équipe, comme si Enri était mort…

— Oui, mais il faut bien que vous puissiez vous remettre au travail un jour. J'imagine qu'il reprendra sa place quand il ira mieux.

— Hmm, mouais, répondit la jeune femme sans y croire alors qu'un autre passant sursautait en l'apercevant.

— Je dois te laisser ma chérie, ma copine Colette vient d'arriver pour prendre le thé. Dis-moi quand tu sauras à quel moment tu viendras me voir la semaine prochaine, d'accord ?

— D'accord, maman, bisous.

— Bisous, ma fille.

Ghost mit fin à la communication et s'étira quelques instants en s'appuyant contre un lampadaire dont la lumière venait de s'éclairer en vacillant doucement. Une fois ses exercices terminés, la jeune femme reprit sa route. Une route qu'elle ne connaissait que trop bien, puisqu'elle l'avait empruntée tous les soirs depuis les événements d'Antar-Prime. Elle traversa le quartier traditionaliste jusqu'à se retrouver devant le temple d'Eralnir. Elle pénétra dans l'antichambre, enleva ses chaussures et écarta le rideau de perles qui la séparait de la salle de culte principale. Une odeur d'encens froid planait dans la pièce et, comme les fois précédentes, il n'y avait pas âme qui vive. Déçue, elle s'installa en tailleur sur le côté et patienta ainsi une heure durant. Pendant son attente, elle réfléchit au drame qui s'était déroulé à Antar-Prime deux semaines plus tôt. Ce jour-là, le monde avait retrouvé la paix, mais le prix à payer avait été élevé. IceAngel avait été tué et Évangéline avait peur d'avoir perdu Enri dans le même temps. La vie avait pu reprendre son cours, à l'abri des gangs et de la Faucheuse, mais trop de zones d'ombre subsistaient à son goût et l'absence d'explication concernant l'état de santé de Loki était la plus inquiétante. Ne voyant toujours pas son ancien amant arriver, elle ne put empêcher une larme de couler sur sa joue. Elle se releva et reprit le chemin de son appartement.

« J'aime beaucoup les scènes courtes qu'on trouve après les génériques dans les films. »

Philosophe Antarien, Gregor Sephrian

Épilogue

Une odeur rance flottait dans l'entrepôt souterrain saturé d'humidité à l'intérieur duquel Hector subissait les plaintes désordonnées de ses disciples. Il plissa ses narines pour tenter de chasser les effluves nauséabonds de ce lieu décrépit tout en essayant de saisir quelques bribes des accusations qui lui étaient assenées. À son côté, monsieur Heims, pourtant d'habitude si discret, frappa de son pied sur le plancher de l'estrade improvisée sur laquelle ils se tenaient, calmant un peu l'assemblée afin qu'Hector puisse se faire entendre.

— Mes enfants, un peu de calme s'il vous plaît ! réclama le prophète.

Mais la doléance du jeune homme ne provoqua pas l'effet escompté, ce dernier étant plus habitué à stimuler les foules qu'à les apaiser. Parmi la cinquantaine de croyants qui lui faisaient face, un adepte un peu plus grand que les autres l'invectiva :

— Tu nous as menti ! Pourquoi Destiny ne nous a pas soutenus ?

Une femme à quelques pas de lui surenchérit en brandissant son poing vers Hector :

— À cause de toi mon mari est en prison !

Suite à cela, la foule recommença son brouhaha dans lequel il put percevoir des insultes telles que « faux prophète » ou encore « menteur ».

Il leva les mains pour tenter de canaliser l'attention de l'assemblée et essaya à nouveau :

— Mes enfants, écoutez-moi.

Une fois de plus, sa tentative se révéla vaine. Quelques secondes plus tard, la voix de Deris s'éleva au milieu de ses adeptes pour lui répondre :

— Non, c'est toi qui vas nous écouter cette fois. Nous t'avons fait confiance et nous t'avons suivi dans ton délire. Oui, parce que c'était bien un délire. Tu nous avais promis une vengeance sur ceux qui nous oppressent, mais moins de la moitié des personnes que tu as envoyées sur place est revenue. La plupart des autres sont morts et, je peux le dire, car j'étais sur place, c'est notre dieu qui a tué une partie d'entre eux !

Grâce à sa forte voix, certainement amplifiée par son potentiel actif, la masse de fidèles s'était tue pour écouter sa diatribe. L'évocation du meurtre d'autres adeptes par leur propre divinité avait achevé de leur faire perdre toute confiance en celui qui se définissait comme leur guide. Les insultes fusèrent et un mouvement de foule s'amorça en direction de l'estrade. Monsieur Heims donna un ordre bref aux quelques hommes restés fidèles à leur cause et ces derniers se mirent en formation défensive : le chef de la sécurité était placé juste devant Hector tandis que les trois gardes formaient un arc de cercle devant eux.

Ce spectacle fit hésiter les adeptes en colère et l'agitation se calma, un statu quo s'installant entre les deux groupes. Un lourd silence pesait dans la pièce. Hector entendait son cœur battre dans ses tempes et son souffle était saccadé. Il avait peur, mis dos au mur par ses propres adeptes. Il réfléchissait à un moyen de s'en sortir lorsqu'une voix pleine d'autorité résonna à l'autre bout de l'entrepôt :

— Bonjour, disciples de Destiny, vous n'avez pas été faciles à trouver.

Hector, qui ne voyait pas qui s'était exprimé ainsi, plissa ses yeux et se redressa presque sur la pointe de ses pieds pour regarder par-delà la foule de ses disciples qui s'étaient retournés pour faire face à ce nouvel arrivant. Alors que le prophète n'avait toujours pas réussi à déterminer de qui il s'agissait, l'intrus s'avança à travers l'attroupement tandis que des murmures parcouraient l'assemblée :

— C'est le GUT !

— Mince, c'est Loki…

— C'est le capitaine Telvir…

Hector avala sa salive difficilement et autorisa monsieur Heims d'un hochement de tête à s'occuper du nouvel arrivant. L'équipe de sécurité qui avait défendu le prophète plus tôt, ainsi que deux autres membres restés en arrière pour sécuriser une sortie, s'avancèrent à sa rencontre. La foule s'écarta et les six hommes se retrouvèrent très vite face au capitaine du GUT. Alors que Heims s'apprêtait à s'adresser à Loki, Hector vit ses gardes s'immobiliser, tremblants, et commencer à s'agenouiller devant l'individu qu'ils étaient supposés neutraliser. L'ancien archiviste ne comprenait pas ce qu'il se passait et sa tête lui tournait. Il se rapprocha et remarqua les poings de Loki serrés au niveau de ses hanches, les jointures blanches. Une lamentation étouffée lui parvint de l'un de ses gardes tandis qu'une larme coulait le long de sa joue crispée. Hector s'écria alors :

— Stop ! Arrête !

Loki sembla reprendre conscience en entendant ces mots et relâcha la pression. L'expression sournoise de son visage avait complètement disparu, comme s'il s'agissait d'un autre homme. Lorsque leurs muscles furent libérés de l'emprise télékinésique, monsieur Heims et ses acolytes hurlèrent de douleur et mirent plusieurs secondes avant de réussir à se calmer.

Plusieurs fidèles levèrent alors les mains en signe de reddition, certains éclatant en sanglots :

— C'est lui, il nous a forcés, déclara l'un d'entre eux en pointant Hector du doigt.

— Je n'ai rien fait de mal, il m'a menti, s'excusa un deuxième.

— C'est un faux prophète, renchérit un troisième.

Bande de traîtres, songea l'ancien archiviste.

Avant qu'Hector n'ait pu se défendre, le capitaine de l'équipe Alpha, qui se trouvait maintenant au milieu des adeptes, prit la parole en désignant l'ancien archiviste :

— Cet homme n'est pas un faux prophète… et moi, je ne suis pas votre ennemi…

Tout le monde sembla surpris par cette déclaration quelque peu théâtrale et un silence religieux régna jusqu'à ce que Loki reprenne la parole en s'adressant cette fois-ci directement à Hector :

— Cela fait un moment que j'essaie de vous contacter, Prophète. Notre dieu a remarqué tout ce que vous avez fait pour lui et il est très impressionné par votre œuvre. Il m'a envoyé ici en tant que porteur de sa parole afin que je vous aide à mieux le servir.

Hector n'en croyait pas ses oreilles. Il vit tous les regards se tourner vers lui et se mit à réfléchir à toute vitesse. Loki venait de lui offrir un scénario idéal pour se sortir de sa situation précaire vis-à-vis de ses fidèles, mais si, en tant que prophète, il acceptait de donner du crédit à cette histoire, il perdrait également sa place à la tête de l'Église de Destiny et il ne pouvait pas permettre que cela se produise.

— Je suis heureux de t'accueillir parmi nous, porte-parole de notre dieu. Nous te ferons bien entendu une place de choix dans notre communauté. Malgré tout, je pense que Destiny, dans son infinie sagesse, ne peut imaginer que ses adorateurs soient guidés par une personne qui l'a combattue par le passé, même si je ne doute en rien de ta rédemption. En attendant d'avoir une confirmation claire de la part de notre maître, je te nomme premier conseiller du prophète.

Viens donc à moi ! répliqua Hector en ouvrant les bras de façon théâtrale.

En répondant de cette manière, il espérait saisir l'opportunité que Loki lui avait offerte d'éviter d'affronter ses adeptes en colère tout en gardant le contrôle sur eux et s'octroyant, par là même, un allié de choix.

À son grand désarroi, Loki ne bougea pas, mais, quelques secondes plus tard, il vit certains des adorateurs tourner leurs regards vers Hector et s'agenouiller en hâte. Peut-être avaient-ils compris qu'il était le seul et unique prophète et que la parole de leur dieu ne pouvait que passer par lui ?

Son sang se glaça lorsqu'il sentit une présence derrière lui. Du coin de l'œil, il remarqua une ombre grandir à son côté. Hector était pétrifié. L'apparition avança lentement et passa à côté de lui, l'ignorant complètement. Lorsqu'elle entra dans son champ de vision, il n'en crut pas ses yeux : Destiny, son dieu, se trouvait parmi eux. Il était magnifique, un être parfait dont chaque partie du corps était taillée pour châtier ses ennemis. Personne n'osa esquisser le moindre geste ou émettre le moindre son alors que la déité marchait lentement en direction de Loki. Lorsque Destiny l'atteignit, il tourna autour de lui et se plaça à sa droite en regardant Hector droit dans les yeux. L'officier du GUT prit alors la parole :

— Si l'un d'entre vous doute encore que je suis vraiment l'élu de notre dieu, qu'il parle !

Tous se tournèrent à nouveau vers Hector. Celui-ci était coincé, il ne pouvait qu'accepter Loki comme étant le véritable porte-parole de Destiny et il devait être le premier à le faire.

— Loki, je te prie de pardonner mes doutes. Je reconnais en toi l'élu, le représentant de Destiny. Et, en tant que prophète, il est maintenant de mon devoir de te seconder et de t'assister dans ta tâche, déclara-t-il en posant un genou au sol.

Devant ce spectacle, les quelques adorateurs qui se trouvaient encore debout imitèrent Hector et tous jurèrent fidélité à leur dieu ainsi qu'à son nouveau héraut.

Printed by Amazon Italia Logistica S.r.l.
Torrazza Piemonte (TO), Italy

38506840R00322